Thomas Hoover
Countdown für Daedalus

D1857671

sie sagte, war kokett und hatte einen gewissen Unterton. Manchmal dachte er, daß selbst Jean Harlow neben ihr wie eine Pensionatsschülerin gewirkt hätte.

»Dein Anruf hat mich ein bißchen unvorbereitet getroffen.« Vance sah sie an. »Ich hätte nie erwartet, wieder von dir zu hören, nachdem du im Labyrinth der NSA verschwunden warst.« Er wußte, daß sie inzwischen seit acht Jahren bei der National Security Agency, dem nationalen Sicherheitsdienst, arbeitete, aber er hatte noch nichts davon gehört, daß sie Leiterin der Abteilung geworden war, die den sowjetischen Funk- und Telefonverkehr abhörte. Natürlich, die NSA gab nicht allzuviel Geld für Pressemitteilungen aus. Dennoch war es für Vance keine so große Überraschung. Eva kannte sich aus, wenn es um die Sowjets, ihre Satelliten, ihre Codes ging. »Ich muß allerdings feststellen, daß wir einen verdammt weiten Weg zurückgelegt haben, um dieses Wiedersehensgespräch zu führen.«

»Es ist viel zu lange her, seit wir uns zuletzt gesehen haben. Ich habe dich vermißt.«

»Ich hoffe, du meinst das ehrlich.« Er machte sich nichts vor. Selbst wenn sie die Wahrheit sagte, war das nicht der wahre Grund, warum sie ihn treffen wollte. Er kannte sie zu gut.

»Schätze, das wirst du herausfinden müssen«, sagte sie, wobei in ihrer Stimme eine instinktive, unbewußte Einladung mitschwang.

»Das werde ich wohl.« Schon hatte er ein Gefühl wie in den alten Zeiten. *Wieso* wußte sie so genau, welche Knöpfe bei ihm gedrückt werden mußten? »Bisher bin ich mir allerdings nur in einem sicher – daß der kleine Unfall heute morgen kein Unfall war.« Er hatte ihr von seinem Treffen mit Nowosty erzählt, aber nicht gesagt, über was sie gesprochen hatten. Warum sollte er sie in diese Sache auch hineinziehen? Außerdem hatte sie über Alex schon viel länger Bescheid gewußt als er. Dies war ein weiterer Teil der Vergangenheit, an dem nicht gerührt werden mußte. »Irgend jemand wurde beseitigt. Die Frage ist nur, wer.

Wir wissen beide, daß Nowosty ein Überlebenskünstler ist, einer von der alten Schule, aber...«

»Ich sollte das eigentlich nicht sagen, Michael, aber ich nehme an, du weißt, daß er zum KGB gehört, zum T-Direktorat.« Evas Stimme war ernst geworden. »Dieser Posten als Geschäftsführender Vizepräsident, den er bei Techmash-Import einnimmt, ist nur Tarnung. Wir haben seit Jahren eine dicke Akte mit Abhörprotokollen über ihn.«

»Natürlich weiß ich über ihn Bescheid. Der gute alte Alex und ich, wir kennen uns schon eine Weile. Du bist über meine jüngsten Aktivitäten nicht ganz auf dem laufenden.«

»Also gut. Ich würde normalerweise nicht darüber sprechen, aber ich glaube, ich sollte dich warnen. Der KGB ist in hellem Aufruhr und sucht nach etwas...« Sie machte eine Pause. »Immer, wenn das passiert, fliegen versprengte Kugeln durch die Gegend. Halte dich besser raus aus dem Feuer. Das ist ein guter Rat.«

»Ich könnte bereits mittendrin stecken, dank Nowostys kleiner Willkommensfeier.« Er erinnerte sich an das Schreiben, das ihm Alex gegeben hatte. »Aber ich komme langsam zu der Ansicht, daß ich den Dingen auf den Grund gehen sollte.«

Eva blickte sich aufmerksam um. »Was ist passiert? Hat er irgendwas gesagt?«

»Wenn man ihm glauben will, dann hat jemand in Moskau ein paar Millionen Dollar beiseite geschafft. Verdammte Geschichte.«

»Es ist besser, die Finger davon zu lassen, Darling.«

»Ich habe Urlaub, du erinnerst dich?« Er blinzelte ihr zu. »Und was Besseres zu tun.«

»Das will ich hoffen.« Eva lehnte sich zurück und studierte sein Profil. »Nun, jetzt ist es wohl soweit. Ich muß gestehen, daß ich dich für etwas brauche.« Ihre langen dunklen Wimpern flatterten. Das war das Vorspiel, dachte er. Jetzt kommen wir zur Sache. »Deshalb wollte ich mich hier mit dir treffen.«

Sie befanden sich, fünf Minuten von Iraklion entfernt, auf einer ungepflasterten Nebenstraße, die zum Tempel in Knossos führte und ihm sehr gefiel, und bisher hatte Eva lediglich rätselhafte Andeutungen gemacht. Sie brauchte niemals jemanden. Sie war die robuste Russin, die ihre Affäre vor elf Jahren genauso beiläufig beendet hatte, wie sie begonnen hatte. Heute nachmittag jedoch schien sie bewußt etwas zu verschweigen und sich zurückzuhalten. Das war absolut untypisch.

»Weißt du«, redete sie weiter, »ich habe über uns nachgedacht, über die alten Zeiten und den Tempel.«

Sie hatte ihn vor vier Tagen in Nassau angerufen und sich mit ihm treffen wollen. Sie war ganz die alte Eva, Darling hier, Darling da. Als er sagte, daß er nach Kreta fliegen würde, war sie merkwürdig still geworden. Dann hatte sie mit eigentümlich leiser Stimme gesagt: »Warum treffen wir uns nicht dort? Im Grunde habe ich mehr oder weniger deshalb angerufen...«

»Also, warum ist der Tempel plötzlich so wichtig für dich?« Er musterte sie und versuchte weiterhin, ihre Gemütsverfassung zu ergründen. »Ich *muß* heute hingehen. Die Erinnerungen ein bißchen auffrischen. Aber der Tempel war damals ein Teil unseres Problems, kein Teil der Lösung.«

Sie antwortete nicht darauf. Statt dessen lenkte sie die Unterhaltung auf ein Nebengleis. »Da wir gerade vom Tempel reden, sollte ich dir wohl dazu gratulieren, daß sich deine Ansicht letzten Endes als richtig erwiesen hat. Hat dich das Team aus Stuttgart tatsächlich gebeten, bei ihrer Ausgrabung vorbeizuschauen?«

»Nenn es die endgültige Kapitulation«, grinste er. »Erinnere dich, sie waren diejenigen, die die führende Rolle bei dem Trommelfeuer der Kritik gespielt hatten, als mein Buch erschien. Das macht es doppelt süß.«

»Stimmt. Ich erinnere mich auch daran, daß dein Buch genug Aufruhr hervorgerufen hat, um jede seriöse Universität davon abzuhalten, dich als Mitarbeiter auch nur in Betracht zu ziehen.

Deshalb bist du wohl auch als Teilzeit-Agent geendet, nehme ich an. Vermutlich war das der einzige Job, den du kriegen konntest.«

»Du bist der Wahrheit näher, als du ahnst.« Er lachte und fragte sich zum zehntausendsten Mal, ob es besser für ihn gewesen wäre, das akademische Spießrutenlaufen durchzustehen. Nein, im Grunde seines Herzens langweilte ihn das verknöcherte Universitätsgeschehen. Er sehnte sich nach der wirklichen Welt. Das hatte er damals gewußt und wußte es auch heute noch.

»Als nächstes hörte ich, daß du unten auf den Bahamas warst, um auf der faulen Haut zu liegen und irgendeine alte Yacht zu renovieren.« Eva musterte ihn und schüttelte den Kopf. »Wie hast du sie denn getauft – *Leckt-mich-alle*?«

»Der Gedanke kam mir. Aber dann bekam ich kalte Füße und nannte sie *Ulysses*.« Er lehnte sich zurück und dachte kurz an die von ihm instand gesetzte, fünfzehn Meter lange Bristol-Rennschaluppe, die er bei einer Zollamtsversteigerung in der Bay Street für ein Butterbrot erworben hatte. Sie war vorher im Besitz eines Kolumbianers, der im Exportgeschäft arbeitete, gewesen, hatte einen Rumpf aus viereinhalb Zentimeter dickem Zedernholz sowie einen Segelmast und schaffte bei einer anständigen Brise leicht fünfzehn Knoten. Er liebte sein Schiff und hatte ein Vermögen in die Elektronik investiert – unter anderem gab es ein Micrologic Commander LORAN und ein Navstar-Satellitennavigationssystem. »Das Ganze fing als Hobby an, aber nach drei weiteren Booten und einem Kredit wurde ein Geschäft daraus.«

»Und was tust du da unten den ganzen Tag? Sitzt du einfach so herum und trinkst Margaritas?«

»Klar. Etwa einmal im Monat.« Er langte nach oben und regulierte das Schiebedach des Wagens. »Ich gebe es nicht gerne zu, aber an einem normalen Tag bin ich bei Sonnenaufgang üblicherweise bereits auf den Beinen. Ich prüfe das Wetter und schwimme vielleicht ein bißchen, um den Kreislauf auf Touren zu bringen. Danach mache ich mich an die Arbeit. Mein ›Büro‹ ist vorne in der *Ulysses*. Das Chartergeschäft ist leider wie jedes andere Geschäft. Es gibt hauptsächlich Probleme.«

Das stimmte. Es gab immer wieder Touristen, die nach Nassau kamen, weil sie mehr wollten als die Standardhotels, Obenohne-Shows und Kasinos auf Paradise Island und Cable Beach. Sie wollten wissen, wie es war, fernab von der Glitzerwelt zwischen den Familieninseln zu segeln, wollten ein Gefühl für die wirkliche Karibik bekommen. Oder für das, was sie dafür hielten. Das dauerte an, bis sie auf die harte Tour herausfanden, daß zur Wirklichkeit auch die sengende Sonne gehörte, Feuerquallen, neugierige Haie, Katerstimmung, Seekrankheit, beengte Raumverhältnisse, die Streitereien mit dem Ehepartner oder anderen Begleitern hervorriefen, gekappte Angelschnüre, Generatorausfälle, unerwartete Wetterverhältnisse...

»Aber du kommst gut zurecht, stimmt's?«

»Es ist noch keiner reich geworden im Chartergeschäft, zumindest nicht in dem Rahmen, in dem ich tätig bin. Wenn man keine teuren südamerikanischen Produkte befördert, muß man es aus Liebe tun, nicht wegen des Geldes.«

Das Geld für seinen Lebensunterhalt kam tatsächlich aus anderen Quellen, auf die er jetzt nicht näher eingehen wollte. Neben dem Managen von Schiffskapitänen und Besatzungen auf den Bahamas hatte er noch eine andere Beschäftigung. In den vergangenen Jahren hatte er als Finanzberater für die CIA gearbeitet und dabei geholfen, den Fluß illegaler Drogen- und Terroristengelder zwischen den Bankwäschereien in Genf und in der Karibik zu beobachten. Als die Firma schließlich eine eigene Abteilung gründete, um diese Arbeit zu tun, hatte er gewechselt und seine Erfahrungen einer privaten Organisation namens ARM zur Verfügung gestellt, der Vereinigung der Söldner a. D. Sie waren außer Dienst, das stimmte schon, aber nur was ihre Tätigkeit bei den Antiterroreinheiten eines halben Dutzends europäischer Nationen anging. Es gab immer noch eine Vielzahl von verdeckten Operationen, um jene terroristischen Aktivitäten zu erstikken, mit denen europäische Regierungen nur außerhalb der offiziellen Kanäle zu tun haben wollten. Er war ihr Finanzmann, und sie bezahlten ihn gut, was es ihm erlaubte, seine drei Boote fahrtüchtig zu halten und das ›sorglose‹ Leben eines Yachtbesitzers zu führen.

»So ist es dir also nach all diesen Jahren endlich gelungen, genau das zu tun, was du wolltest.« Sie blickte ihn bewundernd an. »Viele Leute würden dich deswegen beneiden.«

»Ich lebe gerne auf eigenes Risiko, wenn es das ist, was du meinst.«

»Nun, ich habe trotzdem den Verdacht, daß du insgeheim sehr glücklich bist, wieder nach Kreta eingeladen worden zu sein. Ich habe mir immer gedacht, daß du früher oder später zur Archäologie zurückkehren wirst. So wie ich dich einschätze, konntest du dich nicht für alle Zeiten fernhalten.«

Hatte sie recht? Selbst jetzt wußte er es nicht. »Eins ist sicher. Kreta ist eine andere Welt«, gab er zu.

Das war eine Untertreibung. Als er auf die Straße blickte, sah er, daß sie jetzt völlig durch eine Herde von Schafen blockiert wurde, deren zottig braune Felle über dunklen, dürren Beinen hingen. Um sie herum wurde die Stille der kretischen Landschaft durch Blöken und Glockengeläut zerrissen. Die Herde umdrängte den gemieteten Saab, machte jedoch keine Anstalten, sich weiter die Straße hinunterzubewegen. Warum sich aufregen? Der Schäfer mit seinem dunklen Hut und Mantel hockte im Damensitz geistesabwesend auf seinem Esel, während seine in ein schwarzes Tuch gehüllte Frau seinen staubigen Spuren folgte und die Nachhut bildete. Fremde kamen, bestaunten die Wunder seines Landes und gingen wieder. Er, der Besitzer von Esel, Schafen und Frau, würde bleiben. Und sich behaupten. Sein wettergegerbtes Gesicht enthielt alle Weisheit der Welt. Die ausgedörrten Berge und grünen Täler Kretas gehörten ihm allein. Jetzt und für alle Zeiten.

»Okay«, sagte Vance, »du bist hier, ich bin hier. Wie wäre es, wenn du mir jetzt erzähltest, was los ist?«

»Genau das ist der Punkt. Ich weiß es nicht mit Sicherheit. Alle bei der NASA behaupten, daß ich anfange, mir Dinge einzubilden.« Eva machte eine Pause und betrachtete ihre rotlackierten Fingernägel. »Also sag du es nicht auch noch. Ich brauche ein bißchen moralische Unterstützung.«

»Vielleicht sollte ich erst mal etwas darüber hören.«

»Michael, ich... möchte noch nicht darüber sprechen. Es ist nur...«

»Na, dann mach wenigstens eine Andeutung.«

»Vor ein paar Tagen habe ich einen Funkspruch teilweise dekodiert...« Sie beugte sich vor, um das Radio anzustellen, überlegte es sich dann anders und lehnte sich wieder zurück. »Sieh mal, ich will lediglich, daß du mir hilfst, meine Gedanken zu ordnen.«

»Deshalb hast du den langen Weg nach Kreta zurückgelegt? Um deine Gedanken zu ordnen? Du wirst mir verzeihen, wenn ich etwas mehr erhofft hatte.« Wider Willen verspürte er leichten Ärger. Natürlich hatte er irgendwie ein Wiedersehen erhofft, bei dem es nicht ums Geschäft ging. »Weißt du, ich hatte eigentlich das Gefühl, daß dir daran gelegen war – na ja, die Dinge vielleicht wieder ins Lot zu bringen.« Er sah sie an. »Das Zusammensein mit dir war nicht unbedingt die übelste Erfahrung meines Lebens.«

Eva seufzte tief auf und strich ihr Haar zurück. »Zerbrochenes Porzellan wieder zu kitten ist nicht leicht, Darling. Das wissen wir beide. Es ist lange her. Das Leben ist niemals so einfach.«

»Vielleicht nicht für dich. Mir erscheint es ganz leicht. Wir vergessen die Vergangenheit einfach. Tun so, als hätte sie nie existiert.« Er spürte, wie seine Verärgerung wuchs. »Scheiß drauf! Was also tun wir hier?«

Konnte es wirklich zum zweitenmal klappen? fragte er sich. Warum nicht? Während all der Jahre nach der Trennung hatte er niemals aufgehört, an sie zu denken. An ihre Art, ihren Körper, ihre Leidenschaft.

Die Erinnerungen verfolgten ihn, als sie jetzt die Straße hinunterfuhren, die er so gut kannte, die er vor langer Zeit so viele Male befahren hatte. Es hatte Zeiten gegeben, in denen ihm der antike Tempel hier auf Kreta wie ein zweites Zuhause erschienen war. Nach der Veröffentlichung seines Buches mit dem Titel *Reich des Geistes,* das weltweit verrissen wurde, begann er sogar, von dem Tempel zu träumen. Er hatte geglaubt, daß er niemals zurückkehren würde. Und nun war er hier mit Eva. Das Leben nahm mitunter seltsame Wendungen.

Vor elf Jahren in New Haven, als er zu dem Entschluß gekommen war, sich selbständig zu machen, hatte er dieser Welt und allem, was für sie stand, Lebewohl gesagt. Damals schien der ideale Zeitpunkt gekommen zu sein, auf das akademische Leben zu pfeifen. Hatte sich der Kreis jetzt geschlossen? Zum Glück hatte er weiterhin die Fachzeitschriften gelesen, wenn er Gelegenheit dazu bekam, und sich bemüht, über alles, was passierte, auf dem laufenden zu bleiben. Mit etwas Glück würde er das Vergnügen haben, viele Akademiker klein beigeben zu sehen. Er mußte jetzt nur noch die Sache, mit der sich Eva herumplagte, hinter sich bringen und dann runter nach Phaestos gehen. Er hoffte, die Leute aus Stuttgart würden nicht merken, daß er länger als ein Jahrzehnt aus der Übung war.

Eva kramte in ihrer Handtasche herum und blickte dann hoch. »Weißt du, ich erinnere mich immer an den Tempel, wenn ich an dich denke. Er hat uns irgendwie zueinandergebracht.«

»Ich erinnere mich eher daran, daß er uns letzten Endes auseinandergebracht hat. Er wurde zu einem unserer unüberbrückbaren Gegensätze.«

»Vielleicht hast du recht, und es war dumm von mir. Bei dem Pech, das ich mit Männern habe, bist du vermutlich das Beste, das mir jemals untergekommen ist. Und nach dem Aufruhr über dein Buch habe ich dich gehen lassen.«

»Moment mal. Du hattest verkündet, daß du dein eigenes Leben leben müßtest, daß ich zuviel Gefühl in meine Arbeit investierte und daß es insgesamt besser wäre, wenn wir uns die Hände schütteln und Schluß machen würden. In aller Freundschaft.«

»Es war nicht ganz so.« Sie lachte ihr verführerisches Lachen, jenes Lachen, an das er sich so gut erinnerte.

»Ach nein?«

»Okay, vielleicht war es ein bißchen so.« Die Sonnenbrille kam zum Vorschein. Wieder die alte Eva. »Aber ich habe mich damals verändert, Michael, jeden Tag mehr. Es war Zeit für den Versuch, mich auf eigene Füße zu stellen.«

Michael Vance nickte. Er war immer der Ansicht gewesen, daß sie die Beziehung abgebrochen hatte, weil sie besessen davon war, ihren Doktor zu machen. Ichbezogen und selbstsüchtig, so hatte er sie damals genannt, eine von diesen verwöhnten russischen Adligen. Erst Jahre später hatte er sich vor Augen geführt, wie ichbezogen *er* gewesen war. Vielleicht hatte sie recht gehabt, vielleicht waren sie noch nicht bereit füreinander gewesen.

Sie seufzte, und dann wurde ihre Stimme ein Flüstern. »Weißt du, nachdem du heute morgen angerufen und mir von diesem Alptraum mit Alex erzählt hattest, habe ich etwas Retsina getrunken und bin wieder ins Bett gegangen.« Sie setzte die Sonnenbrille auf, rückte sie zurecht und blickte in seine Richtung. Er fand, daß sie gut zu ihrer neuen Frisur aus den Vierzigern paßte. »Michael, ich weiß Dinge, die ich nicht wissen sollte. Und die Dinge, die ich wissen wollte, weiß ich nicht. Das schlimmste von allem ist, daß nichts davon einen Sinn ergibt.« Ihre Augen schienen hinter den getönten Gläsern einen weicheren Ausdruck anzunehmen. »Erinnerst du dich an das erste Mal, als du und ich über diesen Ort sprachen?«

»Als ob es gestern gewesen wäre.« Wie könnte er das jemals vergessen? Es war unmittelbar nach dem Erscheinen seines Buches gewesen, in dem er die Theorie vertreten hatte, daß der Tempel, was auch immer er ursprünglich gewesen sein mochte, schließlich zu einer rituellen Nekropolis geworden war, zu einer Heimstatt für die Toten. »Unser Gespräch endete mit einem schrecklichen Streit über das Buch. Keiner wollte mir glauben, du eingeschlossen.«

»Mach 'nen Punkt, Darling. Es war nicht *meine* Meinung, um die es dir ging. Es war die deines Vaters. Der verehrte Inhaber des Lehrstuhls für das klassische Altertum. Mutmaßlich der Welt bedeutendster lebender Experte für das minoische Kreta.«

Kümmerte es ihn wirklich, was der alte Mann dachte? fragte er sich. Nicht so, wie sie meinte. Er hätte es gerne gehabt, wenn alle besser miteinander ausgekommen wären. Michael Vance sen. hatte nie so richtig mit Evas slawischem Temperament umgehen können, das zu seinem britischen Understatement in starkem Gegensatz stand. Dies war ein Charakterzug der Familie, den abzulegen Mike sein ganzes Leben lang – erfolgreich, wie er hoffte – bekämpft hatte. Eva schien in diesem Kampf die ideale Verbündete gewesen zu sein. Sie war alles andere als zurückhaltend.

Ihr eigener Vater, Graf Sergej Borodin, war Ehrenpräsident der Russischen Adelsgesellschaft in Amerika, der Aristokratie im Exil. Das waren Menschen für sich. Er erinnerte sich noch sehr gut an eine russisch-orthodoxe Hochzeit, an der sie alle teilgenommen hatten. Die allgemein verbreitete Ansicht an jenem sonnigen Nachmittag in Oyster Bay war gewesen, daß es sich beim Zaren um einen lebenden Gott und bei den Romanows um die letzten überlebenden Cherubim der Welt gehandelt hatte. Er erinnerte sich noch gut an die orthodoxen Prälaten mit ihren schwarzen Hüten, an den Weihrauch und die schrillen Balalaikas, an all die betrunkenen Grafen und Gräfinnen, die gleichzeitig tanzten und weinten. Mitten unter diesen Menschen aufzuwachsen, *mußte* dazu führen, daß man ein überschäumendes Temperament bekam wie Eva.

»Du hattest es ganz allein auf dich genommen, die Welt der Archäologie in Aufruhr zu versetzen«, fuhr sie fort. »Typisch Michael. Aber dein Vater weigerte sich, für dich einzutreten, als das ganze Theater losging. Auch ich habe dich wohl nicht ausreichend unterstützt, wie ich jetzt zugebe. Im nachhinein tut mir das aufrichtig leid.«

»Nicht weiter schlimm. Ich konnte damit leben.«

»Sicher.« Sie streckte die Hand aus und tätschelte seinen Oberschenkel. »Du bist ganz großartig damit zurechtgekommen. Du warst angewidert. Von mir, von ihm, von all den Schreibtischakademikern, die nie selbst eine Ausgrabung vornahmen, um sich ihre Hände nicht schmutzig zu machen. Du hast mich praktisch hierhergezerrt, um mir zu zeigen, daß du recht hattest. Du warst besessen von dem Tempel, gib es zu.«

»So schlimm war es nicht.« Er sah sie an. »Oder?«

»Reden wir nicht mehr darüber, einverstanden?« Sie seufzte.

»Okay.« Er bog von der Hauptstraße ab und fuhr auf den blumengesäumten Pfad mit Arkaden von roten Bougainvilleen, der zum Tempel hinunterführte. »Nebenbei bemerkt, ich habe etwas Ouzo mitgebracht.« Er deutete auf eine Halbliterflasche in seinem Mantel. »Was wäre ein Picknick ohne ein bißchen Raketentreibstoff?«

»Du denkst an alles.«

»Außerdem sollten wir hier oben parken, um den Touristenscharen aus dem Weg zu gehen. Beschränken wir die Begegnung mit komischen Hüten und Lautsprechern auf ein Minimum.«

»Ja, bitte. Außerdem kann ich frische Luft gebrauchen.« Eva holte tief Luft.

Die wenigen noch verbliebenen Zweige mit weißen Mandelblüten erschienen wie Überbleibsel eines verspäteten Frühlingsschnees, während der Boden selbst mit wilden Orchideen, Lavendel, roten Anemonen und weißen Narzissen bedeckt war. Vance sah zu, wie Eva aus dem Wagen stieg und eine wächserne gelbe Feigenkaktusblüte pflückte. Er liebte die Pflanzenwelt

Kretas, und die Nachmittagsluft war geschwängert mit dem Duft von Jasmin und Zitronenblüten. Weiter vorne, am Fuß des Hügels, lag der große Parkplatz, auf dem Reisebusse standen. Einer fuhr gerade ab.

»Wie lange ist es her, daß wir hier zuletzt zusammen waren?« Eva schob die dunklen Haarfransen aus der Stirn, während sie in die tiefstehende Sonne blinzelte und an der Kaktusblüte roch.

»Es kommt mir immer mehr wie eine Ewigkeit vor. Aber ich glaube, es ist etwa... na, fast zwölf Jahre her.«

»Und wie alt soll der Tempel sein? Meine Kenntnisse sind ein bißchen eingerostet.«

»Die letzte gängige Theorie ist, daß er um vierzehnhundert v. Chr. zerstört wurde. Seit seiner letzten Benutzung sind also rund dreieinhalbtausend Jahre vergangen.«

»Schätze, unsere kleine Dekade fällt da nicht sonderlich ins Gewicht.«

»Die Zeit verfliegt.« Er erinnerte sich daran, wie Eva damals gewesen war – Mitte Zwanzig, so einladend wie die aufreizenden Damen auf den Tempelfresken und sogar noch sinnlicher. *Mais, ce sont des Parisiennes,* hatte ein erstaunter französischer Gelehrter bewundernd festgestellt. Eva war genauso. Vollkommene Sinneslust. Eine Zeitlang hatte er die ganze Archäologie vergessen und sich einfach auf die Schönheit konzentriert.

Der Ort, an dem all dies passierte, war der Tempel von Knossos, im frühen zwanzigsten Jahrhundert liebevoll restauriert durch den wohlhabenden englischen Archäologen Sir Arthur Evans. Damals war eine erstaunlich moderne Zivilisation zu großartigen Höhen erblüht und dann auf mysteriöse Weise untergegangen. Der Pfad, der hügelabwärts zum Tempel führte, wurde weiter unten breiter und öffnete sich den fernen Olivenhainen im Tal. Der Blick war überwältigend, vermutlich der Grund dafür, daß der Tempel hier erbaut worden war.

Vance blickte zu Eva hinüber, die erneut in ihrer Handtasche kramte. Eine Packung Dunhills kam zum Vorschein. Er beobachtete, wie sie ein goldenes Feuerzeug anknipste, und zwar das, das er ihr vor so langer Zeit geschenkt hatte – verziert mit einem Totenschädel und gekreuzten Knochen aus Lapislazuli. Damals war die Andeutung erfolgreich gewesen. Sie hatte mit dem Rauchen aufgehört.

»Die Wiederkehr des Todeswunsches? Wann hast du wieder damit angefangen?«

»Letzte Woche.« Sie sog trotzig an der Zigarette.

»Aus irgendeinem bestimmten Grund?«

»Nein, nur so.« Sie stieß den Rauch aus. »Ich bin angespannt. Ich bin…, ich habe Angst, Michael, um Himmels willen, wie viele Gründe soll ich nennen?«

»He, nimm's leicht.« Sie hatte, einen Monat nachdem sie sich kennengelernt hatten, aufgehört zu rauchen, und es war keine große Sache gewesen. »Ich nehme alles nicht mehr so schwer wie in den alten Zeiten. Mit dem Leben ist es wie mit den meisten anderen Dingen – es ist viel lustiger, wenn man es nicht zu ernst nimmt.«

Sie gingen über den leeren Parkplatz in Richtung des Tempeleingangs. Der Tempel war einst ein Labyrinth aus zwölfhundert Räumen gewesen, vielleicht bewußt verwirrend angelegt. Jetzt lagen der obere Hofraum und seine Kammern frei unter dem Himmel. Die wuchtigen roten und ockerfarbenen Säulen glänzten im dahinschwindenden Sonnenlicht. Sie verjüngten sich nach unten, so als ob man Baumstämme auf die Spitze gestellt eingepflanzt hätte, um das Ausschlagen neuer Triebe zu verhindern.

Es war ein romantischer Ort, um wieder mit Eva zusammenzutreffen, dachte er. Und gleichermaßen bizarr. Sie hatte ihren Doktor in Linguistik gemacht und sich auf antike ägäische Sprachen spezialisiert, um dann wenige Monate später alle zu überraschen, indem sie eine Stelle bei der National Security Agency antrat, jener ausgedehnten elektronischen Lauschzentrale, die auf halbem Weg zwischen Washington und Baltimore auf den viertausend Hektar von Ford Meades liegt. Seinerzeit war das als verblüffende Kehrtwendung erschienen, hatte aber vielleicht seinen Sinn gehabt. Die Alternative wäre ein Lehramt gewesen.

Die NSA war eine mittelgroße Stadt, die unter anderem jeden Tag vierzig Tonnen an geheimem Papiermüll produzierte. Ihre offiziellen Insignien bestanden passenderweise aus einem grimmigen Adler, der einen Schlüssel umklammerte – um damit die Geheimnisse anderer zu erschließen oder die eigenen zu schützen, war unklar. Evas Abteilung SIGINT – *signals intelligence* – war so geheim, daß sich die NSA sogar weigerte, ihre Existenz zuzugeben. Mit Hilfe von Computeranlagen überwachte und analysierte Evas SIGINT-Gruppe den gesamten russischen Funkverkehr; die Satellitenverbindungen, die Mikrowellentelefonnetze innerhalb der Sowjetunion, die Unterhaltungen von Zivil- und Militärpiloten, Raketentelemetrie weit über dem Pazifik, die Sekundenbruchteile kurzen Signale von U-Booten, die ihren Basen Nachricht gaben, selbst die per Autotelefon getroffenen Verabredungen der Politbüromitglieder mit ihren jeweiligen Geliebten. In dem Augenblick, in dem ein elektromagnetischer Impuls die Erde verließ, gehörte er den riesigen elektronischen Ohren der NSA.

Warum also sollte es Eva nicht zur russischen Kodespezialistin der Agentur bringen? Sie war eine Meisterin beim Entziffern obskurer Texte, und sie hatte ihr ganzes Leben lang Russisch gesprochen. Wer also war besser für eine Karriere geschaffen, bei der es um das Entschlüsseln geheimer sowjetischer Kommunikation ging? Ihr Doktortitel in Linguistik erfüllte einen realen Zweck.

»Ich möchte, daß du mir ein bißchen beim Denken hilfst, Liebling«, sagte Eva jetzt. »Ich weiß, daß es vielleicht etwas sonderbar klingt, aber ich würde gerne über einige der Legenden sprechen, die sich um diesen Ort ranken. Ein Versuch, Tatsachen und Mythen voneinander zu trennen, verstehst du?«

Sie gingen jetzt nebeneinander die Treppe hinunter, die auf

den zentralen Innenhof führte, eine Fläche aus Sandstein- und Alabasterfliesen, die golden in der blassen Sonne schimmerten. Links von ihnen schien eine Treppe nach draußen zu führen, die jedoch tatsächlich gleich wieder in den Tempel hineinführte. Die Täuschungen nahmen gleich am Eingang ihren Anfang.

»Die Wahrheit ist, daß wir mehr oder weniger nur Geschichten zur Verfügung haben, obwohl Geschichten manchmal wahrer sein können als die sogenannte Historie. Die Standardversion besagt, daß hier die Stelle war, an der die Athleten rituelle Saltos über die heiligen Stiere schlugen.«

Die restaurierten Fresken um sie herum zeigten Gänge, die von anmutigen minoischen Priesterinnen bevölkert wurden. Ihre Augen waren aus grünem Malachit, die Gesichter wie weiß gepudert, die Lippen blutrot. Sie alle waren barbusig und trugen lediglich durchsichtige Leibchen. Während sie sich mit Straußenfedern Luft zufächelten, glänzten ihre Juwelen im Sonnenschein.

Es gab allerdings keine Fresken von dem mächtigen, blutrünstigen König Minos.

»Michael!« rief Eva, und ihre Stimme hallte von den dicken Wänden wider. »Dieser Ort ist mir immer ein bißchen unheimlich vorgekommen, weißt du noch? Nichts von der Leichtigkeit und Fröhlichkeit auf diesen Fresken scheint wirklich zu sein.«

»Dies ist einer der Gründe, warum ich anfing, mich zu fragen, ob es den Minoern nicht irgendwie gelungen ist, alle aufgeblasenen Gelehrten auf diesem Planeten zu Eseln zu machen.« Sie schritten die monumentale große Treppe hinunter und gingen die drei restaurierten Gänge entlang, von denen es ursprünglich fünf gegeben hatte. Sie führten zu den Räumen, die man die königlichen Gemächer nannte. »Vielleicht hatte dieser Ort deshalb keine Mauern oder Befestigungsanlagen, weil man nur hierherkam, wenn man tot war. Wer, zum Teufel, weiß das schon.«

Wie auch immer die Wahrheit aussah, die gespenstische Atmosphäre des Tempels schien die alten Geschichten noch lebendiger zu machen. Die Legenden berichteten, daß Pasiphaë, König Minos' Frau, in Leidenschaft für einen der heiligen weißen Stiere entbrannte. Und so beauftragte sie den Erfinder und Baumeister Daedalus, für sie eine hölzerne Kuh zu entwerfen, die mit Häuten umkleidet wurde. Pasiphaë verbarg sich darin, und es gelang ihr, den Stier anzulocken. Der Sproß dieser Vereinigung war gleichermaßen abscheulich – der Minotaurus, ein Monstrum mit menschlichem Körper und Stierkopf.

Vance und Eva umrundeten jetzt eine letzte Ecke in dem sich windenden Treppenlabyrinth. Unmittelbar vor ihnen lag das Gemach der Königin. Vor Vance erstand die Vergangenheit.

Die Fresken über den Alabasterbögen zeigten springende, kecke blaue Delphine in einem pastellfarbenen, von Seesternen und Seeigeln übersäten Meer. Und gleich unterhalb von ihnen befand sich das berühmte Schlafzimmer der Königin. Es war mit dem weit ausgedehnten Drainagesystem des Tempels verbunden, großen Steinkanälen, die in präzisen Parabeln gewölbt waren, um Turbulenzen zu kontrollieren und zu dämpfen. Daedalus war ein Ingenieur und Architekt gewesen, der die Probleme der Dynamik von Flüssigkeiten Tausende von Jahren vor der Erfindung von Windkanälen und Supercomputern gemeistert hatte.

»Mein Lieblingsraum. Das Schlafzimmer.« Vance holte die kleine Ouzoflasche aus der Tasche seines Regenmantels. In der feuchtkalten Luft der unteren Geschosse des Tempels brauchte er ein wenig Wärme. »Ich habe unaussprechliche erotische Gedankenspielereien angestellt, bei denen du – jetzt kann es ja gesagt werden – keine geringe Rolle gespielt hast.« Er reichte ihr die Flasche. »Willst du einen Schuß Superkraftstoff?«

»Schön zu hören, daß ich in all diesen Jahren einen Platz in deinen Erinnerungen hatte, selbst wenn sie nicht jugendfrei waren.« Eva nahm die Flasche mit einem wissenden Lächeln entgegen und trank einen Schluck. »Schmeckt wie Lakritze.«

Er lachte. »Verschnitten mit JP-7.«

»Michael«, fuhr sie fort und sah sich um, »vielleicht ist dies genau der Raum, in dem Pasiphaë den Minotaurus zur Welt gebracht hat. Was meinst du?«

»Das würde zu der Geschichte passen.« Er ging weiter, während sich seine Augen langsam an das dämmrige Licht gewöhnten. »Das einzige, was die Legenden tatsächlich sagen, ist, daß König Minos seinem Baumeister Daedalus befahl, ein geheimes Labyrinth im Keller des Tempels anzulegen, um die Kreatur darin unterzubringen. Aber niemand hat es jemals gefunden.«

»Ich glaube nicht, daß das Labyrinth nur ein Mythos ist. Das Labyrinth hat es wirklich gegeben, nur war es hier. Überall um uns herum. Wir sind jetzt mittendrin.« Eva gab ihm die Flasche zurück. »Es war dieser ganze unheimliche Tempel, dieses Reich der Toten. Nach all diesen Jahren komme ich schließlich zu der Ansicht, daß du vielleicht recht hattest.«

Bestätigt zu guter Letzt? War sogar Eva einsichtig geworden? Aber warum verspürte er keinerlei Befriedigung? Statt dessen überkam Vance dieses alte Frösteln, diese beinahe okkulte Intuition, die ihm schon damals gesagt hatte, daß der Tempel nicht der fröhliche Spielplatz war, für den ihn alle hielten. Wieder spürte er den Hauch des Todes.

Noch etwas anderes drang in sein Bewußtsein. War es Einbildung? In der zunehmenden Dunkelheit schienen die unteren Ebenen des Tempels völlig verlassen zu sein. Nur ein paar beharrliche deutsche Touristen diskutierten draußen in der Nähe des Parkplatzes. Und doch...

Sie waren nicht allein. Er konnte es fühlen. Er *wußte* es. Waren es die Geister der Toten?

Nein, es war weitaus realer. Irgend jemand war hier unten. Im Halbdunkel. Sie wurden beobachtet.

Er sah Eva an und versuchte, ihre Augen im Dämmerlicht zu erkennen. Spürte sie es auch? Daß jemand in der Nähe war, wartete, vielleicht zuhörte?

»Darling, laß uns noch mal auf den Daedalus-Mythos zurückkommen. In der Version, an die ich mich erinnere, hat er...«

»Alle neun Jahre wurde dem gefangenen Ungeheuer eine Gruppe von Mädchen und Knaben aus Athen zum Fraß geschickt. Eines Tages schloß sich der athenische Fürstensohn Theseus freiwillig dieser Gruppe an, um das Labyrinth zu bezwingen und mit dem menschenfressenden Minotaurus zu kämpfen. Als er auftauchte, verliebte sich Ariadne, die wunderschöne Tochter von König Minos, augenblicklich in ihn.«

»Ich liebe Mythen. Sie sind immer so realistisch.«

»Nun, Theseus ließ Ariadne später sitzen, entpuppte sich also wohl als Halunke. In jedem Fall gab Daedalus der Königstochter den Rat, Theseus ein Garnknäuel mitzugeben. Dieser befestigte es am Eingang des Labyrinths und wickelte es während des Gehens auf. Nachdem er das Ungeheuer getötet hatte, fand er mit Hilfe des Fadens wieder heraus und entfloh. Mit Ariadne. Unglücklicherweise fand Minos heraus, was geschehen war, und wurde so wütend, daß er den großen Architekten in einen Turm einsperrte. Aber Daedalus schaffte es herauszukommen und wollte von der Insel flüchten. Das war jedoch nicht einfach, denn Minos hatte alle Häfen geschlossen und ließ die Schiffe durchsuchen. Da erklärte Daedalus: ›Minos mag das Land und das Meer beherrschen, aber er beherrscht nicht die höheren Regionen.‹ Und er konstruierte ein paar Flügel, befestigte sie mit Wachs an seinen Schultern und schwang sich in den Raum empor. Als allererster Mensch. Bis dahin konnten nur die Götter die Erde auf dem Luftweg verlassen, wenn es ihnen beliebte.«

»Was?« Eva war ruckartig stehengeblieben.

»Daedalus. Du erinnerst dich doch. Der erste fliegende Mensch, ein uralter Menschheitstraum. Tatsächlich haben vor ein paar Jahren einige Amerikaner die Großtat mit einem nur von Menschenkraft angetriebenen Gleiter wiederholt. Sie schafften es hier von Kreta aus bis zur Insel...«

»Nein, du hast ›Raum‹ gesagt.«

»Habe ich?« Er lächelte. »Nenne es dichterische Freiheit. Warum auch nicht? In der damaligen Zeit konnte der Himmel wohl als Weltraum angesehen werden – wenn die Menschen damals überhaupt wußten, daß so etwas existierte.« Dann sah er Eva an und wurde ernst. »Was ist...?«

»Da war..., da war nur etwas im Hintergrund meines Bewußtseins.« Sie ging weiter.

Achselzuckend trank er einen weiteren Schluck Ouzo und folgte Eva den Gang hinunter, der zu dem berühmten Thronsaal führte. Er wappnete sich für das, was als nächstes kam.

Die Wände des Thronsaals waren mit Fresken der wuchtigen minoischen Körperschilde geschmückt. Sie hatten die Form einer Acht und kennzeichneten die Männerquartiere von Knossos. Und über König Minos' breitem Alabasterthron war sein furchtbares Herrschaftsemblem in den Stein gemeißelt, das Symbol seiner Herrschaft über die antike Welt.

Da war es. Vance nahm es genauestens in Augenschein, um sich zu vergewissern, daß es wirklich so aussah, wie er es in Erinnerung hatte. Er hatte recht gehabt. Es war, einschließlich der glatten Kurven der Schneide, völlig identisch mit dem ›Wasserzeichen‹ auf dem Blatt ›Papier‹, das ihm Alex gegeben hatte. Obwohl fast viertausend Jahre alt, war es das Firmenzeichen der neuen Daedalus Corporation.

Die minoische Doppelaxt.

Mittwoch, 18.12 Uhr

Nach einem der seltenen smogfreien Tage senkte sich die Dämmerung majestätisch über Tokio. Der Blick über die Stadt war besonders beeindruckend vom Penthouse im sechsundfünfzigsten Stock des mit Granit verkleideten Mino Industries Building aus. Das Eckbüro war in erdfarbenen Brauntönen gehalten und mit einem dicken Plüschteppich ausgelegt. Die massiven Türen am anderen Ende des Büros waren mit einer zweischneidigen

Axt verziert, und in der Mitte des riesigen Raumes, in dem sich sonst nur noch ein Schreibtisch befand, stand auf einem glänzenden Stahlpodest ein meterlanges Modell eines Flugzeugs, das in seiner Entwicklung weiter fortgeschritten war als alle anderen Flugzeuge, die die Welt jemals gesehen hatte.

Die Zimmertemperatur betrug konstant fünfzehn Grad, ein frostiges Behaglichkeitszugeständnis an die gelbbraune, zweieinhalb Meter große Schneeleopardin Neko, die jetzt auf ihrem Lager neben dem Fenster ruhte und nach unten blickte. Als Überlebende einer vom Aussterben bedrohten Spezies war sie während einer Himalaja-Expedition als halbverhungertes, mutterloses Jungtier gerettet worden und hatte sich in den vergangenen sechs Jahren zu dem verwöhnten Haustier des Penthousebesitzers gemausert.

An den schalldichten Wänden hingen in Goldrahmen Fotografien eines japanischen Managers, der mit Jimmy Carter in Tokio joggte, mit Ferdinand Marcos in Manila Golf spielte, von Linus Pauling in San Francisco eine Ehrung bekam und mit Henry Kissinger in Paris dinierte. Es handelte sich um denselben Mann, der jetzt hinter dem wuchtigen schiefergrauen Schreibtisch saß.

»Sie glauben, daß er Amerikaner war?« Tanzan Mino, Präsident und Geschäftsführer der Daedalus Corporation, einer Tarngesellschaft der Mino Industries Group, rückte seine helle Krawatte zurecht und musterte den Mann, der vor dem Schreibtisch stand. Tanzan Mino war gerade dreiundsiebzig geworden, aber die Energie seines straffen Körpers ließ ihn mindestens ein Jahrzehnt jünger erscheinen, wenn nicht sogar zwei.

»*Hai,* Mino-Sama.« Der Mann im dunklen Anzug verbeugte sich. »Wir haben Anlaß zu glauben, daß der Russe … Sie wurden dabei beobachtet, wie sie einen Umschlag tauschten.«

»Und Ihre Leute haben es versäumt, die beiden abzufangen?«

Der Mann verbeugte sich erneut, tiefer als zuvor. »Es wurde ein Versuch unternommen, aber unglücklicherweise konnte der

Sowjet entkommen. Und der Amerikaner... Meine Leute waren sich nicht sicher, welche Maßnahme angebracht war. Wir wissen, daß die Gelder nicht wie vorgesehen hinterlegt worden sind.«

Tanzan Mino seufzte und fuhr sich über die silbergrauen Schläfen. Seine dunklen Augen funkelten zornig, und sein Blick schien den unbehaglich von einem Fuß auf den anderen tretenden Vizepräsidenten zu durchbohren.

Damals in den alten Zeiten, als er die Operationen des Minogumi-Clans noch auf Straßenebene leitete, wären für diese Art von Versagen Fingerglieder abgetrennt worden. Aber nunmehr hatte sich die Organisation modernisiert. Tanzan Mino operierte in einer Welt, die sich Computern und der Hochfinanz verpflichtet fühlte. Es war ein neues Zeitalter, eines, das er insgeheim verabscheute.

Er hatte von Anfang an befürchtet, daß Schwierigkeiten auftreten würden. Die Idiotie der modernen japanischen Finanzbestimmungen hatte ihn gezwungen, die Schmiergelder gründlich zu waschen. In den alten Zeiten, als er der Mann Washingtons war und die Liberaldemokratische Partei kontrollierte, hätte kein Finanzamt der Welt gewagt, die Bücher irgendeiner seiner Tarnfirmen zu überprüfen. Aber nachdem ein einzelgängerischer Schweinehund namens Vance – auch noch vom CIA! – das heimliche Einverständnis zwischen ihm und der *Firma* an die große Glocke gehängt hatte...

Er hatte für die Anfangsfinanzierung des Projekts und die politischen Voraussetzungen gesorgt, mit Kreditbriefen, eigenen Wechseln und seinem Wort. Und schließlich konnte, wenn nötig, die volle Finanzierung durch Teilverkäufe seines großen Immobilienkonzerns auf Hawaii gesichert werden.

Aber die kurzfristigen Kosten – und die notwendigen Zuwendungen an die LDP – waren etwas ganz anderes. Bei der japanischen *Kosaihi,* der ›Geldpolitik‹ mit Geschenken und unverhohlener Bestechung, bedeutete Verschwiegenheit alles. Er erinnerte sich, wie er dafür sorgen mußte, daß der mächtige Yoshio Kodama, ein Parteifürst, mit dem zusammen er einst praktisch das japanische Parlament und die japanische Presse in der Tasche gehabt hatte, die Verantwortung für die CIA-Lockheed-Bestechungsaffäre übernahm. Er war gerade noch einmal davongekommen. Zwar hatte es nur zwölf Millionen in amerikanischer Währung an japanische Politiker bedurft, aber es hatte die Spielregeln für immer geändert. Heutzutage – insbesondere nachdem das Recruit-Debakel die LDP abermals in Mißkredit gebracht hatte – mußten die Gelder gewaschen werden und durften nicht rückverfolgbar sein.

Versprechen waren gemacht, Terminpläne abgezeichnet, der Schleier absoluter Verschwiegenheit gewahrt worden. Alles war arrangiert. Die Sowjets, inkompetent, wie sie waren, hatten keinen Schimmer von dem weiterführenden Plan.

Jetzt hing alles von den Finanzen ab. Er brauchte die Gelder sofort.

Tanzan Mino drehte sich in seinem Sessel zur Seite, drückte einen grauen Knopf auf seinem Schreibtisch und beobachtete, wie die Fensterjalousien nach oben glitten. Neko erhob sich aus ihrer trägen Stellung, sträubte ihr geflecktes helles Fell und blickte nach unten. Dies war der Panoramablick, den sie fast so zu lieben schien wie er selbst. Für sie war es vielleicht die Erinnerung an einen verschneiten Himalaja-Gipfel, für ihn war es die riesige Ausdehnung Tokios mit dem eleganten Gipfel des Fudschijamas im Westen und dem geschäftigen Hafen von Yokohama im Süden. Von dieser Position an der Spitze der machtvollen Finanzwelt Japans aus wollte Tanzan Mino mit zwei letzten Triumphen seine Karriere krönen. Er wollte, daß Japan im einundzwanzigsten Jahrhundert die Führung im Weltraum übernahm, und er wollte, daß sein Land endlich zu der Rolle fand, die historische Bedeutsamkeit für die Zukunft besaß: ökonomische Beherrschung des asiatischen Kontinents von Sibirien bis Malaysia und damit die Befreiung vom Gespenst der Energie-

und Rohstoffabhängigkeit. Der Plan, der jetzt angelaufen war, würde beides herbeiführen.

Tanzan Mino ignorierte den vor seinem Schreibtisch stehenden Vizepräsidenten und wandte seinen Blick dem Flugzeugmodell zu. Es war eine perfekte Nachbildung – Maßstab eins zu hundert – des Raumflugzeugs, das die Zukunft revolutionieren würde, des Symbols, das bald für den Übergang seines Landes in das kommende High-Tech-Zeitalter stehen würde.

Dann schweifte sein Blick ab.

»Sie waren sich nicht sicher, welche Maßnahme angebracht war?« Er lehnte sich zurück, legte die Fingerspitzen aneinander, und Traurigkeit trat in seine Stimme. »Wissen Sie, es gab einmal eine Zeit, in der ich dachte, daß Japan eines Tages den Geist wiedergewinnen könnte, den wir verloren haben, den Geist des *Bushido*. In vergangenen Jahrhunderten mußte sich ein Samurai niemals fragen, ›welche Maßnahme angebracht war‹. Er handelte intuitiv. Instinktiv. Verstehen Sie, was ich meine?«

»*Hai, wakarimasu.*« Der Mann verbeugte sich steif.

»Ich bin darauf vorbereitet, Billionen Yen in dieses Projekt fließen zu lassen. Legale, saubere Gelder. Demnach ist die Summe, die jetzt zur Debatte steht, nahezu bedeutungslos. Sie ist jedoch der Köder, den wir brauchen, um die Falle aufzustellen, und muß genauso gehandhabt werden, wie ich es dargelegt habe.«

»*Hai,* Mino-sama.« Wieder verbeugte sich der Mann.

»Wenn Sie das nächste Mal vor mir stehen, möchte ich hören, daß die gewaschenen sowjetischen Gelder wie vereinbart bei der Shokin-Gaigoku-Bank hinterlegt sind. Sie haben eine Woche Zeit.« Er wandte sich langsam wieder dem Fenster zu. »Muß ich Ihnen also sagen, was Sie zu tun haben?«

Der Mann verbeugte sich ein letztes Mal. Er wußte, was von ihm erwartet wurde.

3.

Mittwoch, 19.38 Uhr

»Michael! Und Eva! Nach so langer Zeit! Was für eine Überraschung!« Das sonnengebräunte Gesicht des alten Griechen verzog sich zu einem breiten Lächeln, so daß sich unter seinem grauen Bart die letzten gesunden Zähne zeigten. »*Parakaló*, ihr müßt für ein Glas *Raki* und ein paar von Adrianas *Meze* hereinkommen. Sie würde es mir sonst nie verzeihen.«

Sie waren beim Hotel vorbeigefahren, dann hierhergekommen. Obwohl Zenos kleine Taverne im Zentrum Iraklions lag, war die Fassade ländlich und besaß einen Laubengang. Eine nackte Glühbirne hing verloren in der Mitte der Veranda und durchdrang mit ihrem Licht die Dämmerung, die sich jetzt über den Platz mit dem Namen Platia Eleftherias senkte, auf dem gerade die abendliche *Volta* begann. Einst die keusche Promenade heiratsfähiger junger Frauen, war diese inzwischen zu einer ohrenbetäubenden Horde von Motorradfahrern geworden, mit Mädchen in hautengen Jeans auf den Rücksitzen. Und die wachsamen Mütter von einst glänzten durch Abwesenheit. Die Zeiten hatten sich hier seit seinem letzten Aufenthalt wirklich verändert.

»Zeno.« Vance schüttelte seine Hand und ließ sich in die Arme nehmen. Während der Fahrt hatte er sich gefragt, was der alte Grieche von dem plötzlichen Wiederauftauchen Evas halten würde. Seit jener letzten Reise waren sie nie wieder zusammen hiergewesen, und das war mehr als ein Jahrzehnt her. »Schenkst du noch immer den übelsten *Raki* in dieser Stadt aus?«

»Aber natürlich. Niemals deinen geliebten Tequila, Michael.« Zeno kicherte mit aufrichtigem Vergnügen, denn er erinnerte sich, daß Vance seine hochprozentige Version des Ouzo wie ein Einheimischer hinunterschütten konnte. »Ah, weißt du, Michael, dein Vater wollte ihn nie anrühren. Du hingegen...«

Er winkte die beiden durch den *Kafeneion*-Eingang und ging hinkend voraus. Das Innere des Hauses war dunkel und roch nach griechischen Zigaretten und Retsina. Doch die Gerüche aus der Küche drängten alle anderen Düfte in den Hintergrund – scharfes Olivenöl und Zwiebeln, Knoblauch und Kräuter, schwarzer Pfeffer und Oregano. An den Holztischen erkannte man im Schummerlicht alte Griechen, die Kaffee und Raki tranken und miteinander plauderten. Von den weißen Lehmwänden hallte das Klacken von *Komboloi* und *Tavli* wider, griechisches Backgammon.

»Dann aber«, fuhr Zeno fort, »diese letzte Reise, dein Geburtstagsgeschenk an ihn. Als er in den Ruhestand trat. Erinnerst du dich? Als wir drei an diesem Tisch saßen, dort in der Ecke. Er bestellte eine Flasche meines Raki und trank ein Glas mit mir. Wir wußten beide, daß es unser Abschied war.« Seine Augen waren ganz dunkel geworden. »Ja, daß er letzten Endes mit seinem berühmten Sohn hierherkam, war eine Art Weihe, Michael. Er hat die Fackel an dich weitergereicht, damit du seine Arbeit fortsetzt.«

Die letzten Worte wurden mit einem leichten tadelnden Unterton hervorgebracht. Aber dieser war schnell verschwunden, als er sich umdrehte, eine Verbeugung vor Eva machte und dann mit einer galanten Geste ihre Hand nahm. Die alten Griechen im Raum hätten es vorgezogen, bis auf eine folgsame Bedienung keine Frauen in ihrer männlichen Freistatt zu haben, aber die traditionelle Gastfreundlichkeit überwand alles. »Es ist so gut, euch beide wieder zusammen zu sehen.« Zeno lächelte warm, als er aufschaute. »Noch einmal herzlich willkommen in unserem bescheidenen Heim.«

Eva verbeugte sich ebenfalls, machte dann auch ihm Komplimente in makellosem Griechisch.

»So schön *und* so klug.« Er strahlte. »Du bist noch immer der Schatz, an den ich mich erinnere. Du bist eine Göttin.« Er küßte ihr die Hand. »Wie ich Michael schon gesagt habe, könntest du sehr gut von dieser Insel stammen. Nein, mehr noch. Du könntest minoisch sein. Du hast große Ähnlichkeit mit den ›*Parisiennes*‹ des Tempels. Hat er dir das jemals gesagt?«

»Nicht oft genug.« Sie bedachte ihn mit ihrem sinnlichsten Lächeln. »Aber er hat ja auch nie deinen Blick für Frauen gehabt.«

»Ah.« Der alte Mann wurde rot. »Ich habe mehr als nur den Blick. Wenn ich dreißig Jahre jünger wäre, könnten du und ich...«

»Zeno, bevor du Eva mit deinem legendären Charme ertränkst, laß mich sie zuerst auf den neuesten Stand bringen.« Vance lachte. »Sie befindet sich gegenwärtig in der Gesellschaft des Mannes, der wahrscheinlich der reichste Tavernenbesitzer von ganz Kreta geworden ist.«

Das stimmte. Zeno Stantopoulos war in der Tat in vielerlei Hinsicht ein reicher Mann geworden. Sein Vater hatte einst auf dem Grund und Boden, auf dem jetzt der ausgegrabene Tempel von Knossos stand, Landwirtschaft betrieben. Die stattliche Summe, die Sir Arthur Evans für die Stätte bezahlt hatte, war in Schuldverschreibungen investiert worden, die dann kurz vor dem Krieg in Zenos Besitz übergingen. Zeno hatte die Weisheit besessen, sie in Gold umzuwandeln und dieses während der deutschen Besatzung Kretas in der Schweiz zu verstecken. Nach dem Krieg hatte er das Geld zum Kauf von zahllosen Hektar mit heruntergewirtschafteten Olivenhainen im Süden verwendet, die er wieder zu vollen Erträgen brachte. Heutzutage stieg und sank der Ölpreis, aber Zeno machte immer seinen Profit.

Sein wahrer Reichtum war jedoch von ganz anderer Art. Zeno Stantopoulos war über alles informiert, was auf Kreta passierte. Sein *Kafeneion* war *der* Umschlagplatz für Gerüchte und Informationen auf der Insel.

»Hören Sie nicht auf ihn, Madam.« Er zwinkerte ihr zu und geleitete sie beide zu dem großen Tisch im Hintergrund, in der Nähe der Küche. Der Tisch war weit und breit als Ehrenplatz bekannt, als der Platz, an dem Zeno Stantopoulos hofhielt. Er war auch das Zentrum des griechischen Widerstands während der Besetzung durch die Nazis gewesen, wo Zeno seinen Teil zum Töten und Sprengen beigetragen hatte. Das Hinken stammte allerdings aus den Fünfzigern, als er von den rechten Obristen eingesperrt und gefoltert worden war, weil er den Widerstand des Volkes gegen sie organisiert hatte.

»Kommt, feiern wir mit einem Glas meines Raki.« Er wandte sich wieder Eva zu. »Ich sollte dich daran erinnern. Du hast ihn einmal flüssiges Feuer genannt.«

Er klatschte in die Hände, und Adriana lugte durch die Küchentür, ihr schwarzes Tuch straff um die Schultern geschlungen. Als sie die beiden schließlich erkannte, humpelte sie vorwärts, wobei sich ihre düsteren griechischen Augen in einem Lächeln erhellten.

»Ihr habt euch überhaupt nicht verändert.« Eva umarmte sie. »Ihr seht beide großartig aus.«

»Die Zeit, meine Freunde, die Zeit. Die hat sich geändert«, sagte Zeno. »Für lange Wege benutze ich jetzt einen Stock. So wie Michaels Vater, als er zuletzt hier war. Als ich ihn sah, dachte ich, daß ein hohes Alter Gottes Rache an uns Sündern sein muß. Und nun geht es mir genauso.« Er lächelte und zwinkerte ihnen zu. »Aber ich will euch ein Geheimnis verraten. Fragt Adriana. Noch brauche ich keinen Stock für alle meine Übungen.« Er nickte liebevoll in ihre Richtung. »Ich kann diese Schönheit noch immer dazu bringen, morgens mit einem Lied auf den Lippen aufzuwachen.«

Das stimmte wohl, argwöhnte Vance. Adriana hatte mehr als einmal angedeutet, daß jede Nacht mit Zeno noch immer wie auf der Hochzeitsreise war.

»Ach, Michael«, seufzte Zeno, »ich vermisse es noch immer, im Sommer deinen lieben Vater hier bei uns zu sehen. Ihr zwei zusammen habt unsere Seele inspiriert. Die antike Seele Kretas.«

An dieser Stelle verbeugte sich Adriana mit den Worten, daß

sie in die Küche zurückkehren müßte, wo sie letzte Hand an ihre ureigene *Kalamarakia*-Version, gebratenen Tintenfisch, zu legen hatte.

Ihr bäuerliches Gesicht verbarg ihre Gedanken gut. Doch Vance kannte sie lange genug, um in ihren dunklen Augen lesen zu können. Sie wußte noch nicht genau, was sie mit Evas Wiedererscheinen anfangen sollte. Sie sprach passables Griechisch, sicher, was eine ganze Menge zählte, aber sie trug noch immer keinen Ehering. *Adinato!*

»Michael, laß dich nicht von Adriana mästen.« Zeno blickte seiner Frau nach und wandte sich dann wieder ihnen zu. »Auf euer Wohl.« Er stieß mit ihnen an. *»Eis hygeian.«*

»Eis hygeian.« Vance trank einen Schluck und genoß den Augenblick. Alte Freunde wiederzusehen, wirkliche Freunde, gehörte zu den schönsten Momenten im Leben.

»Und jetzt sagt mir, wie lange werdet ihr beide uns diesmal besuchen?« Zenos kretische Gastfreundlichkeit kannte keine Grenzen. »Vielleicht länger als beim letzten Mal? Habt ihr euch endlich entschlossen, auf Dauer hierzubleiben, um uns vielleicht noch einmal berühmt zu machen?«

»Ich kann nicht für Eva sprechen, aber mich hat man gebeten, bei der neuen deutschen Ausgrabung unten in Phaistos vorbeizuschauen. Ein Projekt mit dem Ziel, den dortigen Tempel zu restaurieren, so wie Evans Knossos rekonstruiert hat.« Vance blickte zu Eva hinüber. Sie trank von dem lauwarmen Raki mit demselben Genuß, den sie normalerweise eiskaltem Stolichnaya vorbehielt. »Heute abend sind wir jedoch ganz einfach Touristen. Hier, um euch beide wiederzusehen.«

In diesem Augenblick kam Adriana mit einem riesigen Eichentablett aus der Küche zurück. Mit großer Geste tischte sie alles auf – gebratenen Tintenfisch, Ziegenkäse, gefüllte Weinblätter, *Melidzanosalata,* ihr mit Knoblauch, Zwiebeln und Kräutern gewürztes Auberginenpüree und, nicht zu vergessen, ihre Spezialität: rosa *Taramasalata,* Barbenrogen mit Olivenöl.

»Nebenbei bemerkt, wir waren heute nachmittag kurz beim Tempel in Knossos.« Vance nahm einen Bissen *Kalamarakia,* begleitet von Adrianas beifälligen Blicken.

»Natürlich, der Tempel.« Zeno lächelte. »Ich liebe ihn noch immer. Ich sollte wahrscheinlich öfter selbst hingehen, wenn auch nur, um mich an die Tage meiner Kindheit während der Restauration zu erinnern. Aber bei all den Touristen...« Er kaute an einem Stück Tintenfisch und blickte hinaus zu den Musikanten auf der Straße. »Vielleicht sollte man sich in diesen Tagen mehr um ihn kümmern. Aber leider sind wir nicht so reich, wie es König Minos war.« Er zuckte die Achseln und griff nach einer Rolle *Dolmadakia.* »Immerhin, wir sind nicht vergessen. Heute zählen wir vielleicht in den Augen der Welt nicht viel, aber dein Buch hat uns noch einmal flüchtigen Ruhm eingebracht. Von überallher sind Gelehrte gekommen...«

»In der Hoffnung, mich widerlegen zu können.« Vance lachte und trank einen Schluck Raki.

»Was für eine Rolle spielt das, mein Freund? Sie sind gekommen.« Zenos Miene hellte sich auf. »Sogar heute. Nur um es dir zu beweisen. Heute war ein Mann hier, der dein berühmtes Werk über den Tempel bei sich hatte. Er hat sogar...«

»Heute?« Vance blickte hoch. Hatte er mit seinem Gefühl recht gehabt?

»Ja, heute. Draußen auf der Veranda. Er hat sogar einige von Adrianas *Meze* probiert.« Er nickte ihr zu. »Er gefiel mir nicht, und hier drinnen sind nur unsere Freunde willkommen, Buch hin, Buch her.«

»Wollte er nach Knossos?« fragte Eva plötzlich mit großen Augen dazwischen. »Zum Tempel?«

»Er hat danach gefragt. Warum sonst sollte er das Buch dabeihaben?« Zeno zuckte die Achseln und nahm dann die Oktopusschüssel in näheren Augenschein, um ein besonders dickes Stück zu finden. »Weißt du, Michael, ich konnte dein Buch nie ganz zu Ende lesen. Aber deine Bilder von den Fresken...« Er machte eine Pause, um auf dem Oktopus herumzukauen, glättete dann seinen grauen Bart und wandte sich wieder an Eva. »Die Fresken der Frauen. Sie liebe ich am meisten von allen. Dann und wann sehe ich hier im Leben eine Frau, die genau wie sie aussieht. Nicht oft, aber es kommt vor. Und du bist eine dieser seltenen Geschöpfe, meine Eva. Ich schwöre, daß du eine Minoerin bist.« Er wandte sich Vance zu. »Sieh sie dir an, Michael. Oder bist du anderer Meinung?«

»Zeno.« Eva griff nach seiner knorrigen Hand. »Es paßt nicht zu dir, etwas zu vergessen. Meine Vorfahren sind Russen, erinnere dich. Aus der Steppe.«

»Ah, natürlich. Verzeih mir. Aber weißt du, das beweist es nur.« Er nickte bekräftigend. »Die Minoer, so erzählt man sich, sind vor Tausenden von Jahren aus Zentralasien gekommen. Die ›dunkelhaarige Tochter des Minos‹ war eine orientalische Schönheit, genauso wie du es bist. Ich bin dessen ganz sicher. Sieh dir die Fresken an.«

»Zeno, sag mir eins.« Vance streckte die Hand aus, um weiteren Raki in ihre Gläser zu gießen. »Der Mann, den du gerade erwähnt hast. War er Grieche?«

»Nein, es war ein Ausländer.« Zeno kaute nachdenklich. »Ich habe nie jemanden gesehen, der ihm ähnlich war. Er hatte eine eigenartige Art zu sprechen. Um die Wahrheit zu sagen, Michael, er gefiel mir überhaupt nicht. Kein bißchen.«

»Was genau hat er gesagt?«

»Das war es nicht. Es war etwas anderes. Ich weiß es nicht.«

»Und er ist wohin gegangen – zum Tempel?«

»Ich habe gesehen, wie er ein Taxi nahm, das war alles. Aber ob er zum Tempel gefahren ist oder irgendwohin in den Süden, wissen nur die Götter.« Er wandte den Blick ab. »Vielleicht kann ich es morgen herausfinden.«

»Hatte dieser Mann einen Bart?« setzte Vance nach.

»Nein. Was mir am meisten aufgefallen ist, war, daß an einem Finger ein Glied fehlte. Merkwürdig. Ich habe besonders darauf geachtet. Seine Gesichtszüge waren fast asiatisch, würde ich sagen.« Er hielt inne, drehte sich um und bat Adriana, eine neue Flasche Raki zu holen. »Vielleicht stammte sein Akzent aus jenem Teil der Welt.« Er sah Eva an. »Ich vermute, du hättest es gewußt, meine wunderbare Eva, meine minoische Königin.«

Seine Blicke blieben noch einen Moment an Eva hängen, dann erhob er sich. »Genug. Jetzt müssen wir alle etwas zu Abend essen. Ich bin sicher, daß ihr nicht den ganzen restlichen Abend hier in der Gesellschaft eines verkrüppelten alten Griechen verbringen wollt.«

Zeno verschwand in der Küche, um die schönsten Stücke aus dem Fang des Tages auszuwählen. Und so aßen sie an diesem dunstigen Abend vom Besten, was die Insel zu bieten hatte – *Barbounia,* Rotbarbe, die Adriana im Ganzen grillte und mit kretischen Limonenscheiben servierte. Danach kam ein Traubendessert und weicher, frischer *Myzithra*-Käse, angemacht mit dunklem Honig aus den Bergen in der Nähe von Sfakiá. Und zum Schluß brachte Adriana dann ihren eigenen *Soumada,* einen vollmundigen Nektar aus gepreßten Mandeln.

Nach weiterem Raki wurde Zeno überredet, seine uralte *Bouzouki* hervorzuholen und einige traditionelle Lieder zu spielen. Die Musik wurde schneller und hitziger, und dann – nach nur leichtem Drängen – rückte Eva die Tische zur Seite und begann zu tanzen. Ihre russischen Zigeunerbewegungen erschienen beinahe griechisch.

Als sie schließlich aufbrachen, war es fast Mitternacht. Die *Volta* hatte sich längst aufgelöst. Der Himmel über ihnen war sternenklar. Und Michael Vance und Eva Borodin waren betrunken. Sehr betrunken.

Mittwoch, 23.34 Uhr

»Weißt du, früher war das mit uns etwas ganz Besonderes«, meinte Vance, als sie die regennasse Straße in Richtung Hotel hinunterwankten. »Alles war irgendwie außergewöhnlich. Was wir taten, war essen, trinken und reden. Und lieben. Heute nacht haben wir drei Sachen davon hinter uns und noch eine vor uns.«

»Du bist ziemlich betrunken, mein Lieber.« Eva lachte und sah ihn an. »Ein Mädchen lernt es, auf irreführende Reklame zu achten.«

Er schlang den Arm um sie. Elf Jahre, und in gewisser Weise war es so, als würde alles noch einmal passieren.

»Ich schrecke nie vor einer Herausforderung zurück.«

»Darauf trinke ich.« Ihre Stimme deutete an, daß sie nicht vollkommen abgeneigt war. »Haben wir noch etwas...?«

»Da ist immer noch diese Flasche Ouzo im Wagen.«

Sie blieb ruckartig stehen. Ihre Haare klebten an ihrem Gesicht, während sie die Hände über ihren Körper gleiten ließ. »Minoisch, das hat Zeno gesagt. Was wäre, wenn es stimmt?« Sie wandte sich ihm zu. »Was wäre, wenn ich dasselbe heiße Blut in mir hätte wie die Königin, die einen Stier verführte? Stell dir vor, wie *das* wäre.«

»Soweit ich mich erinnere, könntest du das vermutlich zuwege bringen.«

Sie vollführte einen weiteren russischen Zigeunertanz auf der vor Nässe glitzernden Straße. »Ich möchte eine Minoerin sein, Michael. Ich möchte durch Raum und Zeit fliegen. Über Stiere springen, vielleicht sogar...« Betrunken drehte sie sich um sich selbst.

»Warum es nicht tun? Das Schlafgemach der Königin.« Er machte halt und starrte auf das Galaxy Hotel, das ultramodern und protzig in den Regen ragte. Der Swimmingpool war geschlossen, aber die Disco plärrte noch. »Zum Teufel mit allem. Ich bringe dich wieder hin. Heute nacht.«

Neben dem Eingang zur Hotelhalle stand der gemietete Saab. Vance blickte auf die halbvolle Ouzo-Flasche, die auf dem Sitz lag, und zog Eva in seine Arme. »Komm. Und halte dich bereit.«

»Ist das ein Versprechen?« Sie schmiegte sich an ihn und suchte seine Lippen.

»Keine Zeit zu verschwenden.« Er küßte sie und fing an, nach den Autoschlüsseln zu suchen.

Sie inspizierte schwankend das Innere ihrer Handtasche. »Ich glaube, ich habe hier drin eine Kerze für den Notfall. Wir nehmen sie zur Beleuchtung. Das reicht.«

»Ich hoffe nur, daß ich nicht zu angeschlagen bin, um in diesem Regen zu fahren.«

»Das solltest du besser nicht sein. Ich bin es jedenfalls.«

»Wen kümmert's? Tun wir es einfach.« Er schloß den Wagen auf und half ihr hinein. Ihr Körper und ihr Duft erregten ihn. Er war zu der Ansicht gekommen, daß er es mit allen aufnehmen konnte, einschließlich irgendeines geheimnisvollen Fremden, der sein Buch mit sich herumtrug.

Die Nacht war frisch, und über den Bergen zeigten sich die Blitze eines Frühlingsgewitters. Während sich der Saab durch die engen Gassen wand, die aus der Stadt hinausführen, öffnete Eva völlig betrunken das Schiebedach, um den Regen hereinzulassen. Als sie die kurvige Landstraße erreichten und die Scheinwerfer den niederströmenden Regen durchdrangen, umrauschte sie der Wind, wild und frei.

Der Parkplatz von Knossos war leer und verlassen. Sie stellten den Wagen ab und entdeckten eine Öffnung im Schutzzaun. Der Tempel lag vor ihnen.

»Geht ja ganz leicht.« Vance nahm Evas Hand und half ihr durch die Öffnung im Zaun. »Ich schlage gleich hier einen Toast vor. Auf die Vergangenheit und die Zukunft.«

»Wenn ich noch viel mehr davon trinke, werde ich vielleicht nicht mehr dasein, um die Zukunft zu erleben, aber ich werde glücklich sterben.« Eva griff nach der Flasche.

Als sie über den verlassenen, im Regen unheimlich wirkenden Innenhof gingen, meinte Michael beinahe das Gebrüll der Menge zu hören, die hier vor fast viertausend Jahren saß, um die gefleckten Stiere zu sehen, die auf junge Athleten losstürmten. Ein heftiger Windstoß brachte ihre Kerze zum Flackern und machte die Schatten, die die rätselhaften Frauen auf den Fresken umtanzten, noch unheimlicher.

»Jetzt fühle ich mich wirklich wie eine Minoerin.« Eva ging mit dem schwankenden Licht die große Treppe hinunter. Dann rief sie, so daß ihre Stimme durch das Labyrinth der zugigen Gänge hallte: »Ich bin die Königin. Ich bin Pasiphaë. Wo ist mein weißer Stier?«

»Eva, du bist betrunken!« schrie er zurück.

»Ich bin berauscht, das ist etwas anderes.« Sie lachte leise und kehlig. »Ich bin von dem Tempel berauscht. Von dem Gedanken an meinen Stier, den ewigen Mann.« Ihre Stimme hallte in der Stille. »Weißt du über ewige Männer Bescheid, mein Lieber? Sie sind wie ewige Frauen, nur härter.« Sie grinste ihn an, ging dann weiter die breiten Marmorstufen hinunter.

Während sie mit der Kerze in der Hand nach unten schwebte, sog er die feuchte Luft ein, die nach Jasmin duftete. Gemeinsam bewältigten sie die letzten Stufen, und dann breitete sich vor ihnen das Schlafgemach der Königin aus, wo die blauen Delphine in dem pastellfarbenen Meer umhertollten. Michael Vance trat ein paar Schritte vor und tätschelte den Alabaster des Portikus. »So hart wie das hier soll dein ewiger Mann sein? Dies ist eher ein Härtetest für den ewigen weiblichen Hintern.«

Sie warf sich zu Boden, streckte dann die Hand nach ihm aus und erkundete seinen regennassen Schenkel. »Ich bin bereit für etwas Hartes in mir.« Ihre Stimme klang seltsam losgelöst.

»Wann hast du angefangen, so zu reden?« Es gefiel ihm. »Nicht einmal in den alten Zeiten...«

»Als ich eine Minoerin wurde, mein Lieber. Als ich die Blutsverwandte der Königin Pasiphaë wurde.«

Sie wand sich aus ihrem durchnäßten braunen Kleid und schleuderte es auf den Boden. Als sie anfing, sich vor dem Fresko der Delphine hin und her zu bewegen, hatte er das eindeutige Gefühl, daß sich die Zeit drehte, daß der Fluß der Jahrhunderte in rückwärtiger Richtung verlief. Vielleicht *war* Eva niemand anderes als die wiedergeborene Pasiphaë. Der Raum war parfümiert und heiter, wie geschaffen für eine Königin.

Eva bückte sich und stellte die Kerze sorgsam auf den Stein. Sie blickte hoch. »Gib mir noch etwas von diesem Ouzo«, sagte sie. »Es gefällt mir hier sehr. Es ist unheimlich und wundervoll.«

Nun, dies war ganz gewiß die moderne Eva. Als sie sich ihm näherte, fühlte sich ihr Körper so an, wie er ihn in Erinnerung hatte. Vielleicht reifer jetzt, mit einer Üppigkeit, die ein bißchen mehr Rubens als Botticelli war, aber die Haut ihrer Brüste, ihrer Schenkel war so weich wie immer. Und das dunkle Dreieck war noch immer verheißungsvoll und angefüllt mit ihrem Wohlgeruch.

»Nimm mich. Fest. Wie ein Stier. Ich will wissen, was sie gefühlt hat.« Sie ließ sich auf den Stein zurücksinken, als er in sie eindrang. *»Ja!«*

Während der Regen auf den Innenhof über ihnen prasselte, begann der antike, bedrohliche Raum ihre Sinne zu umfangen und zu beherrschen. Die Brustwarzen, die sich gegen ihn drängten, waren hart und fordernd. Es war ein Rausch außerhalb von Zeit und Raum.

Sie warf leise stöhnend den Kopf von Seite zu Seite, als Orgasmen ihren Körper durchbebten, die in ihren Lenden anfingen und nach oben fluteten. Sie bäumte sich auf und warf ihre Haare zurück. Dann zog sie die Beine hoch, umklammerte ihn, so als würde sie versuchen, ihn und sich selbst in einem Ritual purer bacchantischer Wildheit zu verschlingen. Ihr Atem kam plötzlich stoßweise – kein Keuchen der Lust, sondern ein Ringen nach Luft.

Eva, Eva, dachte er plötzlich, du bist hier, um dich zu befreien, um zu entfliehen. Ich kenne dich zu gut. Du bist in Wirklichkeit gar nicht mehr in diesem Raum. Du willst es sein, aber du bist es nicht. Du bist irgendwo in einem Reich der fremdartigen Kreaturen, der Magie und des blutrünstigen Minotaurus.

Und doch, und doch... hatte er sich ihr nie näher gefühlt...

Eine letzte Zuckung brachte sie gemeinsam zum Höhepunkt, und dann fiel sie wie betäubt zurück. Das Kerzenlicht tanzte über den Alabaster und ließ geisterhafte Erscheinungen an den Delphinen vorbeihuschen. Noch immer außer Atem, griff sie nach der Ouzoflasche, trank durstig und ließ sich wieder auf den Stein zurücksinken. Nach einem langen Augenblick zog sie ihn an sich.

»Michael, halt mich fest.« Sie kuschelte sich in seine Arme. »Oh, Liebling, halt mich ganz fest.«

Er drückte sie an sich, und die Berührung ihrer Haut war sinnlicher als alles, an das er sich erinnern konnte.

Aber der Tempel erfüllte sie mit seiner düsteren Gegenwart. Er umfing sie jetzt wie ein Grab, schicksalsschwer wie der Tod. Schließlich hob er Evas Gesicht an und blickte in ihre dunklen Augen. Sie waren wie von Angst überflutet.

»Hör mal, du mußt mir erzählen, was los ist. Ich will den wahren Grund erfahren, aus dem du hier bist, und ich will ihn jetzt erfahren. Ich hatte irgendwie gehofft, daß ich der Grund bin, aber...«

»Das ist es zum Teil auch, wirklich.« Sie küßte ihn fest auf den Mund und begann dann, in ihrer Handtasche nach der zerknautschten Dunhill-Packung zu kramen, um ihre Selbstsicherheit zurückzugewinnen. »Himmel, war das eine heiße Nummer. Ich liebe es, hier mit dir zu sein.«

»Du weichst aus. Immer wenn du nicht...«

»Du hast recht.« Sie nahm eine Zigarette heraus, zündete sie an und inhalierte tief. »Jetzt weiß ich, warum Pasiphaë so merkwürdige Ideen hatte. Dieser Raum hat eine ganz besondere Wirkung.«

»Dann sollten wir ihn schnell verlassen.«

Sie sah ihn an und lächelte. »Nein, Liebling, du willst mich nur aus der Reserve locken. Ich erinnere mich sehr gut daran. Es ist noch genug Zeit für eine Zigarette.«

»Manche Dinge werden mit zunehmendem Alter besser.« Er betrachtete sie eingehend. Doch als sein bewundernder Blick an ihrem Gesicht hängenblieb, wurde ihm klar, daß sie Angst hatte. »Verdammt noch mal, Schluß jetzt. Erzähl mir, was los ist.«

»In Ordnung.« Sie seufzte und lehnte sich gegen den Sims des Portikus zurück. »Nun, fangen wir ganz am Anfang an. Ich hatte da in letzter Zeit jemanden.«

»Ich mache dir einen Vorschlag«, unterbrach er sie. »Du ersparst mir deine Beziehungsgeschichten und ich dir meine. Dies ist wirklich nicht der richtige Augenblick, um Intimitäten auszutauschen.«

»Ich wette, daß du da selbst eine ganze Menge zu berichten hättest.« Sie musterte ihn spöttisch.

»Nun mal langsam.« Sicher, es hatte immer Frauen in seinem Leben gegeben. Er war schließlich kein Mönch. Außerdem *liebte* er die Frauen.

»Mein Lieber, kein Grund zur Aufregung.« Eva tätschelte seinen Schenkel. »Wir sind beide erwachsen. Du hast gesagt, daß du alles wissen willst, dann hör verflucht noch mal auch zu. Er hieß Jerry Ackermann und... es fing vor ungefähr neun Monaten an. Da er neu war, kam er ab und zu in meinem Büro vorbei. Um die Tricks und Kniffe zu erlernen, du weißt schon.«

»Was für Kniffe genau?«

»Also wirklich, Michael. Wie auch immer, er war im Schlafzimmer nicht unbedingt Weltklasse, wenn dir das ein besseres Gefühl gibt. Überflüssig zu erwähnen, daß ich ihm das nie gesagt habe. Unsere kleine Szene heute nacht hätte seine naive Seele in den Wahnsinn getrieben. Genügt das, um dein kostbares männliches Ego zu retten? Er war ganz einfach nett. Und interessant.«

»War?«

»Darauf komme ich noch.« Sie malte mit den Fingern kleine Kreise auf den Alabaster. »In der vorletzten Woche brachte er eine Computerdiskette in mein Büro. Sagte, er könne nichts damit anfangen. Sie war vielleicht zwei Wochen alt. Das ist für Satellitenabhörbänder ziemlich ungewöhnlich. Normalerweise bekommen wir die am selben Tag. Ich ließ sie also durch mein Schreibtischterminal laufen in der Annahme, daß es keine große Sache sein konnte.« Sie machte eine nervöse Pause, sprach dann weiter. »Nun, der erste Teil war nach einem der standardisierten sowjetischen Verschlüsselungssysteme kodiert, die wir schon vor Jahren geknackt hatten, und es kamen viele richtige Namen darin vor. Der Rest jedoch bestand nur aus einer Zahlenkolonne. Was ich auch versuchte, es kam nur sinnloses Zeug heraus.«

»Wirklich? Ich dachte immer, Ford Meades fußballfeldgroße Supercomputer könnten alles knacken.«

»Das dachte ich auch. Aber diese Verschlüsselung war entweder ganz raffiniert oder ganz simpel, nichts schien zu funktionieren. Ich schaffte es nicht. Ich fragte mich sogar langsam, ob es vielleicht gar keine Chiffre war. Vielleicht war es eine obskure Fremdsprache. Ich verglich sie also mit einigen von denen, die wir in der Datenbank haben. Und, mein Lieber, wir haben viele. Unzählige Megabytes sind gespeichert. Serbokroatisch, Urdu, Baskisch ...« Sie sog an ihrer Zigarette und ließ einen Lichtpunkt in der Dunkelheit aufglühen. Über ihnen trommelte weiterhin der Regen. »Aber ich fand noch immer nichts, um sie zu knakken.«

»Das wundert mich aber.« Er zog sie an sich und küßte sie. »Meistens bist du doch klüger, als gut für dich ist.«

»Offensichtlich nicht klug genug.« Automatisch umarmte sie ihn ebenfalls und fuhr fort. »Als ich Jerry sagte, daß ich den Code nicht entschlüsseln könnte, wurde er plötzlich ganz nervös. Okay, sagte er, er würde die Diskette wieder mitnehmen und es selbst noch einmal versuchen. Also bat ich ihn, sie wieder aus meinem Terminal auszutragen. Reine Routine. Und da fing er an, sich komisch zu verhalten. Zuerst weigerte er sich, bis ich sagte: ›Es ist so, Süßer – keine Eintrittskarte, kein Spiel.‹ Da machte er es dann. Aber er besuchte mich nicht mehr in meiner Wohnung, und es war eine gewisse Spannung eingetreten, um es milde auszudrücken. Zu dem Zeitpunkt dachte ich mir aber noch nicht allzuviel dabei.«

»Erzähl mir nicht noch mehr über...«

»Michael, das war das letzte Mal, daß ihn jemand sah. Er verschwand einfach. In dieser Nacht. Es stand sogar etwas darüber in der Zeitung. ›Mysteriöses Verschwinden.‹ Seine Wohnung war auseinandergenommen worden. Von oben bis unten. Irgend jemand mußte geglaubt haben, daß er etwas versteckt hatte.«

»Und?«

»Nun, es fügte sich, daß ich seine Diskette noch immer in meinem Computer hatte, obwohl dies eine glatte Verletzung der Sicherheitsbestimmungen war. Auf jeden Fall rief ich am nächsten Tag die Kontrollabteilung an und fragte nach einer bestimmten Aufzeichnung. Ich nannte ihnen die NSCID-Nummer. Und sie sagten: ›Wir haben nichts unter dieser Nummer.‹ Sie hatten nie davon gehört. Es muß sich also um einen Privatauftrag eines Außenstehenden gehandelt haben. Irgend jemand muß Jerry bezahlt oder vielleicht auch erpreßt haben, mich zu veranlassen, einen Entschlüsselungsversuch zu unternehmen. Deshalb war die Diskette auch zwei Wochen alt. Es handelte sich überhaupt nicht um NSA-Material. Es war für jemand anders bestimmt, und ich bin weit und breit als Code-Knackerin bekannt.«

»Du warst eben schon immer ein Streber.«

»Stimmt.« Sie lachte, griff dann in ihre Handtasche und holte eine graue Computerdiskette hervor. »Und hier ist sie. Eine vollständige Kopie. Ich habe sie auch auf der Festplatte meines Laptop im Hotel gespeichert.« Sie warf ihm die Diskette zu. »Jerrys Aufzeichnung. Das ist die gute Nachricht. Die schlechte ist, daß ich sie immer noch nicht entschlüsseln konnte.«

Vance drehte die Diskette in seinen Fingern hin und her. Willkommen im neuen Zeitalter, dachte er, wo Tausende von Seiten auf einer hochverdichteten Diskette in der Größe einer Musikkassette untergebracht werden konnten.

Eva nahm eine Puderdose aus ihrer Handtasche und puderte sich im Lichtschein der Kerze die Nase, drehte sich dann um und tastete auf dem Stein nach ihrem verknautschten Kleid. Er glaubte, draußen auf dem Gang ein Geräusch zu hören, kam dann jedoch zu der Ansicht, daß es nur ein weiterer Donner gewesen war.

»Was also jetzt?« Sie fand ihr Kleid schließlich und warf es sich locker über, wobei es ihr gelang, die Brustpartie nicht zu bedecken. »Immer wieder habe ich versucht, den Code zu knakken, aber es klappt einfach nicht. Nach der Einleitung kommt nur eine lange Zahlenkolonne. Was auch immer es ist, in jedem Fall ist es keins der herkömmlichen Verschlüsselungssysteme.« Sie streckte die Hand aus, um die Diskette wieder entgegenzunehmen. »Warum erzähle ich dir dies alles?«

»Weil wir übereingekommen sind, keine Spielchen mehr zu spielen.«

»Mein Lieber, es gibt tatsächlich zwei Gründe, weshalb ich dir nichts davon sagen sollte. Der eine ist, daß ich es hasse, dich da hineinzuziehen, und der andere... Nun, da ist noch etwas.«

»Ich bin ganz Ohr.«

»Was auch immer hier drauf ist, es ist Teil eines größeren Ganzen. Ich weiß das aus der Einleitung, dem Abschnitt, den ich lesen *kann.*« Mit nervöser Stimme sprach sie weiter. »Jedenfalls bin ich da zu der Überzeugung gekommen, daß ich mit dir reden muß. Über einige Sachen, an denen du gearbeitet hast.«

Er holte Luft. »Wovon redest du?«

»Es gab da ein paar wichtige Namen.«

»Ich verstehe nicht...«

»In der Einleitung. Einer war ›Daedalus‹. Und ein weiterer war ›Mino‹. Also dachte ich mir, warum soll ich nicht mit Michael darüber sprechen? Es hörte sich an wie etwas, das du… Ich weiß nicht – vielleicht könntest du mir beim Nachdenken helfen. So beschloß ich schließlich, mein Glück zu versuchen und dich anzurufen.«

»Großartig. Nett, endlich genau zu erfahren, wie ich da hineinpasse.« Er blieb einen Augenblick lang schweigend liegen und bemühte sich, seine Verärgerung zu unterdrücken. Schließlich ermahnte er sich selbst, nicht so empfindlich zu sein.

»In Ordnung, sag mir, um was es *deiner* Meinung nach geht.«

»Na ja.« Eva machte wieder eine Pause, so als ob sie sich nicht sicher wäre. Endlich sprach sie weiter, wobei ihre Stimme kaum den Regen übertönte. »Wußtest du, daß die Sowjetunion und Japan nach dem Zweiten Weltkrieg nie einen Friedensvertrag unterzeichnet haben?«

»Der Grund dafür ist, daß die Sowjets einige japanische Inseln behalten haben, richtig? Soweit ich mich entsinne, waren das die Kurilen und die südliche Hälfte Sachalins.«

»Japan nennt sie die Nordgebiete, und wegen ihnen haben sie die Unterschrift verweigert.« Sie streckte die Hand aus, hantierte an der Kerze herum und blickte in die Dunkelheit ringsumher. Die Finsternis war beinahe wie in der Unterwelt. »Aber warte mal ab. Ich glaube nämlich, daß sie bald unterschreiben werden. Vielleicht als ersten Schritt auf dem Weg zu… Ich bin mir noch immer nicht sicher, zu was.«

Er hielt die Luft an. »Wie hast du das herausgefunden?«

»Nachrichtendienstliche Tätigkeit. Ich habe unsere Abhörergebnisse bearbeitet. Aber wir haben noch kein Memorandum zur Unterrichtung des Präsidenten und des Außenministers verfaßt. Es erscheint so wenig plausibel, daß niemand die Verantwortung dafür übernehmen will. In der Sache ist noch nichts beschlossen. Außerdem würde letzten Endes das japanische Parlament seine Zustimmung geben müssen, und über die diplomatischen Kanäle war darüber nichts zu hören. Die Sache wird da drüben ganz im stillen von jemandem gehandhabt, der mächtig und anonym ist. Zudem glaube ich, daß eine Abstimmung im Parlament großes Geschrei verursachen würde. Der Durchschnittsjapaner hegt keine große Sympathie für die Sowjets.«

Vance lehnte sich zurück, um nachzudenken. Angesichts der heutigen globalen Realitäten mußte ein solcher Handel die Spitze irgendeines gigantischen Eisbergs sein. In der Diplomatie ging es immer um Geben und Nehmen.

»Und du glaubst, daß das, was auf der Diskette ist, mit dem Vertrag in Zusammenhang steht?«

»Genau das glaube ich«, seufzte sie. »Bei dem Vertrag spielt ein Geheimprotokoll eine Rolle. Die Abhörergebnisse geben Hinweise darauf, aber keine Beschreibung. Und ich habe irgendwie das Gefühl, daß es das hier ist.«

»Hört sich nicht nach einer Sache an, die Washington entzücken würde.« Er überlegte. »Andererseits, was könnten die Vereinigten Staaten schon tun? Das amerikanische Militär macht sich weitaus mehr Sorgen über den Verlust seiner Basen in Japan, ganz zu schweigen von den chinesischen und sowjetischen Lauschposten der NSA, als darüber, daß die Japaner auf unseren sogenannten Schutz verzichten. Es gibt verdammt noch mal nichts, was die Vereinigten Staaten dagegen tun könnten.«

»Ich vermute, daß derjenige, der hinter der Sache steckt, sich dessen vollauf bewußt ist.« Eva machte eine Pause und ließ einen Donnerschlag von oben verhallen. »Aber das Protokoll... Niemand hat eine Ahnung, was drinsteht, nicht einmal der KGB. Das weiß ich auch aus unseren Abhörergebnissen.«

»Die Sache wird von Minute zu Minute interessanter.«

»Nun, dann bleib am Ball. Es geht noch weiter. Zufällig gehöre ich auch dem Aufsichtsgremium der NSA an, dem Koordinierungsausschuß. Wir stellen Informationsmemoranden zusammen, in die die Berichte aller Abteilungen aufgenommen werden, einschließlich der Abteilung PHOTOINT – fotografische Aufklärung durch Satellitenüberwachung.«

»Die Spione am Himmel? Big Bird, KH-12, Radaraufnahmen?«

»Nun, wir werten all das aus, sicher. Aber denk daran – auch die Sowjets haben Überwachungssatelliten. Und ihre Cosmos-Serie kann jetzt digitale Bilder in Realzeit übermitteln.« Sie hielt inne. »Das ist geheim, aber zähl zwei und zwei zusammen. Wenn die NSA sowjetische Stimmen- und Datenübertragungen abhören kann...«

»Die Bilder ihrer Spionagesatelliten stehlen?« Er wußte davon. »Warum nicht? In der Liebe und im Krieg sind alle Mittel erlaubt, so heißt das Sprichwort wohl.«

»Genau, tu einfach so, als sei es dir im Traum eingefallen.« Sie seufzte. »Also – von jetzt an wird's ein bißchen verrückt. So verrückt, daß sich bei der NSA alle weigern, es ernst zu nehmen. Der Ausschuß will weiterhin alles sorgsam prüfen, aber ich glaube, daß die Zeit uns davonläuft. Jeden Tag kann jetzt irgend etwas passieren, aber...«

»Etwas Schlimmes?« Er versuchte, ihre Augen in der Dunkelheit zu erkennen, und fragte sich, was sie wohl noch verschwieg.

»Michael, ich sollte nicht...« Sie streckte die Hand aus und holte eine neue Zigarette aus ihrer Handtasche. »Wie auch immer, der Grund, aus dem ich dich hierhaben wollte, war, daß du mir hilfst, ein paar Antworten zu finden. Bevor jemand den Beschluß faßt, mich ebenfalls verschwinden zu lassen. Wie Jerry.« Sie knipste ihr Feuerzeug dreimal an, bis es endlich brannte.

Vielleicht, dachte er, hatte sie gute Gründe, sich zu fürchten. Er erinnerte sich an das eigenartige Gefühl an diesem Nachmittag, als er glaubte, beobachtet zu werden. Und an Zenos Erwähnung eines Fremden, der sein Buch bei sich hatte. Es fing an, immer weniger nach Zufällen auszusehen.

»Es sieht so aus«, fuhr sie fort, »als hätten sie mich gefunden. Und ich habe dich mit hineingezogen. Es tut mir wirklich leid.«

»Mach dir keine Gedanken deswegen.« Vor allem wollte er sie jetzt beruhigen. »Niemand hat dich...«

»Siehst du nicht die Zusammenhänge? Alex ruft dich zufällig heute morgen an, als du auf dem Weg zu einem Treffen mit mir warst. Schmeichle dir nicht. Der Anruf galt *mir.* Also weiß er, daß ich...« Ihre Hand zitterte, als sie das Feuerzeug zurück in ihre Handtasche legte. »Es hat bereits einen Mord gegeben.«

»He, mal langsam. Ganz ruhig. Nowosty hat mich noch nie geschreckt, selbst wenn er es versucht hat.«

»Wegen ihm mache ich mir keine Sorgen. Michael, wenn selbst ein Typ von der Hauptabteilung T wie Alex Bescheid weiß, wer dann noch?« Der dunkle Raum versank in Schweigen.

»Du solltest mir besser alles erzählen. Wirklich alles.« Wieder hielt er inne, weil er glaubte, in der Dunkelheit ein Geräusch gehört zu haben. Aber das war unmöglich. Niemand konnte ihnen hierher gefolgt sein.

»In Ordnung.« Die Worte kamen langsam und zögernd über ihre Lippen. »Ja, wir fangen alle sowjetischen Satellitenfotos auf. So wie du es dir gedacht hast.« Sie stieß Rauch aus, erhob sich dann und ging ein paar Schritte durch den Raum, dessen Wände im Kerzenlicht gespenstisch wirkten. »In letzter Zeit scheinen ihre Sojus-Typen aus irgendwelchen rätselhaften Gründen immer an einer zeitweiligen Störung zu leiden, wenn sie eine ganz bestimmte Stelle auf dem Globus passieren. Fast so, als würde jemand ihre hochauflösenden KFA-1000-Kameras abschalten. Mir fiel es ein paarmal auf, aber bei PHOTOINT gab es niemanden, der das nicht für puren Zufall hielt. Dennoch wunderte ich mich. Was war, wenn jemand da drüben dem KGB oder der GRU an den Karren fuhr? Wenn er sie daran hinderte, etwas Bestimmtes zu sehen? Also ließ ich mir eines unserer eigenen Fotos von diesem Sektor schicken, aufgenommen von dem neuen KH-12.«

»Wo lag die Stelle?«

»Nun, nicht unbedingt da, wo du denkst. Es war die japanische Insel Hokkaido. Und der fehlende Sektor war lediglich die Nordspitze.«

»Und?«

»Ich setzte mich hin und überprüfte eine Serie von KH-12-Fotos, die während der letzten beiden Jahre gemacht worden waren. Es scheint dort etwas Neues zu geben, Michael. Erst seit ungefähr einem Jahr. Es ist zum Teil getarnt, aber ich glaube, es ist eine Landebahn. Oder eine Startrampe. Irgend etwas in dieser Art. Und die Radarkarten zeigen einige merkwürdige Unregelmäßigkeiten der Oberfläche. *Ich* glaube jedenfalls, daß das so ist. Niemand sonst bei der NSA...« Sie blickte zur Seite. »Aber nimm alles zusammen. Vielleicht ist *das* ein Teil des Vertrags, ihr Geheimprotokoll. Irgendein Gemeinschaftsunterfangen.«

»Eine Startrampe? Eva, das ist unmöglich. Das gesamte japanische Weltraumprogramm ist südlich von Tokio auf der Insel Tanegeshima konzentriert. Die Insel Hokkaido liegt weit oben im Norden. Und da oben gibt es nichts anderes als Kühe und Felder.«

Aber, dachte er plötzlich, es liegt unmittelbar Sachalin gegenüber, dem sowjetischen Fernen Osten. Der Region des Parteisekretärs, dem die Unterschlagung...

»Das sind keine Felder, glaube mir.« Evas Stimme schien nach draußen zu treiben und mit dem Regen zu verschmelzen. »Etwas, das du heute nachmittag gesagt hast, ließ es bei mir klikken. Über den ersten Menschen, der die Erde verließ und sich in den *Raum* emporschwang.«

»Du meinst...«

»Ich habe nicht darum gebeten. O Gott, wie ich –« Unsicher unterbrach sie sich wieder. »Weißt du, ich glaube jetzt endlich, daß ich herausgefunden habe, was vor sich geht, warum es so geheim ist – der Vertrag, das Protokoll, der Umstand, daß sie ihren eigenen Aufklärungsdienst ausschließen. Es geht zum Teil um den Weltraum. Darum muß es gehen. Irgend etwas wird ausgebrütet, irgend etwas, mit dem sie letzten Endes die Welt genauso überraschen werden wie mit dem ersten Sputnik.«

»Du hast das verdammte Ding noch immer nicht dekodiert.«

»Gut, ich stelle nur Vermutungen an. Irgend jemand an der Spitze der UdSSR hat vielleicht beschlossen, sich auf ein gigantisches Spiel einzulassen. Um ihr System zu retten, sind sie gezwungen worden, sich an ein paar Geldsäcke in Japan zu wenden, die ihnen Milliarden pumpen können. Und dieses Projekt ist ein Teil davon. Die Sowjets haben einst mit Nazideutschland einen Handel abgeschlossen, um Zeit zu gewinnen – warum also nicht? Die Führung ist derzeit verzweifelt um Zeit bemüht.«

»Und du glaubst...«

»Projekt Daedalus. Das ist der Kodename in der Einleitung. Denk darüber nach. Weißt du, was ich glaube? Um das Geld und die Technologie zu bekommen, die sie unbedingt brauchen, mußten die Sowjets klein beigeben und das Undenkbare tun – eine neue Allianz eingehen. Michael, sie sind dabei, Japans *Wiederbewaffnung* einzuleiten.«

4.

Donnerstag, 7.28 Uhr

»Hai, so deshoo.« Projektleiter Taro Ikeda verbeugte sich vor dem roten Telefonhörer und verwandte beim Reden jene atemlose, abgehackte Sprechweise, die alle Japaner ihren Vorgesetzten vorbehalten. *»Kore wa honto ni muzakashi desu.* Es war schwierig, aber schließlich haben sie dem geänderten Terminplan zugestimmt. In neun Tagen...«

Er hielt inne, um zuzuhören, fuhr dann fort. »*Hai, so.* Es gibt keine andere Möglichkeit. *Hai.* Das Parlament wird dem Vertrag niemals zustimmen, wenn es nicht irgendein dramatisches Symbol für die Vorteile der Allianz gibt.«

Er machte eine Pause. »*Hai,* die Sicherheit ist hier aufrechterhalten worden. Mit allergrößtem Respekt, das Problem scheint bei Ihren...« Er unterbrach sich abermals.

Jetzt glänzten kleine Schweißperlen auf seiner Stirn. »*Hai,* wir sind bereit. Das Flugzeug ist... *hai.*« Er verbeugte sich erneut. »Natürlich wird es keine Verzögerung geben. Der geänderte Terminplan steht fest. *Hai,* Mino-sama, wir...« Er verbeugte sich vor dem Telefon immer schneller. »*Hai,* wir haben sie so hart angetrieben, wie wir nur konnten.« Er verneigte sich noch tiefer. »*Hai,* gemäß dem morgigen Bericht. Natürlich, Mino-sama. Ich danke Ihnen, *domo arigato gozaimashita*...«

Die Leitung, eine Hochsicherheitsverbindung über Satellit zwischen der Anlage in Hokkaido und dem Mino Industries Building im Ueno-Bezirk von Tokio, war tot. Für Tanzan Mino, den Vorstandsvorsitzenden der Mino Industries Group, gab es andere Dinge, die ihn beschäftigten.

Taro Ikeda unterdrückte ein Zittern. Der technische Teil, das Projekt hier auf Hokkaido, lief gut. Aber was geschah auf der tokiotischen Seite? Erst die Verzögerung bei den Geldern und nun Gerüchte über ein Sicherheitsleck? Das KGB hatte das Protokoll abgehört. So hatte es ihm ein Informant aus dem Umfeld des Vorstandsvorsitzenden in Tokio berichtet.

Shigata ga nai, dachte er. Manchmal passieren die Dinge einfach.

Taro Ikeda war stolz darauf, daß ihn der Vorstandsvorsitzende als Projektleiter für das streng geheime Unternehmen in Hokkaido ausgewählt hatte. Er war vierundfünfzig Jahre alt, Absolvent der juristischen Fakultät an der Tokio University und ein nach fünfundzwanzig Jahren inzwischen in den Ruhestand getretener Veteran des MITI, des Ministeriums für Internationalen Handel und Industrie. Kurz gesagt, er war einer von denen, die im ›neuen‹ Japan etwas bewegten, und danach sah er auch aus – auf elegante Weise grau werdende Schläfen, maßgeschneiderte Seidenanzüge, ein kleiner Schnurrbart, der seine hohen Backenknochen betonte. Er war einmal der Insiderkandidat für das Amt des stellvertretenden MITI-Ministers gewesen, bevor ihm der Vorstandsvorsitzende die Chance geboten hatte, eine

Vision zu erfüllen, von der keine offizielle Stelle des Ministeriums zugeben durfte, daß sie überhaupt existierte.

Insgesamt, sagte er sich im stillen, kann der Vorstandsvorsitzende zufrieden sein. Er hatte seine eigenen Verantwortlichkeiten fehlerlos wahrgenommen. Und das MITI hatte einen inoffiziellen Schutzschirm in Form technischer Unterstützung ausgebreitet und kam für alle unerwarteten Erfordernisse auf. Durch dieses Projekt hatte der Vorstandsvorsitzende einen Plan in Gang gebracht, der Japans Platz in der Hierarchie der Weltmacht bald drastisch verändern würde.

Bushido, der Weg des Kriegers. Das Element der Überraschung. Niemand außerhalb von Mino Industries wußte, was wirklich geplant war, nicht einmal die wichtigsten Subunternehmer des Projekts. Sicherheitsvorkehrungen auf jedem Schritt des Weges. Und nun stand das Theaterstück kurz vor der Aufführung. Nur noch wenige Tage, dann würde sich ein Wunderwerk der Technik von der Erde erheben und den ersten Schritt bei der Verwirklichung von Japans uralten Ambitionen symbolisieren. Die Welt würde bald erkennen, daß das einundzwanzigste Jahrhundert herangerückt war, das japanische Jahrhundert. Mino Industries hatte es möglich gemacht.

Das Gefühl des Vorstandsvorsitzenden für den richtigen Zeitpunkt war einmalig. Erst letzte Woche hatte er der durch Taro Ikeda vorgenommenen abschließenden Unterrichtung Noburu Takahashis, des geschäftsführenden Direktors der Nationalen Agentur für Raumentwicklung, NASDA, zugestimmt. NASDA, Nationale Space Development Agency, war durch Verträge mit der Space Systems Division der Firma Mitsubishi Heavy Industries für die wichtige Hardware des japanischen Raketenprogramms verantwortlich. Takahashi war gleichzeitig Mitarbeiter der neuen Daedalus Corporation und inoffizieller ›Berater‹.

Gemeinsam waren sie zum Weltraumzentrum der NASDA auf Tanegeshima, der knapp tausend Kilometer südlich von Tokio gelegenen Insel, gereist, um den Probestart der neuen japanischen H-2-Rakete zu überwachen. Obwohl dieser Flugkörper sowohl der amerikanischen Titan 34D als auch der europäischen Ariane 4 weit überlegen war, konnte sie im Vergleich zu *diesem* Projekt nur als technologischer Dinosaurier bezeichnet werden. Dies hier war anders als alles, was die Welt jemals gesehen hatte.

Das Projekt hatte vor mehr als zwei Jahren begonnen, als er noch Direktor von MITIs *Kokuki Buki-ka,* der Flugzeug- und Waffenabteilung, gewesen war. Ein ›anonymes‹ Szenario, entworfen von Tanzan Mino, dem Vorstandsvorsitzenden der Mino Industries Group, war auf seinen Schreibtisch gelangt – mit Details eines revolutionären Vorschlags. Jeder Direktor des MITI hatte eine Ausfertigung erhalten.

Doch der Vorschlag war *zu* visionär, würde Japans schon jetzt heikle Beziehung zu Amerika noch mehr belasten. Die Liberaldemokratische Partei würde ein derartiges Projekt niemals öffentlich befürworten.

Folgerichtig lehnte ihn der parlamentarische stellvertretende Minister des MITI ab. Offiziell. Aber das war lediglich *tatame,* sein ›öffentliches Gesicht‹. Danach wurden die geheimen, die wirklichen Maßnahmen eingeleitet. Wenn die Idee, so wurde zu verstehen gegeben, vielleicht außerhalb der offiziellen Regierungskanäle ›geprüft‹ würde... Streng geheim wurden Fühler nach den Sowjets ausgestreckt.

Grünes Licht also. Tanzan Mino hatte augenblicklich die Daedalus Corporation ins Leben gerufen und Taro Ikeda unter Vertrag genommen, zusammen mit siebenundvierzig Luft- und Raumfahrtingenieuren des MITI, den besten und klügsten von der *Kokuki Buki-ka.* Für die Anfangsfinanzierung hatte der Vorstandsvorsitzende höchstpersönlich gesorgt. Hinzu kamen entsprechende Beiträge von den Topmanagern der bedeutendsten Industriegruppen Japans, der *Zaibatsu.* Die Idee war leicht zu verkaufen, denn alle erkannten, daß der Gewinn atemberaubend sein würde. Erforderlich war lediglich, daß alles bis zum angemessenen Augenblick streng geheim blieb, bis zu dem Zeitpunkt, wenn man das Parlament formell in Kenntnis setzte. Dann jedoch würde es kein Zurück mehr geben.

Unter der Leitung des Vorstandsvorsitzenden hatten sich Taro Ikeda und seine siebenundvierzig MITI-Ingenieure hier auf Hokkaido wieder zusammengefunden, um das geheime Eilprojekt zu überwachen. Siebenundvierzig. Vielleicht, sinnierte Ikeda manchmal, war diese Zahl kein Zufall.

Siebenundvierzig brillante junge Techniker – genau wie die siebenundvierzig *Ronin,* die *Samurai* aus der berühmten Legende. Diese *Ronin* hatten viele Jahre lang in der Verborgenheit gelebt und ihre Zeit abgewartet bis zu dem Augenblick, in dem sie triumphierend wieder ans Licht traten.

Bushido. Man mußte den Gegner immer dazu bringen, den Kampf zu den eigenen Bedingungen zu führen. Und heutzutage waren Geld und Technologie Japans mächtigste Waffen. Warum sie nicht strategisch einsetzen? hatte der Vorstandsvorsitzende argumentiert. Die Zeit war gekommen, anderen nichtsahnenden Nationen mit geballter Kraft entgegenzutreten und einen überzeugenden Vorstoß zu machen, um Japans langfristige Zielsetzungen zu verwirklichen. Der Weg des Kriegers.

Taro blickte sich in seinem Büro, seiner persönlichen Kommandozentrale, um. Der Raum war wie der Befehlsstand eines Feldmarschalls ausgestattet: eine metallgraue Wand mit Videoschirmen, die es ihm erlaubten, sämtliche Aktivitäten in jedem Sektor der Anlage ständig zu überwachen. Und auf seinem schwarzen Schreibtisch waren wie in einer Schlachtordnung eine Reihe von grauen Telefonapparaten aufgestellt. Jedes Telefon war über eine Direktleitung mit den Büros der wichtigsten Subunternehmer des Projekts verbunden.

Die erste Leitung ging nach Nagoya, zum Chefbüro von Mitsubishi Heavy Industries. Mit dieser Firma hatte der Vorstandsvorsitzende den ersten Kontrakt abgeschlossen, nachdem die

Finanzierung gesichert war. In der Tat war Mitsubishis Nagoya Aircraft Works das ideale Werk zur Fertigung der luftatmenden Turboramjets-Scramjets für das Flugzeug. Der Konzern hatte während des großen Pazifikkriegs mehr als fünfzigtausend Flugzeugtriebwerke hergestellt, und in jüngerer Zeit wurden in Mitsubishis neuer Fabrik Komaki North kraftvolle Sauerstoff-Wasserstoff-Motoren gefertigt, die die erste Stufe der riesigen H-2-Booster bildeten. Das erste Telefon auf seinem Schreibtisch verband Taro Ikeda direkt mit dem Büro Yoshio Matsunamis, Mitsubishis General Manager für Raumsysteme. Die massigen Scramjets für dieses Projekt waren in Nagoya unter größter Geheimhaltung hergestellt, dann in ihrer Triebwerksprüfanlage elektrostatisch geprüft und schließlich in neutralen Eisenbahnwaggons hierher nach Hokkaido transportiert worden.

Eine andere Leitung verband ihn mit dem Chefbüro von Nissans Abteilung für Aeronautik und Raumfahrt in Tokio, die bereits mit der Fertigung aller Feststoffraketenbooster für das japanische Institute of Space and Aeronautical Science betraut war. Der Vorstandsvorsitzende hatte ihre erfahrensten Triebwerksingenieure unter Vertrag genommen, um Probleme im Zusammenhang mit der luftatmenden Verbrennung von flüssigem Wasserstoff zu lösen.

Die dritte Leitung ging nach Hitachi City, gut hundert Kilometer südlich von Tokio. Hitachi Limited stellte die Boosterverkleidungen für die neue H-2-Rakete her, und ihre große Erfahrung mit Hochtemperaturlegierungen machte sie zur naheliegenden Wahl für die Fertigung des Hyperschallrumpfs.

Es gab noch weitere Direktleitungen. Das Trägheitsnavigationssystem und die Flugkontrollen des Flugzeugs – beides baute auf fortgeschrittenen sowjetischen Entwürfen auf – waren im japanischen National Aerospace Laboratory hergestellt worden. Vorangegangene Windkanaltests waren dem Kaduka Propulsion Center übertragen worden, deren Entwicklungsanlagen für Raketenmotoren bereits zur Unterstützung des NASDA-

Programms für Sauerstoff-Wasserstoff-Antriebe herangezogen wurden.

Die letzte Hochsicherheitsleitung verband ihn unmittelbar mit dem Tsukuba Space Center in Tsukuba Science City, sechzig Kilometer von Tokio entfernt, dem Zentrum der gesamten japanischen Forschung auf dem Gebiet der bemannten Raumfahrt. Seine Vakuumkammern und Raumsimulationsanlagen hielten jedem Vergleich mit anderen Forschungsstationen auf der Welt stand, und sein Fujitsu SX-10 Supercomputer, der mit 128 Prozessoren für parallele Arbeitsvorgänge neun Milliarden Rechenoperationen pro Sekunde vornahm, konnte die Realzeitsimulation eines vollständigen Hyperschallflugprofils möglich machen.

Ungeduldig, sein Tagewerk beginnen zu können, konzentrierte sich Taro Ikeda einen Moment und griff dann nach den Telefonen. Jeder Subunternehmer würde ihn kurz über den neuesten Stand der Dinge informieren, und er würde einen Überblick über weitere Tests von Bauteilen und Modifikationen bekommen. In Wirklichkeit waren diese Besprechungen schon seit längerer Zeit kaum mehr als Rituale, denn das Projekt stand praktisch vor dem Abschluß. Die wichtigsten Bauteile waren bereits gefertigt, geliefert und zusammengesetzt worden. Die Subunternehmer hatten ihr Geld bekommen, und die Akten und Beweisunterlagen, die ihre Beteiligung dokumentierten, waren für streng geheim erklärt und neugierigen Augen entzogen worden. Alle Spuren des Projekts waren sicher unter Verschluß.

Es blieb nur ein größeres Problem übrig. Ein Teil des Anfangsszenarios sah vor, daß die Sowjets eine Zahlung in Höhe von hundert Millionen gewaschener amerikanischer Dollar zur Verfügung stellten, die Tanzan Minos ›Zuwendungen‹ an die Hierarchie der Liberaldemokratischen Partei abdecken sollten. Um ein weiteres Bestechungsfiasko wie jenes, das 1989 den Premierminister zu Fall gebracht hatte, zu vermeiden, mußten die Gelder absolut sauber und nicht rückverfolgbar sein.

Aber die Gelder waren nicht eingegangen.

Wie die Sowjets die harten Devisen außerhalb der offiziellen Regierungskanäle beschafft hatten, konnte er sich nicht vorstellen. Es gab sogar Berichte, nach denen das Geld bei gewissen schlampigen Ministerien insgeheim ›unterschlagen‹ worden war, daß es sich tatsächlich um heißes Geld handelte.

Aber wenn die Zahlung nicht innerhalb von acht Tagen eintraf, sauber gewaschen, dann würde das Projekt aus Gründen der Strategie und der Vorsicht zunächst gestoppt werden müssen. Der Vertrag konnte dem Parlament nicht zur Verabschiedung vorgelegt werden, solange die Zahlung nicht gewährleistet war. Versprechungen mußten eingehalten werden.

Was war mit dem Geld geschehen? Egal was, dachte Taro mit einem bekümmerten Seufzen, der Vorstandsvorsitzende war gut beraten, wenn er das Problem löste – und zwar bald. Wenn er es nicht tat, wurde es vielleicht erforderlich, das ganze Projekt bis zur nächstjährigen Sitzungsperiode des Parlaments zu stoppen, und die Geheimhaltung ein weiteres Jahr zu bewahren, würde wahrscheinlich unmöglich sein. Ein Desaster.

Er hatte gerade sein letztes Telefonat beendet, als ihn auf dem Hauptcomputerterminal ein Signal davon unterrichtete, daß der morgendliche Hyperschalltest in Nummer eins um acht Uhr beginnen würde. Er grunzte und tippte seine Bestätigung ein. In seinen Augen handelte es sich um reine Zeitverschwendung, um eine Art Overkill. Die SX-10-Simulation hatte sie schon weiter gebracht, als nötig gewesen wäre. Na schön, tun wir dem sowjetischen Team den Gefallen. Es würde nur einen Morgen kosten.

Nachdem er die Anrufe bei den Subunternehmern hinter sich gebracht hatte, schaltete er alle Kommunikationskanäle auf die Computermodems an den Wänden, stand dann auf und ging zu dem kleinen Erker im rückwärtigen Teil seines Büros. Er blieb einen Augenblick lang stehen, um seine Gedanken zu sammeln, und schob dann die *Shoji*-Schirme zur Seite. Vor ihm lag der für ihn wichtigste Raum der gesamten Anlage.

Hier im Nordquadranten hatte der Vorstandsvorsitzende ein traditionelles Teehaus erbauen lassen, mit einem *Tatami*-Fußboden und Wänden und Decke aus weichem Zedern- und Kiefernholz. In diesem Refugium vollführte Taro Ikeda ein unentbehrliches Morgenritual, eine kurze Meditation, die seinen Geist beruhigte. Das berühmte Sprichwort der Fechtkunst, nach dem der wahre Meister mit seinem Geist in natürlichem Gleichklang lebt, war ihm wohlbekannt.

Die Herausforderung, die vor ihm lag, würde die Disziplin eines Kriegersamurais erfordern, den Weg des Zen. Und die erste Regel, die allererste, war, daß der Geist frei und von allem losgelöst sein muß, um erfolgreich sein zu können.

Als Taro sich im *Zazen*-Stil auf dem Schilfrohr der *Tatami* niederließ, begann er, sein Bewußtsein methodisch zu leeren. Dieser Augenblick war heilig.

Dann jedoch sickerte ungefragt eine Mahnung des großen chinesischen Militärstrategen Sun Tzu durch: »Information ist alles: Man muß den Plan seines Widersachers kennen, bevor dieser ihn selbst kennt.«

Das war richtig. Die Sicherheitsvorkehrungen für dieses Projekt waren wasserdicht gewesen – abgesehen von einer kleinen undichten Stelle. Irgend jemand im Büro in Tokio hatte törichterweise das Abschlußprotokoll über einen nicht abgeschirmten Satellitenkanal gesendet. Und das war vom sowjetischen Nachrichtendienst abgehört worden.

Glücklicherweise waren die russischen Tölpel nicht in der Lage gewesen, die Verschlüsselung zu dechiffrieren. Aber irgend jemand – entweder beim KGB oder bei der GRU – war so verzweifelt gewesen, daß er insgeheim die Hilfe der besten Entschlüsselungsspezialistin der amerikanischen National Security Agency in Anspruch genommen hatte. Dies war ein brillanter Zug gewesen, denn die Supercomputer der NSA könnten letzten Endes imstande sein, den Kode zu knacken.

Als Tanzan Mino von der Sache erfuhr, hatte er Anweisung

gegeben, die NSA-Expertin so schnell wie möglich zu neutralisieren und das Protokoll zurückzuholen. Wenn es vorzeitig an die Öffentlichkeit gelangte, konnte der ganze Plan in Frage gestellt werden. Inzwischen war die Person von der NSA zum Glück identifiziert worden. Der Rest würde einfach sein. Ein unglücklicher Preis, der gezahlt werden mußte, aber eine einfache Lösung.

Mit diesem beruhigenden Gedanken blickte Taro Ikeda auf die polierten Naturhölzer des Teehauses und ließ sein Bewußtsein in eine vollkommene Ruhestellung übergehen.

Donnerstag, 1.07 Uhr

Die erste Kugel ging daneben, streifte nur eine Ecke des Delphinfreskos. Vance nahm verblüfft den Knall wahr und dachte zuerst, daß es sich um einen lauten Donnerschlag von draußen handelte. Dann hörte er das Pfeifen des Geschosses in der Dunkelheit, ein Zischen in höchster Tonlage. Einen Moment lang fragte er sich, ob er träumte, ob sein Bewußtsein mit den blutigen Mythen des Tempels verschmolz. Dann blitzte am Bogengang ein zweiter Schuß auf und schrammte an seinem Nacken vorbei.

»Eva!« Er warf seinen Körper über den ihren und stieß ihn gegen den Alabastersims des Portikus. Er schlug mit der freien Hand ungelenk nach der Kerze und erstickte das letzte Flackern der Flamme. Als er sich herumschwang, rollte die leere Ouzoflasche klirrend in die Dunkelheit. Sie kullerte am Boden entlang, und die Geräusche, die sie dabei machte, waren wie ein Funkfeuer. Nimm sie, dachte er und streckte sich auf dem Stein aus, um im Dunkel nach ihr tasten zu können. Endlich fühlte er das glatte Glas am äußersten Rand seiner Reichweite. Langsam und vorsichtig schlossen sich seine Finger um den Hals und zogen die Flasche heran.

Der Raum war jetzt ganz schwarz, die Stille tief wie in einem Grab. Dann blitzte die Waffe wieder auf, und zwei Kugeln prallten als Querschläger irgendwo von den Wänden ringsum ab.

Danach trat wieder Stille ein. Kein Laut war zu hören, abgesehen von schweren Atemzügen. Er war sich nicht sicher, von wem sie kamen.

Als er die Hand ausstreckte, um Eva zu beruhigen, flüsterte sie: »Michael, sie haben es auf *mich* abgesehen.« Sie versuchte, auf die Füße zu kommen. »Du mußt mich...«

»Nein.« Er drückte sie nach unten. »Wir können nicht gehen, wenn die Party gerade anfängt.«

Immer noch den Hals der Flasche umklammernd, bewegte er sich lautlos über den Boden. Die Steinblöcke waren eisig, und die Nachtmusik des Regens schien aus einer anderen Welt zu kommen.

Er preßte sich gegen die Wand und tastete nach dem Eingang, bis er spürte, daß ein Schatten vorbeiglitt und sich langsam in den Raum schob. Die Mündung einer Pistole glitzerte im Lichtschein eines Blitzes von draußen auf, und er erkannte, daß sie nur knapp einen Meter von ihm entfernt war.

Jetzt.

Er schwang die leere Flasche mit ganzer Kraft und zielte auf die Spitze des Pistolenlaufs.

Als die Flasche gegen das Metall krachte, zersplitterte sie. Der tiefe Atemzug des überraschten Eindringlings wurde übertönt durch das Klirren der auf den Steinboden fallenden Waffe.

Er wird nach ihr greifen, sagte sich Vance im stillen. Viel Glück, Kumpel.

Er riß seine Hand mit der zersplitterten Flasche nach oben und zielte dabei nach dem Gesicht des Gegners. Da die Gestalt noch immer formlos war, ließ er sich durch seinen Instinkt leiten. Seine Finger spürten flüchtig rauhen Hemdstoff, dann die nachgebende Weichheit von Fleisch. Ein Schrei der Überraschung durchdrang die Dunkelheit. Bingo – getroffen!

Ich habe den Hals erwischt, dachte er und stieß mit der zerbrochenen Flasche zu. Warme Feuchtigkeit spritzte gegen seine Hand.

Er hatte augenscheinlich die Halsschlagader getroffen. Glück mußte man haben.

Die Gestalt torkelte zurück in den düsteren Durchgang. Im Licht eines Blitzes sah Vance Hände, die einen Hals umklammerten. Dann hörte er das Geräusch taumelnder Schritte, die sich entfernten, danach herrschte wieder Totenstille.

Weiterhin die zersplitterte Flasche in der Hand, bückte er sich und fing an, den Boden abzusuchen. Unweit seiner Füße fühlte er einen heißen Lauf und tastete sich bis zu dem noch immer warmen Griff. Es war eine 9mm Beretta, stellte er fest. Auf der *Ulysses* hatte er dasselbe Modell.

In Ordnung, Freundchen, jetzt tauschen wir die Rollen.

Vance brachte die Pistole mit beiden Händen in Schußposition, wandte sich um und starrte durch den offenen Eingang. Das Flimmern ferner Blitze ließ ihn nur Steinwände und einen leeren Gang erkennen. Lediglich den vertikalen Schacht, der die vielen Ebenen des Tempels miteinander verband, konnte er deutlich erkennen.

Er drückte sich gegen die kalte Steinwand und schob sich langsam in den Gang, der zur Treppe führte. Plötzlich spürte er etwas Spitzes an der Ferse seines linken Fußes und griff nach unten. Eine leere Patronenhülse lag mit der Spitze nach oben auf dem eisigen Fußboden.

Pasiphaë, dachte er plötzlich. Es ist so, als hätte Eva den Killer in ebendiesen Raum gelockt – wie den weißen Stier. Und nun will er, wollen sie – wer weiß, wie viele es sind? – uns beide umbringen. Irgend jemand hat erkannt, daß Eva zuviel weiß.

Er versuchte, seinen Atem unter Kontrolle zu bringen, und strengte sich an, etwas zu hören, während das Adrenalin weiter durch seinen Körper gepumpt wurde. Oben an der Treppe hatten die Grillen wieder mit ihrem schrillen Gesang angefangen. Er lauschte ihrem Chor, den Klängen vergangener Jahrhunderte, ihrer Hymne an den Regen. Etwas anderes war nicht zu hören.

Doch, in der Ferne ..., weit oben, vielleicht auf dem Innenhof, stritten sich Männer. Es war eine hitzige Diskussion. Vance hörte, wie die Stimmen lauter wurden, vernahm das metallische Klicken einer weiteren Waffe, die entsichert wurde. Er wartete mit angehaltenem Atem.

Was war passiert? Es mußten zwei, vielleicht noch mehr Männer gewesen sein. Ein guter Zeitpunkt, um sich einen neuen Platz für diese hübsche Party zu suchen.

Vance kehrte zurück in den Raum, wo Eva wartete. Dort war es, das wurde ihm plötzlich klar, zu still. Er bahnte sich tastend den Weg zu dem Alabastersims und streckte die Hand aus.

»Eva?«

Das anschließende Schweigen sagte ihm, daß er recht gehabt hatte. Eva war in Panik geraten und weggerannt. Nein, dachte er, sie will dich nur retten. Sie glaubt, sie hat schuld, daß sie hergekommen sind, und nun versucht sie, die Kerle wegzulocken. Kein guter Zeitpunkt zum Gehen. Gerade wenn die Dinge anfangen, interessant zu werden.

Vance bückte sich und tastete nach der rechten Tasche seiner Hose, die noch immer als zerknautschter Haufen auf dem Boden lag. Er ließ seine Hand hineingleiten. Die Wagenschlüssel waren verschwunden. Sie hatte sie an sich genommen, war dann weggeschlichen und hatte nichts zurückgelassen. Keine Spur. Nur die Kerze war noch da.

Verärgert suchte er in seiner Brusttasche nach dem Heft mit den Hotelstreichhölzern und zündete eines an. Der Raum war leer. Nur die Delphine sprangen fröhlich in dem friedlichen Meer herum. Auf der anderen Seite befand sich der Gang, der durch das ›Badezimmer‹ der Königin führte. Dahinter lag das labyrinthische Gewirr der Tempelkorridore. Vielleicht hatte Eva inzwischen den Weg nach draußen gefunden und war geflohen. Aus dem Labyrinth des Daedalus?

Während er in der Dunkelheit seine nassen Kleider anzog, versuchte er nachzudenken. Eva war eindeutig den Plänen von irgend jemandem zu nahe gekommen. Was würde sie nun tun?

Vorsichtig schlich er die Marmortreppe hinauf, wobei seine Gummisohlen auf den Stufen kein Geräusch verursachten. Die Pistole vermittelte ihm allmählich ein beruhigendes Gefühl, obwohl sie ihn erst vor ein paar Minuten fast das Leben gekostet hätte. Aber er vertraute das Leben niemals einem Stück Metall an, egal wie wirksam es auch war.

Über ihm stritten sich die Männer noch immer, und er versuchte, die Sprache zu erkennen. Was war es? Griechisch? Vielleicht Russisch? Was es auch war, in jedem Fall tobte eine heftige Diskussion. Erneut versuchte er abzuschätzen, wie viele Personen es waren. Er überprüfte das Magazin und stellte fest, daß er genug Kugeln hatte, um sie alle zu erwischen – wenn er dazu gezwungen wurde.

Aber damit schoß er über das Ziel hinaus. Wenn Eva ihnen entkommen war, warum sollte er sich dann noch damit abgeben? Am besten wäre es, wenn er versuchen würde, über den Innenhof zu schleichen, durch die Lücke im Zaun zu kriechen und vielleicht im Wagen wieder mit ihr zusammenzutreffen. Dann konnten sie die Party ins Hotel verlagern...

Er bewegte sich vorsichtig durch den Wandelgang und tastete sich dabei an der Wand entlang. Im Rücken konnte er die kalten Fresken der Becherträger spüren, die auf ihrem endlosen Marsch durch die Zeit abgebildet waren.

Dann hörte er eine weitere Stimme, diesmal eine weibliche.

»Pazdolba! Delaetye vcyo, shto vam yugodno...«

Das war Eva, die die Worte wie ein Maschinengewehr in russischer Sprache hervorstieß. Diskutierte sie oder schrie sie Befehle? Es war nicht verständlich.

Jetzt schlüpfte er durch den letzten Bogengang, die Beretta fest in der Hand. In diesem Augenblick zerriß eine Kugelsalve die Stille, und ein Höllenlärm durchbrach die regnerische Nacht, begleitet von Evas Gebrüll, sofort damit aufzuhören. Es war so schnell vorbei, wie es begonnen hatte, aber sie schrie noch immer und begann dann zu fluchen.

Wer auch immer sich dort befand, sie waren nicht mehr als zehn Meter entfernt. Und Eva war augenscheinlich unversehrt. Er konnte ihre Flüche hören, die jetzt vom Wind halb erstickt wurden.

Eilig schob er sich durch den Eingang und stand nun am Rand des Innenhofs, die Beretta schußbereit in der Hand. Die Flamme eines Feuerzeugs glühte im Regen auf und beleuchtete für einen Augenblick ein Gesicht.

Alex Nowosty.

Er hielt offenbar eine Uzi in der Hand und blickte hinunter auf den glänzenden Steinfußboden. Vor ihm ausgestreckt lagen zwei Körper, beide in dunklen Regenmänteln. Jetzt sagte er auf russisch etwas zu Eva, aber sie starrte an ihm vorbei in die Richtung des Durchgangs, wo Vance stand. Im grellen Licht eines Blitzes trafen sich ihre Blicke, und er sah in ihren Augen Zorn und Ungläubigkeit.

In diesem Augenblick erlosch die Flamme des Feuerzeugs, aber vorher wirbelte Nowosty noch herum und folgte ihrem Blick.

Instinktiv warf sich Vance gegen die Innenmauer des Durchgangs. Einen Sekundenbruchteil später blitzte die Uzi wieder auf und übertönte Nowostys Ausruf. Vance hielt seine eigene Automatik umklammert und atmete kaum, während die Kugeln von den Wänden abprallten. War Eva mit von der Partie? Was, zum Teufel…

Dann erhob sich ihre Stimme wieder in der Dunkelheit, eine Mischung aus Russisch und Englisch. Sie schrie Nowosty an. Schließlich rief sie: »Michael!«

Nach einer Pause schlug ihre Stimme um. »Du kannst die Maske ruhig fallen lassen.«

Maske? Was für ein Spiel wurde hier eigentlich gespielt? Vance entschied sich, abzuwarten. Der Augenblick schien zu einem gewaltigen Wettstreit zu gehören, bei dem keiner der Mitspieler dasselbe Trikot trug.

»Michael, alter Junge, die Sache tut mir schrecklich leid.« Diesmal war es Alex' Stimme. »Es war eine anstrengende Nacht.«

»Nowosty!« schrie er zurück. »Ich habe auch eine Automatik, Kumpel! Krümmen Sie ihr ein Haar, und Sie gehören der Geschichte an. Das schwöre ich bei Gott. Jetzt lassen Sie sie gehen, und dann reden wir.«

»Mein Freund, mein Freund, ich halte sie nicht fest.« Das Stocken in seiner Stimme strafte seinen Versuch, ruhig zu wirken, Lügen. »Sie begreifen nicht ganz. Wir haben hier ein Problem, und zwar ein sehr ernsthaftes. Und ich werde naß. Warum kommen Sie nicht raus, und wir besprechen alles irgendwo im Trockenen?«

»Kommt nicht in Frage. Sie und ich haben einiges zu bereden. Lassen Sie sie gehen. Sie hat nichts damit zu tun.«

»Im Gegenteil, sie hat sehr viel damit zu tun. Warum, glauben Sie, bin ich heute nacht hier und setze alles aufs Spiel? Ich brauche Sie jetzt, Michael, mehr denn je. Wegen ihr sind wir alle in großen Schwierigkeiten.«

Als Vance gerade antworten wollte, traf ihn ein wuchtiger Schlag am Hals. Wie betäubt taumelte er nach vorn und verfluchte dabei seine Einfalt. Natürlich! Der Mann, den er verletzt hatte, war lediglich im Labyrinth des Tempels untergetaucht. Er hatte sich irgendwo versteckt und gewartet. Und nun hatten sie ihn mit ihrem Geschrei auf seine Spur gebracht.

Er spürte, wie die Beretta seiner Hand entglitt, als sein Kopf gegen den harten Putz des Freskos schlug. Sein Gegner griff nach der Waffe – mit Händen, die schlüpfrig von Blut waren. Er spürte heißen Atem in seinem Gesicht, das Gurgeln angestrengten Luftholens. Es handelte sich um einen sterbenden Mann, der nichts mehr zu verlieren hatte.

Nowosty brüllte durch den Regen zu Eva hinüber, daß sie abhauen sollte.

Okay, dachte Vance und rammte seine Faust in das Gesicht

der Gestalt, die sich damit abmühte, die Pistole auf ihn zu richten. Die Waffe ging los, ein mörderisches Krachen ganz dicht an seinem Ohr, aber die Mündung zeigte noch immer in eine andere Richtung. Die Kugel prallte von dem steinernen Durchgang ab und pfiff als Querschläger den Korridor hinunter. Während das Handgemenge seinen Fortgang nahm, hörte er den Motor des Saab stotternd zum Leben erwachen.

Er mußte zum Wagen gelangen.

Mit diesem Gedanken stieß er dem Angreifer das Knie in den Unterleib und schleuderte ihn gegen die Wand. Aber auch jetzt konnte er dessen Gesicht noch nicht erkennen. Es war entweder geschwärzt oder mit einem dunklen Tuch verhüllt, das war nicht zu erkennen.

Plötzlich erhellte sich der Durchgang. Vance blickte hoch und sah Nowosty, vom Regen durchgeweicht und mit seinem kleinen italienischen Feuerzeug in der linken Hand. In der rechten hielt er die metallschwarze Uzi. Genau in diesem Moment bekam der blutüberströmte Angreifer die Beretta richtig zu fassen, drehte sich um und versuchte, etwas zu sagen. Vance bemerkte flüchtig, daß aus einer klaffenden Wunde an der Seite des Halses Blut hervorströmte.

»Es tut mir leid, mein Freund.« Alex brachte seine Waffe in Anschlag, ganz ruhig und mit perfekter Präzision. »Die Dinge haben sich verkompliziert, aber mach dir keine Sorgen. Ich regele das schon.« Und die Uzi spuckte Feuer.

Der sterbende Mann schaffte es noch, einen Schuß abzugeben. Die Kugel verfehlte ihr Ziel. Und der Treffer aus der Uzi schleuderte ihn gegen die Wand. Dann feuerte er noch einmal, fast wie in einem letzten Todeszucken, und fiel nach vorne.

Vance wollte nach der Pistole greifen, die über den Boden auf ihn zurutschte, aber Nowostys Stimme übertönte das Unwetter.

»Michael, tun Sie uns beiden einen Gefallen, und lassen Sie die Waffe liegen. Ich habe heute nacht genug Menschen getötet. Drei. Und ich kannte sie alle. Ich bin es wirklich müde, also bitte...« Er trat heran, die Uzi weiterhin in der Hand. »Lassen Sie uns einen trinken und reden. Dies alles ist nicht gut für meine Nerven.«

»Sie und Ihre Freunde haben mir einen wunderbaren Abend versaut. Ich hoffe, Sie haben eine gute Entschuldigung dafür.« Vance hätte gern die Pistole in der Hand gehabt. Sollte er es riskieren und nach ihr greifen?

»Wie ich schon versucht habe zu erklären – es ist alles sehr kompliziert.« Nowosty hob die Beretta auf, wobei er sie vorsichtig mit einem nassen Stück Stoff, das er vom Hemd des toten Mannes abgerissen hatte, anfaßte. Dann blickte er auf. »Sind Ihre Fingerabdrücke hier drauf?«

»Ich schätze ja. Obwohl ich mir die Pistole nur geborgt habe.« Vance deutete auf die Leiche auf dem Boden.

»Dann müssen wir sie abwischen«, seufzte Alex. »Was heute nacht hier passiert ist, war eben ein schrecklicher Unfall, mein Freund. Offensichtlich. Welche andere Erklärung könnte man sonst finden? Es wird eine internationale Untersuchung geben. Wir müssen versuchen, demjenigen, der diese unangenehme Pflicht hat, die Aufgabe zu erleichtern.«

»Sie haben selbst einige Erklärungen abzugeben. Was ist mit Eva?«

»Ah ja, Eva. Sie hätte es besser wissen und nicht hierherkommen sollen.« Alex seufzte. »Die heutige Nacht war wirklich nicht nötig. Die Unklugheit mancher Frauen hat mich immer bekümmert.« Er seufzte abermals. »Ich weiß nicht, ob ich diese Affäre vertuschen kann. Sie könnte sehr wohl das Ende für mich bedeuten.«

»In der Tat. Die Ermordung der beiden Männer da draußen könnte Ihre Beliebtheit in dieser Gegend schmälern.«

»Ich bedaure, sagen zu müssen, daß es unumgänglich war. Die beiden wollten Eva gefangennehmen. Als ich mich dagegen aussprach, wurden sie argwöhnisch. Deshalb hatte ich keine andere Wahl.«

War Nowosty hier, um Eva zu schützen? fragte sich Vance plötzlich. Letzten Endes gab es zwischen ihnen alte Bande. Eva Borodin und Alex Nowosty blickten auf Jahrhunderte einer gemeinsamen Geschichte. Sie waren beide Aristokraten und teilten Erinnerungen an Familie, Schmerz und Ehre eines Zeitalters lange vor der Oktoberrevolution. Aber würde Eva bei ihm Zuflucht suchen? Nein, das war nicht wahrscheinlich. So verzweifelt würde sie niemals sein.

»Wie Sie schon heute morgen sagten, Alex – in diesem Geschäft ist es ungesund, zuviel zu wissen. Auf diese Weise verdirbt man sich interessante Überraschungen.«

»Ganz meine Meinung. Unwissenheit ist oft ein Segen, so heißt es wohl. Nachdem ich ein Problem gelöst hatte, stand ich gleich vor dem nächsten. Was tun? Zum Glück stand unser Freund hier hilfreich zur Verfügung. Ich glaube, daß er an seiner Halswunde sowieso gestorben wäre.« Er blickte zu Vance hinüber. »Ist das Ihr Werk?«

»Das war rein instinktiv.«

»Sie sind noch immer gut, Michael.« Alex bückte sich und nahm die zerfetzte Halsschlagader in Augenschein. »Mein Kompliment. Sie haben nichts verlernt. Hervorragend gemacht. Ich glaube, dieser Schnitt wäre sowieso tödlich gewesen.« Er richtete sich auf und lächelte. »Sie haben das Händchen eines Chirurgen.«

»Werden Sie mir verdammt noch mal endlich sagen, wer er ist, oder machen wir hier ein Quiz?«

»Er war ... eine berufliche Bekanntschaft. Alles sehr bedauerlich. Für jeden. Ich hatte eine sehr unangenehme Aufgabe, das kann ich Ihnen versichern.« Er seufzte, während er die beiden Waffen an die Wand lehnte. »Ich will Ihnen vertrauen, Michael. Als Gegenleistung müssen Sie mir vertrauen. Wir müssen diesen Unglücklichen an eine Stelle bringen, die Sinn macht.«

Vance erkannte jetzt, was Nowosty plante. Er hatte vor, den Mord an den beiden Männern da draußen diesem Toten hier anzuhängen. Aber wer waren sie? Wer auch immer der hier war – an einer Hand hatte er nur drei Finger. Der kleine Finger war unmittelbar unterhalb des Knöchels abgetrennt worden.

»Vergessen Sie es. Ich werde Ihnen bei gar nichts helfen. Ich werde hier weggehen, Eva suchen und dann schnellstens verschwinden. Ihr Einfluß ist nicht der beste, Alex.«

»Mein Freund, seien Sie vernünftig.« Er deutete auf die Waffen. »Wir haben zu arbeiten. Wir müssen alle Fingerabdrücke darauf beseitigen, Ihre und meine, und dann einen Unglücksfall vortäuschen.«

»Hören Sie, Sie haben eine kleine Party durcheinandergebracht, die ich hier heute abend hatte. Und nachdem Sie mir den Abend versaut haben, werde ich Ihnen ganz bestimmt nicht beim Aufräumen helfen.«

»Michael, keiner von uns beiden hatte etwas mit dieser unglücklichen Geschichte zu tun. Sie nicht und ich nicht. Ich war nicht einmal in Griechenland. Es muß ein schreckliches Mißverständnis zwischen Männern von zweifelhafter Existenz gegeben haben. Offenbar ist das Temperament mit ihnen durchgegangen. Wer weiß? Alle sind tot, also kann es keine Erklärungen geben, die über den Augenschein hinausgehen.« Er zuckte die Achseln und schob die Arme unter den Körper des Toten. »Nebenbei bemerkt, sie haben mir gesagt, daß Wolodin heute morgen geschnappt worden ist. Aber er hat nicht geredet. Stattdessen hat er Selbstmord begangen. Wir sind also nach wie vor sicher.«

»Sie müssen ein Hörproblem haben. Vielleicht sollten Sie zum Ohrenarzt gehen. Ich habe Ihnen gerade gesagt, daß ich Eva helfen werde, nicht Ihnen. Sie können das Geld nehmen und ...«

»Mein Freund, mein Freund. Sie sind so ungestüm. Bitte. Alles verläuft wie geplant. Aber jetzt müssen wir uns beeilen.« Er lächelte. »Bei dieser Gelegenheit – haben Sie unten irgend etwas zurückgelassen?«

»Nur eine zerbrochene Flasche.« Vance starrte in den Regen.

»Dann sollten Sie vielleicht dafür sorgen, daß sie verschwindet.« Er fing an, den Leichnam auf den Hof zu ziehen. »Es werden Fingerabdrücke darauf sein. Glas bewahrt sie perfekt.«

Da hat er ausnahmsweise recht, dachte Vance. Er rieb sich den schmerzenden Hals, drehte sich dann um und lenkte seine Schritte wieder in die Dunkelheit – ins Labyrinth.

Beim Hinabsteigen umfing ihn die Kälte des Tempels. Irgendwie hatte die Stätte ihren Zauber verloren – samt ihren antiken und modernen Schrecken. Als die Dunkelheit zu drückend wurde, holte er das Heftchen mit den Hotelstreichhölzern hervor und zündete eines an. Das winzige Licht flammte auf und erlosch gleich wieder – nahezu wirkungslos gegen die Schwärze, die ihn umgab.

Das Zirpen der Grillen folgte ihm, als er abermals das Schlafgemach der Königin betrat. Er blieb einen Augenblick lang im Dunkeln stehen, entzündete dann ein weiteres Streichholz und ging hinüber zu dem steinernen Bett. Dort lag der zersplitterte Flaschenhals, bedeckt mit blutigen Fingerabdrücken. In einer Sache hatte Nowosty recht gehabt: Dieser Umstand hätte die Untersuchung in ganz neue Bahnen gelenkt. Niemand bei Interpol hatte seine Fingerabdrücke registriert, zumindest wußte er nichts davon. Aber das war kein Grund. Man konnte nicht vorsichtig genug sein.

Mit der zerbrochenen Flasche in der Hand stieg er die Stufen wieder hinauf. Diesmal war ihm die Dunkelheit willkommen. Er brauchte sie, um sein Bewußtsein zu klären, um die Schrecken des Tempels zu vergessen. Das Durcheinander der Schießerei ging ihm durch den Kopf. Alex Nowosty hatte drei Männer mit der Gelassenheit getötet, mit der man sich eine Zigarette anzündete. Warum? War es nur ums Geld gegangen?

Als er oben wieder ins Freie trat, spiegelte sich der Lichtschein ferner Blitze an den Wänden des Innenhofs und erhellte die Dunkelheit.

Und dort, in perfekter Choreographie auf dem nassen Pflaster angeordnet, waren die Beweise des tödlichen Duells. Drei Leichen lagen sich gegenüber, zwei auf der einen und eine auf der anderen Seite, eine Waffe in der Hand und mit zerschnittenem Hals. Vielleicht sah es zu stimmig aus, aber wer würde sich schon daran stören? Solche Dinge passierten.

Der einzige, der fehlte, war Alexej Iljitsch Nowosty.

Vance blickte sich nach allen Seiten um, wußte aber, daß er niemanden entdecken würde. Alex hatte sich schnell und leise aus dem Staub gemacht. Er war immer jemand gewesen, der aus dem Hinterhalt zuschlug und dann verschwand.

In Ordnung, sagte sich Vance im stillen, jetzt habe ich die Zeit, Klarheit zu gewinnen. Wer, zum Teufel, ist auf der Suche nach Eva, und wer will sie zum Schweigen bringen? Handelt es sich um dieselben Leute?

Sorgfältig und methodisch begann er, die Taschen der beiden Männer zu durchsuchen, die Nowosty draußen getötet hatte. Er wußte, wonach er suchte. Der erste Mann schien in den Fünfzigern zu sein. Er hatte pockennarbige Wangen und sah sehr russisch aus. Er trug eine kleine spanische 9mm Llama in einem Schulterholster. Der andere Mann war jünger, obwohl er bereits kahl wurde. Sein Gesicht war verzerrt, und um die beiden Löcher in seinem billigen Polyesteranzug zeigten sich bereits Blutflecken. Sein Gesichtsausdruck ließ Ungläubigkeit erkennen, die im Tod wie festgefroren war. Er ist der Assistent, sagte sich Vance, die Nummer zwei. Auf diese Weise arbeiten sie immer. Er hätte besser zu Hause bleiben sollen.

Ihre Pässe waren bulgarisch und natürlich Fälschungen. Abgestempelt mit einem griechischen Einreisesichtvermerk, der eine Woche alt war. Einreiseort: Athen. Aber sie mußten zum KGB gehören. Kein Wunder, daß sich Nowosty jetzt in Schwierigkeiten befand. Er spielte auf beiden Seiten sein Spiel.

Zum Schluß drehte Vance den Kopf des Mannes herum, dessen Gesicht schwarz verhüllt war – desjenigen, der ihn beinahe getötet hätte. Ihn hatte er sich bis zuletzt aufgespart.

Ein blutüberströmtes, brutales Gesicht starrte ihn an, und durch das zerrissene Hemd konnte er eine scheußliche Tätowierung sehen, die Rücken und Brust bedeckte. Zunächst wollte Vance seinen Augen nicht trauen, und so zündete er ein Streichholz an, schützte es in der hohlen Hand vor dem Regen und riß gleichzeitig den noch verbliebenen Stoff zur Seite, um sich zu vergewissern. Um ihn begann sich alles zu drehen.

Irezumi.

Die rosafarbene Drachen- und Phönix-Tätowierung war eine zwingende Vorschrift – die Insignien eines *Kobun* der rechtsradikalen, ultranationalistischen Mino-gumi, des führenden japanischen Yakuza-Verbrechersyndikats. Vance kannte sie nur zu gut.

5.

Donnerstag, 7.30 Uhr

Andrej Petrowitsch Androw, Direktor für Antriebssysteme, blickte über die windige Meerenge und spürte, wie die Seeluft durch seinen pelzgefütterten Trenchcoat fuhr.

Körperlich war er eine beinahe mythische Gestalt, ein Riese aus Grimms Märchen. Er hatte ein klobiges Gesicht, wirres graues Haar, buschige Augenbrauen, die fortwährend skeptisch hochgezogen waren, und eine große Vorliebe für Beethovens Streichquartette, die er unaufhörlich im Musikzimmer spielte. Tatsächlich hatte er mehr als eine flüchtige Ähnlichkeit mit diesem alt gewordenen, halbverrückten Genie. Mit seinen inzwischen einundsiebzig Jahren besaß auch er einen monumentalen Verstand und war weltweit als intellektueller Gründervater des sowjetischen Raumfahrtprogramms anerkannt.

Ja, dachte er, diese Örtlichkeit war ideal gewesen. Hier im fernen Hokkaido hatten sie eine Hochsicherheitsanlage erbaut, die von windgepeitschter Wildnis umgeben war – jungfräuliche Wälder und schneebedeckte Vulkane. Selbst für ihn, einen Mann, der lange an die harten Winter Baikonurs gewöhnt war, wirkte das fast sibirische Wetter an dieser Küste abschreckend. Dies war der abgelegenste, kargste und, ja, einsamste Ort, den er je kennengelernt hatte.

Aber es war die perfekte Stelle. Mino Industries hatte mit Recht auf diesem nördlichsten Punkt Japans hier im Nationalpark am Kap Soya, achtzig Kilometer westlich von Wakkanai, bestanden. Die Anlage selbst war unterirdisch angelegt worden, eingebettet in diese felsige Nordküste, um sicher und unsichtbar für die Satellitenaufklärung zu sein, sowohl für die sowjetische als auch für die amerikanische. Solche exzessiven Vorsichtsmaßnahmen, kaum ein Problem in der Einöde von New Mexico, als damals die erste Atombombe getestet wurde, waren in dieser neuen Ära der Raumfotografie an der Tagesordnung. Heutzutage mußte man sogar nach Methoden suchen, um verräterische Abwärme zu kaschieren, die sich immer durch ein unmißverständliches Infrarotsignal verriet.

Auch in dieser Beziehung war die Wahl dieses Ortes, wo die eisige Strömung der La-Pérouse-Meerenge zwischen dem nördlichen Hokkaido und Sachalin für eine ständige und thermisch bei 12 Grad Celsius stabile Wasserzufuhr zum Betrieb der Wärmeaustauscher sorgte, strategisch perfekt. Nur die zehntausend Meter lange Teststartbahn konnte nicht rund um die Uhr verborgen werden, aber sie war sorgfältig getarnt und wurde nur nachts benutzt.

Ein mächtiger Brecher krachte gegen die Felsen am Nordende der Küste und ließ eisgepunktete Gischt in den Morgennebel emporsteigen. Als Andrej Petrowitsch Androw die gefrierende Welle beobachtete und ihr Eis auf den Wangen spürte, blickte er auf seine Uhr. Es war sieben Uhr vierzig. Er warf einen letzten Blick auf die aufgewühlte graue See und wandte sich um. Sein täglicher Morgenspaziergang hatte seinen Zweck erfüllt: Sein

Verstand war so scharf wie der eisige Wind, der über die Felsen hinwegpfiff. Er mußte um acht Uhr bei Nummer eins sein, wo der Abschlußtest beginnen sollte.

Wie an jedem Morgen ging er die Betonstufen hinunter zu der Eingangstür aus rostfreiem Stahl, die in den Westquadranten führte. Als er sie erreichte, führte er eine kodierte Plastikkarte in den Schlitz ein, sagte seinen Namen in die schwarze Mikrophonmembrane in dem metallenen Türrahmen und gab sich dem Fernsehauge zu erkennen. Zwei Sekunden später gestattete ihm eine Computerstimme den Zugang, und die Tür glitt zur Seite.

Er nickte den Wachen zu und ging dann den langen, von Neonlicht erleuchteten grauen Flur entlang. Als er die nicht gekennzeichnete Tür von Nummer eins erreichte, blieb er stehen und lauschte. Das Kreischen der Gebläse erfüllte den Raum, als die Ingenieure den vorbereiteten Warm-up vornahmen, um die sechs Motoren mit ihren je 25 000 PS auf volle Kraft zu bringen. Zufrieden damit, daß die Vibrationen in den Gebläsegehäusen auf einer akzeptablen Ebene blieben, wies Androw sich der Wache gegenüber aus, führte seine Magnetkarte ein und öffnete die Tür.

Wortlos marschierte er zu seinem Schreibtisch neben der Hauptvideokonsole und legte eine zerkratzte alte Melodija-Platte auf den uralten Plattenspieler. Augenblicke später dröhnte der erste Satz von Beethovens Quartett in a-Moll aus den Lautsprechern.

»Wir sind bereit, das Laserfeld einzuschalten, Genosse Doktor Androw.« Ein junger sowjetischer Techniker trat diensteifrig heran. »Wenn Sie wünschen, können wir die Hologramme hier auf den Haupttterminal legen.«

»Noch weitere von Ihren hübschen Bildchen?« Androw studierte die Daten auf den Videoschirmen. Dann nickte er. »*Da. Ya gotov.* Wenn Sie wollen.«

Während er auf die Schirme blickte, ertappte er sich wieder

dabei, wie er tiefsinnig wurde. Das Projekt war jetzt fast vollendet. Sein Lebenstraum.

Im stillen zählte er die bahnbrechenden Neuerungen, die sie erzielt hatten. Das neue Material, das für die Leitkanten und die Scramjet-Halterungen verwendet wurde, eine patentrechtlich geschützte Titaniumlegierung mit einem Keramiküberzug, war, wie sich erwiesen hatte, viel leichter als Aluminium und achtmal so stark. Ganze Sektionen der Leitkanten der Tragflächen und der Triebwerkhalterungen waren zehnminütigen Temperaturstößen von zweitausend Grad Celsius bei Mach 7 im Hochtemperaturkanal ausgesetzt worden, ohne daß es zu einer Verformung oder einem Strukturbruch gekommen war.

Weiterhin waren die Turboramjet-Scramjets, vier Meter im Durchmesser und neun Meter lang, alle gründlichen elektrostatischen Tests in der Triebwerksprüfanlage im Süden unterzogen worden, wo sie bei Temperaturen von fünfundsiebzig Grad minus bis zu tausend Grad plus auf Mach 8 hochgejagt wurden. Massige Gefrieranlagen und Gasheizer waren eingesetzt worden, um diese riesige Temperaturspanne zu erreichen, während gleichzeitig flüssige Luft in die Einlauföffnungen gepumpt wurde, um einen vollständigen Hyperschallzyklus zu duplizieren.

Vielleicht, dachte er, waren sie wirklich bereit für einen echten Testflug. Es gab nur noch ein Problem: Der Niedrigtemperatur-Windkanal hatte gezeigt, daß sich hinter den Leitkanten ein ganz leichter Überschall-Strömungswiderstand entwickeln konnte. Androw hatte den Projektleiter angewiesen, eine Computersimulation durchzuführen, um das Verhalten von zwei neuen Keramikspoilern zu prüfen, und die ersten Resultate ließen erkennen, daß der Widerstand effektiv gedämpft wurde. Dennoch war er entschlossen, diese Designmodifikation bei einem vollständigen Probelauf zu testen, und zwar hier in Nummer eins, dem massiven Hyperschallkanal, in dem sich ein zehn Meter großes Modell des Flugkörpers befand.

In Gedanken versunken saß er da und versäumte es, die Ankunft des Projektleiters wahrzunehmen, der jetzt die Betonstufen von der stählernen Eingangstür aus herunterkam.

»*Dobriy utro,* Doktor Androw.« Taro Ikedas Morgengruß war mit einem schweren Akzent behaftet. »*Kak pashaviatye?*«

»*Khoroshau.*« Andrej Petrowitsch Androw nickte geistesabwesend, noch immer in Gedanken vertieft. »*Dobriy utro.*«

»Heute habe ich weitere gute Nachrichten«, fuhr Ikeda fort, während er zur Kaffeemaschine hinüberging. »Meine Informationsgespräche um halb acht schlossen einen Bericht ein, nach dem unser Team in Tsukuta in der Nacht eine Simulation des aerodynamischen Verhaltens der von Ihnen vorgeschlagenen Modifikation bis hoch zu Mach 25 abgeschlossen hat. Wie von Ihnen vorhergesehen, wurden die Deformationen der Leitkanten und das Auftreten von Wirbeln auf eine Toleranz zurückgeführt, die weit innerhalb des akzeptablen Limits liegt.« Taro Ikeda sah ihn an. »Was mich zu der Frage bringt, ob wir den Probelauf heute morgen wirklich fortsetzen müssen.«

»Ihr SX-10 sagt uns nur, wie sich ein Rumpf verhält, wenn die Luftströmungen ideal sind«, erwiderte Androw. »Bei Hyperschalltemperaturen und -geschwindigkeiten läßt sich die Luftbewegung nicht so vorherbestimmen wie bei einem idealen Gas. Strömungsmodelle können uns nur Annäherungswerte der tatsächlichen Charakteristika liefern.« Mit entschlossener Miene blickte er von dem Videokontrollschirm hoch. »Es ist mein Sohn Jurij, der im Cockpit dieses Flugzeugs sitzen wird, und ich weiß aus Erfahrung, daß man sein Vertrauen niemals auf Simulationen setzen sollte. Auf dem Hyperschallgebiet sind Computersimulationen reine Vermutung, unzulässige Verkürzungen, die nicht mehr wert sind als der Furz eines *Drozhky*-Kutschers.«

»Wie Sie wünschen«, gab Ikeda ruhig zurück und trank einen Schluck Kaffee.

In Wahrheit wies Andrej Androw die Aussagekraft von Simulationen keineswegs von der Hand. Er wußte, daß ihr Fujitsu-

Supercomputer ein wahres Wunder war, fähig, die aerodynamischen Charakteristika eines Flugzeugrumpfteils nachzubilden, es zu modifizieren, millionenmal zu testen und durch ständige Wiederholungen fast in der Zeitspanne eines Wimpernschlags das optimale Design herauszufinden.

Die hier verfügbare Hochtechnologie war in jeder Beziehung erstaunlich. Beispielsweise ihr Hyperschallwindkanal. Seine Lasersonden schickten dünne Bündel kohärenten Lichts durch die wirbelnden Luftströme und machten Zusammenhänge erkennbar, die sonst inmitten der Turbulenzen verborgen blieben. Diese Daten wurden dann durch Holographie verstärkt, wobei das Laserlicht benutzt wurde, um farbige 3-D-Bilder der Strömungen rings um das Modell hervorzubringen. Schließlich wurden diese Hologramme in den Supercomputer eingespeist und aus allen Blickwinkeln analysiert.

Irgendwo anders auf der Erde wäre dieses Projekt unmöglich gewesen. Aber hier hatte das ausländische Team einen federleichten Hyperschallrumpf geschaffen, der für seinen horizontalen Start Turbo-Ramjets benutzte, deren Geometrie dann zu Überschall-Verbrennungsramjets mit Treibstoffeinspritzung – auch Scramjets genannt – verändert wurde. Diese Scramjets verbrannten Treibstoff und atmosphärischen Sauerstoff unter Verwendung einer im Inneren erzeugten Druckwelle anstelle der konventionellen Kompressoren, um Orbitalgeschwindigkeit zu erreichen – Mach 25. Sein Traum war wahr geworden.

»Unterrichten Sie mich noch einmal über die Simulation.« Androw wandte sich Ikeda zu. »Sie sagten, daß Sie beim Design bis zu unserer maximalen Zielvorstellung gegangen sind?«

»Wir sind das gesamte Flugprofil in Realzeit durchgegangen«, erwiderte der Projektleiter. »Es gab nicht die geringsten Stabilitätsprobleme. Weder während des Starts noch während des Übergangs zur Scramjet-Geometrie bei Mach 4,8.«

»Das ist ja sehr ermutigend.« Androw wendete sich wieder seiner Videokonsole zu, als die Flügelräder mit der Beschleunigung fortfuhren. Die Violinen des a-Moll-Quartetts, sein Lieblingsstück unter den Werken Beethovens, erfüllten den Raum. »Dennoch müssen wir hier für jede Design-Änderung die vollständige Sequenz ablaufen lassen.«

Androw schwieg und betrachtete die Bildschirme. *Mach 25*. Das waren – ja – mehr als siebenundzwanzigtausend Stundenkilometer. Eine Geschwindigkeit, die die aller existierenden Geschosse übertraf. Und das Flugzeug war luftatmend!

Das revolutionäre aerodynamische Design ihres Supercomputers hatte es möglich gemacht. Das Problem: Bei Geschwindigkeiten, die höher waren als Mach 5, wurden unerhörte Luftströme erforderlich – wegen der Hitzeentwicklung in den Treibstoffeinspritzhalterungen und des Sauerstoffmangels in Höhen mit dünner Luft. Die Lösung: Die gesamte Unterseite des Flugzeugs war so geformt worden, daß sie als Verlängerung der Lufteinläufe für die zwölf massiven Scramjets diente. Der ganze Rumpf des Flugzeugs übernahm die Rolle eines riesigen Trichters, der Luft einsaugte. Und es hatte so ausgesehen, als ob es funktionieren würde, zumindest im Computer. Zum Schluß hatten die japanischen Ingenieure den Prozeß des Flüssigluftkreislaufs vervollkommnet, indem sie den als Treibstoff benutzten, tiefgefrorenen Wasserstoff auch dazu verwendeten, einen Teil der eintretenden Luft zu verflüssigen und unter hohem Druck in den Motor einzuspritzen. Der letzte entscheidende Durchbruch.

Andrej Androw war sowohl Idealist als auch Pragmatiker. In Rußland mußte man das sein. Dieser Wendegang hatte bereits ein halbes Jahrhundert früher begonnen, als er, zu jener Zeit Student, zur Hand gewesen war, um beim ersten Flug einer Flüssigtreibstoffrakete aus russischer Produktion zu helfen. Er hatte den Reiz einer neuen Grenze kennengelernt und sich auf die neue Wissenschaft der Raketenforschung gestürzt. So war er zum autodidaktischen Experten geworden, der theoretische Werke veröffentlichte, gelesen und gelobt von Männern, die dreimal so alt waren wie er selbst.

Ironischerweise konnte sich Andrej Petrowitsch Androw nicht des Luxus erfreuen, ignoriert zu werden, wie es dem amerikanischen Raketenpionier Goddard ergangen war. Josef Stalin, paranoid wie immer, hatte die Ansicht vertreten, daß das ›Feuerwerk‹ der Raketenforscher ›gefährlich für das Land‹ war. Folgerichtig wurde Andrej Petrowitsch Androw verhaftet, im Butyrskaja-Gefängnis von Moskau verhört und mit der transsibirischen Eisenbahn in ein Kohlenminenstraflager an der pazifischen Küste gebracht.

Schließlich drehte sich der politische Wind. Als anerkannter Raketenexperte gehörte er später dem russischen Team an, das 1946 deutsche Wissenschaftler und V-2-Spezialisten nach Rußland holte. Unter Chruschtschow wurde er endlich in die Reihen der Prominenz befördert, da dieser Generalsekretär glaubte, daß nicht bemannte Flugzeuge, sondern nur Raketen die Reichweite besaßen, um Bomben auf die Vereinigten Staaten werfen zu können. Nikita S. Chruschtschow brachte Andrej Androw an die Spitze des gesamten sowjetischen Raketenprogramms, und Andrej Androw brachte Rußland in den Weltraum.

Er übernahm die Leitung beim Bau des riesigen Kosmodroms von Baikonur im zentralasiatischen Kasachstan, noch immer das größte Weltraumzentrum der Welt. Von hier aus brachte er den Sputnik, den ersten Satelliten der Welt, in den Orbit – und dann auch Jurij Gagarin, den ersten Astronauten der Welt. Er kannte die Anlagen dieses streng geheimen Komplexes besser als sein eigenes Wohnzimmer – die Startrampen, die Vakuumkammern, die Montagehallen für die Raketen, die Abteilungen, in denen die Satelliten fertiggestellt wurden. In jüngster Zeit, 1987, war er verantwortlich für den erfolgreichen ersten Teststart des gewaltigsten Flugkörpers, den die Welt je gesehen hatte – die Energia, angetrieben von Flüssigwasserstoffmotoren, die fähig waren, eine hundert Tonnen schwere Weltraumplattform in den Orbit zu transportieren.

Ebenfalls während dieser Zeit war sein einziger Sohn Jurij

Andrejewitsch zum besten Testpiloten der Sowjetunion avanciert. Jurij war selten zu Hause, und dann war, vor neun Jahren, Andrej Androws Frau an einer Lungenentzündung gestorben. In der Einsamkeit der langen verschneiten Nächte von Baikonur tröstete er sich mit Streichquartetten, mit seinen Studien der klassischen griechischen Sprache, mit seinen Entwürfen und Träumen vom endgültigen Raumfahrzeug.

Aber er wußte, daß Rußland niemals in der Lage sein würde, es allein zu bauen. Die sowjetische Computer- und Materialtechnologie fiel bereits hinter die des Westens zurück.

Er verzog das Gesicht, wenn er daran dachte, wie sein Land in die heutige erniedrigende Lage gekommen war, beschränkt darauf, mit Ausländern zu verhandeln wie Araber in einer *Medina*. Schließlich jedoch setzte sich der Pragmatismus durch. Hintergrund dieser bizarren neuen Allianz war eine simple Tatsache: Die UdSSR brauchte die japanische Hochtechnologie. Und sie brauchte diese Technologie *jetzt*.

Alles hatte vor zwei Jahren begonnen, als der Präsident höchstpersönlich dem Weltraumkomplex von Baikonur einen Überraschungsbesuch abstattete, angeblich um den Terminplan des Energia-Starts zu inspizieren. Dies war jedoch nur der offizielle Vorwand. Tatsächlich ging es ihm um etwas völlig anderes.

Ohne Nennung von Gründen lud er seinen alten Freund Andrej Petrowitsch Androw in die abgeschiedene Jagdhütte ein, in der er sich aufhielt – um ein Zwiegespräch über die Zukunft der sowjetischen Wissenschaft zu führen. Im weiteren Verlauf dieses Abends, an dem der Wind durch die Bohlenwände pfiff und der Rauch des brennenden Kiefernholzes die Luft erfüllte, wandte sich ihre Unterhaltung harten Tatsachen und einer deutlichen Sprache zu.

In vino veritas. Gegen Mitternacht stampften die uniformierten Leibwächter draußen mit ihren schweren Stiefeln, um sich warm zu halten, und sowohl Andrej Petrowitsch als auch Michail Sergejewitsch tranken Wodka direkt aus der Flasche, deren

Stanniolverschluß irgendwo auf den roh behauenen Bohlen des Hüttenfußbodens lag. Zu diesem Zeitpunkt sprach Andrej Petrowitsch Androw offen aus, was er wirklich dachte.

»Michail Sergejewitsch, die Zeit für Rußland ist abgelaufen. Es gibt nichts zu kaufen, fast nichts zu essen, und die Preise erreichen ungeahnte Höhen. Es gibt soviel Korruption, daß man ein sowjetisches Krankenhaus nur dann wieder lebend verlassen kann, wenn man jeden vorher bestochen hat, einschließlich der betrunkenen Pfleger. Und diese Bestechung kann nicht mit Geld erfolgen. Wer will schon Rubel? Sie sind wertlos. Heutzutage muß man mit Wodka schmieren.« Er lachte traurig, griff nach einer alten Ausgabe der *Prawda,* die vor dem Kamin lag, wedelte damit in der Luft herum und warf sie in die prasselnden Flammen. »Wenn wir Kooperativen gründen, werden sie unverzüglich von unserer neuen Mafia übernommen, Rußlands Rubelmillionären. Alles ...«

»Die Perestroika wird sich im Laufe der Zeit durchsetzen, Andrej Petrowitsch«, antwortete der Präsident gewohnheitsmäßig. Er hatte den Grund ihres Zusammentreffens noch immer nicht genannt. »Wir gehen so schnell vor, wie es die Umstände erlauben. Die Bürokratie –«

»Perestroika!« grollte Androw dazwischen. »Haben Sie den neuesten Witz aus Moskau gehört? Die Perestroika ist wie ein Land, in dem alle vom Linksverkehr zum Rechtsverkehr übergehen – ganz allmählich. Unsere halbherzigen Konzessionen an die Marktwirtschaft haben das Schlimmste beider Systeme hervorgebracht. Wir haben jetzt ein Land mit einem sozialistischen Unternehmungsgeist und einem kapitalistischen Gewissen.« Er machte eine Pause, lachte abermals und wurde dann wieder ernst. »Und bald, sehr bald schon, werden wir uns technologisch in der dritten Welt wiederfinden. Wir brauchen eine Vision. Und noch mehr brauchen wir eine harte Währung und westliche Technologie – *jetzt.* Und wir brauchen sehr viel davon. Sonst kann uns nichts retten.«

An dieser Stelle nickte der Präsident schweigend und nahm ein streng geheimes Dokument aus seiner schwarzen Aktentasche. Er erklärte, daß es sich hierbei um den Vorschlag eines ausländischen Konsortiums handelte. Er wollte Andrej Androws ehrliche Meinung dazu hören.

»Lesen Sie das, Andrej Petrowitsch«, sagte er und reichte es ihm hinüber. »Und sagen Sie mir, was Sie davon halten. Es mag furchtbar sein, überhaupt darüber nachzudenken, aber ich muß Ihre Meinung dazu erfahren. Sie, mein alter Freund, sind einer der wenigen Männer, von denen ich weiß, daß ich Ihnen vertrauen kann. Läßt sich dieser Vorschlag verwirklichen?«

Im flackernden Licht des Feuers konnte Andrej Petrowitsch Androw kaum glauben, was er da las. Dort lag der Traum, den er so lange geträumt hatte, vor ihm – er brauchte nur noch zuzugreifen. Der Traum eines kühnen Abenteuers im Raum, erreichbar durch eine völlig neue Ebene der Technologie.

Mit seiner Verwirklichung würde die Sowjetunion alles erhalten, was sie benötigte. Das Ausland würde viele Milliarden in Form langfristiger Kredite zu niedrigen Zinssätzen und eine Flut subventionierter Konsumgüter zur Verfügung stellen, um die Wehen der Perestroika zu beseitigen und den Präsidenten mit den so dringend benötigten Finanzmitteln zu versehen – ganz zu schweigen von der öffentlichen Unterstützung, die er benötigte, um die Perestroika zum Erfolg zu bringen. Aber da waren auch Preise, die gezahlt werden mußten. Der erste würde uneingeschränkter Zugang zur gesamten sowjetischen Weltraum- und Antriebstechnologie sein. Dieser Aspekt würde technisch gesehen tatsächlich Sinn machen, aber die anderen Preise waren höher, viel höher. Konnte man das Risiko eingehen? Sollte man es eingehen?

»Was meinen Sie, Andrej Petrowitsch?« fragte der Präsident schließlich mit einer Stimme, die so leise war, daß sie das Knakken des Feuerholzes und das Heulen des Windes kaum übertönte. »Können wir es wagen?«

Für einen langen Augenblick herrschte Schweigen im Zimmer. Ist dies, wie in den alten Zeiten, eine Falle? fragte sich Androw. Nein, dachte er schnell, in der heutigen Zeit ist Rußland anders. Er würde Michail Sergejewitsch vertrauen müssen. Vor allem aber war er selbst der Verwirklichung seines lebenslangen Traumes nahe. Schließlich antwortete er, mit einer Mischung aus Hoffnung und Besorgnis.

»Ich glaube, wir haben keine andere Wahl.« Er blickte in die bekümmerten Augen des Präsidenten. »*Sie* haben keine andere Wahl.«

»Unglücklicherweise glaube ich, daß Sie recht haben.« Der Präsident seufzte und wandte seinen Blick dem Fenster zu. »*Ve tyomnuyu noch, ya znayu.* Ja, Andrej Petrowitsch. In dieser dunklen Nacht weiß ich endlich, was wir tun müssen.«

Nach einem letzten Wodka hatten sie sich hingesetzt und begonnen, das Projekt zu entwerfen, das die Welt für immer verändern würde...

Der Luftstrom, der das Modell umgab, beschleunigte sich weiter, während Laserhologramme seiner komplexen Aerodynamik jetzt vom Computer in vierfarbige Graphiken umgewandelt wurden. Androw beobachtete, wie der wandgroße Flüssigkristallschirm im Kontrollraum eine anschauliche Darstellung der Ströme zeigte, die das Modell umwirbelten und die Steigerungsstufen des hyperschallschnellen Aufstiegs simulierten. Es war so, als würde man einer Halluzination beiwohnen, dachte er, als die Farben um den Rumpf eines Objekts tanzten, das scheinbar aus dreidimensionalen Linien und Kurven bestand.

»Wir sind jetzt bei Mach 6, Genosse Doktor Androw.« Die Stimme eines sowjetischen Technikers unterbrach seine Gedankengänge. »Die Laserdaten zeigen, daß der Überschallströmungswiderstand seinen Höhepunkt bei Mach 3,8 erreicht und dann absinkt. Ihre neuen Spoiler scheinen zu funktionieren.«

Androw studierte mit ausdruckslosem Blick den Bildschirm. »Bisher scheint es so zu sein. Vielleicht lag der SX-10 richtig.

Trotzdem möchte ich bei Mach 7 den Verstärker einschalten, dann diese Daten analysieren, um doppelt sicherzugehen.«

Der Hyperschallverstärker gestattete Windkanaltests bei weitaus höheren Geschwindigkeiten, als sie in einer konventionellen Anlage zu erreichen waren. Noch mehr High-Tech.

»Es könnte immer noch ein Problem geben«, fuhr Androw fort, »wenn der Wirbel der Luftströmungen von der Rumpfnase mit den Druckwellen von den Flügeln zusammentrifft, besonders um Mach 11.« Er wandte sich an Ikeda. »Diese Wirbel sind verantwortlich gewesen für erhebliche Schäden an verschiedenen amerikanischen Raumfähren während der Wiedereintrittsphase. Ich muß die Daten sehen.«

»Wie Sie wünschen.« Der Projektleiter ging zu dem dicken Glasfenster hinüber, durch das man auf das im Luftstrom schwebende Modell sehen konnte. Die Technikercrew kauerte an den Kontrollschirmen und achtete auf alle Anzeichen von Vibrationen. Ikeda studierte die Schirme einige Augenblicke lang, sprach dann leise mit dem Leiter des Technikerteams, einem energisch wirkenden jungen Mann mit Brille. Der Techniker drehte sich um und gab die Anweisung weiter an seine Kollegen, die ernst nickten und vor den Schaltern Position bezogen.

Neben dem Aufdröhnen explodierte unmittelbar vor der Nase des Modells plötzlich ein gleißender Lichtbogen, der der bereits einwirkenden Geschwindigkeit einen zusätzlichen Druckstoß von Mach 6 gab. Es war ein blendender Mikrosekundenimpuls, der die simulierte Flugzeuggeschwindigkeit vorübergehend auf Mach 13 hochjagte. Die Laser registrierten die Daten und leiteten sie dann per Mikrowellenverbindung direkt in die Speicher des mächtigen SX-10, der Hunderte von Kilometern entfernt arbeitete.

Sekunden später erschienen die Turbulenzdaten in sichtbarer Form auf dem Flüssigkristallschirm über ihnen. Als die farbigen Zahlen aufleuchteten, stießen die normalerweise so nüchternen Techniker einen Begeisterungsschrei aus.

»Immer noch kein Anzeichen eines Strömungswiderstands außerhalb des theoretischen Limits, nicht einmal bei Mach 13«, strahlte der junge Leiter des Technikerteams.

»Genau wie wir es simuliert hatten«, stellte Ikeda gelassen fest.

Diesmal lächelte sogar der ernste Androw. »Ich muß Ihnen allen gratulieren.« Er erhob sich von seinem Stuhl, der den Hauptkontrollschirmen gegenüberstand.

»Dann werde ich Anweisung geben, die Modifikation einzubauen«, sagte Ikeda. »Wenn Sie es offiziell autorisieren.«

»Hiermit geschehen. Ich glaube, Sie haben recht. Vielleicht *sind* wir bereit für einen Hyperschalltestflug.« Androw streckte die Hand aus, um seinen Plattenspieler abzuschalten. »Jetzt möchte ich gerne selbst zum Hangar hinuntergehen. Vielleicht, um diesen Augenblick mit einer Tasse Tee zu feiern.«

»Natürlich.« Ikeda sprach kurz mit seinen japanischen Technikern und folgte dem Russen dann zur Tür.

Die Korridore waren ein miteinander verbundenes Labyrinth aus strahlend hellen und peinlich sauberen Tunneln. Sie gingen den Hauptgang zum zentralen Checkpoint hinunter, bogen dann ab und betraten den Südquadranten, wo sie an den verschiedenen Montageabteilungen vorbeikamen. Diese Abteilungen waren weitgehend verlassen, seit die letzten Arbeiten vor mehreren Wochen abgeschlossen worden waren.

Androw sagte nichts, als sie zu dem Durchgang gingen, der den Südquadranten mit dem unterirdischen Hangar verband. Er pfiff lediglich ein Stück des dritten Satzes aus dem a-Moll-Quartett vor sich hin, Beethovens Danksagungshymne in griechischer, lydischer Tonart. Er erinnerte sich daran, daß der englische Schriftsteller Aldous Huxley einmal gesagt hatte, daß eben dieser Satz ein Beweis für die Existenz Gottes war.

Gab es einen Gott? Er war sich nicht sicher. Die einzigen Wunder, die er auf dieser Erde kannte, wurden von den Menschen vollbracht. Er stand kurz davor, selbst eins zu vollbringen.

Die gesamte Geschichte der Erforschung des Weltraums hatte sich zu seinen Lebzeiten abgespielt. Er selbst war für einen erheblichen Teil dieses Fortschritts verantwortlich. Aber einen Menschen in den Weltraum zu schicken blieb ein teures und gefährliches Unterfangen. Die Startraketen explodierten noch immer mit alarmierender Regelmäßigkeit. Der Mensch war auf diesem Planeten gefangen. Gott war noch immer im Himmel.

Die menschliche Hoffnung, Gott nach Belieben erreichen zu können, erforderte eine ganz besondere Konstruktion, eine, die wie ein ganz normales Flugzeug von einer Startbahn abhob, dann auf Hyperschallgeschwindigkeiten hochbeschleunigte und einen niedrigen Orbit um die Erde erreichte. Ein luftatmendes Raumfahrzeug. Sein Potential in bezug auf eine friedliche Erforschung des erdnahen Weltraums überstieg jede Vorstellungskraft.

Frieden. Sein ganzes Leben lang hatte Andrej Petrowitsch Androw im Schatten des Krieges gearbeitet. Jetzt hatte er endlich das ultimative Symbol des Friedens hervorgebracht.

Der Eingang zum Hangar wurde gesichert, aber als die Wachen Androw und den Projektleiter sahen, salutierten sie und drückten die Kodezahlen der Schlösser. Augenblicklich glitt die schwere Stahltür zur Seite und gab den Blick auf die strahlenden Lichter des Hangars frei. Er war höhlenartig, mehr als dreißig Meter hoch und mit Hebekränen ausgestattet, die untätig an den Wänden standen. Weißgekleidete Techniker wieselten mit den beiden Prototypen herum und prüften die Verschlüsse, während andere auf sieben Meter hohen Fahrzeugen an den Motoren arbeiteten.

Über Androw und Ikeda ragten zwei Objekte auf, die wie riesige prähistorische Vögel aussahen, silbern glänzende Pfeile von fast hundert Meter Länge mit messerscharfen Nasen, die kühn nach unten gebogen waren. Androw hielt einen Moment lang inne, um sie unwillkürlich zu bewundern. Die langgezogenen, schlanken Linien liefen in einer glatten Kurve ohne Unterbrechung durch eine Windschutzscheibe zurück. Das ›Cockpit‹ befand sich tief im Inneren der Nase, wo Druckwellen das Computernavigationssystem nicht beeinträchtigen würden. Unter den beiden Kurzflügeln hingen zwölf massive Turboramjet-Scramjets. Sie hatten ihre Prüfung bereits bei Mach 4,5 bestanden. In neun Tagen würde eines dieser Flugzeuge das Ultimative erreichen. Mach 25, siebenundzwanzigtausend Stundenkilometer.

Die Amerikaner hatten ihrem Jungfernmodell eines Hyperschall-Raumflugzeugs – das mindestens noch ein Jahrzehnt entfernt war – den Kodennamen X-30 gegeben. Aber eine derart weltliche Bezeichnung würde Andrej Petrowitsch Androw, den ergebenen Jünger der Antike, nicht befriedigen. Er glaubte schon lange, daß die Amerikaner High-Tech-Proleten waren, die keine Poesie, kein Gefühl für Geschichte besaßen.

Auf dem hochragenden Schwanzteil beider Flugzeuge befand sich ein Zeichen, das das Zusammenwirken von zwei der großen Supermächte der Welt symbolisierte – eine Doppelaxt. Und auf ihrem Titaniumlegierungsrumpf stand in kyrillischen Buchstaben ein einziges Wort. Andrej Androw hatte auf diesem Namen bestanden, zu Ehren des ersten Menschen, der sich über der Erde emporgeschwungen hatte, zu Ehren des Traums der antiken Menschheit. Jetzt, hatte er erklärt, viertausend Jahre später, gab es einen anderen Traum, seinen Traum, ein Hyperschallflugzeug, das den Menschen von jeder Stelle des Planeten in den Raum tragen konnte.

Er hatte diesen Traum geträumt. Und die Mino Industries Group hatte ihm gestattet, den Namen für seine Schöpfung zu wählen, die diesen Traum verwirklichen würde, den Namen für das Wunder, das Zeit und Raum und die Erde selbst meistern würde:

DAEDALUS

Donnerstag, 9.16 Uhr

Jurij Androw stand am anderen Ende des lichtüberfluteten Hangars, blickte hoch zum Rumpf der Daedalus I und dachte nach. Der morgendliche Probelauf in der Zentrifuge war gut verlaufen. Endlich war er überzeugt davon, daß es keine physiologische Grenze für den Hyperschallflug gab, zumindest keine, mit der er nicht fertig werden konnte. Die Scramjets waren in der Triebwerksabteilung auf Herz und Nieren getestet worden. Auf dem Prüfstand zumindest hatten sie den an sie gestellten Anforderungen entsprochen.

Ja, dachte er, dieses Flugzeug könnte es wirklich schaffen. Er würde langsam die Mach-4,8-Grenze durchstoßen, dann auf die Scramjet-Geometrie umschalten, zum flüssigen Wasserstoff übergehen und auf volle Pulle gehen. Es war beängstigend, aber man lebte nur einmal. Scheiß auf die Gefahr.

Der Anblick war erregend und entmutigend zugleich. Jurij blickte erneut nach oben und war tief beeindruckt. Selbst für jemanden, der sie alle gesehen und geflogen hatte, war dies eine begeisternde Schöpfung. Das war nicht nur bei weitem das technologisch fortgeschrittenste Flugzeug der Welt, es war auch noch atemberaubend schön.

Im Augenblick jedoch gab es zwei ganz simple Probleme: Erstens konnte sich ohne einen Hyperschalltestflug niemand sicher sein, ob die Maschine wirklich das tun würde, was sie tun sollte. Und zweitens gehörten bis jetzt beide Prototypen Mino Industries, und sie würden weiterhin Mino Industries gehören, bis der Vertrag und die Schlußvereinbarungen unterschrieben waren.

Tatsächlich mochte es das geringste Problem des Projekts sein, die *Daedalus* auf Hyperschallgeschwindigkeit zu bringen. Diesen Teil wußte er zu handhaben. Die Unbekannten lagen in einer ganz anderen Richtung, auf der strategischen Ebene.

Strategisch traute er Rußlands neuem Partner noch immer

nicht. Nach allem, was er gehört hatte, waren die Bedingungen, die für die ganze Hochtechnologie gestellt worden waren, sehr schwerwiegend, und dabei handelte es sich nur um den kurzfristig zu zahlenden Preis. Die langfristigen Verpflichtungen mochten noch viel höher sein. War die Sowjetunion im Begriff, der finanzielle und technologische Gefangene einer Gruppe von Fremden zu werden, von Männern, deren Identität selbst jetzt noch im verborgenen lag? War dies ein faustischer Pakt?

In diesem Augenblick bemerkte er, daß die Tür am anderen Ende des Hangars aufglitt und zwei Männer in weißen Laborkitteln eintraten. Selbst aus der Entfernung erkannte er augenblicklich, wer die beiden waren: die Cheftechniker dieses Gemeinschaftsunternehmens, sein Vater Andrej Petrowitsch Androw und Taro Ikeda, der Projektleiter des japanischen Teams. Die führenden Männer dieses Projektes. Angeblich. Die Praxis jedoch zeigte, daß alle wirklichen Entscheidungen in bezug auf das Projekt von jemand ganz anderem getroffen wurden. Die Weisungen kamen aus einem Wolkenkratzer in Tokio – von einem mysteriösen Vorstandsvorsitzenden, der als Tanzan Mino bekannt war.

Ikeda und der ältere Androw kamen auf ihn zu. Als er Ikeda beobachtete, spürte er, wie er sich unwillkürlich versteifte. Vielleicht rührte das Unbehagen, das er diesem Mann gegenüber verspürte, von seiner intuitiven rechten Gehirnhälfte, die ihm etwas zu sagen versuchte. Aber was? Die gesamte Kommunikation mit dem Vorstandsvorsitzenden lief über Ikeda. Eigentlich war dagegen nichts einzuwenden, der Mann war an Geheimhaltung gewöhnt. Vielleicht waren japanische Industrielle genauso darauf bedacht, ihren Kopf zu schützen, wie es die sowjetische Nomenklatura war. Vielleicht war das auch in diesem Fall so üblich. Und dennoch …

»*Strastvitya,* Jurij Andrejewitsch.« Ikeda streckte lächelnd seine blasse Hand aus und machte gleichzeitig eine Verbeugung. »*Kak pashaviatye?*«

»*Khoroshau. Spahcebo.*« Jurij schüttelte Ikeda die Hand und nickte seinem Vater zu. »Wenn Sie nichts dagegen haben, würde ich gerne kurz die Scramjet-Sequenz mit Dr. Androw besprechen.«

»Wenn es etwas Wichtiges ist, dann sollten wir vielleicht alle mit den Subunternehmen darüber reden«, erwiderte Ikeda geschmeidig. »Gleich jetzt in meinem Büro. Ich habe sowieso gerade telefoniert mit –«

»Nicht nötig, sie einzuschalten«, unterbrach ihn Jurij Androw. »Nur ein paar technische Punkte, nichts weiter.«

»Jurij Andrejewitsch.« Ikeda lächelte und verbeugte sich leicht, wobei er sich bemühte, eine Wärme auszustrahlen, die er eindeutig nicht empfand. »Jeder Punkt ist hier wichtig für uns alle. Wenn –«

»Nicht jede einzelne Schraube«, unterbrach Jurij abermals. »Ich habe nur ein paar Fragen wegen der Sequenz, das ist alles.«

Schnell verbeugte sich Ikeda erneut. »Sie wissen, daß wir alle auf Sie angewiesen sind. Kein Mensch in Japan besitzt die Erfahrung, um ein solches Flugzeug fliegen zu können. Zumindest nicht in diesem Stadium des Projekts. Seien Sie sich also bewußt, daß jeder Umstand, der auf den Erfolg Ihres Testflugs und Ihre Sicherheit...« – er ließ wieder ein schnelles, mitfühlendes Lächeln aufblitzen – »...Einfluß hat, natürlich von größtem Interesse für mich und den Vorstandsvorsitzenden ist.«

»Dann dürfte es Sie freuen zu hören, daß mich die Beschleunigungssimulation heute morgen in der Zentrifuge ohne Probleme bis nach Mach 9,8 gebracht hat. Was bedeutet, daß die Zündungssequenz der Scramjets in Ordnung zu sein scheint.«

»Gratulation.« Ikeda nickte ihm zu.

»Eine letzte Sache. Ich werde eine Aktennotiz an die Ingenieurabteilung wegen einer Modifikation des Cockpits schikken, um auf dem Sitz mehr Bewegungsfreiheit zu bekommen. Nichts Großes. Ich glaube, wir können die Belastung des Gefäßsystems im Hoch-g-Bereich noch weiter senken.«

Andrej Androw bemerkte den angespannten Ausdruck im Gesicht seines Sohnes. »Jurij, du machst dir Sorgen. Heute morgen, ist da irgend etwas...«

»Natürlich, schicken Sie der Ingenieurabteilung Ihre Aktennotiz unter allen Umständen«, warf Ikeda ein. »Ich werde persönlich dafür sorgen, daß man sich darum kümmert. Wir wollen nicht, daß irgend etwas schiefläuft. Nicht einmal die kleinste –«

»Gut. Das ist alles, was ich wollte.« Jurij wandte sich ab, legte einen Arm um seinen Vater und zog ihn sanft in die Richtung der Wagen, die unter der Silbernase der *Daedalus I* standen. Er wollte Ikeda loswerden, damit er reden konnte. Nachdem sie ein paar Schritte gegangen waren, rief er über die Schulter zurück: »Aber warten Sie mit der Entscheidung, bis Sie meine Aktennotiz gelesen haben!«

»Wie Sie wünschen.« Ikeda nickte zum Abschied. »Ich bin bis 13 Uhr in meinem Büro, falls wir mit einem Subunternehmen in Verbindung treten müssen.«

Was, wie Jurij wußte, bedeutete, daß nach dieser Zeit mit ihm keine weitere Kommunikation gestattet war. Technische Konsultationen fanden nur morgens statt. Nachmittags schien Ikeda andere dringende Angelegenheiten zu haben, um die er sich kümmern mußte.

»Jurij, der Probelauf heute morgen in Nummer eins ist gut verlaufen. Ich glaube, wir haben den Hyperschallströmungswiderstand endlich ausgeschaltet.« Der ältere Androw ging hinüber, um die hydraulischen Hebevorrichtungen zu überprüfen, die das Fahrwerk und seine schweren, aus zweiundzwanzig Lagen bestehenden einziehbaren Räder stützten. Dann warf er einen Blick zurück und lächelte. »Ich fange langsam an, an Wunder zu glauben. Wir könnten wirklich Erfolg haben.«

»*Wenn* diese verdammten Scramjets da oben tatsächlich dann zünden, wenn sie sollen.« Jurij deutete in die Höhe.

»Ich habe die elektrostatischen Testdaten sorgfältig studiert. In der Triebwerksabteilung ist die Zündung routinemäßig bei

Mach 4,8 erfolgt. Die Zahlen lagen vor, und sie sahen in Ordnung aus. Temperaturbereich, Schubkraft, alles andere.«

Was wirklich passiert, dachte Jurij plötzlich, ist, daß sie *unseren* technischen Entwurf genommen und danach gebaut haben. Aber was wäre, wenn sie uns irgendwie benutzt haben, wenn sie sich unsere Ideen angeeignet und unser Expertenwissen gestohlen haben? Was dann?

Er sagte jedoch nichts, hörte nur schweigend zu, als sein Vater weitersprach.

»Auch das neue Keramikmaterial, das sie für die Halterungen der Treibstoffeinspritzung gefunden haben, ist bis zu fast zweitausend Grad erhitzt und wiederholt Belastungstests ausgesetzt worden. Diese Daten waren besonders eindrucksvoll. Weißt du, die Halterungen sind immer die Achillesferse eines Scramjets gewesen, weil der Treibstoff unmittelbar durch sie in die Brennkammer eingespritzt werden muß. Sie müssen Druckwellen und thermischen Belastungen widerstehen, die weit über das hinausgehen, was eine konventionelle Maschine jemals ausgehalten hat. Niemand hat je ein Material gefunden, das das geschafft hätte. Wir nicht, die Amerikaner nicht und auch sonst niemand. Aber jetzt haben ihre Hochtemperaturmaterialien und ihr Flüssigluft-Kreislauf das Scramjet-Konzept Wirklichkeit werden lassen. Die letzte Hürde ist überwunden.« Er blickte noch immer bewundernd nach oben. »Wir und die Amerikaner können lediglich technische Zeichnungen dieser Motoren anfertigen, nichts als hübsche Bilder.«

»Ich hoffe, du hast recht. Aber wenn wir von JP-7 auf flüssigen Wasserstoff umschalten, weiß niemand, was passieren kann. Es ist noch niemals ausprobiert worden.«

»Machst du dir wirklich Sorgen?« Der alte Mann musterte seinen Sohn prüfend.

»Das tue ich, verdammt noch mal, tatsächlich. Wer würde es nicht tun?« Jurij warf einen Blick auf die umhereilenden japanischen Techniker und senkte seine Stimme. »Und ich will dir noch etwas sagen. Es gibt hier noch ganz andere Dinge, über die ich mir Sorgen mache. Irgend etwas an diesem Projekt ist faul.«

»Wie meinst du das?« Andrej starrte seinen Sohn an.

»Ich habe langsam den Verdacht... Ich weiß nicht. Bisher ist es nur ein Gefühl, aber –«

»Jurij, laß mich dich mit einer harten Tatsache vertraut machen«, warf der ältere Androw ein. »Ob es dir nun gefällt oder nicht – dieses Projekt ist die einzige Chance für die Sowjetunion, jemals ein Flugzeug wie dieses zu besitzen.«

»Das mag stimmen, aber wenn wir –«

»Erinnere dich an das traurige Schicksal der TU-144«, fuhr er fort, »des Überschallpassagierflugzeugs, das wir auf der Basis einiger technischer Entwurfszeichnungen für die Concorde gebaut haben, die wir in die Hände bekommen konnten. Wir haben sie kopiert, aber nicht richtig verstanden, und 1973 hatten wir diese furchtbare Tragödie bei der Flugschau in Paris, als die Maschine in einem Feuerball abstürzte. Wir hatten versagt, und es war erniedrigend. Die Sowjetunion konnte nicht einmal einen Überschallpassagierjet bauen. Die bittere Wahrheit ist, daß wir nicht über die Computer verfügten, die wir brauchten, um die Maschine zu planen.« Lächelnd blickte er hoch. »Jetzt jedoch werden alle diese Erniedrigungen vorbei sein.«

Jurij erkannte plötzlich, daß sein Vater seinen Träumen nachhing. Auf dieselbe Weise verlor er sich manchmal in diesen verdammten Streichquartetten oder wenn er Euripides in der griechischen Originalsprache las. Auch jetzt trat er wieder in seine Phantasiewelt ein. Wie sollte er erkennen, daß er vielleicht nur benutzt wurde?

»Hast du dich jemals gefragt, wohin dieses Projekt führen wird? Wohin es führen muß?«

»Es wird zum Weg des Friedens führen. Es wird ein Symbol für die Zusammenarbeit von zwei großen Nationen sein und demonstrieren, daß der menschliche Geist über die Materie triumphieren kann.«

»*Moi otyets,* es könnte auch zu etwas ganz anderem führen... Erkennst du nicht, was hier passiert? Wir geben unsere Antriebstechnik in fremde Hände, Rußlands führende Technologie. Sie ist das einzige Gebiet, auf dem wir in der Welt noch führend sind. Und dieses Wissen haben wir gerade aus der Hand gegeben... für den Preis eines einzigen beschissenen Flugzeugs. Und selbst wenn wir letzten Endes diese Prototypen besitzen, können wir keine weiteren davon bauen, ohne unsere sogenannten Partner um die Materialien dafür anzubetteln. Wir können diese Legierungen in der Sowjetunion nicht herstellen.«

»Aber dies ist ein Gemeinschaftsunternehmen. Alles wird geteilt werden.« Andrej Androw lächelte. »Es wird uns beiden auch eine Chance geben, die Führung Europas und Amerikas auf dem Gebiet des kommerziellen Passagierverkehrs im nächsten Jahrhundert zu überwinden. Darum geht es hier. Die Zukunft der nichtmilitärischen Luftfahrt fängt genau hier an.«

»Glaubst du das wirklich?« Jurij unterdrückte ein ungläubiges Stöhnen. »Siehst du nicht, was dieses Flugzeug wirklich ist? Laß es mich dir sagen. Es ist das tödlichste Waffenträgersystem, das die Welt jemals gesehen hat. Und wir zeigen ihnen, wie man es baut, testen es sogar für sie, um sicher zu sein, daß es auch funktioniert.«

»Die *Daedalus* wird niemals ein Militärflugzeug sein. Ich hätte niemals an diesem Projekt teilgenommen, wenn ich wüßte...«

»Genau. Das ist es, was sie uns glauben machen wollen. Aber so sicher wie das Amen in der Kirche könnte es auch ganz anders sein. Und Mino Industries wird die einzige Firma auf der Erde sein, die weitere Flugzeuge dieser Art bauen kann.« Jurij spürte, daß es nutzlos war, weiter zu argumentieren. Für Andrej Petrowitsch Androw war nur das Wirklichkeit, was er glauben wollte. Im Moment nutzte es nichts, die Gefahren aufzuzeigen, die er in diesem Projekt sah. Beim sowjetischen Team würde niemand zuhören.

Oder gab es vielleicht *doch* etwas, was er tun konnte? Warum nicht eine kleine Korrektur des Testflugs vornehmen? Was wollte irgend jemand dagegen tun, wenn er erst einmal in der Luft war? Er würde ganz allein da oben sein. Wenn er ihren Flugcomputer überlisten könnte, wäre er vielleicht in der Lage, der Welt das eine oder andere zu zeigen. Darüber hatte er bereits seit Wochen nachgedacht.

»In Ordnung.« Jurij wandte sich ab. »Da dieses Ding offenbar flugbereit ist, werde ich es fliegen. Aber mach dich auf ein paar Überraschungen gefaßt.«

»Jurij, was hast du vor?«

»Nur ein paar kleine, nicht eingeplante Manöver.« Zum Teufel damit, dachte er. »Sie haben noch sieben Tage Zeit, und dann werde ich damit in die Luft steigen... und die Scramjets einschalten. Ich bin bereit. Sag Ikeda, daß er Vorbereitungen treffen soll, den flüssigen Wasserstoff in die Tanks zu pumpen.«

»Aber das stimmt nicht mit dem Terminplan überein, den wir für den Test festgelegt haben.« Andrej musterte seinen Sohn überrascht. Jurij war immer hitzig gewesen, hatte aber nie unüberlegt gehandelt.

»Scheiß auf den Terminplan. Ich werde dieses Flugzeug in einer Woche auf Hyperschallgeschwindigkeit bringen, oder sie können sich einen anderen Testpiloten suchen.« Er wandte sich zum Gehen. »Stellt einen neuen Terminplan auf, oder vergeßt es. Uns bleibt nicht mehr viel Zeit. Wenn all diese Vorbereitungen erst einmal unterzeichnet sind –«

»Jurij, das gefällt mir nicht.« Andrejs Augen blickten ernst.

»Sag ihnen einfach, daß sie die *Daedalus I* startbereit machen sollen. Ich glaube, diese Schweinehunde, die sich Mino Industries nennen, haben ihre ganz eigene Tagesordnung, über die sie uns nichts erzählen. Aber ich bin dabei, ihren Zeitplan ein bißchen durcheinanderzubringen.«

6.

Donnerstag, 2.51 Uhr

Ein völlig durchgeweichter und sehr gereizter Michael Vance klopfte heftig an die Tür von Zeno Stantopoulos' *Kafeneion*. Er war die einsame Straße nach Iraklion in der Dunkelheit zurückgegangen und hatte sich dabei an den regengepeitschten Hainen mit Platanen, Oliven und wilden Birnbäumen orientiert. Unterwegs hatte er versucht zu ergründen, was, zum Teufel, eigentlich vor sich ging.

Normalerweise liefen die Angehörigen der Nachrichtendienste großer Nationen nicht durch die Gegend, um sich gegenseitig umzubringen. Dies war eine ungeschriebene Regel unter Spionen. Vielleicht versuchte man, jemanden mit Natriumpenathol oder Scopolamin zum Reden zu bringen, aber Pistolen waren schlechter Stil, was auch alle wußten. Schließlich konnte man mit einem dieser Dinger getötet werden.

Diese Operation, was sie auch sein mochte, ging also außerhalb der Regeln über die Bühne. Schön. Er hatte vor langer Zeit gelernt, auf diese Weise zu arbeiten.

Viele Gedanken gingen ihm bei diesem Fußmarsch durch den Kopf. Das Alleinsein gab ihm Gelegenheit, über einige Dinge aus der Vergangenheit nachzudenken. Die karge kretische Landschaft weckte Erinnerungen an einen Abend vor fünf Jahren, an dem er mit Michael Vance sen., seinem Vater, über diesen wenig benutzten Weg gegangen war. An jenem kühlen Herbstabend, an dem gerade die ersten Sterne hervortraten, hatten sie auf diesem Wege gelacht und gescherzt. Ab und zu hatte der alte Mann mit seinem Stock fest auf die Erde geklopft, fast so, als ob er beabsichtige, sie endgültig seiner Herrschaft zu unterwerfen und sie ein für allemal zu seiner eigenen zu machen. Schließlich war die Unterhaltung ernst geworden.

»Michael, erzähl mir nicht, daß du das akademische Leben

niemals vermißt.« Sein Vater hatte sich schließlich dazu durchgerungen, diese Worte zu sagen, auch wenn er sie als beiläufige Bemerkung erscheinen lassen wollte, indem er einen Stein mit seinem Stock zur Seite stieß. »Mehr und mehr gewinnt deine Theorie über den Tempel an Glaubwürdigkeit. Du könntest noch berühmt werden. Eine beneidenswerte Position.«

»Vielleicht hat mein Aufenthalt in der Schlangengrube ausgereicht«, hatte er lächelnd entgegnet. »Die akademische Welt und ich hegen eine gegenseitige Abneigung füreinander.«

»Nun«, hatte sein Vater weitergesprochen, »die Wahl liegt bei dir, aber du weißt, daß ich mich am Ende dieses Semesters von der Universität zurückziehe. Natürlich wird es zu einigen bösartigen internen Intrigen kommen, aber wenn du willst, könnte ich die Dinge beim Berufungsausschuß vermutlich arrangieren.«

Endlich anerkannt, hatte Michael sich vor Augen geführt. Es sah so aus, als ob es in der akademischen Welt nur eine Sünde gab, die größer war, als unrecht zu haben: zu früh recht zu haben. Aber das kleinkarierte Universum der Fakultätenfehden war das letzte, was er sich in seinem Leben wünschte. Heutzutage spielte er sein Spiel in der großen Welt.

»Ich fürchte, ich werde verzichten müssen.«

»Ich nehme an, das Universitätsleben ist dir jetzt zu beengt geworden«, hatte der alte Mann schließlich mißbilligend, aber mit einem bewundernden Unterton festgestellt.

Mehr hatte er nicht gesagt. Zwei Monate später hatte er einen zweiten Schlaganfall erlitten und war auf Dauer in den Ruhestand getreten. Heute züchtete er Orchideen in Connecticut und schrieb fast jeden Tag einen leidenschaftlichen handgeschriebenen Leserbrief an die *Times*, um seine Fähigkeit zur moralischen Entrüstung weiterhin zu schärfen.

Michael Vance war seinen eigenen Weg gegangen. Zuerst hatte er ein Buch veröffentlicht, das die Welt der Gelehrten erschütterte. Dann hatte er dieser Herausforderung die Spitze aufgesetzt, indem er nach dem anschließenden Tohuwabohu allem den Rücken gekehrt und sich selbständig gemacht hatte. Als nächstes war er Mitglied des Nachrichtendienstes in Washington geworden, und schließlich hatte er angefangen, für die Association of Retired Mercenaries zu arbeiten. Es handelte sich um eine Welt, die seinem Vater so fremd war wie ein ferner Planet. Aber wenn der alte Mann auch enttäuscht darüber war, daß Michael Vance jun. nicht so geworden war, wie er es sich gewünscht hatte, so war er dennoch stolz auf seinen Sohn.

Jetzt aber würden die Stuttgarter und die Restaurierungsarbeiten von Phaistos warten müssen, bis das letzte Spiel mit Nowosty ausgetragen war. Das Protokoll. Es ging ihm immer noch durch den Kopf. Konnte es irgendeine Allianz zwischen den Sowjets und der japanischen Mafia geben? Was, zum Teufel...

»Michael, sie ist hier.« Ein heiseres Flüstern drang nach draußen, als die morsche Holztür des *Kafeneion* einen Spaltbreit aufging. Zeno zog sein Nachthemd zurecht, machte die Tür weiter auf und spähte die Straße hinunter. »Komm rein. Schnell. Bevor dich jemand sieht.«

So stimmte seine Vermutung also: Eva mied das Hotel. Das war sehr clever. Sie machte es genau richtig.

Er schlüpfte durch die Tür. »Wo ist sie jetzt?«

»Sie ist hinten. Adriana hat ihr etwas gegeben, damit sie schlafen kann.« Zeno zog einen Stuhl von einem der Tische heran. Der Raum war in Dunkelheit gehüllt, und der schale Geruch aus der Küche erfüllte die Luft. »Sie war vollkommen aufgelöst, Michael. Was ist passiert? Sie hat behauptet, daß jemand sie ermorden wollte. Im Tempel. Habt ihr zwei...«

»Wir wollten eine Party feiern, aber dann kamen zu viele Gäste.« Vance blickte sich um. »Ich könnte ein paar von deinen *Rakis* vertragen. Ich hatte da gerade eine Begegnung mit einem Kerl, neben den man sich im Bus nicht setzen würde. Er wollte nicht freiwillig abtreten, und so mußte ich etwas nachhelfen. Häßliche Szene.«

»Du hast ihn getötet?«

»Er hat auf Eva und mich geschossen. Nicht gerade sehr sozial.« Vance warf einen Blick in den hinteren Teil des dunklen Raums. »Zeno, unser Partygast heute nacht war ein japanischer Gangster. Sag mir eins. Versucht die Yakuza auf Kreta Fuß zu fassen? Du weißt schon – indem sie vielleicht Land aufkaufen. Das ist ihr üblicher Stil. Auf diese Weise sind die Japaner mehr oder weniger am Anfang nach Hawaii gekommen.«

»Michael, dieses Land ist so arm, daß es für Gangster nichts zu stehlen gibt.« Zeno lachte. »Laß mich dir ein Geheimnis verraten. Wenn ein Fremder hierherkäme und versuchte, mich oder einen meiner Freunde herumzuschubsen, würde er die Sonne am nächsten Morgen nicht mehr sehen. Selbst die sizilianische Cosa Nostra hat Angst vor uns. Kreta ist in vielen Beziehungen noch immer ein Dorf, trotz der verrückten Touristen. Wir tolerieren Fremde, öffnen ihnen sogar unser Haus, wenn sie sich anständig benehmen, aber wir kennen unsere gegenseitigen Geheimnisse wie in einer Familie. Um also deine Frage zu beantworten: Der Gedanke, daß ein japanisches Syndikat hierherkommt, ist unvorstellbar. Du weißt das so gut wie ich.«

»Das hätte ich auch gedacht. Aber ich habe heute nacht einen *Kobun* von der größten Yakuza-Organisation Japans gesehen. Ich weiß das, weil ich vor ein paar Jahren einen kleinen Tanz mit ihrem Paten hatte. Also, wieso ist einer von seinen Handlangern hier und schießt auf Eva und mich?« Er hielt inne, als die Schlußfolgerungen langsam einsickerten. »Diese Sache könnte sehr ungemütlich werden.«

»Du hast nichts getan, was nicht auch jeder andere hier getan hätte.« Zeno machte ein nachdenkliches Gesicht. »Vor ein paar Jahren, als die Obristen und ihre Junta von Griechenland Besitz ergriffen, mußte ich einmal...« Er zögerte. »Manchmal tun wir Dinge, über die wir später nicht gerne sprechen. Aber man erinnert sich immer an die Augen eines Menschen, den man töten muß. Man träumt von ihnen.«

»Unsere Partybeleuchtung war ziemlich schwach. Es war zu dunkel, um seine Augen zu erkennen.«

»Dann bist du glücklicher, als du weißt.« Zeno blickte zur Seite. »Dies war niemand, den du von einem anderen Auftrag kanntest, Michael? Vielleicht die Söldnertruppe, von der du manchmal...«

»Ich habe den Burschen nie in meinem Leben gesehen, das schwöre ich bei Gott. Allerdings bin ich der Überzeugung, daß er es auf Eva abgesehen hatte. Was auch immer vor sich geht – ich muß sie von Kreta wegschaffen, damit sie in Sicherheit ist.«

»Ganz meine Meinung.« Zeno wandte sich den Wohnräumen im Hintergrund zu. »Du solltest heute nacht hierbleiben, und morgen besorgen wir euch beiden eine Passage auf der Autofähre nach Athen. Ich werde mich um alles kümmern. Tikkets, alles, was dazugehört.« Er kam mit zwei Gläsern *Raki* zurück. Nachdem er sie auf den Tisch gestellt hatte, sprach er weiter. »Ich mache mir sehr große Sorgen um Eva, Michael. Und um dich. Wir alle schaffen uns Feinde, aber...« Er trank einen Schluck aus seinem Glas. »Bei der Gelegenheit, hast du eine Pistole?«

»Nicht bei mir.« Vance griff nach dem Glas und wünschte sich, daß der Inhalt Tequila wäre – mit einem Spritzer Limonensaft – und daß er wieder auf der *Ulysses* wäre und den Klüverbaum trimmen würde. »Das ist ein Fehler, den ich so bald nicht wiederholen werde.«

»Dann werde ich dir eine besorgen. Wie ich schon sagte, ich kümmere mich um alles. Ich habe viele Freunde. Mach dir keine Sorgen.« Er trank abermals. »Nebenbei bemerkt, Eva hat mich gebeten, ins Hotel zu gehen und etwas für dich zu holen. Sie schien es für wichtig zu halten. Eine von euren modernen amerikanischen Erfindungen. Sie hatte es an der Rezeption in den Safe eingeschlossen. Und sie hat mir Geld mitgegeben, um ihr Zimmer zu bezahlen.« Er seufzte. »Warum wollte sie Geld an ein Hotel verschwenden, wo sie doch hier bei uns wohnen konnte?«

»Was ist es?«

»Ich glaube, es ist ein Computer, obwohl er kaum die Größe einer Aktentasche hat. Eine Erfindung des neuen Zeitalters, die gnädigerweise an uns vorbeigegangen ist. Ich habe ihn hinten, zusammen mit ihren anderen Sachen.« Seine Stimme verklang in der dunklen Küche. Augenblicke später kam er mit Evas Laptop zurück. Mit besorgtem Blick stellte er ihn behutsam auf den Tisch. »Hast du eine Ahnung, warum sie ihn bei sich hatte?«

»Ich glaube, sie hat darin etwas gespeichert.« Vance öffnete den Deckel. Dann fühlte er an der Seite nach der Ein/Aus-Taste, und eine Sekunde später leuchtete der Schirm blau auf. Als das Operationssystem bereit war, rief er das Dateiverzeichnis ab.

Eine lange Reihe von Namen füllte den Schirm aus, alphabetisch geordnet. Aber nichts davon schien ihm auffällig. Es handelte sich um eine Fülle von nicht geheimen NSA-Berichten und vielen privaten Briefen. Vance widerstand der Versuchung, sie auf den Schirm zu holen und in Evas Privatleben einzudringen. Wie viele Männer...?

Halt dich ans Geschäftliche. Spar dir das Vergnügen für später auf. Wo ist das Dossier?

Dann fiel ihm der erste Name im Alphabet auf.

Ackermann.

Moment mal, dachte er, ist das nicht der Name des NSA-Burschen, der ihr die Diskette gegeben hat? Er rief die Datei ab und drückte auf eine Taste. Einen Augenblick später erschien sie.

Ja, das mußte sie sein. Eindeutig ein NSA-Dokument, sehr sorgfältig gespeichert.

(NSCID Nr. 37896)
Abt. *R1/SIGINT*
Einstufung: *STRENG GEHEIM*
Autorisierung: *Abt./H/O/D ausschl.*
Analyse: *Eva Borodin*
Initialen: *EKB*

Verschlüsselung: *DES/UNBEKANNT*
Bezug: *Geheim*

DAEDALUS-PROTOKOLL

Die Union der Sozialistischen Sowjetrepubliken (UdSSR) und Mino Industries Group, nachstehend Parteien genannt, sind IN KENNTNIS ihrer Verpflichtung, in beiden Nationen nach technologischem Fortschritt zu streben,

ÜBERZEUGT davon, daß die technischen und finanziellen Vereinbarungen, die hier festgehalten sind, den langfristigen strategischen Interessen beider Parteien dienen werden,

SICH BEWUSST, daß der Erfolg des Projekts Daedalus zu wachsender Kooperation und gegenseitigem Verständnis zwischen den Völkern der UdSSR und Japans führen wird,
UND VEREINBAREN HIERMIT FOLGENDES:

ARTIKEL I

46598304818673942107869804986732615597980930
029187098079857836725142647896659698374858 6
7030945896970980549381738405401290487571092
3836142543495019294766477810298378578576924
8598504821273850956070971070901613386089274
765608021834860...

Das war eindeutig das, wonach er suchte. Die Zahlenreihen füllten drei Seiten, und dann kam Artikel II. So ging es weiter, zehn Artikel. Als er Seite für Seite durchging, stellte er fest, daß sich die Ziffern bis zum Ende des Dokuments fortsetzten.

Eva hatte recht. Abgesehen von gelegentlichen Wiederholungen schien es kein klares Muster zu geben. Er hatte in den alten Zeiten viele Verschlüsselungen gesehen, aber dies hier sah nach nichts Standardmäßigem aus.

Vance saß da und starrte auf den Schirm. Mino Industries Group. *Das* erklärte den Mino-gumi-Killer. Der Pate plante sein bisher größtes Spiel – weltweit.

Aber was war es? Um was ging es bei dem Handel? Das mußte er herauskriegen.

Eva hatte gesagt, daß sie es mit dem Datenentschlüsselungs-Standard, dem DES-System, versucht hatte und zu keinem Ergebnis gekommen war. Was bedeutete, daß die NSA gescheitert war.

DES war ein Verfahren, bei dem Daten durch eine Serie von acht S-Boxen geleitet wurden. Hierbei handelte es sich um mathematische Operationen, die in Kombination mit einem spezifischen Benutzerschlüssel die Daten scheinbar in alphanumerischen Unsinn verwandelten. Der Empfänger besaß ebenfalls eine Kopie des Schlüssels und konnte sie zusammen mit demselben Satz mathematischer Operationen wieder zurückverwandeln.

Er wußte, daß die National Security Agency damals, als DES von IBM erfunden wurde, den ursprünglichen Plan der Firma, den Kode unknackbar zu machen, sabotiert hatte. Die NSA hatte darauf bestanden, daß der Schlüssel, eine Reihe von Nullen und Einsen, auf 56 Bits begrenzt wurde, und zwar anstelle der vorgeschlagenen 128 Bits, die das System so komplex gemacht hätten, daß es für immer sicher gewesen wäre. Der Grund dafür war natürlich, daß die NSA keinen unbrechbaren Kode auf der Welt haben wollte. Letzten Endes war es ihr Hauptgeschäft, die Post anderer Leute zu lesen. IBM wußte es damals noch nicht, aber der kleinere Schlüssel war zu der Zeit schon ein Kinderspiel für die Cray-Supercomputer der NSA, die eine Billion nach dem Zufallsprinzip festgelegte Zeichen pro Sekunde bearbeiten und jede 56-Bit-DES-Verschlüsselung der Welt routinemäßig an einem halben Tag knacken konnten.

Jeder, der sich im Geheimdienstgeschäft auskannte, war sich dessen wohl bewußt. Dies war offensichtlich auch der Grund dafür gewesen, daß sich jemand an die NSA gewandt hatte.

Aber Eva hatte gesagt, daß sie es mit dem üblichen Zufallsschlüsselverfahren versucht hatte und zu keinem Ergebnis gekommen war. Wo also lag die Lösung?

Sein Schädel brummte jetzt von dem *Raki,* aber er spielte in Gedanken immer wieder die Möglichkeit durch, daß sie an der falschen Stelle gesucht hatte, daß sie versucht hatte, den DES-Schlüssel zu finden, obwohl diese Verschlüsselung tatsächlich ein ganz anderes Schema verwandte.

Er rieb sich die Schläfen und versuchte, das Ganze von hinten aufzurollen.

Projekt Daedalus. Je länger er darüber nachdachte, desto...

»Zeno.« Er blickte vom Schirm hoch. »Hast du noch diese Ausgabe von *Reich des Geistes?*« Er hatte dem alten Griechen in der Woche des Erscheinens eine mit Widmung versehene Erstausgabe geschickt.

»Dein Buch, Michael? Natürlich habe ich es noch. Ich hüte es wie meinen Augapfel. Es ist hinten im Schlafzimmer.«

»Macht es dir was aus, es zu holen? Mir ist nach ein bißchen Lesen.«

»Um vier Uhr morgens? Michael, ich glaube –«

»Du weißt, wie es ist, wenn einem zur Schlafenszeit lauter Unsinn durch den Kopf geht.«

»Du solltest dich etwas hinlegen, wie Eva.«

»Ich muß mich zuerst ein bißchen entspannen. Und ich brauche dieses Buch. Da ist eine Tabelle im Anhang, die garantiert jeden in Schlaf versetzt.«

»Nun gut.« Zeno seufzte, trank den Rest seines *Raki* aus und stand auf. »Manchmal kannst du so halsstarrig sein wie dein Vater.«

Als Zeno hinausgegangen war, starrte Vance wieder auf den Bildschirm. Er hatte das Gefühl, der Lösung ganz nahe zu sein. Aber konnte er wirklich mit einem tragbaren Laptop einen Kode knacken, bei dem die Cray-Supercomputer der NSA versagt hatten?

Vielleicht. Es waren schon seltsamere Dinge passiert. Die Samurai-Schwertkämpfer sagten, daß man die Gedanken seines Widersachers kennen mußte. Hier, während der kürzer werdenden Stunden vor der Dämmerung mitten auf Kreta, verspürte er eine eigenartige Seelenverwandtschaft mit demjenigen, der diese zufällig aussehende Zahlenreihe entworfen hatte. Bevor die CIA in sein Leben getreten war, hatte er selbst Zahlenreihen wie diese zusammengestellt.

»Hier ist es, Michael. Adriana sagt, daß Eva noch schläft. Ich weiß nicht, was sie ihr gegeben hat – vielleicht einen ihrer Altweiberzaubertränke.« Er kicherte leise. »Das ist einer der Gründe, weshalb ich sie so liebe. Wenn du uralt wirst wie ich, ist es gut, mit einer Krankenschwester verheiratet zu sein.«

Vance nahm das Buch und wog es unwillkürlich in der Hand. Wie schwer war es – vielleicht ein Kilo? Der glänzende Schutzumschlag, der damals für ein akademisches Werk ungewöhnlich gewesen war, sah noch ganz neu aus. Er lächelte, als ihm klar wurde, daß es ungelesen war.

»Danke.« Er wurde sich der Gegenwart Zenos wieder bewußt. »Damit sollte es klappen. Warum gehst du jetzt nicht ins Bett? Ich strecke mich einfach hier auf dem Tisch aus, wenn ich müde werde.«

»Michael, manchmal glaube ich, daß du ein Verrückter bist.« Zeno zuckte die Achseln und drehte sich dann um, um ins Schlafzimmer zurückzuhinken. »Was du auch tust, öffne nicht die Haustür.«

»Schlaf ein bißchen. Ich werde dasselbe tun.«

»Dann gute Nacht. Möge Gott dir Ruhe schenken.« Er verschwand.

Vance nickte flüchtig. Er schlug den Anhang des Buchs auf und knipste das schwache Deckenlicht an. Das Buch brachte ihm eine Welt zurück, die er schon vor langer Zeit verloren hatte. Jetzt wollte er sie zurückhaben, wenn auch nur für einen Augenblick.

Er blätterte Anhang C auf. Dort hatte er, wie es ein pflichtbewußter Gelehrter tun sollte, die standardmäßigen numerischen Entsprechungen für die Silbenschrift Linear-B aufgeführt.

Mykenische Silbenschrift (nach *Ventris*, 1953)

da	qa	sa	je	o	ra
01	16	31	46	61	76
ro	za	qo	pu	pte	ka
02	17	32	47	62	77
pa	zo	ti	du	ta	qe
03	18	33	48	63	78

Die Zahlen setzten sich bis neunzig fort. Er überprüfte die Dateien, und tatsächlich, Eva hatte ein Lotus-Data-Management-System auf der Festplatte. Er konstruierte ein Format für seine Matrix und fing dann an, die Laute einzugeben. Der Aufbau war simpel, aber der nächste Teil würde ein bißchen Programmierarbeit erfordern. Die Zahlen des Protokolls mußten in Laute umgewandelt werden. Es sah einfach aus, aber was war, wenn man sie bewußt irgendwie umgestellt hätte? Dann wäre er nicht besser dran als vorher.

Immer optimistisch bleiben!

Als er mit dem Eingeben des Schemas fertig war, konnte er draußen die ersten Lebenszeichen des erwachenden Iraklion hören. Lastwagen ließen die Motoren an, Vögel zwitscherten. Er spürte langsam den fehlenden Schlaf, achtete jedoch nicht darauf und trank einen weiteren Schluck *Raki*. Mach einfach weiter, sagte er zu sich selbst. Wenn große Geister wirklich in den gleichen Bahnen denken, wirst du es herausbekommen.

»Liebling, was in aller Welt machst du mit meinem Laptop?« Wie ein Geist stand Eva plötzlich hinter ihm.

»Vielleicht schaue ich nur nach, ob du irgendwelche Videospiele drauf hast?« Überrascht drehte er sich um. Was hatte sie aufgeweckt? Sie war wahrscheinlich völlig überdreht. »Eva, warum bist du heute nacht abgehauen? Und was war das für ein Unsinn, den du mir da zugerufen hast?«

»Vielleicht war es gar kein Unsinn. Alex sagte, daß du für ihn arbeitest. Er sagte, ihr beide wärt Partner. Das stimmt nicht wirklich, oder?« Sie ließ sich auf einen Stuhl fallen. Sie trug einen leichten Morgenmantel, und ihre Haare waren zerwühlt. Mit einem Stöhnen rieb sie sich die Augen. »Ich kann auf solche Späße verzichten.«

»Vergiß Alex' dummes Gerede. Er überschätzt sich gewaltig. Es ist immer ein Zeichen von schlechtem Urteilsvermögen, die Stärke der anderen Mannschaft zu unterschätzen.« Er streckte die Hand nach ihr aus. »Du mußt dir ganz einfach klar darüber werden, wem du vertrauen willst. Du könntest mit Zeno anfangen. Er hat angeboten, mir dabei zu helfen, dich von Kreta wegzubringen.«

»Und wohin?« Sie schmiegte sich an ihn. »Michael, sie haben mich hier gefunden. Sie werden mich überall finden.«

»Nicht wenn wir den Spieß umdrehen und gegen sie vorgehen. Aber das ist der nächste Zug. Jetzt mußt du erst mal von Kreta weg, während ich noch einiges überprüfe. Wie wäre es, wenn du nach Miami fliegst, eine Maschine nach Nassau nimmst und dann...«

»Du willst mich unbedingt auf die *Ulysses* kriegen, auch wenn es dich das Leben kostet, was?«

Er beschloß, auf die Bemerkung nicht einzugehen. Allerdings lag sie damit richtig. Wenn sie das Schiff sah, würde sie beginnen, ihn zu verstehen, davon war er überzeugt.

»Weißt du«, fuhr sie fort, »gestern nachmittag war ich lediglich besorgt. Jetzt aber habe ich wirklich Angst. Ich bin wohl doch nicht so mutig, wie ich dachte. Tut mir leid, daß ich heute nacht einfach so weggelaufen bin.«

»Es war nicht das erste Mal, daß mich eine Frau sitzengelassen hat.« Vance lachte, streichelte dann ihr Haar, wobei er die langen Locken von früher vermißte. »Jetzt kannst du mir helfen. Sagt dir der Name Yakuza irgend etwas?«

»Wovon sprichst du?« Verwundert blickte Eva ihn an.

»Ich sollte es vielleicht nicht erzählen, weil es dir wahrscheinlich den Morgen versaut, aber dieser Bursche, der letzte Nacht unsere Party gestört hat, war ein Killer von der japanischen Mafia. Vom Mino-gumi-Syndikat. Zu Hause sind sie Nummer eins. Sie kontrollieren Tokio und Osaka und haben die halbe Liberaldemokratische Partei in der Tasche. Und dann gibt es da noch die alte CIA-Verbindung aus vergangenen Zeiten.«

»Woher weißt du das?«

»Nachdem du verschwunden warst, tauchte unser Freund wieder auf. Natürlich wie vorher ohne Einladung. Da hat ihn Nowosty mit seiner Uzi erledigt, und ich konnte ihn mir näher ansehen.«

»Alex hat ihn getötet! Mein Gott, dann sind es also schon drei.«

»Wenn man genau nachzählt – ja. Er ist auf seine alten Tage ein bißchen schießwütig geworden. Entweder das, oder er hat sehr, sehr große Angst.« Die Erinnerung veranlaßte ihn, sich den Kratzer im Nacken zu reiben. »Was wäre, wenn die japanische Mafia wirklich hinter der Sache steckt? Die finanziellen Mittel haben sie, das steht fest. Unter anderem vergeben sie in Japan Verbraucherkredite – das ist legalisierter Wucher. Sie haben mehr Geld als der liebe Gott.«

»Das ist zuviel für mich. Ich weiß nichts über...« Eva erhob sich zitternd. »Ich werde mit dir nach Nassau gehen, Michael. Nehmen wir die *Ulysses*, und verschwinden wir irgendwo im Atlantik.«

»Abgemacht.« Er strahlte. »Aber vorher müssen wir noch einige Fragen beantworten. Du sagst, die Yakuza hat mit den Dingen, von denen du weißt, nichts zu tun?«

»Ich bin mir nur vage bewußt, daß sie überhaupt existiert.«

»Und du weißt nicht, wer an der Spitze von Mino Industries steht?«

»Nie davon gehört.«

»Es ist ein Haufen von netten, skrupellosen Gangstern. Das Problem ist, daß einer der *Kobuns* des Eigentümers heute nacht versucht hat, uns umzubringen. Vielleicht bekommen wir endlich ein bißchen Licht am Ende des Tunnels zu sehen.« Er blickte sie an. Eva sah morgens immer wunderschön aus. Sie hatte um diese Tageszeit etwas sehr Sinnliches. »Komm mal her.«

Er nahm sie in die Arme und drückte ihr einen leichten Kuß auf die Stirn. »Geht's dir gut?«

»Ich glaube schon.« Sie holte tief Luft.

»Ich kenne es gar nicht von dir, daß du aussteigst, wenn es unangenehm wird.« Er drehte sie zum Laptop. »Du bist die Geheimschriftexpertin. Warum versuchen wir nicht herauszufinden, welche Phonetik Ventris' numerische Entsprechungen für Linear-B bei diesen Zahlen ergeben?«

»Wovon sprichst du?« Sie rieb sich die Augen.

»Weißt du, auf meinen Reisen habe ich etwas festgestellt. Ein großer Geist hat oft ein Gefühl für Poesie. Manchmal muß man, wenn man sich in die Gedanken des anderen versetzen will, ein bißchen Phantasie entwickeln. Deshalb denke ich … über diesen Kode nach.«

»Du meinst …«

»Nur eine verrückte Morgenidee.« Vance tätschelte das Keybord des Laptop. »Was wäre, wenn der Kopf, der dahintersteckt, ein System benutzt, von dem kein Computer in der Welt je etwas gehört hätte?«

»So etwas gibt es nicht, glaub mir das.«

»Vielleicht ja, vielleicht nein.« Er schlug den Mittelteil seines Buchs auf, eine Hochglanztafel mit Fotografien. Er hatte die Bilder selbst mit einer alten Nikon gemacht. »Sieh sie dir an, und frisch deine Erinnerungen auf.«

Eva blickte auf das Foto eines großen minoischen Tongefäßes aus dem Tempel, eines riesigen *Pithoi,* der einst als Behälter für Öl oder Badewasser gedient hatte. An den Seiten waren Reihen von Wellenlinien und Symbolen eingeritzt. Es handelte sich um die minoische Schriftsprache, die zusammen mit der Keilschrift und den Hieroglyphen zu den ältesten der Welt gehört.

»Du meinst Linear-B.«

»Die Sprache von König Minos. Wie du dich zweifellos erinnerst, ist es tatsächlich eine Silbenschrift, und zwar eine verdammt gute. Jedes dieser kleinen Bilder steht für eine Silbe, für einen Konsonanten, dem der Vokal folgt. Komm schon, das war damals dein Gebiet. Sieh hier, diese wellige Fahne liest sich als *mi,* und diese kleine Heugabel hier mit dem Schwanz liest sich als *no.*« Er blickte auf. »Jedenfalls erinnerst du dich bestimmt, daß Linear-B fast hundert von diesen Silbenzeichen hat. Aber Ventris ordnete ihnen Zahlen zu, da sie sich drucktechnisch so schlecht wiedergeben lassen. Diese Folge hier, *mi-no-ta-ro,* liest sich numerisch als...«, er sah im Anhang nach, »...13-52-59-02. Reihe sie aneinander, und *minotaro* liest sich als 13525902. Genau wie die frühen Griechen ließen die Minoer zwischen den einzelnen Wörtern keinen Raum frei. Wenn also jemand Linear-B nach dem Ventris-System benutzen würde, käme eine unverständliche Zahlenreihe dabei heraus.«

»Du glaubst das doch nicht wirklich?«

»Du sagst, du hast alles andere versucht. Die Crays der NSA haben eine Niete gezogen. Vielleicht hast du nach einem hochmodernen neuen Verschlüsselungssystem gesucht, obgleich es sich tatsächlich um eins handelt, das so alt ist, daß niemand auch nur auf den Gedanken kommen würde. Fast viertausend Jahre alt, um es genau zu sagen.«

»Mein Lieber, das klingt aber sehr romantisch. Auf dem Gebiet der Romantik steigerst du dich.« Eva sah ihn einen Augenblick lang an und bedachte ihn mit einem schiefen Lächeln. »Was man von deinem gesunden Menschenverstand nicht sagen kann. Nimm's mir nicht übel, aber auf so etwas kommen allenfalls kleine Kinder. Niemand wendet heutzutage etwas derartig Simples an.«

»Ich wußte, daß du mich für verrückt halten würdest. Du bist nicht die erste.« Er stand auf. »Aber versuch es doch mal. Teile diese Zahlenfolge in Paare auf, und schau dir an, wie sie phonetisch aussehen. Damit kannst du dich von dem ganzen Wahnsinn hier ein bißchen ablenken.«

»Na schön.« Sie seufzte und setzte sich vorsichtig auf den wackligen Stuhl, den er gerade frei gemacht hatte. »Ich mache dir einen Vorschlag, mein Schatz. Hol du mir einen schönen starken Kaffee, und ich werde vergessen, daß ich über gesunden Menschenverstand verfüge, und ein bißchen mit dem hier herumspielen.«

»Du bist ein echter Kumpel.« Vance drehte sich um und ging in Richtung Küche. »Daran erinnere ich mich noch gut. Ganz zu schweigen davon, daß du auch großartig im Bett bist.«

»Wir bemühen uns, auf allen Gebieten außergewöhnlich zu sein.«

Als er die Tür erreichte, ging die Küchenbeleuchtung an. Adriana, bekleidet mit einem blauen Morgenrock und Filzpantoffeln, streckte gerade die Hand nach dem Wasserkessel aus.

Während Eva hinter ihm tippte, lehnte Vance sich gegen den Türrahmen und sah in seinen noch immer feuchten Kleidern zu, wie eine alte griechische Frau durch ihr Reich schlurfte und ein traditionelles Frühstück zubereitete. Er hatte den Verdacht, daß kein männliches Wesen jemals eine dieser blitzenden Utensilien angefaßt hatte. Die Alte Welt hatte ihre eigenen Sitten, gestern und für alle Zeiten.

Während er am Türrahmen vor sich hin döste, füllte das Aroma frischen griechischen Kaffees langsam den Raum. *Sarakin.* Das war der japanische Name für ihre heimischen Kredithaie, die sogenannten Angestellten-Finanziers. Er wußte, daß die vier größten *Sarakin*-Unternehmen der Yakuza mehr Verbraucherkredite gaben als alle japanischen Banken zusammen. Wenn man dazu noch die Profite aus illegalen Amphetaminen, Prostitution, Bars, Tarnfirmen und Schutzgelderpressung – die übliche Liste – nahm, dann sprach man schnell von Multibilliarden. Das Hauptproblem war, dieses ganze schmutzige Geld zu waschen. Diese Leute investierten gewöhnlich in respektable, aber verlustbringende Überseegeschäfte – nach der gesunden Theorie, daß ein gewaschener Dollar zwei ungewaschene wert war.

Ging es bei dem sowjetischen Handel darum? Gelder der japanischen Mafia, die in Form von Krediten an die UdSSR gewaschen wurden? Gab es eine bessere Methode, sie zu waschen? Niemand würde sich jemals die Mühe geben, danach zu fragen, woher sie kamen.

Aber das hübsche Szenario hatte einen großen Haken. Politisch gesehen waren die Mitglieder der Yakuza ultrarechte Hardliner. Warum also sollten sie ihr Geld den Sowjets geben, gewaschen oder auch nicht? Besonders jetzt, wo es dort eine so große politische Instabilität gab – Hardliner, Reformer, Nationalisten. Irgendwie paßte das nicht zusammen.

»Michael, komm doch mal einen Moment.« In Evas Stimme klang Triumph an.

»Was?« Er blickte sich verwirrt um.

»Komm her, und sieh dir das an.« Sie starrte auf den Bildschirm.

Er drehte sich um und ging hinüber zu ihr, noch immer überwältigt von dem berauschenden, scharfen Geruch des frischen griechischen Kaffees, der jetzt den Raum durchflutete. »Ist irgend etwas dabei...?«

»Sieh es dir einfach an, und sag mir, was du davon hältst.« Sie wandte sich vom Bildschirm ab und drehte ihn zu ihm hin. Die eisblauen Buchstaben durchdrangen das trübe Morgenlicht mit einem unheimlichen Leuchten. Die Farbe spiegelte sich in seinen Augen wider, wurde eins mit ihnen.

»Du hast es schon geschafft?«

»Ich habe mit dem Ersetzen der Zahlen durch Buchstaben auf der Basis von eins zu eins angefangen. Aber die Sequenz verläuft umgekehrt, was bedeutet, daß ich... Egal, was hältst du davon? Bin ich ein Genie oder was?«

Er zog einen Stuhl vor den Bildschirm und fing an, ihn zu studieren. In diesem Augenblick stellte Adriana ein Tablett neben den Computer mit frischem, dampfendem Kaffee, dunklen Feigen und zwei Schüsseln Joghurt.

»Kafé evropaiko«, kommandierte sie und drückte ihm eine Tasse in die Hand.

»Malista, efcharistó«, bedankte er sich geistesabwesend. Er trank einen Schluck des dampfenden Gebräus und wandte seine Aufmerksamkeit dann wieder dem Schirm zu.

Zuerst glaubte er, daß ihm sein Sehvermögen einen Streich spielte, aber dann gewann die Buchstabenreihe an Schärfe. Es war einfach unglaublich!

»In Ordnung, aber was ist hiermit?« fragte er und zeigte auf die vierte Zeile, in der die Buchstaben zu sinnlosem Durcheinander wurden. »Und dann wieder da unten.«

»Davon sprach ich gerade. Die ineinander verflochtenen Übergänge hier. Es passiert alle hundert Zahlen. Sie haben damit angefangen, die zweiten fünfzig einstelligen Ziffern mit den ersten fünfzig zu verflechten. Dann haben sie den Algorithmus gewechselt und die dritten fünfzig Ziffern mit den vierten fünfzig verflochten, aber rückwärts. Dann wiederholt es sich wieder.«

»Das hast du alles beim Herumspielen herausgefunden?«

»Liebling, das ist mein Beruf. Nach einiger Zeit bekommt man einen guten Instinkt.« Eva trommelte mit den Fingern nervös auf den Holztisch, erinnerte sich dann an den Kaffee und griff nach der Tasse. »Hübscher kleiner Trick. Standard, aber hübsch. In gewissen Abständen läßt man die Daten irgendwie in sich selbst zurücklaufen. Auf diese Weise gibt es keine Wiederholungen von Zahlenfolgen – für Wörter, die oft verwendet werden –, die einen verraten könnten. Aber wenn man mit diesem Zeug so viel herumgespielt hat wie ich... Jedenfalls ist das immer das erste, was ich überprüfe.«

»Gratuliere.«

»Sag mir die Wahrheit.« Sie sah ihn an und schlürfte an ihrem Kaffee. »Kannst du das wirklich noch immer lesen? Es ist Jahre her.«

»Ich habe ein Gedächtnis wie ein Elefant. Obwohl du mir vielleicht dann und wann helfen mußt.« Vance zeigte auf den Schirm. »Sieh hier. Ich glaube, dieses Wort ist modernes Griechisch. Sie haben sich der heutigen Sprache bedient, wo es kein altes Wort für irgend etwas gibt.« Er drehte den Computer herum. »Würdest du die ganzen Daten nach deinem System durchlaufen lassen?«

»Mit Vergnügen.« Sie machte den Bildschirm frei. »Ich kann kaum glauben, daß wir den Kode schon entschlüsselt haben. Der Grund, aus dem unsere Crays ihn nicht knacken konnten, war, daß er viel zu simpel ist.«

Mit einer Anwandlung satter Zufriedenheit griff Vance nach seinem Kaffee. Seine Ahnung hatte ihn nicht getrogen. Wer auch immer diese Verschlüsselungsidee gehabt hatte, mußte ein Fan der antiken griechischen Geschichte gewesen sein, und zwar ein kenntnisreicher. Welchen besseren Kode konnte er für Projekt-Daedalus-Kommuniqués geben als die Sprache, die Daedalus selbst gesprochen hatte? Sie hatten diese viertausend Jahre alte Sprache, einen archaischen Vorfahren des Altgriechischen, genommen und unter Verwendung eines mathematischen Algorithmus verfremdet. Mino Industries kommunizierte mit den Sowjets mittels einer kodierten Version der minoischen Linear-B-Schrift.

Es war absolut poetisch. Und auf den ersten Blick schien es auch äußerst naiv zu sein. Aber bei näherer Überlegung wurde es genial. Man verwandle eine nie gehörte Sprache in Zahlen, streue ein paar Verschlüsselungstricks ein, und es kommt etwas heraus, was alle hochkarätigen DES-orientierten Supercomputer in den Wahnsinn treibt. Alle diese Chips würden sich an Billionen von Schlüsseln versuchen, obwohl es in Wirklichkeit gar keinen Schlüssel gab. Ja, man mußte zugeben, daß es sehr ausgeklügelt war. Nur daß den Daedalus-Leuten ein Problem ins Haus stand, das ihnen mehr als nur ein bißchen Kopfschmerzen bereiten würde. Ihr geheimes Protokoll würde nämlich Schlagzeilen machen. Er schätzte, daß dies auf längere Sicht weitere Schießereien stoppen würde.

»Okay, er brummt.« Eva griff nach ihrem Joghurt. »Diesmal wird alles Unleserliche verschwunden sein.« Sie aß einen Löffel voll, brach dann in Lachen aus. »Weißt du, es ist wundervoll, mit dir zu arbeiten. Ich bin gerade zu einem Entschluß gekommen: Laß uns etwas Gemeinsames tun, vielleicht eine Weile auf der *Ulysses* leben. Ich glaube, es könnte mir gefallen. Klingt sehr romantisch.«

»Ich bin noch immer auf der Suche nach der Romanze meines Lebens.«

»Nun, mein Lieber, du hast sie gefunden. Mich.« Sie beugte sich zu ihm hinüber und küßte ihn auf den Mund. »Die Suche ist zu Ende.«

»Ich hätte nie gedacht, das von dir zu hören. Aber zuerst mußt du mir helfen, das hier zu übersetzen. Ich bin über ein Jahrzehnt aus der Übung. Mein Griechisch ist auch ein bißchen eingerostet, und viele der technischen Ausdrücke hier scheinen Transliterationen zu sein...«

»Nein, mein Schatz, das ist nicht das erste, was wir tun sollten. Als erstes muß sichergestellt werden, daß du eine separate Kopie von allem bekommst, woran du arbeitest. *Nicht im Computer.* Ich will dir meine Horrorgeschichten über gelöschte Dateien, abstürzende Festplatten und alles andere ersparen.« Energiegeladen erhob sie sich. »Computerregel Nummer eins: Dupliziere immer alles, an dem du arbeitest, egal wie sicher du auch bist, daß nichts schiefgehen kann. Glaub mir das.«

»Hört sich vernünftig an.« Er blickte auf. »Was hast du vor?«

»Ich brauche die Diskette, die ich dir heute nacht gezeigt habe. Wir können sie als Kopie benutzen. Sie ist in meiner Handtasche, die ich wohl im Wagen gelassen habe, als ich hierherkam. Ich war zu der Zeit ein bißchen daneben.« Sie drehte sich um. »Himmel, es scheint eine Ewigkeit her zu sein.«

»Hör mal, warum läßt du nicht mich –«

»Du weißt nicht, wo ich geparkt habe. Mein Geheimversteck.«

»Vielleicht sollten wir Zeno schicken. Oder Adriana.«

»Bleib ruhig sitzen. Es dauert nur eine Minute.« Sie warf sich ihren Mantel über und verschwand summend durch die Tür, bevor er protestieren konnte.

Sie war ein Wunder. Genauso, wie er sie in der Erinnerung hatte.

»Bist du immer noch wach?« Zeno trottete in seinem verschlissenen Nachthemd ins Zimmer.

»Wir haben gerade das Rätsel der Sphinx gelöst, alter Freund. Abgesehen davon, daß wir es noch übersetzen müssen.«

»Du solltest schlafen, Michael. Geh jetzt, leg dich eine Stunde aufs Ohr. Ich werde mit den Vorbereitungen anfangen. Tickets für die Autofähre nach Athen für euch beide besorgen, eine Pistole, vielleicht neue Pässe, wenn ihr wollt.« Er streckte die Hand aus und griff nach der Kaffeetasse, die Adriana ihm aufdrängte.

»In Ordnung. Sobald Eva zurückkommt.«

»Was?« Zeno erstarrte, warf dann einen Blick nach hinten. »Was meinst du damit? Ich dachte, sie schläft noch.«

»Sie ist zum Wagen gegangen, wo auch immer der steht.«

»Ich wünschte, sie hätte mich gefragt. Ich wäre gerne...«

»Du weißt, wie sie ist. Sie läßt sich nicht aufhalten, wenn sie einmal in Fahrt gekommen ist.«

»Das ist nicht gut.« Er drehte sich um und forderte Adriana

auf, ihm seine Hose und Schuhe zu bringen. »Wir müssen sie suchen.«

»Du hast recht. Es war dumm. Verdammt dumm.« Vance stand auf. »Suchen wir sie gemeinsam.«

7.

Donnerstag, 6.28 Uhr

Die Morgenluft war frisch, und Eva wünschte, daß sie vor dem Hinausgehen nach einem von Adrianas schwarzen Strickschals gegriffen hätte. Kann ich als eine dieser gebeugten griechischen Bauersfrauen durchgehen? fragte sie sich. Wohl nicht. Sie schauderte und hüllte sich enger in ihren dünnen Mantel.

Es regnete nicht mehr, und die Luft war feucht und würzig, aber die frühe Morgendämmerung hatte etwas Unheilverkündendes. Sie hatten zwar den Schlüssel gefunden, um das Kästchen zu öffnen, aber die darin verborgene Botschaft mußte noch übersetzt werden. Was war es? Was konnte in dem Protokoll stehen, das jemanden veranlaßte, sie umbringen zu wollen?

Sie blickte die leere Straße, die vom Platz wegführte, hinunter und dachte nach.

Alex Nowosty war der klassische Mittelsmann, daran gab es keinen Zweifel. Aber das hatte sie seit Jahren gewußt. Sie wußte schon ihr ganzes Leben lang über Alex Bescheid – über seine Arbeit für den KGB, über sein Waschen der Techmashimport-Gelder. Sie wußte darüber Bescheid, weil sie Cousins zweiten Grades waren. Glücklicherweise waren ihre Familienbande nicht eng genug, um den Weg in die Sicherheitsakten der NSA gefunden zu haben, aber in den russischen Emigrantenzirkeln in Brighton Beach und Oyster Bay war Alex sehr wohl bekannt. Er galt als der Romanow-Abkömmling, der sich an die Sowjets verkauft hatte, ein unverzeihlicher Verrat an seiner Herkunft.

Aber trotz alldem war er kein Killer. Für das, was er heute nacht getan hatte, konnte es nur eine Erklärung geben: Er war in Panik geraten. Dies paßte überhaupt nicht zu ihm. Was war der Grund?

Die Antwort darauf war nicht schwer: Er mußte bis zum Hals in dieses Projekt Daedalus verstrickt sein, was auch immer das war. Aber was hatte Michael damit zu tun? Und was wollte Alex von ihm?

Auf diese Frage konnte es viele Antworten geben. Als sie Michael Vance jun. kennengelernt hatte, war sie von seiner Andersartigkeit hingerissen gewesen. Immer zu einem Scherz bereit, aber hart wie Stahl, wenn ihm irgend jemand in die Quere kam. Ein weißer, angelsächsischer und protestantischer Straßenkämpfer. Das gefiel ihr sehr. Er war jemand, von dem sie das Gefühl hatte, daß sie sich auf ihn verlassen konnte, egal was auch passierte.

Sie erinnerte sich an das erste Zusammentreffen mit Michael, als ob es gestern gewesen wäre. Sie stand in einer Ecke der Yale-Kunstgalerie in der Chapel Street und machte sich in einem schwarzen Heft Notizen über etruskische Töpferware, als sie hochblickte und... Nein, es konnte nicht sein. Sie ertappte sich dabei, daß sie ihn mit offenem Mund anstarrte.

Er fing ihren Blick auf und kam mit einem verwunderten Lächeln herangeschlendert. »Sitzt meine Krawatte schief oder was?« Dann lachte er. »Mein Name ist Michael Vance. Ich war an diesem Ort mal zu Hause. Und wie steht's mit Ihnen?«

»Vance?« Sie starrte ihn weiterhin an, wollte ihren Augen noch immer nicht trauen. »Mein Doktorvater an der Penn University war... Sie sehen genauso aus wie er.«

Und das stimmte. Das gleiche scharfe Kinn, das gleiche Funkeln in den blauen Augen. Selbst wenn er zornig war, was an jenem Tag auf Michael sicherlich zutraf, schien er sich zu amüsieren.

So fing es an.

Zuerst paßten sie so gut zueinander, daß es ihr so vorkam, als würde sie Michael Vance schon hundert Jahre kennen. Sie war eine der vielen anhänglichen Studentinnen seines Vaters gewesen, und nach dem Erwerb ihres Master-Diploms an der Universität hatte sie weitergemacht und war nach Yale gegangen, wo sie sich auf die antiken ägäischen Sprachen spezialisierte und ihren Doktor machen wollte. Sie hatte gewußt, aber vergessen, daß Michael Vance sen. einen Sohn hatte, der in Yale seine eigene Doktorarbeit über das minoische Kreta schrieb.

An jenem Tag im Museum schäumte er vor Wut und erklärte, daß er zum letzten Mal vorbeigekommen war – Teil eines ritualen, formellen Abschieds von der Archäologie. Seine Entscheidung stand im Zusammenhang mit der feindseligen Aufnahme eines Buchs, das er gerade veröffentlicht hatte, einer populärwissenschaftlichen Fassung seiner Dissertation. An jenem Tag hatte er beschlossen, der akademischen Welt zu sagen, daß sie ihn kreuzweise könne. Er würde etwas anderes tun, um sich seinen Lebensunterhalt zu verdienen. Irgendeine Behörde in Washington hatte die Fühler nach ihm ausgestreckt.

In den anschließenden kurzen Wochen wurden sie unzertrennlich, das ideale Paar. An einem Wochenende durchkämmten sie die Landschaft New Englands auf der Suche nach altmodischen Kneipen, am nächsten fuhren sie hoch nach Boston, wo sie einen Tag im Museum für Schöne Künste verbrachten und dann zurückkehrten, um in ihrer Wohnung in New Haven bis zum frühen Morgen zu diskutieren und sich zu lieben. Während all dieser Tage und Nächte hätte sie es fast geschafft, ihm die Aufgabe des Universitätslebens wieder auszureden. Fast, aber nicht wirklich.

Er stellte alles für ein paar Monate zurück, und sie reisten durch die Welt – London, Griechenland, Marokko, Moskau. Einmal trafen sich sogar ihre Eltern in dem weiträumigen Haus des Grafen Sergej Borodin in Oyster Bay. Es war eine Zusammenkunft der Russischen Adelsgesellschaft, der dreihundert

Gäste beiwohnten, und die Luft war erfüllt vom Klang russischer Lieder und Balalaikas. Michael Vance sen., der mit seiner schmucken Melone kam, wußte kaum, was er mit der ganzen slawischen Überschwenglichkeit anfangen sollte.

Kurz danach wurde die Intensität, mit der Michael ihr seine Lebensweise aufzwingen wollte, zuviel für sie. Sie wollte ihr eigenes Leben nicht aufgeben. Das nächste, was sie erfuhr, war, daß Michael sich in die Karibik zurückgezogen hatte. Ihr Vater war gestorben, und sie arbeitete weiter für ihren Doktortitel.

Michael. Er war wie gehetzt, besessen, immer fest entschlossen, das zu tun, was er wollte, genau wie sie. Aber die Spannungen, die diese Ähnlichkeit vor so vielen Jahren in ihre Beziehung gebracht hatte, sorgten jetzt dafür, daß zwischen ihnen alles wunderbar zu passen schien. Wieso? fragte sie sich.

Vielleicht war es ganz einfach eine Frage der Lebensläufe. Vielleicht war ihre Beziehung damals gegenläufig gewesen. Er hatte seine erste Midlife-Krise bereits hinter sich gehabt, obwohl er kaum dreißig war. Als sie sich trennten, war sie fünfundzwanzig gewesen und hatte angefangen, ihre Grenzen zu erkunden, um herauszufinden, was sie leisten konnte.

Nun, dachte sie, sie hatte es herausgefunden. Sie war gut, sehr gut. Und was jetzt?

Sie war erleichtert, als sie sah, daß der Wagen noch dort stand, wo sie ihn zurückgelassen hatte, in einer Seitenstraße, die eher eine kleine Gasse war. Als sie jetzt nüchtern darüber nachdachte, wurde ihr klar, daß es ziemlich unvorsichtig von ihr gewesen war, den Wagen an der erstbesten Stelle zu parken und dann zu Zenos Lokal zu laufen.

Als sie zwischen den weiß verputzten Häusern die Gasse hinunterging, spürte sie plötzlich ihren Herzschlag aussetzen. Neben dem Saab wartete eine dunkle Gestalt. Sie schrak zusammen, als die Gestalt auf einmal mit schnellen Schritten auf sie zukam.

Alex Nowosty.

»Was?« Sie glaubte, ihren Augen nicht trauen zu dürfen.

»*Budetya ostrozhyi!*« flüsterte er ihr warnend zu, hob die Hand und versuchte, sie unauffällig zurückzudrängen.

»*Kak! Shto...?*« Sie erstarrte. »Wie hast du den Wagen gefunden?«

»Das Hotel. Sie haben uns zu einem *Kafeneion* hier in der Nähe geschickt, aber dann ist mir dein Wagen aufgefallen. Ich dachte...« Er trat schnell aus dem Schatten hervor und sprach weiter Russisch. »Sag mir, wo du die Kopien des Protokolls hast, schnell. Vielleicht kann ich doch noch alles regeln.«

»Was regeln?« Dann sah sie die beiden Männer in dunklen Mänteln, die im Schatten des Hauses standen.

»Die Situation.« Sein Blick verriet Anspannung. »Sie wollen sie zurückhaben, alle Kopien. Ich habe versucht, ihnen klarzumachen, daß es keine Lösung ist, dich zu töten, aber...« Mit leichtem Schaudern warf er einen Blick zurück. »Du mußt sagen, daß Michael eine Kopie hat. Halte sie hin.«

»Es stimmt. Er hat eine.«

»Nein! Dann sag, daß es eine Kopie in deinem Büro gibt. Laß mich versuchen...«

»Alex, ich werde deine Spielchen nicht weiter mitspielen.«

»Bitte«, flüsterte er, »widersprich nicht, wenn ich etwas sage. Überlaß mir das Reden. Ich werde –«

»Du steckst mit ihnen unter einer Decke, nicht wahr?« Eva versuchte, sich an ihm vorbeizudrängen. »Nun, du kannst deinen Freunden sagen, daß wir ihrem ›Projekt‹ auf die Spur gekommen sind. Wenn mir irgend etwas zustößt, wird Michael sie jagen und persönlich auseinandernehmen. Sag ihnen das.«

»Du begreifst nicht.« Er griff nach ihrem Arm. »Einer ihrer Leute wurde heute nacht umgebracht.«

»Du meinst den Mann, der versucht hat, Michael und mich zu erschießen?« Sie bemühte sich, das Zittern in ihrer Stimme zu unterdrücken.

»Er wurde vom KGB getötet. Ich hatte nichts damit zu tun.«

»Das hast du ihnen erzählt, ja?«

»Genau das ist passiert. Es hat einen Streit gegeben.«

»Über was?«

»Alle haben es auf dich abgesehen. Es ist wegen des Protokolls.« Sein Blick verdüsterte sich. »Eva, sie sind nicht besonders gut aufgelegt.«

»Ich auch nicht.« Sie sah, daß die beiden Männer jetzt auf sie zukamen. Einer war größer und schien das Kommando zu führen, aber beide hatten Waffen, die wie kleinkalibrige Automatics aussahen.

Das Protokoll, um was es dabei auch ging, war noch immer kodiert. Sie kannte seinen Inhalt noch nicht. Wie konnte sie verhandeln?

Es war jetzt zu spät, darüber nachzudenken. Die Gesichter der Männer waren hart und unbeweglich. Sie schienen gnadenlos und dazu bereit, auf Kommando zu töten. Mein Gott, dachte sie, was hat Michael über die Mino-gumi gesagt?

Die japanische Mafia.

Der größere Mann war, wie sie bald erfahren sollte, Kazuo Inagawa, der während des vergangenen Jahrzehnts *Kobun* der Mino-gumi in London gewesen war. Er besaß ein schmales, bleiches Gesicht und hatte früher als erster *Kobun* für ihre gesamte Osaka-Organisation gearbeitet, wo ihm die Sparten Glücksspiel und Nachtclub unterstanden. Selbst im frühen Licht der Morgendämmerung trug er eine Sonnenbrille, die seine Augen verbarg.

Der kleinere hieß Takahashi Takenaka. Sein pockennarbiges Gesicht wurde geprägt durch einen schmalen Schnurrbart und eine Adlernase. Auch er trug eine Sonnenbrille.

Eva erkannte, daß Alex die beiden belogen haben mußte, indem er das, was tatsächlich draußen im Tempel passiert war, kaschiert hatte. Jetzt bluffte er, um sein Leben zu retten.

»Du kannst ihnen sagen, daß ich nicht das geringste darüber weiß.« Sie spürte, wie sie fröstelte.

»Eva, das ist unmöglich. Sie wissen, daß man dir das Protokoll gegeben hat. Also, wo ist es?«

Er wollte sie eindeutig veranlassen zu sagen, daß es irgendwoanders war. Aber welchen Sinn hatte das?

»Es ist im Wagen. In meiner Handtasche.« Sie zeigte auf den Saab. »Warum gehen sie nicht hin und holen sich die Diskette? Nebenbei bemerkt, sie ist noch immer verschlüsselt.«

Sie kramte in ihren Taschen herum. »Hier ist...«

Eva merkte, daß sie den Schlüssel im Wagen gelassen hatte. Er baumelte noch im Zündschloß, hinter der verschlossenen Tür. Ihre Handtasche lag auf dem Beifahrersitz.

»Hol die Tasche!« befahl Inagawa seinem Helfer. Takenaka verbeugte sich gehorsam, drehte sich dann um und mühte sich mit dem Türgriff ab – ohne Erfolg.

»So.« Er runzelte die Stirn.

Inagawa stieß einen Fluch aus und schmetterte brutal den Griff seiner Automatic gegen die Scheibe. Das Geräusch von splitterndem Glas zerriß die Morgenluft.

Schnell trat Nowosty nach vorne und griff in den Wagen, um die Tür zu öffnen. Dann machte er sie auf und beugte sich hinein.

Warum macht *er* das? fragte sich Eva. Die Antwort war leicht: Er versuchte, die Kontrolle über die Situation zu behalten.

Auf welcher Seite stand er wirklich?

Nowosty trat zurück und gab ihr die braune Ledertasche mit einem bedeutungsvollen Blick.

Sie nahm die Tasche, öffnete sie und holte die Computerdiskette hervor. »Hier«, sagte sie und überreichte sie Inagawa. »Was auch immer drauf ist, ihr müßt es selbst herausfinden.«

»Das kann nicht die einzige sein«, sprudelte Nowosty hervor. »Bestimmt gibt es weitere Kopien.«

»Das hier ist alles, Süßer.«

Inagawa drehte die Diskette in der Hand hin und her, gab sie dann Takenaka weiter und sagte etwas auf japanisch. Der andere Mann nahm sie, bellte »Hai« und verbeugte sich leicht.

»Sind Sie sicher, daß dies die einzige Kopie ist?« fragte Inagawa.

»Die einzige.«

Inagawa nickte seinem Helfer zu, der begann, einen dunklen Schalldämpfer auf den Lauf seiner Automatic zu schrauben.

O mein Gott, dachte Eva. Sie sind dabei, ihren Auftrag zu vollenden.

»Warten Sie.« Nowosty griff nach dem Arm des Mannes. »Sie lügt. Dies ist eine Computerdiskette. Es *muß* noch weitere Kopien geben.«

»Ja.« Sie war endlich wieder bei klarem Verstand. »Es gibt noch viele andere Kopien. In meinem Computer. In...«

»Wo ist der?« Inagawa sah sie an.

»Er ist... er ist im Hotel. Im Galaxy.«

»Sie lügen. Wir sind dort gewesen. Sie sagten, ein Tavernenbesitzer ist gekommen und hat Ihr gesamtes Gepäck mitgenommen.« Er blickte die Straße hinunter, in die Richtung von Zenos Lokal. »Sie haben uns auch gesagt, wo wir ihn finden können. Wir werden jetzt hingehen.«

»Meine Freunde«, unterbrach Nowosty abermals, »es wäre höchst unklug, gegen einen griechischen Staatsangehörigen Gewalt anzuwenden. Die Konsequenzen könnten für uns alle sehr schwerwiegend sein.«

»Wir müssen die Kopien haben.«

»Aber warum machen wir es nicht auf die bequeme Art?« Er versuchte zu lächeln. »Es gibt einen Mann, der mit ihr zusammen ist. Wir sollten uns seiner bedienen. Ich weiß, daß er mitspielt. Er ist ein Profi.«

»Wer ist das?«

»Ein Amerikaner. Wenn wir sie festhalten und am Leben lassen, können wir ihn dazu veranlassen, uns die Kopie zu bringen. Wir können ihm einen Handel anbieten.«

»Nein. Wir werden zu ihm gehen und uns die Kopie holen.« Inagawa setzte sich in Bewegung. »Sofort.«

»Er ist bewaffnet, meine Freunde«, sprach Nowosty ruhig weiter. »Außerdem ist er ein erfahrener Mann. Es würde zu einer Schießerei kommen, das verspreche ich Ihnen. Und wenn das passiert, könnte die ganze Stadt hier binnen einer Minute voller bewaffneter Leute sein. Sie kennen diese Menschen nicht so, wie ich sie kenne. Sie erinnern sich noch immer an den Zweiten Weltkrieg und an den Widerstand. Feindliche Ausländer umzubringen wurde zu einer Lebensanschauung, die einige von ihnen erst noch ablegen müssen.«

Alex blufft, dachte sie. Schon wieder. Michael hat gar keine Waffe. Hat Zeno eine? Wer weiß...

»Lassen Sie mich den Versuch machen, mit ihm zu reden«, fuhr Nowosty fort. »Ich bin sicher, daß wir eine Lösung finden werden.«

»Sie werden hierbleiben, bei uns.« Inagawa packte Nowostys Arm, drehte sich dann um und begann eine hitzige Unterhaltung mit seinem Partner. Wieder verbeugte sich Takenaka mehrmals, atmete tief durch und knurrte *hai*. Schließlich schienen sie zu einer Übereinkunft zu kommen, obwohl es der größere Mann war, der die Entscheidung wirklich getroffen hatte, wie auch immer sie aussah.

»Sie kommt mit uns.«

»O nein, das tue ich nicht.« Eva sah Nowosty an, der geschlagen zu sein schien, dann wieder die Japaner. Ihr wurde plötzlich klar, daß sie auf sich selbst angewiesen war. Nowosty hatte alle seine Karten ausgespielt. »Wenn ich nicht bis übermorgen in Washington bin, werden Sie erleben, daß die gesamte National Security Agency der Vereinigten Staaten nach mir sucht. Es gibt Leute, die wissen, daß ich hier bin. Überlegen Sie sich das.«

»Das geht uns nichts an.« Inagawa streckte die Hand nach ihr aus. »Wir arbeiten nicht für die amerikanische Regierung.« Dann wandte er sich wieder an Nowosty. »Sagen Sie Ihrem Freund, daß diese Frau freigelassen wird, wenn wir alle Kopien des Protokolls haben. Alle. Haben Sie mich verstanden?«

»Aber wie kann ich ihm Bescheid sagen, wenn Sie nicht wollen, daß ich...«

»Das ist Ihr Problem.«

»Vielleicht... vielleicht sollten wir hier eine Nachricht zurücklassen«, stieß Nowosty hervor. »Ich bin sicher, daß er den Wagen finden wird.«

»Alex, ich gehe mit diesen Schweinen nirgendwohin.« Eva wich zurück.

»Mach dir keine Sorgen. Ich werde mich um alles kümmern.«

»Nein, ich werde nicht –«

Das war alles, was sie sagen konnte, bevor sich eine Hand roh über ihren Mund legte und ihren Körper gegen die zerbrochene Seitenscheibe ihres Wagens stieß.

Michael Vance und Zeno Stantopoulos suchten bereits eine halbe Stunde, als sie den Saab endlich fanden. Als sie ihn entdeckten, war die Scheibe auf der linken Seite eingeschlagen und Evas Handtasche fehlte. Auch sie selbst war nicht da. Das einzige, was sie fanden, war eine hastig hingekritzelte Nachricht von Alex Nowosty.

8.

Samstag, 18.13 Uhr

»Vance?« Der dickliche, kahl werdende Empfangschef des Athenaeum-Intercontinental blickte auf seinen Computerbildschirm. Hier in dieser mit Leben pulsierenden Marmorempfangshalle trafen die Alte und die Neue Welt zusammen. »Dr. M. Vance. Ja, hier ist Ihre Reservierung.«

Gut. Nowosty hatte genau das getan, was er gesagt hatte. Das Spiel näherte sich seinem Ende.

»Seien Sie uns willkommen.« Der Mann blickte auf und lächelte. Als er über Vances Schulter blickte, spiegelten sich die grünen Zahlen auf dem Bildschirm in seinen Augen wider. »Unsere Unterlagen zeigen an, daß Sie erst kürzlich bei uns waren, exakt vor vier Tagen. Wenn Sie wünschen, steht Ihnen Ihr altes Zimmer zur Verfügung.«

»Das wäre schön.«

Er war zurück in einer Stadt, die für ihre Gastfreundlichkeit genauso bekannt war wie für ihre hirnbetäubenden braunen Smogschwaden. Es hieß auch, daß es die sicherste Stadt Europas war, mit einer verschwindend kleinen Verbrechensrate. Michael fühlte sich jedoch alles andere als sicher, als er in der Empfangshalle des vornehmsten Hotels von Athen stand.

»Haben Sie vielleicht eine Bustour über den Peloponnes gemacht?« fuhr der Angestellte fort und bemühte sich dabei, seiner Stimme einen Klang von gewohnheitsmäßiger Freundlichkeit zu geben. »Die mykenischen Ruinen im Süden sind immer ein Erlebnis.«

»Ich war geschäftlich unterwegs.« Vance warf seinen Paß auf den Schalter. Sie wußten beide, daß er in keinster Weise nach einem Kandidaten für eine viertägige Gesellschaftsreise mit dem Bus aussah. Aber der Mann schien nervös und begierig darauf zu sein, Konversation zu machen.

»Ich brauche am Morgen einen Wagen. In aller Frühe. Ist das ebenfalls in Ihren Reservierungsunterlagen vorgemerkt?«

»Kein Problem.« Der Angestellte ging freundlich über seinen ungeduldigen Tonfall hinweg. »Wir haben einen Hertz-Schalter gleich da drüben.« Er deutete mit der Hand in eine Richtung. »Neben dem Reisebüro. Ich bin sicher, daß man sofort alles für Sie arrangiert.«

Vance warf seine American-Express-Karte auf den Schalter und griff dann nach dem Block mit den Anmeldeformularen. Draußen brach die Dämmerung an, aber hier im warmen Glanz der Kronleuchter kam er sich wie ein Schlafwandler vor. Seine Geistesverfassung schwankte. Nichts schien real zu sein. Er wollte sich selbst glauben machen, daß es pure Routine war, ein ganz normales Einchecken in eines der Tausende von modernen internationalen Hotels – etwas, was er schon unzählige Male gemacht hatte. Aber das stimmte nicht. Irgendwo in der Nähe lauerte Gefahr. Er spürte es genau.

Immer wieder dachte er an Eva. Hatte sie es ernst gemeint, als sie sagte, daß sie gemeinsam nach Nassau fahren und mit der *Ulysses* im Atlantik segeln sollten? Vielleicht kannte er sie nicht so gut, wie er dachte, was aus vielen Gründen betrüblich war, nicht zuletzt deshalb, weil er gerade jetzt imstande sein mußte, *genauso* zu denken wie sie. Sie würden morgen wie ein perfekt eingespieltes Team arbeiten müssen, ohne vorherige Proben.

»Soll ich jemanden rufen, der sich um Ihr Gepäck kümmert?« Der Empfangschef blickte auf seinen neuen Lederkoffer, der auf dem Boden stand, streckte dann die Hand aus, um nach einem Pagen zu klingeln.

»Nein!« Vance fiel ihm in den Arm.

He, rief er sich selbst zur Ordnung, beruhige dich. Laß die Kirche im Dorf. Warum läßt du es nicht einfach auf dich zukommen? Hier. Vielleicht *willst* du, daß sie es hier tun. Warum warten?

Der Empfangschef bemühte sich um Fassung. »Wie Sie wünschen. Sie kennen ja Ihr Zimmer.«

»Ich finde es schon.« Vance versuchte zu lächeln, zeigte dann mit dem Daumen über die Schulter. »Sie haben schließlich genug zu tun. Die Reisegesellschaft, die gerade angekommen ist…«

»Ja.« Der Angestellte schob ihm den schweren Messingschlüssel hinüber. »Sie erinnern sich an unseren Zeitplan? Das Frühstück wird bis zehn Uhr drüben im Speisesaal serviert, bis elf Uhr in Ihrem Zimmer.«

»Danke.« Vance nahm den schweren Handkoffer hoch und wandte sich ab.

Der Schalter der Autovermietung befand sich am anderen Ende der Empfangshalle. Vance quetschte sich an einer Reisegruppe vorbei, die durch die Drehtüren hereinströmte. Die Leute kamen eindeutig gerade von einem Flug aus Paris, plapperten in französischer Sprache, schwenkten Tourmarken und stritten mit gallischer Ungeduld um ihr Gepäck.

»Ich brauche für morgen einen Wagen. Früh.«

Die dunkelhaarige Frau am Schalter blickte hoch, als er nach Kreditkarte und Führerschein zu kramen begann. Ihre Hertz-Uniform war vorne aufgeknöpft und zeigte soviel von ihrem Busen, wie es die griechische Schicklichkeit und vielleicht auch das Gesetz erlaubten. Eine schwere Silberkette ruhte zwischen ihren vollen Brüsten.

»Mit Vergnügen.« Sie warf ihre Haare in den Nacken und schob mechanisch eine Preistabelle in einer fleckigen Zellophanhülle über den Schalter. »Wir haben ein paar neue Austin-Kleinwagen oder, wenn Sie wollen, einen großen...«

»Ich brauche den besten Wagen, den Sie haben.« Es würde eine lange Fahrt werden, über unsichere griechische Straßen. Er wollte kein Risiko eingehen.

»Wir haben einen Alfa, Sir. Nur einen. Einen Milano.« Gedankenlos rückte sie den V-Ausschnitt ihrer Uniform gerade. »Für VIPs. Ich sollte Sie darauf aufmerksam machen, daß er teuer ist.« Sie beugte sich vor und flüsterte: »Um Ihnen die Wahrheit zu sagen, *ine poli akrivo*. Es ist glatter Nepp.« Sie lehnte sich zurück, offensichtlich stolz auf ihren neuen Slangausdruck. »Hören Sie auf meinen Rat und...«

»Können Sie ihn morgen früh um sechs hier haben?«

»Ich frage kurz nach.« Sie rümpfte die Nase und griff dann nach dem Telefonhörer. Ein schneller Dialog in griechischer Sprache folgte, dann legte sie auf. »Sie sagen, daß er gerade wieder reingekommen ist. Es dürfte also kein Problem geben.«

Während sie Kreditkarte und Führerschein nahm und anfing, das Formular auszufüllen, blickte Vance sich abermals in der Empfangshalle um. Es gab kein Anzeichen für Gefahr. Und doch stimmte einfach etwas nicht. Etwas, irgend etwas warnte ihn.

Und da war es. Der Mann, der auf der anderen Seite der Halle neben den Aufzügen stand. Er hatte eine auseinandergefaltete Zeitung in der Hand, aber er las nicht darin. Er *sprach* in sie hinein.

Ein Hoteldetektiv? Bestimmt nicht. Zum einen war der Mann kein Grieche. Obgleich er zu weit entfernt war, um sein Gesicht erkennen zu können, verriet ihn die Art und Weise, in der er da stand.

Wo, zum Teufel, war Nowosty? Dies entsprach nicht der Planung.

Er ertappte sich plötzlich bei der Frage, wieviel Einfluß Alex noch besaß. Vielleicht war Nowosty aus dem Spiel. Vielleicht hatten sich die Regeln geändert.

»Könnten Sie den Wagen auch schneller bekommen?« Er wandte sich wieder dem dunkelhaarigen Mädchen zu.

»Sie sagten, daß Sie den Wagen nicht vor morgen brauchen würden, Sir.« Ganz förmlich jetzt.

»Ich habe gerade meine Meinung geändert. Ich hätte ihn gerne heute abend. Gleich jetzt, um es genau zu sagen.«

»Möchten Sie eine Versicherung? Das kostet zusätzlich...«

»Nein. Ja. Hören Sie, es ist mir egal. Lassen Sie mich einfach dieses verdammte Ding da unterschreiben, und geben Sie mir die Schlüssel.«

»Nun, Sie müssen mir schon Gelegenheit dazu geben.« Mürrisch drehte sie das Formular in seine Richtung und schob es über den Schalter. »Wenn Sie bitte hier und hier...«, sie zeigte mit dem Stift auf die Stellen, »... Ihr Zeichen machen und da unterschreiben würden. Und Sie sagten, daß Sie den Wagen jetzt haben wollen?«

»Sofort.«

»Ich fürchte, das ist nicht möglich.« Sie nahm das Formular wieder an sich.

»Wieso?«

»Der Wagen ist gerade...«

»Dann geben Sie mir einen anderen.« Er blickte zu dem Mann hinüber, der noch immer in seine Zeitung sprach, dann wieder auf das Mädchen. Sie würden jede Sekunde zuschlagen. »Was ist das Problem mit dem Wagen?«

»Ich versuche, Ihnen zu erklären, daß er gerade wieder reingekommen ist. Unsere Leute werden mindestens eine halbe Stunde brauchen, um ihn zu reinigen und die Checkliste durchzugehen. Wenn Sie also im Restaurant eine Tasse Kaffee trinken möchten, dann kann ich Sie rufen...«

»Wo ist der Wagen jetzt?«

»Sie sagten, daß er gerade zurückgekommen ist. Er steht wahrscheinlich irgendwo da draußen.« Sie zeigte auf die gläserne Drehtür. »Auf der anderen Straßenseite. Dort werden die Wagen gewöhnlich geparkt.«

»Ein Alfa?«

»Richtig. Dunkelblau. Aber wie ich schon sagte, er ist nicht –«

»Geben Sie mir die Schlüssel.«

»Sie sind wahrscheinlich noch im Wagen. Unsere Leute...«

»Danke.« Er griff nach seinem Handkoffer.

»Ihre Karte, Sir, und Ihr Führerschein.« Sie schob die Papiere mit einem angestrengten Lächeln zu ihm hinüber, sichtlich froh, ihn loszuwerden.

Als er danach griff, erspähte er aus den Augenwinkeln eine Bewegung. Der Mann hatte die Zeitung – und das Walkietalkie – in seinen Trenchcoat gesteckt und kam jetzt quer durch die Marmorhalle herüber. Wie Vance erwartet hatte, trug er einen Anzug aus Polyester. Das Gesicht konnte er noch immer nicht erkennen.

Das war auch nicht nötig. Er wußte, wer sie waren. Die Begegnung in Knossos schoß ihm durch den Kopf.

Sie wissen, daß ich eine Kopie ihres Protokolls besitze. Und bevor sie die nicht sichergestellt haben, besteht immer die Gefahr, daß ihr Geheimnis kein Geheimnis bleibt. Aber sie können nicht wissen, daß wir den Kode geknackt haben. Es sei denn, Eva hat es ihnen verraten. Was sie niemals tun würde.

Nein, sie konnten das nicht wissen, was bedeutete, daß er noch immer die Tauschware hatte, die er brauchen würde.

Es gab nur ein Problem. Sie waren dabei, die Regeln zu brechen. Genau wie in den alten Zeiten. Vielleicht hatten sie vergessen, daß auch er wußte, wie man Regeln brach.

Als er sich durch den Pulk von französischen Touristen drängte, deren Koffer und Reisetaschen sich in der Nähe des Eingangs auftürmten, spürte er, daß der Mann näher kam. Aber es waren nur noch ein paar Schritte, bis er die Drehtür erreichte. Der halbe Weg war geschafft.

Es würde nicht einfach werden. Bestimmt gab es einen Helfershelfer. Vermutlich gleich draußen vor dem Eingang.

Als er nach dem Gummirand der Drehtür griff, wußte er, daß der Mann unmittelbar hinter ihm war, vielleicht nur zwei Schritte entfernt. Seine Vermutung war richtig. Er drehte sich um und sah, wie eine Hand aus der Polyesterjacke hervorkam, die eine Maschinenpistole vom Typ Heckler & Koch KA 1 umklammert hielt.

Der Lauf hob sich, das brutale Gesicht näherte sich ihm. Aber es war der Handkoffer, den der Mann wollte.

Warum ihn ihm also nicht geben?

»Hier!« Er klemmte seinen Fuß in die Drehtür, so daß eine kleine Öffnung blieb, riß dann den Koffer hoch und wirbelte herum. Die schnelle Drehung sorgte für genug Überraschung, um den Angreifer aus dem Gleichgewicht zu bringen. Als der Mann unwillkürlich die linke Hand hob, packte Vance sein rechtes Handgelenk kurz hinter dem Pistolengriff und riß sie nach vorne zwischen die Tür. Dann nahm er den Ellenbogen hoch und schmetterte ihn dem Angreifer gegen das Kinn. Als der Mann aufstöhnte, packte er sein anderes Handgelenk und riß ihn herum.

Jetzt.

Er rammte seinen Körper gegen die Drehtür, schloß sie und klemmte die Pistole dadurch im Inneren ein.

»Machen wir es ganz kurz, ja? Kein großes Getue.«

Er warf sein ganzes Gewicht gegen den Körper des Mannes und drückte ihn gegen die gebogene Metall- und Glasfüllung der Tür. Ein Knacken und ein ersticktes Stöhnen wurden laut, als die Handgelenkknochen brachen. Die Maschinenpistole polterte auf den Marmorfußboden des kreisförmigen Gebäudes.

»Tut mir leid.« Bevor der Angreifer sein Gleichgewicht wiedergewinnen konnte, stieß Vance ihn mit dem Knie in den nächsten Flügel der Drehtür und schloß diesen mit einem Ruck. Nur ein Fuß, der in schiefem Winkel auf den Boden trommelte, blieb draußen.

Und wo war der andere Kerl? Während er zurücktrat, blickte sich Vance um. Mit Sicherheit waren es zwei. Irgend jemand befand sich am anderen Ende dieser Leitung. Nowosty? Hatte *er* diese Sache hier eingefädelt?

Vance nahm den Handkoffer hoch und bahnte sich einen Weg zu der Nebentür an der Seite. Eigenartig, aber das Handgemenge war im Getümmel der Reisegesellschaft untergegangen. Oder vielleicht ließen sich Franzosen auch durch etwas so Alltägliches wie einen Mordversuch nicht aus der Ruhe bringen.

Und nun?

Als er auf die Straße trat, sah er, was er suchte. Der andere Mann wartete vor dem breiten Eingang, hinter dem Getümmel der Hotelpagen, Taxifahrer und letzten Touristen aus dem Bus.

Ihre Blicke trafen sich, und die Hand des Mannes fuhr in die Tasche seiner dunklen Anzugjacke.

Mach dir die Menge zunutze, dachte Vance. Genug der Heldentaten im Kampf Mann gegen Mann. Diese Burschen meinen es ernst.

Da der Gepäckberg aus dem Bus sie voneinander trennte, war er jetzt im Vorteil, wenn auch nur für Sekundenbruchteile. Ohne zu überlegen, packte er mit seiner freien Hand die Tragriemen eines Rucksacks aus Segeltuch, der auf dem Bürgersteig stand, und schleuderte ihn mit seiner ganzen Kraft gegen seinen Gegner.

Er traf den Mann voll gegen die Brust. Die Wucht des Aufpralls brachte ihn aus dem Gleichgewicht und ließ ihn einen halben Schritt zurücktaumeln. Es war nur eine kurze Atempause, aber mehr brauchte Vance nicht, um hinter dem rückwärtigen Ende des Busses zu verschwinden, der jetzt schwarzen Auspuffqualm in die Abendluft spuckte und den Blick auf die Avenue vernebelte. Vielleicht war er schnell genug, um einfach unterzutauchen. Als er sich, halbgeblendet vom Scheinwerferlicht, in den hupenden Verkehr stürzte, hielt er Ausschau nach dem Alfa auf der anderen Straßenseite.

Da? Nein. Da?

Ein Schweinwerferpaar verfehlte ihn nur um Zentimeter, begleitet von wildem Hupen und den Flüchen des griechischen Fahrers. Nur noch ein paar Schritte, dann würde er drüben sein.

Da. Ein blauer Alfa. Das mußte er sein.

Aber er setzte sich gerade in Bewegung. Seine Vorderräder drehten sich, als der Hertz-Angestellte das Steuer einschlug, um ihn aus der Parklücke zu fahren.

Vance riß die Tür auf und packte einen jungen Griechen, der kaum zwanzig war und eine schmutzige und zerknautschte braune Uniform trug, beim Ärmel. Der Mann blickte überrascht auf und langte nach dem Türgriff.

»Änderung der Planung.« Vance hörte, wie die Stoßstange des Alfa gegen den dahinter parkenden Wagen stieß, als der verblüffte Angestellte mit dem Fuß das Gaspedal berührte.

»Den katalaveno!«

»Raus!« Vance riß den Mann hoch und stieß ihn auf das Asphaltpflaster. »Und bleib da unten.«

Der Bus fuhr jetzt gerade aus der Haltebucht auf der anderen Straßenseite heraus. Obwohl der Verkehr weiterhin die Fahrbahn verstopfte, gab Vance nun eine gute Zielscheibe ab.

Er warf seinen Handkoffer auf den Sitz, sprang dann in den Wagen und streckte die Hand aus, um die Tür zu schließen. Als er sie zuzog, hörte er das Pfeifen einer Kugel, die vom Metall abprallte. Als nächstes kam ein ganzer Hagel von Schüssen, die überall um ihn herum einzuschlagen schienen.

Der junge Grieche rappelte sich vom Pflaster hoch.

»*Runter!*« bedeutete ihm Vance und legte den Gang ein.

In diesem Augenblick traf eine Kugel den jungen Angestellten in die Schulter und wirbelte ihn herum. Er stieß einen Schrei der Überraschung aus, taumelte dann rückwärts. Aber er war jetzt wenigstens aus der Schußlinie und wahrscheinlich mit einer Fleischwunde davongekommen.

Vance stemmte seinen Fuß aufs Gaspedal, rammte den hinteren Kotflügel des Wagens vor ihm einmal und dann noch einmal, um sich Platz zu schaffen. Ein weiterer Kugelhagel durchschlug das Rückfenster, als er sich in den fließenden Verkehr einfädelte.

Deine Zeit wird noch kommen, Junge, sagte er sich im stillen. Bei Gott, morgen werden wir diesen kleinen Tanz beenden.

Er wurde sich erst seines wilden Herzschlags bewußt, als er die Syngrou Avenue in nördlicher Richtung hinauffuhr und vergeblich versuchte, den Verkehrsfluß durch pure Willenskraft zu beschleunigen.

Es galt jetzt, aus Athen herauszukommen, den Leoforos Athinon nach Westen zu nehmen, dann die neue Autobahn 1 in Richtung der Berge hinaufzufahren, seine Verfolger unterwegs abzuschütteln und einen Platz zum Übernachten zu finden. Sein Ziel lag nur etwa zweihundert Kilometer entfernt. Aber er mußte morgen frisch und gut vorbereitet sein.

Wenigstens wußte er jetzt, daß das Spiel keine Regeln hatte. Dieses Wissen verschaffte ihm vielleicht einen Vorteil. Und bisher war sein Zeitplan noch in Ordnung. Er war mit der Situation fertig geworden. Vielleicht nicht besonders gut, vielleicht mit zuviel Risiko, aber er war damit fertiggeworden.

In Nowostys Nachricht hatte gestanden, daß es zu einem sauberen Tausch kommen würde. Aber die andere Seite hatte eindeutig nicht die Absicht, sich mit Fairneß abzugeben. Schön. Das galt für beide Seiten.

Sonntag, 11.45 Uhr

Delphi war der Ort, den Nowosty als Treffpunkt angegeben hatte. Als Vance den Heiligen Weg hinaufging, blieb er für einen Augenblick stehen, um den Blick zu genießen. Von seinem Standort aus war die Szenerie majestätisch und machte den Menschen zu einem Zwerg. Er hatte den Ausblick immer geliebt. Im Norden ragten die schroffen Granitklippen der Phaedriaden siebenhundert Meter hoch in den Himmel und bildeten eine halbkreisförmige Barriere, während sich unten die Wasser des Pleistos ihren gewundenen Weg durch kilometerweite dunkle Olivenhaine bahnten. Es war ein Bild von wilder Schönheit – eine von schroffen Gipfeln umrahmte rauhe Ebene, die sich so weit erstreckte, wie das Auge schauen konnte. Griechenland in der Mittagssonne: karg und zeitlos.

Sein Ziel, der antike Tempel des Delphischen Orakels weiter bergauf, war Mittelpunkt eines wundervollen natürlichen Amphitheaters. Die griechischen Legenden berichteten, daß der große Gott Zeus einst zwei Adler losfliegen ließ – den einen nach Osten, den anderen nach Westen –, um festzustellen, wo sie sich treffen würden. Sie kamen am Mittelpunkt der Erde wieder zusammen – in Delphi, dessen Haupttempel, das Heiligtum Apollons, den domartigen Felsen Omphalos beherbergte, fürderhin ›Nabel der Welt‹ genannt. Hier trafen sich Osten und Westen.

Vance hatte den Alfa weiter unten an der Straße geparkt, und als er jetzt an den konischen Zypressen vorbei den Berg hinaufblickte, konnte er die Überreste des Steintempels erkennen, in dem die Priesterin des Delphischen Orakels vor fast dreitausend Jahren ihre Prophezeiungen herausgeschrien hatte. Sie war eine

Pythia gewesen, eine uralte Frau von unschuldigem Geist, die in den Tiefen des Tempels neben einem feurigen Altar lebte, dessen Flamme Tag und Nacht genährt wurde. Dort kauerte sie auf einem hohen Dreifuß über einer dampfenden Erdspalte, atmete berauschende Düfte ein, kaute Lorbeerblätter und gab wilde, leidenschaftliche Äußerungen von sich. Diese unverständlichen Laute wurden von Priestern in Antworten übersetzt, die zu den ihr gestellten Fragen paßten.

Delphi. Er liebte diese einsame Lage der Stätte, ihre heiligen Legenden. Diese Geschichten erzählten, daß der Gott Apollon einst zwei Priester aus Kreta, der antiken Ursprungsquelle der Kultur, hierher befohlen hatte, um dieses Heiligtum der Heiligtümer zu schaffen.

Würde auch er heute zu einem Priester werden? Nach dem Abschicken eines Telegramms an das Team aus Stuttgart, mit dem er von einer Verzögerung in seiner Terminplanung Kenntnis gab, hatte er von Iraklion aus die Insel mit der Nachtfähre der ANEK-Linie in Richtung Athen verlassen. Keineswegs gottähnlich. Die Fähre hatte eine abgenutzte Vordersektion, die sich erste Klasse nannte, aber sie ermöglichte eine unauffällige Art des Reisens, bei der keine Fragen nach der Identität gestellt wurden. Den überwiegenden Teil der Fahrt hatte Vance in der Bar der Touristenklasse verbracht, wo er sich auf einer fleckigen Couch ausstreckte und während der zwölfstündigen Überfahrt immer wieder ein Nickerchen machte. Die Fahrt hatte seine Gedanken geordnet. Von Piräus aus, dem Hafen Athens, war er mit einem Taxi in die Stadt gefahren. Dann war er ins Hotel gegangen und hatte den Wagen gemietet.

Er blickte den Berg hoch. Er trug eine Brieftasche mit neunhundert amerikanischen Dollars und achtzigtausend griechischen Drachmen bei sich, außerdem den Handkoffer und eine spanische 9mm Automatic, die ihm Zeno besorgt hatte... Außerdem führte er eine dekodierte Fassung des Anfangsteils des Protokolls mit sich.

Während der Zorn noch immer in ihm schwelgte, setzte Vance seinen Weg über das Kopfsteinpflaster des Heiligen Weges zu den freiliegenden Überresten des Orakeltempels fort, der auf halber Höhe lag. Von dem Bauwerk war nichts übriggeblieben, abgesehen von dem steinernen Fußboden und einigen wenigen Säulen, die man wieder aufgerichtet hatte und die jetzt nackt und vereinsamt im Sonnenlicht standen. Das einzige Gebäude in Delphi, das man wieder aufgebaut hatte, so daß es in etwa seinem ursprünglichen Glanz gleichkam, war das kleine marmorne »Schatzhaus« der Athener, eine Schaustätte, die vom Reichtum dieser Stadt kündete und aus dem Jahr 480 v. Chr. stammte. Heute glänzten seine schlichten weißen Steinblöcke in der grellen Mittagssonne, während deutsch, französisch, englisch und holländisch sprechende Touristen umhergingen. Selbst in der schwelenden Mittagsglut zog Delphi noch Besucher an, die die alten Griechen genauso verehrten, wie diese Griechen einst ihren eigenen Göttern und Göttinnen gehuldigt hatten.

Wo also war Nowosty, verdammt noch mal? Mittags am Tempel des Apollon, so hatte es in seiner Nachricht gestanden.

Vance suchte den Berghang nach verräterischen Zeichen eines neuerlichen Hinterhalts ab – Bewegungen, Farben, irgend etwas. Aber da war nichts. Obwohl Touristen umhergingen, schienen die Tempelruinen seit Jahrtausenden vergessen zu sein. Ihr Schweigen war geradezu fühlbar. Abgesehen von ein paar kreisenden Habichten war selbst der Himmel leer.

Wenn Alex hier wartete, wo würde er sich aufhalten? fragte sich Vance.

Dann blickte er wieder auf das Schatzhaus. Natürlich. Vermutlich dort drinnen, um ein bißchen Schatten zu finden. Das machte Sinn. Die Fassade, die Säulen, die Vorhalle lagen offen da, das Innere war geschützt. Günstigerweise führten die breiten Stufen des Steinwegs unmittelbar daran vorbei. Ein idealer Treffpunkt.

In seinem Gürtel, unter seiner Wildlederjacke, steckte Zenos

9mm Automatic. Sie war voll geladen, fünfzehn Kugeln im Magazin und eine im Lauf. Vance griff an seinen Gürtel und entsicherte die Waffe. Während er sie unter seiner Jacke verborgen hielt, ging er über den Kopfsteinpflasterweg zur Vorderfront des Schatzhauses hinüber. Als er in den Schatten des Portikus trat, glaubte er für einen Moment, im Inneren Geräusche zu hören. Er blieb stehen, griff nach der Waffe und lauschte.

Nein, da war nichts.

Langsam und vorsichtig stieg er die Treppenstufen hinauf. Als er oben angekommen war, hielt er inne, trat dann vorsichtig durch den offenen Eingang. Im Inneren war es kühl. Und leer. Seine Schritte hallten auf dem Steinboden wider. Vielleicht ist Nowosty inzwischen tot, schoß es ihm flüchtig durch den Kopf. Vielleicht hat ihn sein Glück zuletzt verlassen.

Er wandte sich um, ging zurück zur Vorhalle und setzte sich auf die Stufen. Unten im Tal, jenseits der Touristengruppen, erstreckten sich die dunkelgrünen Olivenhaine bis zum Horizont.

Das Protokoll. Dieses verwirrende Protokoll. Es war etwas im Gange, das das Gleichgewicht der Weltmächte verändern würde. Er hatte die erste Seite von Artikel I übersetzt, aber sie hatte mehr Fragen aufgeworfen als Antworten geliefert. Wie auch immer, er hatte etwas unternommen. Heute war er bereit.

Nowosty mußte wissen, um was es ging. Aber jetzt kannte auch Vance zumindest einen Teil der Geschichte.

Er warf einen Blick auf den Handkoffer. Er enthielt Evas Zenith Turbo 486, was zweifellos der Grund dafür war, daß sich dieser Laptop so großer Beliebtheit erfreute. Aber er enthielt außerdem, dank eines Druckers, den sich Zeno bei einem Zeitungsbüro in Iraklion ausgeliehen hatte, sowohl einen Ausdruck des verschlüsselten Protokolltextes als auch eine Fotokopie der Teilübersetzung von Vance.

Sie wußten es noch nicht, aber es gab eine weitere vollständige Kopie, die er per DataNet an seinen »Büro«-Computer in Nassau überspielt hatte. Sie wartete dort im Siliziumspeicher.

Das war schon ein Dokument! Achtundzwanzig Seiten lang, die Schlußfassung einer juristisch bindenden Vereinbarung, die im Laufe eines längeren Zeitraums ausgearbeitet worden war. Anhand der Seite, die er übersetzt hatte, konnte er den Stil erkennen. Der Text bezog sich auf die Rechte und Pflichten von zwei höchst unterschiedlichen Körperschaften – der Union der Sozialistischen Sowjetrepubliken und der Minos Industries Group.

Als er sich unter einem einsamen Mandelbaum niederließ und einen letzten Blick auf die Olivenhaine im Tal warf, war er versucht, die Übersetzung hervorzuholen und noch einmal zu lesen. Aber das war nicht nötig. Sie hatte sich in sein Gedächtnis eingeprägt bis auf das letzte Komma.

Artikel I

1. Nach vollständiger Zurverfügungstellung eines Betrages in Höhe von einhundert Millionen Dollar ($ 100 000 000,–), zu überweisen auf die Shokin Gaigoku Bank of Tokyo bis zum 1. Mai, wird die Mino Industries Group der UdSSR das volle Eigentum an einem funktionsfähigen Prototypen übertragen. Diese Übertragung findet zum vereinbarten Termin statt, und zwar am 1. Mai. Zum Zeitpunkt der Übertragung wird der Prototyp allen technischen Leistungskriterien, festgehalten in Dokument 327-A (›Beschreibung‹), entsprechen. Es steht daran anschließend im Belieben der UdSSR, Kaufverträge über Produktionstypen zum im Dokument 508-J festgelegten Preis abzuschließen.

2. Nach Erfüllung der in Artikel II aufgeführten Bedingungen durch die UdSSR wird die Mino Industries Group der UdSSR Finanzkredite in Höhe von fünfhundert Milliarden Dollar ($ 500 000 000 000,–) gewähren, zahlbar in jährlichen Teilbeträgen von je einhundert Milliarden Dollar ($ 100 000 000 000,–) während eines Zeitraums von fünf Jahren. Diese Kredite werden abgewickelt über die Vneshekonombank, Bank für Außenhandel (Artikel IV).

3. Innerhalb eines Jahres nach Erfüllung aller Formalitäten in bezug auf die obengenannten Kredite wird die UdSSR...

Bis hierhin hatte er den Text übersetzt. Der Rest war weiterhin im minoischen Linear-B. Vance holte tief Luft und versuchte ein weiteres Mal, die Bedeutung all dessen im großen Rahmen der globalstrategischen Allianzen zu verarbeiten.

Die wichtigste Frage war: Was war der »Prototyp«? Irgend etwas, das seinen Eigentümer unangreifbar machen würde, war im Begriff, auf diesem Planeten in Erscheinung zu treten. Aber was?

Eva ist auf Dynamit gestoßen, dachte er. 1. Mai. Das bedeutet, daß es in weniger als vierzehn Tagen explodiert. Kein Wunder, daß Mino Industries sie aus dem Weg schaffen will.

Zwischen den Menschentrauben unter ihm hielt jetzt eine weiße Limousine, gefolgt von einem grauen Saab. Er beobachtete, wie Nowosty aus dem Saab stieg, den Hügel hinaufblickte und dann mit dem Aufstieg begann. Aus der Limousine stieg niemand aus.

Vance sah, wie Nowosty langsam über den Kopfsteinpflasterweg ging, der zum Hügel hinaufführte. Als er oben ankam, war er etwas außer Atem.

»Michael, ich bin ja so froh, daß Sie gekommen sind.« Er seufzte erleichtert, als er die letzten Schritte zurücklegte.

»Es war die verlockende Aussicht auf Ihre bezaubernde Gesellschaft.«

»Natürlich.« Nowosty blickte sich um.

»Ist Eva da unten? Das will ich schwer hoffen.«

»Sie ist in Sicherheit.« Nowosty seufzte erneut. »Es war höchst unklug von ihr, sich in diese Sache einzumischen, Michael. Sie macht die Dinge für uns alle sehr schwierig.«

»Zu dumm.« Vance griff nach der Automatic unter seiner Jacke. »Bei der Gelegenheit, herzlichen Glückwunsch zu Ihrem neuen Klienten Mino Industries. Das ist eine Yakuza-Tarnfirma,

Partner. Ich nehme an, Sie wissen das. Der Vorstandsvorsitzende war ein Kriegsverbrecher der Klasse A. Heute hat er die LDP in der Tasche und kontrolliert Japan. Alex, Sie Arschloch, Sie haben sich hier schwer übernommen. Mino Industries gehört mit Haut und Haaren dem japanischen Paten. Gegen seine *Kobun* ist der KGB eine Pfadfindertruppe.«

»Michael, bitte.«

»Und ich habe gedacht, Sie hätten die Entscheidung getroffen, ein anständiges Leben zu führen. Dann aber muß ich erleben, daß die Gorillas Ihres Klienten versuchen, Eva und mich umzubringen. Solche Dinge erzeugen Mißtrauen – und das, wo wir gerade anfingen, gut miteinander zurechtzukommen.« Vance stand auf, die Automatic in der Hand. Nowosty stand nervös im Sonnenlicht und fischte nach einer Zigarette. »Wo ist Ihre Uzi? Sie können Sie vielleicht gleich brauchen.«

»Michael, all dies hat nichts mit mir zu tun.« Seine Augen hatten einen müden Ausdruck. »Ich arbeite diesmal in eigener Sache.«

»Als Discounter. Vielleicht sollten Sie Ihren Preis nennen, wie in einem billigen Puff.«

»Ich ziehe es vor, mich als einen Expedienten zu betrachten. Aber diesmal bin ich auf mehr Schwierigkeiten gestoßen, als logischerweise vorauszusehen war. Deshalb brauche ich Ihre Hilfe, um mit ihnen fertig zu werden.«

»Womit? Mit der ganzen miesen Situation? Sieht so aus, als ob der KGB dicht auf Ihrer Spur ist. Oder ist es Ihr Klient, den Sie um hundert Millionen Dollar prellen wollen?«

»Die Situation *ist* bedenklich geworden.«

»Natürlich war dieses Märchen um die Rückgabe der hundert Millionen an Moskau die übliche ›Desinformation‹.«

»Sie haben vollkommen recht. Das Geld wird nicht zurückgegeben. Aber jeder Gedanke, es zu behalten, steht jetzt außerhalb jeder Diskussion.« Nowosty seufzte. »Statt dessen, fürchte ich, müssen wir –«

»*Wir?* Also, Sie haben Nerven!« Vance lachte. »Sicher kann nicht einmal jemand mit einer so blühenden Phantasie wie Sie ernstlich annehmen –«

»Michael, ich sagte Ihnen, daß ich die Provision für die Geldwäsche mit Ihnen teilen würde. Dieses Angebot steht immer noch. Fifty-fifty. Ich könnte sogar auf sechzig-vierzig gehen. Was wollen Sie mehr? Aber diese Gelder *müssen* überwiesen werden. Angesichts der neuen Situation –«

»Nicht von mir.«

»Aber ich habe keine Bewegungsfreiheit mehr, deshalb sind Sie jetzt meine einzige Hoffnung. Wenn diese Gelder nicht binnen einer Woche überwiesen sind, dann ziehe ich es vor, nicht über die Konsequenzen nachzudenken.«

»Die Konsequenzen für Ihren eigenen Hals, meinen Sie.« Vance blickte ihn an. »Bei der Gelegenheit, nur so aus Neugier – was ist der ›Prototyp‹?«

»Das ist eine Sache, die ich unmöglich erklären kann, Michael.« Nowosty atmete schwer. »Aber was ist, wenn der Vertrag über ihn hinfällig wird, weil diese Gelder nicht zur Verfügung gestellt werden, was dann? Was ist, wenn die UdSSR hingeht und ihn sich einfach nimmt? Ich fürchte, dann könnte es Krieg geben, mein Freund. Peng, die Apokalypse.« Er zündete eine Zigarette an.

»Wenn der KGB die unterschlagenen Gelder irgendwie aufspürt und einfriert, bevor Sie sie überweisen können, platzt vielleicht der ganze Handel. Mino Industries wäre vermutlich sehr verärgert. Ganz zu schweigen von gewissen Stellen zu Hause.«

»Genau. Sie sehen also, daß die Dinge für uns auf des Messers Schneide stehen. Sie müssen Evas unrechtmäßige Kopie des Protokolls zurückgeben. Bitte. Ich flehe Sie an. Sie muß verschwinden. Ich habe ihnen das versprochen, als einen Akt des guten Willens. Ich fürchte, die Akteure in Tokio sind nahe daran, die Geduld mit mir zu verlieren.«

»Und was ist mit Eva?«

»Sie ist bei ihnen.« Er deutete den Berg hinunter, auf die lange weiße Limousine. »Ihr passiert nichts, machen Sie sich keine Sorgen. Das haben sie mir versichert. Es geht ihnen nur um das Protokoll. Um die Sicherheit. Sie wissen, daß Sie die einzige existierende Kopie besitzen, in dem Computer. Lassen Sie mich sie ihnen bitte geben. Und dann wollen wir das alles vergessen.«

»Wissen Sie, diese Gangster da unten haben letzte Nacht in Athen versucht, mir einen kleinen Streich zu spielen.« Vance hatte keine Anstalten gemacht, sich zu bewegen. »Das hat mir den ganzen Abend versaut.«

»Michael, ich habe versucht, ihnen klarzumachen, daß das unklug war. Aber sie stehen unter großem Zeitdruck.« Nowosty seufzte tief. »Wissen Sie, diese Taktiken mit Kidnapping und solchen Sachen finde auch ich ganz scheußlich. Aber als Eva ihnen sagte, daß sie nicht das gesamte Material bei sich hätte, daß Sie noch immer eine Kopie besäßen, kamen sie zu der Ansicht, daß ihre Gefangennahme die beste Methode wäre, Ihre Kooperationsbereitschaft zu gewährleisten.«

»Sie kennen mich nicht sehr gut.« Vance blickte den Hügel hinunter. »Sagen Sie Ihren Kumpanen, daß sie mich mal können. Ich lasse mich von niemandem erpressen. Ich gedenke, diesen kleinen Koffer zu behalten, bis Eva außer Gefahr ist. Sagen Sie Ihnen, daß der Koffer ihre Versicherung ist. Entweder sie lassen sie jetzt sofort frei, oder ich hänge diesen ganzen Handel höchstpersönlich an die ganz große Glocke.«

»Sagen Sie ihnen das selbst, Michael. Ich bin nur als Vermittler hier.« Er deutete hinunter auf die weiße Limousine, die zwischen den Pkws der Touristen und den Reisebussen stand. »Und wenn Sie das tun, sollten Sie Eva vielleicht fragen, ob das auch ihr Wunsch ist. Sie weigern sich, sie freizulassen, bevor sie das Material zurückhaben, das in ihrem Besitz war. Sie nennen es ›Schutzmaßnahme‹.«

Vance blickte nach unten. »Ihr habt wirklich Nerven. Ihr alle. Alex, wenn diese Sache vorüber ist –«

»Bitte. Lassen Sie uns diese gräßliche Protokollaffäre aus der Welt schaffen.« Nowosty kratzte sich am Bart. »Dann können wir uns alle dem wirklich Wichtigen zuwenden. Dem Geld.«

»Das hätte ich beinahe vergessen.«

Vance musterte prüfend den Abhang. War alles vorbereitet? Er hatte bisher nichts bemerkt. Das sollte allerdings auch so sein. Ein Problem waren eindeutig die Touristen, die überall herumstanden und das Spiel verkomplizierten.

Aber vielleicht würden sie auch eine Hilfe sein und dafür sorgen, daß alles langsam anlief. Vance dachte nach. Wie konnte er die Menge nutzen? Offensichtlich hatte die andere Seite auf einen einsamen Ort irgendwo im Niemandsland gehofft. Auch sie mußte jetzt aus dem Konzept gebracht sein.

Er zögerte einen Augenblick und kam dann zu einer Entscheidung. Aufs Ganze gehen. Es hier und jetzt erledigen.

Während er sich erhob, warf er einen letzten Blick auf den Tempel. Das Orakel von Delphi. Das war Eva die ganze Zeit über gewesen. Sie hatte irgendwie die Grundzüge der Geschichte erahnt, aber nach dem Verschwinden ihres früheren Geliebten bei der NSA hatte sie nicht gewagt, offen darüber zu sprechen.

Als sie die letzten Steinstufen, die zur Straße führten, hinuntergingen, ertappte Vance sich dabei, daß er über Mino Industries nachdachte. Hatten sie wirklich eine halbe Billion Dollar herumliegen? Unwahrscheinlich. Um eine solche Summe aufbringen zu können, mußte man selbst in Japan mit legalen Finanzkreisen im Bunde sein – Pensionskassen, Versicherungsgesellschaften, Brokerfirmen, Banken. Dennoch, die Mino-gumi hatten weitreichende Verbindungen – überallhin. Ihr *Oyabun,* Tanzan Mino, war schon seit langer, langer Zeit im Geschäft.

Als sie sich jetzt der Limousine näherten, öffnete sich langsam eine der weißen Türen. Dann stieg ein Japaner in einem schwarzen Polyesteranzug aus. Er trug eine dunkle Sonnenbrille, und sein rechtes Handgelenk war verbunden. Die Gestalt wirkte sehr vertraut. Außerdem fehlte einer seiner kleinen Finger.

Vances Blick blieb nicht lange an den Händen haften. Seine Aufmerksamkeit wurde auf das gerichtet, was sich in ihnen befand. Ja, er hatte letzte Nacht richtig gesehen. Es war eine Heckler & Koch Maschinenpistole. Eins dieser Dinger konnte aus dreißig Meter Entfernung alle dreißig Schuß in einer zwanzig Zentimeter großen Zielscheibe unterbringen. Weltklassematerial.

Das paßte. Die Mino-gumi galten überall als das am besten geführte Yakuza-Syndikat von allen. Knallharte Kriminelle, die sich selbst als moderne Samurais sahen und einen jahrhundertealten Ehrenkodex hochhielten. Dies war ein Widerspruch, den nur die japanische Seele in Einklang bringen konnte.

Verbindungen auf höchster Ebene, sagte sich Vance im stillen, die allerbesten. Was bedeutete, daß sich Nowosty in noch viel größeren Schwierigkeiten befand, als er vermutlich annahm. Das letzte Gerücht in der Welt des heißen Geldes besagte, daß Tanzan Mino und seine Yakuza gerade halb Hawaii durch Strohmänner aufgekauft hatten. Wenn das stimmte, dann hieß das, daß er heutzutage unvorstellbare Summen wusch. Wer, zum Teufel, brauchte da einen kleinen Fisch wie Alex?

Dann griff der Mann in den Wagen, packte Evas Arm und zog sie in das grelle Mittagslicht.

Vance bemerkte, daß sie ein neues braunes Kleid trug, aber ihre Frisur war wirr und ihr Gesicht von Schmerz gezeichnet.

Diese Schweine. Sie mußten versucht haben, alles aus ihr rauszuholen, was sie wußte.

Es gab zwei »Repräsentanten«, hatte Nowosty gesagt. Der andere Mann saß also noch auf dem Fahrersitz der Limousine, um als Rückendeckung zu dienen.

Eine gute Idee, denn es würde ganz bestimmt Probleme geben. Eine ganze Menge sogar. Tanzan Minos Gorillas würden Mühe haben, alles im Griff zu behalten.

»Michael, dem Himmel sei Dank!« Eva erkannte ihn endlich. »Gib ihnen einfach, was sie wollen.«

»Verstehst du, was hier vor sich geht?« Er hob die Hand. »Diese Burschen sind *Kobun,* professionelle Killer. Sie haben einen ausgesprochen krankhaften Sinn für Humor. Außerdem haben sie nicht die Absicht –«

»Bitte, sie haben mir ihr Wort gegeben«, unterbrach ihn Nowosty und blickte auf Eva. »Sie können sehen, daß es ihr gutgeht.«

Sie sah keineswegs aus wie das blühende Leben. Wie unter Drogen stand sie zitternd im grellen Sonnenlicht, mit gläsernem Blick und Händen, die fahrig an ihrem Rock herumzupften.

Eva, Eva, dachte er, was haben sie mit dir gemacht? Was auch immer es war, es hat gewirkt. Du siehst besiegt und hilflos aus.

»Michael, gib ihnen den Laptop.« Sie sprach weiter, mit zittriger Stimme. »Sie sagen, das ist alles, was sie wollen. Dann werden sie –«

»Eva, das sind alles Lügen. Lauter Lügen. Also hör mir schön zu, und genieße die Situation. Wir geben ihnen gar nichts, bevor sie dich nicht gehen lassen. Aber sag mir zuerst, was sie dir angetan haben. Ich will es wissen.«

»Michael, *bitte.*«

»Sie werden sich freuen zu hören, daß Dr. Michael Vance Spezialist für das internationale Finanzwesen ist«, unterbrach Nowosty und wandte sich an den Japaner. »Er hat freundlicherweise angeboten, bei der Überweisung der Gelder aus London als mein Agent tätig zu sein. Er wird alle noch bestehenden Schwierigkeiten aus dem Weg räumen. Wie ich schon sagte, er ist mein Agent, und es ist wichtig, daß ihm nichts zustößt.«

»Alex, hören Sie auf. Ich habe mich mit nichts einverstanden erklärt.« Vance wandte sich an den Japaner. »Wie geht's dem Arm? Ich hoffe, die Verletzung ist nicht dauerhaft.«

»Wo sind die NSA-Materialien?« Der Mann ignorierte Vances Frage. Der Ton seiner Stimme war scharf, das Englisch fast perfekt.

»Hier.« Vance hob den Handkoffer. »Ich gehe davon aus,

daß wir alle zur Abwechslung mal ehrlich miteinander umgehen. Zuerst Eva, dann reden wir über diese Sache hier.«

»Ich bin sicher, Dr. Vance hat alles mitgebracht, was Sie verlangten«, fügte Nowosty schnell hinzu. »Wenn er Ihnen das Material jetzt übergibt, könnte die Frau freigelassen werden. Dann können er und ich uns sofort weiter um die Gelder kümmern.«

»Halten Sie den Mund!« schnauzte der Japaner ihn an. »Wir sind autorisiert worden, diese Sache in eigener Regie zu handhaben.« Er starrte Nowosty an. »Die Gelder waren tatsächlich ausschließlich in Ihrer Verantwortlichkeit. Sie sollten vor mehr als einer Woche auf die Shokin Gaigoku Bank in Tokio überwiesen werden. Sie haben eine horrende Provision verlangt und den Auftrag nicht ausgeführt. Folglich werden Sie die Provision zurückzahlen, und unser *Oyabun* in London wird die Angelegenheit selbst in die Hand nehmen.«

Das hätten sie von Anfang an tun sollen, dachte Vance flüchtig. Alex war eindeutig überfordert.

»Nur noch ein paar wenige Tage...« Nowosty wurde blaß. »Ich dachte, ich hätte Ihnen erklärt –«

»Ihre ›Erklärungen‹ sind nicht ausreichend«, schnitt ihm der Mann das Wort ab und zeigte dann auf den Koffer in Vances Hand. »Geben Sie her.«

»Warum nicht?« Vance stellte den braunen Lederkoffer auf den Boden. »Es ist eine gute Geschäftssitte, die Ware immer zu prüfen, sich zu vergewissern, daß sie das ist, wofür man bezahlt.«

»Sie sagte, es wäre ein tragbarer Computer.« Der Mann trat näher, nahm die H&K Automatic in die Beuge seines bandagierten Arms und griff gleichzeitig nach unten, um die Riemen zu lösen. Dann öffnete er den Reißverschluß und machte den Handkoffer auf.

»Was ist das?« Er holte einen Stapel bedruckten Papiers hervor.

»Schätze, sie hat vergessen, es Ihnen zu sagen. Wir haben den

Kode geknackt. Ich dachte mir, daß Sie vielleicht gerne eine gedruckte Fassung hätten, und so habe ich eine gratis dazugelegt.«

Der Mann starrte eine Sekunde lang auf das Papier, ungläubig beinahe, blickte dann wieder hoch. »Das ist eine Fotokopie. Wo ist das Original?«

»Original? Sie meinen, das ist nicht...« Vance warf einen Blick darauf. »Oh, mein Fehler. Schätze, ich habe es irgendwo liegenlassen. Tut mir leid, daß Sie den ganzen Weg von Athen umsonst gemacht haben.«

»Lieber Himmel, Michael!« stieß Eva hervor. »Fang nicht an, Spielchen mit ihnen zu spielen. Sie werden –«

»Ich benötige alle Ausfertigungen.« Die Stimme des Mannes wurde härter, drohend. »Wo sind sie?«

»Ich kann mich nicht genau erinnern. Aber ich will Ihnen was sagen. Sie setzen Eva Borodin in ein Flugzeug in die Staaten, und dann könnte sich mein Erinnerungsvermögen vielleicht verbessern.«

»Wir verschwenden Zeit.« Die Tür auf der Fahrerseite öffnete sich, und der zweite *Kobun* stieg aus, ebenfalls eine Automatic in der Hand. Er war kleiner, aber die dauergewellten Haare und der Polyesteranzug schienen dem Standard seines Komplizen zu entsprechen, genauso wie die Sonnenbrille. Er richtete seine Waffe auf Vance. »Es gibt eine einfache Methode, Ihr Gedächtnis aufzufrischen. Sie haben zehn Sekunden –«

»Mein Freund, seien Sie vernünftig«, unterbrach Nowosty, bemüht, seine Stimme weiterhin gelassen klingen zu lassen. »Es sind Menschen hier.« Er deutete auf die Gruppe sich versammelnder Touristen. Ihren erstaunten Blicken war zu entnehmen, daß sie wohl dachten, Zeugen einer Probe für irgendeinen griechischen Gangsterfilm zu sein.

Der erste Mann winkte seinen Partner zurück und wandte sich dann an Vance. »Ihnen ist doch klar, daß wir gezwungen sind, die Frau gleich hier zu töten, wenn Sie nicht alle Originale und Kopien herausgeben.«

»Ich glaube nicht, daß das sehr klug wäre.« Vance sah ihn an. »Wenn ihr nämlich etwas zustößt, werden Sie in den amerikanischen Zeitungen alles über Ihren ›Prototyp‹ lesen können. Wahrscheinlich kann ich sogar eine Fernsehsendung zur besten Sendezeit für die Sache arrangieren. Ich werde mich persönlich darum kümmern.«

»Niemand wird Ihnen glauben.«

»Meinen Sie? Meiner Einschätzung nach wird die *Washington Post* Ihr gesamtes Protokoll auf der Titelseite bringen. Ich werde dafür sorgen, daß sie eine sehr wortgetreue Übersetzung ins Englische bekommen. Dann brauchen Sie das hier nicht mehr. Sie können sich einfach alle Kopien kaufen, die Sie gerne hätten.« Er nahm den Laptop hoch und ging zu Eva hinüber. »Hier, nimm das und steig wieder in den Wagen. Ich glaube, diese Burschen haben nicht die richtige Einstellung.«

»*Michael.*« Sie griff nach dem Computer.

»Steig in den da.« Er zeigte auf Alex' grauen Saab. »Und nimm das nächste Flugzeug. Flieg zu dem Ort, von dem wir gesprochen haben. Nur geh.«

»So kommen wir nicht weiter«, bellte der zweite Japaner. Dann richtete er seine Automatic auf Vances rechtes Knie und entsicherte sie. Aus den Reihen der gaffenden Touristen kam ein Aufstöhnen. Die Leute stolperten rückwärts, um Deckung zu suchen. »Es gibt Mittel und Wege, Informationen zu bekommen.«

O Scheiße, dachte Vance, verflucht.

Die Stimme des Mannes verklang plötzlich. Ein fragender Ausdruck trat in seine Augen, und auf seiner Wange erschien ein roter Fleck. Dann flog sein Kopf zurück, seine Automatic knallte gegen die Wagentür und rutschte dann scheppernd über den Asphalt.

Keine Sekunde zu früh, dachte Vance.

»*Nein!*« schrie Eva. »Was geht hier vor?« Sie torkelte zurück, drehte sich dann um und stolperte auf den Saab zu, den Computer in den Händen.

Der erste *Kobun* blickte sich um, nahm dabei die H&K in die linke Hand und versuchte, sie in Anschlag zu bringen.

Er wird sich zu Boden werfen und abrollen, dachte Vance, wie jeder Profi, der unter Beschuß genommen wird.

Und genau das tat er. Mit einer schnellen Bewegung war er auf dem Rücken und dann gleich wieder auf den Füßen, wobei er die Waffe während des Hochkommens entsicherte.

»Du willst uns beide umbringen?« Vance hatte jetzt seine Automatic in der Hand und zielte auf die Sonnenbrille, die beim Abrollen zersprungen war und für den Augenblick das Schußfeld des Mannes verzerrte. »Dann versuch es!« Er betätigte den Abzug. Der Walnußgriff ruckte leicht, aber er hielt den Finger weiter an dem verchromten Abzug. Jetzt fuhr der Killer herum, die Mündung seiner Waffe spuckte Feuer. Die Menschenmenge sprengte auseinander und stieß Entsetzensschreie aus.

Vance feuerte weiter. Dumpf schlugen die Kugeln in die rückwärts taumelnde Gestalt, während die H&K Maschinenpistole stoßweiße Salven in die heiße, trockene Luft jagte.

»Töte ihn, Michael! O Gott, ja! Diese Schweine!« Eva brüllte noch immer, als sie die Tür des Saab ins Schloß warf. Sie schrie, fluchte, weinte. Eine Sekunde später erwachte der Motor röhrend zum Leben.

Jetzt rannte Nowosty geduckt über das Pflaster auf die offene Tür der Limousine zu.

»Michael, wir müssen uns trennen!« rief er über die Schulter. »Ich muß von hier weg. Nach London. Woanders kann ich nicht hin. Sie werden kommen, um das Geld zu holen.«

Vance hörte ihn kaum. Er hielt seine Automatic fest in der Hand und drückte immer wieder ab, bis das Magazin leer war und nur noch ein Klicken ertönte.

Das Quietschen von Reifen brachte ihn zur Besinnung. Er blickte hoch und sah, wie die weiße Limousine mit noch offener Tür am Straßenrand entlangschlingerte und beinahe in den Graben fuhr. Nowosty saß am Steuer. Eva war bereits abgefahren.

Er bemerkte, daß die Nummernschilder an der Limousine entfernt waren, genau wie er es bei seinem gemieteten Alfa getan hatte. Es würden lediglich entsetzte Touristen und zwei widerrechtlich bewaffnete, mausetote japanische Gangster zurückgeblieben sein, wenn die griechische Polizei schließlich erschien. Die Geschichte würde in babylonischer Sprachverwirrung erzählt werden und völlig unverständlich bleiben.

Himmel! dachte er. Eigentlich sollte jetzt alles vorbei sein, aber statt dessen fängt es erst richtig an. Wenn das hier in Tokio bekannt wird, dürfte das Leben sehr schnell sehr interessant werden. Die Mino-gumi wissen, wie man seinen Besitz sichert. Wir müssen diese Sache hochgehen lassen.

Schräg gegenüber lagen die beiden Japaner in gekrümmter Haltung und mit zerbrochenen Sonnenbrillen auf dem heißen Asphalt. Der eine blutete heftig aus der Brust, der andere, der *Kobun,* der nahe daran gewesen war, seine Kniescheiben zu zerschmettern, lag jetzt mit einem kleinen Loch vor dem einen Ohr und einer halb fehlenden Gesichtshälfte da.

Welch ein Schuß!

Aber warum hat er so lange gewartet? Wir hatten sie auf dem Präsentierteller. Ich verstehe jetzt, warum sie so eine panische Angst vor der Widerstandsbewegung...

»Nie in die Augen blicken, Michael.« Die Stimme kam von den Felsen oberhalb von ihm, wo die Mündung eines deutschen Karabiners aus dem Zweiten Weltkrieg, geölt und in allerbestem Zustand, aufblinkte. »Erinnere dich an das, was ich dir gesagt habe. Man bekommt schlimme Träume davon.«

ZWEITES BUCH

9.

Montag, 12.08 Uhr

Der schwere Koloß der *Daedalus I* wurde langsam durch die Hangartore gezogen, die jetzt bis zu ihrer vollen Breite von über achtzig Meter offenstanden. Beim Herausrollen glänzte die Titaniumlegierung der Hülle im fluoreszierenden Licht der Hangarbeleuchtung und nahm dann im bleichen Mondlicht einen geisterhaften Glanz an. Zuerst wurden die spitze, nach unten gebogene Nase mit dem Navigationssystem, dem Radar und den Videokameras für sichtbares und infrarotes Licht sichtbar, dann die massigen Ramjets-Scramjets, jeweils sechs unter jedem der stumpfen Pfeilflügel, und schließlich die hochragende Schwanzkonstruktion, zwei vertikale Stabilisatoren, die hoch außenbords angebracht waren, um nicht durch den Windfang des Rumpfes behindert zu werden. Die Fahrer der Schlepper und die zusehenden Techniker glaubten alle, die allerschönste Schöpfung vor sich zu haben, die ihnen jemals vor Augen gekommen war.

Dies würde Jurij Androws letzter planmäßiger Testflug sein, bevor er mit dem Flugzeug auf Hyperschallgeschwindigkeit ging. In vier Tagen. Er trug einen Druckanzug, und neben ihm stand eine Überlebensausrüstung für Astronauten bereit. Während er seinen Sitz im Cockpit in die richtige Stellung brachte, beobachtete er auf den Flüssigkristallschirmen seines Helms den Datenfluß, mit dem die Ergebnisse der Instrumentenchecks vor dem Start sichtbar gemacht wurden. Alle Druck- und Temperaturdaten waren normal. Wie gewohnt hatten die japanischen Techniker ihre Hausaufgaben vor dem Start peinlich genau erledigt und mit Hilfe ihrer computerisierten Checklisten das Flugzeug von oben bis unten überprüft. Alles war in Ordnung.

Dennoch brachte dieser Augenblick immer eine magenumdrehende Mischung aus Erwartung und Angst mit sich. Dies war der Teil, den er bei jedem Testflug am meisten fürchtete – wenn er im Cockpit angeschnallt war, aber keine operative Kontrolle ausüben konnte. Er lebte von der Kontrolle, und dies war einer der wenigen Momente, in denen er wußte, daß er sie nicht hatte. Dieses Gefühl jagte Adrenalinstöße durch seinen Körper und spannte seine Nerven bis zum äußersten an.

Er legte einen Schalter unter seiner Hand um und holte die Bilder der Infrarotkameras auf seine Helmbildschirme, beobachtete dann geistesabwesend, wie ihn die riesigen weißen Schlepper auf die abgedunkelte Rollbahn zogen. Die Landelichter an den Längsseiten waren abgeschaltet. Sie würden erst beim Landeanflug eingeschaltet werden, wenn ihre Leitstrahlen, geführt von der Radaranlage, außerhalb des hundert Meter breiten Sichtbereichs der Kamera in der Nase des Flugzeugs unsichtbar blieben.

Der Asphalt unter ihm, über den der eisige Wind Hokkaidos fegte, bestand aus einem synthetischen Spezialmaterial – sorgfältige Tarnung. Er kannte den Bodenbelag gut. Vor zwei Nächten war er hier draußen zu einem Gespräch mit dem Projektleiter Iwan Semenowitsch Lemontow zusammengetroffen, dem schlanken, klugen Befehlshaber der Sowjets. Früher hatte dieser Posten dem offiziellen Beauftragten der KPdSU zugestanden, aber nunmehr sollte die Parteikontrolle schließlich der Vergangenheit angehören. Was tat er also hier?

Was es auch war, die einsame Landebahn war ihm als sicherster Platz erschienen, um ein paar klare Antworten zu bekommen. Als sie durch den Mondschein schlenderten und die scharfe Brise der Meerenge in ihre Haut schnitt, hatte er Lemontow gebeten, ihm zu sagen, was *tatsächlich* vor sich ging.

Später hätte er sich fast gewünscht, nicht gefragt zu haben.

»Jurij Andrejewitsch, Sie sind bei diesem Projekt lediglich der Testpilot. Ihre Aufgabe ist es, Befehle zu befolgen.« Lemontow machte eine Pause, um sich eine russische Zigarette anzuzünden. Er schützte die Flamme mit der hohlen Hand vor dem Wind und beleuchtete dabei sein schmales, fuchsartiges Gesicht. Er war ein Hardliner, der noch aus den alten Zeiten übriggeblieben war, und gelegentlich schimmerte das noch durch. »Strategische Gesichtspunkte sollten Sie nicht kümmern.«

»Ich bin erst spät dazugestoßen, vor vier Monaten, als die Prototypen für die ersten Testflüge bereit waren. Aber wenn ich die *Daedalus* schon fliege, will ich auch ihren Endzweck kennen. Die Wahrheit. Niemand hat mir irgend etwas gesagt. Nur in einem Punkt bin ich mir ganz sicher: Das ganze Gerede über erdnahe Raumforschung ist purer Scheißdreck. Was bedeutet, daß man mich benützt.« Er griff nach Lemontows Arm und zog ihn herum. Die Augen des Offiziers waren im Dunkeln halb verborgen. »Also, verdammt noch mal, ich möchte, daß Sie mir etwas über den wirklichen Zweck dieses Flugzeugs verraten, zum Teufel.«

Lemontow grunzte, machte sich frei und sog an seiner Zigarette. Schließlich sagte er: »Jurij Andrejewitsch, manchmal ist es klüger, die Strategie den Profis zu überlassen. Sie tun Ihren Job, und ich tue meinen.«

Jurij spürte, wie Zorn in ihm aufblitzte. Er begann zu argwöhnen, daß gewisse Hardliner der KPdSU wie Lemontow, im Verein mit dem Militär oder dem KGB, ihre eigenen Pläne mit dem Flugzeug hatten. Aber was beabsichtigten sie?

»Hören Sie, ich tue meinen Job. Wie wäre es also mit ein bißchen Offenheit, mit ein bißchen Glasnost? Es soll ja nicht mehr wie in den alten Zeiten sein.«

Lemontow ging mit ausgreifenden Schritten auf der Rollbahn voraus – mit der Energie, die ihn auf seinen hohen Parteiposten gebracht hatte. Schließlich verlangsamte er seinen Schritt und wartete darauf, daß Jurij aufschloß. Er hatte eine Entscheidung getroffen, und er hatte sie schnell getroffen. Das war charakteristisch.

»Jurij Andrejewitsch, in gewisser Weise repräsentieren Sie einen Teil unseres ›Technologieaustauschs‹ mit Mino Industries.

Sie haben hier eine unverzichtbare Rolle zu spielen. Dieses ganze Programm ist von Ihnen abhängig.«

»Dessen bin ich mir wohl bewußt.« Allerdings beantwortete diese Antwort seine Fragen nicht.

»Dann sollten Sie sich auch einer anderen Sache bewußt sein. Dieses Unternehmen ist ein kleiner, aber entscheidender Teil eines größeren Ganzen. Nicht weniger als das Schicksal der Sowjetunion im nächsten Jahrhundert hängt von dem Erfolg dieses Projekts ab.«

»Was meinen Sie damit?« Jurij spürte wachsende Ungeduld.

Brüsk drehte sich Lemontow um. »Dieses Hyperschallflugzeug ist das Symbol, das Flaggschiff einer neuen sowjetischen Allianz mit der technologisch am weitesten fortgeschrittenen Nation der Erde. Selbst ein ›Flieger‹ wie Sie sollte in der Lage sein, das zu begreifen. Durch diese Allianz werden wir letztendlich einen Weg finden, um die gesamte neue Technologie Japans anzuzapfen. Die Welt der Zukunft – fortgeschrittene Halbleiter, Roboter, Biotechnologie, Superleitfähigkeit, einfach alles – wird von Japan kontrolliert werden, und wir müssen Zugang dazu haben.«

Schweigend hörte Jurij zu, einmal mehr mit dem Gefühl, daß er mit Halbwahrheiten abgespeist wurde. Dann senkte Lemontow die Stimme.

»Jurij Andrejewitsch, durch diesen Bund, der auf eine strategische Allianz mit Mino Industries hinausläuft, werden wir zwei Ziele erreichen. Wir gewinnen Zugang zu japanischer Technologie und japanischem Kapital, um die sowjetische Industrie zu erneuern und unser Volk zu besänftigen. Und wir werden einen Präventivschlag gegen die Gefahr eines neuen China an unseren Grenzen im nächsten Jahrhundert führen.«

»China?« Jurij blickte ihn überrascht an.

»Mein Freund, lassen Sie sich nicht durch Gipfel- und Versöhnungsgespräche in die Irre führen. Weder wir noch China geben auch nur eine Kopeke für das Wohl des anderen. Denken

Sie darüber nach. Auf lange Sicht kann China nur unser Alptraum werden. Wenn Amerika über die kanadische Grenze blikken würde und China sehen müßte, wären auch die USA entsetzt. China besitzt die Menschenmassen und bald auch die Technologie, um uns zu bedrohen. Das ist der schlimmste Alptraum, den Sie oder ich jemals haben können.« Lemontow hielt inne, um seine Zigarette auszumachen, die er fast heftig in den Asphalt trat. »Wir müssen uns jetzt darauf vorbereiten.«

Die Hardliner haben gerade einen neuen Feind gefunden, erkannte Jurij. Der kalte Krieg lebt!

»Ob es uns gefällt oder nicht«, fuhr Lemontow fort, »und, ganz im Vertrauen gesagt, ich bin mir nicht sicher, daß es mir gefällt, wir haben keine andere Wahl, als uns an Japan zu wenden, um einen Verbündeten in Asien zu haben, damit wir dem neuen Schreckgespenst eines feindlichen China an unserer Flanke begegnen können.«

»Und wie paßt Daedalus zu alldem?«

»Wie ich schon sagte, es ist der erste Schritt in unserer neuen Allianz. Von jetzt an werden unsere Raumprogramme vereint sein.« Er seufzte in den eisigen Wind. »Es wird unsere gemeinsame Plattform für die erdnahe Raumforschung sein.«

»Ausschließlich mit friedlicher Absicht?« Jurij versuchte, Lemontow in die Augen zu blicken, aber die Dunkelheit verbarg sie.

»Ich habe Ihnen alles gesagt, was Sie wissen müssen.« Wieder flammte ein Streichholz auf, als er eine neue Zigarette anzündete. Während des kurzen Aufflackerns blinzelte er. »Obgleich die *Daedalus* leicht in eine... Erstschlagplattform umgewandelt werden könnte, haben wir natürlich nicht die Absicht, diese Prototypen oder spätere Produktionstypen für irgendwelche derartigen Zwecke auszustatten. Die Japaner würden niemals zustimmen.«

Was hatte er damit gesagt? Daß die Hardliner planten, die Flugzeuge in ihren Besitz zu bringen und zu Erstschlagbombern umzurüsten? Daß sie einen Präventivschlag gegen China führen wollten? Planten sie, die Japaner aufs Kreuz zu legen?

Sie schienen nicht zu erkennen, daß diese Flugzeuge gar nicht mehr umgerüstet werden *mußten*. Die *Daedalus* war bereits schneller und tödlicher als jeder existierende Marschflugkörper. Sie konnte nicht abgeschossen werden, weder durch Amerikas noch aufzubauendes SDI-Programm noch durch irgend etwas anderes. Und Geschwindigkeit war nur ein Aspekt der Geschichte. Was war mit den anderen Fähigkeiten des Flugzeugs?

Nachdenklich schaltete Jurij Androw seine Helmschirme vorübergehend auf die Infrarotkameras in der Nase der *Daedalus* und betrachtete die Rollbahn. Infrarot. Rein militärisch. Und das war nur der Anfang. Es gab außerdem Phasenanordnungsradar und Ausschnittbeobachtungsradar, beide ausgerüstet für schnelle Frequenzwechsel und Störabstrahlungen, um Entdekkung zu vermeiden. Und was war mit dem Radarhöhenmesser, der überschallschnelles Manövrieren in geringen Höhen ermöglichte? Oder mit den Reservetreibstofftanks im Vorderteil, die Fernflugoperationen gestatteten?

Keine »Raumplattform« brauchte diese ganzen Fähigkeiten zum Schutz vor Radarortung und zur Lenkung von Waffensystemen. Oder ein hypergenaues Trägheitsnavigationssystem. Wenn man die Scramjets anwarf, konnte die *Daedalus* innerhalb von sieben Minuten hundertfünfzigtausend Kilometer steil nach oben steigen, nach Belieben wieder in die niedrige Atmosphäre eintreten, über einem Gebiet verweilen, voll zuschlagen und dann in die unangreifbare Sicherheit des Raums zurückkehren. Es gab genug Cruise-Missile-Kapazität, um fünfzig befestigte Stätten auszuschalten. Sie konnte Truppenüberwachung vornehmen, innerhalb von zwei Stunden Kommandos bei jedem Feuergefecht auf dem Globus aufmarschieren lassen – und so weiter. Er hatte außerdem den Verdacht, daß es noch eine weitere Fähigkeit gab, die noch ominöser war und der er in der heutigen Nacht auf den Grund zu gehen beabsichtigte.

Während das sowjetische Militär Geheimpläne schmiedete, um diesen neuen Bomber in die Hand zu bekommen, und die Creme der sowjetischen Antriebsingenieure hierherschickte, um sicherzustellen, daß es auch klappte, war es bereits ausmanövriert. Die Militärs hatten nämlich übersehen, daß diese beiden Flugzeuge noch immer Mino Industries gehörten und daß nur Mino Industries Zugang zu den Hochtemperaturkeramikmaterialien und den Titaniumlegierungen besaß, die erforderlich waren, um weitere zu bauen. Tanzan Mino hatte alle Karten in der Hand. *Er* kannte mit Sicherheit die Fähigkeiten dieses Flugzeugs. Alles war bereits geregelt. Die ultimative Waffe gehörte Mino Industries: Sie hatten jede Komponente gebaut oder bei Subunternehmen in Auftrag gegeben. War Lemontow ein so dummer Parteidiener, daß er dies nicht erkennen konnte?

Um so mehr Grund, dafür zu sorgen, daß die Karten auf den Tisch gelegt wurden. Und zwar bald.

Bisher verlief alles planmäßig. Er hatte verlangt, daß der Zeitplan verkürzt wurde, und Ikeda hatte sich widerstrebend einverstanden erklärt. In vier Tagen würde Jurij Androw die *Daedalus* mit der Hilfe von flüssigem Wasserstoff in den Bereich des erdnahen Weltraums bringen – der erste volle Hyperschalltestflug. Und zu diesem Zeitpunkt beabsichtigte er, das hübsche Szenario von ihnen allen bloßzustellen.

Er spürte das Zittern des Rumpfs, als sich die Schleppfahrzeuge von den Ösen der Landevorrichtung lösten. Dann meldete sich knisternd das Funkgerät.

»Hier ist Kontrollraum. *Daedalus I*, hören Sie mich?«

»*Daedalus I*. Daten vor Start normal.«

»Bestätigt. Maschinenöl jetzt auf dreißig Grad Celsius erhitzt. Beginn der Zündungssequenz.«

»Verstanden. Daedalus I startet Maschinen.« Er ging die Instrumentenanzeigen auf seinen Helmschirmen durch, griff dann nach dem Gashebel und drückte auf den linken Knopf. Er konnte fast fühlen, wie das JP-7, ein Spezialtreibstoff, der einen niedrigen Flammpunkt hatte und ursprünglich für die in großen Höhen fliegende amerikanische SR-71 Blackbird entwickelt worden war, aus den Flügeltanks in die zwölf Turboramjets strömte. Dann schloß die Bodenmannschaft die riesigen, aus Transportern montierten Starthilfen an die Motoren an. Als diese auf Touren kamen, dachte er daran, daß er nur 2100000 Pounds Treibstoff bei sich hatte, die schnell verbrennen würden.

Er schaltete seine Helmschirme auf die Anzeigen der Prioritätsstufe eins und blickte auf die Hauptkonsole, wo er die Umdrehungszahl der Motoren, die Einlaßtemperatur in die Turbinen, die Abgastemperatur und den Öldruck ablesen konnte. Dann schaltete er wieder zurück auf die Infrarotkameras und blickte über die Rollbahn hinweg, die sich vor ihm ausbreitete. Da der amerikanische KH-12-Satellit vor zwanzig Minuten vorübergezogen war, sollte der Flug jetzt völlig unbemerkt vonstatten gehen können.

Das Programm der heutigen Nacht sah vor, daß er das Flugzeug auf Mach 4 bringen, dann die JP-7-Zufuhr in die äußeren Düsen auf der Steuerbordseite unterbinden und diese Motoren dadurch »entstarten« sollte, wonach er sie manuell auf die Scramjet-Geometrie umschalten würde, während er gleichzeitig mit Hilfe der Zusatzstabilisatoren die Schräglage kontrollierte. Das würde der leichte Teil sein. Der nächste Schritt verlangte von ihm, die Motoren wieder auf die Turboramjet-Geometrie umzuschalten und den Neustart in Gang zu setzen. In einer Höhe von zwanzigtausend Metern. Vierzig Minuten später sollte er die Maschine wieder sicher in den Hangar zurückgebracht haben.

Kinderspiel!

Er schaltete wieder auf die Helmschirme um und blickte ein letztes Mal auf die Anzeigen. Der Treibstoffdruck war stabil, die Kontrollschalter für die Düsen befanden sich in Automatikstellung, die Flügelklappen waren für ein optimales Abheben auf fünfzehn Grad eingestellt. Er ging die Checkliste auf dem Bildschirm durch: Treibstoffanzeige, gecheckt, Radarhöhenmesser, gecheckt, Gashebel auf Automatik.

Der Schub, der erforderlich war, um die *Daedalus I* in die Luft zu bringen, war geringer als der für eine vertikal startende Raumfähre erforderliche, da das Steigen durch die Flügel begünstigt wurde. Dennoch verblüfften ihn die g-Kräfte, die das Flugzeug beim Abheben entwickelte, immer wieder. Die ungeheuren Kräfte, die unter seinen Fingerspitzen ruhten, riefen ein sehr irreführendes Gefühl von Sicherheit hervor.

»Startwagen klar, Jurij. Es kann losgehen. *Ne puzha, ne péra!*«

Er wollte schon Antwort geben, weil er dachte, daß es der Computer gewesen wäre. Aber diesmal *gab* es keinen Computer. Er hatte ihn ganz bewußt abgeschaltet. Wenn er dieses verdammte *Samolyot* nicht manuell von einer Startbahn hochkriegen konnte, hatte er keine Hoffnungen für den nächsten Schritt. Die Stimme gehörte Sergej in der Flugkontrolle.

»Volle Kraft voraus!«

Er hielt einen Augenblick inne, den Fuß auf der Bremse, und genoß das herrliche Gefühl des Alleinseins, das Gefühl, die pure Energie zu beherrschen, als die *Daedalus* zu beben begann. Multimilliarden unter seinen Fingerspitzen, das fortschrittlichste...

Scheiß drauf! Dies war der Teil, der *Spaß* machte. »Bremsen gelöst.«

Er rammte die schweren Griffe des Gashebels bis zum Anschlag nach vorne, wodurch die Motoren die volle Kraft der Nachbrenner bekamen, und grinste bis über beide Ohren, als die zwölf Turboramjets augenblicklich kreischend Schub gaben und ihn katapultartig gegen seinen Cockpitsitz preßten.

Sonntag, 19.29 Uhr

»Wir befinden uns jetzt in neuntausend Meter Höhe. Der Kapitän bittet jedoch alle Passagiere, angeschnallt auf ihren Sitzen zu bleiben.« Die Frauenstimme geriet ins Stocken, als das Flugzeug in ein weiteres Luftloch sackte. »Wir werden möglicherweise während der nächsten Stunde einige leichte Turbulenzen durchfliegen.«

Michael Vance hätte aus mehreren Gründen einen Drink nötig gehabt. Der Service in der ersten Klasse war jedoch vorübergehend eingestellt, da das Personal des British-Airways-Flugs nach London selbst auf den Klappsitzen neben der Küche der 757 angeschnallt war. Die Turbulenzen waren mehr als »leicht«. Was vor ihnen lag, in den Wolken und über dem Meer unten, war nicht weniger als ein stärkerer Sturm.

Wieso auch nicht? seufzte er. Alles andere in den letzten vier Tagen war ebenfalls schiefgelaufen. Auf ihn war geschossen worden, er hatte einen Gangster getötet, und Eva war gekidnappt worden.

Außerdem war die Rückfahrt nach Athen und dann weiter zum Hafen von Piräus, wo Zeno die Nachtfähre nach Kreta bestiegen hatte, ein einziger regengepeitschter Alptraum gewesen. Ein weiterer Sturm hatte von der Ägäis herübergeweht und die Küste und sogar die Berge eingehüllt. Als sie endlich die Docks in Piräus erreichten, hatte es der alte Grieche gerade noch geschafft, mit seinem in ein Kleiderbündel eingewickelten deutschen Gewehr an Bord des Schiffes zu schlüpfen, das gerade ablegen wollte.

»Michael, ich muß mich beeilen.« Er küßte Vance auf beide Wangen. »Paß auf dich auf.«

»Du auch.« Vance nahm seine Hand und gab ihm die Waffe zurück, einerseits froh, sie los zu sein, andererseits aber mit der stillen Frage, ob er sie noch einmal benötigen würde. »Hier, nimm sie. Und wirf sie weg.«

»Ihr letzter Ruheplatz wird in den Tiefen des Meeres sein, mein Freund.« Zeno steckte die Pistole ein, ohne einen Blick darauf zu werfen. »Niemand wird jemals erfahren, was wir tun mußten, nicht einmal Adriana. Aber wir sind gescheitert. Eva ist noch immer verschwunden.«

»Mach dir keine Sorgen. Ich werde sie finden. Und nochmals vielen Dank dafür, daß du mir das Leben gerettet hast.«

»Du hättest dasselbe für mich getan. Und nun beeil dich. Du mußt zum Flughafen. Vielleicht ist immer noch Zeit, sie zu erwischen.« Nach einer letzten Umarmung tauchte er in der Menge der vom Regen durchnäßten Reisenden unter.

Der Wolkenbruch ließ nach, aber die Fahrt dauerte noch fast eine Stunde. Als er schließlich vor dem alten Ostterminal ankam, stellte er den Wagen auf dem ersten freien Platz ab, den er finden konnte, und stürmte in das Gebäude. Wegen der Flüge, die aufgrund des Sturms verschoben worden waren, herrschte ein einziges Chaos, aber er entdeckte keine Spur von Eva. Wo war sie? War sie überhaupt hiergewesen?

Der Flugverkehr war gerade wiederaufgenommen worden. Laut der Anzeige auf der großen Tafel im Zentrum des Gebäudes flog als erstes eine Maschine der British Airways nach Heathrow, die in fünf Minuten starten sollte.

Es gab keine Möglichkeit, ohne Ticket durch die Paßkontrolle zu kommen, und so bahnte er sich mit den Ellbogen einen Weg zum Schalter der British Airways.

»Dieser Flug. Drei-einundsiebzig. Ich möchte einen Platz.«

»Es tut mir leid, Sir, aber Sie werden warten...«

»Geben Sie mir ein Ticket, verdammt.«

Der gequälte Angestellte blickte kaum hoch. »Ich fürchte, das ist nicht möglich. Warum nehmen Sie nicht...«

»Es gibt da eine Frau, die in der Maschine sein könnte.« Er hob den leeren Lederkoffer in die Höhe. »Und sie hat das hier im Hotel vergessen.«

»Das Gepäck ist bereits im Begriff, den Flugsteig zu verlassen.« Der Angestellte blickte auf seinen Bildschirm, wandte sich dann einem Stapel mit Tickets zu, die er methodisch sortierte. »Wenn Sie also *bitte*...«

»Lassen Sie mich die Passagierliste überprüfen.« Vance stieg über die Gepäckwaage und schob den Angestellten zur Seite. »Um ganz sicher zu sein, daß sie an Bord ist. Vielleicht kann ich sie in London ausfindig machen.«

»Sir!« Der junge Engländer wurde bleich. »Es ist Ihnen nicht gestattet...«

»Nur eine Sekunde.« Vance ignorierte seinen Protest und holte den Flug auf den Computerbildschirm.

Es war eine 757, voll besetzt. Und da war sie, auf Sitz 18A, zweite Kabine.

Gott sei Dank, sie hatte es geschafft.

Während der entrüstete British-Airways-Bedienstete hektisch nach dem Sicherheitsdienst des Flughafens rief, ging Vance die Liste weiter durch.

Alex Nowosty war ebenfalls an Bord. In der allerletzten Reihe. Himmel, er hatte sogar seinen richtigen Namen benutzt! Er mußte vollkommen den Verstand verloren haben.

Wußte sie es? Wußte *er* es? Was jetzt?

Während der Angestellte immer noch nach dem Sicherheitsdienst schrie, tauchte Vance schnell in der Menge unter. Ihm blieb keine andere Möglichkeit, als anderthalb Stunden lang in einer Abflughalle auf und ab zu gehen und die letzte Abendmaschine nach London zu nehmen. In Ordnung, hatte er gedacht, nachdem er zur Ruhe gekommen war, Nowosty will dich benutzen. Vielleicht kannst du ihn benutzen.

Aber jetzt argwöhnte er, daß die Dinge nicht so einfach ablaufen würden.

Er erinnerte sich an die beiden KGB-Angehörigen, die Alex in Knossos erschossen hatte. Sie waren auf der Suche nach Eva gewesen, was bedeutete, daß sie weitaus mehr wußten, als er bislang angenommen hatte.

Endlich saß er in der Abendmaschine nach London. Während das Flugzeug startete, sah sich Vance in der Kabine um.

Auf der gegenüberliegenden Seite in der ersten Klasse saß eine hochgewachsene, schlanke Frau, die das ganze Selbstbewußtsein einer erfahrenen europäischen Reisenden ausstrahlte. Sie war auf elegante Weise schön – mit ihren dunklen Augen, dem kastanienfarbenen Haar und den gekräuselten roten Lippen – und hatte eine große braune Lederhandtasche aus Florenz bei sich. Sie hätte ein französisches Mannequin sein können, eine hochbezahlte leitende Angestellte einer Kosmetikfirma in Amerika oder die Geliebte eines spanischen Diplomaten.

Das Problem war jedoch, daß sie, wie Vance wußte, nichts von alledem war. Der französische Paß, den sie in seiner Gegenwart dem griechischen Paßbeamten hinter seiner Glasscheibe gezeigt hatte, war eine Fälschung. Sie war weder Französin noch Amerikanerin noch Spanierin. Vielmehr war sie eine geschäftsführende Vizepräsidentin der Techmashimport, der Import-Tarnfirma, hinter der sich die Hauptabteilung T des KGB verbarg.

Vera Karanowa war eine regelmäßige und prominente Besucherin von westlichen Messen. Aber in London fand zur Zeit keine Messe statt, es gab keine neuen High-Tech-Spielzeuge, die vor den staunenden Augen der Techmashimport-Abgeordneten baumelten, die routinemäßig immer wieder versuchten, auf der Verbotsliste stehende Computer, Überwachungsausrüstungen oder Waffensystemzeichnungen zu erwerben.

Warum also saß die Genossin Karanowa in dieser Maschine? Weil sie ein Designerkleid in einer Boutique in der Sloane Street kaufen wollte? Weil sie das neueste Musical in West End zu besuchen gedachte?

Wie war es mit der einfachsten aller Antworten? Sie war auf dem Weg, um mitzuhelfen, Alex Nowosty aus dem Verkehr zu ziehen. Oder um Eva zu schnappen. Oder beides. Sie waren im Begriff, die Schlinge enger zu ziehen.

Der Alptraum ging also weiter. Das KGB mußte den Flughafen überwacht haben, und dabei hatte jemand festgestellt, daß Nowosty – oder Eva – die British-Air-Maschine nach London bestieg. Jetzt hatten sie sich an die Verfolgung gemacht.

Kennt sie *mich*? fragte sich Vance. Mein Foto ist irgendwo in ihren Akten, ganz sicher.

Aber sie hatte kein Anzeichen des Wiedererkennens von sich gegeben. Vielleicht also nicht. Er hatte immer so weit wie möglich vom Rampenlicht entfernt gearbeitet. Dies hatte sich wieder einmal ausgezahlt.

Während das Flugzeug von den Turbulenzen durchgeschüttelt wurde, beobachtete er aus den Augenwinkeln, wie sie den falschen französischen Paß aus der offenen Lederhandtasche, die jetzt auf dem freien Sitz am Fenster lag, nahm und anfing, die Nummer auf ihre Bordkarte zu übertragen.

Sehr unprofessionell, dachte er. Man sollte die Nummern einer Fälschung immer im Gedächtnis haben. Erste Regel. Die Hauptabteilung T schien in diesen Tagen schlampig zu werden.

Er wartete, bis sie fertig war, beugte sich dann zu ihr hinüber und tippte sie an.

»*Allez-vous à Londres pour du commerce?*« Ganz bewußt verlieh er seinem Französisch einen so starken amerikanischen Akzent wie möglich.

»*Comment?*« Sie blickte verärgert hoch und schob seine Hand weg. »*Excusez-moi, que dites-vous?*«

»*D'affaires?*« Er grinste und verrenkte den Hals, um in ihren Ausschnitt blicken zu können. »Geschäfte?«

»*Oui*... ja.« Sie ging schnell zum Englischen über, wobei ihre Erleichterung fast zu offenkundig war.

»Fliegen Sie oft rüber?« setzte er nach.

»Von Zeit zu Zeit.«

Nicht flunkern, Lady. Du bist seit 1988 genau viermal in London gewesen, um getürkte Zwischenhandelsgeschäfte über Dritte zu arrangieren.

»Rein geschäftlich, ja?« Er grinste abermals, blickte dann auf den Servierwagen, der in der Bordküche sichtbar wurde. Die Turbulenzen hatten sich etwas gelegt, und das Personal bemühte sich, zur Normalität zurückzukehren, zumindest in der ersten Klasse. »Was halten Sie von einem Drink?«

Sie winkte dem sich nähernden Steward und hoffte, diesem unangenehmen Amerikaner auf der anderen Seite des Mittelgangs zuvorzukommen. »Wodka Tonic, bitte.«

»Dasselbe wie die Lady, Jungchen.« Vance blinzelte dem jungen Engländer zu und reckte den Daumen in die Höhe, wandte sich dann wieder der Frau zu. »Bei der Gelegenheit, ich werde im Holiday Inn am Marble Arch wohnen. Großartiger Zimmerservice. Fast wie zu Hause. Sie sind auch da in der Gegend?«

»Nein.« Sie sah zu, wie der Steward ihren Drink eingoß.

»Tut mir leid, das zu hören. Ich habe mich gefragt, ob wir vielleicht... Lassen Ihre ›Geschäftsreisen‹ ein bißchen Freizeit übrig? Um Ihnen ein Geheimnis zu verraten, so ganz unter uns, ich kenne da diesen kleinen Club in Soho, wo sie live...« Er zwinkerte ihr zu. »Ich habe eine Mitgliedskarte. Lassen Sie sich eins sagen, so was gibt es in Chicago nicht.«

»Ich fürchte, ich werde zu tun haben.«

»Zu dumm.« Er trank einen Schluck von seinem Drink, redete dann weiter. »Bleiben Sie länger in London?«

»Entschuldigen Sie, Mr....«

»Warner. William J. Warner.«

»Mr. Warner, ich habe einen sehr anstrengenden Tag hinter mir. Wenn Sie nichts dagegen haben, würde ich gerne versuchen, ein bißchen zu schlafen.«

»Sicher. Machen Sie es sich nur bequem.«

Er sah zu, wie sie auf den Fensterplatz überwechselte, so weit wie möglich weg von ihm, und ihre Lederhandtasche auf den Sitz am Gang stellte. In diesem Augenblick erschütterte ein neuerliches Luftloch die Maschine und brachte die Schnapsflaschen in der Küche zum Klirren.

»Vielleicht sehen wir uns in London mal!« rief er laut.

»Höchst unwahrscheinlich.« Sie funkelte ihn an, während sie den Rest ihres Drinks austrank, sich dann dem Fenster zudrehte und ihren Sitz ganz zurückstellte. Ihr Gesicht verschwand.

Endlich war sie ihn los.

Danach verlief der Flug minutenlang in ruhigen Bahnen, und Michael Vance fing an, sich Sorgen zu machen. Dann aber setzten die Turbulenzen wieder ein. Der Service wurde eingestellt, als das Flugzeug zehntausend Meter über dem Mittelmeer wieder zu einem Spielball der Götter wurde, hin und her gestoßen von den machtvollen unsichtbaren Böen eines Frühlingssturms. Einen Augenblick lang ertappte er sich dabei, wie er Zeno beneidete, der sich nur der schäumenden See gegenübersah.

Fast zögernd löste er seinen Sitzgurt und zog sich hoch. Mit der einen Hand mühte er sich, das Gleichgewicht zu bewahren, mit der anderen fuhr er in der Luft herum und tastete nach der Gepäckablage.

»Sir«, rief der Stewart den Gang hinunter, »es tut mir leid, aber Sie müssen wirklich angeschnallt...«

»Keine Aufregung, Junge. Ich muß nur...«

Eine weitere schwere Turbulenz traf die Flügel und ließ die Maschine schwindelerregend nach links durchsacken.

Jetzt.

Er warf sich nach rückwärts in die Luft, packte die Lederhandtasche und schleuderte sie auf den Boden. Klappernd verstreute sich der Inhalt auf dem Mittelgang. Die Genossin Karanowa schoß hoch, griff aber zu spät nach der Tasche.

»Oh, tut mir leid. Das verdammte Ding ist einfach... Warten Sie, ich werde...« Er bückte sich, blockierte dabei ihr Sichtfeld und fing an, die Gegenstände vom Teppich des Gangs aufzuklauben – Kosmetikartikel, Schlüssel und Papiere. Im Paß stand der Name Helena Alsace. Im Inneren des Tickethefts befand sich eine Hotelreservierung, ausgestellt von einem Reisebüro in Athen. Das Savoy.

Es sah fast so aus, als würde die Hauptabteilung T heutzutage nur noch erster Klasse reisen. Man gewöhnte sich an die Gepflogenheiten des kapitalistischen Westens.

»Hier haben Sie alles. Werde nie verstehen, warum Frauen soviel Krimskrams in ihren Taschen haben.« Er stellte die Handtasche wieder auf den Sitz. »Tut mir wirklich leid. Vielleicht kann ich Sie zum Abendessen einladen, um das wiedergutzumachen. Oder wie wäre es, wenn wir den Zimmerservice ausprobierten, von dem ich Ihnen erzählt habe?«

»Das wird nicht nötig sein, Mr. Warner.« Sie griff nach der Handtasche.

»Nun, nur für den Fall, daß ich in der Nähe zu tun habe – in welchem Hotel steigen Sie ab?«

»Im Connaught«, erwiderte sie ohne Zögern.

»Großartig. Ich werde mir eine Entschuldigung einfallen lassen, um Sie dort zu treffen.«

»Bitte, lassen Sie mich doch einfach...« Sie lehnte sich wieder zurück, die Arme fest um die Tasche geschlungen, und schloß die Augen.

Das Savoy, dachte Vance. Das ist Glück. Da steige *ich* nämlich immer ab.

Montag, 9.43 Uhr

»Michael, ich kann dir gar nicht sagen, wie froh ich bin, von dir zu hören, alter Junge. Wir müssen heute zusammen zu Mittag essen.« Die Stimme aus dem Telefonhörer hatte den präzisen Tonfall des Finanzdistrikts der City, obwohl der Sprecher auf der entgegengesetzten Seite des Globus geboren worden war. Vance bemerkte, daß eine Spur von Unbehagen mitschwang. »Bist du vielleicht um die Mittagszeit herum frei? Wir könnten ein bißchen plaudern.«

»Ich denke, ich kann es einrichten.« Er trank einen Schluck Kaffee aus der billigen Porzellantasse des Frühstückswagens im

Strand Palace und lehnte sich zurück. Er kannte die Londoner Finanzszene lange genug, um zu verstehen, was die Einladung bedeutete. Lunch in den privaten Speiseräumen der führenden Handelsbanken in der City war der eindrucksvollste persönliche Vertrauensbeweis. Es handelte sich um ein Ritual, von dem man glaubte, daß es die magische Kraft besaß, Treue und Kooperation heraufzubeschwören – beim Zementieren eines Geschäfts, beim Beruhigen eines übertrieben neugierigen Journalisten, beim Besänftigen eines widerspenstigen Labour-Politikers. »Er war bei uns zum Lunch« ersetzte in der City oft eine Charakterbeschreibung, war eine Bestätigung dafür, daß die betreffende Person die Prüfung bestanden hatte.

»Hervorragend.« Kenji Nogami gab sich alle Mühe, britisch zu klingen. »Was hältst du davon, wenn du gegen eins auf der Matte stehst? Ich werde dafür sorgen, daß mein Tisch reserviert ist.«

»Ken, können wir uns heute irgendwo anders treffen? Überall, nur nicht in der Bank.«

»Zum Vergnügen, nicht aus geschäftlichen Gründen, Michael? Aber so laufen die Geschäfte in dieser Stadt, erinnere dich. Sie maskieren sich als Vergnügen. Wir ›neuen Jungs‹ müssen heutzutage alles mitnehmen, genau wie die ›alten Knaben‹.« Er lachte. »Also dann, wie wäre es mit diesem garstigen Pub mit all den Billigspekulanten unten am neuen Leadenhall Market? Du kennst es? Wir könnten auf ein Bier reinschauen. Niemand, der dich oder mich kennt, würde dort auch nur einen Schluck trinken.«

»Gegenüber diesem Brokerclub, richtig?«

»Genau. Es ist mittags höllisch laut da, aber wir können uns trotzdem unterhalten.« Wieder ein Lachen. »Um die Wahrheit zu sagen, ich könnte dich sogar um einen kleinen Gefallen bitten, alter Junge. Sei also gewarnt.«

»Ich werde pünktlich sein.«

Während Vance den Hörer auflegte und die letzten Tropfen

Kaffee in seine Tasse goß, lauschte er dem grellen Hupenlärm auf der Straße und fragte sich, was an der gerade zu Ende gegangenen Unterhaltung merkwürdig gewesen war. Ganz einfach: Kenji Nogami war zu heiter und zu munter gewesen. Was bedeutete, daß er Sorgen hatte. Warum? In diesen Tagen sollte er sich fühlen wie der Herr der Welt. Er hatte gerade mit einem beispiellosen Übernahmemanöver die kontrollierende Mehrheit an der Westminster Union Bank erworben, einer der zehn führenden Handelsbanken in der City. War das neue Unternehmen plötzlich in Schwierigkeiten geraten?

Unwahrscheinlich. Nogami hatte ein japanisches Wunderknabenteam mitgebracht und mit Heulen und Zähneknirschen in das lukrative Eurobond-Geschäft gedrängt, wo Schuldverschreibungen von Firmen in Währungen ausgegeben wurden, die nicht die des Heimatlands dieser Gesellschaften waren. Eurodevisen und Eurobonds gingen jetzt in gewaltigen Summen zwischen Regierungen, Zentralbanken und großen multinationalen Firmen hin und her. Zentrum des Eurobond-Handels war London, führend im weltweiten Devisenhandel. Eurobonds verkörperten den größten Schuldenmarkt der Welt. Zusätzlich hatte Nogami auf aggressive Art und Weise das traditionelle Handelsbankgeschäft der Westminster Union ausgeweitet – Außenhandelsfinanzierungen, Bildung von Finanzkonsortien und Verkauf von neu ausgegebenen Aktien und Obligationen. Er tat sich außerdem im neuen Spiel der Firmenübernahmen hervor. Keiner der großen Londoner Handelsbankiers – die Rothschilds, Schroders, Hambros, Barings – war ursprünglich Engländer gewesen, so daß Kenji vielleicht nur in die Fußstapfen der Großen trat. Vance wußte, daß er ein erstklassiger Geschäftsmann war, ein Muster an japanischer Tüchtigkeit in der neuen boomenden und risikofreudigen Londoner Finanzszene.

London hatte immer zu den Lieblingsstädten von Vance gezählt, ein lebendes Monument britischer Würde, Zurückhaltung und Anständigkeit. Aber heute veränderte sich die Stadt schnell.

Nach dem großen Knall war London ein Gefangener des Papierreichtums seiner Geldwechsler geworden, die man im Tempel losgelassen hatte. Dank ihnen würde die City, jene Quadratmeile, die Londons altes Finanzzentrum umfaßte, nie wieder so sein wie früher. Nach dem großen Knall war die City ein geschäftiger Bienenstock voller draufgängerischer, ehrgeiziger junger Männer und Frauen geworden, deren Emblem passenderweise das abscheuliche neue Hauptquartier zu sein schien, das sich Lloyd's erbaut hatte, ein monströses Raumschiff, rücksichtslos niedergegangen inmitten altertümlicher Fassaden und viktorianischer Respektabilität. In seinen Augen sah es so aus, als würde das neue Geld dem alten die Zunge herausstrecken. Das ehrwürdige Hauptgebäude der Bank of England weiter oben, die große alte Lady der Threadneedle Street, wirkte jetzt wie eine zittrige Matrone bei einem Rockkonzert.

Dennoch blieb er gerne in der Nähe der City, in der Nähe all der Geschäftigkeit. Das Savoy, einen flotten zehnminütigen Fußmarsch vom Finanzdistrikt entfernt, war normalerweise sein Domizil, aber da das diesmal nicht in Frage kam, war er im frisch renovierten Strand Palace abgestiegen, gleich gegenüber auf der anderen Straßenseite.

Und heute hatte er etwas Wichtiges zu erledigen. Er mußte den Mino-gumi zu verstehen geben, daß sie sich zurückziehen sollten. Er war es müde, sich mit Leutnants und Soldaten, mit *Kobuns*, abzugeben. Die Zeit war gekommen, um sich an die Spitze zu wenden, an den *Oyabun* in Tokio. Das Katz-und-Maus-Spiel mußte aufhören. Tokio wußte, wie man Geschäfte machte.

Kenji Nogami, rechnete er sich aus, war der richtige Mann. Nogami, ein drahtiger Manager mit angemessen grau werdendem Haar und einem Lächeln wie aus Granit, war ein vollendeter Taktiker, der den weltweiten Finanzdschungel fast drei Jahrzehnte lang überlebt hatte. Als die Japaner schließlich genug hatten von dem britischen Finanzklub, dessen Mitglieder sich ihnen gegenüber mit ihren Universitätskrawatten, Melonen und Altherrenmanieren aufspielten und sie ausschlossen, hatten sie Nogami ausgewählt, um die Eroberung einer der Säulen der Londoner Handelsbankgemeinschaft zu handhaben. Japan mochte noch davor zurückschrecken, diesen Weg bei den Amerikanern einzuschlagen, die so gerne mit protektionistischen Säbeln rasselten, aber England jagte ihnen keinen Deut Angst ein.

In den vergangenen Jahren waren derartige Versuche, britische Klassenprivilegien zu verletzen, von einigen wenigen Eton-Absolventen in der City vereitelt worden, die sich einschalteten, um das gegnerische Übernahmeangebot zu unterminieren. Heutzutage hatte jedoch niemand das Geld, um Japan zurückzuschlagen. Das Spiel war in vollem Gange. Und nach der Deregulation im Anschluß an den großen Knall war Profitmachen auf der ganzen Linie zum Leitprinzip der City geworden. Unglücklicherweise stellte sich das als ein Spiel heraus, das Kenji Nogami und seine Shokin Gaigoku Bank besser beherrschten als jeder andere auf der Welt. Nogami sah sich selbst als einen Vorkämpfer für die letztendliche japanische Beherrschung der globalen Finanzlandschaft. Vielleicht war er das auch.

Michael Vance hatte ihn unter völlig anderen Umständen kennengelernt, die jetzt fast Teil eines anderen Lebens waren. Vor Jahren hatte sich Nogami mit derselben Leichtigkeit in zwei Welten bewegt – in der des normalen und in der des »heißen« Geldes. Er hatte immer die Fassade eines Bankiers aufrechterhalten, aber Insider wußten, daß er sein wahres Vermögen machte, indem er Amphetamingewinne der Yakuza wusch und Kleinkaliberwaffen importierte. Es war diese zweite Karriere, die ihn jetzt zum idealen Boten einer Nachricht machte, die schnell übermittelt werden mußte.

Vance trank den letzten Schluck Kaffee, erhob sich dann und schlenderte zum Fenster hinüber, um auf die geschäftige Straße hinunterzublicken. Das Wetter sah trübe aus, typisch für London.

Wo war Eva jetzt? fragte er sich. Was tat sie? Vielleicht hatte sie es geschafft, Nowosty abzuschütteln, so daß sie sich wieder mit dem Protokoll auseinandersetzen konnte.

Nun, er hatte zwar selbst dringende Geschäfte, aber zuerst galt es, sie zu finden.

Vielleicht stellte sie sich gerade in diesem Augenblick die Frage, wie sie mit *ihm* in Kontakt treten konnte. An welchen Orten waren sie zusammen gewesen, damals in den alten Zeiten? V&A? St. Pauls? Oder irgendein Restaurant? Welches war das noch gewesen, das sie so geliebt hatte? Das Lokal, das die IRA vor ein paar Jahren ausgebombt hatte?

In diesem Moment unterbrach das weiße Telefon neben dem Bett seine Gedankengänge mit beharrlichem britischem Doppelzirpen. Überrascht fuhr er herum.

Wer wußte, daß er hier war? Der KGB oder die japanische Mafia würden sich nicht die Mühe machen, sich telefonisch anzumelden.

Nach dem fünften Klingeln entschloß er sich endlich, nach dem Hörer zu greifen. Vermutlich war es nur die Rezeption, die nach dem Frühstücksgeschirr fragen wollte.

Die Stimme hätte er als letzte erwartet.

»Hallo, Darling.«

»Eva.« Er brüllte beinahe. »Wo, zum Teufel, bist du?«

»Du mußt wirklich aufhören, Leute zu erschießen, weißt du?« belehrte sie ihn. »Du wirst zu einer furchtbaren Bedrohung der Gesellschaft.«

»Was...?«

»Michael.« Die Stimme wurde härter. »Himmel, was für ein Schlamassel!«

»Geht es dir gut?«

»Ja, ich glaube schon.« Sie hielt inne, um Luft zu holen. »Aber ich habe im wahrsten Sinne des Wortes Angst, mich zu bewegen. Ich glaube, der KGB hat Alex erwischt, in Terminal 4 in Heathrow. Er hat versucht, sie zu bluffen, und vielleicht ist es ihm sogar gelungen zu entwischen. In jedem Fall waren sie so beschäftigt, daß ich vorbeischlüpfen konnte.«

»Zum Teufel mit ihm. Wo bist...«

»Ich wage es momentan nicht, einen Schritt aus diesem Zimmer zu tun. Treffen wir uns heute nacht. Außerdem möchte ich noch an der Übersetzung arbeiten, du weißt schon. Ich habe eine Fachbuchhandlung angerufen, und sie schicken mir eins von Ventris' Büchern. Vielleicht komme ich etwas weiter.«

»Ich habe schon einen Anfang gemacht.«

»Ich habe es in der Datei gesehen. Eine ganze Seite.« Sie lachte. »Meinen Glückwunsch.«

»Gib mir eine Chance. Es ist zehn Jahre her.«

»Nun, es sieht ganz danach aus, als seist du noch immer in der Lage, den Wissenschaftler zu spielen. Aber nur so gerade.«

»Danke. Was hältst du bisher davon?«

»Es klingt beängstigend. Sehr beängstigend. Aber wir müssen noch mehr herausbekommen. Genug, um damit an die Öffentlichkeit gehen zu können.«

»Genau. Hör mal, ich habe heute einige Dinge zu erledigen. Kannst du...«

»Das ist mir nur recht, weil ich an dieser Sache arbeiten will.« Sie klang geschäftlich, war wieder die alte Eva. »Ideal, um die Zeit herumzubringen. Die Saga in meinem Zenith 486 muß die Fahrkarte werden, um aus diesem Irrsinn herauszukommen.«

»Vielleicht müssen wir dem Ganzen noch eins draufsetzen. Um sicher zu sein.«

»Was meinst du damit?«

»Nicht am Telefon. Warte es einfach ab. Spiel du dein Spiel, und laß mich einen Versuch bei meinem machen.«

»Ich hoffe, es kommt etwas dabei heraus.«

»Das wird sich noch herausstellen.« Wer wußte schon, wie es ausgehen würde? Aber wenn alles so ablief wie geplant, konnte die ganze Sache vielleicht abgewendet werden. »Nun aber, wo, zum Teufel, bist du?«

»Wo wir immer abgestiegen sind, natürlich. In der Annahme, daß du hierherkommen würdest. Aber du hast mich versetzt, ganz klar. Derselbe alte Michael. Und so habe ich heute morgen angefangen, ein bißchen herumzutelefonieren.«

»Willst du sagen, daß du...«

»Im Savoy, Süßer, in unserem Liebesnest aus vergangenen glücklichen Zeiten. Gleich auf der anderen Straßenseite.«

10.

Montag, 18.32 Uhr

Tanzan Mino war mit einem schwarzen Kimono mit dreiviertellangen Ärmeln bekleidet und blickte starr geradeaus, während er vor dem Schwert auf dem Boden kniete. Seine Hände lagen leicht auf den Oberschenkeln, sein Gesicht war ausdruckslos. Dann streckte er die Hand aus, berührte die Scheide und verbeugte sich tief vor ihr. Darin befand sich ein *Katana* aus dem zwölften Jahrhundert, eine anderthalb Meter lange rasiermesserscharfe Klinge, geschaffen von den Waffenschmieden der Mino-Schule aus der Stadt Seki, in der Nähe von Gifu im Herzen des alten Honschu. Es war, so glaubte er, eine perfekte Metapher für japanische Leistungsfähigkeit und Disziplin.

Dem Schwert war jetzt die gebührende Ehre erwiesen worden. Als nächstes würde er es benutzen, um seine eigene Konzentrationsfähigkeit zu prüfen. Gegenwärtig war sein Geist leer, wußte nichts, fühlte nichts.

Während er den Oberkörper straffte, griff er den oberen Teil der Scheide mit der rechten Hand und die Spitze mit der linken und zog sie herum, um sie in seinen schwarzen Hüftgürtel zu stecken. Einen Augenblick lang saß er starr und in perfektem Gleichgewicht da, stieß dann seinen rechten Fuß nach vorne und packte gleichzeitig das Heft des Schwertes mit der rechten sowie den oberen Teil der Scheide mit der linken Hand. Mit einer blitzschnellen Bewegung brachte er das Heft in eine Halbdrehung und zog die Klinge heraus und nach vorne, wobei sein rechter Fuß in Angriffsposition ging. Während sich das Schwert und sein Körper als Einheit bewegten, zischte der Stahl leise singend durch die Luft. Dies war der *Chu-dan-no-kamae*-Stoß, bei dem die Spitze der Klinge direkt auf das Gesicht eines Widersachers zielte, eine Übung der Präzision und Balance.

Die Knie halb durchdrückend, hob er als nächstes das Schwert über den Kopf, wobei sich auch seine linke Hand nach oben bewegte, um es mit einem starken Doppelhandgriff zu umfassen. Einen Augenblick später ließ er die Klinge mit wilder und doch kontrollierter Intensität nach unten sausen und hielt das Heft dabei weiterhin auf Armlänge. Dies war der machtvolle *Jodan-no-kamae*-Hieb, bekannt dafür, daß er auch Eisen durchtrennen konnte.

Schließlich, das Heft gerade vor sich haltend, drehte er die Klinge um neunzig Grad, nahm dann die linke Hand zurück und ergriff die Mündung der Scheide. Während er sich auf die Füße stellte, hob er das Schwert mit der Rechten in die Höhe und führte sein *Tsuba*-Stichblatt in schweigender Ehrerbietung an die Stirn. Dabei schob er gleichzeitig die Scheide nach vorne. Dann schwang er mit einer fließenden Bewegung die Klinge herum und ergriff sie, noch immer die Scheide festhaltend, mit der linken Hand unmittelbar vor dem Stichblatt. Mit ritueller Präzision fuhr seine Hand an der gesamten Länge der Klinge entlang, bis die Spitze die Öffnung der Scheide traf, dann ließ er sie langsam hineingleiten.

Diese Waffe, dachte er stolz, war aus dem besten Stahl gemacht, den die Welt je gesehen hatte. Immer wieder waren gestanzte Schichten übereinandergelegt und gehämmert worden, bis hunderttausend papierdünne Lagen eine Einheit bildeten. Die Metallurgie Japans war seit achthundert Jahren unübertroffen, und jetzt hatte das Raumflugzeug Daedalus diese Überlegenheit wieder einmal bestätigt. Aufbauend auf der Erfahrung von Jahrhunderten, hatte er Erfolg gehabt bei der Herstellung der bis dahin unbekannten Materialien, die erforderlich waren, um der gewaltigen Hitze der aktivierten Scramjets zu widerstehen.

Die noch verbliebenen Probleme lagen auf einem ganz anderen Gebiet. Die Schwierigkeiten ergaben sich nicht aus der Technologie, sondern aus menschlichen Fehlleistungen. Mangel an Disziplin.

Als er sich umdrehte und das Schwert quer über seinen Schreibtisch legte, überblickte er seine Penthouse-Domäne und verstand, warum Staatsoberhäupter eine solche Isolation verspüren mußten, eine solche Ohnmacht. Man konnte die beste Planung haben, die beste Organisation, die straffste Koordination, dennoch mußte man sein Schicksal Glück und Zufall überlassen. Und anderen Menschen.

Insgesamt jedoch war dem Plan eine unausweichliche Zwangsläufigkeit zu eigen. Die Erfahrung eines Menschenlebens sagte ihm, daß er das Richtige tat. Er warf einen letzten Blick auf das Schwert und nahm dann an seinem Schreibtisch Platz.

Tanzan Mino war in ganz Japan als ein *Kuromaku* bekannt, als ein Mann, der hinter den Dingen stand. Benannt nach dem unsichtbaren Bühnenarbeiter, der im japanischen Puppentheater die Fäden zog und die Bühne sowie diejenigen, die auf ihr standen, hinter einem schwarzen Vorhang beherrschte, war der *Kuromaku* seit dem späten neunzehnten Jahrhundert Drahtzieher in der japanischen Politik. Tanzan Mino entsprach dem klassischen Profil geradezu perfekt: Er war ein Ultranationalist, der die Interessen der rechtsgerichteten Unterwelt und den auf der Bühne stehenden Akteuren in Politik und Wirtschaft koordinierte. In dieser Rolle war er aus den Trümmern des Zweiten Weltkriegs zum mächtigsten Mann Asiens aufgestiegen.

Es war ein langer und beschwerlicher Weg gewesen. Er hatte

in den späten Dreißigern als Straßenkämpfer in Osaka angefangen, als glühender Nationalist und offener Bewunderer Mussolinis, der seine Gefolgsleute nach dem Vorbild der italienischen Faschisten schwarze Hemden tragen ließ. Als der Pazifikkrieg begann, folgte er der japanischen Armee nach Schanghai, wo er unter dem Vorwand, »strategisch wichtige Materialien« für die kaiserliche Marine beschaffen zu müssen, Diebesgut aus chinesischen Lagerhäusern verschob und ein Nachrichtennetz für die japanische Geheimpolizei Kempei Tai betrieb. Als Japan China und den Krieg verlor, stufte ihn der Oberkommandierende der alliierten Streitkräfte (SCAP) als Kriegsverbrecher der Klasse A ein und verurteilte ihn zu dreijähriger Haft im Sugamo-Gefängnis.

Die Steinfußböden, der Hunger und die Ratten gaben ihm den Ansporn, Pläne für bessere Zeiten zu schmieden. Die Trümmer Japans, überlegte er sich, boten entschlossenen Menschen enorme Möglichkeiten. Das Land würde wiederaufgebaut werden, und seine Erbauer würden herrschen.

Während er noch im Sugamo-Gefängnis einsaß, machte er sich daran, seinen größten Ehrgeiz zu realisieren: Er wollte *Oyabun* der Yakuza von Tokio werden. Sein erster Schritt, entschied er, würde es sein, sich zum Glücksspielzar Japans zu machen, und nach seiner Entlassung – zu dieser Zeit war er dreißig Jahre alt – schloß er mit verschiedenen Lokalregierungen einen Handel ab, der besagte, daß er Schnellbootrennen organisieren und den bei den damit verbundenen Wetten anfallenden Gewinn mit ihnen teilen wollte. Dies war ein Angebot, das niemand ablehnte, und so machten er und seine Mino-gumi-Yakuzi im Verlaufe der nächsten vierzig Jahre aus den Profiten ein riesiges Vermögen.

Noch im Sugamo-Gefängnis kam ihm eine weitere Erkenntnis: Um im neuen Japan Erfolg zu haben, würde es notwendig sein, sich vorübergehend mit Amerika, dem mächtigen neuen Spieler auf der Weltbühne, zu verbünden. Folgerichtig begann er, Kontakte zu amerikanischen Geheimdienstleuten zu kultivieren, und nach seiner Entlassung bekam er einen Job als Undercover-Agent im Dienst der G-2-Abteilung, die zum Geheimdienst der Besatzungsmacht gehörte. Aufgrund seiner Kriegstätigkeit für die Kempei Tai in Schanghai verfügte er über die erforderlichen Fähigkeiten.

Als die SCAP-Ära des Wiederaufbaus zu Ende ging, bot er umsichtig dem CIA seine Dienste an und erklärte sich bereit, ihnen behilflich zu sein, jedwede neue japanische politische Bewegung, die nach Linksabweichung roch, zu zerschlagen. Es war Liebe auf den ersten Blick, und bald arbeitete er für die *Firma*, wobei er auch guten Nutzen aus seinen Mino-gumi-Yakuzi zog, die er als Streikbrecher einsetzte. Mit Tanzan Mino als *Kuromaku* kontrollierten der Yakuza und der amerikanische CIA das Nachkriegs-Japan in seinen frühen Jahren und sicherten es dem Kapitalismus.

Als dann die Prosperität zurückkehrte, lockten neue Expansionsgebiete. Da Waren wieder normal gekauft werden konnten, begann der schwarze Markt, lange Zeit eine Haupteinnahmequelle der Yakuza, dahinzuschwinden. Aber Tanzan Mino sah darin eine günstige Gelegenheit, den Bedarf des neuen japanischen Konsumenten an Bargeld zu befriedigen, indem er Ladenlokale eröffnete, die Darlehen anboten und *Sarakin* genannt wurden. Obwohl sein Yakuza bis zu siebzig Prozent Zinsen berechnete, konnte der Durchschnittsjapaner in ein Seitenstraßenbüro gehen und Minuten später mit mehreren tausend Dollar in der Tasche wieder herauskommen. Fragen wurden keine gestellt.

Im Gegensatz zu den Banken gab er sich nicht mit Prüfungen der Kreditwürdigkeit ab – er verfügte über wohlerprobte Kassiertechniken –, und es dauerte nicht lange, bis seine *Sarakin* mehr Verbraucherkredite vergaben als sämtliche Banken Japans zusammen. Sein Erfolg war so groß, daß ausländische Banken, die in Japan Fuß fassen wollten, bald zu ihm kamen. Bank of

America, Bankers Trust, Chase Manhattan, American Express Bank – sie alle brachten durch die *Sarakin* des Yakuza große Kapitalmengen unter die Leute.

Als der CIA in den Fünfzigern die korsische Mafia als Streikbrecher in Marseille engagierte, finanzierte sie lediglich Heroinlabors für die French Connection, aber als sich die CIA-Leute und Amerikas führende Banken mit Tanzan Minos Yakuza einließen, förderten sie die Karriere des Mannes, der dazu bestimmt war, der reichste Rechtsaußen der Welt zu werden. Das Arrangement mit dem CIA dauerte an, bis es von einem Agenten der mittleren Ebene an die große Glocke gehängt wurde.

Die Rechnung *dafür* mußte noch beglichen werden.

Mit einem leichten Aufflackern von Ärger verdrängte Tanzan Mino diesen Gedanken und wandte sich der grünen Zahlenkolonne des Computerbildschirms auf seinem Schreibtisch zu, wobei er im Geiste die Gesamtsumme überschlug. Die Zahlen zumindest gefielen ihm. Die Kapitalausstattung für das erste Jahr konnte auf den Markt gebracht werden. Die Tarnfirmen standen bereit, ihre Prospekte waren makellos. Keines der Finanzpakete würde hochgezogene Augenbrauen verursachen. Der Plan war so fehlerlos, wie ihn menschliches Vermögen nur ersinnen konnte.

Als das blasse Licht der Dämmerung durch die Jalousien kroch und feine Schatten auf seine silbernen Haare legte, streckte Tanzan Mino versunken lächelnd die Hand aus und berührte die weiße Rochenhauteinfassung des Schwertgriffs. Ja, der Plan war brillant. Ein dritter Weltkrieg, auf dem Gebiet der Ökonomie, hatte begonnen, aber keinem der anderen Kriegsteilnehmer war das bisher richtig bewußt geworden.

Die europäischen Handelsnationen schlossen sich 1992 zusammen und nahmen auch die neuen Kapitalisten Osteuropas auf, um einen Handelsmonolithen zu bilden. Gleichzeitig hatte Japan durch strategische Planungen seinen eigenen pazifischen Handelsblock begründet, nachdem endlich sein Ziel während des Kriegs erkannt worden war – eine große ostasiatische Gemeinschaft der Prosperität. Jetzt gab es nur noch ein letztes Ziel: die neuen Verbraucher der Sowjetunion, die der Welt größten unberührten Markt für Waren, Technologie und Investitionen verkörperten. Die Europäer, die Amerikaner, alle Kapitalisten kämpften um diesen Preis, aber Tanzan Mino war nur noch um Haaresbreite davon entfernt, ihn für Japan und Mino Industries zu erringen. Die Sowjets würden keine andere Wahl haben.

Er beugte sich vor, um Neko zu streicheln, die Schneeleopardin, die neben seinem Schreibtisch schlief, und dachte über das Szenario nach.

Im Augenblick brauchte er lediglich die sauber gewaschenen Schmiergelder. Die politischen Risiken, die finanziellen Risiken, alles mußte abgedeckt werden. Die Mächtigen der Liberaldemokratischen Partei scheuten sich, für eine derartig riskante strategische Zielsetzung ein Wagnis einzugehen. Sie mußten ermutigt werden. Und gewisse prominente japanische Bankiers, die bei dem Szenario behilflich sein mußten, brauchten ebenfalls einen Anreiz. Aber die Gelder mußten in bar gezahlt werden und durften nicht rückverfolgbar sein. Keine weiteren Fiaskos im Recruit-Stil.

Aber wo war das Geld?

Tanzan Mino schob diese Sorge vorübergehend beiseite und betrachtete das glänzende Modell der *Daedalus*, das sich wie eine griechische Statue in der Mitte seines Büros erhob. Wenn man sich vorstellte, daß die Sowjets nicht nur den harschen finanziellen und territorialen Bedingungen zustimmten, die er gestellt hatte, sondern tatsächlich auch noch gewillt waren, Mino Industries bei der Entwicklung des fortgeschrittensten Flugzeugs, das die Welt je gesehen hatte, Hilfestellung zu leisten! Ihre Lage war genauso verzweifelt, wie er angenommen hatte. Es war ein Spiel, bei dem er nur gewinnen konnte.

Ja, die *Daedalus* war so bedeutsam wie der ganze Rest zusammen. Sie würde Japan den großen Sprung in die Reihe der unbestrittenen Großmächte ermöglichen und den Unterschied zwischen ziviler und militärischer Technologie für alle Zeiten beseitigen. Trotzdem tauchten ständig Probleme auf. Da war zunächst die Nachricht, die er gerade erhalten hatte: Die gewaschenen Gelder waren noch immer nicht überwiesen worden. Dann war da die Sache mit der NSA-Dechiffrierexpertin, der man eine abgefangene Kopie des Protokolls zugespielt hatte. Drei Männer waren bei dem Versuch, sie zurückzuholen, umgekommen, und die Frau war weiterhin auf freiem Fuß. Dies war inakzeptabel. Die Kopie mußte sichergestellt werden, um jeden Preis, damit der Plan nicht vorzeitig bekannt wurde. Vom richtigen Zeitpunkt hing alles ab.

Dazu kam noch die rätselhafte Geschichte mit dem sowjetischen Testpiloten, an dem das Schicksal des gesamten Projekts hing. Er hatte angefangen, unverschämte Forderungen zu stellen, und darauf bestanden, den ersten Hyperschallflug auf Freitag vorzuverlegen. Warum? Er war früher einmal einige Zeit als Austauschpilot in den Vereinigten Staaten gewesen. Konnte man ihm voll vertrauen?

Tanzan Mino war schließlich widerstrebend mit der Zeitplanänderung einverstanden gewesen, obwohl ihm seine Instinkte rieten, vorsichtig zu sein. Seine Instinkte täuschten ihn selten, aber es war besser, nicht zu früh zu unbeweglich zu erscheinen. In diesem Stadium war der Pilot zur entscheidenden Komponente des Projekts geworden. Manchmal mußte man sich beugen, um zu bekommen, was man wollte, und die Instinkte sollte der Teufel holen.

Als ob all dies noch nicht genug wäre, hatte er gerade aus London ein beunruhigendes Gerücht gehört, das Kenji Nogami betraf, einen *Kobun* der Mino-gumi seit dreißig Jahren, einen Mann, den er reich gemacht hatte.

Tanzan Mino wandte seine Aufmerksamkeit wieder dem Computerschirm zu und studierte erneut die Zahlen. Er konnte sich jedoch nicht konzentrieren.

Die Probleme. Er spürte, wie sein Ärger wuchs, ohne daß er etwas dagegen tun konnte. Er war zu alt für Probleme. Menschliche Inkompetenz zu überwinden war etwas für junge Männer. Er hatte, sagte er sich im stillen, genug für ein Dutzend Männer gekämpft. Und jetzt, da er sich dem Aufstieg Japans ins einundzwanzigste Jahrhundert gewidmet hatte, kümmerte er sich nicht mehr wirklich um Geld. Nein, was jetzt zählte, war der Triumph des japanischen Volkes, des Kaisers, des Yamato-Geistes.

Seine Landsleute, das hatte er immer geglaubt, teilten ein nobles Erbe mit einer anderen Rasse, die zeitlich und räumlich weit entfernt, aber doch in Bruderschaft verbunden war. Sowohl die modernen Japaner als auch die alten Griechen hatten die Mission verfolgt, die sie umgebende Zivilisation zu vervollkommnen und die machtvolle Vision menschlicher Möglichkeiten aufzuzeigen. Sie waren beide einzigartige Völker, auserwählt von den Göttern. Mehr als alles andere wünschte er sich, daß die ganze Welt dies endlich begriff.

Mit einem Seufzer wandte er sich ab und gab Neko einen liebevollen Klaps auf die gefleckte Schnauze, betätigte dann den Rufapparat auf seinem Schreibtisch. Es wurde Zeit, mit dem Lösen der Probleme anzufangen.

Montag, 13.03 Uhr

»Michael, ich freue mich wirklich, daß du es einrichten konntest.« Kenji Nogami lächelte und griff nach seinem Glas mit bernsteinfarbenem Lagerbier. Seine Kleidung war Savile Row und Bond Street, sein Akzent Cambridge, seine Herkunft wohlverborgen. In einer Branche, in der das Äußere viel zählte, wies er all die sorgsam gepflegten Merkmale auf, die die wirklichen Akteure von den Möchtegernen trennte – straffe Wangen durch das tägliche Körpertraining in seinem Club, durchdringende und stets wachsame Augen, an den Schläfen grau werdendes Haar. Heute ragte er wie ein Leuchtturm aus der Reihe der schwatzenden Broker und Spekulanten in dem holzgetäfelten dunklen Interieur des Pubs hervor. Seine reservierte Haltung und der dunkle Nadelstreifenanzug signalisierten INSIDER so deutlich wie eine Neonreklame. Obwohl durch und durch Japaner, sah er doch so aus, als würde er schon seit hundert Jahren hierher gehören.

»Bei dieser Gelegenheit, Glückwunsch zu der Übernahme.« Vance griff nach dem Glas Ale, das über die biergetränkte Mahagonitheke rutschte. »Ich habe gehört, daß du die großen Akteure hier in der City zu Tode erschreckt hast. Trinken wir darauf, daß es keine krummen Sachen mehr gibt. Ich hoffe, es nimmt dem Leben nicht den ganzen Spaß.«

»Es mußte letzten Endes passieren, Michael.« Kenji Nogami nickte mit unschuldig wirkender Arglist und hob ebenfalls sein Glas. »Prost.«

»Auf deine Gesundheit und deinen Reichtum.« Vance trank einen Schluck Bier. Es war warm und bitter, so wie er es mochte. »Keine Machenschaften mehr.«

»Nun...« Nogami blinzelte und trank erneut, wobei er den Schaum nach hinten blies. »Wir Banker leben noch immer von Machenschaften. Und von der Geheimhaltung. Sonst würden andere anfangen, Geld zu machen.«

Die jungen Broker, die im Pub lachten, rauchten und tranken, erweckten alle den Eindruck, als würden sie sackweise Geld verdienen. Draußen blickten die ockerfarbenen dorischen Säulen des renovierten Leadenhall Market auf die Menschen des Finanzdistrikts hinab, die zum Lunch gingen – fast ausnahmslos Männer mit weißen Hemden und dunklen Anzügen, der modernen Uniform der Geldwechsler.

»Das Problem bei den Geheimnissen ist allerdings...«, Vance stellte sein Glas auf die nasse Bar und blickte hoch, »...daß sie letztes Endes doch bekannt werden.«

Nogami musterte ihn. »Willst du irgend etwas andeuten? Etwas, das ich wissen sollte?«

»Vielleicht denke ich nur laut. Aber was wäre, wenn ein Knabe wie ich, mehr durch Zufall, an eine streng vertrauliche Information käme und ein alter Freund von uns drüben in Tokio deshalb sehr unglücklich wäre?«

»Wenn dieser ›Freund‹ derjenige ist, den du meiner Meinung nach meinst, dann ist das jemand, den keiner von uns beiden unglücklich sehen möchte, oder?« Nogami trank würdevoll von seinem Bier.

»Du sprichst für dich«, erwiderte Vance und trank abermals. »Aber um fortzufahren – was wäre, wenn dieser hypothetische Knabe beschlossen hätte, die Situation zu vereinfachen, und eine Nachricht nach Tokio geben möchte, damit ein Weg gefunden wird, um die Probleme aller zu lösen? Dann würde er einen Nachrichtenübermittler brauchen. Einen, der erprobt und zuverlässig ist.«

Nogami griff nach einer Schale mit Erdnüssen, nahm eine Handvoll und schüttelte sie in der Faust, bevor er eine in den Mund steckte. Er kaute einen Augenblick lang, lächelte dann. »Ein Weg könnte sein, daß er einen Drink mit einem ... alten Bekannten nimmt in der Hoffnung, daß dieser bei der Kommunikation behilflich ist.«

»Klingt, als ob wir Fortschritte machen.« Vance machte eine Pause. »Sagen wir, dieser hypothetische Knabe will einen Handel abschließen.«

»Was für einen Handel?« Nogami kaute eine weitere Erdnuß. Seine Augen wirkten unbeteiligt.

»Wenn Tokio beispielsweise die Verfolgung einstellt, dann würde er sehen, was er bei gewissen gewaschenen Geldern machen kann, auf die unser Freund wartet. Er ist in einer Position, um das zu regeln. Aber wenn sie weiter mit den Muskeln spielen, gibt es keinen Handel. Mit anderen Worten: kein Frieden, kein Geld.«

»Angenommen, ich kenne die Person in Tokio, die du meinst – so wie die Dinge jetzt stehen, bist du möglicherweise zum falschen Mann gekommen.« Nogami seufzte. »Dies sind nicht mehr die alten Zeiten, mein Freund. Ich stecke nicht mehr so drin wie früher. Die Zeiten haben sich geändert, Gott sei Dank. Ich führe eine ehrliche Handelsbank, zumindest so ehrlich, wie das heutzutage möglich ist. Und es gefällt mir so.«

»Ken, komm mir nicht mit Ausflüchten.« Vance bemühte sich, seine Stimme ruhig klingen zu lassen. »Du sprichst jetzt nicht mit irgendeinem Bankrevisor. In Japan bleiben Verbindungen immer bestehen. Das wissen wir beide.«

»Du hattest nie mehr recht.« Nogami blickte in sein Bierglas. »Verpflichtungen bleiben bestehen, selbst wenn der Einfluß dahinschwindet. Was genau gesagt einer der Gründe ist, aus denen ich dich heute treffen wollte. Michael, wenn ich dir diesen Gefallen tue, würdest du mir als Gegenleistung auch einen tun?«

»Ist es legal?«

»Ich schätze, das kommt darauf an«, lachte Nogami. »Sieh mal, natürlich würde ich mit großer Freude ein abgesichertes Telex losschicken, wenn das alles ist, was du willst. Der Himmel weiß, daß ich dir das schuldig bin. Aber ich würde wie ein ziemlicher Trottel dastehen, wenn ich nicht das geringste über die Situation weiß. Kannst du mir nicht wenigstens eine gewisse Vorstellung geben?«

»Tokio wird verstehen. Und je weniger du weißt, desto besser ist es für alle.«

»In Ordnung. Aber meine Position ist gegenwärtig nicht so... Also, ich kann dir vielleicht nicht in dem Maße helfen, wie ich gerne möchte.«

»Das hört sich aber gar nicht gut an.«

»Es hängt mit dem Problem zusammen, von dem ich gesprochen habe. Diese ›Person‹ klagt jetzt Gefälligkeiten von *mir* ein, nicht umgekehrt. Dies könnte also ein bißchen mißlich sein, wenn du verstehst, was ich meine.«

»Ken, hast du vergessen, was ich einmal für dich getan habe? Erinnerst du dich an diesen Toshiba-Fräsmaschinenverkauf an die Sowjets? An all den Hickhack in den Staaten? Es hätte für deine Leute politisch viel schlimmer ausgehen können. Anschließend hast du mir gesagt, daß du mir was schuldig bist.«

»Ja, und ich weiß noch immer zu würdigen, daß du mir den Tip mit den Franzosen gegeben hast – daß sie schon vor Jahren solche Maschinen an die Sowjets verkauft hatten. Das hat uns geholfen, die Feuer der moralischen Entrüstung im Capitol zu dämpfen.« Nogami trank einen weiteren Schluck. »Und ich habe mir viele Pluspunkte bei den richtigen Leuten in der LDP verdient.«

»Ich hatte ganz einfach genug von diesem ganzen Scheiß. Es ist kein Schaden entstanden.« Vance lehnte sich zurück. »Aber jetzt bist du an der Reihe.«

»Das ist nur fair.« Nogami blickte sich in dem übervollen, rauchgeschwängerten Pub um. »Michael, ich weiß nicht, ob wir uns wirklich hier unterhalten sollten. Was hältst du von einem Spaziergang zur Themse hinunter? Ein bißchen frische Luft schnappen. Vielleicht besteht sogar Hoffnung auf etwas Sonnenschein.«

»In Ordnung.« Vance warf eine Fünf-Pfund-Note auf die Bar und griff nach seinem Mantel, der über dem nächsten Stuhl hing. »Das Wetter ist schön. Zumindest für Londoner Verhältnisse.«

Nogami nickte, als sie sich durch den verstopften Eingang auf die Straße drängten. »Sag nicht, was du denkst. Sag nicht, daß du dir nicht vorstellen kannst, warum ich hierhergezogen bin.«

»Ist mir nie in den Sinn gekommen.« Vance atmete tief die frische Luft ein und befreite seine Lungen vom noch verbliebenen Tabaksqualm. Die mittägliche Menschenmenge umbrandete sie von allen Seiten.

»Du kennst den Grund so gut wie ich. Es gehört alles zu unserer Gesamtstrategie. Japan spielt jetzt auf der Weltbühne eine große Rolle, Michael. Ich bin Teil der Vorhut, die mit dem weltweiten Finanzwesen dasselbe tun wird, was wir mit Halbleitern und der Elektronik getan haben. Warte nur ab.«

»Ich glaube es schon jetzt.« Das tat er. Japans Dominanz über die Geldmärkte der Welt war nur eine Frage der Zeit.

Sie bahnten sich einen Weg durch die Menschentrauben. Überall verzehrten mittägliche Kunden Sandwiches oder stellten sich an, um einen Imbiß zu holen, den sie mit ins Büro nehmen konnten. Sie schlenderten an der Rückseite des stahlverkleideten Lloyd's-Gebäudes vorbei und gingen dann durch eine Kopfsteinpflastergasse zur Themse hinunter.

»Aber wir mußten hierherkommen und unsere Basis kaufen, um beim Finanzspiel in Europa mitspielen zu können«, redete Nogami weiter. »Wir erwarten, binnen kurzer Zeit bedeutende Mitspieler zu sein.«

»Ich würde sagen, du bist schon einer. Als der Dollar halbiert wurde, hat sich der Wert der japanischen Banknoten verdoppelt. Jeder Yen, den ihr hattet, war auf einmal doppelt so viele Dollar wert, wie durch Zauberei.«

»Wir können uns nicht beschweren.« Nogami hielt inne, um die schwere graue Luft einzuatmen. »Natürlich kommen die Alteingesessenen hier in London ständig mit neuen Regeln, um uns zu behindern, aber dann hat sich Tokio diesen kleinen Kniff einfallen lassen. Dadurch fühle ich mich in dieser Stadt fast wie zu Hause.«

»Man sagt, daß du alle Spiele spielst. Ich habe gehört, Westminster Union wickelt mehr Eurodollargeschäfte ab als jeder andere.«

»Wir werfen unser Gewicht in die Waagschale.« Er lächelte und wich beim Überqueren der Lower Thames Street einem roten Doppeldeckerbus aus. »Nenn mir eine wichtige Währung, und wir geben eine Schuldverschreibung darin heraus.«

»Jede Menge Action.«

»In der Tat. Manchmal vielleicht zuviel. Deshalb wollte ich hier unten reden, am Fluß. Sollen wir zur London Bridge gehen?«

»Hört sich gut an.«

Vor ihnen breitete sich jetzt die trübe graue Fläche der Wasserstraße Londons aus. Shakespeare hatte auf den Fluß geblickt, Händel hatte Musik zur Begleitung von Feuerwerken über der Themse geschrieben. Heute bewegten sich ein paar Schlepper langsam durch den Mittelkanal, und ein Aussichtsdampfer fuhr nach Greenwich hinunter. Kräne des neuen Docklands-Projekts überragten den Horizont flußabwärts.

»Was also ist das Problem?« Vance blickte Nogami ins Gesicht, in dem sich Sorge abzeichnete – und Schmerz.

»Michael, diese ›Person‹, von der du gesprochen hast... Er hat mir, um die berühmte Redewendung zu benutzen, ›ein Angebot gemacht, das ich nicht ablehnen kann‹. Er will, daß ich eine Schuldverschreibung abwickle, Firmenobligationen, die alles übersteigen, was diese Stadt jemals gesehen hat. Was Europa jemals gesehen hat.«

»Du solltest Champagner bestellen.«

»Nicht diesmal.« Er wandte sich ab, um den Fluß zu betrachten. »Die ganze Sache stinkt.«

»Wer sind die Beteiligten?«

»Es geht angeblich darum, Kapital für die Mino Industries Group zu beschaffen. Ich bin ›gebeten‹ worden, die Anleihen zu zeichnen und sie dann ohne großes Tamtam zu veräußern, alles ganz zurückhaltend. Aber es ist beinahe Betrug, Michael. Ich glaube nicht, daß irgendwelche Werte dahinterstehen. Überhaupt keine. Die Kapitalempfänger sind alle Strohfirmen von Mino Industries. Nur wird das niemand erfahren. Weißt du, die Papiere sind Zero-Coupons, auf die es keine Zinsen gibt, bis sie in zehn Jahren reif werden. Es wird also ein ganzes Jahrzehnt dauern, bis die Käufer feststellen, daß sie Papiere ohne Deckung erworben haben.«

»Wäre nicht das erste Mal, daß Schafe von einem Schwindler geschoren werden.«

»Michael, ich bin kein Schwindler«, bellte Nogami. »Und es kommt noch dicker. Es handelt sich um sogenannte Inhaberpapiere. Was bedeutet, daß es kein Verzeichnis gibt, aus dem hervorgeht, wer sie hält. Nur ein weiterer Trick, um die Sache unter der Decke zu halten.«

»Typisch. Inhaberpapiere verkaufen sich in Hochsteuerländern wie den Benelux-Staaten wie warme Semmeln. Der berühmt-berüchtigte belgische Zahnarzt kann sie anonym kaufen und dem Finanzamt eine lange Nase drehen.«

»Ja, das ist einer der Gründe, die Eurodevisen so ideal für diese Sache machen – all das heimatlose Geld, das hier herumschwirrt. Keine Regierung ist wirklich verantwortlich für die Beobachtung der Geldströme. Tatsächlich sind alle Anstrengungen gemacht worden, um dafür zu sorgen, daß diese Schuldverschreibungen an die Gier appellieren. Ihr Zinssatz ist gleitend, gekoppelt an die dreißigjährige britische Regierungsanleihe, aber zwei volle Zinspunkte höher. Als führender Zeichnungsberechtigter trage ich die Hauptverantwortung, aber ich soll auch ein Konsortium aus hier vertretenen japanischen Brokerfirmen bilden – Nomura, Daiwa, Sumitomo, die anderen –, um zu gewährleisten, daß das Angebot reibungslos unter die Leute kommt. Aber diese Vorsichtsmaßnahme wird kaum erforderlich sein. Bei diesem Zinssatz werden sich die Papiere praktisch von selbst verkaufen.« Nogami seufzte. »Was insofern nicht schlecht ist, weil... weil... Michael, die Summe, die ich zeichnen soll, beläuft sich auf hundert Milliarden Dollar.«

»Und dies nur für das erste Jahr, stimmt's?«

Überrascht blickte ihn Nogami an. »Woher weißt du das?«

»Ich habe nur geraten.« Vance holte tief Luft. *Daher* sollten die im Protokoll vereinbarten Gelder also kommen. Von europäischen Einfaltspinseln. Mein Gott, dachte er, der Plan ist großartig.

»Michael, niemand könnte ein solches Angebot machen und es durch echte Werte absichern. Niemand. Alles zusammen genommen ist das genug Geld, um ein Dutzend Gesellschaften der Weltklasse mit Kapital auszustatten.« Er machte eine Pause.

»Natürlich würde ich nicht alles auf einmal auf den Markt bringen. Die Papiere werden während des Zeitraums eines Jahres nach und nach weggehen, und im nächsten Jahr beginnt dann alles von vorne. Fünf Jahre lang.«

»Du sollst also in fünf Jahren fünfhundert Milliarden Dollar auf dem Eurobondmarkt beschaffen. Nicht unmöglich, aber es ist ein großer Auftrag.«

»Besonders weil der Wert nur auf dem Papier steht. In Wirklichkeit handelt es sich um einen ungesicherten Kredit.« Er blickte hinunter auf die wirbelnde braune Oberfläche der Themse. »Weißt du, was es tatsächlich bedeutet? Er will, daß ich *Junk Bonds* verkaufe. Und ich kann mich nicht verweigern.« Seine Stimme begann beinahe zu zittern. »Gerade als ich dabei war, die Wertschätzung der europäischen Bankengemeinschaft zu gewinnen, bin ich plötzlich im Begriff, der Drexel Burnham der Eurobonds zu werden. Ich werde das Investmentäquivalent eines Hütchenspiels betreiben.«

»Ken, warum erzählst du mir das alles?« Vance hatte ihn noch nie so aufgeregt erlebt.

»Weil ich herausfinden muß, um was es hier geht. Für was das Geld verwendet werden soll.«

»Ich nehme an, der *Oyabun* von Tokio spricht nicht darüber.«

»Michael, niemand wagt es, ihm Fragen zu stellen. Du weißt das.« Seine Stimme wurde förmlich. »Das ist Yakuza-Brauch.«

»Nun, du bist jetzt in London. Ein freier Mensch.«

»So einfach ist es nicht. Du weißt vielleicht nicht – es ist ein wohlgehütetes Geheimnis –, daß er meine Übernahme der Westminster Union Bank hier finanziert hat. Er hat für mich ein Konsortium aus privaten Finanziers gebildet. Ein Großteil des Geldes gehörte tatsächlich ihm selbst. Die ganze Sache mußte ohne großes Aufsehen über die Bühne gehen. Keine unserer Banken hat gewagt, ihren Namen mit einer feindlichen Übernahme in London in Verbindung zu bringen. Unsere Institute sind bei diesen Dingen sehr zimperlich. Sie alle haben mich privat hochleben lassen, aber in der Öffentlichkeit nichts davon gewußt.«

»Vielleicht hatte er diesen kleinen Gefallen die ganze Zeit über im Sinn.«

»Um die Wahrheit zu sagen, das habe ich mich seitdem auch immer wieder gefragt. Wie auch immer, jedenfalls klagt er jetzt meine Verpflichtung ein. Wir Japaner nennen das *Giri.* Ich muß mitspielen. Aber ruiniert bin ich so und so. Wenn ich es tue, werde ich der Aussätzige in der europäischen Bankengemeinschaft werden. Wenn ich es nicht tue... Nun, die Konsequenzen sind fast nicht auszudenken.«

»Ken, ich weiß nicht, wie ich es sagen soll, aber es besteht die Möglichkeit, daß dieses ganze Szenario viel größer ist als alles, was du dir vorstellen kannst.«

Nogami starrte ihn an. »Was weißt du?«

»Sagen wir einfach, daß ich so einiges höre. Aber zuerst müssen wir unseren Handel abschließen.«

»Natürlich. Ich werde ein Telex aus meinem Büro abschikken, wofür es auch gut sein mag. Aber du mußt mir helfen. Bitte.« Er wandte sich wieder dem Fluß zu. »Weißt du, Michael, das Leben hier gefällt mir. Mehr und mehr. Selbst bei allem, was hier heutzutage passiert, geht es immer noch weitaus zivilisierter zu als in Tokio. Ich glaube, für unsere ganze Prosperität zu Hause haben wir etwas sehr Wertvolles weggegeben. Nennen wir es vielleicht unsere Seele. Hier fühle ich mich beinahe frei von den alten Zeiten, fühle mich als Teil einer realen, legalen Welt. Ich hasse all diese Geldwäschereien, die krummen Geschäfte. Heutzutage kann ich mir selbst in die Augen schauen.«

»Ich hatte zeitweilig selbst den Beruf gewechselt. Dann trat vor etwa einer Woche dieses Problem auf.« Vance winkte einem Vergnügungsdampfer zu, der langsam den Fluß hinauffuhr. Er war nur zehn Meter lang, aber die Linienführung erinnerte ihn an die *Ulysses.* Der Anblick sorgte plötzlich dafür, daß er sich nach Sonnenschein und klarer Luft sehnte.

»Michael, was geht vor sich? Wir müssen zusammenarbeiten.«

»Laß mich nur das sagen: Ich glaube, dem Paten steht eine große Überraschung bevor. Vielleicht kommen wir mit einem blauen Auge davon.«

Nogami lächelte. »Wenn das stimmt, können wir einander helfen. Obgleich ich nicht zu weit gehen kann.« Er holte tief Luft und blickte in den trüben Londoner Himmel. »Dennoch... Ich will dir die Wahrheit sagen. Ich denke ernstlich darüber nach, mich vielleicht zu weigern, die Sache anzufassen. Tanzan Mino – ja, warum sollen wir ihn nicht beim Namen nennen? Er hat sogar unterschwellige Drohungen gegen meine Familie ausgestoßen. Der Mann hat mich diesmal zu weit getrieben. Irgendwo gibt es Grenzen.«

»Du bist ein tapferer Mann. Er besitzt noch immer eine große Überzeugungskraft. Hoffentlich hast du deine Lebensversicherung bezahlt.«

»Dessen bin ich mir bewußt. Aber ich will nicht alles aufgeben, was ich mir hier aufgebaut habe. Mein ganzes neues Leben. Und deshalb brauche ich dich. Wenn du herausfinden könntest, was hinter der ganzen Sache steckt, würde ich mir überlegen, ob ich alles aufs Spiel setzen und die Anleihe auf den Markt bringen soll. Oder ob ich mich ihm letzten Endes widersetzen soll. Andernfalls...«

»Wie sieht der Zeitplan aus?«

»Ich muß übermorgen den ersten Prospekt der Börsengesellschaft vorlegen. Wir haben die Papiere bereits zusammengestellt, für alle Fälle.«

»Ziemlich knapp.«

»Michael, ich werde sehen, was ich mit deinem Problem machen kann. Und wenn du noch irgend etwas anderes brauchst – du weißt, daß ich mein Bestes versuchen werde.«

»Abhängig davon, ob meine Botschaft durchdringt, könnte ich jemanden brauchen, der eine Geldsache regelt. Eine recht beträchtliche Summe. Vielleicht könntest du das als Teil unseres kleinen Quidproquo arrangieren.«

»Ist dieses Geld...« Er machte eine verlegene Pause. »Nun, du verstehst meine Frage.«

»Es ist gewaschen. Sauber wie weiße Wäsche.«

»Wo ist es jetzt?«

»Keine Bange.« Vance lächelte. »Es ist flüssig.«

»Und die Summe?«

»Halt deine Melone fest. Es sind ungefähr hundert Millionen Dollar.«

»Ist das alles?« Nogami lachte. »Diese Zahl ist heutzutage kaum ein Leuchtfleck auf dem Bildschirm. Einen Moment lang habe ich gedacht, daß du von richtigem Geld sprichst.«

»Scheint eine ziemlich beträchtliche Summe zu sein.«

»Kaum mehr als Taschengeld in unserer Branche, wie du wohl weißt. Mehr als zweihundert *Milliarden* werden jeden Tag auf den Devisenmärkten umgesetzt, ein großer Teil davon unmittelbar hier in London.«

»Nun, es könnte zu kleinen Komplikationen kommen, wenn der KGB Wind von der Aktion bekommt.«

»KGB?« Er blieb ruckartig stehen. »Was, zum Teufel, haben die damit...«

»Das ist eine lange Geschichte.«

»Aber warum sollte der sowjetische Geheimdienst beteiligt sein? Eigentlich sollten sie sich in diesen Tagen etwas zurückhalten.«

»Gerüchte besagen, daß sie bei dieser Sache geschlafen haben. Die Gelder haben ihr Land ohne Paß verlassen, und jetzt stehen sie wie Dummköpfe da, weil sie das zugelassen haben.«

»Verstehe.« Nogami schwieg, blickte dann auf seine Uhr und zog seinen Mantel enger um sich. »Vielleicht sollte ich jetzt besser dieses Telex schicken. Bevor sich Tokio zur Nachtruhe begibt.«

»Je früher, desto besser.«

»Und die Angelegenheit, die mich betrifft?«

»Laß mich darüber nachdenken«, sagte Vance langsam. »Was jedoch die Zwischenzeit angeht, würde ich dir dringend dazu raten, mit der Anleihe abzuwarten.«

»Du sagst mir nicht, was du weißt. Ist das fair?«

»Nein. Aber wer sagt, daß es in der Welt fair zugehen muß? Hier wird ein Spiel gespielt. Ich kenne einen Teil davon, aber nicht alles. Aber bevor... Sagen wir es so: Wenn jemand anfängt, mir seine Muskeln zu zeigen, verliere ich mein Gefühl für die Verhältnismäßigkeit der Mittel.«

»Ist es so schlimm?« Sein Blick war alarmiert. »Was soll ich tun?«

»Mach nichts mit der Anleihe. Sag nicht ja oder nein, sondern such nach einer Möglichkeit, die Sache zu verschieben. Und schick dieses Telex ab. Ich werde dir den Text diktieren. Danach kannst du mich in meinem Hotel erreichen. Strand Palace.«

»Das Strand Palace? Michael, du?« Nogami lächelte. »Das entspricht kaum deinem gewohnten Standard.«

»Ich übernehme heute nicht mehr so viele Aufträge. Deshalb muß ich lernen, mich meinen Verhältnissen anzupassen.«

»Das glaube ich, wenn ich es sehe«, sagte er lachend. »Du sagst mir nicht die Wahrheit. In keiner Beziehung.«

»Du hast recht. Und das geschieht zu deinem eigenen Besten. Verschlepp du ganz einfach die Sache mit der Anleihe, und laß mich alles andere auf meine Weise machen. Wenn die Dinge nicht in ein, höchstens zwei Tagen geklärt sind, sind wir beide in sehr großen Schwierigkeiten.«

»Zwei Tage?«

»Bis dahin muß es passieren. Es steht zuviel auf dem Spiel.«

»Jetzt fängst du wirklich an, mich in Alarmstimmung zu versetzen.«

»In der solltest du auch sein.«

Wenn diese Sache nämlich nicht in zwei Tagen geregelt ist, dachte er, wird das vermutlich jemanden den Kopf kosten.

11.

Montag, 20.05 Uhr

Sie sah auf ihre Uhr und blickte sich dann ein letztes Mal in dem geräumigen Zimmer um. Es wurde Zeit. Ihr gepackter Koffer lag auf dem Bett und wartete darauf, später aufgegeben zu werden. Der Teil ihres Gepäcks, auf den es ankam, war die Reisetasche aus Kunststoff, die an der Tür stand und den Zenith Turbo 486 enthielt.

Mit einem Seufzer stand sie auf, warf ihren hellbraunen Regenmantel über und griff nach der Tasche. Dies war der Augenblick, vor dem sie sich gefürchtet hatte. Sie hatte ihr Bestes getan, um unauffällig zu wirken – ein beigefarbenes modisches Kostüm und ein paar Silberaccessoires. Außerdem hatte sie ihre Haare gewaschen, wonach sie sich immer besser fühlte.

Der mit Teppichboden ausgelegte Flur war leer, als sie die Tür schloß, noch einmal daran zog, um ganz sicher zu sein, daß sie zu war, dann tief Luft holte und zum Lift ging. Sie hatte das Zimmer seit fast vierundzwanzig Stunden nicht mehr verlassen. So, sagte sie sich, mußte es sein, wenn man Hausarrest hatte.

Gleich würde es vorbei sein. Sie mußte jetzt nur noch die Halle des Savoy durchqueren, schräg über die Straße gehen, eine weitere Halle und einen weiteren Lift bewältigen, und dann würde sie bei Michael sein.

Je mehr sie über die ganze Situation nachdachte, desto wütender wurde sie auf all die Erbsenzähler bei der NSA, die nicht auf sie hören wollten, auf das gesamte Establishment des amerikanischen Geheimdienstes. Wie konnte nur allen entgangen sein, was vor sich ging?

Vielleicht, dachte sie, würde die frische Luft ihr helfen, sich zu beruhigen. Sie mußte unbedingt raus aus dem Savoy, schon allein, um der Klaustrophobie entgegenzuwirken. Vertritt dir die Beine und denk nach, Süße.

Das Signal des Aufzugs ertönte, und die Tür glitt auf. Aufdringliche, teure Eleganz begrüßte sie, das schillernde Funkeln von Diamanten. Die Schickeria Londons machte sich auf den Weg zum Abendessen und in die Klubs. Ein Querschnitt des Jetset und der gelangweilten Reichen. Niemand schien sich wirklich zu amüsieren. Während sie in den Lift trat, betrachtete sie die Leute und fragte sich, was sie wohl denken würden, wenn sie wüßten, was sich in ihrer Reisetasche befand. Michael pflegte immer zu sagen, daß Menschen wie diese lediglich daran interessiert waren, Oberkellner zu beeindrucken. Wahrscheinlich traf er damit ins Schwarze.

Die Anzeige LOBBY leuchtete über der Tür auf, dann glitt diese auf und gab den Blick frei auf matte Holzvertäfelungen, englische Antiquitäten und glitzernde Spiegel. Pagen in grauen Uniformen, die Gepäck trugen und Aufzugstüren öffneten, vermischten sich mit den durcheinanderquirlenden Abendgästen. Es war eine Welt für sich.

Ohne zu zögern, steuerte sie auf die gläserne Eingangstür zu. Draußen lockte der Glimmer des nächtlichen Londons.

Der Umstand, daß sie wieder auf Kreta gewesen war, hatte sie veranlaßt, über viele Dinge nachzudenken. Hauptsächlich jedoch hatte sie über Michael Vance jun. nachgedacht, Exarchäologe, Exagent, Ex... Gott allein wußte, was noch. Sie hatte viel üblere Typen kennengelernt – den dickbäuchigen Stellvertreter von dem und dem, den Vizepräsidenten hiervon oder davon, alle geschieden, zu Unterhaltszahlungen verurteilt und greinend. Aber in dieser Zeit der Männerknappheit, in der hungrige geschiedene Frauen die Bars umlagerten, brauchten sie auf ihre äußere Erscheinung nicht zu achten. Die Verfallserscheinungen der mittleren Jahre waren ihr ureigenes Recht. Michael hingegen, was man auch sonst über ihn sagen mochte, sah noch immer so gut aus wie vor einem Jahrzehnt. Sicher, auch er hatte den Jahren etwas Tribut zahlen müssen, aber ihm stand das gar nicht schlecht. Vielleicht lag es am Tequila.

Konnten sie noch einmal von vorne beginnen, den neuen Anfang machen, von dem er geredet hatte? Vielleicht war es wenigstens einen Versuch wert.

Sie bewegte sich durch die Menschenmenge in der Halle, bemühte sich dabei, ganz zwanglos zu erscheinen, nicht aufzufallen. Er hatte gesagt, sie sollte das Savoy so bald wie möglich verlassen, einfach ihre Sachen nachschicken lassen und zu ihm kommen. Aber warum kam er nicht herüber und blieb bei ihr? hatte sie ihn gefragt. Das Savoy war romantischer, erinnerte mehr an die alten Zeiten. In diesem Augenblick hatte er abrupt das Thema gewechselt und gesagt, daß sie dies nicht am Telefon diskutieren könnten.

Vermutlich war bei ihm irgend etwas im Gange. Nun, auch sie hatte einige Überraschungen. Sie hatte den Tag über an dem Protokoll gearbeitet und eine ganze Menge mehr herausgefunden. Es war alles noch viel schlimmer, als sie es sich vorgestellt hatte.

Als sie durch die Drehtür auf die Straße trat, ließen das Klack-Klack der Londoner Taximotoren und der Ansturm der kalten Luft wieder das Adrenalin durch ihren Körper strömen wie in jenem Moment in Iraklion, in dem sie Alex zum erstenmal gesehen hatte.

Sie packte die Reisetasche mit noch festerem Griff und ging den Bürgersteig nach links hinunter, vorbei an der National Westminster Bank an der Ecke. Sie hatte es fast geschafft. Gleich gegenüber warteten das Strand Palace und die Sicherheit.

In ihrer Eile war ihr etwas Wichtiges entgangen. In der Menschenmenge in der Halle hielt sich ein Pärchen auf, das sie nicht bemerkt hatte. Es hatte links von ihr an der Rezeption gestanden. Der Mann trug eine zerknitterte braune Jacke, war hager und hatte blutunterlaufene Augen. Sein Bart war wirr und ungepflegt, aber er verbarg die blauen Flecken in seinem Gesicht. Unbemerkt von Eva hatte er plötzlich die Hand gehoben und auf sie gezeigt. Auch die Frau in seiner Begleitung – dunkle Haare, elegantes Make-up, Cocktailkleid von Oscar de la Renta – war ihr nicht aufgefallen, obwohl sie sie sowieso nicht erkannt hätte.

Nur Augenblicke, nachdem Eva Borodin aus dem Savoy getreten war, sprach die Frau in das Funkgerät, das sie in ihrem glänzenden Abendtäschchen verborgen hatte.

Montag, 20.08 Uhr

Er schaute auf die Uhr, blickte dann durch das fleckige Fenster seines Hotelzimmers auf die Straße hinunter. Noch zwei Minuten, dann sollte es an der Tür klopfen.

Würde sie ihm glauben? Daß er die Spielregeln aufgestellt hatte? Vielleicht konnte er es selbst noch nicht ganz glauben, aber jedenfalls hatten sie momentan den Vorteil auf ihrer Seite. Sie waren im Begriff, die Kontrolle über das Spiel zu übernehmen.

Es war beinahe Zeit, sich zu entspannen.

Dann sah er sie, wie sie schnell die Straße überquerte und dabei verstohlen nach links und rechts blickte. Gut. Nachdem er beobachtet hatte, daß sie unten in der Halle verschwunden war, wandte er sich vom Fenster ab und ging zur Bar hinüber. Zeit, den Sauza Tres Generaciones, Tequila Anejo, aufzumachen – Mexikos wohlgealterten Beitrag zum Wohlergehen der Menschheit. Überall nur schwer aufzutreiben, war er hier in London praktisch überhaupt nicht zu beschaffen, aber seine Suche hatte schließlich doch Erfolg gehabt. Er nahm ihn aus seiner gelbbraunen Schachtel, bewunderte die kohlschwarze Flasche, drehte dann den Korken und roch das Aroma, frisch wie Nektar, bevor er ihn auf die Bar zurückstellte. Als nächstes holte er eine Flasche des seltenen Wodkas Stolichnaya Starka aus dem Kühlschrank und stellte sie neben den Sauza. Dies war, wie er wußte, Evas Lieblingsgetränk, gemacht aus dem Wasser der Niva und aromatisiert mit Birnenblättern, Krimäpfeln, einem Schuß Brandy und einem Spritzer Portwein.

Augenblicke später hörte er ein leises Klopfen an der Tür und ging mit einem Gefühl der Erleichterung durch das Zimmer.

»Michael, schnell.« Die Stimme war ein gedämpftes Flüstern.

Er öffnete die Tür, und da war sie. Ohne ein Wort zu sagen, kam sie in seine Arme.

»Alles in Ordnung mit dir?« Er berührte ihr Gesicht und dann ihre Lippen mit den seinen. Sie waren kalt, gespannt.

»Ja, ich... glaube schon. Gott, was für ein Tag. Ich wollte dich ständig anrufen, Darling.«

»Ich war nicht da.«

»Das dachte ich mir. Ich kann es gar nicht erwarten, dir meine Übersetzung zu zeigen.«

»He, mal langsam.« Er küßte sie erneut. »Laß uns zuerst zur Feier des Tages einen Drink nehmen. Nur wir beide.«

»Michael, red keinen Unsinn. Wir müssen *nachdenken*.«

»Ich habe eine Flasche deines heimischen Gesöffs und einen kleinen Tequila Anejo für mich. Hat Gedankengängen noch nie geschadet. Also, was hältst du davon?« Er drehte sich um und ging zur Bar.

Sie öffnete den Reißverschluß der Reisetasche. »Wie kannst du...« Dann besann sie sich und lachte. »Hoffentlich ist er eiskalt. Wie gefrorener Sirup.«

»Kalt wie Sibirien. Zusammen mit der letzten Neuigkeit sollte er wie Öl runtergehen. Wir haben jetzt einen Handel mit Tokio auf dem Tisch liegen.«

»Was für einen Handel?« Sie blickte ihn an.

»Ich habe ihnen gesagt, daß ich, wenn sie ihre Gorillas abziehen, sehen werde, wie ich ihre Geldprobleme lösen kann. Dieses Alex-Nowosty-Dilemma.«

»Das wirst du doch nicht wirklich tun, oder?«

Er lachte. »Was meinst du?«

»Darling, was auch immer du planst, es wird sie nicht stoppen.«

»Warum warten wir nicht ab und sehen, was passiert?«

»Ich habe schon genug gesehen.«

»Ganz ruhig.« Er reichte ihr ein hohes, schmales Glas mit einer klaren Flüssigkeit, das am Rand bereits vereist war. »Irgendwelche Fortschritte beim Protokoll?«

»Kein Mensch auf der Welt wird das glauben. Es ist einfach zu unwahrscheinlich. Ich frage mich bereits, ob es überhaupt eine Zeitung aufgreifen wird, solange wir nicht mehr haben als jetzt.« Eva hatte ihren Drink abgestellt und machte die Reisetasche auf. Der Zenith kam heraus, und Augenblicke später erschien ein Text auf dem Bildschirm.

»Wieviel weiter bist du gekommen?«

»Nur etwa eine Seite. Es geht zäher voran, als ich dachte. Aber hier, sieh es dir an. Dieser Abschnitt schließt da an, wo du aufgehört hast. Mütterchen Rußland gibt ihren Laden praktisch auf.«

3. Innerhalb eines Jahres nach Erfüllung aller Formalitäten in bezug auf die obengenannten Kredite wird die UdSSR auf das Besitzrecht an den Kurilen und dem sowjetischen Oblast Sachalin verzichten. Diese Territorien werden fortan verwaltet als Freihandelszone und gemeinsames Protektorat der UdSSR und Japans, wobei allen Firmen, die zur Mino Industries Group (MIG) gehören, das exklusive Recht zur wirtschaftlichen Entwicklung eingeräumt wird.

4. MIG wird hiermit die uneingeschränkte Berechtigung zur Kapitalinvestition und industriellen Entwicklung in der UdSSR erteilt. Die genannte Kapitalinvestition kann die unter Punkt 1 spezifizierten Finanzkredite ganz oder teilweise einbeziehen. MIG wird gestattet, eine Beteiligung von 51 Prozent oder mehr an allen gemeinschaftlichen Industriebetrieben zu halten. Leitung und Kontrolle dieser Betriebe obliegt allein Führungskräften, die von MIG bestimmt werden, sofern nicht in gegenseitigem Einvernehmen etwas anderes bestimmt wurde.

5. Binnen zwei Jahren nach Abschluß dieser Vereinbarung

wird der sowjetische Rubel zu einer frei in Yen oder andere westliche Devisen konvertierbaren Währung erklärt, und zwar zu einem Kurs, der ausschließlich von den eingeführten weltweiten Devisenbörsen bestimmt wird. Weiterhin können von diesem Zeitpunkt an in Japan hergestellte Investitions- und Verbrauchsgüter direkt gegen Rubel zu den dann gültigen Preisen bezogen werden.

6. Nach Ratifizierung dieses Protokolls durch das japanische Parlament und den Obersten Sowjet der UdSSR wird den japanischen Verteidigungsstreitkräften zu Zwecken, die der souveränen Sicherheit der UdSSR nicht feindlich sind, voller Zugang zu den militärischen Installationen in Sachalin und auf den Kurilen gestattet, die derzeitig von der sowjetischen Marine und der sowjetischen Luftwaffe benutzt werden. Die Sicherheit der fernöstlichen Oblast der UdSSR wird hinfort eine gemeinschaftliche Verpflichtung der UdSSR und der japanischen Verteidigungsstreitkräfte sein...

Mit schmal werdenden Augen blickte Vance hoch. »Es ist also genau das, was wir dachten. Ein globaler Pferdehandel. Tokio stellt Moskau während der nächsten fünf Jahre Kredite und Finanzmittel in Höhe einer halben Billion zur Verfügung, das Geld, das sie für die ›Umstrukturierung‹ brauchen, und die Sowjets geben die Gebiete zurück, die sie sich nach dem Krieg angeeignet hatten, die Kurilen und Sachalin, jenen immerwährenden Pfahl im Fleisch der japanischen Rechten.«

»Gar nicht davon zu reden, daß die Japaner auch ein neues Ziel für ihr ganzes überschüssiges Kapital finden, das ihnen ein Loch in die Tasche brennt. Und daß sie einen ersten Zugriff auf die Ölreserven Sachalins bekommen. Michael, nimm alles zusammen, und dir wird klar, daß Japan im Begriff ist, mit einem Schlag all das zu erreichen, was es seit Kriegsende anstrebt – völlige wirtschaftliche Dominanz über den Fernen Osten, Rußland eingeschlossen.«

Stimmt, dachte er. Aber welche Russen schließen diesen geheimen Handel ab? Sind es die Hardliner, die eine neue militärische Allianz begründen wollen? Ging es bei dem »Prototyp« darum?

»Bei der Gelegenheit, hast du dir den ersten Teil, das Stück, das ich übersetzt habe, näher angesehen?« Er ging zum Fenster und blickte auf den Straßenverkehr hinunter. »Da liegt noch ein Überraschungspaket unter dem Weihnachtsbaum. Ich glaube nicht, daß es Süßigkeiten enthält.«

»Du meinst den Prototyp? Darüber mache ich mir auch Gedanken.« Sie trank einen Schluck Wodka. »Um was handelt es sich deiner Meinung nach dabei?«

»Ich würde auf ein fortgeschrittenes Waffensystem tippen. Wenn die Sowjets beabsichtigen, Territorien zurückzugeben, wollen sie dafür auch etwas Anständiges haben.«

»Nun, wie man es auch betrachtet, das Ganze ist brillant ausgeklügelt. Jeder bekommt etwas von dem, was er haben will.«

»Die Geopolitik der Welt wird zu einem ganz neuen Spiel. Aber der Prototyp scheint eine ganz wichtige Rolle dabei zu spielen. Da sind Spezifikationen, ein knallharter Liefertermin, all das. Hier wird die Geschichte haarig.«

»Es hört sich nach einer völlig neuen Waffe an«, stimmte sie ihm zu.

»Wer weiß? Als was es sich auch herausstellt, es handelt sich um etwas, das sie gemeinsam entwickeln mußten. Was wahrscheinlich auf High-Tech hindeutet. Aber wir werden es herausfinden, du und ich.« Vance schaute auf die glitzernden Lichter der Stadt hinunter und drehte sich dann um. »Erzähl mir noch einmal von diesen Satellitenfotos, die du im Palast erwähnt hast.«

»Du meinst die von Hokkaido, der japanischen Insel im Norden?«

»Richtig. Was genau war auf ihnen zu sehen? Du sagtest, es sah aus wie eine Rollbahn.«

»Ich sagte, daß ich es dafür hielt. Aber bei der NSA ist niemand autorisiert, sich offiziell dafür zu interessieren, was in Japan vor sich geht, so daß sich der Kontrollausschuß nicht für eine klare Analyse, für einen Infrarotcheck oder so etwas aussprechen wollte. Du weißt: Etatkürzungen und so.«

»Womit derjenige, der diese Sache geplant hat, gerechnet hat, nicht wahr? Wenn du ein militärisches Überraschungsei ausbrüten wolltest, gäbe es da ein besseres Versteck als die Wildnis Nordjapans, eine Gegend, der kein Mensch Aufmerksamkeit schenken will?«

»Nein, es gäbe keine perfektere Örtlichkeit für ein Gemeinschaftsprojekt. Hokkaido ist nur durch die Meerenge von Sachalin getrennt. Hübsch und günstig gelegen.« Schweigen breitete sich im Zimmer aus, als sie in ihren Wodka starrte. »Wenn wir die Übersetzung beendet haben, werden wir vielleicht...«

»Ich bezweifle, daß die Details aus dem Protokoll hervorgehen. Der sogenannte Prototyp ist bisher überhaupt nicht beschrieben worden, zumindest nicht in dem Teil, den wir durchgearbeitet haben. Vermutlich eine bewußte Auslassung.«

»Unser Problem ist, daß uns ohne den vollständigen Text kein Mensch die ganze Geschichte glauben wird.« Sie trank ihren Stoly mit einem Schluck aus, stand dann auf, um sich einen neuen einzugießen.

»Vielleicht gibt es doch eine Möglichkeit.« Er griff nach ihr und zog sie in die Arme. »Aber zuerst das Naheliegende. Warum vergessen wir in dieser Nacht das Ganze nicht einfach?«

Sie blickte ihn ungläubig an. »Darling, sei vernünftig. In diesem Augenblick gibt es da draußen Leute, die uns verschwinden lassen wollen, weil wir zuviel wissen. Sie haben es bereits versucht. Das ist die Realität.«

»Sieh mal, um all das habe ich mich bereits gekümmert. Warum kannst du mir nicht vertrauen?« Er drückte sie an sich. »Ich glaube, es wird Zeit, daß wir einen Abend nur für uns haben. Wie wäre es also heute nacht mit einer kleinen Wiedersehensfeier, mit einem Dinner zu zweit gleich hier? Während wir darauf warten, daß der Fisch anbeißt?«

»Ich glaube, ich höre nicht richtig.«

»Wir ziehen uns beide etwas Bequemes an, lassen uns das tollste Essen der Welt hochschicken, zusammen mit ein paar Flaschen Wein, ziehen uns dann auf dieses Bett da drüben zurück und machen uns während des Rests der Nacht wieder richtig miteinander bekannt.«

»Du meinst das im Ernst, nicht wahr?« Sie blickte ihm in die Augen. In ihnen lag ein lüsternes Funkeln.

»Natürlich.«

Sie zögerte. Warum nicht seinen Bluff mit einem Gegenbluff beantworten? dachte sie.

»In Ordnung, wenn du wahnsinnig sein kannst, dann kann ich es auch sein. Aber wenn wir es schon sind, dann richtig. Ich habe es satt, vom Zimmerservice leben zu müssen.« Sie stellte ruckartig ihr Glas ab. »Weißt du, was ich wirklich möchte? Ich möchte irgendwohin gehen, wo es teuer und aufregend ist. Mit dir. Ich möchte London *erleben.*«

»Großartig!« Er strahlte.

O Mann! Er hatte nicht geblufft.

»Ich bin dabei.« Sie stand auf und schlang die Arme um ihn. Plötzlich war alles zu wundervoll, um darauf zu verzichten. »Wir bringen diesen Zenith im Hotelsafe unter und benehmen uns einen Abend lang wie richtige Menschen. Dann kehren wir wieder hierher zurück, und du wirst in absolute Verzückung versetzt. Das ist ein Versprechen, Liebling.«

»Ich hatte es mir eigentlich andersherum vorgestellt.«

»O fein. Möge der bessere Verführer gewinnen.« Sie stellte den Computer ab, schob ihn in die Reisetasche und drehte sich wieder um. »Wie wäre es mit diesem wunderhübschen Restaurant, in dem wir damals waren? Du weißt schon. In jener Nacht, in der wir so betrunken waren, daß du mir beinahe angeboten hättest, eine ehrsame Frau aus mir zu machen.«

»Ein Angebot, das du von vornherein auszuschlagen beliebtest.« Er sah sie an. »Aber ich nehme an, du meinst dieses Lokal in Islington. Wie hieß es noch? Wellington oder so ähnlich.«

»Stimmt. Es war ziemlich abgelegen. In einer kleinen Gasse.« Sie umarmte ihn. »Diese Nacht war so wunderschön romantisch, fast wie auf der Hochzeitsreise.«

»Das war es beinahe.« Vance lächelte bei der Erinnerung. »Bestellen wir einfach einen Tisch, und gehen wir.«

»Darling, benehmen wir uns nicht verrückt?« Sie sah ihn mit unsicherem Blick an. »Ich habe ein bißchen Angst.«

»Nicht nötig.« Er streichelte ihr Haar, bevor er sagte: »Niemand wird dich anrühren, glaube mir. Ich habe sie in die Klemme gebracht. Sie alle.«

Montag, 23.28 Uhr

Es war perfekt. Sie speisten in einem altertümlichen, efeubewachsenen Gartenhaus, das zu einem Lokal aus dem neunzehnten Jahrhundert gehörte. Die Kellner wieselten hin und her, und der Weinkellner verbeugte sich jedesmal, wenn er an ihrem Tisch vorbeikam. Es war sogar noch besser als bei ihrem ersten Besuch. Nach einer Roulade mit rotem Kaviar bestellte Eva das Ragout au Gratin und Vance sein Lieblingsgericht Boeuf à la Ficelle. Zum Dessert teilten sie sich die Spezialität des Hauses, Eis auf Früchten, und danach verweilten sie bei Stilton-Käse und einer Flasche Lissaboner Portwein aus dem Ersten Weltkrieg.

Und sie redeten und lachten und redeten. Sie versuchten beide, sich mit den guten Zeiten zu beschäftigen: mit Reisen, die sie unternommen hatten, mit Orten, die sie gemeinsam besucht hatten, mit den Dingen, die sie demnächst tun würden – zusammen. Sie erklärte sich sogar einverstanden, ihm im August behilflich zu sein, seinen neuesten Plan in die Tat umzusetzen – mit der *Ulysses* nach Kreta hinüberzusegeln. Die Zeitlücke begann sich langsam zu schließen. Es war, als wären sie wiedergeboren worden. Alles fühlte sich neu, frisch und köstlich an. Wer sagte, daß man nicht noch einmal von vorne anfangen konnte?

Beide wollten nicht, daß es zu Ende ging, aber schließlich verlangte er – widerstrebend – nach der Rechnung. Nach dem Abschiedschorus des Personals torkelten sie hinaus in die kühle Abendluft.

»Wohin jetzt?« Er half ihr in ein schwarzes Londoner Taxi, nachdem er dem uniformierten Portier einen Fünfer zugesteckt hatte.

»Gott, ich bin so angesäuselt, daß ich gar nicht denken kann.« Sie warf sich auf den Sitz und lehnte ihren Kopf an seine Schulter.

»Amis?« Der Fahrer warf lächelnd einen Blick nach hinten. Er trug eine dunkle Mütze und einen mächtigen Schnurrbart von Dickensschen Ausmaßen. »Bin selbst in New York gewesen, wissen Sie, mit meiner Frau. Vor zwei Jahren. Verstehe gar nicht, wie ihr Leute diese blutigen Verbrechen ertragt.«

»Es wird jedes Jahr schlimmer«, sagte Vance nickend.

»Also, wohin soll's gehen, meine Damen und Herren?« Er schaltete die Zündung ein.

»Wie wäre es, wenn wir zur Themse runterfahren? Sagen wir, in die Nähe der Victoria Embankment Gardens.«

»Reizendes Fleckchen für einen Spaziergang. Ganz intim, wenn Sie wissen, was ich meine.« Er blinzelte ihnen zu, gab dann Gas und lenkte den Wagen die schmale Straße in Richtung der Avenue hinunter. »Da wir gerade von den Staaten reden – Sie wären verrückt, wenn Sie *dort* nach Einbruch der Dunkelheit einen Spaziergang im Park machen würden.« Er warf einen Blick zurück. »Also, wie hat es Ihnen gefallen?«

»Was?«

»Im Wellington, Mister. Wissen Sie, ich fahre da viele Araber hin. Verdammte Scheichs, sie und ihre hübschen Nutten aus Soho.«

»Uns hat's gefallen.«

»Wenn man die Knete hat – warum nicht? Das sage ich mir immer.« Er lächelte unter seinem Bart. »Nehme an, Sie wissen, daß die IRA den Vorderraum vor zehn Jahren ausgebombt hat, verfluchte Schweinehunde. Haben einfach ein Ding durch das große Fenster geworfen.«

»Wir hatten gehofft, daß sie dasselbe Lokal niemals zweimal überfallen.«

»Bei diesen blutrünstigen Iren kann man nie wissen, Mister. Man kann nie wissen. Das einzig Gute an den Staaten ist, daß es keine verfluchte IRA gibt.« Er bog rechts von der Coswell Road auf die Clerkenwell Road ab. Selbst zu dieser späten Stunde herrschte reger Verkehr, ein Taxi neben dem anderen.

»Michael, ich liebe die Victoria Gardens.« Eva hob den Kopf und biß ihn zärtlich ins Ohr. »Können wir im Mondschein tanzen?«

»Warum nicht? Klingt verdammt romantisch.« Er zog sie näher an sich. »Ich sollte es dir wohl nicht erzählen, aber vor vielen, vielen Jahren, als ich einen Sommer in London verbrachte, pflegte ich eine dralle kleine Hotelangestellte aus Irland mit in den Park zu nehmen. Ich gestehe eine Folge von gescheiterten Anschlägen auf ihre wohlbehütete katholische Tugend.«

»Vielleicht hast du diesmal mehr Glück«, kicherte Eva und knabberte an seinem Ohrläppchen.

»Ich werde zwar nie wieder siebzehn sein, aber ich bin gewillt, es noch einmal zu versuchen.« Er drehte sich um, um den Verkehr hinter ihnen in Augenschein zu nehmen. Hatte das Spiel bereits begonnen?

Ja, er hatte recht. Ein schwarzer Wagen, der gleich losgefahren war, als sie die Seitenstraße des Restaurants verlassen hatten, folgte ihnen. Der Wagen hielt sich diskret zurück, war aber auf ihrer Spur.

Ziemlich genau nach Plan, sagte er sich im stillen. Sie mußten inzwischen dahintergekommen sein.

»Darling, ich möchte, daß du dich wieder wie siebzehn

fühlst.« Sie kuschelte sich enger an ihn. »Ich fange an, mich wieder wohl zu fühlen. Ich hatte fast vergessen, daß du mir dieses Gefühl geben kannst. Dafür danke ich dir.«

Er küßte sie, beugte sich dann vor und fragte durch die Trennscheibe: »Sehen Sie diese Scheinwerfer hinter uns?«

»Ich glaube, sie haben draußen gewartet, vor dem Restaurant. Da sind sie mir aufgefallen. Jetzt scheinen sie immer dahin zu fahren, wo wir hinfahren.« Der stämmige Taxifahrer blickte in seinen Außenspiegel. »Freunde von Ihnen?«

»In gewisser Weise. Ich glaube, wir haben gerade unser Ziel geändert. Fahren Sie uns zum Savoy. Zum Haupteingang.«

»Wie Sie wollen. Den Park vergessen wir?«

»Sie haben es erfaßt. Und versuchen Sie sie nicht abzuschütteln. Sorgen Sie nur dafür, daß sie nicht merken, daß wir Bescheid wissen. Sie machen das schon.«

»Kleines Spielchen mit Ihren Freunden, was?«

»Dreimal dürfen Sie raten.«

»O mein Gott.« Eva blickte nach hinten. »Michael, was bedeutet das?«

»Ich vermute, jemand hat etwas gemerkt und ist sauer.«

Sie griff nach seiner Hand. »Warum versuchen wir nicht, sie im Verkehr abzuschütteln?«

»Sie wissen vermutlich, wo wir wohnen. Wozu also die Mühe?«

»Ich hoffe, du weißt, was du tust.«

»Vertrau mir. Das Savoy ist ein hübscher Ort für einen Drink. Wir bitten sie herein und machen vielleicht einen Abstecher zur amerikanischen Bar im Zwischengeschoß.«

»Warum sind wir auch ausgegangen?« Sie schlang die Arme um ihn. »Ich wußte, daß es ein Risiko war, und doch...«

»Beruhige dich.« Er küßte sie. »Wir sind doch nur auf der Rückkehr von einem wunderschönen Abendessen. Und wenn wir ankommen, bitten wir sie vielleicht zu einem Schlummertrunk herein.«

»Wer, glaubst du, ist es?«

»Dies ist eine freundliche Stadt. Warum warten wir nicht einfach ab, bis wir es herausfinden?«

»Genau. Ich sterbe vor Neugier, wer uns jetzt umbringen will.« Sie drehte sich erneut um und starrte auf die Scheinwerfer. »Immerhin ist es fast anderthalb Tage her, seit jemand...«

»He, wir hatten einen großartigen Abend. Den kann uns niemand verderben. Das ist nur der krönende Abschluß.« Er warf wieder einen Blick zurück, und als der Fahrer in die Hotelauffahrt bog, beugte er sich vor. »Fahren Sie uns ganz hinauf.«

»Wie Sie wollen.« Er schaltete den Blinker ein und blickte in den Spiegel. »Scheint, daß Ihre Freunde auch kommen.«

»Das ist der Zweck der Sache.« Als der Wagen zum Stehen kam, gab Vance dem Fahrer eine Zehn-Pfund-Note. »Bei der Gelegenheit, gute Arbeit.«

»Für 'nen Ami tue ich alles.« Er betrachtete die Banknote und tippte an seine Mütze. »Vielen Dank, Chef.«

»Michael.« Eva erstarrte. »Ich steige nicht aus.«

»Komm schon.« Er griff nach ihrer Hand. »Dies wird der größte Spaß, den wir diesen Abend gehabt haben.« Er blickte dem grauuniformierten Savoy-Portier entgegen, der auf sie zukam. »Vertrau mir.«

Der andere Wagen, ein schwarzer Mercedes, hatte unmittelbar hinter ihnen gehalten. Jetzt öffneten sich seine Türen auf beiden Seiten. Als erstes stiegen zwei mürrisch wirkende Männer in dicken, ausgebeulten Anzügen aus. Dann folgte eine teuer gekleidete, dunkelhaarige Frau. Und als letztes ein bärtiger Mann, dem man behilflich sein mußte. Er wirkte schwach und zittrig.

Vance winkte ihm zu und bat ihn näher. »Alex, was für eine Überraschung. Freut mich, daß Sie Ihre Freunde mitgebracht haben. Ich hatte mir schon langsam Sorgen gemacht, daß wir uns diesmal verpassen würden.«

»Michael.« Seine Stimme schwankte, als er hinkend an den anderen vorbeiging. »Wir müssen reden. Jetzt.«

»Großartige Idee. Bitten wir alle für einen Drink herein.«

Die Frau blickte ihn an, kalt wie Eis, während die beiden Männer abwartend links und rechts von ihr standen. Vance lächelte und begrüßte sie.

»Vera, das nenne ich Glück. Und ich wette, Sie hatten sich Sorgen gemacht, daß wir uns in London nicht wiedertreffen würden. Die Welt ist klein.«

Die Frau bemühte sich, ihn zu ignorieren, als sie Eva ansprach. »Sie haben geheimes sowjetisches Material in Ihrem Besitz.«

»Wenn dem so ist, dann ist das Ihr Problem.« Eva funkelte sie an.

»Nein, Mrs. Borodin.« Die Frau, eine Lederhandtasche in der Hand, machte einen Schritt nach vorne. »Es ist Ihr Problem.«

»Es sieht wirklich so aus, als könnten wir alle einen Schlummertrunk brauchen.« Vance ergriff Evas Hand, nickte dem Portier zu und geleitete sie in die Eingangshalle. Über die Schulter rief er zurück: »Ich empfehle wärmstens die amerikanische Bar oben. Phantastischer Blick.«

»Michael, bitte warten Sie.« Nowosty hinkte durch die Tür hinter ihm her und umklammerte seinen Arm. »Wir müssen zuerst miteinander reden.«

»Über was?«

»Das wissen Sie sehr gut. Das Geld. Michael, das Spiel ist aufgeflogen, ist Ihnen das nicht klar? Ich muß es zurückgeben, alles, und mich den Konsequenzen stellen. Gott helfe mir. Ich habe keine andere Wahl. Sie...«

»Wissen Sie, Alex, das ist wahrscheinlich eine gute Idee. Die Dinge wurden zu rauh. Dies war ein Geschäft, das Sie besser den großen Jungs überlassen hätten. Ich wollte Ihnen das an jenem Morgen in Athen klarmachen. Geben Sie es einfach zurück.«

»Was sagen Sie da?« Nowosty wurde bleich.

»Geben Sie das Geld einfach zurück. Versuchen Sie, ihnen zu

erklären, daß es ein Mißverständnis war. Woher sollten Sie wissen, daß es unterschlagen war? Sie haben nur ihre Befehle befolgt, nicht wahr? Vermutlich können Sie die ganze Sache unter dem Mäntelchen irgendeines bürokratischen Irrtums vertuschen.«

»Michael, spielen Sie keine Spielc mit mir.« Nowosty klammerte sich an Vances Ärmel, und seine Stimme klang flehend.

»He, wir sind Partner, erinnern Sie sich? Ich gebe Ihnen volle Rückendeckung.« Er drängte Eva, vorbei an den schwatzenden Hotelpagen, in die Marmorhalle. Die Kronleuchter blitzten, und der Raum war noch immer voller juwelenbehängter Nachtschwärmer. »Jetzt gönnen wir uns alle erstmal einen zivilisierten Drink.«

Diese Möglichkeit schien jedoch verschwindend gering zu sein. Die beiden Männer, eindeutig KGB-Mitglieder, waren jetzt bedrohlich näher gerückt.

»Sie werden mit uns kommen.« Vera Karanowa trat auf Eva zu. »Sie beide. Ein Wagen wartet am Eingang auf der Flußseite.«

»Unten am Park?« Vance drückte Eva weiter durch die Halle in Richtung der Treppe, die zur Bar hinaufführte. »Wie amüsant. Wir sprachen gerade über die Embankment Gardens.«

Vera deutete mit dem Kopf auf den leeren Teesalon und die dahinter liegenden Treppenstufen, die zur Flußseite führten, und sprach dann leise in russischer Sprache zu den beiden Männern. Sie drängten sich mit den Schultern gegen Vance, und der auf der rechten Seite griff nach Evas Arm.

»Keine Muskelspielchen hier, du Held.« Vance packte den Mann an seinem buntgemusterten Schlips, brachte ihn mit einem Ruck aus der Balance und stieß ihn auf den Fußboden.

»Michael, warten Sie.« Nowosty trat zwischen sie, nahm Vance am Arm und zog ihn ein Stück weg. »Wegen des Geldes. Sie müssen...«

»Was ist damit?« Vance blickte verblüfft. »Wie ich Ihnen schon sagte, geben Sie es einfach zurück.«

Nowosty blinzelte über seinem Bart. »Michael, die volle Summe ist heute morgen um elf von der Moscow Narodny Bank abgehoben worden. Die ganzen hundert Millionen. Sie sind verschwunden.«

»Das hört sich nach einem Problem an. Wie, glauben Sie, konnte es denn dazu kommen?«

»Das wissen Sie sehr gut.« Seine Stimme klang beinahe wie ein Schluchzen. »Es wurde gleich nach Öffnung der Bank darüber verfügt. Irgend jemand ließ die Gelder in Eurodollar-Inhaberpapiere und Barschecks umwechseln, in lauter kleineren Beträgen, die dann von einem Kurierdienst abgeholt wurden.« Seine Stimme schwankte wieder. »Ich weiß nicht, was ich tun soll. Die Bank behauptet, nicht mehr verantwortlich zu sein.«

»Juristisch gesehen ist das richtig, nehme ich an. Die Bank ist damit wahrscheinlich aus dem Schneider.«

»Michael, Sie müssen das arrangiert haben. Indem Sie die Kontonummern und Paßwörter benutzten, die ich Ihnen gegeben habe...«

»Beweisen Sie das.«

»Aber wie? Ich muß die Gelder zurückgeben, oder sie bringen mich um. Ich sagte ihnen, daß nur Sie es getan haben können, aber sie glauben mir nicht.«

»Das Interessante an Inhaberpapieren und Barschecks ist, daß sie so gut wie Bargeld sind. Jedermanns bevorzugte Form bei heißem Geld. Sehr flüssig und völlig spurensicher. Ihre hundert Millionen könnten jetzt in Genf sein und den Ausblick auf den See genießen.« Er drehte sich um und tätschelte Evas Wange. »Na, wie wär's mit einem Schlummertrunk?«

Nowosty griff nach seinem Arm und versuchte, ihn zurückzuhalten. »Sie werden damit nicht durchkommen. Ich warne Sie. Sie sind ein toter Mann.«

»Wissen Sie, ich sehe es eher andersherum. Ich meine, daß derjenige, der dieses Geld heute morgen kassiert hat, eine Versicherungspolice über hundert Millionen besitzt. Denn sehen Sie, wenn die Hauptabteilung T ihren hundert Millionen *Do swedanja* sagen will, dann muß sie hier heute abend nur mit ihren Muskelspielen weitermachen. Dadurch könnte das Geld ganz einfach für immer verschwinden. Es würde eine ganze Menge zu erklären sein und vermutlich einen sehr negativen Eindruck bei gewissen Leuten am Dserschinski-Platz hinterlassen. Vera hier müßte vielleicht sogar ihre ganzen Kreditkarten zurückgeben.«

»Was sagen Sie da?« Die Genossin Karanowa war jetzt näher herangekommen. »Stimmt es wirklich, daß *Sie* die unterschlagenen Gelder haben?« Sie musterte Vance voller Erstaunen, sah dann wie zur Bestätigung Nowosty an. Er hatte die Augen niedergeschlagen, als er nickte.

»Sie sollten öfter mal am Empfang nachhören.« Vance deutete zu der Mahagoni-Rezeption hinüber. »Heute abend um neun Uhr sind für Sie Fotokopien der Barschecks hinterlegt worden. Deshalb ist es vielleicht an der Zeit, daß alle mit mir reden.« Er zeigte mit dem Daumen auf die beiden Leibwächter. »Wie wäre es für den Anfang, wenn wir diese beiden Affen loswerden? Schicken Sie sie zu einem Spaziergang in den Park. Dann können wir uns vielleicht unterhalten. Bei einem Drink. Die Vorhut des Proletariats setzt sich mit den dekadenten Kapitalisten zusammen. Könnte sein, daß doch noch ein Geschäft dabei herauskommt. Der Osten trifft den Westen.«

»Erzählen Sie mir, was Sie wollen«, sagte Vera Karanowa ohne erkennbaren Enthusiasmus.

»Wie wäre es für den Anfang mit ein bißchen Schutz? Wenn diese Inkompetenzlinge, die Sie da bei sich haben, dazu in der Lage sind.«

»Vor wem?«

»Sehen Sie, Genossin, da läuft eine heiße Sache, und ich glaube, daß mehr dahintersteckt, als auf den ersten Blick erkennbar ist. Ich weiß, daß es auf der anderen Seite des Globus einen sehr cleveren Mann gibt, der einige ganz eindeutige Pläne mit Eva und mir hat. Genauso wie mit Mütterchen Rußland. Ich würde sagen, daß es in Ihrem Interesse sein könnte, uns zu helfen, ihn zu stoppen, solange wir das noch können. Er hat nie ehrlich gespielt, und ich glaube nicht, daß er jetzt damit anfängt.«

»Auch ich habe meine Verantwortlichkeiten. Geben Sie einfach das Geld zurück, und danach werden wir uns um die Situation kümmern.«

»Das Beste, was Sie im Augenblick tun können, ist, sich rauszuhalten. Ich habe schon zuviel Mist vom Dserschinski-Platz erlebt, um diese Sache Moskau zu überlassen.«

»Dr. Vance, Sie spielen ein gefährliches Spiel.«

»Wenn Sie das Geld wiedersehen wollen, ist dies das einzige Spiel, das läuft. Sind wir uns also einig oder nicht?«

12.

Montag, 23.32 Uhr

»Wann haben Sie das bekommen?« Tanzan Mino warf einen zweiten Blick auf die telegraphische Nachricht, sah dann hoch. Obgleich Mitternacht bereits heranrückte, hatte ihn der Angestellte noch immer hinter seinem schwarzen Schieferschreibtisch vorgefunden. Die Beleuchtung in seinem Penthouse-Büro war matt und dämpfte die ohnehin gedeckten Erdtöne der Wände noch mehr. Neko tigerte vor dem breiten Fenster hin und her und wedelte in Erwartung des Abendessens in Form von Wasserbüffeltatar mit dem Schwanz.

»Vor fünfzehn Minuten, Mino-sama.« Nervös blickte der Angestellte auf den Leoparden. »Es kam im zehnten Stockwerk herein, über das abgesicherte Telex. Ich habe gezögert, Sie zu dieser späten Stunde zu stören.«

»Wenn Sie so alt geworden sind wie ich, haben Sie keine Geduld mehr für den Schlaf. Es gibt so viel zu tun und so wenig Zeit. Zwei oder drei Stunden sind alles, was ich mir heutzutage zugestehe.« Er warf das Blatt Papier auf den Schreibtisch, erhob sich dann, ging zu dem dunklen Fenster hinüber und blickte, Neko sanft zur Seite schiebend, nach unten. Die neonbeleuchteten Straßen des Ueno-Bezirks von Tokio blinkten unterhalb von ihm. »In gewisser Weise ist diese Nachricht willkommen. Vielleicht befindet sich das Geld nicht länger in den Händen eines Unfähigen. Ich habe es immer vorgezogen, mit Profis Geschäfte zu machen.«

»Sie würden in Betracht ziehen, mit ihm zu verhandeln?« Der Untergebene, bekleidet mit dunklem Anzug und exakt gebügeltem Hemd, bemühte sich, die Überraschung in seiner Stimme zu verbergen. Der *Oyabun* hatte sich niemals erpressen lassen.

»Sie scheinen verblüfft zu sein.« Tanzan Mino lächelte, ging dann zu dem Kühlschrank in der Ecke hinüber und holte ein rohes Steak hervor. Neko setzte sich auf die Hinterbeine nieder, als er es ihr zuwarf. »Das sollten Sie nicht. Ich habe ein ganzes Leben mit Verhandlungen zugebracht.«

Das, wußte der Untergebene, stimmte voll und ganz. Tanzan Mino hatte mehr Handel abgeschlossen, als es den meisten Menschen in hundert Leben möglich gewesen wäre. Die wichtigsten davon hatten zu denen gehört, die man im Hinterzimmer macht. Fünfunddreißig Jahre lang hatte er den führenden Politikern der regierenden Liberaldemokratischen Partei riesige Summen gewaschener Gelder zukommen lassen und dadurch erreicht, daß er bei all ihren Entscheidungen das letzte Wort hatte und die Wahl der Kabinettsminister, ja sogar der Ministerpräsidenten diktieren konnte. Er war der unbestrittene Pate des japanischen *kuroi kiri* – »schwarzer Nebel« –, der verborgenen Welt politischer Geschäfte.

Der Untergebene bewunderte gleichfalls Tanzan Minos Umsicht. Nach seinem Aufstieg zur Hauptstütze der LDP hatten amerikanische Interessenten mehr als zwölf Millionen Dollar Bestechungsgelder durch ihn an die mächtigsten politischen Figuren Japans gehen lassen, wobei ein großer Teil von der Lockheed Corporation kam. Als Gegenleistung hatte diese Gesellschaft von Japans Regierung und privaten Fluggesellschaften Aufträge von mehr als einer Milliarde erhalten, und die CIA konnte ruhig schlafen, weil sie wußte, daß die Interessen Amerikas von den Entscheidungsträgern Japans wohl gewahrt wurden. Dann aber, als die Zeitungen schließlich mit der Geschichte an die Öffentlichkeit traten, daß Lockheeds amerikanisches Geld an die höchsten Spitzen der LDP gezahlt worden waren, hatte Tanzan Mino dafür gesorgt, daß Yoshio Kodama, ein rivalisierender *Kuromaku*, dabei zu Fall kam. Wie es sich für einen wahren Profi gehört, kam er selbst davon, ohne daß auch nur ein Hauch des Skandals an ihm hängenblieb.

Es war ein geschickter Schachzug, der ihm in den Zirkeln der Macht großes Prestige einbrachte. Außerdem benötigte er bei einem Yakuza-Einkommen in Milliardenhöhe sicherlich von den Lockheed-Geldern nichts für sich selbst. Sein vordringliches Problem war, wie jedermann wußte, was er mit all seinem Bargeld anfangen sollte. Ende der Fünfziger gehörten der Mino Industries Group bereits Immobilien, Reedereien, Baufirmen, Speditionskonzerne, Zeitungen, Baseballteams, Filmgesellschaften und sogar Banken. Schließlich, als Japan keine weiteren Investitionen aufnehmen konnte, expandierte er außer Landes und eröffnete luxuriöse Büros in anderen südostasiatischen Städten, darunter in Manilas Makati, der Wall Street Asiens, in Singapur (eine favorisierte Yakuza-Stadt zur Anwerbung von Prostituierten), in Taipeh und so weiter und so fort. Aber noch immer war Geld übrig. Und weiteres Geld…

Kenji Nogamis Vorgänger hatte schließlich die perfekte Lösung für Tanzan Minos Bargelddilemma vorgeschlagen. Der sicherste, willkommenste Hafen für überschüssige Gelder von Mino Industries lag gleich auf der anderen Seite des Pazifik, auf der Insel Hawaii, wo seine Investitionen von der amerikanischen Flotte in Pearl Harbor geschützt werden konnten. In den frühen Sechzigern eröffnete er eine Niederlassung seiner Tarn-Investmentgesellschaft Shoshu Kagai in Honolulu, und mittlerweile war er durch Strohfirmen der größte Grundstücksbesitzer des Staates.

Nachdem er schon längst seine Bande mit früheren Militaristen und prominenten Rechten in der japanischen Geschäftswelt fester geknüpft hatte, wandte sich Tanzan Mino in den frühen Siebzigern dem Ausland zu und bot den starken Männern pazifischer Nachbarn wie Tschiang Kai-schek, Syngman Rhee und Ferdinand Marcos Geschäfte und Unterstützung an.

Dies alles jedoch war lediglich eine Vorbereitung für dieses, sein letztes Ziel gewesen. Er war dabei, das im Krieg verlorene japanische Territorium zurückzuholen, das sowjetische Asien für Japan zu öffnen und das führende Weltraumprogramm der Welt auszuplündern – alles mit einem einzigen synergistischen Streich. Und das Beste von allem war, daß er ausländisches Geld, *Gajin*-Geld, dazu benutzen würde.

Jeder Yakuza begriff die Wahrheit jener klassischen Bankregel sehr gut: Wenn dir ein Mann hundert Dollar schuldet, hast du Macht über ihn; wenn er dir eine Million Dollar schuldet, hat er Macht über *dich*. Tanzan Mino hatte, wie sein Untergebener wußte, keineswegs die Absicht, über eine halbe Billion Dollar an Yakuza-Kapital der Sowjetunion, Japans langjährigem militärischem Widersacher, zur Verfügung zu stellen. Nur ein Narr würde ein derartiges finanzielles Risiko eingehen, und Tanzan Mino war kein Narr.

Deshalb hatte er dafür gesorgt, daß der am freiesten schwingende Kapitalmarkt von allen angezapft wurde: Eurodollars. Das Geld würde in London mittels eines der üblichen Lockangebote bei Tausenden von anonymen Investoren eingesammelt und dann durch tokiotische Banken geschleust werden. Niemand, am allerwenigsten die stupiden Sowjets, würde auch nur die geringste Vorstellung davon haben, was vor sich ging. Das Szenario war brillant: Die finanzielle, industrielle und technologische Kraft Japans wurden gemeinsam eingesetzt, um den ultimativen globalstrategischen Coup zu verwirklichen. Die Bewunderung seiner Mitarbeiter war einhellig.

»Der Name des Mannes ist Vance?« fragte Tanzan Mino.

»*Hai*, Mino-sama. Michael Vance. Wir haben seinen Namen durch den Computer im zehnten Stock laufen lassen, und der Ausdruck zeigte an, daß er früher mal bei der CIA war. Die vorliegenden Daten enden jedoch vor fast genau acht Jahren, und alle Informationen danach...«

»Vance? CIA?« Er spürte einen scharfen Schmerz in der Brust und verkrampfte sich.

»*Hai*, Mino-sama. Die Datei sagt, daß er eine Rolle bei gewissen Schwierigkeiten spielte, die sich bei einer geheimen Geldzuweisung ergaben, aber der Rest unserer Daten ist nur zugänglich mit Ihrer...«

»Die Offenlegung seiner Datei wird nicht nötig sein«, kam Tanzan Minos Stimme aus dem Dunkel.

»Wie Sie wünschen.« Der *Kobun*, immer noch verwundert, verbeugte sich vor der Silhouette seines Rückens. »In jedem Fall haben wir Anlaß zu glauben, daß er in Verbindung mit der NSA-Entschlüsselungsexpertin steht«, fuhr er nervös fort, beunruhigt durch den Stimmungswechsel des *Oyabuns*. »Mit der Frau, die wir...«

»Was?« Tanzan Mino schreckte aus seinen Gedanken hoch, und seine Stimme war noch immer ein Teil der Schatten vor dem Fenster.

»Wir haben den Verdacht, daß die Bedingungen für den Austausch der Gelder, die er diskutieren möchte, in irgendeiner Weise diese Frau betreffen könnten. Als unsere Leute sie in Griechenland verhörten, behauptete sie, daß ein Mann namens Vance eine Kopie des Protokolls besäße. Zu diesem Zeitpunkt hatten wir keine Ahnung...«

»Und jetzt glauben Sie, daß es sich um denselben Mann handelt?« Tanzan Minos stählerne Augen verengten sich erneut.

»*Hai, so deshoo*. Es verleiht seiner Behauptung, Zugang zu

den Geldern zu haben, Glaubwürdigkeit. Wenn er bei unseren Problemen eine Rolle spielt...«

»Er hat schon früher bei meinen ›Problemen‹ eine Rolle gespielt.« Endlich, dachte er. Dies würde poetischer werden, als er es sich vorgestellt hatte.

»Wenn er weiß, wo das Protokoll ist, dann...«

»Dann glaubt er, aus einer Position der Stärke verhandeln zu können.« Tanzan Mino gestattete sich ein dünnes Lächeln. »Ich möchte unmittelbar mit ihm in Verbindung treten, über die sichere Leitung bei der Westminster Union.«

»*Hai*, Mino-sama.« Der Mann verbeugte sich erneut. »Ich kann Nogami-san in London in diesem Sinne informieren.«

Unten auf den blinkenden Straßen von Ueno setzte sich der Verkehrsfluß fort. Zeit. Die Zeit floß dahin.

»Ordnen Sie es an.« Tanzan Mino drehte sich um, wobei sich seine Silberhaare vom Fenster abhoben. »Wenn wir ihn haben..., können beide Probleme vielleicht gleichzeitig gelöst werden.« Und, sagte er sich im stillen, ich kann endlich eine Rechnung begleichen, die schon viel zu lange offensteht. »Ich wünsche eine Lösung. Jetzt. Keine weiteren Verzögerungen und Stümpereien.«

Die Schärfe seiner Stimme erschreckte für einen Augenblick Neko, die knurrend ihre Bereitschaft für ein weiteres Steak bekundete und sich dann defensiv zusammenkauerte.

»*Hai*, Mino-sama.« Eine abgehackte, schnelle Verbeugung. »Ich werde Nogami Ihre Wünsche unverzüglich übermitteln.«

»Welche Neuigkeiten haben wir über die Frau?«

»Wir wissen, daß sie in London ist. Unsere Leute dort haben das Hotel lokalisiert, in dem sie wohnt.«

»Dann verschwenden Sie keine weitere Zeit. Bereits zwei Versuche meines Londoner *Oyabuns*, das Protokoll zurückzuholen, sind schiefgegangen. Er hat drei Männer geopfert. Zwei davon waren wie Söhne für mich. Ich glaube jetzt langsam, daß Vance dafür verantwortlich war.«

»Wir wissen noch immer nicht, was in Griechenland passiert ist.« Der *Kobun* beobachtete erleichtert, daß Neko ihre Aufmerksamkeit mit wedelndem Schwanz wieder dem Fenster zuwandte. »Die dortigen Behörden sagen, daß alle unsere Männer erschossen aufgefunden wurden, einer auf Kreta und zwei in Delphi. Sie führen eine Untersuchung durch, geben jedoch nur an, daß in beiden Fällen verschiedene Waffen benutzt wurden.«

»Sie werden gerächt werden.« Tanzan Mino legte nachdenklich seine Fingerknöchel aneinander und spürte, wie seine Entschlossenheit wuchs. »Ich schicke heute nacht vier *Kobuns* nach London. Während unseres Gesprächs wird meine private Boeing aufgetankt und zum Start vorbereitet. Sagen Sie ihnen, daß ich ihnen die ersten Instruktionen per Funk durchgeben werde, wenn sie sich in der Luft befinden. Weitere Anweisungen werden durch unser Docklands-Büro erfolgen.«

»Aber der Mann..., Vance? Wenn die Frau Teil des ›Handels‹ ist, den er zwecks Übergabe der Gelder mit uns abschließen will, dann...«

»Das ist alles.« Tanzan Minos dunkle Augen waren unergründlich. »Sobald ich mein ›Arrangement‹ mit ihm getroffen habe, werden sie sie töten.«

Dienstag, 14.00 Uhr

Die Besprechung fand im Nordquadranten der Anlage in Hokkaido statt, im Konferenzraum der leitenden Mitarbeiter. Iwan Semenowitsch Lemontow, der *Kurirovat* des Projekts, saß als einer der Gesprächsleiter an der Stirnseite des Tischs. Links von ihm hatten Petr Iwanowitsch Gladkow, der jungenhaft wirkende Direktor der Aeronautik-Abteilung, Felix Wassilewitsch Budnikow, der kraftvolle Direktor der Flugkontrolle, und Andrej Petrowitsch Androw, Direktor der Antriebssysteme, Platz genommen. Zur Rechten Lemontows saß der zweite Gesprächsleiter, der japanische Projektleiter Taro Ikeda.

Auf der anderen Seite des Metalltischs, ihnen allen gegenüber, saß Jurij Andrejewitsch Androw.

»Wir wollen die heutige Tagesordnung angehen, indem wir den Testflug am Montag morgen besprechen«, begann Ideka in russischer Sprache. Er führte den Vorsitz quasi aufgrund eines gemeinsamen Einverständnisses. Sowjetische Booster-Technologie und sowjetisches Aerodynamik-Know-how mochten Kernstück des Projekts sein, aber wenn alles gesagt und getan war, dann zählte nur noch das Geld. Und die Finanzierung des Projekts erfolgte durch die Japaner. »Der Bericht des Piloten wird der erste Punkt sein.«

Jurij nickte und blickte auf die Notizen, die vor ihm auf dem Tisch lagen. Bringen wir es schnell hinter uns, sagte er sich im stillen.

»Ich freue mich, berichten zu können, daß die Verhaltensweise des Flugzeugs weitgehend unserer Simulation im Fujitsu SX-10 entsprach. Beim Start ging das Flugzeug brav in einen Abhebwinkel von 6,5 Grad über. Mein Zielwinkel betrug 7,5 Grad, und nachdem ich diese Korrektur vorgenommen hatte, beschleunigte ich auf siebenhundert Knoten und stieg dann zwecks Durchführung der ersten Manöverserie auf eine Höhe von fünfzehntausend Meter – Überschlagmanöver, Steigmanöver, Seitflugmanöver, die die Verhaltensweise und die Kontrolle in großer Höhe überprüfen sollen. Wie bei allen anderen Flügen war die Richtstabilität hervorragend. Bei den Seitflugmanövern verursachte ein Ruderausschlag eine zu weite Abweichung, aber das Flugzeug kam sofort wieder ins Gleichgewicht. Und bei den Steigmanövern zeigte sich, daß das Betriebssystem die Stabilisierung sehr schnell herbeiführt. Insgesamt entsprachen alle Manöver den Simulationen innerhalb akzeptabler Toleranzen.«

Er machte eine Pause, um Luft zu holen, und blickte sich verstohlen im Raum um. Überschütte sie mit einem Datenschwall, dachte er. Gib ihnen keine Zeit, Fragen zu stellen.

Bevor jemand etwas sagen konnte, redete er weiter: »Ich

führte auch die vorgesehenen Düsentests durch. Erinnern Sie sich daran, daß die Motoren in der Ramjet-Version –«

»Gut«, sagte Ikeda, »aber der Hauptzweck...«

»Genau. Wie vorgesehen, unterband ich um zwei Uhr zehn die JP-7-Zufuhr zu den äußeren Düsen auf der Steuerbordseite. Bei dem asymmetrischen Schub erwartete ich wie bei den Überschlagmanövern ein gegenläufiges Abdriften, aber das Kontrollsystem sorgte für eine sofortige Stabilisierung. Dieses Flugzeug ist ein Traum.« Er legte eine Pause ein und lächelte. »Jedenfalls setzte ich um zwei Uhr neunzehn den Neustart in Gang.« Er schob die Papiere, die neben ihm aufgestapelt waren, nach vorne. »Diese Tabellen zeigen an, daß die Tourenzahl innerhalb von elf Sekunden neunzig Prozent...«

»Ich habe sie bereits durchgesehen«, unterbrach Ikeda, ohne einen Blick darauf zu werfen. »Wir sind sehr zufrieden mit den Ergebnissen Ihrer Manöverserie, Major Androw, und auch mit den charakteristischen Merkmalen des Tuboramjet-Neustarts.« Er räusperte sich. »Es gab jedoch in der vergangenen Nacht noch ein weiteres Manöver, das nicht unseren Beifall gefunden hat.«

Jetzt kommt's, dachte Jurij. Der Scheißer will wissen, was passiert ist. Halte deine Geschichte parat.

»Wie Sie sich zweifellos bewußt sind«, fuhr Ikeda fort, »verfügt das japanische Raumprogramm über ein fortgeschrittenes Raumschiffbeobachtungs-Zentrum in Tsukuba Science City, mit zwei Facom M-380-R Hauptcomputern. Das Zentrum ist sowohl mit einer Beobachtungsantenne in Katsura bei Tokio als auch mit einer in der Masuda-Station in der Nähe unserer Raumschiffstartrampen auf Tanegeshima verbunden.« Er funkelte den jüngeren Androw an. »Sie haben Kenntnis davon, nicht wahr?«

»Habe ich.« Er hielt Ikedas Blick stand.

»Wir greifen bei Ihren Testflügen auf diese Beobachtungsstationen wegen der ins Spiel kommenden Höhen zurück. Wenn die *Daedalus* in der Luft ist, werden alle anderen Aufgaben vorübergehend der Weltraumbeobachtungsanlage im südlichen Okinawa übertragen.« Er legte eine Pause ein, wie um seinen Ärger unter Kontrolle zu bringen. »Mit anderen Worten, wir haben dafür gesorgt, daß die Stationen in Katsura und Masuda sich auf Ihre Flüge konzentrieren, wenn Sie mit ihr aufsteigen. Sie sind sich auch dessen bewußt?«

»Natürlich.« Jurij wollte lächeln, sah jedoch davon ab.

»Dann sind wir verwundert, Major Androw. Wie erklären Sie die folgenden Geschehnisse? Um zwei Uhr dreißig schalteten Sie Ihren Luftverkehrskontrollsender ab. Das war richtig, weil Sie Anweisung hatten, auf geheime Frequenzen umzustellen. Aber Sie haben nicht, wie es im Flugplan für diese Mission vorgesehen war, sofort auf den geheimen Frequenzen berichtet. Für annähernd zwölf Minuten bekamen wir von Ihnen keine Navigationsinformationen irgendwelcher Art. Außerdem waren alle Funk- und Computerverbindungen unterbrochen.«

»Ich war zu diesem Zeitpunkt im Cockpit ziemlich beschäftigt. Ich nehme an...«

»Ja, wir gingen davon aus, daß Sie das sein würden, weil Sie darauf bestanden, die Navigationscomputer abzuschalten«, fuhr Ikeda mit einer Stimme fort, die so kalt war wie der eisige Wind, der über die Insel pfiff. »Wir finden Ihre nächste Aktion besonders beunruhigend. Zu diesem Zeitpunkt hatten wir Sie noch auf dem Beobachtungsradar und stellten fest, daß Sie, kaum daß der Sender abgestellt war, Ihren Kurs um hundertvierzig Grad änderten – südlich, über das Japanische Meer. Dann nahmen Sie einige nicht vorgesehene Manöver vor, eine Drehung um die Längsachse vielleicht, und gingen sofort in einen schnellen Sinkflug über. In diesem Augenblick verloren wir Sie auf dem Radar. Ohne Funkkontakt fürchteten wir, daß das Flugzeug funktionsunfähig geworden wäre, daß Sie damit abgestürzt wären. Dann aber, genau um zwei Uhr zweiundvierzig, erschienen Sie wieder auf dem Katsura-Radar, im Steigflug auf eine Höhe von elftausendfünfhundert Metern. Zu diesem Zeitpunkt kehrte auch der Funkkontakt zurück.« Ikeda machte eine Pause und bemühte sich, Haltung zu bewahren. »Welche Erklärung haben Sie für dieses Geschehnis und für das, was wie ein eindeutiges Radarausweichmanöver aussah?«

»Ich weiß nicht das geringste über das Radar. Ich wollte lediglich die Verhaltensweise unter unterschiedlichen Bedingungen überprüfen. Es handelte sich nur um ein kleines Zusatzmanöver, weshalb ich auch nicht...«

»Weshalb Sie es auch nicht in Ihren Flugbericht aufnahmen.« Ikedas dunkle Augen durchbohrten ihn. »Erwarten Sie etwa, daß wir Ihnen das glauben?«

Das sowjetische Team tauschte nervöse Blicke. Sie alle wußten, daß sich Jurij Androw manchmal wie jemand verhielt, den die Amerikaner einen Cowboy nannten, aber diese nicht autorisierte Eskapade hörte sich in der Tat sehr unverantwortlich an. Keiner von ihnen hatte bis jetzt davon gehört.

»Ein Versehen. Es gab soviel...«

»Major Androw«, unterbrach ihn Ikeda, »Sie sind offiziell von der sowjetischen Luftwaffe freigestellt worden. Niemand in diesem Zimmer hat den militärischen Rang, um Sie zu disziplinieren. Aber Sie sollten wissen, daß wir diese Unbotmäßigkeit als schwerwiegenden Umstand betrachten.«

»Sie haben recht. Es war töricht.« Zeit, klein beizugeben, dachte er. »Ich möchte mich in aller Form bei der Projektleitung entschuldigen, hier und jetzt. Es war eine schwere Fehleinschätzung meinerseits.«

»Jurij Andrejewitsch, ich muß schon sagen, daß ich verwundert bin«, meldete sich der ältere Androw schließlich zu Wort. »Ich hätte nicht gedacht, daß es dir jemals in den Kopf käme, eine offizielle Testserie durcheinanderzubringen.«

Jurij lächelte matt. »Ich versuche eben immer..., nun, den Spielraum ein bißchen zu erweitern, um zu sehen, was in einem neuen Vogel steckt.«

Und, sagte er in Gedanken, genau das habe ich getan. Gerade

jetzt. Ich habe zwei Dinge herausgefunden. Erstens, ich kann den Beobachtungsstationen der Schweinehunde entgehen, indem ich den Radarsender abschalte und dann »auf Tauchstation« gehe. Ich kann ihr Netz überwinden und verschwinden. Ich mußte herausfinden, ob das möglich ist, und das weiß ich jetzt. Großartig! Ikedas anderer kleiner Schnitzer bestätigte lediglich, was er schon geargwöhnt hatte. Dieses beschissene Flugzeug war geeignet…

»Major Androw, dieses inakzeptable Verhalten darf sich nicht wiederholen.« Ikedas Augen blitzten vor Zorn, und in seiner Stimme schwang eine unmißverständliche Drohung mit. »Verstehen Sie mich? *Nie wieder*. Bei diesem Projekt steht zuviel auf dem Spiel, als daß es durch ein Abweichen von festgelegten Abläufen gefährdet werden darf.«

»Ich verstehe.« Jurij senkte den Kopf.

»Wirklich?« Die Stimme des Projektleiters hob sich uncharakteristisch. »Wenn sich eine solche unbesonnene Aktion jemals wiederholt, dann warne ich Sie jetzt, daß es Konsequenzen geben wird. Sehr schwerwiegende Konsequenzen.«

Du kannst deinen Arsch darauf verwetten, daß es Konsequenzen geben wird, dachte Jurij. Denn beim nächsten Mal werde ich den ganzen Plan von Mino Industries auffliegen lassen. Es wird Konsequenzen geben, von denen du nicht einmal träumen kannst, du glattzüngiger, intriganter Hurensohn.

Dienstag, 20.46 Uhr

»Was sagt dir das?« Jurij schützte seine Augen vor dem grellen fluoreszierenden Licht des Hangars und lenkte den Blick seines Vaters auf das Dunkelgrau des Rumpfes über ihnen. Der alte Mann kniff die Augen zusammen und sah nach oben. »Kannst du es erkennen? Die Unterseite ist dunkler und hat ein Wabenmuster. Die Lüftungen, die Motorgehäuse, alles. Ganz schwach, aber eindeutig vorhanden.«

Andrej Androw starrte einen Augenblick lang darauf, bevor er sprach. »Interessant. Merkwürdig, daß es mir bisher nicht aufgefallen ist. Aber ich nehme an, daß es sich lediglich um einen Teil der Hüllenversteifung handelt.«

»Falsch. Gleich unter der Außenschicht aus der Titaniumlegierung befindet sich irgendeine Art von Kohlenstoff-Ferritmaterial, das bewußt in Wabenform gepreßt worden ist. Aber man kann es bei direkter Beleuchtung beinahe nicht erkennen.« Jurij legte seinem Vater die Hand auf die Schulter. »Komm und laß mich dir noch etwas anderes zeigen.«

Er führte den älteren Androw zu der Treppe aus glänzendem Stahl, die auf einem Laster befestigt war und zu der offenen Luke gleich hinter den breiten Flügeln hinaufführte.

»Gehen wir in den hinteren Laderaum. Dort ist es zu sehen.«

Die japanischen Techniker und Mechaniker eilten hin und her und schenkten ihnen buchstäblich keine Beachtung, als sie die Stahlstufen hinaufstiegen und im höhlenartigen Unterbauch der *Daedalus* verschwanden. Das Innere des Laderaums wurde von starken, an den Seiten angebrachten Natriumlampen erleuchtet.

»Bist du jemals hier drin gewesen?« Jurijs Stimme hatte einen leichten Widerhall, als er die Frage stellte und dann wartete. Er ahnte die Antwort bereits.

»Natürlich. Das ganze Triebwerkspersonal hat eine kurze Besichtigungstour gemacht, vor ein paar Monaten. Bevor...«

»Das habe ich mir gedacht. Ein schneller Rundgang. Jetzt möchte ich, daß du etwas anderes siehst. Ich werde an dieser ›Aluminium‹-Stütze ein Experiment durchführen.« Er holte ein Taschenmesser hervor und klappte es auf.

»Diese Verstrebung sieht aus wie Metall, stimmt's? Aber paß auf.«

Er rammte die Klinge in den Stützbalken, der in die Seite des Laderaums eingelassen war.

»Jurij, was...«

Die Klinge war fast so hindurchgegangen, als würde der Balken aus Schaumstoff bestehen.

»Das ist kein Metall. Es ist ein mehrschichtiges Kohlenstoff-Kohlenstoff-Material. Genau wie die Bremsklappen. Ein verdammt teures Material, selbst für die Japaner. Für die Profilkanten, vielleicht sogar für alle Außenteile ergibt das Sinn – wegen der Hüllentemperatur im Hyperschallbereich. Aber warum hier drin? Im Inneren? Warum wird es bei dieser Innenkonstruktion verwendet?«

»Vielleicht um Gewicht zu sparen, ich weiß es nicht.« Der alte Mann runzelte nachdenklich die Stirn.

»Wieder falsch. Jetzt schau mal nach oben.« Jurij lenkte den Blick seines Vaters zur Decke des Laderaums. »Erkennst du, wie zahnförmig da die Verkleidung ist? Ich habe diese Art Muster schon gesehen. Gewicht ist nicht der Grund.«

»Was willst du also sagen?« Die Verwirrung des alten Mannes war echt.

»Du hast den Kontakt zur realen Welt verloren.« Jurij lächelte grimmig. »Vielleicht hast du dich zu lange in Baikonur vergraben, mit dem Kopf in Streichquartetten und im klassischen Griechenland. Dieses Kohlenstoff-Kohlenstoff-Material ist bei allen Stützelementen verwendet worden. In diesem Flugzeug gibt es praktisch überhaupt kein Metall. Und dann die Form des Rumpfes, all diese geschwungenen Kurven und Stromlinien. Wahrscheinlich ist es ein cleverer aerodynamischer Entwurf, aber er erfüllt auch noch einen anderen Zweck. Dieses Flugzeug ist wohldurchdacht.«

»Was meinst du damit?«

»Begreifst du es nicht? Radar. Die Form des Rumpfes ist bewußt so entworfen worden, um *Radar* zu zerstreuen und abzulenken. Und dieses Wabenmuster an der Unterseite ist radarabsorbierend. Dann das hier drin. Das Kohlenstoff-Kohlenstoff-Material, das für das Gerippe verwendet wurde, und das Sägezahnmuster da oben absorbieren jedwede Radarenergie, die durchkommt.« Er drehte sich um. »Dieses Flugzeug wehrt Radar genauso ab wie der Stealth-Bomber der Vereinigten Staaten. Vielleicht noch besser. Einige unserer experimentellen Flugzeuge bedienen sich derselben Techniken.«

»Aber warum? Ich verstehe es nicht. Es gibt keinen Grund dafür.«

»Da hast du recht. All diese Spezialmaterialien, dieser radarvermeidende Entwurf sind nicht erforderlich. *Es sei denn* ...« Jurij machte eine Pause, warf dann einen prüfenden Blick nach unten, um sicher zu sein, daß sich keine Techniker in Hörweite befanden. »Letzte Nacht, als ich mit ihr nach unten ging, flog ich mit einem Winkel von neunzig Grad, um dafür zu sorgen, daß ihre Beobachtungsantenne in Katsura nur die Unterseite des Rumpfes erkennen konnte. Und was meinst du? Die Wahrheit kam bei der Besprechung heraus. Dieses Flugzeug verschwand ganz einfach von ihren Radarschirmen. Es war weg. Aber jetzt weiß Ikeda, daß ich es weiß.«

Der ältere Androw starrte ihn an. Seit Jahren hatten ihm die Leute gesagt, daß sein Sohn zu klug wäre, um lediglich ein Düsenjägerpilot zu sein. Sie hatten recht. Während all dieser Jahre hatte er ihm nie genug zugetraut. »Ich begreife langsam, was du da sagst. Eine Raumplattform, die dazu geeignet ist ...«

»Genau. Die Unterseite dieses Flugzeugs hat eine fast nicht existierende Radarkennung. Wahrscheinlich ungefähr wie bei einem mittelgroßen Vogel. Man muß sie nur noch ein bißchen mehr abdunkeln, und sie ist nicht mehr da. Was, zum Teufel also, ist der Zweck?«

Der ältere Androw antwortete nicht sofort. Er war in Gedanken noch immer bei der Besprechung. Nie zuvor hatte er den Projektleiter so erregt gesehen. Zugegeben, Jurij hatte gegen die Programmrichtlinien verstoßen, hatte auf unerhörte Weise dagegen verstoßen, aber dennoch ... Ikedas Wutausbruch war ein Charakterzug des Mannes, den niemand aus dem sowjetischen Team bisher erlebt hatte.

Außerdem wunderte er sich weiterhin über die plötzliche Beschleunigung des Hyperschall-Testflugs. Ihn um Monate vorzuverlegen hatte einige schnell zu lösende Probleme heraufbeschworen. Warum war Mino Industries auf einmal so in Eile? Und nun diese geheimnisvolle Sache. Jurij hatte recht. Eine luftatmende Orbitalplattform für Forschungen im erdnahen Raum hatte keine Veranlassung, Radar auszuweichen. Die Welt würde darüber jubeln, nicht darauf schießen. Sehr verwunderlich. Und beunruhigend.

»Jurij, an dem, was du da sagst, ist etwas dran. Nichts davon ergibt irgendeinen Sinn.«

»Den gibt es, verdammt noch mal, wirklich nicht. Und es kommt noch mehr. Du solltest die ECM-Ausstattung dieser Maschine sehen, die elektronischen Gegenmaßnahmen zwecks Ausschaltung von feindlichen Überwachungs- und Verteidigungssystemen. Sie ist auf dem allerneuesten Stand.«

Andrej Androws dunkle Augen bewölkten sich. »Wieso bin ich über all dies nicht informiert worden?«

»Deine Leute am Triebwerksystem, deine Aeronautikspezialisten, alle deine Techniker haben Scheuklappen angelegt bekommen und sind in hübsche kleine Arbeitsnischen gesteckt worden. Keiner sieht das Gesamtbild. Davon abgesehen, ich kenne hier niemanden, der wirklich etwas von der jüngsten geheimen Tarnbomber-Technologie versteht.«

»Nun, die Wahrheit ist, daß keiner von uns Zeit gehabt hat, darüber nachzudenken.« Der alte Mann hatte nie älter gewirkt.

»Laß mich dir ein Geheimnis anvertrauen.« Jurij senkte seine Stimme, so daß sie beinahe wie ein Flüstern klang. »Lemontow hat darüber nachgedacht. Unser kleiner Projekt-*Kurirovat*, dieser Apparatschik der KPdSU, glaubt, daß er dieses Flugzeug mit nach Hause nehmen und das Muster kopieren kann, um vielleicht eine Flotte von hyperschallschnellen – wie auch immer man sie nennen will – unsichtbaren Todesmaschinen zu bauen. Soviel hat er mir gegenüber vor vier Tagen angedeutet.«

»Ich will davon absolut nichts hören.« Die Augen Andrej Androws zeigten grimmige Entschlossenheit.

»Mein liebes Väterchen«, sagte Jurij und benutzte dabei die russische Verkleinerungsform, »deine Meinung dazu wird wahrscheinlich überhaupt nicht gefragt sein. Ich bin überzeugt davon, daß Lemontow oder derjenige, der ihm seine Befehle gibt, die feste Absicht hat, dieses Flugzeug zu einem Waffenträgersystem zu machen, und daß Mino Industries, wie ich jetzt gleichfalls glaube, bereits eins gebaut hat. Hier an Ort und Stelle. Es ist startbereit. Aber wie auch immer, die Raumforschung steht auf der Liste aller ganz unten. Die richtige Frage lautet also: Wer wird wen zuerst bescheißen?«

»Ich nehme an, daß ich diese Frage als allerletzter beantworten kann.« Die Augen des alten Mannes waren verzagt, als er mit den Fingern durch seine lange weiße Haarmähne fuhr.

Jurij lachte und legte seinem Vater den Arm um die Schulter. »Nun, auch sonst scheint hier niemand etwas davon zu wissen. Oder sich darum zu kümmern.«

»Und was sollen wir tun?«

»Ich habe einen kleinen Plan geschmiedet. Ich möchte jetzt nicht darüber sprechen, aber sagen wir einfach, daß ich sie allesamt reinlegen werde, verlaß dich drauf.«

13.

Dienstag, 9.31 Uhr

Als Michael Vance den Börsenhandelsraum im zweiten Stockwerk von Kenji Nogamis Westminster Union Bank betrat, hatte der morgendliche Betrieb gerade begonnen. Grüne Ziffern huschten über Computerbildschirme, Broker in Hemdsärmeln führten ihre ersten Telefonate mit Paris und Zürich, Pfunde und Dollar, Mark und Yen wurden in Umlauf gebracht.

Nogami, bekleidet mit einem konservativen schwarzgrauen Anzug, ging nervös voraus. Sein verglastes Büro lag in der Ecke, in unmittelbarer Nähe des Börsenbetriebs und wurde nur durch eine niedrige Trennwand vom Geschrei der Händler und Klikken der Computer getrennt. Dies entsprach seinem japanischen Stil ständiger Verfügbarkeit, der Verbundenheit mit seinen Truppen. England, das Land, das Klassenprivilegien praktisch erfunden hatte, war niemals etwas untergekommen, was sich entfernt damit vergleichen ließ.

Aber als er nach dem Morgentee läutete, hatte seine Stimmung etwas Düsteres an sich. Vance entging dies nicht. Die Offenheit des vergangenen Nachmittags war verschwunden, war ersetzt worden durch offenkundiges Unbehagen.

Eine uniformierte japanische »Büro-Lady« brachte das Gebräu, dunkel und stark, zusammen mit hauchdünnen Wedgewood-Tassen auf einem Silbertablett.

Vance hatte den Tee nötig. Sein Schlummertrunk mit Eva im Savoy hatte fast zwei Stunden gedauert, aber gegen Ende war das Spiel zum Teil in Gang gekommen. An diesem Morgen, noch nicht richtig erholt von der nächtlichen Begegnung, hatten sie gemeinsam ein englisches Frühstück zu sich genommen, und dann war Eva wieder an die Übersetzung des Protokolls gegangen. Vance bemühte sich noch immer, richtig aufzuwachen.

»Michael, ich habe Antwort bekommen.« Nogamis ganze künstliche britische Ungezwungenheit hatte sich verflüchtigt. »Ich glaube, er ist gesprächsbereit. Aber es gibt Bedingungen. Und seine Leute wollen dich sehen. Außerdem sprach er von ›allen Parteien‹. Ich nehme an, daß noch andere beteiligt sind.«

»Es gibt noch jemanden.« Dank des Tees legte sich sein Kater jetzt schnell. »Aber ich glaube, sie hat wirklich genug Kontakt zu seinen ›Leuten‹ gehabt.«

Nogami blickte angespannt hoch. »Ich weiß nicht, um was es hier geht, aber das Treffen könnte an einem neutralen Ort stattfinden.«

»Sag ihm, daß er es vergessen kann.«

»Es steht dir frei, deine eigenen Bedingungen per Telex durchzugeben.« Nogami zuckte die Achseln, versuchte dann zu lächeln. »Ich spiele hier lediglich den Botenjungen. Ich habe keine Ahnung, um was es geht, und ich glaube auch nicht, daß ich es wirklich wissen will.«

»Ich werde mein Bestes tun, um dich rauszuhalten, aber das wird vielleicht nicht ganz möglich sein.«

»Michael, ich habe meinen Teil des Handels erfüllt. Ich habe den Dialog in Gang gebracht.« Nogamis Stimme war vor dem Hintergrund des Lärms der Börsenhändler kaum hörbar. »Wie steht es mit deinem Teil?«

»Ich beschäftige mich noch damit.«

»Es bleibt nicht mehr viel Zeit.« Nogamis Stirn legte sich in Falten. »Irgendein vorläufiges Angebot muß morgen vorgelegt werden, spätestens übermorgen.«

»Nun, warum legst du nicht los? Das sollte dir helfen, eine Antwort zu bekommen. Es sollte allen helfen.«

»Was meinst du damit?«

»Wenn die Schuldverschreibungen wirklich... Aber sehen wir doch zuerst mal, was Tokio zu sagen hat. Kommt ein Handel zustande oder nicht?«

»Vielleicht sagt dir seine Antwort etwas.« Nogami holte ein glänzendes Blatt Papier aus einem braunen Umschlag und reichte es herüber. »Deshalb habe ich dich so früh angerufen. Es wurde in der Nacht über unsere abgesicherte Leitung durchgegeben. Vielleicht kannst du etwas damit anfangen. Ich muß zugeben, daß ich es ein bißchen kryptisch fand.«

Als Vance das Blatt entgegennahm, fühlte er sich flüchtig an das »Papier« erinnert, das ihm Alex Nowosty an jenem Morgen in Athen auf der Akropolis gegeben hatte. Der Briefkopf war exakt derselbe. Ja, dachte er, wir haben ins Schwarze getroffen. Ganz oben gab es eine Zeile in fetten, selbstbewußten Druckbuchstaben.

Vorschlag um 23.15 Uhr erhalten. Vorstandsvorsitzender hat ihn geprüft und verlangt sofort Kontakt mit allen Parteien. Das Geld muß spätestens bis zum morgigen Geschäftsschluß tokiotischer Zeit bei Shokin Gaigoku eingegangen sein. Geben Sie Antwort über die abgesicherte Anlage bei Westminster Union. Kein anderer Kommunikationsweg wird akzeptiert.

»Sieht so aus, als ob er darauf eingegangen ist.« Vance gab das Blatt zurück.

»Wenn du antworten willst, kannst du unser Telex hier benutzen, so wie er es verlangt.«

»Ken, wie gut ist sein Wort? Wenn er sich einverstanden erklärt, die Verfolgung einzustellen, wird er sich dann daran halten? Oder sollte ich mit einem Betrugsmanöver rechnen?«

»Du kennst seinen Operationsstil sehr gut. Was glaubst du? Was mich angeht, so konnte ich ihm immer vertrauen. Er hat den Ruf, auch zu tun, was er sagt.«

»Vielleicht wird sich das alles ändern. Er hat immer um große Einsätze gespielt, aber diesmal geht es um eine völlig neue Ebene. Sie ist global, und ich habe so das Gefühl, daß er sich nicht durch Artigkeiten aufhalten lassen wird. Dies könnte sein letztes großes Spiel sein.«

»Und die Eurodollar-Obligationen, die ich ausgeben soll?« Nogami musterte ihn. »Du weißt, wofür die sind, oder?«

»Ich glaube, ich habe eine grobe Vorstellung davon.«

»Das dachte ich mir«, seufzte er. »In Ordnung, wie willst du es also angehen?«

»Zuerst einmal keine direkten Kontakte. Alles läuft über Dritte. Du kannst die Antwort geben. Ich werde nicht damit anfangen, nach seinen Regeln zu spielen. Das wäre ungeschickt. Ich möchte ihn wissen lassen, daß er erledigt wird, wenn einem von uns etwas zustößt. Das Protokoll geht an die Zeitungen.«

»Das Protokoll?« Nogami runzelte fragend die Stirn.

»Er wird wissen, was ich meine. Wir brauchen nur das Wort zu benutzen.«

»Wie du willst. Und wie lautet die Botschaft?«

»Daß ihm, wenn er seinen Teil des Handels erfüllt und die Verfolgung einstellt, das Geld zur Verfügung steht. Aber ein anderer Teil des Handels ist, daß ich noch den Daumen draufhalten will, zumindest für den Augenblick.«

»Was meinst du damit?«

»Für den Anfang wird es nach der erprobten und bewährten Methode des heißen Geldes behandelt. Die hundert Millionen werden dazu verwendet, britische Schatzbriefe zu kaufen, die dann hier bei der Bank bleiben und als Sicherheit für einen Kredit dienen.«

»Der übliche Waschvorgang.« Nogami lächelte. »Das läßt mich beinahe wehmütig an die alten Zeiten denken.«

»Die Standardmethode geht nur bis zu einem gewissen Punkt. Danach nimmt die Sache eine Wendung. Der Kredit wird dann dazu benutzt, eine spezielle Erstausgabe in Höhe von hundert Millionen dieser Mino-Industries-Obligationen zu erwerben, die du in Umlauf bringen sollst – gekauft voll und ganz durch mich.«

»Und so bekommt er seine Gelder in vollem Umfang sauber gewaschen und nicht zurückverfolgbar.« Nogami nickte anerkennend. »Stil, Michael, Stil. Du hattest immer...«

»Ja und nein. Sieh mal, ich gebe die Zügel nie aus der Hand. Diese Obligationen sollen keine Papiere sein, die einschließlich der Zinsen erst in zehn Jahren fällig sind, sondern werden ein bißchen anders aussehen – der Inhaber kann sie *jederzeit* einlösen mit einer Kündigungsfrist von vierundzwanzig Stunden.«

»Und der Inhaber wirst du sein?« Nogami wirkte plötzlich beträchtlich weniger zufrieden.

»Nur indirekt. Ich werde die Vollmacht einem Dritten übertragen. Wenn mir oder einer anderen Person, die ich benennen werde, ein bedauerlicher ›Unfall‹ zustößt, werden die Obligationen sofort zur Einlösung vorgelegt. Und wenn er nicht zahlt, wenn er die vollen hundert Millionen nicht auf der Stelle zur Verfügung stellt, kann er sich vom Rest seines großen Manövers verabschieden, denn die Zahlungsunfähigkeit von Mino Industries käme auf die Titelseite der *Financial Times*. Er wäre nicht in der Lage, den Rest dieser Schwindelpapiere loszuwerden. Er würde in dieser Stadt augenblicklich der Geschichte angehören.«

»Michael.« Nogamis Stirnrunzeln verstärkte sich. »Ich habe noch nie davon gehört...«

»Er bekommt sein Geld, ganz klar, aber ich habe ein starkes Druckmittel gegen seine *Cojones* in der Hand.«

»Das sind sehr harte Bedingungen. Ich bezweifle, daß er sich damit einverstanden erklärt.«

»Das Spiel wird nur so ablaufen. Er erhält sein Geld, sauber gewaschen, aber ich bekomme eine Versicherungspolice in Höhe von hundert Millionen in die Hand. Ich hoffe, wir kommen ins Geschäft, denn sonst sieht er diese Gelder nie, Punkt. Das garantiere ich.«

»Dann formuliere es so, und ich werde es durchgeben.« Nogami schwieg nachdenklich. »Aber ich kann dir schon jetzt sagen, daß er nicht glücklich sein wird. Das alles ist gegen die Regeln. Außerdem bin ich mir nicht sicher, ob ich damit anfangen möchte, diese Mino-Industries-Obligationen auszugeben, egal wann sie fällig werden. Wenn ich diesen Weg erst einmal eingeschlagen habe, wie kann ich dann jemals wieder zurück? Du nagelst mich fest.«

»Man wird schon auf dich aufpassen, Ken. Sieh mal, wir können den Mann nicht daran hindern, faule Mino-Industries-Anleihen an europäische Dummköpfe zu verkaufen. Niemand kann das. Wenn du einen Rückzieher machst, schaltet er dich einfach aus und arrangiert die Sache auf andere Weise. Wir beide wissen das.«

»Was soll ich also tun?«

»Bereite vor, was ich will, um mir etwas in die Hand zu geben. Dann mache ich weiter. Es sind nicht nur die hundert Millionen, um die er sich Sorgen machen muß. Da ist auch noch das Protokoll. Ich will ihn wissen lassen, daß ich in der Lage bin, es an die Öffentlichkeit zu bringen, wenn er die Verfolgungen nicht einstellt. Das und die Drohung, seinen Plan, Eurodollar-Steuerhinterzieher zu betrügen, aufzudecken, sollten ausreichen, ihn im Zaum zu halten.«

»Wenn du meinst.« Nogami blickte zweifelnd. »Aber ich bin überzeugt davon, daß ohne ein Treffen nichts in Gang kommt. Daran wird kein Weg vorbeiführen.«

»Schicken wir dieses Telex erstmal ab. Dann sehen wir weiter.«

Dienstag, 12.54 Uhr

»Und wir tun es, indem wir Mino-Industries-Schuldverschreibungen benutzen?« Nowosty hörte verblüfft zu. »Firmenobligationen?«

Der schwarze Mercedes – mit dunkel getönten, kugelsicheren Scheiben – parkte in der Seitenstraße hinter dem Savoy, gleich oberhalb von den Victoria Embankment Gardens. Vance und Alex saßen auf den Vordersitzen. Vance hatte die Schlüssel an sich genommen – dies war ein Teil des Handels.

»Sie werden unsere Deckung sein. Wir werden sie bei einer der risikofreudigen japanischen Banken hier als Sicherheit hinterlegen und einen Kredit über die hundert Millionen aufnehmen.«

»Wenn ich das richtig verstehe, wird das Geld gleichzeitig an zwei Orten sein. Michael, das ist ein Taschenspielertrick.«

»Was kümmert es Sie? Wenn die japanischen Banken hier keine Inhaberpapiere von Mino Industries beleihen, was, zum Teufel, wollen sie sonst tun? Sie werden Ihr Geld haben, sauberes Geld, und über alle Berge sein, wenn die ganze Sache auffliegt.«

»Ich muß es tun, nicht wahr?« seufzte Nowosty. »Ich muß den Strohmann spielen. Ich verstehe.«

»Es ist ein Geben und Nehmen, Alex. Niemand in diesem Wagen ist eine Jungfrau. Sie haben schon Schlimmeres gemacht. Abgesehen davon, sehen Sie es doch so: In ein paar Tagen werden Sie Ihre hundert Millionen zurückhaben, und vielleicht können Sie unversehrt wieder nach Hause gehen. Ich rette Ihren betrügerischen russischen Hintern, verdammt noch mal, und erwarte dafür ein bißchen Dankbarkeit.«

»Ich sollte wohl dankbar sein, aber irgendwie...« Nowosty zündete sich eine Zigarette an. Während das schwarze Feuerzeug klickte, starrte er durch die Rauchwolke. »Aber was ist mit Ihnen? Wo wollen Sie hingehen, wenn dieses Kartenhaus zusammenbricht? Und das wird es, wie Sie wissen. Es muß.«

»Eva und ich werden dann auch hier weg sein, wenn Gott es will.« Vance machte eine Pause, und seine Gedanken jagten sich. »Okay, und jetzt erzählen Sie mir, was Sie über diesen Prototypen wissen.«

Nowostys Stimme klang müde. »Sie haben richtig vermutet. Ich hatte Angst, mit jemandem darüber zu sprechen, aber jetzt... Sie haben recht, es ist ein hochtechnisiertes Flugzeug. Das ist alles, was ich mit Sicherheit weiß. Nach allem, was ich gehört habe, ist es schneller als alles, was die Welt bisher gesehen hat. Viel schneller. Ein Wunder der modernen Technologie.«

»Diesen Verdacht hatten wir aufgrund der Startbahn.« Vance blickte durch die getönten Fenster. Der späte Morgen über der Themse war noch immer nicht mehr als ein Schimmer, der den nebligen Dunst durchdrang. »Wie schnell soll es genau sein?«

»Um viele, viele Male schneller als der Schall. Zehnmal, vielleicht zwanzigmal schneller. Ich glaube, das Projekt ist den Vereinigten Staaten oder Europa mindestens ein Jahrzehnt voraus.

Wie ich es verstanden habe, steht der erste Testflug mit vollem Programm unmittelbar bevor. Unnötig zu sagen, daß das Flugzeug friedlichen Zwecken dienen soll, der Raumforschung, aber...«

»Bleiben Sie ernsthaft. Tanzan Mino spielt auf Gewinn, auf der ganzen Linie. Und Sie haben das Startkapital für das Geschäft gewaschen.«

»Als ich damit befaßt wurde, hatte ich keine Ahnung.« Nowosty sog an seiner Zigarette. »Das schwöre ich. Als mich Viktor Fedorowitsch Wolodin um Hilfe bat, sagte er, daß es sich lediglich um den Teil eines geheimen Handelsabkommens handeln würde. Die Hardliner waren nicht eingeweiht. Jetzt wird mir klar, daß auch er über die wahren Hintergründe nicht Bescheid wußte.«

»Richtig.«

»Erst später konnte ich mir den Rest zusammenreimen. Über den Prototypen und seine Fähigkeiten.«

»Denken Sie darüber nach. Mino Industries ist im Begriff, der ultimative Waffenlieferant der Welt zu werden, einziger Verkäufer der Ware, die man unbedingt haben muß, und die Sowjets und die Amerikaner können sich Kopf an Kopf ein ›Schuldenrennen‹ liefern, wenn sie sie kaufen. Ihre Militärs sind wie die unsrigen – sie haben noch nie eine neue Waffe gesehen, die ihnen nicht gefallen hat.«

»Unweigerlich.« Nowosty bemühte sich, seine Fassung zu bewahren. »Aber ich sehe nicht, wie Sie das Ganze stoppen können.«

»Wir werden damit anfangen, dem Paten Knüppel zwischen die Beine zu werfen, und Sie sind ein Mitglied des Teams. Also müssen Sie sich zusammenreißen. Erinnern Sie sich an unsere Vereinbarung in der vergangenen Nacht, an das, was Sie zu tun haben.«

»Michael, Tanzan Mino läuft die Zeit weg. Wie ich gehört habe, kann weder der Prototyp enthüllt noch das Protokoll zur

Abstimmung vor das Parlament gebracht werden, bevor nicht die Machthaber in der Liberaldemokratischen Partei gut geschmiert sind. Diesmal gibt er nicht einfach Insiderinformationen über lohnende Börsengeschäfte weiter, sondern gewaschenes Bargeld. Und da sich dieses Geld noch immer in London befindet, ist er sehr aufgebracht.«

»Sie sagen, daß die ganze Sache Ihrer Ansicht nach in weniger als einer Woche losgehen soll.« Vance musterte ihn. »Aber das ist nur möglich, wenn die hundert Millionen da sind, bar auf die Hand.«

»Bestechungsgelder, mein Freund. Oder *Kosaihi*, wie sie es nennen. Die ganze Reihe durch, von oben bis unten.« Er lächelte verkniffen und rieb sich seinen Bart. »Michael, Sie sollten am besten wissen, wie die Dinge da drüben laufen. Seit den alten Zeiten, als die CIA die Hälfte der japanischen Politiker kontrollierte, hat sich nur sehr wenig geändert. Es ist eine ehrenwerte Tradition, daß man sich um die richtigen Leute kümmert. Aber der richtige Zeitpunkt ist entscheidend.«

»Keine *Kosaihi*-Zahlungen, kein Geschäft.«

»So habe ich es gehört. Jeder weiß, daß das Parlament ein willenloses Werkzeug ist. Alles wird oben entschieden, in einem Konsens zwischen den Führern der Liberaldemokratischen Partei. Aber die Drahtzieher in der LDP weigern sich, ein derartig kontroverses Vorhaben, eine Partnerschaft mit Rußland, gutzuheißen, wenn es sich für sie nicht lohnt. Das habe ich zumindest gehört. Das Schmiergeld muß also verteilt werden, in Form von hübsch als Geschenk verpackten, nicht rückverfolgbaren Bündeln und unter tiefen Verbeugungen. Das ist der traditionelle Weg, Michael. Das Diktat der angemessenen Etikette. Sie kennen das System.«

»Dann sollte es nicht zu schwierig sein, mit dem Mann an der Spitze zu verhandeln. Er steht unter Druck.«

»Ich bezweifle ernsthaft, daß er sich diesmal in einer Kompromißstimmung befindet. Er ist gewohnt zu bekommen, was er will, ohne daß Fragen gestellt werden.« Nowostys dunkle Augen hatten einen wissenden Ausdruck. »Ich glaube eigentlich nicht, daß dies neu für Sie ist, wenn ich bedenke, wie Sie...«

»Es kommt mir irgendwie bekannt vor. Aber diesmal wird es vielleicht anders sein.«

»Michael, ich befinde mich in einer hoffnungslosen Position. Sie wissen das. Wenn die Gelder Tokio nicht zur Verfügung gestellt werden, und zwar bald, dann weiß nur Gott, was passieren wird. Aber wenn ich das Geld nicht an Moskau zurückgebe, bin ich ebenfalls ein toter Mann. Ich sehe keinen Ausweg. Ich bin so oder so erledigt. Es ist nicht möglich, daß hundert Millionen Dollar gleichzeitig an zwei Orten sind.«

»Taschenspielertricks, wie Sie schon sagten, Taschenspielertricks.« Vance steckte den Schlüssel ins Zündschloß, und der Motor erwachte röhrend zum Leben. »Sehen Sie, es geht hier jetzt um eine Schau. Und um einen engen Terminplan. Wenn diese Sache platzt, wird das Geld für alle das allerkleinste Problem sein.«

»Sie haben recht. Da ist ja auch noch die Sache mit dem Protokoll. Wenn sie vor der offiziellen Ankündigung des Vertrags ruchbar wird, macht man mich dafür verantwortlich. Macht man *uns* dafür verantwortlich. Er wird uns bis ans Ende der Welt verfolgen. Sie wissen das, und ich weiß es auch.«

»Es ist ein Pokerspiel. Um zu gewinnen, muß man bei seinem Bluff bleiben.«

»Das Problem ist nur, Michael, daß er nicht blufft.«

Dienstag, 13.23 Uhr

»Wie Sie sehen können, handelt es sich ausschließlich um Zahlen.« Eva sprach Russisch, als sie auf den Bildschirm zeigte. »So habe ich die Diskette bekommen, und der Cray-Supercomputer der NSA, durch den ich sie laufen ließ, konnte den DES-Schlüssel nicht finden.«

»Interessant.« Vera Karanowa musterte die Reihen von eisblauen Ziffern, wandte sich dann ab und blickte aus dem Fenster des Hotelzimmers. Der späte Morgenverkehr lärmte unten auf der Straße. »Es ist ja wohl klar, was darauf ist. Es geht um Verrat. Andernfalls wäre unser Geheimdienst informiert worden.«

»Es steht Ihnen frei, Vermutungen anzustellen. Ich suche noch immer nach einem Weg, den Code zu knacken.«

Vera musterte sie mit dunklen ungläubigen Augen. »Wir wissen, daß Sie die Beste auf diesem Gebiet sind. Ich kann kaum glauben, daß...«

»Nun, glauben Sie es oder nicht.« Eva schaltete den Computer aus und drehte sich um. »Ich arbeite weiter daran. Ich habe noch nicht aufgegeben.«

Mit einem Seufzer ließ sich Genossin Karanowa anmutig auf der Couch in der Sitzecke nieder. Dann stieß sie ungeduldig die Luft aus. »Wir wissen, daß irgend etwas im Gange ist. Sind Sie sicher, daß Sie nicht einen Teil der Chiffrierung entschlüsselt haben?« Sie blickte hoch. »Keine Daten, keine Termine?«

»Nichts.« Eva goß noch etwas kalten Tee in ihre Porzellantasse. Sie machte keine Anstalten, auch ihrem Gast nachzufüllen. Die Mittagszeit näherte sich, und sie hatte bisher nur zwei Stunden Zeit zum Übersetzen gefunden. Der Tag verging, und die Nachwirkungen des Alkohols bereiteten ihr noch immer Kopfschmerzen.

»Dann gibt es nichts, was Sie mir sagen können«, stellte Vera schließlich fest und erhob sich. »Wir verschwenden alle nur unsere Zeit.«

»Michael wird seinen Teil der Abmachung erfüllen, machen Sie sich deswegen keine Sorgen. Geld zu bewegen ist seine Spezialität.«

»Das hat man mir gesagt. Aber wenn er die unterschlagenen Gelder nicht bis Ende der Woche zurückgibt...«

»Wenn er sagt, daß er es regelt, dann regelt er es auch.« Eva reichte ihr ihren Pelzmantel, den sie vorhin auf das zerknautschte Bett geworfen hatte. Es war ein echter Zobel, nichts Nachgeahmtes. Sie hatte vor langer Zeit auch einmal einen besessen. »Wenn es Ihnen also nichts ausmacht...«

»Wie vereinbart, habe ich dafür gesorgt, daß ein... eine Person aus unserer Botschaft rund um die Uhr vor ihrer Tür Wache steht. Die erste Schicht ist heute morgen mit mir gekommen und ist jetzt draußen.«

»Unauffällig?«

»Er trägt eine Handwerkermontur.«

»Wie sieht es mit der Empfangshalle aus?«

»Ich habe dafür gesorgt, daß auch dort einer unserer Leute zur Stelle ist. Aus naheliegenden Gründen haben wir das Hotelpersonal nicht informiert. Deshalb werden wir die Leute unten regelmäßig auswechseln, um keinen Verdacht zu erregen.«

»Ist das alles, was Sie tun können?«

»Es ist alles, was ich tun will.« Veras Stimme war kalt. »Es war nicht leicht, selbst dies für Sie zu erreichen. Nichts davon geschieht offiziell. Ich mußte an einigen Drähten ziehen.«

»Ich weiß das zu würdigen.«

»Das Ausmaß Ihrer Würdigung werde ich kennen, wenn die unterschlagenen Gelder zurückgegeben sind.«

»Natürlich«, sagte Eva und öffnete die Tür. Draußen stand in der Tat ein übergewichtiger russischer Sicherheitsbeamter in der schlechtsitzenden Kluft eines Telefonmonteurs. Sein Aussehen würde niemanden täuschen, aber vielleicht war das der Zweck der Übung.

Sie wartete, bis Vera Karanowa im Aufzug verschwunden war, drehte sich dann um und bedachte ihren neuen Leibwächter mit einem dünnen Lächeln. Er machte keinen sehr kompetenten Eindruck, war aber wahrscheinlich besser als gar nichts.

Wahrscheinlich. Es sei denn, er war nicht da, um sie zu schützen. Es sei denn, er war da, um aufzupassen, daß sie beide nicht einfach verschwanden.

In Ordnung, zurück an die Arbeit.

Sie machte die Tür zu und schloß hinter sich ab. Dann holte sie tief Luft, stellte den Turbo 486 an und holte die aktuelle Datei auf den Schirm.

Der Teil des Protokolls, den sie an diesem Morgen übersetzt hatte, begann mit weiteren Aspekten des vereinbarten Handels. Die Sowjets erklärten sich einverstanden, ihr Raumprogramm den Japanern vollständig zu öffnen und es praktisch zu einem Gemeinschaftsunternehmen zu machen. Als Gegenleistung würden sich Mino Industries und die japanische Regierung mit der UdSSR zusammentun, um einen neuen Handelsblock ins Leben zu rufen – einschließlich all der ökonomischen Energiebündel Asiens, die gegenwärtig Verbündete der Vereinigten Staaten waren.

Zusammen mit seiner Raumfahrterfahrung teilte Rußland mit Japan auch einige seiner Inseln und bekam als Gegenleistung unbegrenzte Finanzhilfe – und einen Handelspakt mit Japan, der letzten Endes Amerikas Hegemonie im Pazifik völlig unterminieren würde. Die neue ökonomische Allianz, ein Orwellsches East Asia, würde die UdSSR als einen Supermachteckpfeiler sehen und Japan als den anderen.

7. Innerhalb von sechzig Tagen nach offizieller Übergabe des Prototypen wird die UdSSR den Repräsentanten der Mino Industries Group vollständigen und uneingeschränkten Zugang zu allen Anlagen im Kosmodrom von Baikonur gewähren. Das Raumfahrtprogramm der UdSSR wird in das Japans integriert – die Nutzung des gesamten Personals, der Ausstattung und der Startanlagen wird sodann als ein einziges, vereintes Unternehmen betrieben. Die zukünftigen Kosten des gemeinsamen Raumfahrtprogramms werden zu gleichen Teilen von Japan und der UdSSR getragen. In der Folge werden japanische Satelliten und japanische Astronauten entweder vom Kosmodrom in Baikonur oder vom Raumfahrtzentrum in Tanegeshima starten, entsprechend den Erfordernissen des Terminplans.

8. Obwohl der Umfang des japanisch-sowjetischen Handels

gegenwärtig doppelt so hoch ist wie der zwischen den Vereinigten Staaten und der Sowjetunion, beträgt er nur 1,5 Prozent des gesamten japanischen Außenhandels. Durch Gemeinschaftsunternehmen, die von der Mino Industries Group organisiert werden, wird dieser Umfang während der folgenden fünf Jahre auf eine Summe erhöht, die nicht weniger als 10 Prozent aller japanischen Auslandsumsätze entspricht. Sämtliche Zollschranken zwischen der UdSSR und Japan werden während dieses Zeitraums von fünf Jahren beseitigt.

9. Als Teil einer asiatischen Handels- und Diplomatie-Initiative wird die UdSSR gemeinsam mit der Mino Industries Group regierungsamtliche und private Schritte einleiten, um eine Freihandelszone im pazifischen Becken zu errichten, der die Sowjetunion, Japan, Südkorea, Nordkorea, Taiwan, Vietnam, Hongkong, Singapur und Indonesien angehören sollen. Alle Funktionen, Verträge und Handelsabkommen, die gegenwärtig der Mino Industries Group zur Verfügung stehen, werden fürderhin neu festgelegt, um die Repräsentanten und Interessen der Sowjetunion mit zu berücksichtigen...

In Evas Kopf drehte sich alles. Die Allianz mochte zum Teil militärisch sein, aber die Japaner und Sowjets waren keine Dummköpfe. Sie waren sich vollkommen im klaren darüber, daß die wahren Kriege des nächsten Jahrhunderts auf dem ökonomischen Schlachtfeld geführt wurden, wobei es das Endziel jeden Landes sein würde, die Vereinigten Staaten zu übertrumpfen.

Sie starrte wie betäubt auf den blauen Bildschirm. Dieses Geheimprotokoll war ein detaillierter Schlachtplan, demzufolge sich die Sowjets und die Japaner gegenseitig mit dem versorgten, was sie brauchen würden, um als dominierende Supermächte des einundzwanzigsten Jahrhunderts hervortreten zu können. Synergismus auf dem High-Tech-Sektor, Kontrolle des Weltraums, ein Handelsblock, ein Verteidigungsbündnis – es war an alles gedacht.

Aber Regierungen waren nicht so clever. Üblicherweise mußten sie genötigt werden, das zu tun, was strategisch sinnvoll war. Was bedeutete, daß dieses ganze Szenario der Geistesblitz irgendeines privaten Genies sein mußte. Michael zufolge hatte nur ein Mann in Japan das Geld und die Durchsetzungskraft, um einen derartigen Handel zustande zu bringen. Sein Name war Tanzan Mino. Ein Pate der Yakuza.

Unglaublich!

Welche anderen Sprengsätze enthielt das Protokoll noch? fragte sie sich. Was blieb noch übrig?

Die Antwort auf diese letzte noch verbleibende Frage war der Prototyp. Hierbei mußte es sich um die Waffe handeln, die alle anderen Waffen überflüssig machte.

Großartig. Aber wußten die Sowjets wirklich, auf was sie sich da einließen?

Die Euphorie der vergangenen Nacht verflüchtigte sich schnell. Es gab zu viele Möglichkeiten, die ihren Plan scheitern lassen konnten. Michael meinte immer, daß er solche Spiele hart an der Grenze spielen und das Schicksal herausfordern konnte, aber er war nicht immer erfolgreich dabei gewesen. Manchmal verließ ihn das Glück, und sie hatte das unbestimmte Gefühl, daß es diesmal wieder so sein würde.

Dienstag, 13.28 Uhr

»Sato-sama, ohayo gozaimasu.« Kenji Nogami erhob sich, machte dann eine tiefe Verbeugung, als Jiro Sato und sein dunkel gekleideter Leibwächter in den im oberen Stockwerk gelegenen Speiseraum der Westminster Union Bank geleitet wurden. Die Wände waren eisgrau. An einer Seite befand sich ein mit Blattgold belegter Momoyama-Wandschirm, der einen grimmigen Adler auf einem Kiefernzweig zeigte. An der anderen Seite hing ein modernes Ölgemälde, eine impressionistische Wiedergabe der aufgehenden Sonne aus der japanischen Flagge. Bei beiden

handelte es sich um Symbole, die Nogamis Gäste aus der City mit Japans neuer Finanzmacht beeindrucken sollten.

»*Ohayo.*« Jiro Sato antwortete mit einem leichten Nicken und stellte damit seinen höheren Rang heraus. Das gedämpfte Licht ließ seine hellgrauen Haare in dem vom Boden bis zur Decke reichenden Spiegel am anderen Ende des Raumes stahlblau erscheinen. Dies paßte zu dem harten Ausdruck seiner Augen.

Jiro Sato, vor sechzig Jahren in Osaka geboren, war der Londoner Mino-gumi-*Oyabun,* der Mann, der zu bestimmen hatte. Er hatte hagere Wangen und trug einen Nadelstreifenanzug sowie eine dunkle Sonnenbrille, die seine ohnehin schon ausdruckslosen Augen noch weiter verschleierte. Sein dunkler Filzhut sah fast wie eine Melone aus. Die traditionelle Kopfbekleidung der City war zwar in Londons Finanzdistrikt nicht länger en vogue, aber wenn dem so gewesen wäre, hätte Jiro Sato ganz bestimmt eine getragen. Anpassung ging ihm über alles.

Nogami wartete, bis sein Gast auf einem der Stühle aus natürlichem Birkenholz am Ende des langen Eichentisches Platz genommen hatte, setzte sich dann ebenfalls und klatschte in die Hände, um Sake kommen zu lassen. Der Leibkoch des Bankers, ein geprüfter Küchenchef, den er aus dem exklusiven Edo Club in Tokio abgeworben hatte, bereitete bereits den rohen *Fugu* zu, den manchmal tödlichen Hecht, der mit brennendheißem *Wasabi* auf kostbarem Shino-Porzellan serviert wurde.

Jiro Satos Karriere und die Kenji Nogamis waren seit dreißig Jahren eng miteinander verwoben. Beide waren immer in leitender Funktion mit Tanzan Minos Finanzangelegenheiten betraut gewesen, hatten niemals auf der Straßenebene gearbeitet. Keine Tätowierungen, keine fehlenden Fingerglieder. Sie waren Teil des Gehirns, nicht der Muskeln der Mino-gumi.

Obwohl sie beide wußten, daß eine ganz bestimmte Eurodollar-Anleihe in Höhe von hundert Milliarden Zweck des Mittagessens war, ließen sie sich nichts davon anmerken, als ihre traditionelle Plauderei mit Sakeschälchen und einer gelehrten Diskussion über den Momoyama-Schirm an der Wand begann, von dem es hieß, daß ihn der Shogun Toyotomi Hideyoshi Ende des sechzehnten Jahrhunderts in Auftrag gegeben hatte. Danach wandte sich das Gespräch dem Ruhm der Momoyama-Kunst zu, dann den »Nachtigall«-Fußböden im Palast Shogun Hideyoshis in Kyoto – abgeschrägte Dielen, die so entworfen waren, daß sie unangekündigte Eindringlinge verrieten – und schließlich Hideyoshis Verrat durch Ieyasu Tokugawa. Die belanglosen Themen entsprachen dem japanischen Brauch, eine geschäftliche Besprechung zu beginnen.

Jiro Satos offizielle Position war die eines Vorstandsvorsitzenden der in London ansässigen Nippon Shipbuilding Company. In dieser Rolle nahm er die Londoner Interessen der Mino-gumi mit eiserner Faust wahr, wie es von denen, die ihm dienten, und seinen Vorgesetzten in Tokio erwartet wurde. Nippon Shipbuilding baute keine Schiffe, hatte es seit zwanzig Jahren nicht mehr getan. Statt dessen wusch die Firma Tanzan Minos heißes Geld. Täglich gingen über die Satellitenverbindung aus Tokio telegraphisch Gelder ein, und die Investitionen reichten von Immobilien über britische Schatzbriefe bis zu den verstecktesten Anlagemöglichkeiten der Finanzmärkte.

Geldwaschen war aber nur die jüngste Unternehmung der Yakuza, einer uralten Bruderschaft, die ihre Wurzeln in mehr als dreihundert Jahren der japanischen Geschichte hatte. Die *Kana*-Symbole für die Silben Ya-Ku-Za waren dieselben wie die für die Ziffern acht, neun und drei – zusammengezählt zwanzig, was beim japanischen Glücksspiel eine Verliererzahl war. Die Verlierer: Diesen Namen hatte die japanische Unterwelt voller ironischer Bescheidenheit für sich gewählt. In früheren Jahrhunderten waren die Yakuza Jahrmarktsbudenbesitzer gewesen, Spieler, über Land ziehende Verkäufer zweifelhafter Waren. Sie hatten außerdem die Aufgabe übernommen, als eine Art privater Miliz zur Verfügung zu stehen und verteidigungsfähige Bürger vor den Raubzügen aristokratischer Warlords zu schützen. Sie waren, in ihren eigenen Augen zumindest, Robin Hoods, die für den einfachen Mann eintraten und, nicht zufällig, seinen Bedarf an Unterhaltung, Spannung und Sünde befriedigten.

Heutzutage betrachteten sich die Yakuza als die letzten Erben der Samurai, aber sie setzten weiterhin auf Vergnügungssucht, sei es nun in Form von Nachtclubs, Glücksspiel oder Amphetaminen. Und darüber waren sie sagenhaft reich geworden. Jiro Satos Aufgabe in London war es, einen Teil dieses Reichtums zu waschen und zu reinvestieren.

Nippon Shipbuilding hatte sein Hauptquartier in einem achtgeschossigen Gebäude im frisch sanierten Docklands-Gebiet, in einem weiteren teuren, architektonischen Nichts dieser neuen Multimilliardenstadt am Ufer der Themse, flußabwärts vom Finanzdistrikt. Es war in vielen Beziehungen der perfekte Sitz für einen Yakuza-Brückenkopf. Im Gegensatz zu den älteren Stadtteilen Londons waren die Docklands maßgeschneidert für den Parvenü, da dort alles neu und anonym, aber nur Minuten von der City entfernt war – das beste beider Welten. Die Londoner Geschäfte liefen gut, und mit dem kürzlichen Bau ihres neuen Finanzkomplexes in den Docklands – zum Preis von fünfzig Millionen Pfund – standen die Dinge auf soliden Füßen.

Jiro Satos Beziehungen zu Kenji Nogami wurden, bis heute, von den strikten sozialen Diktaten der Yakuza-Etikette bestimmt. Als Londoner *Oyabun* hatte er tatsächlich gegen die Regeln verstoßen, indem er zu ihrem heutigen Treffen in die City gekommen war. Nach der Konvention hätte Nogami zu ihm kommen müssen. Eine kürzliche Wendung der Ereignisse machte es jedoch erforderlich, daß der Diskretion mehr Beachtung geschenkt wurde. Eine Serie von Sensationsartikeln im *Telegraph* hatte die Nippon Shipbuilding Company vor zwei Monaten beschuldigt, eine Strohfirma des organisierten Verbrechens zu sein. Demzufolge mußte sich Sato heute die allergrößte Mühe geben, seine eigenen Operationen nicht mit den Unternehmungen der Westminster Union in Verbindung zu bringen. Es war in jeder Beziehung besser, wenn Kenji Nogami nicht von einem herumschnüffelnden Zeitungsschreiber dabei beobachtet wurde, wie er die Büros in den Docklands betrat. Nogami war ein nützlicher Guthabenposten, der aus Pressespekulationen herausgehalten werden mußte.

Außerdem begann sich Jiro Sato zu fragen, ob der Banker tatsächlich gekommen wäre. Kenji Nogami war dabei, schnell den Bezug zu den alten Weisen zu verlieren.

Nichts von dem wäre bei der lockeren Plauderei während des Essens zu erkennen gewesen. Erst als das Mahl beendet war und sich die Bedienung mit tiefen Verbeugungen diskret entfernt hatte, kam das vorliegende Problem zur Sprache. Aber selbst jetzt war die Eröffnung, wie es die Tradition verlangte, japanisch und indirekt.

»Nogami-san«, sagte Jiro Sato, während er sich zurücklehnte und nach seinem fünften *Go* Sake griff, »erinnern Sie sich an die berühmte Geschichte, in der die drei großen Shogune, die während der unruhigen Periode der Momoyama-Zeit regierten, miteinander verglichen werden? Die Geschichte erzählt, daß alle drei gefragt wurden, was sie tun würden, wenn sie eine Nachtigall hätten, die sich weigerte zu singen.«

Nogami nickte und nippte an seiner Sakeschale. Natürlich kannte er die Geschichte. Jeder Japaner kannte sie.

»Zweifellos erinnern Sie sich daran, daß Ieyasu Tokugawa erwiderte: ›Ich werde einfach warten, bis sie singt.‹ Er war ein geduldiger Mann. Im Gegensatz dazu sagte Toyotomi Hideyoshi, daß er es vorziehen würde, vernünftig mit dem Vogel zu reden in der Hoffnung, ihn zum Singen bewegen zu können.« Sato machte eine Pause und lächelte. »Manchmal hat man mit sanfter Überredungskraft Erfolg. Aber der große Kriegsherr Oda Nobunaga erklärte, daß er der elenden Kreatur kurzerhand den Hals umdrehen würde. Er brachte für Ungehorsam kein Verständnis auf.«

»Vielleicht war Ieyasu Tokugawas Antwort die weiseste, Sato-sama.« Die Augen des Bankers blitzten herausfordernd.

»Er erfreute sich auch des Luxus, Zeit zu haben, Nogami-san. Ich nehme an, das Tempo der Ereignisse war damals gemächlicher.« Sato setzte seine schwarze Sakeschale ab und entzündete eine Peace-Zigarette der filterlosen japanischen Marke. »Heutzutage erlauben uns die Geschehnisse nicht immer einen solchen Luxus, sosehr wir es uns vielleicht auch wünschen. Manchmal ist es erforderlich, energisch vorzugehen.«

»Es gibt immer ein Problem, wenn der Vogel feststellt, daß das Lied... unpassend ist.« Nogami nahm einen Schluck und hielt Satos Blick stand. »Wenn die Noten dissonant sind.«

Jiro Sato hörte nachdenklich zu und würdigte Nogamis indirekte und poetische Antwort. Dann sagte der Banker:

»*Ninjo*, Sato-sama. Seit mehr als drei Jahrhunderten hat *Ninjo* unsere Bruderschaft einzigartig gemacht. Vergessen wir das jetzt?«

Sie wußten beide, was er meinte. *Ninjo* bezeichnete etwas ausschließlich Japanisches, weil kein anderes Volk auf der Welt den japanischen Sinn für Stammesverbundenheit hatte. Die westlichen Ausdrücke *Ritterlichkeit* oder *Mitgefühl* konnten die Bedeutung von *Ninjo* nur oberflächlich wiedergeben. Es handelte sich um die angeborene goldene Regel der japanischen Kultur, die sich täglich im Ausdruck rassischer Gemeinsamkeit, Unterstützung und Kooperation äußerte. Es war gleichzeitig ein tiefverwurzelter Teil der Yakuza-Tradition. Große *Oyabun* der Vergangenheit stellten gerne fest, daß es das Hochhalten von *Ninjo* war, das ihre Bruderschaft von der amerikanischen Mafia unterschied.

»Die Yakuza haben immer dem Volk gedient«, fuhr Nogami fort. »Yakuza arbeiten nicht mit unredlichen Spieltischen, selbst wenn die Opfer *Gaijin* sind. Es ist nicht die Art der Yakuza, Betrug zu begehen, worauf die Euroanleihe des Vorstandsvorsitzenden hinausläuft.«

Jiro Sato machte keine Anstalten, diese Unterstellung zurückzuweisen. Statt dessen folgte seine Antwort, mit leiser Stimme vorgetragen, einem anderen Blickwinkel.

»Es gibt *Ninjo,* Nogami-san. Und es gibt *Giri.* Was respektieren Sie mehr?«

Er wußte, daß er Nogami gerade einem hoffnungslosen Dilemma ausgesetzt hatte. *Giri.* Dies war ein Wort, das kein Gaijin jemals vollständig verstehen konnte. Am nächsten kam eine fremde Sprache, kam ein fremdes Bewußtsein dem Wort mit »Pflicht«. Aber dieser blasse Begriff beinhaltete in keiner Weise das Mitschwingen der moralischen Verpflichtung in *Giri.* Man konnte eine solche Schuld nie zurückzahlen, nicht einmal mit seinem Leben. Ein Japaner nannte es »die schwerste Bürde, die man tragen muß«.

Ein Yakuza konnte *Giri* in erster Linie ausdrücken, indem er seinen *Oyabun* ehrte und ihm gehorchte. Die großen *Oyabun* der führenden Yakuza-Syndikate Japans waren mehr als nur Paten. Sie waren konfuzianische Stammesälteste, Patriarchen, Weise, die alle Traditionen des Klans verkörperten. Ihre Autorität war absolut und unwidersprochen.

Kenji Nogami schuldete Tanzan Mino soviel *Giri,* wie es nur irgend möglich war. Der *Oyabun* von Tokio hatte ihn zu all dem gemacht, was er war. Es war eine Schuld, die er nie voll zurückzahlen konnte. Ein Blick in sein Gesicht zeigte, wie sein Herz zerrissen wurde.

Aber als Jiri Sato in Nogamis schmerzerfüllte Augen blickte, zerriß es auch ihn. Tokio war nahe daran, das in ihn gesetzte Vertrauen zu verlieren. Der Vorstandsvorsitzende hatte gerade per Telex mitgeteilt, daß ein *Kobun*-Team nach London geschickt worden war, um zu »assistieren«. Aber wenn die tokiotischen Leute des *Oyabuns* eingreifen mußten, um das Problem zu lösen, würde viel mehr zu verlieren sein als Fingerglieder.

Schließlich sagte Nogami mit fester Stimme: »Es wird Sie vielleicht freuen zu hören, Sato-sama, daß ich Vorkehrungen getroffen habe, bestimmte vorbereitende Maßnahmen einzuleiten. Ein Eröffnungsangebot der Euroanleihe wird morgen offiziell veröffentlicht.«

»Dies ist eine weise Entscheidung.« Jiro Sato bemühte sich, seine aufkommende Erleichterung unter einer Maske der Gleichmütigkeit zu verbergen. Nogami machte letzten Endes also doch mit!

»Es werden einhundert Millionen Eurodollar sein«, fuhr der Banker fort. »Und sie sind bereits voll gezeichnet, im voraus.«

»Nur einhundert Millionen?« Sato spürte, wie seine eiserne Fassade einen Sprung bekam. »Welchen Zweck...«

»Es wird die Gelder erbringen, die augenblicklich benötigt werden, wie ich es verstanden habe. Danach können wir über die weiteren Schritte sprechen.«

Weitere Schritte? dachte Sato. Ja, der *Oyabun* von Tokio würde definitiv dafür sorgen, daß es weitere Schritte gab. Sein Vogel würde singen, oder sonst... Kenji Nogami handelte, als ob die Verpflichtung, *Giri,* aufgehört hatte zu existieren. Aber dergleichen Dinge waren nicht möglich. *Giri* währte ewig. Glaubte Nogami, daß die alten Weisen nichts mehr zählten?

»Die Obligationen werden von einem amerikanischen Investor gekauft«, durchschnitt Nogamis Stimme das Schweigen. »Sein Name ist Vance.«

»Ich habe von ihm gehört.« Sato spürte, wie der Zorn in ihm hochkochte. Vance, das wußte er, hatte die hundert Millionen des *Oyabuns* und versuchte, das ganze Szenario in die Hand zu bekommen. Was Sato bis zu diesem Augenblick nicht gewußt hatte, war, daß Kenji Nogami ihm half.

Nun, dachte er, vielleicht können die beiden Probleme gleichzeitig gelöst werden. An Vance wird ein Exempel statuiert werden, ein Exempel, das auch dazu dienen wird, einem gewissen widerspenstigen Vogel Nachhilfe in *Giri* zu erteilen.

Ja, dachte Jiri Sato, die *Kobuns* des Vorstandsvorsitzenden aus Tokio werden eintreffen und feststellen, daß ihre Arbeit bereits getan ist. Zuviel Gesicht ist verloren worden, nicht zu sprechen von drei Männern. Die Situation ist untragbar. Die einzige Möglichkeit, die Ehre des Londoner Büros wiederherzustellen und ihre Beschmutzung zu rächen, besteht darin, die Situation augenblicklich zu bereinigen.

14.

Dienstag, 17.31 Uhr

»Es ist das Beste, was ich anbieten kann, Michael.« Nogamis Stimme klang entschuldigend. »Niemand weiß von diesem Haus, nicht einmal meine Frau.«

»Geschäftsbesprechungen am Nachmittag?«

»Du verstehst schon, was ich meine.« Nogami lächelte und ging die Sandsteinstufen hoch.

Das Haus lag in der ruhigen Wohngegend des Londoner Stadtteils South Kensington. Von außen wirkte es absolut sicher.

»Die Situation stellt sich jetzt folgendermaßen dar«, fuhr der Banker fort. »Tanzan Mino hat sich mit deinen Bedingungen einverstanden erklärt. Die Idee, die hundert Millionen durch den Kauf von Mino-Industries-Obligationen ein letztes Mal zu waschen, schien ihm sogar zu gefallen.«

»Nun werden wir sehen, ob er sich an sein Wort hält.«

»Du bist im Moment in der Oberhand.« Nogami kramte nach den Schlüsseln. »Bei dieser Gelegenheit sollte ich dir sagen, daß ich seinen Londoner *Oyabun* heute nachmittag informiert habe. Darüber, daß die Ausgabe des Rests der Anleihe verschoben wird. Das hat ihn nicht gerade erfreut. Es war eine schlechte Woche für ihn.«

»Hast du vor, dauerhaft mit der Organisation zu brechen?« Vance wußte, daß dies nichts war, was ein Yakuza leichten Herzens tun würde.

»Ich bin mir noch nicht sicher.« Nogamis Stimme klang schmerzlich. »Ich weiß nicht einmal, ob ich es kann.«

»Der lange Arm des *Oyabun* von Tokio. Seine Reichweite ist enorm.«

»Es ist nicht nur das.« Nogami steckte einen großen Schlüssel ins Schloß der weißen Haustür, die mit georgianischen Mustern verziert war und ein bleiverglastes Oberlicht besaß. »Du kennst die Verpflichtungen, die wir Japaner für erwiesene Gefälligkeiten eingehen müssen. Es ist bedrückend, aber wir kommen nicht daran vorbei. Wir können nicht einfach danke sagen und alles vergessen.«

»*Giri*«, nickte Vance. »Die ›Bürde‹.«

»Ah, du weißt Bescheid. Ja, es wird *Giri* genannt, und wir können nichts dagegen tun.« Nogami knipste das Flurlicht an. »*Giri* regiert unser Leben.«

Vance bemerkte, daß der Boden von grauem Teppich bedeckt war. Eine polierte Mahagonitreppe führte zu den Obergeschossen.

»Hübsch, Ken, sehr hübsch. Die typische Absteige des erfolgreichen Bankers.«

»Das Haus ist ein kleiner Luxus, den ich mir gönne. Ich bewahre hier ein paar Antiquitäten auf, einige meiner Kunstwerke. Du weißt schon, besondere Dinge. Unglücklicherweise habe ich kaum Gelegenheit, in diesen Tagen Gebrauch davon zu machen. Die... Freundin, mit der ich mich hier immer traf... Nun, ihr Mann ist zurück nach Osaka versetzt worden. Und ich hatte noch keine Zeit, mich um einen Ersatz zu bemühen.«

»Prioritäten, Ken. Man soll sich immer Zeit zum Leben nehmen. Eine meiner wenigen Lebensregeln. Man bekommt keine zweite Chance.«

Nogami lachte und öffnete die Tür, die von der Diele ins Wohnzimmer führte. Es roch leicht muffig und unbenutzt. »Ich kann auch besser Ratschläge geben als annehmen, alter Junge.«

»Touché.« Vance zuckte die Achseln, blickte sich dann in

dem geräumigen Salon um. Er war im klassischen englischen Stil möbliert, Polstersessel, viktorianischer Kamin, Teewagen aus Eiche mit Bar. Aber es war nicht die Ausstattung aus dem neunzehnten Jahrhundert, die ihn interessierte. Er fragte sich, ob das Haus wirklich sicher war.

»Michael, wir brauchen dieses Haus vielleicht beide, wenn der Plan nicht funktioniert. Ich weiß nicht, wohin ich sonst gehen sollte.« Nogami ging zur Bar hinüber, einer Ansammlung von Flaschen auf dem unteren Brett des Teewagens, und griff nach einer Flasche Cognac. »Würdest du diese Geschichte bitte noch einmal wiederholen? Die Sache mit dem Protokoll. Ich muß gestehen, daß ich verwirrt bin.«

Während der Fahrt von der Westminster Union hatte ihm Vance endlich den wahren Zweck der Anleihe verraten – wofür das Geld verwendet werden sollte. Der Banker hatte schweigend zugehört und wirkte noch immer wie betäubt.

»Nun, um eine lange Geschichte kurz zu machen – du wirst benutzt, und zwar beim wahrscheinlich größten Schwindel in der Geschichte. Tanzan Mino beraubt europäische Steuerhinterzieher ohne Sicherheiten um Milliarden und benutzt sie, um Rußlands Märkte für Mino Industries zu öffnen. Du liegst richtig, wenn du jetzt einen Rückzieher machst. Wenn er damit durchkommt, wird er dastehen wie ein Genie. Aber wenn es danebengeht und die Wahrheit ans Licht kommt, macht man dich dafür verantwortlich. Nicht gerade blendende Aussichten.«

»Ich habe mich noch nicht weit genug engagiert, und ich habe auch nicht vor, jetzt damit anzufangen. Nicht für ihn oder sonst jemanden.«

»Dann fahren wir mit Plan A fort.«

»Das erinnert mich stark an die alten Zeiten.« Nogami lachte und goß Cognac in zwei Schwenker. »Auf das Ende von *Giri*!«

»Und auf den Anfang eines neuen Lebens.« Vance stieß mit Nogami an, trank dann einen Schluck. »Gut, jetzt müssen wir unsere Aktionen koordinieren.«

»Von meiner Seite ist alles klar. Morgen früh werde ich diese Obligationen ausstellen, die du kaufen sollst, und du erwirbst sie. Danach werde ich deine hundert Millionen telegraphisch nach Tokio überweisen, und Tanzan Mino ist versorgt. Gleichzeitig habe ich mit der Sumitomo-Bank vereinbart, daß sie die Papiere als Sicherheit für einen Kredit akzeptieren. Du bekommst von ihnen das Geld auf der Stelle. Bei der Gelegenheit, wie willst du es haben?«

»Leg es einfach in Schatzbriefen an, bei der Wertpapierabteilung der Moscow Narodny Bank, der neuen Niederlassung in der Saint Swithins Lane.«

»Gemacht«, nickte Nogami.

»Was ist mit den Obligationen, die Sumitomos Sicherheit sind? Und meine... Wer hält sie?«

»Wir Japaner verhalten uns noch immer wie Gentlemen. Jedenfalls bis zu einem gewissen Punkt. Sie sind damit einverstanden, daß ich sie halte, bis wir unsere Bücher am Ende des Monats schließen. Ich habe ihnen im vergangenen Jahr einen ähnlichen Gefallen getan.« Nogami schlürfte mit Genugtuung an seinem Cognac. »Du kannst sie also weiterhin jederzeit zur Einlösung vorlegen, wenn es, Gott helfe uns, dazu kommen muß. Du hast dein Druckmittel, und Tanzan Mino wird es wissen. Wenn du sie vorlegen würdest und er nicht zahlt, müßte er sich mit Sumitomo auseinandersetzen. Und das würde er nicht wagen. Ich weiß zufällig, daß sie eine Hypothek in Höhe von vierzig Millionen auf sein neues Bürogebäude unten in den Docklands besitzen. Sie würden ihn zum Frühstück verspeisen und dabei nicht einmal blinzeln. Es gibt einiges böses Blut zwischen ihnen, obwohl ich nicht weiß, aus welchem Grund.«

»In Ordnung, so weit, so gut.« Vance blickte sich im Zimmer um. »Du bist dir absolut sicher, daß niemand etwas von diesem Haus weiß?«

»Es ist schon seit vier Jahren mein kleines Geheimnis. Ich habe es bar bezahlt und setze die Kosten nicht einmal bei meiner

Steuererklärung ab, was dir eine Vorstellung davon geben sollte, wie hoch ich meine Privatsphäre einschätze. Es gibt also überhaupt keine Möglichkeit, daß jemand etwas davon wissen kann.«

»Du bist nie in deiner Limousine hergekommen?«

»Nur ohne Fahrer, so wie wir heute.«

»Dann hört es sich sicher an.«

»Dieses Haus ist die geringste meiner Sorgen, Michael.« Nogami ließ sich in einem Sessel nieder. »Nach der Besprechung heute nachmittag vermute ich, daß Jiro Sato, der *Oyabun* von London, beabsichtigt, die Dinge selbst in die Hand zu nehmen, um... mich fertigzumachen. Er wird das Tempo verschärfen – in der Fechtkunst wird das *mukatsu kasuru to iu koto* genannt. Er hat sein Gesicht verloren. Er kann dich nicht damit durchkommen lassen und weiterhin die Organisation leiten. Nach dem Debakel in Griechenland ist er drauf und dran, bei seinen eigenen *Kobuns* zur Lachnummer zu werden.«

»Kann Tokio ihn nicht kontrollieren?«

»Theoretisch. Aber die Organisation wird heutzutage immer verstreuter. Ich weiß es nicht. Mein Instinkt sagt mir, daß er auf eigene Faust etwas zur Rettung seines Gesichts unternehmen wird. Vergiß einfach vorübergehend alle Vereinbarungen, die du vielleicht mit dem Chefbüro getroffen hast.« Er stand auf und goß sich noch etwas Cognac in seinen Schwenker. »Es wird ungemütlich, das ist alles, was ich mit Sicherheit weiß. Je schneller du also mit dem Rest deines Plans weitermachst, desto besser.«

»Alles ist vorbereitet.«

»Dann ist es wohl an der Zeit, daß wir uns gegenseitig alles Gute wünschen und uns auf den Weg machen.« Nogami trank seinen Cognac aus und zog die Schlüssel aus der Tasche. Er wog sie einen Augenblick lang in der Hand und warf sie dann Vance zu. »Nimm du sie. Du kannst das Haus abschließen, wenn wir gehen, und dich schon mal an das verzwickte Schloß der Haustür gewöhnen. Du wirst keine Zeit zum Üben haben.«

»Auf dein Wohl, Ken.« Vance prostete ihm zu. »Und vielen Dank. Wenn du mir jemals *Giri* schuldig warst, dann betrachte das als erledigt.«

»Das gilt für beide Seiten. Ich tue auch mir selbst einen Gefallen. Ich mußte einen Bruch herbeiführen. Wenn sein unsauberes Finanzmanöver platzt, könnte ein weltweiter Skandal daraus werden. Ich wäre ruiniert. Ganz zu schweigen von der Westminster Union, die die Bankenaufsicht hier vermutlich schließen würde. Mit kaum verhülltem Vergnügen. Es würde nur bestätigen, was hier heutzutage alle so gerne über diese Japaner, die um jeden Preis gewinnen wollen, denken.«

»Nun, ich weiß es zu schätzen. Das meine ich ehrlich. Es tut mir leid, daß wir uns im Laufe der Jahre nicht besser kennengelernt haben.« Vance versuchte, die Haustür abzuschließen. Es war nicht einfach, wie Nogami gesagt hatte, aber schließlich griff das Schloß. Die Abendluft draußen war frisch. Einige von Nogamis Nachbarn gingen stoisch mit großen Hunden spazieren und taten so, als würde ihnen die frostige Dämmerung Londons gefallen.

»Wenn wir lange genug leben, können wir das vielleicht nachholen. Du bist einer der wenigen mir bekannten Menschen aus dem Westen, die Japan jemals richtig verstanden haben.«

»Ich habe vor mehreren Jahren an einem Schnellkurs teilgenommen.«

»Das ist mir bekannt.« Nogami lächelte und öffnete die Wagentür. Vance würde fahren. »Dies ist einer der Gründe, aus denen ich mich frage, ob dieses Arrangement so einfach über die Bühne geht, wie wir hoffen. Tanzan Mino hat ein gutes Gedächtnis, Michael. Er vergibt und vergißt nicht. Ich bin sicher, er erinnert sich daran, daß du für die Beendigung seines bequemen CIA-Arrangements verantwortlich warst.«

»Ich war der Ansicht, daß es Zeit für die CIA wurde, dieses Spiel zu beenden. Aber, zum Teufel, das war vor fast acht Jahren.«

»Wie du wohl weißt, ist das nach japanischer Zeitrechnung nur ein Lidschlag.«

»Nun, er kann mich mal, wenn er keinen Spaß versteht.«

»Spaß ist in etwa das einzige, was er nicht versteht, mein Freund. Er lächelt nie, es sei denn, es ist eine Kamera in der Nähe.«

»Sieh mal, du sagst, daß er sich mit dem Handel einverstanden erklärt hat. Gehen wir also jetzt mal davon aus, daß er das ernst gemeint hat, aber in der Zwischenzeit machen wir weiter wie geplant. Man vertraut seiner Mutter, hebt die Karten aber trotzdem ab.«

Nogami ließ sich hinten nieder und schloß die Tür. Dann blickte er verwundert nach unten. »Was ist das? Es ist mir vorhin gar nicht aufgefallen.« Er langte nach unten, nahm einen schwarzen Lederhandkoffer vom Boden hoch und schätzte das Gewicht ab. »Irgendwie habe ich das Gefühl, daß es sich nicht um einen neuen Schlips von Harrod's handelt.«

»Na ja, das ist ein kleines Einstandsgeschenk der sowjetischen Botschaft. Ein Teil meiner Vereinbarung, genauso wie der Wagen. Sie ist registriert und zugelassen, das haben sie mir jedenfalls gesagt.«

»Mein Gott.« Nogami stellte den Handkoffer zurück auf den Boden. »Ich scheine alt zu werden. Mordwerkzeuge erschrecken mich heutzutage. Ich bin es nicht mehr gewohnt, so zu arbeiten.«

»Nur noch, bis wir die Dinge in die Hand nehmen. Erledige morgen deinen Teil, und wir sind aus dem Schneider. Zumindest vorläufig.«

»Wenn es wirklich so einfach wäre, würdest du das da nicht brauchen.«

»Es geht darum, es *nicht* zu brauchen.«

»Mein Freund, wenn Sato aus der Reihe tanzt und auf uns losgeht, brauchen wir zwanzig Stück davon. Oder mehr.«

Dienstag, 21.28 Uhr

»Ein KGB-Sicherheitstrupp ist im Hotel postiert worden, gegen zehn Uhr heute morgen, Sato-sama. Sie sind bewaffnet.«

»*Saaa*«, zischte er sein Mißvergnügen heraus und beugte sich mit einer nicht angezündeten Zigarette im Mund vor. Einer der *Kobuns* im dunklen Anzug trat augenblicklich herbei und zündete ein Feuerzeug an. Jiro Sato inhalierte und lehnte sich wieder zurück. »Ich hatte gehofft, daß wir die Sache ohne großes Aufheben erledigen könnten. Aber wir müssen sie trotzdem durchziehen.«

»Ihre Entscheidungen sind immer richtig, Sato-sama.« Der zweite *Kobun* verbeugte sich. »Aber vielleicht wäre es klug, über die Möglichkeit zu diskutieren, auf das Verstärkungsteam aus Tokio zu warten, wenn auch nur, um uns davon zu überzeugen, daß es nicht benötigt wird.«

»Dieses Büro hat aufgrund unserer Probleme in Griechenland viel an Gesicht verloren. Es gibt nur einen Weg, um es zurückzugewinnen. Wir müssen jetzt handeln.«

Am schlimmsten ist, daß auch *ich* an Gesicht verloren habe, rief sich Sato ins Gedächtnis, unter meinen eigenen *Kobuns*. Ein *Oyabun* hat zu führen. In dem Augenblick, in dem er Schwäche zeigt, ist er erledigt. Nur Buddha weiß, was passiert, wenn ich hier die Kontrolle verliere. Es gibt kein Zurück. An den amerikanischen Störenfrieden muß ein Exempel statuiert werden, wenn auch nur, um Nogami-san verständlich zu machen, daß es die Organisation noch immer ernst meint.

Das kühne Projekt des *Oyabuns* aus Tokio wird Erfolg haben. Auf lange Sicht ist dies unausweichlich. Die gegenwärtigen Probleme sind nur von kurzer Dauer. Aber wenn noch irgend etwas schiefläuft, was in der Verantwortlichkeit dieses Büros liegt...

Die *Kobuns*, fünf insgesamt, verbeugten sich respektvoll. Sie begriffen seine Gedankengänge so deutlich, als wären sie in

Leuchtbuchstaben auf die Wand projiziert worden. Das Büro hatte bereits drei Männer verloren. Das Gesicht stand auf dem Spiel. Dieses Problem konnte nicht von Tokio aus gelöst werden. Es wurde Zeit zusammenzurücken.

Die Operation sollte genau um 23 Uhr beginnen. Die fünf *Kobuns* hatten ihre Digitaluhren bereits aufeinander abgestimmt und ihre H & K-Automatics in den beiden grauen Fords verstaut, die jetzt in der Tiefgarage des Gebäudes auf sie warteten. Keine auffälligen Limousinen heute nacht. Die Operation würde ohne soviel Aufsehen wie nur eben möglich ablaufen.

Drei weitere Mitglieder ihres Teams waren bereits, mit Sprechfunkgeräten ausgestattet, im Hotel und überwachten die Eingänge. Die KGB-Wache in der Empfangshalle würde abgelenkt und dann neutralisiert werden. Der Wächter oben würde ganz einfach überwältigt oder mit einer Schalldämpferwaffe beseitigt werden, wenn die Situation kritisch wurde. Da sie jedoch Profis waren, entwickelten sich die Dinge selten so weit.

Der Zeitpunkt zum Handeln war gekommen. Alle fünf stellten sich vor Jiro Satos wuchtigem Eichenschreibtisch auf und verbeugten sich tief. Dann verließen sie nacheinander den Raum.

Dienstag, 22.27 Uhr

Es würde eine einfache Operation werden, dessen war er sich sicher. Keine Gewalt, kein Blutvergießen. Die Flasche mit Äther würde die Situation regeln. Dennoch trug er eine 9mm Automatic in einem Schulterholster bei sich. Das Leben hatte ihn gelehrt, daß bei Dingen, die schiefgehen konnten, immer die Möglichkeit bestand, daß sie es auch taten. Nach dieser letzten Aktion würde er untertauchen. Die Situation war weit über die Grenzen eines Stadiums hinaus entartet, mit dem ein vernünftiger Mensch etwas zu tun haben wollte. Die Zeit zum Aussteigen war gekommen. Noch ein Tag, dann war Schluß.

Er stand jetzt vor dem Seiteneingang des Strand Palace in der kleinen Gasse mit dem Namen Burleigh, die sich um die Hinterfront des Hotels schlängelte und auf die Hauptstraße führte, zog seinen Mantel enger um sich und blickte auf seine Uhr.

Sie zeigte 22.28 Uhr an. Es wurde Zeit. Alles war auf die Sekunde abgestimmt.

Er hatte sich bereits vergewissert, daß der Lieferanteneingang nicht verschlossen war. Während des Kommens und Gehens des Personals beim abendlichen Schichtwechsel hatte er das Schnappschloß an der Metalltür verklebt. Jetzt brauchte er nur noch ins Haus zu schlüpfen, und der Rest sollte ablaufen wie geschmiert.

Er ging hinein. Der von Neonlicht erhellte Flur war leer, auch das genau nach Plan. Dies war für das Personal eine ruhige Zeit, abgesehen vom Zimmerservice und der Küche.

Er zog seinen Mantel aus und warf ihn in einen großen Wäschekorb, der in der Mitte des Flurs stand. Darunter trug er die Uniform eines Mannes vom Sicherheitsdienst des Strand Palace.

Er warf einen prüfenden Blick auf seine Uhr. Fünfundsechzig Sekunden…

In diesem Augenblick öffnete sich die Tür des Personalaufzugs, und ein hochgewachsener Ire trat heraus. Er trug die gleiche Uniform.

Es handelte sich um einen Mann vom Sicherheitsdienst des Hotels, um einen *echten*. Das größtmögliche Pech.

Für einen Augenblick schien die Zeit stillzustehen. Eins war jedoch ganz sicher: Der Sicherheitsmann ließ sich nicht einen Sekundenbruchteil lang durch den Eindringling täuschen. Automatisch griff er nach einem seiner Hosenbeine, ging mit einer geübten Bewegung in die Knie und langte nach dem Holster, das um seinen Unterschenkel geschnallt war.

Der Eindringling war schneller. Als der Wachmann nach unten ging, kam sein Knie hoch und krachte gegen das kantige Kinn des Mannes. Der Ire torkelte mit einen Stöhnen zurück gegen die Rückwand des Aufzugs, ließ jedoch vorher noch seine Faust herauszucken, die auf den Unterleib des Gegners zielte.

Es war ein unkontrollierter Schlag, und er kam zu spät. Der Eindringling gab ihm einen Handkantenschlag in den Nacken, packte seinen linken Arm und hämmerte dann seinen Kopf gegen die Stahlleiste in der Mitte der Aufzugwand. Der Ire stöhnte und fiel zuckend zurück.

Soll ich ihm einfach den Hals brechen? fragte er sich. Ihn einfach umbringen? Mit einer kurzen Drehung wäre es getan.

Nein, belehrte er sich selbst, benimm dich wie ein Profi.

Statt dessen rammte er den Kopf des Iren ein zweites Mal und dann noch ein drittes Mal gegen die Stahlleiste, bis er spürte, daß der Körper ganz schlaff wurde.

Das reicht nicht, sagte er sich im stillen und griff nach der Flasche in seiner Tasche. Der Äther würde öfter zum Einsatz kommen, als er geplant hatte.

Er tränkte das dicke Tuch, das er mitgebracht hatte, und hielt es gegen die Nasenlöcher des am Boden Liegenden. Er preßte das Tuch noch immer gegen das rötliche Gesicht, als er die Aufzugtür schloß und auf den Knopf drückte, der ihn nach oben bringen würde.

Während sich der Aufzug in Bewegung setzte, warf er einen Blick auf seine Uhr und lächelte, als er sah, daß die Zeitplanung perfekt war. Noch zehn Sekunden.

Dienstag, 22.29 Uhr

»Du Schweinehund!« schrie Eva, als sie Vance mit ganzer Kraft einen Schlag versetzte, der ihn gegen die Tür ihres Zimmers schleuderte. Die dünnen Wände bebten.

»Tu das *nie* wieder!« Er rappelte sich auf und schlug nach ihr, verfehlte sie jedoch und krachte gegen einen Sessel.

»Geh weg! Du bist betrunken.« Sie stieß ihn weiter ins Zimmer hinein, und ihre Stimme bebte vor Zorn. Dann riß sie die

Tür des Hotelzimmers auf und stolperte in den Flur. »*Pomogethya mnye!*«

Igor Borisowitsch, ihr KGB-Wächter, kam bereits den Flur heruntergelaufen. »*Shto*...?«

»Helfen Sie mir!« Sie griff nach seinem Arm und zog ihn ins Zimmer.

Michael Vance stand, leicht schwankend, in der Mitte des Raums und umklammerte mit der rechten Hand einen Brieföffner.

»Scheren Sie sich hier gefälligst raus!« Die Waffe schwingend, ging er auf den Russen los, geriet aber ins Stolpern und mußte innehalten, um das Gleichgewicht wiederzugewinnen.

»Er hat eine halbe Flasche Tequila getrunken und ist übergeschnappt!« schrie Eva in russischer Sprache. »Tun Sie doch etwas!«

Igor nickte verständnisvoll. Er kam aus einem Land, in dem der Alkoholismus den Fußball mit Leichtigkeit als nationale Lieblingsbeschäftigung aus dem Felde schlug.

»Wo liegt Problem?« Der ungeschlachte Russe bewegte sich nach vorne und versuchte vorsichtig, Vance den Brieföffner aus der Hand zu nehmen.

»Gehen Sie weg!« Vance schüttelte ihn ab, torkelte dann rückwärts.

»Nein, Sie müssen mir Messer geben«, verlangte der Russe. »Wir wollen keinen Ärger.«

Niemand bemerkte es, aber es war zehn Uhr dreißig. Auf die Sekunde.

Ein lautes Geräusch erschütterte das Zimmer, als die Tür aufflog und wieder ins Schloß geworfen wurde. Sie fuhren herum und sahen eine Gestalt, die eine schwarze Skimaske und die Uniform eines Wachmanns des Strand Palace trug. Die rechte Hand umklammerte eine 9mm Automatic.

»Wer, zum Teufel...«, brüllte Vance betrunken.

Igor wirbelte herum und starrte den Mann an. Seine Hand

bewegte sich zu seinem Schulterholster, aber dann überlegte er es sich anders. Er wich langsam an die Wand zurück und fuhr fort, den Eindringling schweigend anzustarren.

»Wo ist er?« wollte die maskierte Gestalt wissen und richtete die Pistole auf Eva.

»Zur Hölle mit dir, wer du auch bist!« Vance wollte auf den Mann losgehen, den Brieföffner noch immer in der Hand.

»Halt's Maul!« Der Eindringling stieß ihn vor die Brust, daß er lang ausgestreckt auf die Couch flog. Dann drehte er sich zu Eva um. »Wo ist der Computer?«

Fast im gleichen Augenblick sah er ihn auf dem Schreibpult am Fenster. Ohne eine Antwort abzuwarten, ging er schnell darauf zu und packte ihn am Griff. Nachdem er ihn neben der Tür abgestellt hatte, richtete er die Waffe wieder auf Eva und schnauzte: »Nimm deine Sachen. Und alle Kopien des Protokolls.«

»Hör zu, du Drecksack«, sprudelte Vance hervor. Er richtete sich auf und ging wieder auf den Eindringling los. »Sie geht nirgendwohin. Jetzt mach, daß du hier rauskommst, bevor ich dir diesen gottverdammten...«

Der Eindringling schlug ihm mit der Pistole quer ins Gesicht, so daß er verkrümmt zu Boden stürzte. Aber jetzt wandte er Igor Borisowitsch den Rücken zu, der auf ihn losstürmte.

Der Eindringling erkannte die Bewegung in dem großen Spiegel über dem Frisiertisch. Mühelos wich er dem schwerfälligen Russen aus, hieb ihm dann die Pistole wuchtig gegen den Schädel. Igor Borisowitsch stöhnte auf und torkelte, um sein Gleichgewicht ringend, zur Seite.

Die maskierte Gestalt schien gut vorbereitet zu sein. Die Hand des Mannes fuhr in eine Tasche und holte eine Flasche hervor, deren Stöpsel durch einen zusammengeknüllten Stoffetzen ersetzt worden war. Er schüttete den Inhalt der Flasche dem Russen ins Gesicht, preßte ihm dann den durchtränkten Lappen gegen Mund und Nasenlöcher.

Igor Borisowitsch zappelte, hielt sich sekundenlang kraftlos das Gesicht und brach dann bewußtlos zusammen.

»Du Scheißer.« Vance rappelte sich knurrend vom Boden auf.

»Probleme?« Der Eindringling blickte ihn an.

»Oh, nur ein kleines. Sie haben mir beinahe den Kiefer gebrochen.«

»Das Theater mußte echt wirken.« Alex Nowosty lachte, während er seine Skimaske abnahm. »Wenn Sie entführt werden, dann muß es authentisch aussehen. Ich bin ein Profi und mache keine halben Sachen.«

»Gab es irgendwelche Schwierigkeiten?« Eva klaubte bereits ihre spärliche Habe zusammen.

»Ja, und keine kleinen. Ich hatte einen kleinen Zusammenstoß mit einem der Sicherheitsleute des Hotels. Die Einheimischen hier sind nicht sehr freundlich. Er liegt jetzt im Personalaufzug und schläft genauso fest wie der da.«

»Wo hast du den Aufzug gelassen?« Sie öffnete die Zimmertür und blickte den Flur nach links und rechts hinunter.

»Er sollte noch in diesem Stockwerk stehen. Ich habe auf Nothalt gedrückt. Aber er kann jetzt jeden Moment aufwachen und Alarm schlagen.«

»Dann müssen wir hier schnellstens verschwinden.« Sie warf die Tür zu und drehte sich um.

Sie machten sich an die Arbeit, warfen Stühle um, rissen Vorhänge herunter und hinterließen den Augenschein eines heftigen Kampfes. Gegenstände wurden auf Bett und Fußboden verstreut, so als ob es eine hastige Durchsuchung gegeben hätte. All das lief ruhig und effizient ab und dauerte etwa eine Minute. Nowosty ließ bewußt seine schwarze Skimaske mitten auf dem Boden liegen in der Hoffnung, damit einen weiteren Hinweis auf einen abrupten, erzwungenen Aufbruch zu geben.

Dann nahmen sie alles an sich, was sie brauchten, darunter den Zenith Turbo, schlossen die Tür hinter sich und gingen den

Flur hinunter. Der Mann vom Sicherheitsdienst des Strand Palace lag noch bewußtlos im Personalaufzug, fing jedoch an, sich zu bewegen.

»Was sollen wir mit ihm machen?« Nowosty schüttelte den Iren.

»Wie wäre es mit noch etwas Äther?« schlug Eva vor. Sie drückte den Zenith fest an sich. »Und dann nichts wie weg hier.«

Nowosty folgte ihrem Rat und verabreichte dem Mann die letzte Dosis aus der fast leeren Flasche. Den Lappen ließ er auf seinem Gesicht liegen. Als er fertig war, hatte der Aufzug den Servicebereich im Erdgeschoß erreicht. Die sowjetische Limousine parkte fahrbereit in der Gasse hinter dem Hotel. Innerhalb von Sekunden saßen sie im Wagen und fuhren davon.

Dienstag, 22.43 Uhr

Michael Vance, Eva Borodin und Alexej Nowosty hatten mehr Glück, als sie ahnten. Als sie auf die Straße traten, war der japanische Wachposten, den Jiro Sato vor dem Burleigh-Eingang postiert hatte, gerade für kurze Zeit per Funk zu einer Besprechung an der Ecke zur Hauptstraße abberufen worden. Da die Gasse, wie das bei fast allen Londoner Gassen der Fall ist, einen leichten Bogen beschrieb, sah das eng zusammenstehende Yakuza-Team nur die getönten Fenster einer Limousine mit Diplomatenkennzeichen, die an ihnen vorbeifuhr. Sie schenkten ihr keine Beachtung.

Ein weiteres Mal wurden die Uhren verglichen, dann schwärmten die Männer in den dunklen Anzügen aus. Der Wächter, der in der Burleigh stationiert war, kehrte auf seinen Posten zurück, während die fünf aus dem Docklands-Büro sich auf den Weg zum Haupteingang des Hotels machten. Zwei von ihnen stiegen die Feuertreppe hinauf, die anderen drei umringten den KGB-Wächter in der dichtbevölkerten Empfangshalle, entwaffneten ihn unauffällig und machten ihm klar, daß er draußen etwas Dringendes zu erledigen hatte. Er wurde in einen der wartenden Fords gestoßen, geknebelt und mit Handschellen ans Steuerrad gefesselt. Es dauerte weniger als eine Minute, um ihn zu neutralisieren.

Dann kehrten die drei in die Empfangshalle zurück und traten in den Aufzug. In der siebten Etage trafen sie wieder mit den beiden anderen zusammen, die von der Treppe am entgegengesetzten Ende des Flurs gekommen waren. Gemeinsam durchkämmten sie die Korridore.

Der hier oben stationierte KGB-Mann war nirgendwo zu sehen.

»Vielleicht haben sie den Wachposten in dieser Etage abgezogen«, sagte der eine.

»Oder er ist auf die Toilette gegangen, um Wodka auszupissen«, meinte ein anderer.

»Die Sache wird einfacher werden, als wir gedacht haben«, ließ sich der dritte vernehmen.

Gemeinsam bauten sie sich vor dem Zimmer auf, das auf den Namen Michael Vance registriert war, und traten zur Seite, als einer von ihnen anklopfte.

Als keine Antwort kam, entschieden sie sich dafür, die Tür aufzubrechen.

Als sie ins Zimmer stürzten, wurden sie vom Trommelfeuer einer automatischen Pistole empfangen, das ein vor Wut kochender KGB-Agent, der mit Kopfschmerzen unmittelbar hinter der Badezimmertür hockte, auf sie abgab.

15.

Mittwoch, 1.09 Uhr

»Darling, glaubst du, sie werden herauskriegen, daß es ein Trick war?«

»Wer weiß?« Vance hörte auf, im Kamin herumzustochern, der nur noch glimmende Asche enthielt, und blickte hoch. »Tanzan Mino mag ein Genie sein, aber seine übrigen Yakuza-Ganoven sind nicht unbedingt Raketenwissenschaftler. Dasselbe gilt für die Handlanger der Hauptabteilung T. Mit etwas Glück werden beide Seiten glauben, daß uns die andere gekidnappt hat, und aufeinander losgehen. So ist es zumindest gedacht.«

»Nun, wir sind ziemlich verwundbar.« Eva schleuderte ihre Schuhe von sich und lehnte sich auf der Couch zurück.

»Sieh mal, nach dem morgigen Tag wird Tanzan Mino nicht wagen, seine Killer auf uns zu hetzen... Es sei denn, er hat noch ein As im Ärmel, von dem wir nichts wissen.«

»Das ist es«, seufzte sie. »Wenn er uns findet... Warum drum herumreden: Wenn er wieder den Entschluß faßt, uns umzubringen, was dann? Wird dein japanischer Bankfreund zu uns halten? Auf welcher Seite steht er? Wirklich, meine ich.«

»Nun, wir sind hier, oder? Niemand weiß etwas von diesem Haus, nicht einmal Alex.«

Sie hatten Nowosty drei Häuserblocks vom Hotel entfernt abgesetzt. Vertrauen hatte seine Grenzen.

»Abgesehen natürlich von deinem japanischen Bankfreund. Er weiß es.«

»Der einzige, auf den wir uns verlassen können, ist Ken. Und er ist auch der einzige – besonders nachdem Nowosty sein Geld bekommen hat –, der überhaupt daran interessiert ist, die Sache mit uns durchzustehen.«

»Ich frage mich, welches der beste Weg ist, die Geschichte bekanntzumachen. Wir müssen dafür Sorge tragen, daß sie uns nicht entgleitet und damit untergeht.«

Vance blickte wieder vom Kamin hoch. »Ich habe dir gesagt, was ich denke. Ich sagte, wir setzen uns einfach mit einem befreundeten Redakteur bei der *Financial Times* in Verbindung und geben ihm die Exklusivmeldung einer bevorstehenden Euroanleihe von Mino Industries. Wir stellen fest, daß die Obligationen überhaupt nicht gedeckt sind, und deuten an, daß noch einiges mehr dahintersteckt, aber diesen Aspekt bewahren wir uns für die *Times* in London auf, die eine sauber übersetzte Kopie des Protokolls bekommt. Wir treffen den Paten mit einer Doppel-Kombination von Presseveröffentlichungen, machen uns dann dünn und überlassen die Sache dem Enthüllungsjournalismus. Glaube mir, niemand wird eine Geschichte ignorieren, bei der es sich um die größte Story des Jahrzehnts handeln könnte. Wenn die Lawine einmal ins Rollen gekommen ist, wird Tanzan Mino so viel zu tun haben, daß er sich nicht mehr mit uns beschäftigen kann. Wir werden aus der Sache raus sein.«

»Michael«, seufzte Eva, »du bist ein Träumer. Du glaubst doch nicht wirklich, daß es so einfach sein wird.«

Er erhob sich, setzte sich neben sie auf die Couch und legte ihr den Arm um die Schulter. »Vielleicht nicht, aber wir werden uns nicht zur stillhaltenden Zielscheibe machen. Wir bleiben in Bewegung. Warum kommst du nicht mit mir aufs Boot? Ich muß vielleicht meinen Besuch bei dem Stuttgarter Team in Phaistos verschieben, aber uns fällt schon etwas ein. Es ist doch alles ganz einfach.«

»Es hört sich zumindest so an.«

»Alle großen Ideen sind im Grund genommen einfach.«

»Nun, wenn das Leben so einfach ist, wie du meinst, warum hast du dann bei Alex' Freunden von der sowjetischen Botschaft darauf bestanden, daß sie dir dieses Ding da zur Verfügung stellen?« Sie deutete auf den schwarzen Lederhandkoffer neben dem Kamin.

»Ich bin wohl etwas nervös.« Er grinste matt.

»Du meinst, du hast Angst. Also laß das Theater. Ich habe auch Angst.« Sie stand auf, ging zu dem Lederkoffer hinüber und nahm ihn hoch. »Ich möchte, daß du mir zeigst, wie man damit umgeht.«

»Was?« Der Gedanke gefiel ihm gar nicht. »Meinst du das ernst?«

»Unbedingt. Wir stecken beide in dieser Sache drin.« Eva stellte den Koffer auf den Teppich, zog den Reißverschluß auf und holte ein Objekt heraus, dessen mattierte Oberfläche im schwachen Glimmen der Kohle glänzte. »Das ist eine Uzi, richtig?«

»Die einzige und wahre. Major Uziel Gals Beitrag zu Mord und Totschlag in dieser Welt.« Vance streckte die Hand aus und nahm die Maschinenpistole an sich. »Du weißt, daß dies ein Instrument des augenblicklichen Todes ist. Möchtest du wirklich den Finger am Abzug haben?«

»Liebling, sag mir einfach, was ich wissen muß.« Sie hielt seinem Blick stand.

»In Ordnung, dann los.« Er verabscheute den Gedanken aus vielen Gründen. Der bloße Anblick einer Uzi erinnerte ihn an Dinge aus der Vergangenheit, an die er lieber nicht mehr dachte. Aber es war klar, daß sie sich nicht davon abhalten ließ. »Eine kurze Einführung in die Hege und Pflege der klassischen Tötungsmaschine.«

»Schön.« Eva nahm die Waffe in die Hand und zog einen Augenblick lang an der zusammengeklappten Schulterstütze, bevor sie sie ihm zurückgab. »Bei der Gelegenheit, ist sie geladen?«

»Nein, aber das sollte sie eigentlich. Du kannst das gleich selbst besorgen. Aber eins nach dem anderen. Siehst du diesen Knopf hier, links oben am Griff? Beachte, daß es drei Positionen gibt – ganz zurück ist gesichert, in der Mitte halbautomatisches Feuer und ganz nach vorne Dauerfeuer. Es gibt auch noch eine zusätzliche Sicherung, oben hinten am Pistolengriff. Das Feuer ist blockiert, wenn er nicht runtergedrückt wird, was geschieht, wenn du ihn betätigst, um eine Salve loszujagen.«

»Zwei Sicherungen?«

»Das ist auch gut so. Dieses Baby gibt bei Dauerfeuer zehn Salven in der Sekunde ab. Wir haben nur fünf Magazine.«

»Wie viele Salven sind in einem Magazin?«

»Ich habe statt der üblichen fünfundzwanzig auf der erweiterten Version mit zweiunddreißig Salven bestanden. Dennoch, wenn dieser kleine Knopf nach vorne auf Dauerfeuer gestellt ist, kannst du ein Magazin in etwa drei Sekunden leeren. Das ist eine gute Methode, um die Aufmerksamkeit aller, die sich im Raum befinden, auf sich zu ziehen.«

»Kann man bei Dauerfeuer tatsächlich sein Ziel halten?«

»Gut genug. Der Rückstoß ist überraschend gering. Denke daran, kurze Feuerstöße abzugeben, und du kommst zurecht.«

Vance zeigte nach unten.

»Also, der Spannschieber ist dieser geränderte Knopf hier oben. Wie du siehst, hat er eine Kerbe, um die Sicht nicht zu behindern. Du ziehst ihn einfach zurück. Und vergiß nicht, beim Spannen und Wechseln des Magazins deine linke Hand und zur Bedienung des Sicherungsknopfs die rechte Hand zu benutzen.«

»Verstanden.«

»Okay, jetzt kannst du laden.« Er holte eins der schwarzen rechteckigen Metallgehäuse aus dem Lederbeutel auf dem Fußboden. »Dies ist ein geladenes Magazin. Immer erst den Schieber betätigen und den Daumenknopf in die Sicherungsstellung schieben, bevor du eins einlegst.«

Sie schob den Schieber mit fester Hand zurück und drückte mit dem Daumen gegen den Knopf.

»Jetzt leg das Magazin in den Boden des Griffs ein.«

Sie schob es mit einem Klicken hinein.

»Jetzt kann's losgehen. Löse mit dem Daumen die Sicherung, und du hast grünes Licht.«

»Wie nimmt man das Magazin raus, wenn es leer ist?« Sie

zielte auf den Kamin. Für einen Augenblick dachte er, daß sie einige der halbverbrannten Holzstücke unter Feuer nehmen würde.

»Da ist eine Auslösetaste unten links am Pistolengriff. Du brauchst sie nur nach unten zu drücken.«

»Und was ist mit der Schulterstütze? Muß ich mich damit abgeben?«

Er streckte die Hand aus und nahm die Uzi zurück. »Um sie zu lösen, schiebst du den Schaft nach vorne und dann ziehst du ihn so wieder zurück, bis die Stütze ganz ausgezogen ist und einschnappt.« Er ließ sie einklicken, ein lautes Geräusch in der Stille der Londoner Nacht. »Um sie wieder einzuziehen, drückst du einfach auf diesen Verriegelungsknopf hier vorne links und klappst sie wieder runter.«

»Okay, laß mich es versuchen«, sagte sie und nahm die Waffe zurück. Sie zog die Stütze zweimal aus und wieder ein. »Ich glaube, ich habe es im Griff. Aber brauche ich sie?«

»Nur wenn du willst. Ich war immer der Ansicht, daß sie das verdammte Ding zu hoch angebracht haben, als sie von dem ursprünglichen Holzschaft zu dieser Metallkonstruktion übergingen. Man muß den Kopf weit vorbeugen, um eine gerade Sichtlinie zu haben. Ich schätze, und Gott möge es verhüten, daß du nicht die Zeit haben wirst, dich damit abzugeben, wenn du sie jemals benutzen mußt.«

»Da wir gerade vom Zielen sprechen – ist dies da das, was ich denke?« Sie holte ein kleines kastenartiges Objekt aus dem Beutel.

»Ein kompaktes Lasersichtgerät LS-45. Vermutlich nutzlos für unsere Zwecke, aber ich dachte mir, was soll's?« Er griff nach ihrer Hand. »Betrachten wir dieses ganze Zeug einfach als Lebensversicherung, als etwas, das wir vielleicht niemals brauchen.« Er nahm die Maschinenpistole und legte sie auf den Teewagen. »Warum nehmen wir in der Zwischenzeit nicht noch einen Schlummertrunk und gehen dann ins Bett?«

»Dachte schon, du würdest nie darauf kommen.« Sie küßte ihn tief und innig.

Das Himmelbett oben hatte einen Baldachin, und die Matratze war weich wie eine Wolke. Sie waren beide hungrig aufeinander, erschöpft, aber wahnsinnig gelöst. Vielleicht war es das gleiche Wohlbefinden, mit dem ein zum Tode Verurteilter seine Henkersmahlzeit zu sich nimmt und jede Geschmacksnuance dabei genießt. Wenn der nächste Tag Aussicht auf den Tod beschert, um wieviel süßer ist das Leben dann in den kurzen Stunden vor der Dämmerung?

Mittwoch, 2.00 Uhr

Kenji Nogami wanderte durch die Wertpapierabteilung der Westminster Union Bank und starrte auf die leeren Computerschirme. Seine Bank war Mitglied von Globex, eines rund um die Uhr tätigen, weltweiten Handelsnetzes für Devisenoptionen, aber heute nacht hatte er alle seine Händler angewiesen, ihre Positionen glattzustellen und nach Hause zu gehen. Dann hatte er auch die Putzkolonne weggeschickt. Er wollte die Räumlichkeiten allein für sich haben, um zu überlegen und nachzudenken. Die Zeit wurde knapp.

Er ließ sich auf einem der Händlerstühle nieder, holte eine klobige kubanische Montechristo, eine dicke No. 2, aus der Brusttasche seiner Jacke, entfernte die Spitze mit einem Zigarrenabschneider, der mit einem Monogramm versehen war, riß ein Streichholz am Boden an und brachte die Flamme mit derselben schwungvollen Bewegung an das Zigarrenende. Wenn es zur großen Auseinandersetzung kommt, dachte er, dann kann ich genausogut mit einer guten Zigarre in der Hand sterben.

Dann holte er aus einer anderen Tasche das Telex aus Tokio, das kurz nach Mitternacht eingegangen war. Der *Oyabun* von Tokio war selten so wütend gewesen. Nie war jemand Tanzan Mino derartig in die Quere gekommen – doch, einmal, als ein gewisser Michael Vance jun. seine Verbindungen zur CIA an die große Glocke gehängt hatte.

Tanzan Mino verlangte Willfährigkeit. Einer mußte nachgeben. Die offenkundige Frage: Wer würde als erster blinzeln?

Schlimmstenfalls kann er mich töten, dachte Nogami. Und das kann er jetzt noch nicht tun. Wenn mir heute nacht etwas zustößt, wird er seine hundert Millionen morgen nicht kriegen.

Aber was dann?

Du bist im vollen Bewußtsein der Konsequenzen bis hierher gegangen, sagte er sich, also mach jetzt keinen Rückzieher. Du pfeifst auf *Giri*, und doch..., und doch ist dies die erste Sache, die du in deinem Leben gemacht hast, bei der du das Gefühl bekommen hast, frei zu sein. Es ist erregend.

War Michael sicher im Haus in South Kensington angekommen? Er hatte mit dem Gedanken gespielt anzurufen, sich dann aber dagegen entschieden. Sie würden nicht an den Apparat gehen. Tatsächlich ging auch er nie dran, wenn er dort war. Als er jetzt darüber nachdachte, fragte er sich, warum er überhaupt ein Telefon installiert hatte.

Er sog an der Montechristo, studierte dann ihre Asche. Warten. Warten.

»Nogami-san, *sumimasen*«, klang die Stimme durch den leeren Raum, fast wie ein Echo.

Sie waren eingetroffen. Endlich. Warum hatte es so lange gedauert?

»*Kombanwa*«, erwiderte er, ohne sich zu bewegen. Er fuhr fort, die Zigarre zu studieren. »Es ist eine Ehre, Sie zu sehen.«

Es kam keine Antwort, nur das Geräusch näher kommender Schritte.

Er drehte sich auf seinem Stuhl und sah Jiro Sato, der von zwei seiner *Kobuns* flankiert wurde.

»Wie ich sehe, arbeiten Sie lange«, sagte Jiro Sato und musterte die Zigarre, während er zur Begrüßung steif und formell nickte. »Ich entschuldige mich zutiefst für diese Belästigung.«

»Ich habe Sie erwartet«, erwiderte Nogami und gab das Kopfnicken zurück. »Bitte gestatten Sie mir, Tee zuzubereiten.«

»Ich danke Ihnen, aber das ist nicht erforderlich.« Jiro Sato stand vor ihm. Seine graue Sonnenbrille glitzerte im Neonlicht. »Einer meiner *Kobuns* wurde heute nacht erschossen, Nogami-san, und zwei weitere wurden verwundet. Ich will wissen, wo ich Vance und die Frau finde. Und zwar sofort.«

»Waren sie dafür verantwortlich?«

»Ich bitte vielmals um Entschuldigung, aber das sollte Sie nicht kümmern.« Steif wie ein Ladestock stand er da.

»Ich bitte vielmals um Entschuldigung, Sato-sama, es berührt mich sehr stark.« Nogami betrachtete seine Zigarre. »Diese ganze Affäre ist sehr betrüblich. Aus früheren Zeiten erinnere ich mich, daß auf seiten Tokios eine gewisse Vorliebe für Höflichkeit bestand. Haben sich die Dinge wirklich so sehr geändert?«

»Die Zeit für freundliche Worte ist vorbei. Die heutige Nacht hat sie beendet.«

Nogami sog an seiner Zigarre. »Angenommen, Sie lokalisieren Vance – welche Maßnahmen gedenken Sie zu ergreifen?«

»Wir haben eine letzte Chance, hier mit diesem Problem umzugehen. Morgen werden die Leute des *Oyabun* eintreffen und die Kontrolle übernehmen. Die Entscheidungen werden nicht länger von uns gefällt. Heute nacht habe ich versucht, die Situation zu retten, bin aber gescheitert. Sicherlich wissen Sie, was das bedeutet, für uns beide. Aber wenn Sie mir Vance geben, können wir vielleicht noch gerettet werden. Wenn Sie die Kooperation verweigern, wird der *Oyabun* Sie ebenso wie Vance vernichten. Wir beide wissen das. Ich biete Ihnen einen Ausweg an.«

»Ich bin dankbar, muß Ihnen aber sagen, daß es zu spät ist, Sato-sama, was Ihnen sicherlich klar ist«, sagte Nogami. Er sog wieder an seiner Zigarre und achtete sorgsam darauf, daß die Asche nicht herunterfiel. »Mit gebührendem Respekt muß ich mir also erlauben, nach dem Zweck dieses Treffens zu fragen.«

»Ich muß Vance lokalisieren. Bevor die *Kobuns* aus Tokio eintreffen. Wenn Sie sich um sein Wohlergehen sorgen, dann sollten Sie sich vor Augen führen, daß seine Behandlung durch mich verständnisvoller sein wird als...«

»Wann treffen sie ein?«

»Wie ich schon sagte, haben wir die Nachricht erhalten, daß sie morgen hier sein werden, Nogami-san. Bei allem Respekt, Sie haben Freundschaft mit einem Mann geschlossen, der den Versuch unternimmt, den *Oyabun* in Tokio zu erpressen. Dies ist eine Entscheidung in Ihrer Karriere, die, wie ich Ihnen versichere, höchst unklug ist.«

»Sie ist gefallen. Und ich bin mir der Konsequenz bewußt. Es scheint also, daß wir beide alles wissen, was die Zukunft bringt.«

»Vielleicht nicht ganz. Jemand hat versucht, uns glauben zu machen, daß Vance und die Frau gekidnappt wurden, daß sie irgendwo außerhalb unserer Reichweite festgehalten werden. Vielleicht ist es so, vielleicht auch nicht. Aber wenn die Transaktion mit den hundert Millionen morgen stattfinden soll, dann muß er hier erscheinen. Die Leute des *Oyabuns* sind dann vielleicht auch hier. Wenn nicht, dann sind *wir* hier.«

»Aber wenn er gekidnappt worden ist«, sagte Nogami mit gerunzelter Stirn und betrachtete dabei seine Zigarre, deren Asche weiter wuchs, »dann könnte es bei der Transaktion ein Problem geben. Wer, glauben Sie, könnte ihn noch haben wollen, abgesehen vom *Oyabun* in Tokio?«

»Darüber kann ich nicht spekulieren. Der KGB scheint großes Interesse an seinen Aktivitäten zu haben. Vielleicht bringen sie ihn an einen sichereren Ort. Oder vielleicht ist etwas anderes geschehen.« Er verbeugte sich. »Sie müssen mir noch einmal dieses ungebührliche Eindringen vergeben. Es ist wichtig für Sie, sich bewußt zu sein, daß die Situation nicht bereinigt ist. Daß Sie noch immer eine Chance haben, sich zu retten.«

»Der Vorstandsvorsitzende wird seine hundert Millionen erhalten, *wenn* es keine Einmischung gibt. Soweit habe ich bereits vorgesorgt. Wenn die Transaktion abgeschlossen ist, betrachte ich meine Verantwortlichkeit als erloschen.«

»Ihre Verantwortlichkeit wird nie erlöschen, Nogami-san. *Giri* währt für immer. Je schneller Ihnen das klar ist, desto besser.«

»Nach dem morgigen Tag wird es vorbei sein, Sato-sama.« Nogami streckte den Arm aus und streifte die mehrere Zentimeter lange Asche an einem Papierkorb neben dem Schreibtisch ab.

»Morgen«, sagte Jiro Sato und verbeugte sich, »beginnt es erst.«

Mittwoch, 2.25 Uhr

Jurij Andrejewitsch Androw blickte auf das Schott, das die Kammern mit dem elektrischen Kontrollsystem verriegelte, und hatte dabei beinahe das Gefühl, den Tresorraum einer Bank zu betrachten. Wie bei allen Hochsicherheitsanlagen wurden auch hier die Zugänge elektronisch gesichert.

Nachdem die Modifikationen jetzt abgeschlossen waren, arbeiteten die japanischen Wartungsmannschaften nur noch in zwei Schichten. Abgesehen von den Sicherheitsleuten war zu dieser Stunde niemand anwesend. Er hatte ihnen gesagt, daß er einen Blick auf die EN-15 Turbohochleistungspumpen werfen wollte, die den Wasserstoff zu den Scramjets leiteten, nachdem dieser durch Verbrennung aus dem flüssigen in den gasförmigen Zustand umgewandelt worden war. Er hätte sich Gedanken über die Impulsleistung gemacht und nicht einschlafen können.

Er hatte weiterhin erklärt, bei den Tests im Stand hätte sich zwar ergeben, daß sie den Betriebsdruck in zwanzig Millisekunden erreichen würden, wenn sie entsprechend angeworfen wurden, aber das waren Standtests, keine Flugtests gewesen, und es wäre ihm nicht gelungen einzuschlafen, weil er sich um die Adhäsion im Bereich der Verschlüsse Gedanken gemacht hätte.

All dies war nur technischer Hokuspokus, obgleich er sie vielleicht überprüfen *sollte*, dachte er grimmig. Aber er vertraute dem Technikerteam. Er mußte es tun. Außerdem waren die Pumpen speziell für den mächtigen *Energia*-Booster entwickelt worden, und bei Routinestarts dieser Flugkörper im Kosmodrom von Baikonur hatten sie fehlerfrei funktioniert.

Natürlich waren sie in Baikonur stets angeworfen worden, wenn die *Energia* noch auf der Startrampe stand, bei vollem Atmosphärendruck also. Bei der *Daedalus* würden sie erst während des Flugs in Gang gesetzt werden, in einer Höhe von achtzehntausend Metern und bei über viertausend Stundenkilometern. Aber dennoch...

Die Spätschicht des Sicherheitsteams hatte verständnisvoll zugehört. Sie hatten keinen Einwand dagegen, daß Androw mitten in der Nacht einen Wagen mit einer ausfahrbaren Treppe unter den Rumpf der *Daedalus I* stellten, dann ins untere Stockwerk steigen und die Turbopumpen inspizieren wollte. Alle wußten, daß er exzentrisch war. Nein, wahnsinnig, besser gesagt. Das mußte man sein, wenn man den Wunsch hatte, eine Rakete zu fliegen. Sie hatten ihn einfach hereingewinkt. Letzten Endes war das elektronische Kontrollsystem in den Bugkammern abgesichert.

Jurij Androw lächelte grimmig bei der Überlegung, daß er absolut richtiggelegen hatte. Die Hangarkontrolle wurde während der letzten Tage vor dem großen Test in punkto Sicherheit ziemlich lasch. Das passierte immer, nachdem ganze Trupps von Technikern monatelang ein- und ausgegangen waren.

Dieser Umstand erklärte auch, wieso er jetzt im Besitz eines kompletten Satzes von Magnetkarten war, die ihm den Zugang zu den Bugkammern ermöglichten. Genau wie er es sich ausgerechnet hatte, ließen die Mechaniker sie einfach in den Taschen ihrer Arbeitsanzüge stecken, die sie in den Spinds im Umkleideraum aufhängten.

Zeit, anzufangen...

Es gab natürlich eine doppelte Sicherung, ein wuchtiges Luftschleusentor, das in eine Druckkammer führte, wo drei weitere abgesicherte Türen die eigentlichen Kammern mit dem Kontrollsystem abschotteten. Das Luftschleusentor war wie eine Flugzeugtür, doppelt verstärkt, um dem Vakuum des Weltraums zu widerstehen. Im Zentrum befand sich ein grüner Metallschlitz für eine Magnetkarte.

Er probierte die Karten durch, indem er sie in den Schlitz schob. Die erste, die zweite, die dritte, die vierte und dann – Treffer. Die drei grünen Dioden über dem Türgriff blinkten auf.

Schnell drückte er den Griff nach unten und schob die Tür nach vorne. Sie glitt nach innen, drehte sich zur Seite und gab den Weg in die Druckkammer frei.

Die Temperatur im Inneren betrug konstant fünf Grad, leicht über dem Gefrierpunkt, um die Lebensdauer der empfindlichen elektronischen Geräte in den nächsten drei Kammern zu verlängern. Die Natrium-Hochdrucklampen an den Seiten des Rumpfs schalteten sich automatisch ein, als die Tür nach innen schwang. Er dachte flüchtig daran, sie zu löschen, erinnerte sich dann aber daran, daß sie nicht manuell bedient werden konnten.

Durch die Schwaden seines kondensierenden Atems konnte er erkennen, daß das Innere der Eingangskammer in blassem militärischem Grün gehalten war. Nach allem, was er über dieses Flugzeug wußte, schien die Farbe unbedingt passend zu sein.

Er drehte sich schnell um, und nachdem er sich vergewissert hatte, daß die Außentür von innen wieder geöffnet werden konnte, schloß er sie hinter sich. Als sie zuklickte, schalteten sich die Natriumlampen mit einem leisen Summen automatisch ab.

Genau wie ein verdammter Kühlschrank, dachte er.

Aber die Dunkelheit war das, was er wollte. Er holte eine kleine Taschenlampe hervor und richtete sie auf die drei Lukentüren, die zu den Bugkammern führten. Die Backbordkammer auf der linken Seite enthielt die Elektronik für die diversen Radaranlagen. Er kannte sie, denn er hatte sich die technischen

Diagramme angesehen. Er wußte auch, daß die Steuerbordkammer auf der rechten Seite die Prozessoren für die Navigationssysteme und die Flüssigsauerstofftanks für den Piloten enthielt.

Die dritte vordere Kammer, die unter den beiden anderen lag und über eine Stahltreppe erreicht werden konnte, war diejenige, in die er eindringen mußte. In ihr befand sich die gesamte Computeranlage – Flugkontrolle, Navigation und vor allem das Künstliche-Intelligenz-System, das KI.

Er ertappte sich plötzlich bei einem eigenartigen Gedanken. Da noch kein luftatmendes Flugzeug jemals mit Hyperschallgeschwindigkeit geflogen war, war jedes Zubehörteil in dieser Maschine gewissermaßen ungetestet. In seinen Augen war das nur ein Grund mehr, die Override-Funktionen des verdammten KI-Systems abzuschalten, bevor er in den Hyperschallflug überging. Wenn etwas schiefging, dann wollte er dieses Baby manuell kontrollieren. Der Computer brauchte ihn nur auf potentielle Probleme aufmerksam zu machen. Die Lösungen würde er mit seinem eigenen Verstand ausarbeiten müssen.

Als er die Stahlstufen hinunterging, blätterte er die Magnetkarten durch und betete, daß er diejenige bei sich hatte, die erforderlich war, um ihm den Zugang zu der unteren Kammer und den Computern zu verschaffen. Dann schob er die Karten nacheinander in den grünen Metallschlitz, wobei er sich bemühte, seine Hand in der eisigen Kälte ruhig zu halten.

Schließlich erfüllte eine der Karten ihren Zweck. Die drei kodierten Dioden blinkten auf, und ein hydraulischer Arm ließ die Luke automatisch aufgleiten. Als nächstes ging die Innenbeleuchtung an, ein orangefarbenes Glühen der Natrium-Hochdrucklampen, das die grauen Wände erhellte.

Diese dritte Kammer war, genau wie die beiden darüber, groß genug, um darin stehen zu können. Als er eintrat, warf er einen Blick zurück auf die Treppe, machte dann schnell die Tür zu. Wieder gingen die Lichter aus. Er griff nach der Taschenlampe und begann mit der Suche nach dem, um was es ihm ging.

Unmittelbar vor ihm befand sich ein Stahlkasten mit Reihen von Kippschaltern: Kontrollen für den elektrischen Strom, die Kommunikationsinstrumente, das Antriebssystem, die Rückkopplung. In Ordnung, das war die Kommandokonsole, die für jeden Flug eingestellt und dann vom Cockpit aus überwacht wurde.

Und wo war das verdammte bordeigene KI-Modul?

Er sah sich in der Kammer um. Das KI-System war der Schlüssel zu seinem Plan. Er mußte dafür sorgen, daß die Künstliche-Intelligenz-Funktionen des Computers völlig abgeschaltet, völlig abgekoppelt werden konnten, wenn der kritische Augenblick kam. Er konnte es sich nicht leisten, daß das bordeigene Override-System seine geplante Änderung des Hyperschallflugplans zunichte machte. Seine Aufgabe heute nacht war es zu gewährleisten, daß alle Überraschungen von ihm, nicht von sonst jemandem ausgingen. Es würde keinen Spielraum für Störungen geben. Alles mußte ablaufen wie ein Uhrwerk.

Er schob sich langsam durch die frostige Kammer und suchte die Instrumententafeln nach einem Hinweis ab. Und dann entdeckte er, was er suchte. Es war eine weiße, rechteckige Konsole. Er studierte sie einen Augenblick lang und versuchte, sich klar darüber zu werden, wo er anfangen sollte.

Im gleichen Moment ertappte er sich bei der flüchtigen Überlegung, wie er nur in diese verrückte Situation geraten war. Vielleicht hätte er die Luftwaffe schon vor Jahren verlassen und zur Technischen Hochschule gehen sollen, wie es sich sein Vater gewünscht hatte. Gerade jetzt, das mußte er zugeben, hätten ihm ein paar elektrotechnische Fachkenntnisse ganz bestimmt nicht geschadet.

Er holte einen Taschenschraubenzieher hervor und fing vorsichtig an, die Frontplatte der KI-Konsole, ein bronziertes Rechteck, zu entfernen. Acht Schrauben später hob er die Platte ab und stellte sie auf den Boden.

Die Taschenlampe enthüllte eine Reihe von Chips, die durch

fein säuberlich verlegte, plastiküberzogene Drähte miteinander verbunden waren. Irgendwo inmitten dieses elektronischen Nervengeflechts mußte es den kritischen Knotenpunkt geben, an dem er das Gerät anbringen konnte, das er mitgebracht hatte.

Es hatte einige Mühe erfordert, aber es war ihm gelungen, ein Utensil zusammenzubauen, das sein Problem auf geniale Art und Weise lösen sollte, wenn der entscheidende Augenblick kam. Es handelte sich um ein per Funk kontrolliertes, strombetriebenes Messer, das einen Drähtestrang, an dem es befestigt war, augenblicklich durchtrennen konnte. Die Reichweite des Funksignals betrug fünfzig Meter, was ausreichen würde. Den Sender, nicht größer als ein kleiner Recorder, würde er in seinem Fluganzug bei sich haben. In dem Augenblick, in dem er die Turboramjets auf den Scramjet-Modus umstellte, würde er den Sender aktivieren und ihr beschissenes KI-Modul außer Betrieb setzen. Für immer.

Er schätzte, daß ihm zehn Minuten blieben, bis einer von den Sicherheitsleuten kommen würde, um nachzusehen, was er tat. Er hatte diesen Zeitpunkt so ausgerechnet, daß er mit ihrer regulären Teepause zusammenfiel. Selbst Japaner arbeiteten nicht rund um die Uhr.

Mit der Taschenlampe in der Hand und vor Kälte zitternd, begann er, vorsichtig die Drähte zu prüfen. Vorsichtig, ganz, ganz vorsichtig. Er besaß kein Diagramm ihrer Computerverbindungen und mußte sichergehen, daß er nicht unbeabsichtigt die Hauptenergiezufuhr unterbrach, denn eins wollte er unter gar keinen Umständen: irgendeine der anderen Flugkontrollsysteme abschalten. Er wollte den Schnitt irgendwo zwischen der Energiequelle des KI-Moduls und seiner Zentraleinheit ansetzen. Die Energie kam hier herein..., ging dann da an der Seite hoch zu einem Hochspannungstransformator..., und dann wieder raus von...

Da. Gleich hinter dem Transformator und vor der Masterstation mit der zugehörigen Zentraleinheit und dem Ein-Ausgabe-

Werk. Dadurch sollte jedwede Verknappung im Hauptenergiezufuhrsystem vermieden werden und die Unterbrechung lokal begrenzt bleiben.

Die Leitung war beinahe anderthalb Zentimeter dick, ein isolierter Doppelstrang aus Kupfer. Aber es gab da einen nicht verkleideten Abschnitt, der unmittelbar zur Zentraleinheit hinunterführte. An dieser Stelle würde er das Messer anbringen und darauf hoffen, daß es zumindest einen Kurzschluß gab, wenn die Klinge die Drähte nicht völlig durchtrennte.

Er testete den Sender ein letztes Mal und versicherte sich, daß er das Messer aktivieren würde. Dann klemmte er den Mechanismus an den Draht und befestigte ihn mit Flügelschrauben. Nachdem er ihn so sicher angebracht hatte, wie es ihm möglich war, trat er zurück und betrachtete sein Werk. Wenn jemand auf den Gedanken kam, die Frontplatte zu entfernen, würde er es auf der Stelle entdecken, aber ansonsten...

Schnell setzte er mit vor Kälte zitternden Händen die Abdeckplatte wieder ein und begann, die Schrauben mit dem kleinen Schraubenzieher festzudrehen. Er war nicht magnetisiert, ganz bewußt nicht, und so kam es, daß die kleinen Schrauben immer wieder seinen Fingern entglitten, ein Problem, das durch die betäubende Kälte noch akuter wurde.

Noch drei Schrauben..., dann hörte er das Geräusch. Schritte auf dem Aluminiumaufgang in der Druckkammer über ihm.

Verflucht!

Er arbeitete so schnell wie möglich weiter. Verbissen hielt er dabei die Schrauben fest und kämpfte gegen die Taubheit und den Schmerz in seinen erstarrenden Fingern an.

Nur noch eine. Er konnte hören, wie jemand oben die einzelnen Ausrüstungskammern überprüfte, indem er sie methodisch öffnete und wieder schloß. Zuerst wurde die Steuerbordkammer geöffnet und zugemacht, dann die Backbordkammer. Jetzt hörte er näher kommende Schritte auf der zur Computerkammer führenden Metalltreppe. Fünf Sekunden fehlten ihnen noch, um ihn zu entdecken.

Die letzte Schraube saß.

Er versuchte, sich aufzurichten, und stellte fest, daß seine Knie taub waren. Er torkelte rückwärts und suchte etwas, an dem er sich festhalten konnte, als die Beleuchtung anging...

»Jurij Andrejewitsch, hier bist du also. Und was machst du hier?«

Es war die verwirrte Stimme seines Vaters. Er kam sich wie ein kleines Kind vor, das man mit der Hand unter der Bettdecke erwischt hatte. Was sollte er tun – die Wahrheit sagen?

»Ich... ich überprüfe die Konsolen, um die Zeit totzuschlagen. Ich konnte nicht schlafen.«

»Lüg mich nicht an.« Der alte Mann runzelte skeptisch die Stirn. »Du hast etwas vor, einen deiner Tricks.«

Jurij starrte ihn einen Augenblick lang an. Wie war er darauf gekommen – durch seinen sechsten Sinn?

»*Moi otyets,* warum bist *du* hier? Du brauchst deinen Schlaf.«

»Ich bin ein alter Mann. Ein alter Mann macht sich seine Gedanken. Ich hatte so eine Ahnung, daß du heute nacht hier sein könntest, um an dem Flugzeug herumzufummeln. Du hast mir gesagt, daß du etwas planst. Ich glaube, die Zeit ist gekommen, mir zu sagen, was es ist.«

Jurij holte tief Luft und sah ihn an.

Nein, es war zu riskant. Für sie beide. Er mußte sein Geheimnis bewahren.

»Es ist besser, wenn du es nicht weißt.«

»Wie du meinst«, seufzte der alte Mann. »Aber wenn du etwas Törichtes tust...«

»Das habe ich in der Tat vor.« Jurij hielt dem stählernen Blick seines Vaters stand.

»Du hast es also getan?« Andrej Androw musterte ihn, wobei

sein altes Gesicht unter der weißen Haarmähne aschfahl wirkte. »Hast du es geschafft, das KI-Modul zu sabotieren?«

Jurij mußte laut lachen. Was auch immer sein Vater war, er war kein Dummkopf. Er war zu lange Russe gewesen, um irgend etwas, was er hörte, oder auch nur die Hälfte von dem, was er sah, zu glauben. Machenschaften gehörten sozusagen zu seinem Leben.

»Gehen wir. Sie werden bald nach uns suchen. Und dies ist der falsche Ort, um gefunden zu werden.«

»Du hast recht.«

»Geh zurück zum West-Quadranten. Hör dir ein Streichquartett an.« Jurij schob die Luke auf und ließ seinen Vater hinaustreten. Dann folgte er ihm und schloß die Luke hinter sich. »Es gibt keinen Grund für dich, hier mitzumachen. Es werden Köpfe rollen, aber warum sollte deiner dabeisein?«

Andrej Petrowitsch Androw bewegte sich leichtfüßig die Treppenstufen hinauf, seinem Alter zum Trotz. Oben blieb er stehen und drehte sich um.

»Du fühlst dich verantwortlich, nicht wahr, Jurij? Zum erstenmal in deinem Leben.«

»Ich nehme an, so könnte man es ausdrücken.« Jurij lächelte, ging dann die Stufen hinauf.

»Eines Tages wird dir das russische Volk danken.«

»Eines Tages. Aber vielleicht lebe ich dann nicht mehr, um diesen Tag zu erleben.«

Andrej Androw hielt inne. Seine alten Augen füllten sich mit Tränen, und seine Stimme wurde zu einem Flüstern. »Nichts von all den Dingen, die du je getan hast, könnte mich stolzer auf dich machen. Ich habe mir über die militärischen Einsatzmöglichkeiten dieses Flugzeugs Gedanken gemacht, und ich glaube, daß die Zukunft der Welt hier umgeschrieben wird. Du mußt sie stoppen. Du bist die einzige Hoffnung, die uns geblieben ist.«

16.

Mittwoch, 10.05 Uhr

Die Limousine hatte das Savoy bereits hinter sich gelassen und fuhr die Hauptstraße hinunter, als Alex Nowosty das Schweigen brach. Er beugte sich vor, drückte auf den Knopf der Sprechanlage, die die hinteren Sitze mit dem Fahrer verband, und sagte auf russisch:

»Igor Borisowitsch, unsere Planungen haben sich geändert. Wir werden nicht zur Westminster Union fahren. Bringen Sie uns zur Moscow Narodny Bank. Zur Wertpapierabteilung in der Saint Swithins Lane.«

»*Shto ve skazale?*« Igor, der noch immer an den Kopfschmerzen litt, die er dem Kidnapping verdankte, blickte in den Rückspiegel. »Die Hauptniederlassung der Bank liegt in der King William Street. Wir gehen immer...«

»Tun Sie einfach, was man Ihnen sagt«, schnitt ihm Nowosty das Wort ab und schaltete das Mikrophon aus.

Vera Karanowa blickte ihn an. Ihre dunklen Augen zeigten Betroffenheit. »Aber Sie sagten, daß die Transaktion bei der Westminster Union Bank stattfinden sollte, heute morgen um halb elf.«

»Das war lediglich ein Ablenkungsmanöver.« Nowosty lehnte sich zurück. »Das Arrangement ist umgeändert worden. Aus Sicherheitsgründen.«

»Das gefällt mir nicht.« Vera Karanowas Mißvergnügen war offensichtlich. »Es gibt keinen Grund...«

»Es ist besser so, das kann ich Ihnen versichern.« Nowosty holte ein weißes Etui mit balkanesischen Sobranie-Zigaretten aus der Tasche, klappte es auf und nahm eine heraus. Diese Zigaretten, hergestellt aus erlesenem türkischem Yenidje-Tabak, rauchte er immer an bedeutsamen Tagen. Und dies war ein bedeutsamer Tag.

Während er sein Feuerzeug anknipste und den aromatischen Rauch tief inhalierte, dachte er darüber nach, wie sehr er die dunkelhaarige Frau, die in einem grauen Armani-Kostüm, im Zobelmantel und behängt mit Cartier-Schmuck neben ihm saß, haßte. Feindschaft herrschte schon seit fünf Jahren zwischen ihnen. Damals war es bei der Hauptabteilung T zu einer Umbildung gekommen, wobei sie die Position der Nummer drei erklettert und seine wohlverdiente Beförderung vereitelt hatte. Gerüchten am Dserschinski-Platz zufolge hatte sie das aufgrund der richtigen Beziehungen geschafft, um es so auszudrücken. Interne Machenschaften dieser Art vergaß und vergab Alex Nowosty nicht so schnell.

Die schwarze Limousine fuhr jetzt an den Royal Courts of Justice auf der linken Seite vorbei. Vor ihnen lag die Cannon Street, die das Ende der Saint Swithins Lane kreuzte. Nur noch ein paar Häuserblocks. Nach dem heutigen Tag hoffte er, Vera Karanowa niemals wiederzusehen.

»Wir haben es so arrangiert, daß die Transaktion durch die Wertpapierabteilung der MNB abgewickelt wird«, fuhr Nowosty fort, beinahe ohne seine Worte an eine bestimmte Adresse zu richten. »Michael und ich haben für alles gesorgt.«

»Wer hat dieser Änderung zugestimmt?« Vera Karanowa umklammerte ärgerlich die Armstütze.

»Ich«, erwiderte Nowosty scharf. »Wir bestimmen.« Befriedigt registrierte er ihren Zorn. Der Morgenverkehr war inzwischen fast zum Stillstand gekommen, aber sie würden pünktlich sein. »Letzten Endes hat er noch immer das Geld.«

»Und woher wissen Sie, daß er nicht vielleicht längst in Brasilien ist? Möglicherweise ist das der Grund, aus dem er und die Frau vorige Nacht verschwunden sind, mit Hilfe eines Komplizen, der Igor Borisowitsch angegriffen hat.«

»Michael wird dasein«, sagte Nowosty. »Sie brauchen keine Angst zu haben. Er wird nirgendwo hingehen, bevor diese Sache nicht erledigt ist.«

»Wenn diese Sache abgeschlossen ist«, stellte sie nüchtern fest, »wird *er* erledigt sein. Ich hoffe, Sie haben das eingeplant.«

Nowosty warf ihr einen Blick zu und fragte sich, was sie meinte. War für alle Überraschungen vorgesorgt worden? Er hoffte es, denn dieser Handel war sein Tor zur Freiheit. Die Provision von zwei Millionen würde einen neuen Anfang für ihn bedeuten.

Mittwoch, 10.18 Uhr

Kenji Nogami saß kerzengerade an seinem breiten Eichenschreibtisch und wartete darauf, daß das Telefon klingelte. Wie würde Michael es durchziehen? Zugegeben, es war klug, alles weitgehend für sich zu behalten, aber dennoch... Er würde sich besser fühlen, wenn ihm Michael Vance jun. etwas mehr Vertrauen geschenkt hätte.

Andererseits war es vermutlich sehr weise, die Details der Operation so lange wie möglich unter Verschluß zu halten. Es beschränkte die Möglichkeit eines unbeabsichtigten Schnitzers auf ein Minimum.

Ja, so war es fraglos am besten. Vor seinem Schreibtisch saßen nämlich vier von Tanzan Minos *Kobuns* aus Tokio, die alle glänzende schwarze Lederjacken trugen. Sie waren kurz nach Tagesanbruch im Docklands-Büro angekommen und hatten erklärt, daß sie gekommen waren, um das Geld persönlich nach Tokio zu bringen. Jiro Sato hatte sie zur Westminster Union geschickt.

Die vier hatten schwarze Aktenkoffer bei sich, die allerdings keine Geschäftspapiere enthielten. Sie beabsichtigten, ihre Mission mit allen dazu erforderlichen Mitteln zu erfüllen. Jiro Sato, der *Oyabun* von London, war nicht gebeten worden, seine eigenen Leute zu ihrer Begleitung mitzuschicken. Er war auf Weisung Tokios offiziell von dieser Operation entbunden. Das regionale Büro hatte versagt, und so hatte Tokio eine Mino-gumi-Version der Delta Force in Marsch gesetzt. Sie hatten ganz eindeutige Anweisungen, was sie mit Michael Vance machen sollten.

Diese neue Wendung der Dinge gefiel Kenji Nogami ganz und gar nicht. Damit alles nach Plan ablaufen konnte, durfte keine Gewalt ins Spiel kommen. Es gab keine Möglichkeit für ihn und Michael, mit Revolvermännern fertig zu werden. Wenn Michael mit dem Gedanken spielte, es mit ihnen aufzunehmen, dann war er komplett verrückt.

Er blickte auf seine goldene Omega und stellte fest, daß es zehn Uhr neunzehn war. In elf weiteren Minuten würde er wissen, wie Michael das Szenario über die Bühne zu bringen gedachte.

Aber was auch immer geschah, er würde sich von diesen *Kobun*-Gangstern nicht einschüchtern lassen, trotz ihrer Sonnenbrillen und automatischen Gewehren. Diese Zeiten waren vorbei. Michael hatte ihm die ideale Gelegenheit gegeben, sich ein neues Leben aufzubauen. Von ihm aus konnte der Teufel höchstpersönlich auftauchen.

Mittwoch, 10.23 Uhr

»*Polovena decyat?*« Sie blickte ihn aus ihren dunklen Augen an.

»*Da*«, nickte Nowosty. »Sie werden um halb elf hiersein. Das ist der vereinbarte Termin.«

Er hatte ein Gefühl der Nervosität, was ungewöhnlich war und ihm nicht gefiel. Immer wenn er in dieser Verfassung war, fingen die Dinge an, aus dem Ruder zu laufen.

Sie befanden sich jetzt in dem holzgetäfelten Aufzug, der sie ins fünfte Stockwerk der Moscow Narodny Bank brachte. Die hundert Millionen waren über Nacht im Tresorraum der Firma Victoria Courier Service Limited aufbewahrt worden, die die Geldtaschen exakt um halb elf an diesem Morgen anliefern sollte. Die Örtlichkeit der Ablieferung war jedoch nur ihm und

Michael bekannt. Er wollte sichergehen und vor dem Geld zur Stelle sein. Er hätte es auch vorgezogen, nicht von Vera Karanowa begleitet zu werden.

Eins mußte man Michael lassen: Er hatte den Handel mit großer Finesse arrangiert. Er traute niemandem. Bevor er Victoria Courier an diesem Morgen benachrichtigt hatte, wußte niemand, wohin das Geld gebracht würde, nicht einmal der japanische Banker Nogami. Dennoch, die Papiere waren übertragbar und ließen immer die Möglichkeit von Schwierigkeiten offen, wenn der Zeitplan nicht aufging.

Nowosty hatte vor, dafür zu sorgen, daß es nicht dazu kam. Die Planung stimmte bisher auf die Sekunde. Jetzt war nicht der Zeitpunkt, um mit der Wachsamkeit nachzulassen.

Ja, seine Anwesenheit hier war gut. Als er die Genossin Karanowa musterte, wurde ihm bewußt, daß ihn irgend etwas an ihr beunruhigte. Bisher war es nur so eine Ahnung, aber seine Ahnungen hatten sich viel öfter bewahrheitet, als ihm lieb war.

Er versuchte, das Gefühl beiseitezuschieben. Vermutlich litt er unter Verfolgungswahn. Ganz offensichtlich war sie heute aus demselben Grund hier wie er – um sicherzustellen, daß das sowjetische Geld sicher zurückgebracht wurde. Wahrscheinlich machte sie sich auch weiterhin um das Protokoll Sorgen, aber das war ihr Problem, nicht seins. Von heute an würden die Leute vom KGB ihre internen Kämpfe zu Hause nach bestem Vermögen ausfechten müssen. Die Grundregeln änderten sich schnell in Moskau.

Davon abgesehen würde der Dserschinski-Platz für ihn zu einem Teil eines früheren Lebens werden. Wenn er diese Sache hier regelte und seine Provision bekam, würde er aus dem Schneider sein. Für immer. Genug war genug. Vielleicht würde er wie Michael in der Karibik landen, Margaritas trinken und Kordelbikinis betrachten.

Die Aufzugtür öffnete sich. Vor ihnen standen Michael Vance und Eva Borodin.

»Freut mich, daß Sie es geschafft haben.« Vance bedachte Vera mit einem kalten Blick. »Gerade rechtzeitig. Das Geld trifft in exakt sieben Minuten ein.«

Sie nickte ihm zur Begrüßung schweigend zu, zog ihren Zobelmantel enger um den Körper und trat nach draußen. Die Bankangestellten, die sich im Korridor aufgestellt hatten, betrachteten sie mit nervöser Ehrfurcht. Selbst hier in London hatten die höheren Chargen der Hauptabteilung T Gewicht.

Sie gingen gemeinsam den mit Teppichen ausgelegten Flur hinunter. In dieser Etage war alles auf höchste Sicherheit ausgerichtet. An allen Eingängen standen bewaffnete Wachposten. Mit übertragbaren Wertpapieren ging man nicht beiläufig um.

Mittwoch, 10.30 Uhr

Ein Panzerwagen mit der Beschriftung V.C.S, Ltd. fuhr vor der schwarzen Marmorfassade der Wertpapierfiliale der Moscow Narodny Bank in der Saint Swithins Lane vor. Alles verlief genau nach Zeitplan.

»Sie sind da.« Eva blickte aus dem kleinen Fenster nach unten. Die Saint Swithins Lane, tatsächlich eine Gasse, war so schmal, daß sie nur ein einziges Fahrzeug aufnehmen konnte. Gegenüber lag die Banque Worms mit ihrem Einhorn-Wahrzeichen. In der Halle glitzerten die Kronleuchter. Niemand dort drüben nahm Notiz. Nur ein weiterer Panzerwagen, der die Sicht versperrte.

Dann stiegen drei Sicherheitsbeamten in blauen Uniformen aus dem Wagen und näherten sich der rückwärtigen Tür von zwei Seiten, 38er in offenen Holstern.

»Mr. Vance, sie sollten das Geld wirklich bei sich haben, und zwar alles.« Vera Karanowa trat ans Fenster und folgte Evas Blick nach unten.

»Es wird da sein.«

»Das hoffe ich in Ihrem Interesse«, erwiderte sie.

»Bleiben Sie nur hier, und beobachten Sie alles«, sagte Vance.

Nur noch einen Tag, sagte er sich im stillen. Noch einen lausigen Tag. Bis morgen werden wir genug von dem Protokoll übersetzt und die Pressemitteilungen fertig haben. Dann geben wir sie an die Zeitungen und verschwinden aus der Stadt.

Draußen auf dem Flur wurde ein leises Klingeln hörbar, als sich der Aufzug auftat, ein privater Lift, der unmittelbar aus der Halle nach oben führte. Als Vance die schweren Schritte der Kuriere vernahm, die von MNB-Wachposten begleitet wurden, trat er an die Tür und blickte kurz nach draußen. Jeder der beiden Blauuniformierten trug eine große Geldtasche, die ans linke Handgelenk gekettet war. Offenbar war der dritte Mann unten geblieben und bewachte den Wagen.

»Hier entlang.« Der mondgesichtige Direktor der MNB-Wertpapierabteilung trat nach draußen und winkte sie herein. Das Spiel hatte begonnen.

Kenji Nogamis Ausgabe der Mino-Industries-Obligationen war am vergangenen Tag bei der Issuing House Association registriert worden. Heute morgen würde Vance sie erwerben, mittels einer telegraphischen Überweisung von der Moscow Narodny Bank in der Saint Swithins Lane an die Obligationsabteilung der Westminster Union Bank. Danach würde es eine zweite Transaktion geben, bei der die Sumitomo-Bank die Obligationen als Sicherheit für einen Kredit in Höhe von hundert Millionen Dollar in Empfang nehmen würde, die dann telegraphisch zurück an die Westminster Union und von dort aus an die Moscow Narodny Bank überwiesen würden. Alles war vorher arrangiert worden. Die gesamte Transaktion würde nur Minuten in Anspruch nehmen.

Es sei denn, es kam etwas dazwischen.

Vance hatte voll und ganz erwartet, daß Tanzan Mino ein Empfangskomitee in Nogamis Geschäftsräume schicken würde. Deshalb hatte er dafür gesorgt, daß das Geld hierher zur Seitenstraßenfiliale der Moscow Narodny Bank gebracht wurde. Er ging davon aus, daß wenigstens die Sowjets ein ehrliches Spiel betreiben würden. Der KGB wollte diese Akte schließen.

Und dann hatte Eva ja auch noch das Protokoll. Ihre Versicherungspolice.

»Mr. Vance.« Vera Karanowa sah zu, wie die beiden Sicherheitsleute die Geldtaschen vom Handgelenk abketteten und begannen, die Bündel mit Bankschecks und Inhaberpapieren hervorzuholen. »Ich möchte diese Papiere nachzählen.«

»Sie sind bereits zweifach gezählt worden...«, Vance deutete auf die Bündel, »...gestern von der Hauptniederlassung der Moscow Narodny. Sie sehen es an den Banderolen.«

»Das war deren Zählung«, gab sie zurück. »Ich beabsichtige, meine eigene vorzunehmen, bevor wir weitermachen.«

Was verlorene Zeit bedeutet, dachte er. Begreift sie nicht, daß wir dieses Geld recyclen müssen, daß diese Anleihen gekauft und an Ort und Stelle gebracht werden müssen, bevor Tanzan Minos *Kobuns* eine Chance bekommen, auf uns loszugehen? Wenn der Handel mit dem Erwerb von Kens neuen Mino-Industries-Obligationen nicht über die Bühne geht und uns ein Mittel in die Hand gibt, mit dem wir den Paten unter Druck setzen können...

Sie spielt ihm buchstäblich in die Hände.

»Die Papiere sind alle da, alle übertragbar und sofort zu verwenden«, sagte er und sah kurz zu Eva hinüber. Ein Blick in ihre Augen verriet ihm, daß auch sie Schwierigkeiten kommen sah. »Also, verdammt noch mal, wir müssen jetzt handeln, und zwar schnell. Wir lassen die Gelder hier gutschreiben und überweisen sie dann telegraphisch an die Westminster Union. Und bei Gott, wir tun es sofort.«

»Mr. Vance, Sie geben nicht länger die Befehle«, erwiderte Vera scharf. »Ich bestimme jetzt hier. Und ich habe nicht die Absicht, das Geld irgendwohin zu überweisen. Es wird keinen Kauf von Obligationen geben. Was mich angeht, ist das Geld zurückgegeben worden.« Sie machte eine Pause, um ihren Worten Nachdruck zu verleihen. »Aber zuerst werden wir es zählen.«

»Vera, meine Liebe«, unterbrach Eva sie, »wenn Sie versuchen wollen, uns reinzulegen, machen Sie einen großen Fehler. Sie scheinen zu vergessen, daß wir das Protokoll haben. Wir sind noch nicht dazu gekommen, Ihnen zu sagen, daß wir es entschlüsselt haben.«

»Sie haben...?«

»So ist es. Und so wie es aussieht, glaube ich nicht, daß Ihnen gefallen wird, was drinsteht, aber Sie möchten die Geschichte vielleicht erfahren, bevor Sie sie übermorgen in der *Times* lesen können.«

Alex Nowosty war aschfahl geworden. »Michael, Tanzan Minos Leute sind vermutlich inzwischen auf dem Weg hierher. Es sei denn, sie gehen zuerst zur Hauptniederlassung in der King William Street.« Er warf einen nervösen Blick aus dem Fenster. »Uns läuft die Zeit weg.«

Das Spiel fängt an, ungemütlich zu werden, dachte Vance. Es war besser, das Kommando zu übernehmen.

Aber bevor er etwas tun konnte, hielt Nowosty eine Ruger P-85, eine leichte 9-mm-Automatic, in der Hand, die er aus einem Holster unter seinem Jackett hervorgezogen hatte. Er hatte es an einer Stelle getragen, wo es den MNB-Wachposten entgangen war.

Die beiden Victoria-Kuriere waren verblüfft. Von Bankern erwartete man eigentlich nicht, daß sie Waffen zückten. Sie starrten Nowosty fassungslos an, als er ihnen bedeutete, daß sie sich mit dem Gesicht zur Wand stellen sollten.

»Michael«, sagte er und blickte zu Vance hinüber, »würden Sie mir freundlicherweise behilflich sein und diese beiden 38er an sich nehmen? Wir müssen die Party hier etwas in Schwung bringen.«

Vera Karanowa lächelte dünn. »Wie weit, glauben Sie, werden Sie damit kommen? Das wüßte ich gerne.«

»Wir scheinen unterschiedliche Zielsetzungen zu haben«, erwiderte Nowosty. »Michael hat eine Lösung für die Probleme von uns allen. Ich bedaure sehr, daß Sie sich entschieden haben, nicht bei der Verwirklichung dieser Lösung mitzuwirken.«

»Das einzige Problem, das er gelöst hat, war das Ihre«, gab sie scharf zurück. »Mr. Vance hat sich etwas ausgedacht, das auf eine gewaltige Wechselreiterei hinausläuft. Sie beide haben einen Betrug geplant. Sie sind nicht besser als Kriminelle, und ich will sichergehen, daß Sie sich nicht auch noch zu unseren Ungunsten verzählt haben.«

»Genossin, Betrug ist ein hartes Wort«, warf Vance ein.

»Sie sind nicht so amüsant, wie Sie glauben«, antwortete sie.

»Humor hält die Welt in Gang.«

»Wir machen hier keine Scherze. Die Inhaberpapiere in diesem Zimmer sind sowjetische Gelder. Ich beabsichtige, mich zu vergewissern, daß sie vollständig sind. Es wird eine komplette und lückenlose Zählung vorgenommen. Jetzt.«

Sie ist übergeschnappt, dachte Vance. Sie ist eindeutig dabei, uns in die Klemme zu bringen, entweder bewußt oder unbewußt. Aber wer in diesem Zimmer wird ihr helfen? Diese zusammengekauerte Gruppe von russischen Bankern, die entsetzt auf Nowostys 9 mm starrten? Sehr unwahrscheinlich. Sie improvisiert, allein auf sich gestellt. Aber ihre kleine Kraftmeierei könnte am Ende das Schiff zum Sinken bringen.

Die beiden Kuriere standen jetzt mit gespreizten Beinen vor der braungemusterten Wand. Er ging hinüber, griff in die Lederholster an ihrer Hüfte und zog ihre Revolver heraus. Es waren kurzläufige Smith & Wesson Bodyguards, Kaliber 38. Er prüfte sie, entsicherte sie und gab einen davon Eva.

»Wie wäre es, wenn du die Tür sicherst? Es wird Zeit, daß wir zum Geschäftlichen kommen und ein paar Obligationen kaufen.«

»Mit Vergnügen.« Sie ging zur Tür und blickte nach draußen. Es war nichts zu sehen.

»Was meinen Sie, Alex?« Vance wandte sich zu ihm um. »Man erzählt sich, daß heute eine brandheiße Mino-Industries-

Anleihe ausgegeben wird. Was halten Sie davon, wenn wir einsteigen? Mit hundert Millionen. Nehmen wir einfach den ganzen Posten.«

»Ich habe dasselbe Gerücht gehört, heute morgen.« Nowosty lächelte. »Sie haben recht. Mein Instinkt sagt mir, daß es ein ausgezeichneter Kauf ist.«

»Schön.« Vance wandte sich an den mondgesichtigen MNB-Abteilungsleiter. »Wir würden hier gerne heute morgen ein kleines Geschäft abschließen. Macht es Ihnen etwas aus, die Wertpapierabteilung der Westminster Union anzurufen? Sagen Sie Nogami, daß wir für hundert Mino-Industries-Obligationen gut sind, die neue Ausgabe. Zum Nennwert.«

»Michael!« Evas Stimme klang plötzlich sehr alarmiert.

»Was ist?«

»Wir haben Gesellschaft. Sie sehen aus wie Sturmtruppen.«

»Guter Gott.« Nowosty trat zur Tür und blickte nach draußen. Eine Gruppe von vier Japanern in Lederjacken kam den Korridor herunter, angeführt von zwei entwaffneten MNB-Wächtern. Auch Kenji Nogami war bei ihnen.

Nowosty drehte sich um und blickte Vance beschwörend an. »Was nun?«

»Ich nehme an, daß sie gut vorbereitet sind.« Vance winkte Eva zu. »Du trennst dich besser von der 38er. Vielleicht können wir dieses Problem immer noch mit Worten lösen.«

Sie nickte und legte ihre Waffe neben die Wertpapierbündel. Vance warf einen letzten Blick auf den Smith & Wesson in der eigenen Hand und tat es ihr nach.

Die ganze Zeit über hatte Vera Karanowa nichts gesagt. Sie stand nur da und beobachtete das Geschehen mit einem unbeteiligten Lächeln. Schließlich ergriff sie das Wort. »Jetzt können wir mit dem Zählen beginnen«, sagte sie ruhig.

»Vielleicht erfassen Sie die Situation hier nicht so ganz, Genossin.« Vance blickte sie an. »Diese Gorillas kommen nicht zum Teetrinken vorbei. Wir müssen zusammenhalten.«

Sie brach in Gelächter aus. »Mr. Vance, Sie sind wirklich naiv. Nein, Sie sind noch schlimmer. Sie haben wirklich geglaubt, daß Sie die mächtigste neue globale Allianz des zwanzigsten Jahrhunderts sabotieren könnten.« Ihre dunklen Augen hatten einen eisigen Ausdruck. »Wir lassen nicht zu, daß das passiert, glauben Sie mir.«

Mein Gott, dachte Vance, deshalb wollte sie das Protokoll in die Hände bekommen. Um es verschwinden zu lassen. Sie hat den richtigen Zeitpunkt abgewartet und so getan, als würde sie mit uns kooperieren. Und heute hat sie es geschafft, uns so lange hinzuhalten, bis Minos Jungs dem Ortswechsel auf die Spur kommen konnten. Sie arbeitet gar nicht mehr für die Hauptabteilung T. Sie ist ein Teil der Operation Tanzan Minos. Die ganze Zeit über hat sie mit *ihnen* zusammengearbeitet.

»Die Inhaberpapiere in diesem Zimmer werden ihrem rechtmäßigen Besitzer mit seinem Privatflugzeug zugestellt«, fuhr Vera fort. »Heute.«

»Nur über meine Leiche.« Vance ertappte sich bei dem Gedanken, daß es genau so kommen konnte.

»Nein, Mr. Vance. Ihr Beitrag wird gehaltvoller sein als dies.«

Er war zum ersten Mal sprachlos.

Die russischen Banker im Zimmer waren vollkommen überrascht. Doppelspiele des KGB hatten immer dazugehört, aber das hier war äußerst verwirrend. Wem gehörte das Geld eigentlich?

»Michael.« Nowostys Stimme zitterte. »Wir können nicht zulassen, daß das passiert.«

»Dem kann ich nur zustimmen. Wir haben hier eindeutig ein Problem.«

Er blickte sich um und sah die vier Mino-gumi-*Kobuns* im Eingang stehen. Alle hatten ihre H&K Automatics aus den Aktenkoffern geholt. Kenji Nogami stand mit niedergeschlagenen Augen hinter ihnen.

Nowosty sah noch immer wie betäubt aus. Die Bandbreite der Entscheidungen verengte sich rasend schnell auf Null.

Vera deutete auf seine Ruger. »Es wäre klug von Ihnen, wenn Sie die weglegen würden. Sofort.«

»Wenn Sie diese Papiere mitnehmen, ist mein Leben keine Kopeke mehr wert.« Nowosty schien laut zu denken. »Was spielt es für eine Rolle.«

Es war keine Frage. Es war eine Feststellung.

Später konnte sich Vance kaum an die genaue Reihenfolge der Ereignisse erinnern. Er wußte nur noch, daß er Eva an die Wand gestoßen hatte, als das Feuerwerk begann.

Nowostys erster Schuß traf den an vorderster Stelle stehenden Mino-gumi-*Kobun* genau zwischen die Augen. Als dieser mit rudernden Armen rückwärts taumelte, stürzte er gegen die anderen und gab Nowosty Gelegenheit, abermals zu feuern. Mit tödlicher Genauigkeit traf er einen zweiten in die Brust.

Kenji Nogami hatte sich auf den dicken Flurteppich geworfen. Auch die russischen Banker lagen auf dem Fußboden, genauso wie die MNB-Wächter und die beiden Kuriere.

Dann fiel ein Schuß, der einen anderen Klang hatte – das dumpfe Geräusch eines Schalldämpfers. Nowosty zuckte überrascht zusammen, während sich der Schmerz in seinen Augen ausbreitete. Der Schalldämpfer ertönte wieder und wieder.

Vera Karanowa hielt eine kleine 22kalibrige Walther PP in der Hand, die mit einem Spezialschalldämpfer ausgestattet war. Und ihre Zielsicherheit war beängstigend. Nowosty wurde von drei sauber nebeneinandergesetzten Kugeln seitlich am Kopf getroffen, bevor er überhaupt begriff, was passierte. Er brach zusammen, ohne jemals zu erfahren, wessen Finger am Abzug der Pistole gewesen war.

Sie wollte ihn wahrscheinlich schon seit Jahren loswerden, dachte Vance flüchtig. Und endlich hatte sie ihre Gelegenheit gefunden, die verräterische Schlange.

Ganz kurz dachte er daran, nach einer der 38er zu greifen und

Alex an Ort und Stelle zu rächen, wußte aber, daß das selbstmörderisch sein würde.

»Alex, nein!« Evas Stimme war ein Schluchzen.

»Hände an die Wand, alle beide.« Die Genossin Karanowa hatte eindeutig das Kommando übernommen.

»Michael«, sagte Eva, während sie sich gehorsam umdrehte, »was ist aus unseren wohlvorbereiteten Plänen geworden?«

»Nicht gut und nicht schnell genug, wie es scheint.« Er stellte sich neben sie an die Wand.

»Was hat sie da gerade gemeint? Mit unserem ›Beitrag‹?«

»Wahrscheinlich das Protokoll. Ich nehme an, sie will es vernichtet sehen. Hoffen wir, daß damit alles zu Ende ist. Der Pate hat sein Geld. Und Alex' Problem ist für immer gelöst.«

Jetzt trat Kenji Nogami ins Zimmer.

»Michael, es tut mir leid.« Er kam zu ihnen herüber. »Als das Geld nicht termingemäß eintraf, haben sie Jiro Sato angerufen, und der riet ihnen, es hier zu versuchen. Ich konnte nichts dagegen tun.«

Vance nickte. »Ich habe mir gedacht, daß es sich so abgespielt hat. Wir waren nicht schnell genug. Es war mein Fehler.«

»Zu dumm. Wir waren nahe dran.« Nogami seufzte. »Aber ich werde den Rest dieser Schwindel-Obligationen nicht zeichnen. Und wenn er mich umbringt.«

»Und genau das wird er wahrscheinlich tun. Zum Teufel damit. Du hast es versucht, wir alle haben es versucht. Jetzt sieht es so aus, als ob Tanzan Mino mit seinem Betrug durchkommt, ob wir nun mitspielen oder nicht. Du solltest also versuchen, deine Haut zu retten. Mit ein bißchen Glück können wir uns noch einigen, aber du..., du wirst noch jahrelang mit dem Schweinehund zu tun haben. Denk mal darüber nach.«

»Ich überlege es mir«, sagte Nogami schließlich. »Warten wir ab, wie sich die Dinge entwickeln.«

»Alex hat sich für Selbstmord entschieden. Du solltest seinem Beispiel nicht folgen.«

»Ich bin kein Selbstmörder.« Er trat zurück, als Vera Anstalten machte, sie zum Schweigen zu bringen. »Ich überlege mir meine Möglichkeiten sehr gut.«

»Nehmen Sie das Geld.« Sie dirigierte die beiden noch verbliebenen Mino-gumi-*Kobuns* zum Tisch.

»Rauben Sie jetzt einfach die Bank aus, Genossin?« Vance drehte sich um und blickte erst sie, dann die drei Leichen auf dem Fußboden an. Die *Kobuns* schienen ihre dahingeschiedenen Kollegen lediglich als Kriegsopfer zu betrachten. Die toten Männer fanden fast keine Beachtung. »Ziemlich kostspieliges kleines Unternehmen, meinen Sie nicht? Kein sehr günstiger Anfang für Ihre neue Ära des Weltfriedens.«

»Es wäre besser für Sie, den Mund zu halten«, erwiderte Vera scharf.

»Ich fühle mich persönlich durch all dies angegriffen.« Nogami hatte sich ihr zugewandt, und seine Stimme klang wie Stahl. »Von diesem Augenblick an können Sie sich die Illusion, daß ich weiterhin mit Ihnen kooperiere, aus dem Kopf schlagen. Diese Ungeheuerlichkeit geht über meine Toleranz hinaus.«

»Wir haben getan, was getan werden mußte«, sagte Vera. »Wir erwarten Ihre Kooperation noch immer, und ich glaube nicht, daß wir enttäuscht werden.«

»Dann liegen Sie mit Ihren Erwartungen auf bedauerliche Weise falsch«, antwortete Nogami eisig. Seine Augen ließen erkennen, daß er jedes Wort ernst meinte.

»Wir werden sehen.« Sie ließ ihn stehen und wandte ihre Aufmerksamkeit dem Geld zu. Die beiden *Kobuns* hatten ihre schwarzen Lederjacken ausgezogen und legten sie jetzt auf den Tisch. Darunter trugen sie maßgeschneiderte weiße Hemden, ausgestattet mit Unterarmholstern, in denen 9-mm-Llamas steckten. Die Automatics waren wieder in den Aktenkoffern, die an der Tür standen, verstaut. Schnell und professionell machten sie sich an die Arbeit und zählten die Zertifikate. Der eine nahm sich die Bankschecks vor, der andere die Inhaberpapiere.

Schätze, sie wollen sich auch um die kleinsten Details kümmern, dachte Vance.

Nun, der Teufel hole sie. Wir haben immer noch das Protokoll. Wir haben immer noch ein Druckmittel in der Hand.

Aber er hatte Schwierigkeiten, sich auf die Zukunft zu konzentrieren. Er litt noch immer unter dem Schock, mit angesehen zu haben, wie Nowosty kaltblütig niedergeschossen wurde. Alex' abrupter Tod war das tragische Ende einer außerordentlichen, wenn auch mitunter etwas zweifelhaften Karriere. Vance hätte sich wirklich gewünscht, daß Nowosty diesen letzten Erfolg erzielte. Der Mann hatte es verdient. Er war ein Akteur gewesen, der aufs Ganze gegangen war, und Vance hatte Spieler immer bewundert, die alle Karten auf den Tisch legten, egal auf welcher Seite sie standen.

Nun, dachte er, das Szenario hatte kurz vor dem Erfolg gestanden, verdammt kurz. Aber vielleicht war es auch von Anfang an zum Scheitern verurteilt gewesen. Man bekam nur eine gewisse Anzahl von Chancen, um das Schicksal herauszufordern. Heute waren die Nummern von allen aufgerufen worden, die von Alex zum letzten Mal.

Ruhe in Frieden, Alexej Iljitsch.

Dann wandte sich Vera wieder an ihn. »Ich möchte jetzt den Computer haben. Wir wissen, daß er in das Haus in Kensington gebracht wurde, aber unsere Durchsuchung heute morgen hat ihn nicht zutage gefördert.«

Sie waren uns also von Anfang an auf den Fersen, dachte Vance.

»Sieht so aus, als ob Sie da ein Problem hätten.« Er schlenderte auf die hochlehnigen Stühle an der gegenüberliegenden Wand zu und ließ sich auf einem nieder. »Zu dumm.«

»Nein, *Sie* haben ein Problem.« Vera musterte ihn zuversichtlich. »Wenn uns dieses Material nämlich nicht zurückgegeben wird, sehen wir uns gezwungen, Maßnahmen zu ergreifen, die Sie als grob empfinden könnten.«

»Tun Sie Ihr Bestes«, fuhr er fort. Er warf Eva einen Blick zu und hoffte, daß sie ihre vermeintliche Position der Stärke noch weiter zur Schau stellen konnten. »Auch wir haben nämlich noch ein paar Karten in der Hand. Vergessen Sie das Geld – das ist jetzt Vergangenheit –, aber wir könnten noch immer in der Lage sein, Ihr ganzes Projekt auffliegen zu lassen.«

»Sie beide sind die einzigen außerhalb unserer Organisation, die von dem Protokoll wissen. Sie werden keine Gelegenheit mehr haben, diese Kenntnisse weiterzugeben.«

»Seien Sie sich da nicht so sicher. Es wäre doch möglich, daß wir bereits eine Kopie an einem bestimmten Ort hinterlegt haben. Mit der Weisung, daß das Material an die Zeitungen geht und publik gemacht wird, wenn einem von uns etwas zustößt. Überlegen Sie mal, was ein paar vorzeitige Schlagzeilen Ihrem kleinen Projekt zufügen würden.«

»Wir haben daran gedacht, Mr. Vance. Für diese Möglichkeit ist vorgesorgt.«

»Nun, wenn ich nicht weiß, welche Karten der Gegenspieler in der Hand hat, vertraue ich lieber meinen eigenen.«

Aber warum überhaupt spielen? fragte er sich plötzlich nachdenklich. Warum nicht dieses Blatt zusammenschieben und zum nächsten Zug übergehen?

Vor der Abreise aus Kreta hatte er eine Kopie des Protokolls, noch in der nicht entschlüsselten Form, an seinen Bürocomputer in Nassau überspielt. Zum damaligen Zeitpunkt schien das nur eine Vorsichtsmaßnahme gewesen zu sein. Jetzt aber konnte daraus ein Rettungsanker werden. Ein Telefonat, und es könnte noch heute nachmittag hierher zurückgeschickt werden. Dank der Zauberkraft von Weltraumsatelliten. Eine schnelle Neuübersetzung, und sie hätten nur einen Tag verloren. Zeit, mehr würde es nicht kosten, nur ein bißchen mehr Zeit.

»Aber was spielt es für eine Rolle? Das Spiel ist sowieso vorbei.« Er nickte Vera zu, wandte sich dann an Eva und gab ihr ein pointiertes Zeichen.

»Was sagte doch Shakespeare über Vorsicht und Tapferkeit?« ging sie auf ihn ein. Sie wußte genau, was er dachte.

»Der Mann wußte, wann er an der Angelleine ziehen und wann er den Köder freigeben mußte.«

»Wohl wahr. Möchtest du oder soll ich?«

»Du hast die Ehre.«

Eva ging zu ihrem Aktenkoffer hinüber und nahm ihn hoch. »Sie haben nicht wirklich geglaubt, daß wir den Computer zurücklassen würden, Genossin, oder? Also nehmen Sie ihn, damit wir ihn endlich los sind. Ein kleines Geschenk von der NSA. Wer sagt, daß Amerika mit seiner Entwicklungshilfe knausert?«

Die Genossin Karanowa forderte die beiden *Kobuns* auf, den Koffer entgegenzunehmen. »Sehen Sie nach, ob er drin ist.«

Als sie sich folgsam in Bewegung setzten, ertappte sich Vance bei der Frage, ob das Feuer damit wirklich gelöscht war. Irgendwie schien es nicht mehr ausreichend zu sein.

»Hai so«, knurrte der *Kobun* zwischen den Zähnen hindurch, als er den Koffer ergriff, »hier ist etwas.«

Vance stellte fest, daß zwei Glieder des kleinen Fingers seiner linken Hand fehlten, dazu noch ein weiteres Glied an seinem Ringfinger. Wie gut, daß Ken nie ein Straßenkämpfer gewesen war, dachte er flüchtig. Es war anzunehmen, daß Banker ihre Fehler mit etwas anderem als Fingergliedern zu bezahlen hatten.

»Dann holen Sie es raus«, kommandierte Vera. »Die Zeit läuft uns davon.«

Da liegst du richtig, Lady, dachte Vance. Drei Männer waren gerade getötet worden. Die private Boeing Tanzan Minos sollte schon mal ihre Pratt & Whitneys vorwärmen. London wird bald zu heiß für euch sein.

Einer der *Kobuns* holte den Turbo 486 hervor. Er stellte ihn auf den Mahagonitisch, öffnete den Verschluß und starrte auf den leeren grauen Bildschirm, unsicher, was er als nächstes tun sollte.

Vera wußte es. Sie griff nach der Ein-/Aus-Taste an der Seite und schaltete den Computer ein. Dann trat sie zurück und wandte sich an Eva.

»Rufen Sie die Datei ab. Ich will sehen, ob Sie die Verschlüsselung wirklich geknackt haben, wie Sie sagten.«

»Zeit der Wahrheit«, lachte Eva und holte die Übersetzung auf den Bildschirm.

Projekt Daedalus.

Da war sie.

Die Genossin Karanowa starrte einen Augenblick darauf, als ob sie ihren Augen nicht trauen wollte. Sie hatte das Protokoll fraglos schon einmal gesehen. »Meinen Glückwunsch. Wir waren uns sicher, daß niemand den Kode brechen könnte, nicht einmal Sie.« Sie warf Eva einen Blick zu. »Sie sind sehr clever.«

»Okay«, warf Vance ein. »Ich bin sicher, daß wir alle heute morgen noch etwas Besseres zu tun haben. Warum nehmen Sie also nicht das verdammte Ding und gehen? Es ist das, was Sie wollten. Also verschwinden Sie, und wir alle versuchen zu vergessen, daß irgend etwas von alldem jemals passiert ist.«

Vera klappte den Computer wieder zu, drehte sich dann um. »Unglücklicherweise sind die Dinge niemals so einfach. Es tut mir leid, Ihnen beiden sagen zu müssen, daß wir uns nicht zum letzten Mal sehen.« Sie machte eine Pause, sprach dann weiter. »Tatsächlich werden wir uns noch viel besser kennenlernen.«

»Was meinen Sie damit?«

»Als wir uns im Flugzeug aus Athen zum erstenmal sahen, sagten Sie, daß Ihnen das sehr recht wäre. Sie sollten sich freuen, daß Ihr Wunsch in Erfüllung gehen wird. Sie werden beide unsere Gäste sein.«

»Das ist sehr freundlich von Ihnen.« Vance starrte sie überrascht an. »Aber wir würden über eine Trennung wahrscheinlich hinwegkommen.«

»Ich muß leider darauf bestehen. Sie hatten recht mit den Problemen. Ihr Tod jetzt wäre aus einer Reihe von Gründen unangenehm. Es wird schon schwer genug werden, Alex' Tod zu erklären, aber das ist nur eine interne Angelegenheit der Sowjets. Die Moscow Narodny kann das unter den Teppich kehren. Sie beide zu eliminieren würde jedoch unangenehme Fragen heraufbeschwören. Andererseits sind Sie ein Sicherheitsrisiko für das Projekt. Folglich bleibt uns keine Wahl. Das verstehen Sie sicherlich.«

Vance verstand nur zu gut. Diese Wendung der Dinge hatte er nicht einkalkuliert.

Fast acht Jahre. So lange war es schon her. Aber was hatte Ken gesagt? Der *Oyabun* von Tokio vergißt nie etwas. Es bedeutete also in Wirklichkeit, daß Tanzan Mino die Rechnung selbst begleichen wollte. Was hatte er geplant?

Vance wollte es plötzlich gar nicht wissen. Es würde ein Nullsummenspiel werden. Sämtliche Einsätze auf den Tisch, und der Gewinner bekam alles.

Die Uzi. Die gottverdammte Uzi. Warum hatten sie sie nicht mitgenommen?

Sie befand sich noch immer in Kensington, wo sie sie im doppelten Boden eines neuen Koffers verstaut hatten. Und wenn die Mino-gumi nur nach dem Computer gesucht hatten, war sie ihnen vielleicht entgangen. Tanzan Minos Handlangern konnte also noch eine Überraschung bevorstehen. Sie brauchten einen Vorwand, um noch einmal ins Haus zurückkehren zu können.

Vera wußte, daß eine Uzi Teil ihres Handels gewesen war, aber vielleicht hatte sie diese Tatsache für den Augenblick vergessen, weil sie wichtigere Dinge im Kopf hatte. Vielleicht nahm sie auch an, daß Alex sie behalten hatte, oder dachte, daß sie sich noch im Wagen befand. Aber was auch immer sie dachte, die Dinge entwickelten sich jetzt zu schnell.

»Ich verstehe, was Sie meinen«, sagte Vance und erhob sich von seinem Stuhl. Mit gespielter Gleichmütigkeit schlenderte er zum Tisch hinüber. »Ich glaube, es ist Zeit, daß wir unsere Zahnbürsten holen.«

»Darum brauchen Sie sich nicht zu kümmern, Mr. Vance«, sagte Vera. »Ihre Koffer sind vor einer Stunde zum Flugzeug geschickt worden. Angenehmerweise haben wir sie schon gepackt vorgefunden. Machen Sie sich also keine Gedanken. Es ist bereits alles geregelt.«

In Ordnung, vergessen wir die Uzi. Sieht ganz nach jetzt oder nie aus. Bringen wir es hier über die Bühne.

Er warf erst Eva, dann Ken einen Blick zu und versuchte, ihnen ein Zeichen zu geben. Sie fingen seinen Blick auf und begriffen. Eva schlenderte langsam auf Vera zu, die im Türeingang stand und sich wohl schon auf den Abmarsch vorbereitete.

»Wir wissen den hervorragenden Service zu schätzen«, sagte Vance. Er blickte auf den Computer, beugte sich dann vor. Als er sich wieder aufrichtete, hatte er ihn in der Hand und wirbelte ihn herum. Er schwang ihn mit seiner ganzen Kraft und zielte auf den am nächsten stehenden japanischen *Kobun*. Er traf ins Schwarze und erwischte den Mann genau im Magen.

Mit einem überraschten, ungläubigen Blick torkelte der Japaner rückwärts und stolperte geräuschvoll über einen Sessel, der neben dem Tisch stand. Der andere *Kobun* griff augenblicklich nach der Llama in seinem Holster, aber da hatte sich Kenji Nogami bereits in Bewegung gesetzt. Er packte ihn und hielt mit kraftvollem Griff seine Arme fest.

Was Eva anging, so stürzte sie sich auf Vera und ihre Handtasche, um die Walther darin zu neutralisieren. Die Genossin Karanowa hatte jedoch alles vorhergesehen. Sie riß ihre Handtasche zurück, steckte dann ihre Hand hinein. Was sie herauszog, war allerdings keine Pistole, sondern ein glänzendes, zylindrisches Objekt aus Glas.

Drei gegen drei, eine Momentaufnahme der Verzweiflung.

Wir haben eine Chance, dachte Vance. Halte ihn am Boden. *Und bring die Llama in deinen Besitz.*

Als der *Kobun* keuchend aufzustehen versuchte, warf sich Vance über den umgestürzten Sessel und griff nach ihm. Er umklammerte den schmalen Körper und die muskulösen Arme des Mannes wie ein Bär. Aus den Augenwinkeln erkannte er, daß Kenji weiter mit dem anderen *Kobun* rang. Der Computer war auf den Boden geflogen, offen und in Schräglage.

Wo war Eva? Er versuchte den Kopf zu drehen und nach ihr zu sehen, aber er hörte keinen Laut, der ihm einen Anhaltspunkt gab. Dann befreite der *Kobun* gewaltsam einen Arm und schlug ihm die Faust seitlich gegen den Kopf, so daß er sich wieder auf das Nächstliegende besinnen mußte.

Halt ihn am Boden. *Greif dir einfach die Kanone.*

Er versuchte, seinen schweren Körper gegen die schlanke Gestalt des anderen zu pressen und ihm die Luft abzuschnüren. *Konzentriere dich.*

Aber der drahtige Mann war stärker, als er aussah. Mit einer Drehung wälzte er sich herum und drückte Vances Schultern gegen den Teppich. Vance spürte den Plüsch, der sich weich gegen seine Haut drängte, und war erstaunt, wie kühl er sich anfühlte. Aber jetzt hatte er seine Hand an der Kehle des *Kobuns*, nahm ihn in seine kraftvolle Umklammerung und rammte gleichzeitig einen freien Ellenbogen gegen das Holster.

Klemm ihm den Sauerstoff ab. Laß ihn nicht atmen.

Die alten Kniffe meldeten sich wieder, die Tricks, mit denen sich ein stärkerer Widersacher überwältigen ließ. Er preßte einen Daumen gegen die Luftröhre des Mannes, schnitt ihm den Atem ab. Ein Ausdruck der Überraschung trat in die Augen des *Kobuns*. Er würgte, und der Druck auf Vances Schultern ließ nach.

Jetzt.

Er stieß den Arm des Mannes zur Seite und langte nach dem Holster. Dann schloß sich seine Hand um den harten Griff der Llama. Der Japaner war jetzt schwächer, konnte seinen Arm aber immer noch von der Waffe wegdrücken und verhindern, daß er sie richtig in Anschlag brachte.

Er rammte dem Mann einen Ellenbogen gegen das Kinn und verstärkte den Griff um die Llama. Er hatte es fast geschafft.

Mit der anderen Hand stieß er das Gesicht des *Kobuns* weg und zielte mit den Fingern nach seinen Augen. Wieder wälzten sie sich herum, bis der Japaner abermals auf den Teppich zu liegen kam. Aber jetzt hatte er die Pistole und drehte sich um.

Er spürte einen scharfen Stich im Rücken, einen auflodernden Schmerz, der aus dem Nichts zu kommen schien. Der Schmerz war intensiv und betäubend, so als ob sein Rückgrat in einem Schraubstock gefangen wäre. Dann spürte er, wie sich sein Herz verkrampfte, wie sich in seinem Kopf alles zu drehen begann. Er fiel auf die Seite, ruderte mit einem Arm, um das Gleichgewicht zurückzugewinnen. Aber das Zimmer war in Rotation geraten, und sein Sehvermögen spielte ihm Streiche.

Das einzige, was er erkennen konnte, war Vera Karanowa, die über ihm stand, ein verschwommenes Bild, das er vergeblich zu korrigieren versuchte. Ihr Gesicht schwankte wie die unbestimmten Umrisse einer Fata Morgana. War sie Wirklichkeit, oder träumte er bloß?

Jetzt wurde der Raum friedlich, eine zeitlupenartige Phantasmagorie aus Pastellfarben und leisen, gedämpften Klängen. Er versuchte die Hand auszustrecken, aber da war nichts. Statt dessen hörte er eine ferne Musik, liebliche, lockende Töne. Die Welt war in eine andere Dimension eingetreten, eine nahtlose Leere. Er wollte zu einem Teil dieser Leere werden, wollte sich in die Kaskade des Vergessens, die ihn hochhob, einhüllen. Absolute Ruhe durchdrang ihn, eine Welle der Dunkelheit. Er hörte seinen eigenen Atem, während er in einen blutroten Nebel emporgetragen wurde. Er schwebte, trat eine Reise an, auf die er schon lange gewartet hatte – zu einem Ort, der weit, weit entfernt lag…

DRITTES BUCH

17.

Donnerstag, 14.28 Uhr

»Der Hyperschallflug muß nach dem festgelegten Zeitplan vorgenommen werden«, sagte Tanzan Mino ruhig. »Jetzt, da alle finanziellen Arrangements abgeschlossen sind, hat der Koordinierungsausschuß der LDP zugestimmt, den Vertrag nächste Woche ins Parlament zu bringen. Eine Verzögerung ist undenkbar.«

»Das Problem ist nicht technischer Natur, Mino-sama«, erklärte Taro Ikeda, der Projektleiter, mit vor Ehrerbietung triefender Stimme. »Es geht um den sowjetischen Piloten. Vielleicht sollte er ersetzt werden.« Er schlug die Augen nieder und suchte nach den richtigen Worten. »Ich mache mir Sorgen, weil ich glaube, daß er die Tarnfähigkeiten des Flugzeugs herausgefunden hat. Zufällig wahrscheinlich, aber wie auch immer – ich bin davon überzeugt, daß er Bescheid weiß. Vor zwei Nächten hat er eigenmächtig Manöver vorgenommen, die meiner Ansicht nach den Zweck erfüllten, diese Fähigkeiten zu verifizieren.«

»*So deshoo.*« Tanzan Minos Augen verengten sich. »Aber er hat nichts gesagt?«

»Nein. Kein Wort. Jedenfalls nicht zu mir.«

»Vielleicht war es eine seiner unberechenbaren Launen. Es wäre nicht das erste Mal.«

»Die Manöver«, sagte Ikeda, »waren zu eindeutig. Wie ich schon sagte, hat er vor zwei Nächten beim letzten Testflug den Sender abgeschaltet, eine Drehung um die Längsachse vorgenommen und ist dann in den Sturzflug übergegangen, bis in Bodennähe. Es war eine Aktion, um dem Radar zu entgehen.« Der Projektleiter erlaubte sich ein dünnes, ironisches Lächeln. »Zumindest wissen wir jetzt, daß die Technologie funktioniert. Das Radarkennzeichen des Flugzeugs verschwand augenblicklich von den Überwachungsmonitoren in Katsura.«

»Es entsprach den Vorausberechnungen?«

Ikeda nickte. »Ich habe gestern eine Computeranalyse der Datenaufzeichnungen veranlaßt. Der Vorabbericht läßt erkennen, daß sie vielleicht sogar übertroffen wurden.«

Tanzan Mino hörte schweigend zu. Er saß an seinem Schreibtisch im Kommandosektor des Nordquadranten in der Anlage von Hokkaido. Obgleich der Sektor, wie die ganze restliche Anlage, unter der Erde lag, befand sich hinter seinem Schreibtisch ein sieben Meter langes »Fenster« mit Periskop-Doppelspiegeln, die die schäumenden Brecher der La-Pérouse-Meerenge zeigten.

Sein Jet hatte um sechs Uhr achtundvierzig am Morgen auf der Landebahn der Anlage aufgesetzt und war sofort in den Hangar gezogen worden. Tanzan Mino beabsichtigte, persönlich das Kommando zu führen, wenn die *Daedalus I* in nur neunzehn Stunden in den Hyperschallflug überging. Die Videomonitoren in seinem Büro waren unmittelbar mit der Hauptkonsole der Flugkontrolle verbunden und gaben ihre Datenbilder wieder. Alle Entscheidungen gingen über seinen Schreibtisch.

»Überlassen Sie den Piloten mir«, sagte er emotionslos. Er drehte sich um und blickte auf das breite Fenster, das die Schaumkronen weit draußen auf dem Meer im Licht der Nachmittagssonne zeigte. »Was er weiß oder nicht weiß, wird den Zeitplan nicht stören.«

Wieder einmal, dachte er, muß ich ein Problem lösen. Warum? Weil sonst niemand hier die Entschlossenheit besitzt, das Vorhaben zu einem Erfolg werden zu lassen. Erst das Protokoll, dann das Geld. Ich mußte eingreifen, um beides zu retten.

Allerdings, überlegte er mit einem Lächeln, hatte die persönliche Handhabung dieser Schwierigkeiten eine unerwartete Dividende erbracht.

»Wie Sie wünschen, Mino-sama.« Ikeda verbeugte sich. »Ich wollte Sie lediglich von meinen Besorgnissen hinsichtlich des Piloten in Kenntnis setzen. Er sollte von jetzt an eingehender überwacht werden.«

»Was genau das ist, was ich beabsichtige.« Tanzan Minos silberne Haare schienen mit dem Meer hinter ihm zu verschmelzen. »Es gibt eine offenkundige Lösung. Wenn er mit dem Flugzeug auf Hyperschallgeschwindigkeit geht, wird er nicht allein sein.«

»Was schlagen Sie vor? Niemand sonst...«

»Nur eine einfache Sicherheitsvorkehrung. Wenn er nicht zuverlässig ist, müssen Schritte unternommen werden. Zwei unserer Leute werden mit ihm im Cockpit sein.«

»Sie meinen die Wissenschaftler aus Tsukuba? Das Cockpit ist so entworfen worden, daß es eine Drei-Mann-Crew aufnehmen kann, aber MITI hat die beiden Forscher noch nicht bestimmt.«

»Nein. Ich meine meinen Privatpiloten und seinen Copiloten. Von der Boeing. Wenn Androw dann von dem festgelegten Testprogramm in irgendeiner Weise abweicht, werden sie dasein, um sofort eingreifen zu können. Das Problem ist gelöst.« Tanzan Mino wandte sich vom Fenster ab. »Das ist alles.«

Ikeda verbeugte sich, drehte sich um und ging eilig zur Tür. Er mochte keine Improvisationen in letzter Minute, aber der Vorstandsvorsitzende hatte jetzt die volle Befehlsgewalt übernommen. Mit den Vorbereitungen für die Installation von zwei zusätzlichen Lebenserhaltungssystemen mußte sofort begonnen werden.

Tanzan Mino wartete, bis er gegangen war, und aktivierte dann eine Reihe von privaten Videomonitoren neben seinem Schreibtisch.

Donnerstag, 14.34 Uhr

Vance erkannte den Klang auf Anhieb. Es war das Klingen eines Glockenspiels. Ohne die Augen zu öffnen, streckte er die Hand aus und berührte eine harte, gemaserte Fläche. Es war eine Binsenmatte, stellte er fest, und die Festigkeit des Flechtwerks verriet ihm, daß es sich um ein *Tatami* handelte. Dann spürte er die weiche Baumwolle der wattierten Matratze unter ihm und nahm an, daß er auf einem *Futon* lag. Die Luft im Zimmer war leicht geschwängert mit dem Räucherwerk aus einem Tempel des Mahayana-Buddhismus.

Ich bin in Japan, sagte er sich im stillen. Oder irgend jemand will, daß ich dies *denke*.

Er öffnete die Augen und erblickte eine Reispapierlampe, die neben seinem *Futon* auf dem Fußboden stand. Unmittelbar dahinter befand sich auf der linken Seite eine *Tokonoma*-Schmucknische, daneben eine Schiebetür. Ein kleines, rundes *Shoji*-Fenster in der *Tokonoma* warf einen geheimnisvollen Lichtschein auf ihre Bildrolle, die Tuschzeichnung eines Zen-Mönchs, der einen seichten Bach überquerte.

Dann nahm er ein Symbol wahr, das mit einem großen Pinsel auf die Schiebetür gemalt worden war. Er strengte seine Augen an und erkannte schließlich, daß es die minoische Doppelaxt war, das Logo der Daedalus Corporation.

Himmel!

Er blieb eine Minute lang liegen, von Kopfschmerzen geplagt, und versuchte sich darauf zu besinnen, was passiert war. Er konnte sich nur an London erinnern, an das Geld, an Eva...

Eva. Wo war sie?

Er richtete sich ruckartig auf und blickte sich im Zimmer um. Es entsprach der japanischen Tradition, hatte die Standardgröße von viereinhalb *Tatami* und war kahl und spartanisch. Ein klassischer Raum.

Aber die Musik. Sie schien durch die Wände zu kommen.

Die Wände. Sie sahen alle wie Reispapier aus. Er rappelte sich auf und ging auf die *Fusuma* mit dem Doppelaxtlogo zu. Er überprüfte sie und stellte fest, daß das Papier tatsächlich bemalter Stahl war. Und die Tür war verschlossen. Das Zimmer war so abgesichert wie ein Tresorraum.

Aber auf der anderen Seite, gegenüber der *Tokonoma*, gab

es eine weitere Schiebetür. Als er sich umwandte, um hinüberzugehen, bemerkte er, daß er *Tabi* trug, leichte Baumwollstrümpfe, die an den Zehen geschlitzt waren, und mit einer blaugemusterten, an der Hüfte gegürteten *Yukata*-Robe bekleidet war. Man hatte ihn aus- und wieder angezogen.

Diese Tür war echt, und er schob sie auf. Dahinter lag eine Zimmerflucht, und dort, auf einem zweiten *Futon*, lag Eva, noch immer in betäubtem Schlaf versunken. Er ging hinüber, beugte sich vor und rüttelte sie. Sie zuckte zurück, im Traum gestört, und drehte sich auf die andere Seite, wachte jedoch nicht auf.

»Wach auf.« Er rüttelte sie abermals. »Die Party ist gerade verlegt worden. Warte nur, bis du das Dekor siehst.«

»Was...« Sie wälzte sich wieder herum und öffnete die Augen einen Spaltbreit. Dann stützte sie sich auf einen Ellbogen und blickte sich im Zimmer um. Es war identisch ausgestattet, nur mit einer unterschiedlichen Bildrolle in der *Tokonoma*. Ihre zeigte eine winklige Landschaft in drei Ebenen. »Mein Gott.«

»Willkommen in der wundervollen Welt Tanzan Minos. Ich weiß zwar nicht, wo wir sind, aber es ist eindeutig nicht Kansas oder London.«

»Mein Kopf fühlt sich an, als hätte ich beim Einschlag einer Bombe genau im Zentrum gestanden. Mein ganzer Körper tut weh.« Eva stöhnte und ließ sich auf das *Futon* zurückfallen. »Wie spät ist es deiner Meinung nach?«

»Ich habe keine Ahnung. Wie wäre es, wenn wir mit der Frage anfangen, welchen Tag wir haben?« Vance tastete nach seiner Uhr und stellte fest, daß sie verschwunden war. »Aber was spielt es für eine Rolle? Im Wolkenkuckucksland hat niemand eine Uhr.«

Erleichtert, daß mit Eva alles in Ordnung war, richtete Vance sich auf und inspizierte den Raum. Dann entdeckte er, was er erwartet hatte. Dort in der Deckenmitte, integriert in das Muster des hellfarbigen Holzes, befand sich das gläserne Auge einer Videokamera.

Und die Musik. Immer noch die ferne Musik.

Er ging zum anderen Ende des Zimmers und öffnete eine weitere Schiebetür, die ebenfalls mit dem Doppelaxtsymbol bemalt war. Er blickte in einen dritten großen Raum, der mit Zypressenholz verkleidet war. In der Mitte des Zimmers befand sich eine in den Fußboden eingelassene Badewanne aus Zedernholz. Das Wasser war augenscheinlich frisch eingelassen und dampfte. Zwei kleine Schemel und Abspülzuber standen in bequemer Reichweite auf dem Rotholzpodest zum Einseifen. Es war ein traditionelles *O-furo*, eins der schönsten, das er je gesehen hatte.

»Du wirst das hier kaum glauben.« Er drehte sich um und winkte Eva herbei. Im weichen Reispapierleuchten der Lampe sah sie aufreizend zerzaust aus. Japanische Architektur ließ ihn immer an Liebesspiele denken. »Unser Gastgeber hat wahrscheinlich gedacht, daß wir uns für die Festivitäten erfrischen möchten. Sieh dir das an.«

»Was?« Sie erhob sich zittrig und hüllte sich in ihre *Yukata*.

»Alle Bequemlichkeiten eines Zuhauses. Zu dumm, daß sie die Geisha vergessen haben.«

Sie kam herbei und blieb neben ihm stehen. »Ich fasse es nicht.«

»Willst du nicht feststellen, ob es wirklich oder nur ein Trugbild ist?«

Sie trat zögernd auf das Podest, bückte sich dann, um das Wasser zu prüfen. »Fühlt sich naß an.« Sie warf ihm einen Blick zu. »Ach was, zum Teufel! Ich könnte ein Bad gebrauchen.«

»Ich bin bereit.« Er streifte seine *Tabi* ab und ging zu ihr hinüber.

Sie zog ihm seine *Yukata* aus, nahm dann einen der Eimer und fing an, ihn aus einem Wasserhahn an der Wand zu füllen. »In Ordnung, verehrtes Mannsbild«, lachte sie, »ich werde dich abschrubben. So machen sie es doch, oder?« Sie richtete sich auf und griff nach einem Schwamm und Seife.

»Sie verstehen es zu leben. Warte, laß mich.« Er nahm einen

zweiten Schwamm und fing an, auch ihren Rücken zu schrubben. »Wie fühlt sich das an?«

»Vielleicht ist das hier der Himmel.«

»Ich hoffe, wir mußten nicht sterben, um hierherzukommen. Aber warte ab. Ich habe so ein Gefühl, als ob der Spaß gerade erst beginnt.«

Er spritzte sie mit einem der Eimer ab, beobachtete dann, wie sie sich vorsichtig in die Holzwanne gleiten ließ.

»Michael, wo, glaubst du, sind wir hier?« Sie ächzte, als der Dampf sie einhüllte. »Das muß Japan sein, aber wo dort genau?«

»Ich habe so eine Vermutung.« Vance ließ sich neben ihr ins Wasser gleiten. »Aber wenn ich dir sage, was ich denke, wirst du vermutlich meinen, ich spinne.« Er entdeckte eine weitere Videokamera über der Badewanne.

Plötzlich hörte die Musik um sie herum abrupt auf. Die wehmütigen Zupftöne verklangen mit einem elektronischen Klikken.

»Empfinden Sie den Komfort als ausreichend?«

Die Stimme kam aus einem Lautsprecher, der sorgsam in die Decke über ihnen eingearbeitet war.

»Wenn ich es so recht bedenke, wären wir lieber in Philadelphia.« Vance blickte nach oben.

»Schade«, fuhr die Stimme fort. »Es sind keine Kosten gescheut worden. Mein eigenes Privatquartier ist Ihnen zur Verfügung gestellt worden.«

»Macht's dir was aus, mir zu sagen, wer mich hier beim Baden beobachtet?« Eva spritzte eine Handvoll Wasser in Richtung der Linse.

»Sie brauchen keine Geheimnisse vor mir zu haben, Dr. Borodin. Aber im Interesse der Schicklichkeit habe ich während Ihres Bades den Monitor ausgeschaltet. Ich fürchte, meine Leute waren ein bißchen übereifrig, weil sie dort überhaupt einen installiert haben.« Die Stimme kicherte. »Aber ich denke, ich sollte mich vorstellen. Ich bin der Vorstandsvorsitzende der Daedalus Corporation, die ihnen nicht unbekannt sein dürfte.«

»In Ordnung«, sagte sie. »Also, wo sind wir?«

»Nun, Sie sind in der Hokkaido-Anlage der Gesellschaft. Als meine Gäste. Da Sie sich so für dieses Projekt interessiert haben, fand ich es nur angemessen, Ihnen Gelegenheit zu geben, es mit eigenen Augen zu sehen.«

»Macht es Ihnen etwas aus, uns über die weitere Tagesordnung zu unterrichten?« Vance lehnte sich zurück. »Wir müssen unsere Tagesplanung vornehmen.«

»Ganz einfach. Ich dachte, es wäre an der Zeit, daß Sie und ich unsere Bekanntschaft auffrischen, Dr. Vance. Es ist eine lange Zeit vergangen.«

»Acht Jahre.«

»Ja, acht Jahre...« Es trat eine Pause ein. »Wenn Sie mich für einen Augenblick entschuldigen wollen – ich muß einen Telefonanruf entgegennehmen.«

Der Lautsprecher wurde klickend abgeschaltet.

»Michael, ich habe bei alldem ein schlechtes Gefühl.« Eva erhob sich aus der Wanne, mit dem Rücken zur Kamera. »Was, glaubst du, wird er tun?«

Er wird uns töten, dachte Vance. Nachdem er eine Weile mit uns gespielt hat. Es ist wirklich ganz einfach.

»Ich weiß es nicht«, log er.

Dann klickte der Lautsprecher wieder. »Entschuldigen Sie bitte. Es werden so viele Ansprüche an meine Zeit gestellt. Ich habe jedoch die Hoffnung, daß Sie, Dr. Vance, damit einverstanden sind, mir heute nachmittag beim Tee Gesellschaft zu leisten. Wir haben einige dringliche Angelegenheiten zu besprechen.«

»Ich will sehen, ob ich es zeitlich unterbringen kann.«

»Angesichts des gegenwärtigen hektischen Geschehens hier würde uns beiden ein ruhiger Augenblick vielleicht guttun.« Tanzan Mino unterbrach sich abermals, sprach mit jemand anderem und meldete sich dann zurück. »Sagen wir um vier Uhr?«

»Wie spät ist es jetzt?«

»Bitte vergeben Sie mir. Das habe ich ganz vergessen. Ihre Welt wird nicht von der Zeit reglementiert, während die meine bedauerlicherweise in Sekunden gemessen wird. Es ist jetzt fast drei Uhr nachmittags. Ich erwarte Sie in einer Stunde. Ihre Kleidung befindet sich im Wandschrank Ihres Zimmers. Wenn Sie mich also jetzt entschuldigen. Wichtige Angelegenheiten ...«

Und die Stimme war verklungen.

»Michael, willst du dich wirklich mit diesem Verbrecher unterhalten?«

»Aber ja! Hier ist ein Spiel im Gange, und wir müssen drinbleiben. Jeder hat noch eine Rechnung zu begleichen. Wir werden sehen, wer zuerst bezahlt.«

Donnerstag, 15.29 Uhr

»Zero minus achtzehn Stunden.« Jurij Andrejewitsch starrte auf den grünen Bildschirm, der die Zahlen des computerisierten Countdowns ablaufen ließ. »Achtzehn beschissene Stunden.«

Als er sich umdrehte und auf die bienenfleißige Betriebsamkeit in der Flugkontrolle blickte, konnte er bereits das Steigen des Adrenalinspiegels spüren. Alles hing von ihm ab. Das Flugzeug war so bereit, wie es nur sein konnte. Alle Windkanaltests, alle Computersimulationen, selbst die Überschalltestflüge – alles sagte: Auf geht's. Die *Daedalus I* würde morgen früh Geschichte schreiben.

Nur, sagte er sich im stillen, daß es eine ganz andere Geschichte sein wird, als alle erwarten.

»Major Jurij Andrejewitsch Androw, bitte sofort im Hangarquadranten melden.«

Das schrille Plärren des Rufsystems der Anlage hatte ihn immer geärgert. Er warf einen letzten Blick auf die lange Reihe der Computerbildschirme, zuckte dann die Achseln und sah auf seine Uhr. Wer wollte was von ihm?

Berichten zufolge war gestern eine ganze Flugzeugladung von sowjetischen VIPs eingeflogen, obwohl er bisher noch keinen von ihnen gesehen hatte. Er nahm an, daß jetzt, da alles bereit zu sein schien, die Nomenklatura hereinflutete, um sich im Triumph zu sonnen. Nachdem sie einen Tag lang nur Wodka getrunken und den Offiziellen des Projektmanagements auf die Schultern geklopft hatten, waren sie vielleicht nüchtern geworden und besannen sich darauf, daß man von ihnen Berichte erwartete. Deshalb ließen sie sich schließlich dazu herab, mit den Leuten zu reden, die die wirkliche Arbeit machten. Sie würden ein paar Belegschaftsmitglieder zu sich rufen, die über das Projekt Kenntnisse aus erster Hand besaßen, einen Berichtsentwurf in Auftrag geben und diesen dann ungelesen unter ihrem eigenen Namen abliefern. Typisch.

Er griff nach seiner ledernen Pilotenjacke und entschloß sich zu einem Fußmarsch, um die Spannung abzubauen. Der lange Korridor vom Ost- zum Hangarquadranten führte ihn direkt am Checkpoint Central und am Eingang zum Westquadranten, dem sowjetischen Sektor, vorbei. Dieser beherbergte auch den Flugsimulator und den Hauptwindkanal, auch Nummer eins genannt. In beiden ruhte jetzt die Arbeit.

Während des Gehens dachte er über das Gerücht nach, das er beim Mittagessen in der Kantine gehört hatte. Klatsch hielt die sowjetische Belegschaft aufrecht – ein Instinkt aus den alten Zeiten –, aber diesmal konnte das Gerücht der Wahrheit entsprechen. Einige rangniedrige Belegschaftsmitglieder behaupteten sogar, daß sie ihn gesehen hätten. Den Chef.

Es hieß, daß Tanzan Mino selbst – kein anderer als der Vorstandsvorsitzende der Daedalus Corporation – an diesem Morgen zusammen mit seinen Leibwächtern und Referenten eingeflogen war. Man erzählte sich, daß er selbst die Kontrolle über den ersten Hyperschalltestflug haben wollte, daß er selbst die Befehlsgewalt in der Flugkontrolle ausüben wollte, wenn die *Daedalus I* Geschichte machte.

Endlich. Der »große Mann« hatte beschlossen, sein Gesicht zu zeigen.

»Jurij Andrejewitsch, einen Augenblick. Nicht so eilig.«

Er erkannte die Stimme sofort, und als er hochblickte, sah er Nikolaj Wasilewitsch Grischkow, den korpulenten sowjetischen Chefmechaniker, der gerade aus dem Westquadranten kam. Seine buschigen Augenbrauen saßen wie die Hörner eines sibirischen Moschusochsen über seinen glänzenden dunklen Augen.

»Hast du sie gesehen?« Grischkow schlurfte auf ihn zu. »Wen soll ich gesehen haben?« Jurij betrachtete den fleckenlos weißen Kittel des Mechanikers. Himmel! Selbst die Hilfstruppen liefen keimfrei durch die Gegend.

»Die Frau. *Kracevia, moi droog.* Schöner als mit Worten zu beschreiben. Und sie ist bedeutend. Das erkennt man schon, wenn man sie sieht.«

»Nikolaj, in dieser Anlage ist noch nie eine Frau gewesen.« Jurij lachte und setzte seinen Weg zur Sicherheitskontrolle fort. »Es ist schlimmer als auf einem gottverdammten Kriegsschiff. Du leidest aus Mangel an *Pezdyonka* langsam an Halluzinationen.«

»Jurij Andrejewitsch, sie ist wirklich hier. Und sie ist eine Russin.« Der Chefmechaniker folgte ihm. »Einige glauben, daß sie heute morgen mit dem Vorstandsvorsitzenden eingetroffen ist, aber niemand weiß, wer sie ist. Ein Gerücht besagt, daß es sich um Vera Karanowa handelt.«

»Karanowa?« Der Name kam ihm vage bekannt vor.

»Hauptabteilung T. Wie gesagt, niemand weiß es genau, aber das haben wir gehört.«

»Unmöglich.« Jurij blieb stehen und drehte sich stirnrunzelnd um.

»Genau, Jurij Andrejewitsch«, seufzte Grischkow. »Die KGB-Schweinehunde sollten von diesem Projekt überhaupt nichts wissen. Davon waren wir alle fest überzeugt. Wir sollten hier frei von ihnen sein. Aber jetzt...« Er griff nach dem Ärmel von Jurijs Pilotenjacke und zog ihn zur Seite, weg von dem Fußgängerstrom im Korridor. »Meine Männer fragen sich, ob du vielleicht einen Weg finden kannst, etwas über sie in Erfahrung zu bringen. Du hast da bessere Möglichkeiten. Alle wollen wissen, was vor sich geht.«

»KGB? Das ergibt keinen Sinn.«

»Wenn sie wirklich... Ich habe gerade mit Iwan Semenowitsch, dem Projekt-*Kurirovat*, gesprochen, und er sagt, daß die Karanowa jetzt Nummer drei bei der Hauptabteilung T ist.«

»Nun, es gibt nichts, was wir jetzt tun können, also zur Hölle mit ihr.« Jurij winkte dem anderen zu und wollte weitergehen. »Wir haben beide Besseres zu tun.«

»Halt deine Antenne nur ausgefahren, mein Freund, das ist alles. Laß es mich wissen, wenn du etwas herausgefunden hast. Denn wenn es wirklich die Karanowa ist, dann müssen wir verdammt noch mal wissen, was dahintersteckt.«

»Nikolaj, wenn ich sie sehe, werde ich ganz bestimmt fragen.« Jurij zwinkerte dem Chefmechaniker zu. »Und wenn sie eine so heiße Nummer ist, wie du sagst, finde ich vielleicht Zeit, sie noch ein bißchen anzuheizen und sie dazu zu bringen, ihre... Zurückhaltung aufzugeben.«

»Wenn du das schaffst, *moi droog*«, sagte Grischkow und hob seine schweren Augenbrauen mit einem verschlagenen Grinsen, »werden dich alle in dieser Anlage beneiden. Du mußt sie sehen.«

»Ich kann es kaum erwarten.« Jurij zuckte die Achseln und ging weiter in Richtung des Hangarsicherheitspostens am Ende des langen Korridors. Als er den beiden japanischen Wächtern seinen Ausweis mit der Prioritätsstufe A hinhielt, stellte er fest, daß sie bei der Überprüfung nervös eine Schau veranstalteten, obwohl sie ihn beide bestens kannten. Dann salutierten sie und ließen ihn eintreten.

Das ist der Beweis, sagte er sich im stillen. Ganz plötzlich haben wir diesen ganzen Vorschriftenscheiß. Diese Jungs sind nervös wie der Teufel. Kein Zweifel, der große *Nachalnik* ist da.

Großartig. Sollen doch all diese Arschlöcher des sowjetischen Stabs den Ausdruck in seinem Gesicht sehen, wenn die Wahrheit herauskommt. *Das* ist die wahre Geschichte, die wir hier machen werden.

Als er in das grelle Neonlicht trat, erschien ihm der höhlenartige Raum riesiger und imposanter als je zuvor. Er hatte im Laufe der Jahre schon viele Hangars gesehen, viele experimentelle Flugzeuge geflogen, aber diesem kam nichts gleich. Dennoch, rief er sich immer wieder ins Gedächtnis, die *Daedalus* war nur ein Werkzeug, ein weiteres Stück aufgemotztes Metall. Was wirklich zählte, war die Courage des Piloten, der am Steuerknüppel saß.

In diesem Augenblick sah er sie. Sie standen dicht gedrängt um das Flugzeug herum und blickten nach oben. Auf Anhieb erkannte er Anatolij Sawitzki, Generaloberst der Luftfahrt, dessen humorloses Gesicht fast wöchentlich im *Soviet Military Review* erschien, Generalmajor Igor Michailow, dessen Bild regelmäßig die Seiten des *Air Defense Herald* zierte, und auch Generaloberst Pawel Orgakow, Marschall der sowjetischen Luftwaffe, bevor dieser Rang vom Generalsekretär abgeschafft worden war.

Was taten diese Neandertaler der Luftwaffe hier? Sie waren alle notorische Hardliner, Jungs von der Sorte »Erst bomben, dann Fragen stellen«. Und die *Daedalus* sollte der Raumforschung dienen, nicht wahr? Schätze, mit dem Scheißdreck ist jetzt Schluß, dachte Jurij. Wir kommen endlich zum wahren Hintergrund.

In der Mitte stand eindeutig der Mann, der das Sagen hatte, ein hochgewachsener, silberhaariger Japaner im grauschwarzen Seidenanzug. Er führte die Flugzeuge vor, als ob sie ihm gehörten, und er gab sich mit einer Autorität, die all die herumstehenden sowjetischen Generäle wie auf Trinkgeld wartende Hotelpagen erscheinen ließ.

Nun, dachte Jurij Andrejewitsch, zum gegenwärtigen Zeitpunkt gehören sie ihm auch. Sie sind gekauft und bezahlt, genau wie wir.

»*Towaritsch*, Major Androw, *kak pazhavatye*«, ertönte hinter ihm eine Stimme.

Er drehte sich um und stellte fest, daß sie General Walentin Sokolow gehörte, dem Kommandeur der MiG-31-Staffel vom Luftwaffenstützpunkt Dolinsk auf Sachalin. Sokolow hatte drei Sterne und war der erste Mann im ganzen sowjetischen Fernen Osten. Flankiert wurde er von einem halben Dutzend Obersten und Oberstleutnants.

»Genosse General Sokolow.« Er salutierte kurz. Hohe Tiere. Hohe Tiere überall. Scheiße. Was, zum Teufel, sollte das alles?

Jetzt hatte sich Taro Ikeda, der Projektleiter, von der sowjetischen Gruppe getrennt und näherte sich. »Jurij Andrejewitsch, danke, daß Sie gekommen sind.« Er verbeugte sich achtungsvoll. »Ihnen wird eine große Ehre zuteil. Der Vorstandsvorsitzende hat um ein privates Gespräch mit Ihnen gebeten.«

Jurij blickte über Ikedas Schulter auf den Mann, der das Sagen hatte. All diese Rechtsaußen-Bonzen, die herumstanden und ihm in den Hintern krochen, zählten nicht. Er war der Mann, der die Befehle gab. Wen wollten hier alle auf den Arm nehmen?

Jetzt sah der Vorstandsvorsitzende in seine Richtung, maß ihn mit einem schnellen Blick. Auch Jurij Androw schätzte ihn ab. Es war nur ein Blick, aber sie wußten beide, daß Ärger bevorstand.

Dann klopfte Tanzan Mino einem Generaloberst auf die Schulter und kam herüber. »Jurij Andrejewitsch Androw, nehme ich an«, sagte er in makellosem Russisch und verbeugte sich leicht. »Es ist mir ein großes Vergnügen, Sie endlich kennenzulernen. Es gibt eine sehr dringliche Angelegenheit, die wir besprechen müssen.«

Donnerstag, 16.00 Uhr

Exakt zur vollen Stunde drehte sich die *Tokonoma*-Nische in Vances Schlafzimmer um neunzig Grad, ganz so, als ob sie von unsichtbarer Hand bewegt worden wäre. Dahinter lag ein traditioneller japanischer Garten. Er wurde künstlich beleuchtet, aber die grünen Sträuchergruppen schienen in dem fluoreszierenden Licht zu gedeihen. Durch das grasbewachsene Zentrum des Gartens führte ein gewundener Pfad aus flachen Schrittsteinen, die kunstvoll in unregelmäßigen Bögen angeordnet waren, und auf beiden Seiten des Wegs ruhten aufragende Felsen in glänzendem Sand, den man so geharkt hatte, daß er an Meereswellen erinnerte. Die Felsen ließen an die erhabenen Berge auf Landschaftsbildern der chinesischen Sung-Dynastie denken.

Vances Aufmerksamkeit wurde jedoch von dem in Anspruch genommen, was ihn am Ende des Steinpfades erwartete. Es war ein traditionelles Teehaus, eingebettet in einen Hain blühender Azaleen. Im Eingang stand eine silberhaarige Gestalt, bekleidet mit einem formellen schwarzen Kimono. Sie winkte.

»Habe ich versäumt, Ihnen zu sagen, daß ich die japanische *Cha-no-yu*-Zeremonie dem üblichen britischen Nachmittagstee vorziehe?« fragte Tanzan Mino. »Sie ist ein Ritual, das dem Zweck dient, den Geist zu erneuern und das Bewußtsein zu reinigen. Es reicht Hunderte von Jahren zurück. Ich erfreue mich seiner immer am Nachmittag und stelle fest, daß es wunderbar belebende Kräfte hat. Es erschien mir als ideale Gelegenheit für uns beide, um uns zu treffen und zu plaudern.«

»Ich möchte die Tradition nicht mißachten.« Vance schlüpfte in die Holzpantinen, die am Ende des Pfads auf ihn warteten.

»Genau meine Empfindung«, fuhr der Vorstandsvorsitzende lächelnd fort und blickte ihm entgegen. »Sie verstehen die japanische Lebensweise, Dr. Vance, was einer der Gründe dafür ist, weshalb wir soviel zu besprechen haben.«

Er verbeugte sich zur Begrüßung, während Vance seine Pantinen auf dem Schrittstein neben der Teehaustür abstellte. Gemeinsam zogen sie beim Eintreten die Köpfe ein.

Das leise Murmeln kochenden Wassers kam von einem Holzkohlebecken, aber ansonsten war der Raum in ätherisches Schweigen gehüllt. Das Dekor war moderner als in den meisten Teehäusern, mit Decke und Wänden aus jungem Zedern- und Fichtenholz und nicht wie üblich aus Schilf, Borke und Bambus.

Tanzan bedeutete Vance, sich gegenüber von ihm niederzulassen, und begann sofort mit den Formalitäten, indem er rituell den Schöpflöffel aus Bambus reinigte, dann die rauhe weiße Teeschale wie einen uralten Kultgegenstand emporhob und ebenfalls säuberte. Die ganze Zeit über waren seine Augen ausdruckslos und gaben keinen Hinweis auf seine Gedanken.

Nachdem die Utensilien zeremoniell gereinigt waren, gab er eine Portion grüne Teeblätter in die Schale, schöpfte dann einen Löffel voll kochendes Wasser aus dem Kessel und goß es darüber. Schließlich nahm er einen Teebesen aus Bambus und begann die Mixtur zu schlagen, bis sie die Konsistenz grünen Schaums angenommen hatte.

Autorität, Kontrolle und – vor allem anderen – Disziplin. Dies waren, wie Vance wußte, die Dinge, um die es tatsächlich ging. Wie es Tradition und Angemessenheit entsprach, wurde kein Wort gesprochen. Dies war das Zen-Äquivalent eines Hochamts, und Tanzan Mino ließ ihn stillschweigend wissen, daß er ein wahrer Meister war – seiner selbst, seiner Welt.

Dann streckte der *Oyabun* die Hand aus und überreichte die Schale, indem er sie auf die *Tatami* vor seinem Gast stellte.

Vance hob sie hoch, nahm eine halbe Drehung in seiner Hand vor und trank einen kleinen Schluck. Als das bittere Gebräu seinen Gaumen attackierte, ertappte er sich bei dem Gedanken, daß dies wahrscheinlich sein letztes Abendmahl sein sollte. Er hoffte, daß seine Erinnerung ausreichte, um alle Handgriffe richtig hinzubekommen.

Er trank ein weiteres Mal, wischte dann den Rand ab, stellte die Schale formell wieder auf die *Tatami* und lehnte sich zurück.

»Perfekt gemacht.« Tanzan Mino lächelte, als er das Schweigen brach. »Ich bin beeindruckt.« Er deutete mit dem Kopf auf die weiße Schale. »Nebenbei bemerkt, Sie haben gerade eins der erlesensten Stücke aus ganz Japan in der Hand gehabt.«

»Shino-Ware. Mino-Region, spätes sechzehntes Jahrhundert. Bemerkenswert feine Glasur, wenn man bedenkt, daß die damaligen Öfen gerade angefangen hatten, *Chawan* zu brennen.«

»Sie haben ein geschultes Auge, Dr. Vance.« Tanzan Mino lächelte abermals und blickte auf die rauhe, krakelierte Oberfläche des Schalenrands. »Die Experten sind sich hinsichtlich des Alters nicht einig. Einige sagen, sehr frühes siebzehntes Jahrhundert, aber ich glaube, Ihre Einschätzung ist korrekt. In jedem Fall beruhigt allein die Berührung regelmäßig meinen Geist. Die Disziplin des Samurais ruht in einem *Chawan* wie diesem. Und in der *Cha-no-yu*-Zeremonie selbst. Es ist ein Test, dem ich meine westlichen Freunde häufig aussetze. Um zu prüfen, ob sie seine geistige Natur erfassen können. Es freut mich zu sagen, daß Sie die Schale genauso gehandhabt haben, wie Sie sollten. Sie verstehen, daß es in der japanischen Kultur darum geht, die Zufälligkeit menschlicher Handlungen in kultivierte Perfektion umzuformen. Das ist es, was wir heute nachmittag wirklich diskutieren sollten, nicht die Welt der Alltagsgeschäfte, aber ich fürchte, die Zeit reicht nicht aus. Ich denke mir das Leben oft unter den Aspekten eines berühmten Haiku des Poeten Shiki:

Hira-hira to
Kaze ni nigarete
Cho hitotsu.

»Hört sich eher nach Ihrem neuen Flugzeug an«, stellte Vance fest und übersetzte:

Dort ein Schmetterling
Er flattert und treibt dahin
Sterblich im Wind.

»Eine durchaus passable Übertragung, wenn ich so sagen darf, obgleich ich Ihre Analogie nicht unbedingt akzeptiere.« Tanzan Mino griff nach einer Flasche mit warmem Sake, die neben dem Kohlebecken stand. »Bei der Gelegenheit, ich weiß, daß Sie Tequila bevorzugen, eine Ihrer eigenartigen Neigungen, aber es war keine Zeit, welchen zu beschaffen. Vielleicht wird dies hier genügen.«

Er stellte zwei schwarze Raku-Tassen hin und begann einzugießen. »Nun aber zur Sache.«

Zeit für die Grabrede, dachte Vance.

»Dr. Michael Vance.« Er hob seine Tasse zum Toast. »Ein Fachmann für die untergegangene ägäische Zivilisation, ein früherer Agent der Central Intelligence Agency und schließlich Berater einer Gruppe von Söldnern. Ich habe Ihre Akte auf den neuesten Stand bringen lassen, als ich hörte, daß Sie beteiligt sind. Wie ich sehe, sind Sie seit unserer letzten Begegnung nicht ganz untätig gewesen.«

»Das kann man wohl auch von Ihnen sagen.« Vance trank ihm ebenfalls zu. »Dieses neue Projekt ist gegenüber den alten Zeiten ein großer Schritt vorwärts. Es hat sehr viel Stil.«

»Den hat es in der Tat«, nickte Tanzan Mino. »Ich bin ziemlich stolz auf unseren Erfolg hier.«

»Sie haben immer im großen Rahmen gedacht.« Vance trank abermals an seinem Sake, der warm und beruhigend war.

»Sehr freundlich von Ihnen, daß Sie sich daran erinnern.« Mino nahm einen weiteren Schluck, stellte dann seine Tasse auf die *Tatami* und blickte hoch. »Wenn Sie irgendwelche Fragen haben, werde ich natürlich gerne...«

»In Ordnung, wie wäre es mit dieser: Was erwarten Sie eigentlich von mir?«

Tanzan Mino lachte. »Nun, überhaupt nichts. Unser Wiedersehen hier erfüllt lediglich den Zweck, als Nachhilfestunde zu dienen. Um Sie und andere daran zu erinnern, wie störend ich Einmischungen in meine Angelegenheiten finde.«

»Wie wäre es dann, wenn wir diese ›Nachhilfestunde‹ mit einem Blick auf Ihr neues Flugzeug beginnen?« Vance blickte sich um. »Schätze, ich sollte es *Daedalus* nennen.«

»*Daedalus I* und *II*. Tatsächlich gibt es zwei Prototypen, obwohl bisher nur einer soweit durchgetestet ist, daß er im Hyperschallbereich operieren kann. Ja, ich habe erwartet, daß die *Daedalus* Sie reizen würde. Sie sind ein Mann mit einem unstillbaren intellektuellen Appetit.«

»Ich bin mir nicht sicher, ob dies unbedingt ein Kompliment ist.«

»Es war nicht unbedingt als solches gemeint. Manchmal muß Neugierde gezügelt werden. Aber wenn wir uns in gewissen Punkten einigen können, soll es mir ein Vergnügen sein, Ihnen eine persönliche Besichtigungstour zu gewähren, um diese Neugierde zu befriedigen. Sie sind ein Mann, der sowohl meinen technologischen Erfolg als auch meinen strategischen Coup wohl zu würdigen weiß.«

Der alte Knabe hat letztlich jedes Maß verloren, sagte sich Vance im stillen. Er ist größenwahnsinnig. »Bei der Gelegenheit, ich nehme an, mit ›strategischem Coup‹ beziehen Sie sich auf den Umstand, daß Sie sie exakt dahinbekommen haben, wo Sie sie haben wollten. Die Sowjets.«

»Was meinen Sie damit?« Tanzan Minos Blick verhärtete sich leicht.

»Sie wissen, was ich meine. Es ist denen vielleicht noch nicht klargeworden, aber am Ende werden Sie den sowjetischen Fernen Osten in Ihrer Tasche haben. Für den Preis eines heißen Flugzeugs können Sie die Region erbeuten. Sie werden sich sogar bei Ihnen bedanken, wenn Sie Sachalin für Japan reklamieren. Dieses Raumschiff *Daedalus* wird sie ihre Ranch kosten. Ich muß zugeben, daß es brillant ist. Einschließlich des Umstands, daß das ganze Programm durch einen Schwindel an Benelux-Steuerflüchtlingen finanziert wird.«

»Sie haben mehr Vorstellungskraft, als gut für Sie ist, Dr. Vance«, sagte Mino mit einem dünnen Lächeln. »Niemand wird Ihnen Ihre Interpretation des Protokolls glauben.«

»Da ist etwas dran. Niemand weiß die wahre Brillanz eines kriminellen Verstands zu würdigen. Oder vielleicht kennen sie alle Sie auch nur nicht so lange wie ich.«

»Wirklich, ich hatte gehofft, daß wir nicht in die Niederungen gegenseitiger Beleidigungen hinabsteigen.« Mino schenkte Sake nach. »Das ist entwürdigend. Ich hatte statt dessen gehofft, daß wir uns konstruktiv unterhalten können.«

»Warum nicht?«

»Nun denn, Sie werden mir vielleicht verzeihen, wenn ich etwas unverblümt bin. Ich fürchte, meine Zeit wird während der nächsten paar Stunden sehr begrenzt sein. Ich kann Ihnen genausogut sagen, daß der erste Hyperschalltest der *Daedalus* unmittelbar bevorsteht. Morgen früh werden wir sie auf Mach 25 bringen. Achtundzwanzigtausend Stundenkilometer. Eine Geschwindigkeit, die fast zehnmal höher ist, als sie irgendein luftatmendes Flugzeug jemals erreicht hat.«

»Der Himmel ist die Grenze«, pfiff Vance leise. Alex hatte nicht einmal die Hälfte des Ganzen gewußt. Dies *war* das ultimative Flugzeug.

»Eindrucksvoll, wie Sie wohl zugeben werden.« Mino lächelte und schenkte Sake nach.

»Meinen Glückwunsch.«

»Ich danke Ihnen.«

»Es sollte Ihrem Geschäft den Weg ins Parlament bahnen. Und der finanzielle Köder des Protokolls sollte es durch den Obersten Sowjet bringen. Wenn Sie beweisen, daß dieses Wunderwerk funktioniert, besteht der Rest nur noch darin, Ihre Profite zu waschen.«

»So stelle ich es mir gerne vor«, nickte Mino. »Natürlich weiß man nie, wie sich solche Dinge letzten Endes entwickeln.«

»Wann kann ich es also sehen?«

»Nun, das hängt von gewissen Vereinbarungen ab, die wir treffen müssen.«

»Dann ist es wohl an der Zeit, daß ich alles erfahre.«

»Gewiß.« Tanzan Mino lehnte sich zurück. »Dr. Vance, Sie haben mir gerade beträchtliche Mühe bereitet. Und dies ist auch nicht das erste Mal, daß Sie dies getan haben. Allerdings habe ich all das, was ich bis heute erreicht habe, nicht erreicht, ohne dabei so etwas wie ein Menschenkenner zu werden. Die finanziellen Arrangements, die Sie in London getroffen haben, demonstrieren einen bemerkenswerten Einfallsreichtum, wie ich finde. Trotz allem, was zwischen uns passiert ist, könnte es in meiner Organisation einen Platz für Sie geben.«

»Ich arbeite nicht für die Mafia, wenn es das ist, was Sie sich erhoffen.«

»Werden Sie nicht übermütig«, fuhr Tanzan Mino trotz des Ärgers, der kurz in seinen Augen aufblitzte, ruhig fort. »Diese Zeiten liegen lange hinter mir. Die vollständige Verwirklichung dieses Projekts wird finanzielle und strategische Fähigkeiten erfordern, die weit über die der Leute, die in der Vergangenheit für mich gearbeitet haben, hinausgehen.«

»All diese kleinen Kriminellen und Gangster, meinen Sie.«

»Ich möchte das überhört haben«, sprach er weiter. »Wie Sie sie auch nennen wollen, in jedem Fall erweisen sie sich als nicht ganz ausreichend für die zu bewältigende Aufgabe. Sie haben meine europäischen Leute wiederholt übertölpelt und mich beträchtlichen Demütigungen ausgesetzt.«

Da wir gerade davon sprechen, schoß Vance plötzlich ein Gedanke durch den Kopf, der aus heiterem Himmel gekommen war, was ist eigentlich aus Vera geworden? Sie war bei dieser ganzen trüben Geschichte der europäische Leithammel gewesen.

Wo war sie jetzt?

Mino fuhr fort: »Deshalb muß ich Sie jetzt entweder in meine Organisation aufnehmen oder...« Er machte eine bedeutungsvolle Pause. »So einfach ist das. Für was, frage ich mich, werden Sie sich entscheiden?«

Vance blickte ihn an. »Das hängt davon ab, was mit Eva geschieht.«

»Das Schicksal von Dr. Borodin hängt weitgehend von Ihrer Entscheidung ab. Deshalb sollte ich Ihnen vielleicht etwas Zeit geben, um darüber nachdenken zu können.« Er lehnte sich zurück. »Oder vielleicht auch einen gewissen Anreiz.«

Vance wußte zunächst nicht, was er meinte. Dann drehte er sich um. Hinter ihm warteten auf dem Steinweg des Gartens drei von Tanzan Minos persönlichen *Kobuns*. Zwei erkannte er aus London wieder. Die Instruktionen des Vorstandsvorsitzenden erfolgten in schnellfeuerartigem Japanisch, aber er brauchte keine Übersetzung, als sie sich in Bewegung setzten.

Donnerstag, 17.18 Uhr

Jurij Andrejewitsch war fuchsteufelswild. Nach seinem Gespräch mit Tanzan Mino wußte er, daß man ihn hereingelegt hatte. Ihm zwei »Piloten« von Mino Industries ins Cockpit zu setzen! Dies war genau der alte GRU-Trick – Überwachung unter dem Deckmantel von »Unterstützung«. Er hatte das alles schon erlebt.

Aber er hatte eine Idee. Einen Geistesblitz. Was war mit der Frau, die Nikolaj gesehen hatte? Die, wie er sagte, von der Hauptabteilung T war?

Sie sei umwerfend, hatte Nikolaj von ihr gesagt. Sie sollte also nicht allzuschwer zu finden sein. Methodisch war er die bevölkerten Korridore des Nordquadranten abgegangen und hatte jede offene Tür überprüft. Obgleich die Anlage groß und ausgedehnt war, rechnete er sich aus, daß sie wahrscheinlich irgendwo hier in der Nähe des Kommandosektors war.

Wo, zum Teufel, konnte sie stecken?

Eins war sicher: Tanzan Mino war genauso scharfsinnig, wie die Gerüchte über ihn sagten. Der Schweinehund hielt sich noch nicht einmal einen ganzen Tag an Ort und Stelle auf, und schon argwöhnte er, daß sich irgend etwas zusammenbraute. Aus diesem Grund führte er seinen eigenen Präventivschlag.

Die Frage war jetzt, wie man ihn überlisten konnte.

Diese Agentin der Hauptabteilung T mußte sein Mittel zum Zweck sein. Nachdem er sie in eine dafür empfängliche Stimmung versetzt hatte, würde er ihr seinen Fall vortragen. Er würde darlegen, daß er im Cockpit genug zu tun hatte und nicht auch noch den Fluglehrer für ein paar Greenhorns von Mino Industries spielen konnte. Er hatte niemals ein experimentelles Flugzeug mit zivilen Copiloten geflogen, und er wollte verdammt sein, wenn er jetzt damit anfing. *Ausgerechnet* jetzt.

Govno! Wo, zum Teufel, war sie?

Er fuhr fort, die Büros im Nordquadranten zu überprüfen, ausgehend vom Kommandosektor und in der Hoffnung, daß sie irgend jemand gesehen hatte. Überall wurde es jetzt hektisch: links und rechts Anweisungen in letzter Minute. Immer wenn er ein befreundetes russisches Gesicht entdeckte, nahm er seinen Besitzer zur Seite und fragte nach ihr. Glücklicherweise besaß er einen Ausweis der Prioritätsstufe A, und so brauchte er ihn den Sicherheitsbeamten an jedem Kontrollposten nur kurz hinzuhalten, und schon winkten sie ihn weiter. Er hatte gerade mit ein paar Flugtechnikern gesprochen, die aus einem Besprechungszimmer gekommen waren. Sie hatten behauptet, die Frau vor nicht einmal einer halben Stunde im Korridor gesehen zu haben.

Aber warum war sie überhaupt hier? Es ergab keinen Sinn. *Es sei denn*, sie war übergelaufen und arbeitete für Mino Industries. Was genau das war, was man von diesen opportunistischen KGB-Schweinehunden erwarten durfte.

Konyechnaya! Da war sie, wohlgeformter Hintern und alles.

Sie ging unmittelbar vor ihm in Richtung der Sektorkontrolle, flankiert von zwei japanischen Sicherheitsleuten. Sie waren dicht bei ihr und zeigten ihr vermutlich die Anlage. Vielleicht hatte sie wegen all der sexuell ausgehungerten Techniker allein ein bißchen Angst.

Komisch, aber ihr Gang war nicht unbedingt das, was er erwartet hatte. Schien ihm etwas zu berechnend zu sein. Dazu kam es wohl, wenn man zuviel Zeit im dekadenten kapitalistischen Westen verbrachte.

Er entschloß sich, seinen Zug gleich hier im Flur zu machen. Wirklich, sie *sah* aus wie eine heiße Nummer. Nikolaj hatte nicht übertrieben. Das Ganze würde interessanter werden, als er gedacht hatte.

Zadroka! Ein Weib.

Donnerstag, 17.27 Uhr

»*Strasvetye*«, ließ sich eine Stimme hinter Eva vernehmen. »*Kak pazhavatye.*«

Sie fuhr herum. Ein hochgewachsener und – zugegeben – nicht schlecht aussehender sowjetischer Major eilte auf sie zu.

»*Ya* Jurij Andrejewitsch Androw«, erklärte er mit einer leichten, liebenswürdigen Verbeugung. Sein Russisch war kultiviertes Moskowitisch. »Man hat mir gesagt, daß Sie gerade angekommen sind. Ich dachte, daß wir uns kennenlernen sollten. Wahrscheinlich haben Sie schon von mir gehört.«

»Ich habe keine Ahnung, wer Sie sind«, hörte sich Eva sagen.

Wohin, zum Teufel, haben sie Michael gebracht? fragte sie sich. Gleich nach dem Treffen mit Tanzan Mino war er verschwunden. Und sie wurde jetzt verlegt. Sie wußte nicht, wohin, aber sie wußte etwas anderes: Die ganze vorgespielte Höflichkeit war vorbei. Die Dinge waren recht schnell ungemütlich geworden. Sie wurde jetzt wohl an einem sicheren Ort im sowjetischen Sektor untergebracht. Aber sie schätzte, daß die Projektleitung sie vor allem aus dem Weg haben wollte.

Inzwischen jedoch hatte sie ihre eigenen Pläne.

»Ich bin ein Diener des Volkes.« Der Major, der sich Jurij Androw nannte, zwinkerte ihr zu. »Wie Sie. Ich werde häufig gebeten, den Versuch zu unternehmen, mich im Interesse des Volkes umzubringen.«

»Ich weiß nicht...«, wollte sie antworten, aber die japanischen Wächter zogen sie unsanft weiter.

»Ich bin der Testpilot des Flugzeugs«, gab er schließlich bekannt.

»Wie schön.« Eva funkelte ihn an. »Ich hoffe, es wird ein durchschlagender Erfolg.«

»Das werde ich herausfinden. Morgen früh. Im Augenblick aber will ich nur dafür sorgen, daß ich in einem Stück zurückkomme. Und deshalb muß ich mit Ihnen reden.« Er griff nach ihrem Arm und blockte die beiden uniformierten Mino-Industries-Wächter für den Moment ab. Dann fuhr er in russischer Sprache fort: »Ich habe ein Problem. *Wir* haben ein Problem. Ich hatte gehofft, daß Sie mir helfen können.«

Als die beiden Sicherheitsleute versuchten, sie weiterzudrängen, hielt er ihnen seinen Prioritätsausweis vor die Nase und sagte ihnen in drastischem Russisch, daß sie ihre beschissenen Finger von ihr lassen sollten. Überrascht erstarrten sie.

In diesem Augenblick dämmerte es ihr schließlich. *Dieser Idiot muß mich für Vera halten.*

Jetzt holte er eine weiße Packung mit englischen Zigaretten hervor und bot ihr eine an. Instinktiv griff sie danach.

»Wie kann ich Ihnen also helfen, Major Androw?« Eva schenkte ihm ein Lächeln, während er ihr Feuer gab.

»Es geht um den morgigen Testflug. Keiner sollte in die Nähe des Cockpits kommen, der nicht bei mindestens zehn g im Simulator erfolgreich geprüft worden ist. Ich habe versucht, ihm das klarzumachen, aber er wollte nicht hören.«

»Zehn g?« Sie wollte, daß er weitersprach. »Das ist...«

»Verdammt gefährlich. Aber wir müssen die Scramjets auf

Nennschubkraft bringen, zumindest beim ersten Mal. Sie sind niemals im Flug getestet worden. Wir *wissen* es einfach nicht.«

»Und sonst ist hier niemand erfolgreich geprüft worden?« Sie war sich nicht einmal sicher, was es mit dieser Prüfung genau auf sich hatte, aber sie bemühte sich, betroffen zu wirken.

»Exakt. Und jetzt will er mir ganz plötzlich ein paar seiner Japse ins Cockpit setzen, vermutlich ein paar Nieten von Mino Industries, die sonst Insektenvertilgungsmittel versprühen.« Er zündete endlich seine eigene Zigarette an, mit aufreizender Geste. Himmel, dachte sie, wieso glauben alle sowjetischen Piloten, daß sie Gottes Geschenk an die Frauen sind? »Ich sage Ihnen, es ist idiotisch.« Er stieß den Qualm durch die Nase aus. »Sie müssen mir helfen, daß er das einsieht, bevor es zu spät ist.«

Sie warf einen Seitenblick auf die beiden ungeduldigen Japaner. An ihren leeren Gesichtern erkannte sie, daß sie kein Wort verstanden hatten.

Nun, dachte sie, ich habe hier jetzt nichts zu verlieren.

»Was Sie da sagen, Major, ist sehr beunruhigend. Vielleicht sollten wir gleich ein Wort mit dem Vorstandsvorsitzenden reden. Wir wissen beide, daß die Zeit knapp wird.« Sie blickte auf die breite Tür am Ende des Korridors: Kommandosektor. »Warum gehen wir nicht gemeinsam zu ihm?« Sie registrierte die A-Stufe des Majors, die Gewicht zu haben schien. »Vielleicht kommen Sie mit diesen beiden Lakaien klar.« Sie deutete auf die Mino-gumi-*Kobuns*, die sie bewachten. »Da ich es versäumt habe, meinen Ausweis mitzubringen, haben sie keine Ahnung, wer ich tatsächlich bin.«

Er lachte. »Schätze, da steht ein paar Arschlöchern hier eine Überraschung bevor.«

Da sagst du was, dachte sie. Vor allem dir, Fliegerjunge.

Gott, niemand kann so auf den Putz hauen wie ein sowjetischer Luftwaffenpilot. Läden, in denen mit harter Währung bezahlt werden mußte, Scotch aus Schottland, amerikanische Zigaretten, französische Porno-Videos. Sie glauben, daß ihnen die

Welt gehört. Pech für dich, Romeo. Tanzan Mino wird dir ständig auf die Finger sehen. Vielleicht bist du morgen am Ende so durcheinander, daß du abstürzt und verbrennst.

Er drehte sich um und wedelte mit seinem Ausweis vor den Wächtern herum. »Mino-san *wa.* Wichtige Angelegenheit *desu.*«

Dann nahm er ihren Arm und schob die Wächter zur Seite. »Kommen Sie. Vielleicht können Sie dafür sorgen, daß diese Scheißkerle gefeuert werden, wenn wir das hier hinter uns haben.«

»Ich will sehen, was ich tun kann.« Sie lächelte wieder. »Bei der Gelegenheit, Sie können bestätigen, daß der große Testflug nach wie vor planmäßig stattfindet – am Morgen?« Sie hielt inne, sich immer noch nicht genau im klaren darüber, um was es bei dem Test ging.

»Neun Uhr dreißig. Das ganze Programm.« Er führte sie energisch den bevölkerten Korridor hinunter.

»Und Sie werden…«

»Sie auf Hyperschallgeschwindigkeit bringen. Mach 25. Bis an die Grenze. Ich werde die Sterne streifen. Und glauben Sie mir, ich muß allein sein. Ich kann dabei keine Flugschüler anlernen.« Er ging jetzt vor ihr her und sprach über die Schulter. »Aus diesem Grunde müssen Sie mir helfen, dem alten Wichser Vernunft beizubringen. Entschuldigen Sie«, sagte er und zeigte dabei ein scheinbar bedauerndes Grinsen, »dem Vorstandsvorsitzenden, meine ich.«

Die Wachposten an der breiten Doppeltür, die zu Tanzan Minos Suite führte, sperrten nur den Mund auf, als Jurij Andrejewitsch Androw mit seinem A-Ausweis vor ihnen herumfuchtelte und einfach weiterstürmte, ohne auf das Geschrei der Japaner zu achten, das jetzt hinter ihnen herschallte.

»Mino-san, *pazhalsta*«, sagte er zu der Person, die im Vorzimmer stand, wobei er kaum zur Kenntnis nahm, daß es sich um eine Frau handelte, die für eine Sekretärin viel zu teuer gekleidet war. Eva beobachtete, wie Vera Karanowa hastig nach einem Knopf auf dem Schreibtisch langte, als er die Teakholztür zu Tanzan Minos Privatbüro aufstieß.

Das erste, was sie bemerkte, war ein breites Fenster hinter dem Schreibtisch, das einen atemberaubenden Blick auf die Meerenge bot – die untergehende Sonne, die von den Spitzen der Brecher widergespiegelt wurde. Hinter dem Schreibtisch saß ein silberhaariger Manager und betrachtete eine Reihe von Computerbildschirmen.

So also sieht er aus, dachte sie. Perfekt. Kein Besetzungsbüro hätte es besser machen können.

»Jurij Andrejewitsch, was...« Er blickte hoch und funkelte Eva an. »Wie ich sehe, haben Sie einen unserer amerikanischen Gäste kennengelernt.«

»Amerikanisch?« Androw blieb stehen, blickte sie dann verblüfft an.

Du solltest jetzt ganz schnell machen, sagte sie zu sich selbst. In etwa fünf Sekunden wird die Genossin Karanowa diesem Helden der Sowjetunion den Kopf abreißen.

»Hören Sie zu, Sie Schweinehund.« Sie stürmte auf den Schreibtisch zu. »Wenn einer von Ihnen beiden Michael oder mir auch nur ein Haar krümmt, werden Sie die National Security Agency so schnell am Hals haben, daß Sie denken, eine Atombombe hätte diesen beschissenen Ort getroffen. Ich will den amerikanischen Botschafter sprechen, und ich will meine Sachen zurückhaben.«

»Es wird für alles gesorgt werden, Dr. Borodin«, antwortete Vera Karanowa vom Türeingang aus. Eva warf einen Blick zurück und sah eine Truppe von acht Mino-gumi-*Kobuns* – Minos persönliche Leibwächter, die alle Automatics bei sich hatten. »Sie werden jetzt mit uns kommen.«

Androw starrte sie mit leerem Gesichtsausdruck an. Sein großartiges Gehabe schmolz dahin wie Schnee im Frühling. »Sie sind Amerikanerin? Nationaler Sicherheitsdienst?«

»Sie haben uns gekidnappt. In London. Sie werden auch Sie aufs Kreuz legen. Wir haben herausgefunden...«

»Wir?«

»Mein Name ist Eva Borodin. Ich bin Direktorin der Abteilung SIGINT bei der National Security Agency in Washington. Und Mike Vance vom CIA ist ebenfalls hier. Gott weiß, was diese Verbrecher im Augenblick mit ihm anstellen. Aber sie werden auch Sie auseinandernehmen, Heißsporn. Ich wünsche Ihnen noch einen schönen Tag. Und währenddessen...«

»*Towaritsch* Androw, Sie haben gerade etwas sehr Törichtes getan.« Veras Stimme klang frostig. »Ich glaube nicht, daß Sie sich bewußt sind, wie töricht.«

»Dr. Borodin«, ergriff Mino schließlich das Wort. »Sie sind noch findiger, als ich erwartet hatte. Findigkeit ist jedoch nicht gleichbedeutend mit Klugheit. Dr. Vance ist gegenwärtig dabei, über einen Vorschlag, den ich ihm gemacht habe, nachzudenken. Sie sollten hoffen, daß er ihn annimmt. Und was die National Security Agency angeht, so glaubt man dort, daß Sie sich noch im Urlaub befinden. Nach dem morgigen Tag wird es keine Rolle mehr spielen. Nichts von dem, was Sie tun können, wird unseren Zeitplan stören.«

»Das werden wir noch sehen.«

»Vertrauen Sie mir«, lächelte er. Dann wurde sein Blick ernst, und er wandte sich von ihr ab. »Major Androw, Sie bleiben freundlicherweise noch hier, nachdem man Dr. Borodin weggebracht hat.«

18.

Freitag, 1.17 Uhr

Der Raum war kalt. Einfach nur kalt. Dies war ihm als erstes aufgefallen, als sie ihn hineingestoßen hatten. Er war es immer noch. Seit neun Stunden saß er nun auf einer harten, mit Segeltuch überzogenen sowjetischen Pritsche und fror.

Der Raum war nicht größer als eine kleine Zelle. Er hatte einen Fliesenfußboden sowie eisgraue Betonwände, und für die Beleuchtung sorgten zwei nackte Neonröhren. Keine Heizung. Es gab eine leichte Vibration – sie schien ein Teil des Raums selbst zu sein –, die von den Wänden und vom Fußboden ausging. Er hatte sie bis zu einem großen Rohr an der Wand zurückverfolgt.

Das Ventilationssystem könnte mal überholt werden, dachte er. Das Ventilatorgehäuse ist irgendwo locker. Außerdem könnten sie die verdammte Heizung anstellen.

Er trug nur das, was er in London angehabt hatte, und dies hier war fraglos nicht London. Hokkaido war ein weitaus kälterer Teil des Planeten.

Der Raum machte den Eindruck, als sei er schnell hochgezogen worden. Aber er wirkte auch so, als ob er einer mittelstarken Atombombenexplosion widerstehen könnte. Eins stand jedoch fest: Bequemlichkeit hatte man bei seinem Bau nicht im Sinn gehabt. Die Tür war aus Stahl, in derselben stumpfen Farbe wie der Rest. Sie war natürlich von außen verriegelt.

Aber wenn Tanzan Mino prüfen wollte, wie zäh er war, und die Vorstellung hatte, daß Isolation und Kälte seinen Geist brechen würden, dann stand dem Mann eine Enttäuschung bevor.

Durch die Verlegung hierher hatte der Vorstandsvorsitzende von Mino Industries allerdings unbeabsichtigt dafür gesorgt, daß er sich einen Überblick über die Anordnung der Anlage verschaffen konnte. Als er von den drei mit Lederjacken bekleideten

Kobuns die bevölkerten Anlagekorridore entlanggeführt wurde, waren sie an einem Projektionsbildschirm vorbeigekommen, der über einer Hauptkreuzung angebracht war. Dort schien irgendein zentraler Checkpoint zu sein, und der Schirm zeigte ein Schema der gesamten Anlage.

Vance hatte ein Stolpern vorgetäuscht und die Erholungsphase dazu benutzt, einen schnellen Blick auf die wesentlichen Grundzüge der Anordnung zu werfen.

Er lehnte sich auf der Pritsche zurück, ging im Geiste noch einmal durch, was er auf dem Schirm gesehen hatte, und bemühte sich, es fest in seinem Gedächtnis zu verankern.

Erkenntnis Nummer eins: Die Anlage bestand aus vier Hauptquadranten, die wie ein großes X angeordnet waren. Einige der Beschriftungen waren japanisch, aber meist handelte es sich um kyrillische Buchstaben. Er rieb sich die Schläfen und stellte es sich erneut bildlich vor.

Zuerst hatte er sein Augenmerk auf den Nordquadranten gerichtet, dessen russische Bezeichnung *Komendant* lautete. Er sah aus wie das Kommandozentrum und wies einen rotgefärbten Bereich mit russischen und japanischen Beschriftungen auf. Daneben gab es viele kleine Räume, vermutlich Wohnquartiere oder sonstige Unterkünfte. *Kanji*-Ideogramme deuteten darauf hin, daß in dieser Sektion wahrscheinlich die japanischen Belegschaftsangehörigen kampierten.

In dieser Kommandosektion, wurde ihm klar, waren er und Eva gewesen. Sie waren in einem Teil der Privaträume Tanzan Minos untergebracht worden, im Herzen dieses Labyrinths.

Es wurde sogar noch interessanter. In den drei übrigen Quadranten ging die eigentliche Arbeit vonstatten. Auf der rechten Seite des Schirms befand sich der Ostquadrant, dessen Bezeichnung *Komputer/Kommunekatseon* lautete, was bedeutete, daß er die Computer- und Kommunikationseinrichtungen enthielt. Flugkontrolle. Und der Südquadrant, *Assamblaya*, bestand aus zahlreichen großen, offenen Hallen, in denen wahrscheinlich die beiden Prototypen zusammengebaut worden waren. Diese Hallen standen in direkter Verbindung mit einem riesigen Sektor, der die Bezeichnung *Angar* trug – der Hangar. Von den Hallen gab es aber auch einen separaten Zugang zur Startbahn, vermutlich wegen der Anlieferung von vorfabrizierten Teilen, die von außerhalb kamen.

Der Westquadrant schien die Testanlagen zu beherbergen. Die eine Bezeichnung, die er lesen konnte, lautete *Laboratoraya*. Vermutlich Materiallabors, neben einer Konstruktion, bei der es sich um einen großen Windkanal handeln mochte. Das ergab Sinn. Dieser Quadrant wies außerdem mehrere kleine Räume mit russischen Beschriftungen auf. Er hatte den Schirm noch einen Augenblick länger studiert und...

Bingo. Ihm war klargeworden, daß man ihn in den sowjetischen Sektor brachte, vermutlich in den Bereich der Mannschaftsunterkünfte und Labors.

Dies mußte jetzt die am wenigsten benutzte Sektion der Anlage sein, sagte er sich. Alle Windkanaltests von Flugzeugteilen und die Materialerprobungen waren wahrscheinlich abgeschlossen, was bedeutete, daß dieser Bereich der Vergangenheit angehörte. Schnee von gestern. Deshalb hatte ihn der Vorstandsvorsitzende in dieses obskure Gefängnis im Westquadranten verbannt, in die sowjetische Sektion. Welchen besseren Ort gab es, um jemanden für eine Weile diskret aus dem Verkehr zu ziehen?

Zeit, deine Russischkenntnisse aufzufrischen, Genosse.

Das Problem war nur – er zog eine Grimasse, als er es sich vor Augen führte –, daß es da nicht viel aufzufrischen gab. Er hatte in Yale ein Jahr Russisch gehabt, gerade genug, um sich mit Hilfe eines Wörterbuchs durchzukämpfen und einige Grundkenntnisse der Umgangssprache zu besitzen. Das war auch schon alles. Er hatte danach keinen weiteren Gedanken daran verschwendet. Statt dessen hatte er sich seiner wahren Liebe gewidmet, dem antiken Griechisch. Später dann, während der CIA-Zeiten, hatte er mit Asien zu tun gehabt. Eine Zeitlang hatte er für Langleys fernöstliche *INTEL*-Abteilung gearbeitet und dazu beigetragen, die japanische und amerikanische Feldarbeit zu koordinieren.

Mit Japanisch konnte er sich helfen, aber mit Russisch...

Tanzan Mino wußte das wahrscheinlich, ein weiterer Grund, aus dem er sich für die Verlegung hierhin entschieden hatte. Es würde hier weniger Leute geben, mit denen er in Verbindung treten konnte. Clever.

Er fühlte sich gefangen wie in König Minos' Labyrinth, der Schöpfung des Daedalus. Aber Theseus, der griechische Königssohn, der das Ungeheuer getötet hatte, bekam Hilfe von Minos' Tochter Ariadne. Sie gab ihm ein Garnknäuel, das ihm half, den Weg aus dem Irrgarten zu finden. Wo sollte allerdings diesmal Hilfe herkommen? Vielleicht war hier die erste Aufgabe, das Ungeheuer zu töten und dann darüber nachzudenken, was als nächstes kam.

Um sich ein wenig aufzuwärmen, stand er auf, stemmte sich schräg gegen die Tür und begann mit ein paar Rumpfbeugen. Mit den Händen an der Tür konnte er auch etwas von den Aktivitäten draußen auf dem Korridor spüren. Er schätzte, daß Mitternacht inzwischen vorbei sein mußte, aber es gab noch immer gelegentliches Kommen und Gehen. Es tat sich etwas, aber nichts...

Er fühlte eine Erschütterung, hörte dann ein lautes Kratzen und das Geräusch eines Riegels, der zur Seite geschoben wurde.

Schnell trat er zur Seite und preßte sich flach gegen die Wand. Vergeblich sah er sich nach einem Gegenstand um, den er als Waffe benutzen konnte. Abgesehen von der Pritsche gab es jedoch nichts.

In Ordnung, dann eben nur mit den Händen. Er konnte die Körperertüchtigung gebrauchen. Und außerdem war er wütend genug.

Die graue Stahltür schwang langsam nach innen. Dann

tauchte zögerlich eine weiße Haarmähne auf, gefolgt von einem zerfurchten Greisengesicht. Der Besucher blickte ihn durch dicke Brillengläser an.

»*Strasvitye*«, sagte der Mann schließlich mit unsicherer, kratzender Stimme. »*Ya* Doktor Andrej Petrowitsch Androw.«

Freitag, 1.20 Uhr

Würde der Plan aufgehen? Jurij wußte es noch immer nicht. Während er im grellen Schein der Hangarlampen, die die letzten Vorbereitungsarbeiten vor dem Start der *Daedalus I* beleuchteten, zwischen den Flugzeugen hindurchging, war er sich nur einer Sache sicher: Zu diesem Zeitpunkt blieb ihm als letzte Option lediglich der revidierte Plan. Würde der Amerikaner helfen?

Die Frau, diese Schlange, war alles andere als dumm – eine Erkenntnis, die ihm auf die harte Tour beigebracht worden war. Aber vielleicht der CIA-Bursche – wie hatte sie gesagt, daß er hieß... Vance?

Wie, zum Teufel, war er hierhergekommen? Was auch immer sich ereignet hatte, in jedem Fall war er jetzt im Westquadranten untergebracht. Ihn zu finden, hatte keine Schwierigkeiten bereitet.

Er war von Gott geschickt worden. Seine Hilfe würde das Szenario möglich machen. Jetzt war nur noch eine sekundengenaue Zeitplanung erforderlich.

Er blickte auf die große Flüssigkristallanzeige an der gegenüberliegenden Wand und stellte fest, daß sie auf Zero minus acht Stunden und zehn Minuten stand. Er sollte längst zurück im Westquadranten sein und etwas schlafen – wenn Taro Ikeda wüßte, daß er sich hier im Hangar aufhielt, würde der Teufel los sein –, aber die Zeit wurde knapp.

Tanzan Mino hatte sich eisig seine erneut vorgebrachten Argumente gegen zusätzliches Personal im Cockpit angehört und dann erklärt, daß die Lebensfähigkeit des Programms davon abhing, daß Ersatzleute zur Verfügung standen. Lediglich eine essentielle Vorsichtsmaßnahme. Ende der Diskussion.

Blödsinn. Sobald die politischen Spielchen vorüber waren, plante der Vorstandsvorsitzende, ihn loszuwerden, vermutlich durch einen »Unfall«.

Also, zur Hölle mit ihm. Und da kam der Amerikaner ins Spiel. Es galt, ganz einfach den Anschein zu erwecken, daß normal auf den Countdown hingearbeitet wurde, und völlig harmlos zu erscheinen. Und dann, in der letzten Minute...

Er warf einen letzten Blick auf die *Daedalus I* und sah zu, wie die Wartungsmannschaften an den Scramjets die letzten Arbeiten vor dem Start abschlossen. Und er schüttelte verwundert den Kopf, wenn er daran dachte, daß Andrej Androw und alle seine verdammten Triebwerksingenieure ein echtes technologisches Wunderwerk schaffen konnten und sich doch als totale Nieten entpuppten, wenn es darauf ankam zu erkennen, was tatsächlich vor sich ging.

Diese Techniker hielten sich für so brillant! Aber wenn es so lange gedauert hatte, bis sie erkannten, daß sie von Mino Industries verscheißert worden waren, wie klug konnten sie dann wirklich sein? Das ließ die Frage bei ihm aufkommen, wie es das Kosmodrom von Baikonur überhaupt jemals geschafft hatte, auch nur eine Rübe in den Orbit zu befördern.

Nun mußten dieselben Genies in nur noch wenigen Stunden die *Daedalus II* flugbereit machen, und zwar so, daß niemand argwöhnte, was sie da taten. Und schließlich mußten sie bereit sein, in dem Augenblick in Aktion zu treten, in dem sich der »Unfall« ereignete. Ohne Generalprobe.

Er blickte auf seine Uhr und stellte fest, daß sich die Triebwerksmannschaft seines Vaters bereits in Nummer eins versammelte, zur letzten Zusammenkunft. Die Frage war jetzt: Konnten sie es schaffen? Der Amerikaner war der Schlüssel.

Freitag, 1.21 Uhr

»Ihr Name Vance?« Die russische Stimme mit ihrem unsicheren Englisch war das letzte, was er erwartet hatte.

»Wer sind Sie?«

»Für dieses Flugzeug bin ich Direktor Antriebssystem«, antwortete der Mann förmlich und stolz und zupfte dabei an seinem weißen Laborkittel herum. »Ich muß reden zu Ihnen. Bitte.«

Vance trat von der Wand zurück und betrachtete den alten Mann eingehender. Dann klickte es bei ihm. Andrej Petrowitsch Androw war eine lebende Legende. Schon vor zehn Jahren hatte der CIA eine Technikerakte von ihm, die drei dieser alten Rollen mit Halb-Zoll-Bändern füllte. Was sie heute von ihm hatten, mochte Gott wissen. Er war der große Raumfahrtpionier der UdSSR gewesen, ein Held, der in seinem eigenen Land praktisch keinerlei Anerkennung gefunden hatte. Kein Leninorden. Nichts. *Nada.* Aber vielleicht war es ihm so lieber gewesen, vielleicht hatte er die Abgeschiedenheit vorgezogen. Niemand, am allerwenigsten die Sowjetspezialisten des CIA, konnten ihn richtig einschätzen.

Und nun war er hier in der Wildnis des nördlichen Hokkaido und baute ein Raumflugzeug. Sie hatten keinen anderen als den großen alten Mann geschickt, um sich um den Antrieb zu kümmern. Dieses Projekt hatte in der Tat höchste Priorität.

Die es auch verdiente. Die augenblickliche Frage war jedoch, wieso der Guru der sowjetischen Raketenforschung *ihn* besuchte.

»Tut mir leid, daß ich Ihnen keine Tasse Tee anbieten kann. Kein Samowar.« Er warf einen letzten Blick durch die offene Tür. Verschiedene sowjetische Belegschaftsangehörige sahen im Vorbeigehen herein, offensichtlich verwundert darüber, daß sich der berühmte Doktor Androw persönlich herbemüht hatte, um mit irgendeinem unbekannten Zivilisten zu reden.

»*Shto? Ya ne ponemayu*… Ich nicht verstehe.«

»Tee. *Chai.*« Vance hob die Schultern. »Nur ein schlechter Scherz.« Er streckte die Hand aus und schloß die Tür, deutete dann auf die Pritsche. »In der falschen Sprache. Bitte, nehmen Sie Platz.«

»Danke.« Der alte Mann setzte sich. »Ich bin nicht gekommen für *Chai.*« Seine Hände zitterten. »Ich möchte...« Er unterbrach sich, so als ob er nach den richtigen Worten suchte, und dann schienen seine Gedanken abzuschweifen. »Ihr Name ist Vance?«

»Michael Vance.«

»Und Sie sind beim amerikanischen CIA?«

Was geht hier vor? fragte er sich. Wie haben diese Sowjets das herausgefunden?

»Äh, ja.« Er wandte den Blick ab. »Das ist richtig.«

»Mr. Vance, mein Sohn ist Testpilot für die *Daedalus.*« Er fuhr mit den knorrigen Händen nervös durch seine langen weißen Haare. »Sein Name ist Jurij Andrejewitsch.«

»*Pozdravleneye*«, nickte Vance. »Meinen Glückwunsch. Jurij Andrejewitsch wird auf die Titelseite von *Newsweek* kommen. Sie sollten stolz sein.«

»Wir haben ernsthaftes Problem, Mr. Vance.« Er schien nicht zuzuhören. »Deshalb ich bin gekommen. Ich bin sehr besorgt für meinen Sohn.«

Vance blickte ihn an. Er machte in der Tat einen besorgten Eindruck. Seine dunklen, durchdringenden Augen waren schmerzerfüllt.

»Haben Sie ein Problem mit dem Vorstandsvorsitzenden? Schätze, es ist sehr schwer, mit dem Paten warm zu werden, selbst für seine neuen Verbündeten.«

»Mr. Vance, ich kenne Sie nicht, aber es gibt sehr wenig Zeit«, fuhr Andrej Androw, ohne zu verstehen, mit einem Achselzucken fort. »Also bitte, ich werde Ihnen viele Dinge in sehr wenigen Minuten erzählen.«

Vance fuhr fort, ihn zu mustern. »Schießen Sie los.«

»Sie mögen nicht verstehen, aber dieses Projekt soll ein gewaltiger Schritt für unser Raumprogramm sein. Viele unserer besten Techniker sind hier. Dieses Flugzeug, eine wiederverwendbare, erdnahe Raumplattform, würde über viele Jahre Millionen von Rubel sparen. Es ist luftatmendes Flugzeug, das Nutzlasten für Forschung direkt in den Raum heben würde. Aber mein Sohn niemals glaubt, das sein wirklicher Zweck. Vielleicht war ich Idealist, weil ich glaube. Ich immer denke, daß er irrte. Aber mehr und mehr Dinge, die ich erfahren habe über seine Elektronik – Dinge, mit denen wir nichts zu tun hatten –, machen mich jetzt glauben, er hat recht. Und gestern, als gewisse... *Chelovek* von der sowjetischen Luftwaffe kommen, wurden die schlimmsten...« Er hielt inne, und als er fortfuhr, zitterte seine Stimme vor kaum verhohlenem Zorn. »Ich habe mein ganzes Leben für friedliche Erforschung des Raums gearbeitet. Und nun bin ich betrogen. Die Techniker, die ich hierhin mitbringe, sind betrogen. Ich glaube auch, Mr. Vance, daß sowjetisches Volk ist betrogen. Und zusammen mit ihnen Michail Sergejewitsch selbst. Dies ist Teil von einer Intrige, um... Ich weiß nicht, was insgeheimer Plan ist, aber ich bin jetzt überzeugt, daß dieses Flugzeug zerstört sein muß, bevor es zu spät ist. Und die Welt muß gewarnt werden. Deshalb...«

»Warum warnen *Sie* dann niemanden?« unterbrach ihn Vance. »Um es genau zu sagen, es geht bei diesem Szenarium um viel mehr als nur um ein Flugzeug.«

»Aber warum, glauben Sie, bin ich hier und rede mit Ihnen? Die Anlage ist völlig abgeschottet. Ich würde Michail Sergejewitsch warnen, was geschieht, aber keine Kommunikation ist möglich.« Schmerzerfüllt hielt er abermals inne. »Sie wollen meinen Sohn morgen ins Flugzeug setzen mit Wächtern. Er ist zum Gefangenen gemacht worden wie Sie. Er will das Flugzeug für morgigen Test nicht fliegen, aber der Vorstandsvorsitzende zwingt ihn dazu.« Er blickte hoch, mit Augen, die verschwommen und blutunterlaufen waren. »Mr. Vance, ich denke, er wird getötet, sobald dieses Flugzeug den Hyperschallflugtest bestanden hat. Sie vertrauen ihm nicht länger.«

»Und was ist mit Ihnen? Sie werden auch Sie vermutlich nicht mehr für sehr vertrauenswürdig halten, wenn sie herausfinden, daß Sie mich aufgesucht haben.«

»Das ist richtig. Aber die Zeit ist gekommen für Risiken.«

»Was wollen Sie also von mir?« Vance trat einen Schritt zurück und betrachtete den weißhaarigen alten Mann forschend. Sprach er die Wahrheit? Planten die sowjetischen Techniker wirklich eine Meuterei?

»Wir werden es stoppen. Morgen früh, kurz vor dem Testflug. Es muß getan werden.«

»Viel Glück.«

»Mr. Vance, Sie sind bei amerikanischem Geheimdienst. Wir sind nur Techniker. Wir wissen nichts über die Sachen, die nötig sind, um...«

»Haben Sie irgendwelche Waffen?«

»Nichts. Die Wächter hier sind alle von der Firma.« Er senkte die Stimme. »Offen gesagt, die meisten von ihnen sehen aus wie Verbrecher.«

»Das sind sie auch.« Vance lachte wider Willen.

»Ich verstehe nicht.«

»Ich weiß, daß Sie das nicht verstehen. Denn wenn Sie es verstehen würden... Aber das geht jetzt am Thema vorbei.«

»Werden Sie uns also helfen?« Androws Gesicht war voller Entschlossenheit. »Wissen Sie etwas über Sprengstoffe?«

»Genug. Aber sind Sie sich wirklich sicher, daß Sie diesen Weg einschlagen wollen?« Vance machte eine Pause. »In einer großen Anlage wie dieser gibt es vieles, was schiefgehen kann, ohne daß jemand weiß, was es verursacht hat.«

»Alle wesentliche Bereiche sind jetzt unter schwerer Bewachung. Ein Eindringen ist unmöglich.«

Toll, dachte Vance. »Bei der Gelegenheit, welche Rolle spielt Ihr Sohn, der Testpilot, bei dem Ganzen?«

»Die ganze Zeit schon hat er geplant... Ich weiß nicht. Er hat sich geweigert, es mir zu sagen. Aber das ist egal. Jetzt, da zwei Wächter von Mino Industries zu ihm ins Cockpit gesetzt werden, ist das, was er geplant hat, unmöglich. Deshalb müssen wir hier etwas tun, auf dem Boden.«

»Nun, wo ist er jetzt?«

»Er ist jetzt im Hangar.«

»Ich müßte ihn sehen.«

Wenigstens er, dachte Vance, weiß wahrscheinlich, wie man mit einer Kanone umgeht. Alle sowjetischen Piloten haben zum Schutz eine Automatic und zwei Magazine mit je sieben Schuß bei sich – für den Fall, daß sie irgendwo in der Wildnis notlanden müssen. Erster Punkt unserer Geschäftsordnung ist, einige dieser Mino-gumi-Gangster, die hier als Sicherheitsleute fungieren, zu überfallen und ihnen die Waffen abzunehmen.

»Bei der Gelegenheit, wissen Sie, wo man die amerikanische Frau untergebracht hat, die mit mir hergekommen ist?«

Die Augen des alten Mannes wurden unsicher. »Ich glaube, sie ist irgendwo hier im Westquadranten. Ich denke, sie wurde gegen achtzehn Uhr nach hier verlegt, und dann ein wenig später kommt ihr Koffer vom Hangar.«

»Ihr Koffer?« Sein Puls beschleunigte sich.

»Abgeliefert von den Robotwagen der Anlage. Das Flugzeug, das Sie hergebracht hat, wurde für die Rückreise des Vorstandsvorsitzenden nach Tokio fertiggemacht.«

»Wo ist der Koffer geblieben?«

»Ich weiß nicht. Ich weiß nur...«

»In Ordnung, später. Jetzt sollten Sie vielleicht besser damit anfangen, mich hier rauszuholen.«

»Deshalb habe ich das mitgebracht.« Andrej Androw deutete auf das in braunes Papier eingewickelte Paket, das er bei sich hatte. Vance war es vorher nicht aufgefallen. »Ich habe hier eine Luftwaffenuniform. Sie gehört meinem Sohn.«

Das Paket war sorgfältig mit einem weißen Bindfaden verschnürt – methodische Präzision, die von der jahrelangen Tätigkeit als Techniker herrührte.

»Sie werden einen von uns spielen«, fuhr der alte Mann fort. »Sie sprechen kein Russisch?«

»Vielleicht genug, um die Mino-gumi zu täuschen, aber sonst niemanden.« Er sah zu, als Androw anfing, das Paket auszupakken.

»Dann lassen Sie einfach mich reden«, sagte er achselzukkend.

»Wenn jemand fragt, wer Sie sind, mache ich mit Ihnen Besichtigung des Westquadranten. Sie sollten vorgeben, betrunken zu sein. Das würde keinen überraschen. Sie werden viel die Stirn runzeln und mir unverständliche Fragen zumurmeln. Wir werden direkt zu meinem Büro gehen, wo ich Ihnen unseren Plan erzählen werde.«

Jetzt breitete Andrej Androw eine neue körperbetonende Uniform aus, die für Jurij Andrejewitsch gedacht war. Die Schulterklappen zeigten einen breiten Goldwinkel und zwei kleine Rechtecke, die den Rang eines Majors der sowjetischen Luftwaffe kennzeichneten. Dazu gehörte eine große Lammfellmütze, wie sie von Offizieren getragen wurde. Vance nahm die Kopfbedeckung und befühlte sie neugierig. Er hatte vorher noch nie eine Lammfellmütze in der Hand gehabt. Hübsch.

Scheint, daß ich gerade zum Luftwaffenmajor befördert werde. Und dabei habe ich nie etwas Größeres als einen Lear-jet geflogen.

Froh, es los zu sein, schlüpfte er aus dem Hemd, das er in London getragen hatte, und zog die Uniform an. Saß nicht schlecht. Die Hose schien maßgeschneidert zu sein. Dann setzte er die Wollmütze auf, womit das Ensemble komplettiert war.

»Sie würden einen guten Offizier abgeben, denke ich.« Andrej Androw trat einen Schritt zurück und betrachtete ihn mit einem Lächeln. »Aber Sie müssen sich auch wie einer aufführen. Denken Sie daran, beleidigend zu sein.«

Nach den Stunden in frostiger Einzelhaft war sich Vance nicht sicher, ob er nicht eher wie ein Landstreicher aussah. Aber er würde keine Schwierigkeiten haben, mitten in der Nacht mit Doktor Andrej Androw durch die Gegend zu laufen und ihn in genuscheltem Russisch mit einem ständigen Wortstrom zu bombardieren: *»Shto eto? Ve chom sostoet vasha rabota?«*

Wie hatten die Sowjets herausgefunden, daß er hier war? fragte er sich. Eva mußte irgendwie zu ihnen durchgedrungen sein. Was bedeutete, daß es ihr wahrscheinlich noch gutging. Zumindest das war eine Erleichterung.

Nachdem Andrej Androw klirrend die Stahltür geschlossen und verriegelt hatte, gingen sie zusammen zum Büro des alten Mannes, in das er Zeichnungen vom Cockpit des Flugzeugs geschmuggelt hatte. Die Korridore wurden von grellen Leuchtstofflampen erhellt und waren voll von Technikern und uniformierten Sowjets. Vance erwiderte einige wenige der zackigen Grüße und stolzierte betrunken vorwärts.

Sie wollten, daß er ihnen half, das Flugzeug in die Luft zu jagen! Seine Kenntnisse vom Umgang mit dem guten alten C-4 waren ein bißchen eingerostet, aber er würde sich freuen, sie schnell auffrischen zu können. Und danach würde ein völlig neues Spiel beginnen.

Freitag, 1.47 Uhr

»Wird er helfen?« Jurij Androw blickte die elf Männer in dem abgedunkelten Kontrollraum an. Die ganze linke Wand wurde von einer schweren Panzerglasscheibe eingenommen, die den Blick auf Nummer eins freigab. Der Windkanal, die Videoschirme, die Instrumententafeln – alles ruhte jetzt. Abgesehen von einigen wenigen Konsolenlichtern wurde der Raum nur durch den mächtigen, zweieinhalb mal sechs Meter großen Flüssigkristallschirm am anderen Ende beleuchtet, auf dem grüne Ziffern die Sekunden des Countdowns heruntertickten. Außer

Nikolaj Wasilewitsch Grischkow, dem sowjetischen Chefmechaniker, waren alle Anwesenden junge Techniker aus Andrej Androws Triebwerkskonstruktions-Team. Grischkow war jedoch aufgrund seiner Vertrautheit mit den Hangaranlagen der Mann, der das Sagen hatte.

»Ich habe gerade mit Doktor Androw gesprochen, und er glaubt, daß der Amerikaner mit uns zusammenarbeiten wird«, nickte Grischkow. »Er wird ihn hierherbringen, sobald er ihn unterrichtet hat.«

»Ich frage mich noch immer, ob ich es nicht besser selbst übernehmen sollte.«

»Es wäre zu gefährlich für dich, Jurij Andrejewitsch. Er kennt sich mit Sprengstoffen aus. Außerdem mußt du bereitstehen, um das andere Flugzeug, die *Daedalus II*, gleich nach der Explosion zu starten. Niemand sonst kann es in die Luft bringen.«

Er lachte. »Es stehlen, meinst du.«

»Jurij Andrejewitsch, wir haben dafür gesorgt, daß es aufgetankt ist, und wir werden dich ins Cockpit bringen. Darüber hinaus wissen wir nichts...«

»Noch etwas«, warf er ein. »Ich möchte, daß sie mit flüssigem Wasserstoff betankt wird.«

»Unmöglich.« Grischkows Miene verdüsterte sich, und seine buschigen Augenbrauen zogen sich nach oben. »Ich weigere mich kategorisch.«

»Das kümmert mich nicht. Ich will es so haben.«

»Es steht absolut außer Frage. Die Motoren der *Daedalus II* sind in der Scramjet-Version nicht geprüft worden. Du kannst nicht wagen, sie auf Hyperschallgeschwindigkeit zu bringen. Es wäre zu riskant.« Grischkow unterbrach sich, lächelte dann. »Mach dir keine Sorgen. Mit diesen zwölf Motoren kannst du auch in der Ramjet-Version jedem Jagdflugzeug auf der Erde davonfliegen.«

»Ich sage dir, ich will in die Scramjet-Geometrie übergehen«, beharrte Jurij Andrejewitsch mit entschlossenem Blick.

Wenn ich nicht ausführen kann, was ich geplant habe, sagte er sich im stillen, wird mir niemand glauben. Ich muß eins dieser beiden Flugzeuge morgen auf Hyperschallgeschwindigkeit bringen, ob es nun bereit dazu ist oder nicht.

»Unmöglich. Es gibt keine Möglichkeit für uns, die *Daedalus II* mit flüssigem Wasserstoff zu betanken. Die Bodenmannschaften von Mino Industries würden augenblicklich Verdacht schöpfen. Es steht außer Frage. Ich habe einige Anweisungen gefälscht und sie heute nacht um dreiundzwanzig Uhr mit JP-7 beladen. Mehr konnte ich nicht tun.«

Chort, dachte Jurij. Nun, vielleicht kann ich es vortäuschen. Ich jage sie mit JP-7 auf Mach 5 hoch und …

»Und die beiden ›Piloten‹ von Mino Industries? Was ist mit ihnen?«

»Wenn der Amerikaner seinen Teil erfüllt, werden sie nie Verdacht schöpfen.« Grischkow ließ ein Grinsen aufblitzen.

»Es sei denn, hier baut jemand Mist«, sagte er. Er blickte sich im Raum um und musterte die weißen Technikerkittel, die unschuldigen Gesichter.

»Es wird große Verwirrung entstehen. Wenn wir anfangen, flüssigen Wasserstoff in die *Daedalus I* zu pumpen, wird dort die Hölle losbrechen. Du brauchst lediglich ins Cockpit des anderen Flugzeugs zu kommen.«

Es würde ein fürchterlicher Unfall werden, aber Unfälle passierten. Sie alle hatten Flüstergeschichten von der Tragödie in Baikonur im Oktober 1960 gehört, als fast hundert Menschen getötet wurden, weil Nikita Chruschtschow während seines Besuchs bei den Vereinten Nationen einen spektakulären Raumschiffstart wünschte. Als eine riesige Marsrakete nicht zündete, wurden die Techniker angewiesen, den Schaden sofort zu beheben, statt die Verzögerung in Kauf zu nehmen, die durch das Ablassen des Treibstoffs vor der Prüfung der Fehlerquelle entstehen würde. Die Wartungsmannschaften schwärmten überall um die Rakete aus, als sie explodierte.

»Dann sind wir wohl fertig«, seufzte Jurij Andrejewitsch.

»Das sind wir«, nickte Grischkow. Er griff nach dem Telefon neben der Hauptkonsole und drückte schnell vier Ziffern. Ganz ruhig sprach er einige Augenblicke lang und legte dann den Hörer auf.

»Sie werden in fünf Minuten hier sein. Doktor Androw ist gerade mit seiner Erklärung des Cockpitaufbaus fertig geworden.«

»In Ordnung. Ich gehe jetzt. Sorgt ihr dafür, daß die Hangartore geöffnet sind, die Startbahn frei ist und die Wagen mit den Startmaschinen bereitstehen. Das Ganze wird knifflig werden. Alle müssen glauben, daß wir die *Daedalus II* nach der Explosion nur aus Gründen der Sicherheitsvorkehrung auf die Startbahn bringen.« Jurij sah die Gruppe der Techniker ein letztes Mal an. Würden sie es tun? Was auch geschah, er mußte jetzt gehen und das Cockpit der *Daedalus II* überprüfen, bevor die morgendlichen Flugvorbereitungsteams eintrafen. »Viel Glück, Genossen. Ich möchte, daß um neun Uhr alles geregelt ist.«

Aus Gewohnheit bedachte er die Versammelten mit einem militärischen Gruß und schritt auf die Sicherheitstür zu. Augenblicke später war er draußen auf dem Korridor verschwunden.

»Laßt mich das Reden übernehmen«, sagte Grischkow, während er sich wieder den anderen zuwandte. »Und laßt Doktor Androw übersetzen. Denkt auch daran, daß er keine Ahnung von Jurij Andrejewitschs Absicht hat, das andere Flugzeug zu stehlen.«

Die Männer nickten zustimmend. Je weniger sie von jetzt an mit dieser Intrige zu tun hatten, dachten alle, desto besser war es für sie.

Dann öffnete sich die Tür. Neben Dr. Andrej Petrowitsch Androw stand ein hochgewachsener Mann, der gekleidet war wie ein sowjetischer Luftwaffenmajor. Als Grischkow ihn ansah, hatte er den flüchtigen Eindruck, daß Jurij Andrejewitsch unerwartet zurückgekommen war, so sehr ähnelte die Pose des Amerikaners der von Andrej Androws Sohn. In bezug auf Größe und

Figur kam die Ähnlichkeit nahezu einem Wunder gleich. Die Sache würde einfacher werden, als er zu hoffen gewagt hatte. Wenn man den Amerikaner in einen Druckanzug steckte und ihm einen Pilotenhelm aufsetzte, würde er leicht als ein anderer durchgehen.

»Er hat sich einverstanden erklärt, den Sprengstoff anzubringen«, sagte Andrej in russischer Sprache und deutete auf den Mann, der in einer Uniform neben ihm stand. »Begrüßen Sie den ›Genossen Major Jurij Andrejewitsch Androw‹.«

Freitag, 7.58 Uhr

Das Zimmer wirkte wie das Quartier eines hochrangigen Angehörigen der sowjetischen Belegschaft, der inzwischen in die UdSSR zurückgekehrt war. Es war bequem, wenn auch sparsam ausgestattet, und besaß sogar ein Computerterminal, einen kleinen NEC. Eva hatte ihn eingeschaltet und versucht, ein paar Dateien abzurufen, aber es wurde für alles ein Paßwort benötigt. Immerhin konnte sie ihn als Uhr benutzen. Während sie zusah, wie die Zeitangaben in der Ecke des Schirms aufblinkten, versuchte sie sich an das zu erinnern, was der sowjetische Major über den Terminplan gesagt hatte. Der erste Hyperschalltest der *Daedalus* war für neun Uhr dreißig angesetzt worden. In nur anderthalb Stunden würde es soweit sein.

Eva trug wieder ihre Londoner Kleidung, aber wo, zum Teufel, war ihr Koffer? Sie setzte sich auf die Kante des Einzelbetts und dachte nach. Wenn sie nur den Koffer in die Hände bekommen könnte. Vielleicht war die Uzi ja noch da.

In diesem Augenblick hörte sie draußen gedämpfte, aber scharfe japanische Töne – Wechsel der Wachposten. Die Minogumi-*Kobuns* hielten einen strikten Zeitplan ein, eine Präzision, die perfekt zu allem anderen in der Anlage paßte. Das Leben hier wurde nicht nach den Kaffeepausen gemessen, sondern nach der Präzision der Computer.

Die Tür öffnete sich, und einer der neuen *Kobuns* steckte seinen Kopf herein. Zuerst dachte sie, daß es sich nur um eine Routinekontrolle handelte, aber er starrte sie einen Moment lang stumm an und winkte dann. Sie stand auf und ging zu ihm hinüber. Dieser neue Gangster war mit einer 9mm Walther-Automatic P88 in einem Schulterholster bewaffnet. Draußen bedeutete ihr der andere Mino-gumi, mit ihnen zu kommen.

Da entdeckte sie ihren Koffer, der unmittelbar vor der Tür stand.

Da geht meine Chance, seufzte sie innerlich. Sie wollen mich in Bewegung halten und dafür sorgen, daß ich nicht lange genug an einem Ort bin, um irgend jemanden argwöhnisch werden zu lassen. So scheine ich nur ein weiterer Gast zu sein. Ohne ein Wort zu sagen, führten sie sie den Korridor zum Checkpoint Central hinunter. Alle *Kobuns* Tanzan Minos schienen in der Anlage volle Bewegungsfreiheit zu besitzen, denn die uniformierten Sicherheitsleute gaben sich nicht einmal die Mühe, nach einem Ausweis zu fragen. Sie mochten neue und fremde Besucher sein, die in diese abgeschlossene Welt gekommen waren, aber sie repräsentierten den Vorstandsvorsitzenden.

Jetzt gingen sie den Korridor hinunter, der zum Südquadranten führte. Auch hier waren die Wände grau, aber es handelte sich um einen Bereich, in dem sie bisher noch nicht gewesen war. Von dem sowjetischen Major namens Androw gab es diesmal jedoch kein Zeichen.

Schätze, er hat keine Scherze gemacht, als er von einem bevorstehenden wichtigen Testflug redete. Irgend etwas lag eindeutig in der Luft. Die Aktivitäten hatten zweifellos etwas Hektisches an sich. Warum also wurde sie inmitten dieses ganzen Chaos verlegt? Es ergab keinen Sinn.

Sie gingen auf eine massive, schwerbewachte Tür zu. Um was mochte es sich bei diesem Sektor handeln? Wieder einmal verbeugten sich die japanischen Wachposten nur und winkten ihre Mino-gumi-Eskorte durch.

Die breite Tür führte in einen weiteren Korridor, und sie wurde von lärmenden Geräuschen überwältigt. Motoren dröhnten, Stimmen brüllten, entweichende Gase zischten. Getöse und Krach umfingen sie von allen Seiten. Und dann erkannte sie den Grund: Es gab keine Decke. Selbst die »Büros« an den Seiten waren lediglich hochwandige Würfel, die man hier im Zugangsweg zu irgendeinem riesigen Raum aufgestellt hatte.

Sie befanden sich im Hangar.

Der eigentliche Eingang am Ende war abgesperrt und wurde bewacht, aber statt hindurchzugehen, machten sie vor der letzten Tür rechts halt.

Wer auch immer sie herbestellt hatte, es war nicht Tanzan Mino. Seine Truppe persönlicher *Kobuns* hatte sich nicht draußen aufgebaut. Tatsächlich waren überhaupt keine Wachposten vorhanden.

Ihre Begleiter in den Lederjacken machten die Tür auf, und dann trat der eine vor ihr, der andere nach ihr ein. Im Inneren befand sich ein großer Metallschreibtisch mit mehreren Telefonen und Schaltern.

Hinter dem Schreibtisch saß Vera Karanowa.

»Haben Sie gut geschlafen?« Sie blickte hoch und bedeutete den *Kobuns*, sich zu entfernen.

»Und Sie?« Eva musterte sie – das strenge schwarze Designerkostüm, zu dem sie eine Kette mit grauen Mikimoto-Perlen trug. Der Kontrast zu den Technikern, die draußen umherhasteten, hätte kaum größer sein können.

Mehr jedoch wurde ihre Aufmerksamkeit von einem Objekt in Anspruch genommen, das neben den Telefonen und Schaltern auf dem Schreibtisch stand: ein Zenith Turbo 486.

»Wir haben heute morgen etwas Zeit.« Vera ignorierte ihre Frage und strich sich über die sorgfältig frisierten dunklen Haare. »Ich denke, wir sollten sie produktiv nutzen.«

»Viel Glück, Genossin.«

»Es liegt nicht in unserem Interesse, wenn wir gegeneinander arbeiten«, fuhr Vera fort, immer noch in russischer Sprache. Im Vergleich zu dem Abend vorher war es zu einem überraschenden Wechsel im Tonfall gekommen. »Sie und ich haben sehr viel gemeinsam. Wir haben beide im Sicherheitsapparat unserer jeweiligen Länder auf hoher Ebene gearbeitet. Deshalb verstehen wir auch die Wichtigkeit strategischer Überlegungen. Und diese trennen uns.« Sie streckte die Hand aus und legte sie auf den Laptop-Computer. »Zu Beginn hätte ich gerne, daß Sie mir zeigen, wie Sie es geschafft haben, die Verschlüsselung des Protokolls zu knacken. Der Vorstandsvorsitzende war sehr beeindruckt.«

»Wenn er das wissen will, kann er mich selbst fragen.« Eva nahm auf einem Metallstuhl Platz.

»Er hat im Augenblick sehr viel zu tun«, sagte Vera, »und ist anderweitig beschäftigt.«

Das ist ein Vorwand, dachte Eva. Sie hat mich aus irgendeinem anderen Grund hergeholt.

Angesichts des Lärms, der durch die offene Decke hereindrang, war es schwierig, sich zu konzentrieren. Über ihnen rief eine Flutlichtanlage dunkle Schatten im Büro hervor. Und irgendwo dort draußen, dachte Eva, befand sich der Prototyp.

»Warum sagen Sie mir nicht, um was es Ihnen wirklich geht, Genossin? Oder besser noch, warum Sie sich dafür entschieden haben, mit all diesen Yakuza-Verbrechern gemeinsame Sache zu machen?«

Vera Karanowa lachte. »Sie sind Direktor bei der National Security Agency. Offenkundig sind Sie sehr kompetent. Und doch scheinen Sie und der Rest der amerikanischen Nachrichtendienste völlig blind zu sein. Sie nehmen die Bedeutung dessen, was um Sie herum passiert, nicht zur Kenntnis. Für den Fall, daß Sie es nicht gemerkt haben: Das sowjetische Militär wird demontiert, wird im Interesse der ökonomischen Umstrukturierung praktisch aufgelöst.«

»Das wurde auch höchste Zeit, wenn Sie mich fragen.«

»Das ist Ihre Meinung. Der kalte Krieg hat, ob uns das nun gefiel oder nicht, in der Welt eine überschaubare Struktur aufrechterhalten. Sowohl der Osten als auch der Westen haben sich angestrengt, Länder der dritten Welt zu unterstützen und zu stabilisieren, um sie nicht ins Lager der anderen Seite geraten zu lassen. Aber mit dem Nachlassen des kalten Kriegs entsteht überall Desintegration. Die Entmilitarisierung führt zu weltweiter politischer und ökonomischer Anarchie.«

Das stimmt, dachte Eva. Aber du hast eine andere interessante Tatsache ausgelassen: Während die Supermächte dabei waren, alle zu »stabilisieren« und ihre Ressourcen an gleichgewichtiges militärisches Spielzeug zu verschwenden, statt in ihre eigene Infrastruktur zu investieren, sind die Japaner reich geworden. Sie würden eine Fortsetzung des kalten Krieges nicht ungern sehen.

»Dieses Flugzeug«, fuhr Vera fort, »kann die Weltordnung wiederherstellen.« Sie machte eine Pause, fuhr dann fort. »Aber nur, wenn es sich in den Händen unserer Luftwaffe befindet, von heute an.«

»Schluß mit der neuen Denkweise?«

»Die Sowjetunion steht am Rande des ökonomischen Desasters. Die Perestroika hat unser Land ins Chaos gestürzt. Die Zeit ist gekommen, um zuzugeben, daß der Revisionismus versagt hat.«

»Wo ist der gute alte Onkel Josef, wenn man ihn braucht?« lächelte Eva. »Stalin hat dafür gesorgt, daß die Züge im Gulag pünktlich fahren.«

»Unsere Umstrukturierung ist zu weit gegangen«, fuhr Vera fort. »Es gibt Grenzen, über die hinaus eine Gesellschaft Veränderungen nicht länger ertragen kann.«

Eva blickte sie an. »Wenn ich Sie recht verstehe, planen das KGB und Ihre militärischen Rechtsaußen einen Staatsstreich, ja?«

»Es gibt noch immer verantwortungsbewußte Menschen in

der Sowjetunion, die glauben, daß unser Land es wert ist, gerettet zu werden, Dr. Borodin.«

Mein Gott, dachte Eva, ihre Hardliner planen, dieses Flugzeug unter ihre Kontrolle zu bringen und es dazu zu benutzen, den kalten Krieg wiederaufflammen zu lassen. Dies wird das sowjetische Militär neu beleben, genau wie der Wettkampf um die H-Bombe.

»Es ist unsere letzte Chance«, sprach Vera weiter, während sie die Hand ausstreckte und den Computer einschaltete. »Wenn wir jedoch Erfolg haben wollen, müssen die Bedingungen des Protokolls gewissen Revisionen unterzogen werden.«

»Glauben Sie wirklich, Sie kommen damit durch?«

»An dieser Stelle kommen Sie ins Spiel«, fuhr Vera fort. »Aber zuerst sollte ich Ihnen vielleicht etwas zeigen.«

Sie drückte einen Knopf auf dem Schreibtisch, was bewirkte, daß sich die Jalousie an der zum Hangar hin gelegenen Büroseite langsam hob. »Ich möchte, daß Sie die *Daedalus* sehen.« Sie deutete auf das Fenster. »Vielleicht werden Sie die Bedeutung des Flugzeugs dann besser zu würdigen wissen.«

Durch die Glasscheibe sah sie in einen mächtigen Hangar, der in weißen Dampf eingehüllt war. Tiefgefrorener, flüssiger Wasserstoff erzeugte Wolken künstlichen Kondensats, kalten Nebel, der die Armee umhereilender Techniker umfing. Oberhalb des Dunstes konnte Eva zwei gigantische Flugzeuge ausmachen. Ihre Flügel fingen fast am Cockpit an, verbreiterten sich dann über die volle Länge des Flugzeugs, bevor sie kurz vor der hohen Schwanzkonstruktion abrupt endeten. Seite an Seite stehend, sahen sie aus wie riesige Gleiter, abgesehen davon, daß sich unter den Flügeln Batterien von mächtigen Motoren befanden, die größer waren als alle, die sie je zuvor gesehen hatte.

»Das ist also der Prototyp, von dem im Protokoll die Rede ist.«

Sie waren atemberaubend schön. Vielleicht sahen alle Hochleistungsflugzeuge schnittig aus, aber diese beiden besaßen eine einzigartige Eleganz. Die Vision, die ein Kind von einem Papierflugzeug hatte, wiedergeboren als die mächtigste Maschine, die jeweils vom Menschen geschaffen worden war.

»Ich dachte mir, daß Sie gerne die letzten Vorbereitungen zu unserem ersten Hyperschallflug sehen möchten«, sagte Vera. »Bisher ist eins der beiden Flugzeuge, das auf der linken Seite...«, sie deutete mit der Hand darauf, »... bis Mach 4,5 geflogen worden. Der heutige Test wird die Maschine in den Hyperschallbereich bringen – fünfundzwanzigtausend Stundenkilometer.«

Sie haben den Westen mit einem großen Sprung überholt, führte sich Eva plötzlich vor Augen. Es ist das Raumflugzeug X-30, von dessen Verwirklichung Amerika im nächsten Jahrhundert träumt. Nur daß es hier bereits steht.

»So wie es aussieht, würde ich sagen, daß Sie im Zeitplan liegen.«

Vera ließ auf dem Schreibtisch etwas klicken, und auf dem oberen Teil eines Bildschirms erschien eine blinkende Zahl. Es war der Countdown. Der Zeitpunkt des Starts war weniger als eine Stunde entfernt.

»Ja, bisher hat es keine Verzögerung gegeben. Obwohl es heute trübe ist und die Wolken tief hängen, erwarten wir keine wetterbedingten Verzögerungen wie bei dem amerikanischen Space Shuttle. Tatsächlich ist dieses Flugzeug wetterunabhängig, weil es wie eine normale Passagiermaschine von der Startbahn abhebt.«

Kein Wunder, daß sich der Testpilot Androw so großartig vorkam, dachte Eva. Dies mußte der Traum eines jeden Fliegers sein.

»Eine Frage. Warum zeigen Sie mir das alles?«

»Wie ich schon sagte, es gibt da etwas, was ich brauche.« Vera machte eine Pause, und während des Schweigens lauschte Eva dem wachsenden Lärm draußen im Hangar. »Nach dem Testflug heute morgen ist vorgesehen, daß der Prototyp dem

Obersten Sowjet überstellt wird. Dies darf jedoch nicht geschehen. Folglich müssen Änderungen im Protokoll vorgenommen werden.« Sie schaltete den Laptop-Computer ein. Er summte leise, dann begann sich der Bildschirm zu erhellen. »Diese Änderungen müssen gegenwärtig den Systemcomputern hier in der Anlage vorenthalten bleiben, und so wäre Ihre Kopie des Textes die ideale Grundlage für einen ersten Entwurf.«

»Sie haben ein krummes Ding vor.« Eva starrte sie an. »Sie wollen an den Vertragsbedingungen herumpfuschen und dieses Flugzeug Ihrer Luftwaffe in die Hände spielen. Sehr einfallsreich.«

»Das ist richtig. Und Sie werden mir dabei helfen, Dr. Borodin. Sie werden Ihren Text abrufen und mir eine Kopie ausdrukken.«

Süße, du bist ein ganz schlimmes Mädchen, dachte Eva und sagte: »Warum sich die Mühe machen, es noch einmal zu drukken? Tut mir leid, Ihnen sagen zu müssen, daß ich bereits eine Kopie angefertigt habe. Sie ist in meinem Koffer.«

»Wir haben Ihr Gepäck durchsucht. Da ist nichts.«

»Dann haben Sie nicht genau genug hingesehen.« Vielleicht war dies ihre Chance. »Schicken Sie einen Ihrer Killer, um den Koffer zu holen.«

»Nun gut.« Vera streckte die Hand nach einem Knopf auf dem Schreibtisch aus.

Eva wandte sich ab und blickte wieder in den weißen Nebel hinaus. Irgend etwas passierte jetzt. Ein motorisierter Karren fuhr vor, und zwei Männer in Druckanzügen stiegen ab. Das mußten die Piloten sein.

Der erste, der den Karren verließ, winkte den japanischen Technikern bereits majestätisch zu. Das mußte Androw sein, der sowjetische Pilot. Ja, er war es, großartiges Gehabe und alles.

Dann stieg die zweite Gestalt im Druckanzug ab. Dies mußte, nahm sie an, einer der grünen Jungs von Mino Industries sein, über die sich Androw beschwert hatte. Es sah so aus, als ob er mit seinem Verlangen, allein im Cockpit zu sitzen, nicht allzuweit gekommen war.

Der Gang.

Erinnerungen an eine Tauchtour nach Cozumel vor vielen Jahren wurden plötzlich wach. Sie waren an den Nordriffen gewesen, trugen Sauerstoffflaschen und bewunderten die vielfarbigen Korallenbänke. Später dann, als sie an den Strand schwankten, hatte sie über sein froschfüßiges Watscheln gelacht.

Michael!

19.

Freitag, 8.37 Uhr

Als Vance von dem Motorkarren stieg, war der Hangar um ihn herum in weiße Rauchschwaden eingehüllt. Die wirbelnde Wolke über dem Boden, das geisterhafte Licht- und Schattenspiel der Lampen, die Lautsprecherstimme, die den Countdown herunterzählte – all dies trug zur Fremdartigkeit der Szene bei. Und aus dem Tumult ragten die beiden riesigen Raumflugzeuge hervor, silberne Monolithen, die über dem fahlen Nebel zu schweben schienen.

Triumphwagen der Götter, dachte er, während er in die Höhe blickte.

Die russischen Techniker hatten ihn sorgfältig genauso ausstaffiert wie Jurij Androw, bis hinunter zu den Stiefeln. Direkt auf der Haut saßen der dunkelblaue Pilotenanzug und die mit einem Stoffrand versehene Ledermütze, die an alle sowjetischen Piloten ausgegeben wurde, und darüber trug er einen Druckanzug aus schwerem synthetischem Material. Es fühlte sich an wie eine Mischung aus Nylon und Teflon. Den krönenden Abschluß bildete der Pilotenhelm mit dem getönten Visier, das günstigerweise alle daran hinderte, sein Gesicht zu erkennen.

Obwohl der Helm sein peripheres Sichtvermögen einschränkte, konnte er durch die außen angebrachten Helmmikrophone sehr gut hören. Sie ließen die lärmenden Hangargeräusche allerdings metallen und künstlich klingen. Ein unsichtbar mit Klebeband befestigtes Symbol der minoischen Doppelaxt schmückte seine Brust. Er spielte die Rolle eines Mino-Industries-Piloten.

Obwohl sie ihm unvertraut war, fühlte sich seine Ausrüstung ähnlich wie der Gummianzug an, den er beim Tiefseetauchen anlegte. Die beiden Schläuche, die an seinem Unterleib angeschlossen waren, könnten die Verbindungen zu den Lufttanks und sein Helm die Sauerstoffmaske gewesen sein. Jedenfalls war es genauso unbequem. Nur die verdammten Schwimmflossen fehlten.

Da sein RX-10-g-Anzug für Flüge in großen Höhen entworfen war, um für den Fall eines Druckabfalls im Cockpit auch als Nothilfe zu dienen, mußte er sein eigenes Umweltkontrollaggregat bei sich tragen, einen weißen, batteriebetriebenen Klimaregler von der Größe eines Aktenkoffers. Er summte leise, während er das Innere seines Anzugs kühlte und entfeuchtete, wodurch die Scheibe vor seinem Gesicht trocken gehalten wurde. Die wiederaufbereitete Luft, die er atmete, schmeckte schal und etwas synthetisch.

Das unbequemste und fraglos auch nervtötendste von allem waren jedoch die sechs Stäbe C-4-Plastiksprengstoff und ihre per Funk kontrollierten Zünder, die an seiner Brust befestigt waren.

Da ihn die sowjetischen Techniker in einem separaten Raum angezogen hatten, um jeden Kontakt mit den Mino-Industries-Ärzten zu vermeiden, die Androw der letzten medizinischen Untersuchung vor dem Flugzeugtest unterzogen, war ihm Jurij Andrejewitsch Androw bisher nur flüchtig zu Gesicht gekommen. Er besaß einen Partner und hatte ihn noch nicht einmal richtig gesehen.

»Der andere Mino-Industries-Pilot wird in wenigen Minuten

eintreffen«, gab Androw den weißbekittelten japanischen Technikern bekannt, die am Personalmodul standen. »Er ist bei der Einsatzbesprechung aufgehalten worden.« In ihrem Interesse sprach er Englisch, was er zu Vances Überraschung und Erleichterung nahezu perfekt tat. Sie nickten, als er weitersprach. »Wir gehen nur eben im Modul nach oben. Ich möchte das Cockpit noch ein letztes Mal überprüfen, um sicher zu sein, daß nicht in letzter Minute etwas schiefläuft.«

Das Personalmodul ähnelte einem kleinen Wohnwagen, nur daß es von seinem pneumatischen Lift zwanzig Meter hoch in die Luft getragen werden konnte und den direkten Zugang zur Seitenluke des Cockpits ermöglichte. Es war Welten entfernt von der fünf Meter langen Metalleiter, über die man das Cockpit einer MiG erreichte.

»Flugdeck.« Er sprach in sein Helmmikro und deutete nach oben. »Verstanden? Cockpit.« Dann drehte er sich um, bedeutete Vance, ihm zu folgen, und trat ein.

»*Hai*«, sagte Vance scharf im japanischen Stil und nickte. »*Wakarimasu.*«

Hoffen wir, daß der Dunst weiterhin die Sicht einschränkt, dachte er. Hier gibt es mit Sicherheit überall Monitoren. Und dieser schicke Anzug ist wahrscheinlich auch mit Wanzen gespickt.

Die Informationen aus der Kommandozentrale besagten, daß Tanzan Minos zwei Yakuza-Piloten gegenwärtig die letzten Anweisungen vom Vorstandsvorsitzenden höchstpersönlich bekamen. Dennoch würden sie bald auftauchen. Zum Trödeln war keine Zeit.

Die Techniker schlossen die Tür des Moduls, aktivierten dann den Liftmechanismus. Als der Aufzug nach oben glitt, warf Androw Vance einen Blick zu und hielt wortlos den Daumen hoch. Er gab das Zeichen zurück, setzte dann den schweren Klimaregler ab und verlagerte das Gewicht von einem Fuß auf den anderen, um endlich ein Gefühl für den Anzug zu bekommen.

Vielleicht, sagte er sich, ist dieses Testpilotenspiel einfacher, als es aussieht. Aber nur, solange man nicht tatsächlich den festen Boden verlassen muß. Dann gibt es wahrscheinlich mehr Aufregung, als der Durchschnittsmensch gebrauchen kann.

Die Aufwärtsbewegung endete mit einem Ruck, und die Modultür glitt automatisch auf. Auf den ersten Blick ließ ihn das offene Cockpit des jüngsten Flugzeugs der UdSSR an das Innere eines gigantischen Computers denken. Es war nichts zu sehen von dem augenfreundlichen Grün des Innenraums einer MiG. Statt dessen hatte das Cockpit eine grauweiße Farbe und eine zylindrische Form, etwa drei Meter im Durchmesser und fünf Meter lang. Drei futuristische g-Sitze waren in gleichmäßigen Abständen im Zentrum vor einer Batterie von Flüssigkristallbildschirmen angebracht, und für die Beleuchtung sorgten blasse orangefarbene Natriumdampflampen, die in die Decke eingearbeitet waren.

Im Brennpunkt von allem stand eindeutig der mittlere g-Sitz, der von Instrumentenkonsolen umgeben war und unter einem großen weißen Emaillehelm stand, der die Form eines aufgedunsenen Nachtfalters hatte. Alles an den Kontrollinstrumenten sprach von fortgeschrittener Design-Philosophie: Statt des üblichen Steuerknüppels zwischen den Knien des Piloten gab es einen Mehrzweckhebel, der mit Schaltern und Knöpfen bedeckt und rechts vom Piloten angebracht war – eine Anordnung, die man erst kürzlich bei der ultramodernen amerikanischen F-16 Falcon eingeführt hatte.

Obwohl der Gashebel nach wie vor standardmäßig an der linken Konsole angebracht war, hatte man den Griff kunstvoll so entworfen, daß er das kritische elektronische Kontrollsystem aufnehmen konnte: die multiplen Radars, die Instrumente zur Freund-Feind-Erkennung *(IFF)*, das Instrumentenlandungssystem *(ILS)* und die taktische Luftnavigation *(TACAN)*.

Vance erkannte, daß sie das neue Hotas-Konzept angewandt hatten (hands on throttle and stick), bei dem alle wichtigen Kontrollen unmittelbar in Gashebel und Steuerknüppel eingebaut waren und es dem Piloten dadurch ermöglichten, die Instrumente und Flugsysteme allein mit Gefühl zu handhaben wie eine Schreibmaschinenvirtuosin. Selbst die schmalen Ruderpedale sahen futuristisch aus. Die ganze Anordnung, in strengen Schwarz- und Grautönen gehalten, wirkte schnittig wie ein Pfeil.

Letzten Endes jedoch war das vielleicht alles überflüssig. Wie Andrej Androw gesagt hatte, besaß dieses Flugzeug ein fortgeschrittenes Kontrollsystem mit dem Namen *Equipement vocal pour aéronef*. Es konnte ganz allein per Stimmen-Interface mit einem Künstliche-Intelligenz-Computer geflogen werden. Alle Nachfragen, Kommandos und Anzeigen in bezug auf Flug und Navigation konnten verbal abgewickelt werden. Man sprach einfach mit dem verdammten Ding, und es antwortete. Das einundzwanzigste Jahrhundert war gekommen.

Die anderen beiden g-Sitze im Cockpit, bestimmt für Begleiter, die wissenschaftliche Forschungen durchführten, befanden sich links und rechts vom Piloten und besaßen keinerlei Kontrollinstrumente. Dieses Baby brauchte nur Androw und seinen Computer.

Es gab noch mehr. Der Raum war zylindrisch, was nur eins bedeuten konnte: Er war so entworfen, daß er gedreht werden konnte, vermutlich ebenfalls durch den Computer, um die Körperhaltung oder den Neigungswinkel des Piloten ständig anzupassen, so daß die g-Kräfte bei Beschleunigung und Geschwindigkeitsverringerung wie die Schwerkraft immer von oben auf ihn einwirkten und auf seinem Spezialsitz festhielten. Und warum auch nicht? Da es keine Windschutzscheibe gab, war es irrelevant, in welche Richtung der Pilot blickte – nach oben, unten oder sogar nach hinten. Wen kümmerte es?

Und dann der Helm, dieser mächtige Raumfalter, der dazu bestimmt war, über den Kopf des Piloten gesenkt zu werden. Aus den Instruktionen wußte er, daß der Pilot durch die Bildschirme in seinem Helminneren »sah«. Per Stimmenkommando an den Zentralcomputer konnte er jedes der drei Dutzend Videoterminals an den Wänden anrufen und seine Bilder auf die Flüssigkristallschirme vor seinen Augen holen.

»So weit, so gut«, sagte Androw und stieg ins Cockpit.

Vance folgte ihm, griff dann nach hinten, um die Luke wieder zuzumachen. Sie schloß sich mit einem dumpfen, beruhigenden Geräusch. Das stumme Blinken der Computerschirme umfing ihn.

»Bei der Gelegenheit, sie ist da oben«, sagte Vance leise und deutete mit dem Kopf auf die frisch installierte Videokamera unmittelbar oberhalb der Einstiegsluke. Androw blickte hoch, nickte, und dann wandten sie sich beide von ihr ab. Ohne weitere Worte zu verlieren, rissen sie anschließend ihre mit Klebeband angebrachten Insignien ab – Androw den in Weiß eingerahmten roten Stern der sowjetischen Luftwaffe, Vance die Doppelaxt – und tauschten sie aus.

»Wieviel Zeit?« flüsterte Androw.

»Geben Sie mir zehn Minuten.« Er hielt seine schwere Armbanduhr hoch. Gemeinsam stellten sie die Zeit fest und stimmten sie aufeinander ab.

»Viel Glück.« Androw nickte ihm zu, machte erneut das Daumenzeichen und umarmte ihn dann ungelenk auf russische Art und Weise. Vance wappnete sich gegen den traditionellen Männerkuß, aber Gott sei Dank blieb dieser aus. *»Do svidania, moi droog«*, sagte er zum Abschluß, trat zurück und salutierte. Dann grinste er und fuhr in akzentuiertem Englisch fort: »Alles wird okay sein.«

Ohne ein weiteres Wort schwang er die Luke auf, schlüpfte hindurch und stieg in das Personalmodul.

Vance beobachtete seinen Abgang und drehte sich dann um, um das Cockpit der *Daedalus* eingehender zu inspizieren. Es war ein echtes Wunder.

Bildschirme, Batterien von Bildschirmen überall an der Wand – fast wie im Kontrollraum einer Fernsehstation. Von links nach rechts blickend, sah er, daß die Motorenanzeigen oben zu finden waren: Schubkraft, Drehzahl des Gebläses, Motorentemperatur, Turbinendrehzahl, Öldruck, Hydraulik, der gesamte Status der Kraftanlage. Die nächste Reihe begann mit den Navigationsanzeigen und dem elektronischen Kontrollsystem: Radarhöhenmesser, Luftgeschwindigkeitsanzeiger, Positionsanzeiger und so weiter. Alle elektronischen Module waren bereits arbeitsbereit – die Radargeräte, die Antennenanlagen, das hochauflösende Doppler-System. Andere Schirme zeigten den Blick auf den Hangar, den die jetzt von infrarotem auf sichtbares Licht umgeschalteten Videokameras am Fahrstuhl hatten.

Die elektronischen digitalen Kontrollanzeigen waren offensichtlich unmittelbar mit den Knöpfen und Schaltern am Steuerknüppel, am Gashebel und an den beiden Konsolen verbunden. Wie ihm bei einer eingehenderen Inspektion klarwurde, konnten diese Kontrollen, je nachdem welche Anzeige angesprochen wurde, ihre Funktion ändern, wodurch das Gewirr von separaten Knöpfen und Schaltern an den Handgriffen eingeschränkt wurde.

Das Cockpit wirkte vom Design her nicht übertrieben, wozu viele moderne Neuentwicklungen tendierten. Statt dessen war völlig umgedacht worden. Es gab vermutlich zweihundert verschiedene Systemanzeigen und -kontrollen, aber das Interface des Piloten war einfach und vollkommen integriert. Es war wunderschön, ein reines Kunstwerk.

Was Vance traurig stimmte. Er war immer ein Luftfahrtliebhaber gewesen, und der Gedanke, eine solch spektakuläre Schöpfung vernichten zu müssen, ließ ihn aufseufzen.

Andererseits waren H-Bomben vermutlich ebenfalls schön. Er hatte hier einen weiteren rachedürstenden Shiva vor sich, den Weltenzerstörer. Den Planeten von seinem ersten hyperschallschnellen Waffenträgersystem zu befreien war ein Dienst an der ganzen Menschheit.

Aber eins nach dem anderen. Er hatte nicht die Absicht, seine nächsten Aktionen beobachten zu lassen. Der frisch installierte Monitor, Teil der »Modifikation«, hatte eine kleine Neueinstellung nötig.

Er schlenderte zur Einstiegsluke zurück und entfernte schnell das reflektierende äußere Visier, das dem Zweck diente, über die Frontseite seines Pilotenhelms geklappt zu werden. Dann streckte er die Hand aus und klammerte das silberne Teil gegen die Linse. Die Kamera würde weiterarbeiten, ohne eine Störung zu melden, aber sie würde jetzt ein Bild der Decke senden. Als nächstes öffnete er den Reißverschluß seines Fluganzugs und schnallte vorsichtig das Päckchen ab, das er an der Brust trug. Darin befanden sich die sechs karamelfarbenen Stäbe mit C-4-Plastiksprengstoff. Jeder von ihnen war zweieinhalb Zentimeter breit und fünfzehn Zentimeter lang, und alle waren in durchsichtigem Zellophan eingepackt. Sie sahen fast wie Zuckerstangen aus, aber sie konnten das ganze Flugzeug durch das Dach des Hangars jagen.

Die Ladung mußte angebracht werden, bevor die beiden Mino-gumi-Piloten mit dem Personalmodul nach oben gebracht wurden. Wenn sie eintrafen, würde er einfach behaupten, Jurij Androw zu sein, und sagen, daß sie alle noch einmal nach unten gehen müßten, um die Druckanzüge ein letztes Mal zu überprüfen. In dem Augenblick, in dem sie in Sicherheit waren, würde er das Funksignal geben und die Detonation auslösen. Dann würde der Spaß beginnen.

Dort. Die beiden Konsolen links und rechts vom zentralen g-Sitz – da würde er die Ladungen befestigen. Es war die ideale Stelle, das zentrale Nervensystem. Nach einem letzten wehmütigen Blick auf die Bildschirmbatterien an der Wand machte er sich an die Arbeit.

Freitag, 8.43 Uhr

»Haben Sie verstanden?« fragte Tanzan Mino. Es klang mehr wie ein Befehl. Sie befanden sich in einem Mino-Industries-Besprechungszimmer, das direkt zum Hangar führte. Die Sichtscheiben der beiden Pilotenhelme waren hochgeklappt, so daß er ihre Augen sehen konnte. »Jedwede Abweichung von den festgelegten Manöverblöcken signalisiert ein Problem.«

»*Hai*, Mino-sama.« Beide Männer nickten grimmig. Sie waren im Cockpit seiner privaten Boeing hierhergekommen und gar nicht glücklich mit ihrer neuen Aufgabe. Keiner der beiden hatte auch nur entfernt den Wunsch, sein Leben im Interesse des Größenwahns des *Oyabuns* zu riskieren. Die Anweisung, in letzter Minute als »Co-Piloten« der *Daedalus* einzuspringen, war jedoch ein Angebot, das sie nicht ablehnen konnten.

»Sollte irgend etwas passieren, setzen Sie sich augenblicklich per Funk mit der Flugkontrolle in Verbindung, und wir werden das *KI*-Modul, das Künstliche-Intelligenz-System des Flugzeugs benutzen, um es zurückzuholen und zu landen.«

»*Hai.*« Sie nickten abermals.

»Es wird von Ihnen nicht erwartet, daß Sie die Kontrolle übernehmen«, fuhr Tanzan Mino fort. »Der Computer steuert alles. Sie sollen lediglich sicherstellen, daß die vorgesehene Flugsequenz eingehalten wird.«

Er hielt inne, um seine Gedanken zu ordnen, aber da erweckte etwas Eigenartiges auf dem neuinstallierten Cockpit-Monitor seine Aufmerksamkeit. Er verfluchte sich selbst, weil er den Bildschirm nicht im Auge behalten hatte. Er war mit der Unterweisung der Piloten zu beschäftigt gewesen, und nun…

Etwas an dem Bild war seltsam. Die Perspektive hatte sich verändert. Er streckte die Hand aus und holte das Bild durch einen Knopfdruck auf den großen Flüssigkristallschirm an der Seitenwand. Ja, da stimmte eindeutig etwas nicht. Er konnte es nicht ganz genau sagen, aber…

War jemand gegen die Kamera gestoßen? Es dauerte noch eine halbe Stunde, bis...

Irgend etwas war im Cockpit passiert.

Die Wartungsmannschaften sollten gemäß Zeitplan inzwischen fertig sein – er blickte auf einen Schirm und stellte fest, daß die Checkliste bereits abgehakt war –, und so hatte niemand ein Recht, jetzt im Inneren des Flugzeugs zu sein. Von jetzt an waren nur die Piloten autorisiert, sich dort aufzuhalten.

Androw. Wo war er? Er sollte eigentlich im Sektor der sowjetischen Flugvorbereitung sein, gegenüber dem Hangar.

Er wandte sich an Taro Ikeda, der eine Reihe von Bildschirmen überwachte. »Setzen Sie sich mit der Flugvorbereitung in Verbindung. Hat der sowjetische Pilot seine medizinische Untersuchung hinter sich? Liegt der Bericht vor?«

»Lassen Sie mich sehen.« Ikeda kam der Aufforderung sofort nach. Nachdem er ein Keybord bedient hatte, erschien eine Zahlenmatrix auf seinem Computerschirm, die den Stand aller Sequenzen vor dem Start zeigte. Schnell rief er die Pilotensequenz ab.

»Seine medizinische Untersuchung ist abgeschlossen, Mino-sama. Alles ist abgehakt. Er ist vor fünfzehn Minuten gegangen.«

»Wo ist er jetzt?«

»Ich werde versuchen, es herauszufinden.«

Taro Ikeda griff nach einem Telefon und wählte die Hauptnummer des Flugvorbereitungssektors. Die anschließende Unterhaltung war hitzig, und in ihrem Verlauf legte sich ein Ausdruck der Verwunderung über sein besorgtes Gesicht.

»*Hai, domo arigato gozaimashta*«, sagte er schließlich und legte auf. Als er sich umdrehte, war er weiß wie eine Wand. »Mino-sama, ich glaube, es könnte ein Problem geben. Sie sagen, daß er den Sektor bereits verlassen hat, aber...«

»Schon gut, wohin ist er gegangen?«

»Der Sicherheitsdienst des Sektors sagt, daß er zusammen

mit einem Ihrer Piloten gegangen ist, Mino-sama. In Richtung Hangar.«

Der Raum versank in bedeutungsschwerem Schweigen. Sie starrten jetzt beide die zwei Mino-Industries-Piloten an, die unmittelbar vor ihnen standen.

»Da muß ein Irrtum vorliegen.« Tanzan Mino zog scharf die Luft ein. »Sind Sie sicher, daß Sie richtig verstanden haben?«

»Es ist offensichtlich unmöglich. Da stimme ich zu.«

»Was geht dann vor? Was auch immer es ist, wir sollten es besser herausfinden. Sofort.« Tanzan Mino stand auf, bedeutete den beiden Piloten, ihn zu begleiten, und schritt auf die Tür zu. »Bleiben Sie in meiner Nähe. Wir gehen zum Hangar.«

Eilig folgte ihnen Ikeda in den Korridor. Wenn jetzt etwas schiefging, würde man ihn verantwortlich machen. Irgendwelcher Vandalismus im Cockpit war das letzte, was er brauchen konnte. Bis zu diesem Morgen war mit dem Countdown alles glattgegangen. Er schauderte bei der Aussicht auf eine Störung in letzter Minute.

Vor ihm schritt Tanzan Mino mit seinen *Kobun*-Leibwächtern im Schlepptau direkt auf die breite Hangartür zu.

Freitag, 8.49 Uhr

Eva hatte immer noch Schwierigkeiten, klar zu denken. Michael war im Hangar, war tatsächlich in einem der Flugzeuge. Was tat er dort?

Sie nahm kaum zur Kenntnis, daß ein *Kobun* hereinkam und ihren Koffer auf den Metalltisch stellte. Er blickte sie an, sagte etwas auf japanisch und verschwand wieder.

Der Koffer bestand aus dickem Leder. Sie hatte ihn in einem Laden in einer kleinen Seitenstraße unweit der Victoria Station gekauft. Er sah noch genauso aus wie in London, wo Michael und sie die Uzi verstaut hatten. Ganz bewußt hatten sie einen Koffer gekauft, der schwer genug war, um eine Waffe darin zu verstecken. War er von Minos Leuten durchsucht worden? Hatten sie die Automatic gefunden?

»Ist er das?« fragte Vera.

»Das ist er.« Eva griff danach.

»Nein«, sagte Vera und hielt ihre Hand fest. »Ich öffne ihn selbst.« Mit einer schnellen Bewegung zog sie den Reißverschluß auf und klappte den schweren Lederdeckel zurück. Im Koffer lagen eine stark mitgenommene Karte Kretas, darunter Michaels Buch über den Tempel, Bündel von zerknitterten Kleidern...

So war es eigentlich nicht geplant, dachte sie. Die Automatic befand sich unten im Boden, in einem separaten Fach, aber wenn Vera richtig suchte, würde sie sie finden. Ich muß sie...

»Hier ist kein Ausdruck.« Die Genossin Karanowa hörte auf, die Kleider zu durchwühlen, und blickte hoch. »Aber es war ja auch nie einer da, nicht wahr, Dr. Borodin? Vielleicht wollten Sie das hier finden!«

Sie öffnete die oberste Schublade des Metallschreibtischs und holte eine glänzende schwarze Automatic hervor. Es war eine Uzi.

»Sie haben doch nicht wirklich gedacht, daß Sie etwas so Amateurhaftes tun können – eine Waffe in diese Anlage einzuschmuggeln?« Sie schob sie wieder in die Schublade.

»Meinen Glückwunsch. Sie haben Ihre Hausaufgaben gemacht.« Soweit also der Versuch, Vera Karanowa zu überraschen. Offenbar war das nicht so leicht möglich.

»Nun wollen wir eine neue Kopie des Protokolls ausdrukken«, sagte Vera und schob den Koffer in eine Ecke des Schreibtischs. »Ich möchte keine weitere Zeit verschwenden.«

»Richtig. Zeit ist Geld.«

Jetzt lag also alles bei Michael. Wenn sie Vera lange genug aufhalten konnte, würde das, was er plante, vielleicht bald passieren.

Als Eva auf den in Dunst gehüllten Boden des Hangars hinausblickte, fragte sie sich flüchtig, ob sie sich das alles eingebildet hatte. Nein, sie war sich sicher. Diesen Gang, diesen komischen Gang, den er immer an sich hatte, wenn er etwas nicht unter Kontrolle hatte, kannte sie zu gut. Sie kannte *ihn* zu gut. Er war gemeinsam mit dem sowjetischen Piloten in dem kleinen Motorwagen im Hangar angekommen, und alle beide hatten den hydraulischen Personaltransporter bestiegen und waren zum Cockpit hochgetragen worden. Dann war der Transporter wieder nach unten gekommen und hatte den sowjetischen Piloten abgesetzt, der dann augenblicklich im Nebel verschwunden war. Was bedeutete, daß sich Michael noch immer oben befinden mußte.

Was tat er da? Machte er jetzt mit den Sowjets gemeinsame Sache? Er würde ganz bestimmt nicht für Tanzan Mino arbeiten, und das bedeutete, daß sich eine Revolte zusammenbraute. Es galt also jetzt, wieder zusammenzukommen und die Kräfte zu vereinen. Aber wie?

O verflucht!

Durch die breite Hangartür kamen, mit Zielrichtung auf denselben Personaltransporter, den Vance benutzt hatte, Tanzan Mino und ein Trupp seiner *Kobun*-Leibwächter, gefolgt von zwei weiteren Männern in Druckanzügen. Mino sah ganz so aus, als ob er die Absicht hätte... Ja, jetzt sagte er etwas zu den Männern, die den Personaltransporter bedienten. Sie alle wollten nach oben.

Was auch immer Michael tat – Mino-san würde nicht erfreut darüber sein. Hatte Michael eine Waffe? Aber selbst wenn er eine besaß, würde er keine Chance haben.

Freitag, 8.52 Uhr

»Hoch damit!«

Tanzan Mino stieg die Stufen des Personalmoduls hinauf, begleitet von sechs *Kobuns* in schwarzen Lederjacken und den Mino-Industries-Piloten.

Die Männer der Bedienungsmannschaft sahen sich an, setzten sich dann in Bewegung, um die Anweisung zu befolgen. Ein japanischer Pilot war gerade nach unten gekommen und im Nebel verschwunden. Jetzt waren zwei weitere eingetroffen, in Begleitung des Vorstandsvorsitzenden. Gab es *drei* japanische Piloten? Die Dinge wurden langsam eigenartig. Aber immerhin, dies war kein normaler Flug. Es war der ganz große.

Die Tür schloß sich mit einem leisen pneumatischen Zischen, und das Modul begann mit dem Aufstieg. Während der Fahrt dachte Tanzan Mino daran, daß dieses Flugzeug in weniger als einer Stunde neue Rekorde bei bemannten Flügen aufstellen würde. Die Welt würde davon in einer Pressekonferenz erfahren, die er in Tokio abhalten wollte, live übertragen rund um den Globus. Bei dieser Pressekonferenz war auch die Bekanntgabe der neuen Allianz zwischen Japan und der Sowjetunion geplant. Es würde ein Doppelschlag sein. Die Geopolitik des Planeten würde nie wieder dieselbe sein.

Das Modul kam sanft zum Halten, und die Tür öffnete sich.

Er hatte recht gehabt. Die Cockpitluke war zugesperrt, was bedeutete, daß jemand im Inneren war. Der sowjetische Pilot mußte irgend etwas vorhaben. Aber was?

Dann begann sich die Druckluke unvermutet zu öffnen. Sie schwang nach innen, und dort, unmittelbar hinter dem Eingang, stand ein Mann im Druckanzug. Im Augenblick befand sich kein Visier vor seinem Helm, das sein Gesicht verbergen konnte.

Freitag, 8.53 Uhr

Vance starrte die kleine Armee an, die ihm gegenüberstand, darunter Tanzan Mino und seine beiden Piloten. Dies entsprach eindeutig nicht dem Plan. Irgend etwas war ziemlich schiefgelaufen. Hatte jemand vom sowjetischen Bodenpersonal die Nerven verloren und geplaudert? Was auch geschehen war – die Dinge liefen in die falsche Richtung.

Die C-4-Ladung war angebracht. Aber dies war kaum der rechte Augenblick, die Zünder zu aktivieren und alles in die Luft zu jagen.

»Wie sind Sie hier hereingekommen?« Die Augen des Vorstandsvorsitzenden verengten sich zu Schlitzen.

»Ich habe mich dafür entschieden, die von Ihnen angebotene Besichtigungstour anzunehmen.«

»Was tun Sie hier?«

»Ich plane einen Urlaub und informiere mich über die Transportmöglichkeiten.«

»Sehr amüsant, Dr. Vance«, sagte Mino und blickte auf einen C-4-Stab und den damit verbundenen Zünder aus Glas und Metall, angebracht neben dem Steuerknüppel. »Aber wer gehört noch zu Ihrem Komplott? Sie haben das nicht ohne Hilfe arrangiert.«

»Warum sollte noch jemand beteiligt sein? Ich hatte mir nur gedacht, daß es lustig wäre, die heutige Feier mit einem großen Knall zu eröffnen.«

»Ich fürchte, Sie werden eine Enttäuschung erleben.« Tanzan Mino wandte sich an die *Kobuns.* »Säubert das Cockpit. Durchsucht es gründlich. Und dann...«, er blickte hoch, »... nachdem Dr. Vance das Visier an seinem Helm wieder angebracht hat, werden wir ihn in mein Büro eskortieren, um dort ein sehr kurzes und zweifellos sehr erhellendes Gespräch zu führen.«

Freitag, 9.03 Uhr

»Was geht da vor?« Vera hatte sich umgedreht und beobachtete durch den weißen Dunst, wie der letzte *Kobun* aus dem Personalmodul trat und Tanzan Mino und den drei Piloten folgte.

»Vielleicht hat es doch eine Störung beim Countdown gegeben.« Eva bemühte sich, ganz beiläufig zu klingen. Vera konnte nicht wissen, daß der hochgewachsene Pilot, den Tanzan Minos Muskelmänner in die Mitte genommen hatten, Michael war.

»Sieht so aus, als ob sich Major Androw in Schwierigkeiten gebracht hat.«

Sie konnte spüren, daß Vance fuchsteufelswild war. Sie hatten ihn vermutlich im Cockpit ein bißchen aufgemischt, nur um schon mal anzufangen, und nun beabsichtigten sie, ihn richtig zu bearbeiten. Aber er mußte Teil einer Gruppe sein. Wo also waren die anderen?

»Androw muß das Flugzeug heute fliegen. Der Zeitplan ist genau abgesteckt. Warum führen sie ihn weg?« Vera wandte sich ab und marschierte zur Tür. »Das geht nicht. Welches Problem auch immer vorliegt, es muß an Ort und Stelle gelöst werden. Sofort. Der Flug muß stattfinden. Zuviel hängt davon ab.«

Eva sah zu, wie sie in den weißen Dunst des Hangars hinaustrat. Sie wollte ihr folgen, aber dann fiel ihr etwas Besseres ein.

Freitag, 9.05 Uhr

Er fragte sich, wann er einen Befreiungsversuch unternehmen sollte. Aber wie weit konnte er, behindert durch den Druckanzug, kommen?

Wo bleibt die Hilfe? Wollen Sie mich einfach meinem Schicksal überlassen?

Der ursprüngliche Plan war hinfällig geworden, aber das bedeutete nicht, daß das Spiel vorbei war. Die sowjetischen Techniker, die er gesehen hatte, wären in einer Krise bestimmt keine Hilfe, aber mit dem Testpiloten Androw sah das anders aus. Er würde sicherlich versuchen, etwas auf die Beine zu stellen. *Wo war er?* Vermutlich noch in dem anderen Cockpit, um die *Daedalus II* bereitzumachen. Jetzt also...

In diesem Augenblick sah er sie. Sie kam aus einem Büro, dessen Tür durch die Nebelwolken nur halb sichtbar war. Sie sah aus wie... Vera Karanowa. Sie kam direkt auf sie zu und trat Tanzan Mino und seinem Gefolge in den Weg.

»Wo bringen Sie ihn hin?« Sie deutete auf Vance und blickte

auf seinen roten Stern, während sie den Paten in Englisch ansprach.

»Versuchen jetzt auch Sie, sich in meine Angelegenheiten einzumischen?« wollte Tanzan Mino wissen. Er war stehengeblieben und sah sie an.

»Ich will nur wissen, was Sie hier tun«, erwiderte sie.

»Ich nehme mich eines Problems an«, sagte er kalt und musterte sie. »Es gibt einen Verräter oder auch mehrere Verräter unter den Sowjets. Ich beabsichtige herauszufinden, wer beteiligt ist.«

»Was meinen Sie damit?« Eine Spur von Nervosität trat in ihre Stimme.

Vance schaltete sich ein. »Tut mir leid, daß ich es vermasselt habe, Vera«, sagte er in englischer Sprache. »So nah und doch so fern. Irgend jemand muß Alarm gegeben haben.«

»Sie sind nicht...« Sie starrte ihn an, als er das Visier seines Pilotenhelms hob.

»Aber was soll's«, fuhr er fort. »Wir haben es versucht. Wer nicht wagt, der nicht...«

»*Wir?*« Sie sah ihn verwundert an.

»Ich hatte die ganze Zeit über den Verdacht, daß man Ihnen nicht trauen kann.« Tanzan Minos Fassade der Gelassenheit schien einen Sprung zu bekommen. Sein Gesicht rötete sich vor Zorn. »Aber ich hätte niemals gedacht, daß Sie das ganze Projekt verraten würden. Daß Sie das Flugzeug sabotieren würden.«

»Ich weiß nicht das geringste von Sabotage.« Vera war offenkundig überrascht und bemühte sich, ihre Stimme ruhig klingen zu lassen. »Wenn Vance...«

»Es scheint, daß ich von Verrat und Verrätern umgeben bin.« Minos Stimme schwankte. Er trat auf einen der *Kobuns* zu und zog die 9mm Walther Automatic aus dem Schulterholster des Mannes. Als er sich wieder umdrehte, waren seine Augen vor Paranoia und Zorn verschwommen. Er hatte eindeutig die Kontrolle über sich verloren. »Mr. Vance, ich will die Namen von allen wissen, die an diesem Komplott beteiligt waren. Von allen. Wenn ich den Eindruck gewinne, daß Sie die Wahrheit sagen, werde ich vielleicht in Betracht ziehen, Ihr elendes Leben zu verschonen. Andernfalls ...«

Er wandte sich wieder Vera zu. Sie starrte mit aschgrauem Gesicht auf die Waffe und wollte nicht glauben, was sie sah. Die weißen Nebel des Hangars umwirbelten sie und warfen geisterhafte Schatten auf die ausdruckslosen Gesichter der *Kobuns*.

»Sie haben eine sehr schwere Fehlentscheidung begangen«, sagte Tanzan Mino zu Vera. »Ich weiß noch nicht genau, was Sie damit erreichen wollten, aber was es auch ist – ich kann Ihnen versichern, daß ich kein Mann bin, der Illoyalität toleriert.«

Sein Gesichtsausdruck war eigenartig geistesabwesend, als er die Pistole hob und einen einzigen präzisen Schuß abgab. Der dumpfe Knall war im Lärm des Hangars kaum hörbar.

Vance sah entsetzt, wie Vera Karanowa rückwärts zu Boden taumelte, mit einem Ausdruck des Nichtverstehens in den Augen. Es war eine Exekution im Mafiastil, schnell und zweckmäßig, wie es alter Brauch war. Kein Gerichtsverfahren, keine Berufungsmöglichkeit.

Er hatte lediglich gehofft, etwas Zeit für Androw gewinnen zu können, nicht ihre Ermordung an Ort und Stelle zu verursachen.

Jetzt wandte sich Tanzan Mino zu ihm um, die Pistole noch in der Hand. Sein Gesicht war vor Wut verzerrt. »Vielleicht habe ich gerade einen Fehler gemacht, Dr. Vance. Was meinen Sie?«

»Vermutlich einen sehr schwerwiegenden.«

»Ja, jetzt, da ich darüber nachdenke, bin ich geneigt, Ihnen zuzustimmen. Der Schuldige, den wir in flagranti gestellt haben, waren Sie. Sie sind derjenige, an dem ich ein Exempel statuieren sollte.« Er brachte die Walther wieder in Anschlag.

Dann ging alles so schnell, daß er zuerst gar nicht richtig begriff, was passierte. Aus dem wirbelnden Nebel, der das Fahrwerk der *Daedalus I* umfing, tauchte ein weißhaariger alter

Mann mit einer Pistole in der Hand auf. Als sich Tanzan Mino umdrehte, hörte er ihn brüllen – in russischer Sprache.

»Lassen Sie ihn in Ruhe. Lassen Sie meinen Sohn in Ruhe. Ich befehle es Ihnen.« Er näherte sich der Gruppe, war noch etwa sechs Meter entfernt und fuchtelte unsicher mit der Waffe herum. Vance konnte nicht erkennen, um welches Kaliber es sich handelte, aber er bezweifelte, daß dies eine Rolle spielte. Andrej Androw hatte eindeutig keine Ahnung, wie man damit umging. Sein Tun war ein Akt der Verzweiflung.

Dann wurde ihm noch etwas anderes bewußt.

Er hat »mein Sohn« gesagt. Er hält mich für Jurij.

Bevor sich irgend jemand rühren konnte, löste sich aus dem fernen Dunst um die *Daedalus II* eine Gestalt im weißen Druckanzug. Es war Jurij Androw, der brüllend auf seinen Vater zurannte. »*Njet!* Laß...«

»Lassen Sie ihn in Ruhe, sage ich Ihnen.« Andrej Androw hörte ihn nicht und kam drohend auf Tanzan Mino zu. Das Resultat war unausweichlich.

Vance duckte sich und rollte sich in Richtung des Personalmoduls ab, als die H&K Automatics der *Kobuns* aufblitzten.

Andrej Androw torkelte mit fliegenden grauen Haaren und schaffte es, zwei Schüsse abzufeuern. Aber statt einen der *Kobuns* zu treffen, erwischte er einen der Mino-Industries-Piloten, der sein Visier hochgeklappt hatte, mitten im Gesicht.

Genosse Doktor Andrej Petrowitsch Androw, Guru der sowjetischen Triebwerkstechnologie und Chefkonstrukteur der *Daedalus*, starb auf der Stelle, wobei noch immer ein Ausdruck der Entschlossenheit in seinen Augen lag. Aber Tanzan Minos *Kobuns* gaben sich damit nicht zufrieden. Einer von ihnen feuerte einige weitere Schüsse ab, während Jurij Androw herankam und sich über den zusammengebrochenen Körper seines Vaters beugte. Mit einem Aufstöhnen fuhr er herum und taumelte gegen die mächtige Bereifung des Fahrwerks der *Daedalus I* auf der Steuerbordseite.

Es ging weiter. Als Vance auf das Personalmodul zukroch, sah er etwas, das, durch die Wolken des tiefgefrorenen Nebels nur undeutlich erkennbar, offenbar allen anderen entging. Eine zweite Frau stand in der Tür des Büros, aus dem Vera Karanowa gekommen war. Sie hatte eine Uzi in den Händen.

Wie war es ihr gelungen, *die* in ihren Besitz zu bringen?

Keine Sekunde zu früh. Sie kann alle unter Feuer nehmen. Geh aus der Schußlinie, und gib ihr freie Bahn. Vielleicht ist immer noch Zeit genug.

Er kroch dem Fahrgestell des Personalmoduls entgegen. Der weiße Nebel verhüllte jetzt alles, und Tanzan Mino schien von ihm verschluckt worden zu sein. Er war nirgends zu sehen. Seine Gegenwart wurde von den *Kobuns* jedoch nicht vermißt, die weiterhin ihrem Geschäft nachgingen.

Der nächste auf der Tagesordnung, erkannte Vance, war er selbst. Als er sich unter das Modul rollen wollte, drehte sich einer nach ihm um und hob seine Automatic...

Eva schrie: »Michael, bleib unten!«

Die *Kobuns* wirbelten alle herum, aber sie war bereit. Griff ausgezogen, Dauerfeuer.

Himmel, dachte er, der Killer da hinten hat genug C-4 bei sich, um eine kleine Arena zu entvölkern. Wenn sie einen der Zünder trifft...

Es war entweder ein glücklicher oder ein unglücklicher Schuß. Nach acht Feuerstößen, die nicht einmal eine Sekunde in Anspruch nahmen, erhob sich an der Stelle, an der die *Kobuns* gestanden hatten, ein blendender Feuerball, und eine Druckwelle jagte durch den riesigen Hangar, die fast dreißig Meter entfernte Techniker zu Boden stürzen ließ. Als Vance unter das Personalmodul geschleudert wurde, erkannte er aus den Augenwinkeln, wie Eva gegen den Türrahmen des Büros prallte. Die Luft war geschwängert vom Geruch des mörderischen C-4, beißend wie Sterno. Nicht ohne Grund schwor das Militär der Vereinigten Staaten darauf.

Jurij Androw löste sich jetzt vom Fahrwerk der *Daedalus I*. Sein Pilotenanzug war geschwärzt und voller Flecken. Blut aus einer Schußwunde lief am rechten Ärmel hinunter.

Sie werden alle auf uns losgehen, dachte Vance. Tanzan Mino ist wahrscheinlich gerade irgendwo dabei, weitere Wächter zu alarmieren.

Eva stolperte durch den Rauch, die Uzi noch immer in den Händen.

»Michael, alles in Ordnung mit dir?«

»Ein höllischer Morgen.« Er mühte sich unter dem Personalmodul hervor und versuchte dabei ungelenk, seinen Pilotenhelm geradezurücken. »Du hast die Palastwache ausgeschaltet, alle mit Ausnahme des großen Bosses. Meinen Glückwunsch. Und ich dachte immer, die CIA hätte ein Patent auf solche Aktionen.«

Schon hatten Notsirenen mit einem schrillen Heulen begonnen und lärmten durch den Hangar. Überall um sie herum herrschte Chaos.

»Weißt du«, Eva versuchte, den höllischen Lärm zu übertönen, »er wird uns an Ort und Stelle umbringen. Es gibt keine Möglichkeit...«

»Ich schätze, wir haben zwei Minuten, um uns etwas auszudenken!« brüllte Vance zurück. »Sieh mal nach dem Piloten. Sein Name ist Androw.«

»Ich weiß. Wir haben uns letzte Nacht kennengelernt.« Eva drehte sich um und blickte zu Androw. »Es gab da ein kleines Mißverständnis zwischen uns.«

»Nun, stellen wir fest, ob er noch in einem Zustand ist, um fliegen zu können.«

»Du meinst...«

»Was sonst? Wenn du eine bessere Idee hast, laß sie mich hören.«

Jurij Androw hatte sich einen Weg durch die blutige Hinterlassenschaft der Explosion, durch die verstreuten Überbleibsel der *Kobun*-Phalanx Tanzan Minos gebahnt und beugte sich über die Leiche seines Vaters. Erneut senkte sich die Wolke des trüben Nebels über die Szene und verhüllte sie.

In diesem Augenblick umfing sie ein blasses Leuchten, das verschwommene Licht einer wolkenverhangenen Dämmerung. Vance begriff, daß die sowjetischen Techniker die Hangartore geöffnet hatten und sich nach draußen auf die Startbahn schleppten.

Gut, sollten sie. Durchaus möglich, daß wir ihnen folgen.

Jurij Andrejewitsch Androw näherte sich ihnen jetzt und umklammerte dabei seinen Arm.

»Wir müssen ihn verarzten«, sagte Vance entschlossen und musterte den Piloten. »Ihm einen Verband anlegen.«

»Glaubst du, er kann noch fliegen?«

»Wir bringen ihn zum Fliegen, würde ich sagen.«

Mit der linken Hand schob Androw sein Helmvisier zurück und küßte Eva. *»Spacebo«*, sagte er in russischer Sprache, »Sie haben getan, was ich getan hätte, wenn ich im Besitz einer Waffe gewesen wäre. Aber jetzt weiß ich nicht, was...«

»Wie geht es Ihrem Arm?« schaltete sich Vance ein. »Wir müssen jetzt sofort eine Entscheidung treffen. Wenn die Verstärkung eintrifft, ist das Spiel aus. Eine kleine Uzi kann es nicht mit ihrer Feuerkraft aufnehmen.«

Androw runzelte fragend die Stirn. »Können Sie fliegen?«

»Ich bin nie mit etwas Größerem als einem Lear-jet umgegangen«, erwiderte Vance. »Und das auch nur als Co-Pilot.«

Es schien keine Rolle zu spielen. Androw blickte auf die offene Tür des Personalmoduls und machte eine Handbewegung.

»Dann kommen Sie. Beeilen wir uns.« Dann sah er sich suchend im Hangar um. Schließlich entdeckte er den Mann, um den es ihm ging. »Pavel«, rief er auf russisch, »sind die Anlaßhilfen schon angeschlossen?«

»Da«, kam die Antwort.

»Dann bereite die *Daedalus I* zur Zündung vor und mach, daß du hier rauskommst. Wir bringen sie auf Touren.«

»Was meinst du damit? Die Schlepper...«

»Vergiß die Schlepper. Wir machen es mit den Nachbrennern, gleich hier. Bring' deine restlichen Leute in Sicherheit.«

»Nachbrenner? Im Hangar? Jurij, sämtliche Wasserstofftanks könnten in die Luft fliegen. Du würdest die *Daedalus II* zerstören, sie in Schutt und Asche legen.«

»Genau das.« Jurij stieg bereits die Stufen des Personalmoduls hinauf, ohne sich umzusehen. »Es wird nur ein Flugzeug übrigbleiben. Und zwar das, das ich nehme.«

»Der Computer.« Eva hatte die Stufen schon betreten, blieb dann aber stehen und kehrte um. »Ich muß ihn holen.« Sie hielt Vance die Uzi hin.

»Dazu ist keine Zeit.« Er griff nach der Waffe, deren Mündung noch immer heiß war. »Wir müssen...«

»Michael, ich habe nicht soviel auf mich genommen, um mir das Protokoll dann aus den Fingern gleiten zu lassen.« Eva war schon an ihm vorbei. »Es dauert nur einen Augenblick.«

Er wußte, daß eine Diskussion sinnlos war. Und vielleicht hatte sie sogar recht. Wer wußte schließlich, wo sie am Ende ankommen würden?

Androw schwankte plötzlich und lehnte sich zitternd gegen die offene Tür des Moduls. Der rechte Ärmel seines Druckanzugs war in Blut gebadet. Vance nutzte die verstreichenden Sekunden, um die Verletzung zu überprüfen.

»Sie brauchen einen Verband.« Er zerrte an dem synthetischen Stoff. »Oder besser noch einen Druckverband.«

»Nein.« Androw blickte auf seinen Arm und zog eine Grimasse. »Wir haben keine...«

»Sie halten sich jetzt mit Adrenalin aufrecht, mein Freund. Aber wenn der Schock nachläßt...« Vance sah sich im Inneren des Moduls um, aber er fand nichts zum Schneiden. So riß er einfach ein großes Stück aus Androws Ärmel und schob den restlichen Stoff zur Seite. Eine häßliche Furche zeichnete sich auf dem Bizeps ab.

»Ich möchte nicht, daß Sie das Bewußtsein verlieren.« Er riß einen Teil des Ärmels in Streifen, was ihn mit seinen dicken Handschuhen einige Mühe kostete, und fing an, die Wunde abzubinden. Im Hangar herrschte noch immer Aufruhr. Menschen rannten schreiend hin und her, Alarmsirenen schrillten. Als Vance mit dem Druckverband fertig war, kam Eva mit ihrem Zenith die Metallstufen hinaufgestürmt. Sie waren bereit.

Androw schloß schnell die Tür und aktivierte die Kontrollen. Durch ein rauchverhangenes Fenster beobachteten sie, wie der blutige Hangarboden im Nebel verschwand. Alles um sie herum bekam plötzlich etwas Unwirkliches, was durch das leise Zischen des pneumatischen Lifts noch betont wurde. Dann kam das Modul ruckend zum Halten.

Vance ging durch die offene Luke voran. »Sieht so aus, als ob jemand vergessen hat, das Licht auszumachen.«

»Pavel hat mir gesagt, daß die Anlaßhilfen bereits angebracht sind«, sagte Androw auf russisch. Er kletterte ebenfalls durch die Luke und kam ins Cockpit. Dann redete er in englischer Sprache weiter. »Petra kann die Zündung vornehmen.«

»Petra?« Vance drehte sich um. »Sie meinen...«

»Unser Co-Pilot.« Jurij zeigte auf einen großen Flüssigkristallschirm am anderen Ende der Kabine, der jetzt leer war. »Ich will mit ihrer Hilfe versuchen, die Flugkontrolle für den Rest der Sequenz auszuschalten.«

»Sie wollen den Countdown verkürzen?«

»Ich habe es noch nie getan, aber...« Jurij machte einen Schritt nach vorne und legte einen blauen Hebel an der Konsole auf der rechten Seite um. »Sehen wir mal, ob sie an diesem Morgen schon wach ist.«

Er blickte hoch, als sich der Bildschirm erhellte und ein großes schwarzweißes Doppelaxt-Logo vor dem Hintergrund des Rotweiß einer japanischen Flagge erschien. Als nächstes drückte er einen Knopf am Steuerknüppel und sprach.

»Petra, berichte über den Stand des Countdowns.«

Alle Sequenzen vor dem Start nominal. Der geisterhafte, mechanische Klang einer Frauenstimme, die Russisch sprach, erfüllte den Raum. *Bestätigen Sie.*

»Bestätigt«, antwortete er. »Du wirst jetzt die Zündungssequenz in Gang setzen. Laß die noch verbleibende Countdownprozedur außer acht.«

Das ist ein Overridebefehl. Bitte nennen Sie den Autorisationskode.

»Kode P-18. Systemnotfall.«

Der Countdown ist jetzt T minus achtzehn Minuten und achtzehn Sekunden. Alle Systeme sind nominal. Deshalb ist Kode P-18 kein begründeter Befehl.

»Scheiße«, flüsterte Jurij tonlos. »Petra, laß P-18 durch die Flugkontrolle verifizieren.« Er hielt einen Sekundenbruchteil inne, drückte dann einen Knopf auf der Konsole und kommandierte: »Anweisung annullieren.« Wieder eine kurze Pause. »Wiederholung: Verifiziere Annullierungskommando für N gleich eins über null.«

»Was war das?« Eva klemmte ihren Laptop unter den g-Sitz auf der linken Seite.

»Ich glaube, ich *hoffe*, daß ich ihre Befehlsüberwachungsfunktion in eine unendliche Schleife versetzt habe. Sie wird den Verifizierungsprozeß ständig beginnen und stoppen. Vielleicht wird diese Subroutine dadurch unfähig, die anderen Systemfunktionen zu blockieren.«

»Sie wollen ihren Verstand verwirren? Viel Glück.«

Er nahm auf dem Mittelsitz Platz und begann, den mächtigen Cockpithelm aufzuklinken. Während er dies tat, füllten sich seine Augen plötzlich mit Trauer.

»Sie haben ihn umgebracht.« Er schwieg einen Augenblick lang und starrte vor sich hin. Vance dachte, daß ihn der Schock letzten Endes überwältigt hatte. Aber dann drängte Jurij seine Emotionen zurück und sprach weiter. »Wir werden dicht über dem Boden bleiben. Unter ihrem verdammten Radar.«

»Was haben Sie gesagt?« Vance strengte sich an, seine Worte zu verstehen.

Er schien schwach zu werden und das Bewußtsein zu verlieren, aber er erwachte wieder zu neuem Leben, als er sich den riesigen Helm mit einem Ruck über den Kopf gestülpt hatte.

Vances Kopfhörer wurde aktiv, und er hörte den Russen.

»*Daedalus I* an Kontrolle. Hören Sie mich? Ich bringe jetzt das Steuerbordtriebwerk, die drei Außenborddüsen auf Touren.« Eine Sekunde später fuhr er fort: »Wir haben S-O-Zündung.«

»Jurij«, meldete sich eine verblüffte Funkstimme, »was, zum Teufel, geht da vor? Sie können nicht...«

»Backbordtriebwerk, außenbords, auf Touren«, fuhr er mit schwankender Stimme auf russisch fort. »Wir haben P-O-Zündung.«

»Jurij, Sie können nicht...«

»Steuerbordtriebwerk, binnenbords. Kommt. Backbordtriebwerk, binnenbords...«

»Androw, um Himmels willen, sind Sie verrückt geworden?«

»Sergej, ich habe ihnen gesagt, daß sie den Hangar räumen sollen. Ich bringe sie auf volle Kraft.«

»Die Flüssigwasserstofftanks stehen da. Sie können den ganzen Hangar zur Hölle jagen, wenn Sie die Nachbrenner benutzen. Sie müssen übergeschnappt sein!«

»Die Drecksäcke haben ihn niedergeschossen, Sergej.« Jurij schluchzte. »Es war mein Fehler. Ich hätte ihn warnen...«

»Wovon reden Sie? Wen niedergeschossen?«

Aber Jurij Androws Bewußtsein war bereits woanders, trieb in einem gramerfüllten Traumzustand umher.

»Motorenstart abgeschlossen«, redete er weiter. »Fangen mit der Vorstartsequenz an.«

Wird er es schaffen, dieses Ding vom Boden zu bringen? fragte sich Vance. Er ist angeschossen, und jetzt steht er vor dem Zusammenbruch. Schätze, wir werden es bald herausfinden. Die

Rumpfkameras zeigten einen leeren Hangar. Alle waren in Dekkung gegangen.

»Eva, willst du diesen Sitz nehmen? Ich nehme den hier. Keine Gratisdrinks auf den vorderen Plätzen.« Er sprach durch sein hochgeschobenes Helmvisier und ließ sich auf dem rechten g-Sitz nieder.

»Und leg den Sicherheitsgurt an.« Sie setzte sich auf den linken Sitz. »Wollen wir hoffen, daß er dieses Monstrum noch kontrollieren kann. Es ist eine Saturn mit Flügeln.«

»Er hat seinen sprechenden Computer, wenn der noch mit ihm kooperiert. Tu mir einen Gefallen, und übersetze dann und wann ein bißchen.«

»Maschinen sind eigentlich dazu da, für Menschen zu übersetzen, nicht umgekehrt. Wir sind im Hyperraum.«

»Das glaube ich auch.«

Während er den oben angebrachten Sitzgurt herunterzog, fragte sich Vance, wie sich die *Daedalus* anfühlen würde, wenn sie im vollen Nachbrennermodus war. Diese Turboramjets ließen die mächtigen JT-9Ds einer Boeing 747 wie den Antrieb für einen mittelgroßen Rasenmäher erscheinen.

»Bereite Schub vor.« Androw schob die beiden Gashebel nach vorne, über dreiviertel Kraft. Die *Daedalus* hatte angefangen zu beben, zitterte wie ein mächtiger Berg bei einer tektonischen Bodenerhebung.

»Bereite das Lösen der Bremsen vor.«

Die Bildschirme zeigten an, daß sich der Treibstoffverbrauch dreihundert Pounds JP-7 in der Sekunde näherte.

»Jurij«, krächzte die Funkstimme, »lassen Sie...«

»Pavel hat seine Leute aus dem Hangar gebracht, Sergej. Das kann ich auf dem Schirm sehen. Ich stelle jetzt das Mikro ab. Keine Ablenkung. Wünschen Sie mir einfach nur Glück.«

Es klickte, als er die Verbindung in seinem Helm abschaltete. Er verpaßte eine neue Funkstimme nur um eine Sekunde. Sie sprach Englisch.

»Dr. Vance, was geht da vor? Er hat gerade seinen Funkkontakt zur Flugkontrolle abgebrochen. Er ist nicht Herr seiner Sinne. Ich befehle Ihnen, die Flugsequenz anzuhalten. Er könnte beide Flugzeuge zerstören, wenn er im Hangar die Nachbrenner benutzt. Ich verlange, daß dies gestoppt wird.«

Vance blickte hoch zu den TV-Monitoren. Ein Hilfsschirm zeigte Tanzan Mino an der Hauptkonsole der Flugkontrolle, umringt von weiteren *Kobuns*, die die russischen Techniker zur Seite gedrängt hatten. Außerdem stellte er fest, daß auch viele hohe Tiere der Sowjets anwesend waren.

»Sieht so aus, als ob Sie ein Problem hätten.«

»Ich warne Sie. Drei Minuten nach dem Start kann ich das automatische KI-Override-System aktivieren. Das Flugzeug wird automatisch zurückkehren und landen.«

»Drei Minuten sind eine lange Zeit.« Vance fragte sich, ob er bluffte. »Wir nehmen unsere Chance wahr.«

»Sie würden mir keine Wahl lassen.«

»Möge der Bessere gewinnen.«

»Petra, löse die Bremsen«, ertönte Jurij Androws Stimme unter seinem Helm.

Bestätigt.

Vance blickte zu ihm hinüber und sah, daß er mit der linken Hand das Daumenzeichen machte und dann nach dem Gashebel griff. Das Flugzeug rollte bereits durch das breite Tor des Hangars. Wenn es jetzt zu einer Explosion kommen sollte, wären wenigstens sie in Sicherheit.

Androw hielt eine Sekunde lang inne, murmelte irgend etwas Russisches vor sich hin und schob die schweren Hebel dann bis zum Anschlag nach vorne, wodurch alle zwölf Motoren auf maximale Nachbrennerleistung gebracht wurden. Der JP-7-Treibstoffanzeiger schoß von dreihundert Pounds auf zweitausendeinhundert Pounds pro Sekunde hoch, und einen Augenblick später wurde das Cockpit vom Hammer Gottes getroffen. Das Monitorbild des Hangars löste sich in Orange auf.

20.

Freitag, 9.31 Uhr

»Ein kleiner Schritt für die Menschheit.«

Vance spürte, wie sich seine Lungen um die Wirbelsäule bogen und wie sein Gesicht nach innen gedrückt wurde. Er wußte nicht, wie vielen g sie an Beschleunigung ausgesetzt waren, aber es fühlte sich an wie ein Shuttle-Start. Er umklammerte die Gurte des g-Sitzes und betrachtete die Videobilder der Fahrwerkkameras, die zeigten, wie die Rollbahn als grauer Strom vorbeijagte. Der Schirm darüber war auf zweihundert Knoten gesprungen, und in einer Zeitspanne, die nicht einmal eine Sekunde zu dauern schien, hatte die *Daedalus* einen ganzen Kilometer auf der Bahn zurückgelegt. Dann bestätigten die Monitoren, daß sie in die Abhebstellung übergegangen waren, sieben Grad.

Sie waren in der Luft.

Als nächstes berichteten die Schirme eine starke Rechtsquerlage, fünf g. Der Höhenmesser wurde zu einem verschwommenen Wirbel, als sich der Neigungswinkel auf zwanzig Grad erhöhte, kurz vor dem Überziehen, was Petras Kontrollsystem verhinderte.

Als die Geschwindigkeit vierhundert Knoten erreichte, zeigten die Fahrwerkkameras, wie die Räder nach vorne geklappt wurden, sich dann drehten und flach in den Rumpf eingezogen wurden. Als nächstes schnappten die Türen hinter ihnen zu und ließen nur noch die Kameras in der Nase als einzige visuelle Verbindung zur Außenwelt übrig. Die Bildschirme gaben nichts anderes als graue Sturmwolken zu erkennen.

Fahrwerk eingezogen und verschlossen, meldete Petras körperlose Stimme.

»Fahrwerksicherung bestätigt«, sagte Androw und brachte damit eine aufblinkende Meldung auf einem der Bildschirme zum Schweigen.

Kein Abbruch bisher, dachte Vance. Vielleicht werden wir wirklich damit durchkommen.

Die Geschwindigkeit hatte bereits sechshundert Knoten überschritten. Die Beschleunigung lag bei sechzig Knoten alle fünf Sekunden.

In diesem Moment stellte er fest, daß sie weiterhin Breitband-Bildübertragungen vom Flugzentrum bekamen. Der Schirm, der Tanzan Mino zeigte, hatte ein klares und scharfes Bild. Sicher nicht mehr lange, aber zumindest jetzt bestand die Verbindung noch. Und auch der Vorstandsvorsitzende hielt Kontakt und beobachtete ihren Abflug auf einem eigenen Schirm. Vance sah, wie er sich an einige der hohen Sowjets wandte, die neben ihm standen, und Befehle bellte. Um was ging es da?

Im Moment gab es allerdings eine wichtigere Frage: *Was tun wir?*

Androw redete noch immer mit Petra und erteilte Kommandos. Vance erkannte, daß sie nach Nordnordost flogen, hinaus aufs Meer. Vermutlich würden sie außerdem dicht über dem Boden bleiben, um der Radarüberwachung zu entgehen. Nur die passiven Systeme waren eingeschaltet, so daß keine EM-Abstrahlungen ihre Richtung verraten konnten.

Sie waren jetzt über dem Ozean, in der atemberaubenden Höhe von nur fünfhundert Metern.

»Dr. Vance, ich gebe Ihnen eine letzte Gelegenheit, es sich zu überlegen.« Tanzan Minos Stimme kam durch den Kopfhörer. Er stand noch immer an der Hauptkonsole der Flugkontrolle, aber jetzt fing sein Bild an, sich zu kräuseln und auseinanderzufließen. »Sie müssen zur Basis zurückkehren. Die Konsequenzen dieser Torheit könnten unkalkulierbar sein.«

»Warum besprechen Sie das nicht mit dem Piloten?« antwortete Vance in sein Helmmikro.

»Sein Empfänger ist abgeschaltet. Es ist unmöglich, mit ihm in Verbindung zu treten. Er ist eindeutig wahnsinnig geworden. Ich gebe Ihnen weitere sechzig Sekunden, bevor ich den Bordcomputer auf den KI-Modus umstelle. Die Flugkontrolle hier wird die Bordsysteme übernehmen und das Flugzeug einfach zurückholen und landen.«

Wieder fragte sich Vance, ob Tanzan Mino tatsächlich dazu in der Lage war.

Dann blinkte ein Schirm auf und zeigte ein Notsignal. Petra sprach. Das Russisch war einfach genug, um auch von Vance verstanden zu werden.

Systemratschlag. Sie sind zu niedrig. Ziehen Sie hoch. Bestätigen Sie. Ziehen Sie hoch.

Androw berührte leicht den Steuerknüppel und ließ sie um hundert Meter steigen.

»Michael«, kam Evas Stimme aus dem Kopfhörer, »sie…, es, wer auch immer hat gesagt…«

»Ich habe es verstanden. Aber hast du die andere Nachricht gehört? Mino-san hat gerade angekündigt, daß er Petra ausschalten wird. Wir werden herausfinden, wer dieses Baby wirklich fliegt.«

»Nein.« Androw hob seinen Flughelm und deutete mit seinem verwundeten Arm drängend auf etwas in seiner rechten Tasche. »Bitte nehmen. Machen Sie schnell. Und dann…«

Vance löste seinen Sitzgurt, erhob sich und bewegte sich zur Mittelkonsole hinüber. Androw hatte seinen hydraulischen Helm jetzt ganz hochgeschoben und versuchte, den Reißverschluß an der rechten Seite seines Druckanzugs aufzuziehen. Vance streckte die Hand aus und war ihm behilflich, obwohl er nicht genau wußte, wonach er suchte.

»Da.« Jurij bemühte sich, darauf zu zeigen. »Der Sender. Bitte, Sie müssen…« Sein Englisch ließ ihn wieder im Stich.

»Was ist das?« Vance holte den Sender heraus, der die Größe und Form eines kleinen Taschenrechners hatte.

Die Antwort kam in russischer Sprache, komplex und wirr. Irgend etwas über *Komputer*.

»Er hat etwas an den Bordcomputer angeschlossen«, begann

Eva zu übersetzen. »Der Sender wird an Petra eine Gehirnoperation vornehmen und ihre KI-Funktionen ausschalten. Der Zweck ist, die Flugkontrolle daran zu hindern, das Kommando zu übernehmen... Ich habe es nicht ganz verstanden. Aber er will, daß du ihm hilfst.«

Vance blickte auf die Reihe der Bildschirme. Die *Daedalus* raste jetzt über die Meerenge, in die Richtung des Archipels, der als Kurilen bekannt war. Und das Bild Tanzan Minos löste sich auf, war fast verschwunden. Hatte er zugehört? Vielleicht spielte es gar keine Rolle. Die eingeräumten sechzig Sekunden tickten dahin, und er konnte Tanzan Mino, der ein Mikrophon in der Hand hielt und sich darauf vorbereitete, Befehle zu geben, kaum noch ausmachen.

Auf der Bildschirmuhr sah er, daß bereits einundvierzig Sekunden verstrichen waren.

»Dr. Vance, wir bereiten die totale Übernahme des Systems vor«, drang die Stimme des Vorstandsvorsitzenden aus dem Kopfhörer. »Sie haben noch fünfzehn Sekunden, um Ihre Einwilligung zu erklären.«

»Der Kode«, sagte Androw. »Er lautet eins-neun-neun-neun.«

Vance starrte auf das Gerät in seinem Pilotenhandschuh. Es hatte eine Zahlentastatur und eine Flüssigkristallanzeige.

»Sie haben noch zehn Sekunden«, sagte Tanzan Mino. Das Bild war geisterhaft, aber die Stimme kam weiterhin laut und deutlich durch.

Vance fummelte an dem Gerät herum, aber die Zahlen entwischten ihm immer wieder, glitten an den dicken Fingern seiner Handschuhe vorbei. Schließlich erwischte er die 1. Auf dem Schirm über ihm lief die Zeit weiter. Noch acht Sekunden.

Plötzlich schien das Cockpit zu schwanken – ein Luftloch, das nicht einmal das fortgeschrittene Kontrollsystem der *Daedalus* ganz ausgleichen konnte. Androw redete mit Petra und ordnete ein ganz leichtes Steigen an. Noch sieben Sekunden.

»Michael.« Evas Gesicht war noch immer von der Beschleunigung gezeichnet. »Ist es...«

»Es liegt an den Handschuhen. An den verdammten Handschuhen. Ich habe...« Dann tippte er die erste 9 ein.

Im Hintergrund seines Bewußtseins registrierte er, daß sich das Cockpit anpaßte, indem es den Neigungswinkel erhöhte, als die *Daedalus* rotierte.

Er erwischte eine weitere 9. Aber sein Griff um den »Taschenrechner« löste sich und preßte ihn gegen den Boden, als die g-Kräfte der Beschleunigung auf ihn einwirkten. Er blickte wieder auf die Bildschirme und sah, daß ihm noch drei Sekunden blieben.

Androw kämpfte mit dem Gashebel und gab dabei Petra weitere Anweisungen.

Bin ich dabei, sie außer Gefecht zu setzen? fragte sich Vance. Und wenn – schafft Jurij es dann, manuell mit dem Alptraum fertig zu werden? Was ist, wenn Mino nur blufft?

Zwei Sekunden.

Eine letzte, strahlendgrüne 9 erschien auf der Flüssigkristallanzeige.

Achtung. Störung des KI-Systems. Die monotone Stimme Petras klang beinahe verärgert.

Irgend etwas war passiert. Zwei der Schirme oben an der Wand waren einfach leer geworden, aber die *Daedalus* stieg weiter.

»Dr. Vance, wir werden das Flugzeug jetzt zurückholen. Wir haben eine Staffel Kampfflieger von der Dolinsk-Luftbasis auf Sachalin angefordert. Sie werden Sie zurückbegleiten.«

Aha. Das also hatte er zu den sowjetischen Militärs gesagt. Bringt etwas Material in die Luft. Dies könnte der kürzeste Flug seit dem der Brüder Wright sein.

Dann hörte er das Klicken von Androws Helmmikro.

»Hier ist *Daedalus I*. Hören Sie mich?«

»Major, Sie...«, begann Mino.

»Hören Sie zu, Sie Drecksack. Sie können mich mal. Ich wiederhole: Sie können mich mal. Ich habe Ihr beschissenes KI-Modul außer Gefecht gesetzt.«

»Sie haben es außer Gefecht gesetzt?«

»Roger. Hören Sie mich, Sie beschissener Dreckskerl? *Sie können mich mal!*« Er schaltete sein Mikro ab.

Vance bewegte sich langsam durch das Cockpit und kehrte zu seinem Sitz zurück. Während er sich niederließ und nach dem Gurt griff, blickte er zu den Schirmen hoch, um ihre Flugdaten zu prüfen – Höhe, Geschwindigkeit, Vektor, g-Kräfte, Treibstoffverbrauch. Sie waren noch immer dicht über dem Boden, mit einer Geschwindigkeit knapp unter tausend Knoten, etwa eintausendachthundert Stundenkilometer. Nicht ganz Mach 2, aber doch schon riskant. Und ihr Vektor war null-acht-sieben, mit den Koordinaten 46 Grad Breite und 143 Grad Länge.

Was jetzt? Die *Daedalus* besaß alle aktiven Radarsysteme, die der modernen Navigationstechnik bekannt waren. Als er auf die Schirme blickte, sah er Vorwärtsblickradar, Seitenblickradar, einen vierstrahligen Impuls-Doppler-Abwärtsblickradar, dem Terrain folgenden Radar, Radar-Höhenmesser, Landkarten- und Navigationsradar und eine Unmenge von ECM-Störsendern. Das Problem war nur, daß sie alle EM, also elektromagnetische Strahlen aussandten. Wenn man eins davon einschaltete, würden sie zu einem fliegenden Funkturm, der seine Position ausstrahlte.

Die nächste Schirmreihe hingegen lieferte die Anzeigen ihrer passiven, nicht ausstrahlenden Empfänger und Auswertungsgeräte. Eindeutig mußten sie diese benutzen, um der Bedrohung aus Sachalin auf die Spur zu kommen, indem sie alle EM auffingen, um sie dann blitzschnell im Computer zu verarbeiten. Mit Sicherheit konnte Petra einen Fingerabdruck von allem ausspukken, was sich am Himmel zeigte. Da waren zum Beispiel die hinten an den Schwanzflossen angebrachten Radarwarnungsempfänger (RWRs) und die Infrarotwarnungsempfänger (IRWRs), die hoch auf den Außenbordstabilisatoren saßen. Die Schirme zeigten an, daß sie die Basisfrequenz, den Operationsmodus, die Pulswiederholungsfrequenz, die Impulsamplitude, die Zeit des Eintreffens, die Richtung der Annäherung analysieren konnten – das ganze Menü.

»Wenn es stimmt, daß sie die Basis in Dolinsk alarmiert haben, dann bedeutet das wahrscheinlich die neuen MiGs 31.« Androw war jetzt eifrig dabei, alle passiven Systeme einzuschalten, wie es Vance vermutet hatte. »Wir müssen entscheiden, was wir tun wollen. Aber zuerst will ich sie steigen lassen und ein bißchen Aufklärung betreiben. Schnallen Sie sich an.«

»Die letzte Foxhound besitzt einen multimodalen Impuls-Doppler-Abwärtsblickradar und eine Abschußfähigkeit, die in der Welt ihresgleichen sucht«, hörte sich Vance sagen. »Wir sind die größte Zielscheibe am Himmel, und wir sind unbewaffnet. Wir wären gegen eine ihrer AA-9-Zielsuchraketen völlig wehrlos.«

»Überprüfen wir das zuerst mal, bevor wir uns zu große Sorgen machen«, antwortete Androw. »Aber es muß schnell gehen. Sie werden einen Mach-3-Immelmann erleben. Versuchen Sie das nicht mit einer 747.« Er lachte, begann dann, seinen High-Tech-Helm herunterzulassen. »Ich hoffe, ich kriege es noch hin.«

Es gab einen Beschleunigungsstoß, als er die Gashebel nach vorne stieß und dann den Steuerknüppel zurückriß. Die *Daedalus* schien steil in die Höhe zu schießen. Und höher. Und höher. Die Instrumente zeigten an, daß sie in einem kleinen Arkus himmelwärts flogen, so als ob sie der Krümmung eines Bogens folgen würden. Der Höhenmesser raste jetzt, und in achtzehn Sekunden hatten sie bereits eine Höhe von sechstausend Metern erreicht. Aber immer noch hielt Androw den Knüppel angezogen, und während der nächsten fünf Sekunden, in denen die *Daedalus* weiterhin der Krümmung des Bogens folgte, begannen sie fast auf dem Rücken zu fliegen.

Im letzten Augenblick vollzog er mit dem Querruder eine halbe Rolle und richtete sie auf. Der Immelmann hatte sie im Endeffekt steil nach oben geführt und ihre starken Vorwärtsblick-Infrarot- und Radardetektoren auf Sachalin gerichtet. Vance blickte auf die Schirme und stellte fest, daß sie in siebenundzwanzig Sekunden neuntausend Meter gestiegen waren. Sie hatten gerade den bestehenden Achtundvierzig-Sekunden-Steigrekord der F-15 Eagle von der amerikanischen Luftwaffe ausgelöscht, und die *Daedalus* atmete nicht einmal schwer. Obgleich Androw jetzt das Gas zurückgenommen hatte, flogen sie noch immer mit Mach 2. Mühelos.

Kein Wunder, daß er diesen Vogel liebte.

Der einzige Minuspunkt war, daß sie während des Steigflugs laut Treibstoffanzeige dreiundzwanzigtausend Pounds JP-7 verbrannt hatten.

»Petra«, sagte Androw in sein Helmmikro, »geh mit VSD auf Reserve und gib mir den Infrarot-Laser.«

Petras Ermittlung enthüllte eine Staffel von acht MiG-31-Abfangjägern, die im Formationsflug in einer Höhe von siebentausendfünfhundert Metern näher kamen. Mit Mach 2.4.

Freitag, 9.43 Uhr

»*Ya ponemaiyu*«, sagte Generaloberst Gregorij Edmundowitsch Mochanow in das abhörsichere Telefon, das der ganze Stolz der Kommandozentrale von Dolinsk war. »Ich habe einer Staffel der fünfzehnten Schwadron um neun Uhr achtunddreißig den Startbefehl gegeben. Glücklicherweise hatten wir für diesen Morgen eine Übung angesetzt.«

Er gab dem Teilnehmer auf der anderen Seite, General Walentin Sokolow, der über eine Mikrowellenverbindung aus der Anlage in Hokkaido mit ihm sprach, Gelegenheit zur Antwort.

»*Da*, wenn Androw seine Höhe unter sechshundert Metern beibehält, wird er wahrscheinlich bei Mach 2 bleiben müssen.

Wenn ich es recht verstehe, ist das Flugzeug für diesen Operationsbereich nicht geschaffen. Wenn die MiGs also mit vollen Nachbrennern fliegen, können wir die Distanz überbrücken. Aber wir brauchen seinen Vektor.«

Er machte eine Pause und hörte zu. »Ja, sie sind voll bewaffnet. AA-9. Treffsicherheit im Umkreis von...« Er lauschte erneut. »Natürlich, aktive Radar- und Infrarotdetektoren, am unteren Teil des Rumpfs...« Ungeduldig umklammerte er den Hörer. »*Da*, aber ich kann keine Wunder vollbringen. Ich *muß* einen Vektor haben.« Wieder legte er eine Pause ein. »*Da*, aber ich will nicht unbeabsichtigt eine weitere KAL 747 abschießen. Ich muß ein bestätigtes Ziel haben. Ohne ein solches werde ich keinen Schießbefehl geben.«

Er hörte noch einen Augenblick lang zu und sagte dann: »Gut.« Anschließend warf er den Hörer auf die Gabel.

Freitag, 9.44 Uhr

»Wir sollten wohl besser anfangen, ernsthaft Verstecken mit ihnen zu spielen«, stellte Vance fest.

»Tarnung, mein amerikanischer Freund«, erwiderte Androw. »Die feindliche Radarerkennung dieses Rumpfs liegt fast bei Null. Und wir können ihr Infrarot überwinden, wenn wir wieder ganz nach unten gehen, so daß die Motoren ihrem Abwärtsblick-IR abgewandt sind. Zurück also. Wir gehen auf fünfhundert runter, aber das bedeutet drei negative g – Blutandrang im Gehirn gefährlich. Seien Sie vorbereitet.«

Dann schob er den Steuerknüppel nach vorne, und die *Daedalus* ging mit Mach 3 in den Sturzflug über. Die Infrarotkameras zeigten, wie ihnen das Meer entgegenstürzte. Der Sturzflug nahm bei rasendem Höhenmesser noch weniger Zeit in Anspruch als der Steigflug. Plötzlich ertönte die Stimme Petras.

Ziehen Sie hoch. Warnung. Ziehen Sie hoch. Pilot muß bestätigen, oder das automatische Override-System übernimmt.

Eine Tonne leeren Raums krachte gegen sie, als Petra das Flugzeug aufrichtete, indem sie den Sturzflug in einer Höhe von vierhundert Metern abbrach.

Vance blickte zur Seite und sah, daß Jurij Andrejewitsch Androws verbundener Arm schlaff auf dem Steuerknüppel lag und leicht blutete. Der Blutandrang hatte ihn das Bewußtsein verlieren lassen.

Freitag, 9.58 Uhr

»Er ist vom Radar in Katsura wieder verschwunden, Mino-sama. Ich glaube, er hat das Flugzeug wieder in Bodennähe gebracht.« Ikeda war aschfahl im Gesicht, als er, immer noch voll Hoffnung, das KI-Override-Kommando ein letztes Mal in den Computer eintippte. Der Operationsbildschirm der Flugkontrolle über ihm zeigte »Systemstörung« an. Die Techniker hinter ihm tauschten besorgte Blicke. Wer würde dafür verantwortlich gemacht werden? Der Hauptschirm mit dem Radarbild aus Katsura zeigte die *Daedalus* nicht mehr. Androw hatte sie auf neuntausend Meter Höhe gebracht, dann wieder nach unten gezogen. Er spielte mit ihnen.

Tanzan Mino verschwendete keine Zeit daran, das Leistungsvermögen des Flugzeugs zu bewundern. Er wandte sich um und nickte General Sokolow zu, der ein rotes Telefon in der Hand hielt. Die MiG-31-Staffel befand sich nicht im Normalflug. Die Maschinen liefen voll auf Nachbrenner, was sie auf Mach 2.4 hochjagte. Wenn die *Daedalus* in Bodennähe blieb, könnten sie sie immer noch abfangen.

»Wir haben keine andere Wahl«, sagte er auf russisch. »Befehlen Sie ihnen, ihm eine Chance zum Abdrehen zu geben und ihm im Weigerungsfall mitzuteilen, daß sie ihn abschießen werden. Vielleicht wird die Drohung ausreichen.«

Sokolow nickte düster. Aber wenn Androw so wahnsinnig war, wie alle Anzeichen zu erkennen gaben? Was war, wenn er die Kommandos der Abfangjäger aus Sachalin nicht befolgte? Was dann? Wer würde den Befehl geben, die AAMs loszujagen, um das großartigste Flugzeug – besser: Raumflugzeug – vom Himmel zu holen, das die Welt jemals gesehen hatte? Die MiG 31 mit ihren weitreichenden AA-9-Raketen besaßen eine Fernvernichtungskapazität, die der der amerikanischen F-14-Tomcat und ihren tödlichen AIM-54-Phoenix gleichkam. Da die AA-9 ihr eigenes Lenksystem hatte, brauchte der Pilot sein Ziel nicht einmal zu sehen. Eins dieser Geschosse konnte einen unbewaffneten Koloß wie die *Daedalus* leicht vom Himmel holen, solange sie nur im Überschallbereich flog, was sie in dieser niedrigen Höhe tun mußte.

Ein Anflug von Trauer lag in seiner Stimme, als er den Befehl gab. Gerade Androw kannte die Abwärtsblick-Abschußkapazitäten der MiG 31. Vielleicht bestand immer noch eine Chance, vernünftig mit ihm zu reden. Die *Daedalus* hatte keinen Schleudersitz. Ihm blieb nur die Wahl, zu gehorchen oder zu sterben.

Berichte aus dem Hangar besagten, daß er einige Schüsse aus den Automatics der Leibwächter des Vorstandsvorsitzenden abbekommen hatte. Wie schwer war er verletzt?

Schwierig zu sagen, aber immerhin hatte er die *Daedalus* von der Startbahn gebracht, war dann mit einem Immelmann auf zehntausend Meter gegangen und hatte einen Sturzflug bis in Bodennähe folgen lassen. Er tobte herum wie ein betrunkener Delphin. Androw, wie er leibte und lebte. Wie lange konnte er noch durchhalten?

Sokolow blickte auf den Schirm vor sich. Der Computer nahm eine Extrapolation vor und meldete, daß ein Weiterflug in Richtung Osten die *Daedalus* bald über internationale Gewässer bringen würde. Wenn Androw diesen Vektor beibehielt, würde es zumindest keine unangenehmen Fragen im Hinblick auf die Verletzung eines fremden Luftraums geben.

»Wie lange noch, bis sie ihn abfangen können?« fragte Tanzan Mino, ohne dabei die Augen von den Schirmen zu wenden. Die sowjetischen Abfangjäger waren jetzt auf dem Katsura-Radar und flogen in Richtung der letzten bekannten Vektorkoordinaten der *Daedalus*. Es sollte nur noch eine Frage der Zeit sein.

»In fünf Minuten werden sie im unmittelbaren Sichtbereich sein«, erwiderte Sokolow. Er machte eine Pause und stellte dann die entscheidende Frage. »Wenn er sich weigert abzudrehen, wollen Sie dann wirklich, daß das Flugzeug abgeschossen wird?«

Tanzan Mino dachte über die Tarnfähigkeiten der *Daedalus* nach. War die Konstruktion gut genug, um dem Impuls-Doppler-Radar der MiGs zu entgehen? Er ertappte sich plötzlich bei dem Wunsch, das Flugzeug wäre etwas weniger gut konstruiert. Die einfältigen Sowjets hatten natürlich – noch – keine Ahnung davon, daß es ganz einfach verschwinden konnte.

»Er könnte in Richtung des Luftraums von Alaska fliegen. Das sagt der Computer voraus. Sie werden sich über die Konsequenzen im klaren sein, wenn dieses Flugzeug in die Hände der Amerikaner fällt.«

Der Sowjet nickte düster. Dies war natürlich undenkbar. Er würde nie wieder nach Hause zurückkehren können.

Freitag, 9.57 Uhr

»Jurij!« Eva schoß hoch wie der Blitz. »Lehnen Sie sich zurück. Atmen Sie tief durch.« Sie drückte auf den Knopf, der den mächtigen Flughelm in die Höhe rückte. Jurijs Augen nahmen allmählich wieder einen klaren Ausdruck an. Dann hob er ruckartig den Kopf und sah sich um.

»*Shto*... Was ist passiert?«

»Ich glaube nicht, daß Sie hohe g-Belastungen aushalten können. Sie sind durch die Wunde und den Druckverband geschwächt.«

Er richtete sich auf, blickte dann auf den Höhenmesser. Sie

flogen in dreihundert Meter Höhe, sanft wie Seide. Und sie verbrannten sechshundert Pounds JP-7 pro Sekunde.

»Nichts ist so gelaufen, wie ich es geplant habe.« Er massierte sich die Schläfen und versuchte, sein Gehirn vom Blutandrang zu befreien. »Wir gewinnen nur eine kleine Atempause, wenn wir hier unten bleiben. Ich glaube, die Radargeräusche der aufgewühlten See und alle unsere Tarnfähigkeiten lassen uns auch weiterhin sicher sein. Aber in dieser niedrigen Höhe verbrauchen wir den Treibstoff so, als würden wir ihn ablassen. Wenn wir weiter in Bodennähe bleiben, haben wir vielleicht nur noch eine halbe Stunde Flugzeit zur Verfügung.«

»Wenn wir an Höhe gewinnen«, fragte Vance, »könnten wir sie dann soweit verlängern, daß wir Alaska erreichen?«

»Wahrscheinlich«, antwortete Androw. »Wenn wir auf über fünfzehntausend Meter gehen, könnten wir eine Chance haben.«

»Dann bleibt uns keine andere Wahl. Das einzige Festland zwischen hier und den Vereinigten Staaten sind die Kurilen, und die sind sowjetisches Territorium.«

»Aber wenn wir den amerikanischen Luftraum erreichen, was dann?« fragte Eva. »Wir würden uns identifizieren müssen. Wer würde uns diese Geschichte glauben? Niemand ahnt auch nur, daß dieses Monstrum existiert.«

»Stimmt«, lachte Vance. »Ein streng geheimer sowjetischer Hyperschallbomber überquert in einer Höhe von zwanzigtausend Metern die Beringstraße und dringt in den Luftraum der amerikanischen Luftwaffe ein. Ein Hinweis auf dieses Ding, und sie würden die SAMs auspacken.«

»Vielleicht könnten wir über eine Landung mit ihnen reden.«

»Vielleicht.«

»Wir haben keine andere Wahl.«

»Sie greifen den Dingen voraus, Sie alle beide«, unterbrach Androw und blickte auf die Bildschirme. »Wir müssen zuerst einmal mit den Abfangjägern aus Dolinsk fertig werden. Wenn wir nach oben gehen, würden wir genug Infrarotsignale abgeben, um uns während des Aufstiegs zu einem leichten Ziel zu machen. Bevor wir auch nur zweitausend Meter erreichen könnten, hätten sie uns im Visier.«

Vance blickte auf das IRWR. Die Infrarotlaser der *Daedalus* verfolgten weiterhin die Staffel der MiG-Abfangjäger, die jetzt in sechseinhalbtausend Meter Höhe flogen und näher kamen.

»Es spielt keine Rolle«, sagte er. »Wir müssen vom Boden weg, solange wir noch Treibstoff haben. Entweder das oder ein Bad im Meer.«

»Genosse Vance, die *Daedalus* ist eine großartige Maschine, aber im Steigflug werden wir verwundbar sein. Daran führt kein Weg vorbei. Dieses Flugzeug wurde für Höchstleistungen an der Grenze zum Weltraum konstruiert, nicht für hier unten.«

»In Ordnung«, sagte Vance langsam. »Warum bringen wir sie dann nicht dorthin? Setzen Sie die Scramjets ein. Das JP-7 mag uns ausgehen, aber wir haben eine Menge flüssigen Wasserstoff. Vielleicht ist dies der Augenblick, um endlich herauszufinden, ob dieses Ding ihn verbrennen kann.«

»Ich habe..., ich habe Angst. Nach dem, was beim Abbruch des Sturzflugs passiert ist, bin ich mir nicht sicher, ob ich die g-Belastung aushalten kann, die nötig ist, um die Scramjets anzuwerfen.« Jurij schwieg für einen Moment. »Der Druckverband hat meinen Arm fast gelähmt. Ich verfüge nicht über die Kontrolle und das Zeitgefühl, das wir brauchen. Wenn ich glauben würde, daß ich es könnte..., aber ich glaube nicht, daß ich es schaffen kann. Ich hasse es, es auszusprechen, ja, auch nur darüber nachzudenken, aber wir haben vielleicht keine andere Wahl, als aufzugeben und zurückzukehren.«

»Noch nicht«, sagte Vance. »Vielleicht gibt es noch eine andere Möglichkeit.«

Freitag, 10.01 Uhr

»Sie geben noch immer keine Antwort«, sagte Tanzan Mino grimmig. »Wir kennen ihren exakten Vektor nicht, aber sie werden bald an Höhe gewinnen müssen. Und wenn sie das tun…« Er wandte sich an General Sokolow. »Funken Sie Dolinsk an, und bestätigen Sie den Befehl.«

Dies war der Augenblick, vor dem sich Walentin Sokolow gefürchtet hatte. Die AA-9-Raketen, die von den MiG 31-Abfangjägern in versenkten Kammern unter dem Rumpf getragen wurden, gab es in zwei Versionen: diejenige, die auf aktiven Radar ansprach, und die Hitze suchende Infrarotvariante. Er hatte den Verdacht, daß die *Daedalus* über genug Tarn- und ECM-Fähigkeiten verfügte, um Radar zum Teil zu überlisten. Aber Tarnung konnte IR nicht kaschieren.

Früher oder später würde Androw handeln und sich aus der Bodennähe lösen müssen. Wenn er das tat, würden ihn die MiGs orten, und es wäre vorbei.

Aber das war immer noch besser, als die *Daedalus* in die Hände der Amerikaner fallen zu lassen. Wenn sich Androw also weigerte, Funkkontakt aufzunehmen und dem Rückruf Folge zu leisten, gab es keine andere Wahl.

Freitag, 10.02 Uhr

»Was meinen Sie damit?« fragte Androw und wischte sich über die Stirn.

Vance holte tief Luft. »Wir haben keine Wahl. Sie wissen, was ich meine.«

»Wir brauchen zehn g Beschleunigung, um die Scramjets anzuwerfen, mein Freund.« Er lehnte sich in seinem Sitz zurück und schloß die Augen. Sein Gesicht war vor Schmerz verzerrt, aber immerhin hatte die Wunde wieder aufgehört zu bluten. Petra flog stumm das Flugzeug und ließ Meldungen auf den

Schirmen aufblinken. »Ich habe jahrelang trainiert«, fuhr er schließlich fort. »Selbst in Ihrem aufblasbaren Druckanzug könnten Sie die g-Belastung unmöglich aushalten und bei Bewußtsein bleiben.«

»Welche andere Wahl gibt es? Entweder ich versuche es, oder wir stürzen ins Ochotskische Meer. Ich persönlich würde lieber wie eine Sternschnuppe verglühen und unsere Chance nutzen.«

»So einfach ist es nicht. Die Scramjets sind so konstruiert, daß sie bei Mach 4.8 angeworfen werden müssen. Das können wir nicht unter mindestens zwölftausend Meter Höhe riskieren. Dafür gibt es aerodynamische Gründe. Tatsächlich sind sie nicht wirklich dafür gedacht, unter zwanzigtausend Meter Höhe eingesetzt zu werden.«

»Nun«, sagte Vance, »wenn wir unseren Steigflug mit maximalem Gasgeben beginnen, auf welche Geschwindigkeit könnten wir dann in zwölftausend Meter kommen? Könnten wir Mach 4.8 erreichen?«

»Nur, wenn wir die Nachbrenner benutzen. Was bedeutet, daß wir wahrscheinlich nur noch für zehn Minuten JP-7 zur Verfügung hätten, um später zu landen.« Androw lachte bitter. »Angenommen, es gibt einen Ort, an dem wir landen könnten.«

»Wie wäre es mit Heathrow? Ich kenne einen japanischen Banker, der dieses Flugzeug vermutlich liebend gerne als Sicherheit für ein paar Milliarden Eurodollar-Obligationen hätte, die zu zeichnen man ihn gezwungen hat. Er ist ein Freund von mir, und ich schulde ihm einen Gefallen.«

»Sie wollen dieses Flugzeug einem Banker übergeben?« Androw war sichtlich überrascht. »Aber es gehört doch theoretisch gesehen noch immer Mino Industries.«

»Mein Freund ist ein großer Junge. Er regelt das schon, im Yakuza-Stil. Machen Sie sich keine Sorgen.« Vance blickte auf die Treibstoffanzeigen. Ihnen blieben jetzt noch zwanzig Minuten. Gerade genug, um nach Hokkaido zurückzukehren und aufzugeben. Oder um aufs Ganze zu gehen.

»Eva, was sagst du? Willst du es wagen?«

»Ich bin dabei. Eins steht fest: Ich habe nicht die Absicht, zurückzukehren und mich von Tanzan Mino umbringen zu lassen. Wenn wir es auf die andere Seite der Welt schaffen können, indem wir Wasserstoff verbrennen, dann...«

»Vielleicht, nur vielleicht könnte Petra Ihnen so viel Hilfestellung geben, daß Sie es schaffen.« Androw hielt inne, um seine Kräfte zu sammeln. »Ich weiß nicht, ob Sie bei den zehn g Beschleunigung, die nötig sind, um die Scramjets zu zünden, bei Bewußtsein bleiben können. Aber ich weiß mit Sicherheit, daß ich es in meinem gegenwärtigen Zustand nicht kann. Sie können es also genausogut versuchen.« Er wandte sich an Eva. »Es ist für den Notfall ein Reservedruckanzug in dem Fach unter Petras Hauptschirm. Ziehen Sie ihn an. Sie werden vermutlich trotzdem das Bewußtsein verlieren, aber machen Sie sich deswegen keine Sorgen – die Ohnmacht ist nur vorübergehend. Wenn wir die Hyperschallbarriere überwunden haben, wird die Beschleunigung zurückgehen. Runter auf drei, vielleicht vier g.«

»Ich hole den Anzug«, sagte Eva und löste ihren Gurt.

»In Ordnung, wir sollten besser anfangen.« Vance durchquerte die Kabine. Die Nasenkameras zeigten die Gischtkronen der Wellenberge unmittelbar unter ihnen. Wenn sie an irgendwelchen Fischerbooten vorbeigekommen waren, dachte er, dann machten wahrscheinlich inzwischen Geschichten von fliegenden Untertassen die Runde. Die passiven IRWR-Detektoren verfolgten weiterhin die Staffel der MiGs, die jetzt noch etwa hundertdreißig Kilometer entfernt waren und immer näher kamen. Die *Daedalus* befand sich fast im Schußbereich der MiGs und ihrer AA-9-Raketen.

Aus dem Funkgerät kam eine Stimme und sagte etwas in russischer Sprache. Jurij Androw starrte auf den Cockpithelm, blickte dann auf die Konsole und legte einen Schalter um.

»Ich höre dich, Feuerflug eins«, sagte er auf russisch. »Over.«

»Androw, du Idiot. Was, zum Teufel, machst du da? Läufst

du zu den Kapitalisten über?« Die Stimme lachte. »Wir wissen zwar nicht, was du da verdammt noch mal fliegst, aber als du diesen Immelmann hingelegt hast, dachte mein IR, daß du ein An-124-Condor Transporter bist, der sich in eine Hochleistungs-Foxbat verwandelt hat. Ein unglaublicher Apparat.«

»Es ist ein Raumschiff, Arkadij. Entschuldigung, Oberst Arkadij. Meinen Glückwunsch zur Beförderung.«

»*Spacebo*«, lachte er. Dann wurde er ernst. »Jurij, ich weiß nicht, um was es hier überhaupt geht, aber ich habe Instruktionen von General Sokolow, dich und das Ding, das du da fliegst, zurück nach Hokkaido zu eskortieren. Wenn du töricht genug bist, dich zu weigern, habe ich Befehl, dich abzuschießen.«

»Behandelt man so einen alten Freund?«

»Jurij Andrejewitsch, wir kennen uns schon lange. Seit dem Testflugzentrum in Ramenskoje. Du warst der Beste, den wir jemals hatten. Zwing mich nicht, dies zu tun.«

»Ich glaube, ich kann dir das Problem vielleicht ersparen.«

»Gott sei Dank.«

»Gib mir fünf Minuten. Wenn ich dann nicht abdrehe, versuch dein Bestes.«

»Zieh hoch. Zeig dich auf dem IR. Wir haben keine Ahnung von deinem Vektor.«

»Ich bringe sie auf dreitausend Meter. Ihr werdet mich im Visier haben. Aber ich möchte dennoch fünf Minuten.«

»Das ist das Äußerste, was ich dir geben kann. Danach...« Seine Stimme verklang.

»Ich gehe jetzt von dieser Frequenz runter. Wir sprechen uns auf fünf.«

»Fünf Minuten. Ab jetzt.«

Androw betätigte den Schalter auf der Konsole und sagte dann: »Petra, stabilisieren auf dreitausend.«

Dreitausend, wiederholte sie. *Bestätigt.*

Er erhob sich vom Pilotensitz und winkte Vance zu. Es gab einen Beschleunigungsstoß, als das Flugzeug die Höhe wechselte. Das Cockpit rotierte, um sich den g-Kräften anzupassen. Das Gewicht von zweieinhalb g lastete auf ihnen, als der Höhenmesserschirm nach oben rollte.

Vance ging zum Mittelsitz hinüber und studierte die Konsole. Mit Gashebel und Steuerknüppel konnte er etwas anfangen, aber die meisten anderen Instrumente waren ihm fremd. Vielleicht spielte es gar keine Rolle.

»Versteht Petra Englisch?«

»Natürlich«, nickte Androw. »Russisch, Japanisch und Englisch. Austauschbar. Sie ist so programmiert, daß sie auf russisch antwortet, wenn sie einen Befehl in russischer Sprache bekommt. Wenn Sie Englisch benutzen, dann kriegen Sie das zurück.«

»So weit, so gut.« Vance blickte auf den großen Bildschirm am Ende der Kabine, auf denjenigen, der Petras Bewußtsein zeigte. Pflichtbewußt gab sie bekannt, daß sie das Flugzeug gerade auf dreitausend Meter Höhe gebracht hatte. Sie berichtete außerdem von der IR-Beobachtung einer MiG-31-Staffel, die in einer Höhe von sechstausend Meter flog, mit einer Annäherungsrate von dreihundert Knoten. Würde sie in der Lage sein, den AA-Raketen davonzufliegen, wenn die *Daedalus* ihren Zug machte?

Wir werden es herausfinden, in – Vance blickte auf die Bildschirme – dreieinhalb Minuten. Eva zog gerade den Reißverschluß ihres Druckanzugs zu und schickte sich an, sich wieder auf ihrem Sitz anzuschnallen. Der Helm ließ sie wie ein plumper Astronaut erscheinen.

»Wie ich schon sagte, die Scramjets werden bei Mach 4.8 aktionsfähig«, fuhr Androw fort. »In zwölftausend Meter Höhe, bei etwa fünftausend Stundenkilometern. Ich bin mit ihr nie über Mach 4.5 hinausgekommen.« Er griff nach dem Rand der Konsole, um sich abzustützen. »Sie wissen vermutlich, daß Scramjets eine Modifikation der Motorengeometrie erfordern. In der Turboramjetversion haben diese Motoren ein Gebläse, das als Kompressor agiert, genau wie bei einem konventionellen Düsenflugzeug. Wenn wir sie jedoch auf die Scramjet-Geometrie umschalten, werden die Turbinen abgestellt, und ihre Blätter nehmen eine neutrale Stellung an. Der hintere Teil jedes Motors ist verengt, so daß er eine Brennkammer bildet – die Druckwelle darin wird zum ›Kompressor‹.« Er machte eine Pause. »Der unbekannte Teil kommt, wenn die Gebläse abgestellt sind und die Motorengeometrie modifiziert wird. Ich habe die Gebläse schon abgeschaltet und die Umstellung vorgenommen, aber ich habe nie den Wasserstoff zugeführt. Wir wissen ganz einfach nicht, was passieren wird. Diese verdammten Turbinen könnten einfach explodieren.«

»Also müssen wir dieses Risiko eingehen.«

»Das ist noch nicht alles«, fuhr Androw fort. »Zu bedenken ist außerdem die Reibungswärme bei Hyperschallgeschwindigkeiten. Unser flüssiger Wasserstoff soll als Wärmeableiter fungieren und die thermische Aufladung an den Profilkanten abbauen, aber wer, zum Teufel, weiß schon, ob es funktionieren wird. Wir fliegen jetzt mit etwa zweitausendfünfhundert Stundenkilometern. Wenn Sie Petra grünes Licht geben, könnten wir auf fünfzehn*tausend*, ja sogar fünfundzwanzigtausend Stundenkilometer beschleunigen. Gott helfe uns, wir könnten ganz einfach zerschmelzen.«

»Wenn Sie gewillt sind, den Versuch zu machen, dann bin ich es auch.« Vance blickte auf die Schirme. »Wir sind jetzt auf dreitausend Meter Höhe. Ich werfe die Scramjets bei zwölftausend an?«

»Die Computersimulationen sagen alle, daß es zu einer ernsthaften Überhitzung kommen könnte, wenn wir unter einer Höhe von achtzehntausend Metern auf Hyperschallgeschwindigkeit gehen. Aber wenn wir schnell genug steigen …«

»Wir müssen das Risiko eingehen, um die Zeitspanne des Angriffs durch die AA-Raketen auf ein Minimum zu beschränken.«

»Dem stimme ich zu.« Androw bedeutete ihm, sich zu setzen,

und warf dann einen Blick auf die Schirme. »Wir haben noch zweieinhalb Minuten. Ich habe Petra auf Vollautomatik eingestellt. Sie müssen sie lediglich durch die Schlüsselintervalle der Sequenz führen.«

Vance nahm Platz und musterte den riesigen Cockpithelm, der über ihm hing und ihn aussehen ließ wie ein fremdartiges Science-fiction-Insekt. In der Kabine hatte sich jetzt eine unheimliche Stille ausgebreitet. Auf den stummen Bildschirmen blinkten nur Daten auf. Er hatte noch nie zuvor mit einem Flugzeug gesprochen, und der Gedanke ließ ein leicht unbehagliches Gefühl in ihm aufsteigen.

Noch zwei Minuten.

»Was tue ich als erstes?«

»Sie sollten wohl damit anfangen, diese Tülle da an den Beinen Ihres g-Anzugs mit dem Schlauch an der Konsole zu verbinden. Wenn die g-Kräfte über acht hinausgehen, blasen sich kleine Röhrchen in den Beinen automatisch auf, unter Verwendung von Luft, die aus den Motoren austritt. Das wird Ihre unteren Gliedmaßen ganz schön abschnüren. Wenn es Ihnen schwarz vor den Augen wird, dann räuspern Sie sich so kräftig, wie Sie nur können. Ihr Amerikaner nennt das das M-1-Manöver, glaube ich. Wenn Ihr Sehvermögen anfängt, völlig auszufallen, reden Sie einfach mit Petra und geben ihr Anweisungen.«

»Was noch?«

»Wenn Sie damit beginnen, die Hyperschallbarriere zu durchstoßen, müssen Sie die Schirme B-5 und B-6 im Auge behalten, auf denen Motorentemperatur und Druckbelastung angegeben werden. Dies sind die wichtigsten Daten für den Scramjet-Modus. Aber zuerst überprüfen Sie den Schirm C-2. Die Drehzahl muß vor Umstellung auf die Scramjet-Geometrie auf Null heruntergehen, da die Kompressoren völlig abgeschaltet sein müssen. Wenn das nicht der Fall ist, geben Sie Petra Instruktionen, die Sequenz abzubrechen. Sonst könnte es zu einem Motorenausfall kommen.«

»Und dann schalte ich um auf flüssigen Wasserstoff?«

»Genau. Petra wird die neue Motorengeometrie einstellen, dann Kompressions- und Temperaturprüfungen durchführen und Ihnen den exakten Zeitpunkt mitteilen. Die tatsächliche Umschaltung erfolgt manuell. Darauf habe ich bestanden.« Er zeigte mit der Hand auf einige Schalter. »Es sind diese blauen Kippschalter gleich hinter dem Gashebel. Kippen Sie sie einfach nach vorne.«

»Verstanden.«

»Nachdem Sie sie gekippt haben, schieben Sie den Gashebel langsam nach vorne und beten.« Androw setzte sich auf den rechten Sitz und zerrte an seinem Druckverband. »Wenn wir in den Hyperschallbereich eintreten, weiß ich nicht, was passieren wird. Über Mach 6 oder Mach 7 könnte eine kritische Überhitzung einsetzen. Oder die Belastung der Zelle könnte dieses verdammte *Samolyot* einfach auseinanderreißen. Aber was auch passiert, sie müssen sie weiterjagen, um die Druckwelle in den Scramjets zu stabilisieren und sie auf volle Kraft zu bringen.«

Vance blickte auf den Schirm – noch dreißig Sekunden – und befingerte Steuerknüppel und Gashebel, um ein Gefühl für sie zu bekommen. Während er den mächtigen Cockpithelm herabließ, stellte er fest, daß ihnen für den Normalflug noch genau achtzehn Minuten an JP-7 übrigblieben. Wenn er die Nachbrenner anwarf, um sie in den Hyperschallbereich zu bringen, würden die Treibstoffanzeigen wie ein Stein in den Keller fallen. Aber dies war ihr Ariadnefaden, ihr Ausweg aus dem Labyrinth. Würde es funktionieren?

»Denken Sie daran«, sagte Androw mit einem Tonfall der Endgültigkeit, »alle Probleme, die Sie haben, mit Petra durchzusprechen. Und versuchen Sie, einen Neigungswinkel von sechzig Grad Alpha zu bekommen...«

»Jurij, bist du bereit, dich von uns zurückeskortieren zu lassen?« Die Funkstimme tönte in russischer Sprache durch die Kabine.

»Ich denke noch darüber nach«, antwortete er.

»Sei kein Narr. Ich habe Befehl, dich mit AA-9 runterzuholen. Mein Waffensystem ist bereits aktiviert. Die Sprengköpfe sind auf ihr Ziel eingestellt. Du bist so gut wie tot. Wenn ich den Knopf hier unter meinem linken Daumen drücke, gibt es dich in fünfzig Sekunden nicht mehr.«

»Ich habe mich gerade entschieden«, sagte Androw und nickte Vance zu. *»Los!«*

»Eins und zwei abgefeuert«, kam die Antwort der Funkstimme.

Vance packte den Gashebel. »Petra, hörst du mich?«

Ja, antwortete sie in englischer Sprache.

»Gib mir Alpha sechzig.« Er rammte den Gashebel bis zum Anschlag nach vorne und zündete die Nachbrenner. Als nächstes brachte er den Steuerknüppel mit einem Ruck in Position.

Das Cockpit rotierte automatisch nach oben, um die veränderten g-Kräfte zu kompensieren. Vor seinen Augen war jetzt ein breiter Flüssigkristallschirm, der dreidimensional zu sein schien. Die linke Seite ähnelte der Kopfstandanzeige (HUD), die allen Kampffliegern vertraut war und Höhe, Zielrichtung, Geschwindigkeit und g-Kräfte in einer einzigen Sammeltabelle angab. Die rechte Seite zeigte ein per Stimme zu aktivierendes Menue, das alle Bildschirme an der Wand auflistete.

»Gib mir den Treibstoffstand«, sagte er, um es zu testen.

Augenblicklich erschienen die Zahlen, in Pounds an JP-7 und in Minuten – mit und ohne Nachbrenner. Die g-Kraft betrug jetzt 3,5 und stieg, während sich der digitale Höhenmesser drehte.

Systemalarm, meldete Petra plötzlich, *feindliche Radarberührung. Und feindliche IR-Beobachtung. Zwei unidentifizierte Flugkörper, Annäherungsrate hundertsechzig Knoten.*

Sie spaßen nicht, dachte Vance. Er blickte auf die Höhenanzeige. Die *Daedalus* jagte mit zischenden Nachbrennern über die Neuntausend-Meter-Marke hinaus. Aber eine AA-9 hatte eine

Endgeschwindigkeit von mehr als Mach 3. Wenn man die 2.4 der Foxhound hinzuaddierte…

»Petra, gib mir eine Schätzung des Einschlagzeitpunkts.«

Bei einer Extrapolation der Annäherungsrate schätze ich den Einschlag auf dreiundvierzig Sekunden.

Ihre Beschleunigung hatte 3,8 g erreicht, aber der Treibstoff schmolz rasend schnell dahin, war bereits auf zwölf Minuten abgesunken.

»Gib mir RWR und IRWR auf Schirm eins«, befahl er.

Das Flüssigkristallpanorama in seinem Helm blinkte augenblicklich auf und zeigte die feindlichen Radar- und Infrarot-Beobachtungen. Die beiden AA-9 – um solche mußte es sich handeln – gewannen an Höhe und verfolgten sie wie Bluthunde. Eine wurde vom Radar gelenkt, die andere vom Infrarot. Die Auspuffgase der *Daedalus*-Nachbrenner mußten wie ein Feuerball am Himmel aussehen, dachte er.

Er suchte das Menue nach elektronischen Gegenmaßnahmen (ECM) ab.

»Petra, leite Radarstörung ein.«

Eingeleitet. Geschätzte Zeit bis zum Einschlag achtunddreißig Sekunden.

Die Raketen schlossen noch immer auf. Selbst wenn die radargeleitete AA-9 abgelenkt werden konnte, hatte die *Daedalus* keine Möglichkeit, den Infrarotsucher zu überwinden.

Die Anzeige auf der linken Seite gab jetzt zu erkennen, daß sie auf Mach 4.2 beschleunigt hatten. Der Gashebel war in der Nachbrennerposition eingerastet, aber den Raketen davonfliegen zu wollen, war wie der Versuch, schneller zu sein als eine intelligente Pistolenkugel.

Vance beobachtete die Anzeigen. Mach 4.3. Mach 4.4.

Geschätzte Zeit bis zum Einschlag achtundzwanzig Sekunden.

»Ich weiß nicht, ob wir es schaffen«, sagte er in sein Helmmikro. »Wir müssen die Scramjets vielleicht vorzeitig zünden.«

»Nein, das wäre zu riskant«, erwiderte Androw. »Wegen der Außenhauttemperatur in dieser Höhe. Die Luft ist so dicht, daß die thermischen Belastungen...«

Vance überprüfte abermals den Schirm. »Die Höhe beträgt jetzt elftausendfünfhundert Meter. Ich werde etwas steiler gehen und versuchen, unsere Machzahl zu erhöhen. Eins ist sicher: Wir können es nicht schaffen, wenn wir auf dieser Höhe bleiben. Außerdem verbrennen wir zuviel Treibstoff. Entweder wir riskieren es jetzt, oder wir werden in unsere Einzelteile zerlegt. Wir haben keine andere Wahl.« Er schob den Steuerknüppel nach vorne. Er hatte nicht vor, Petra bei dieser Aktion zu bemühen.

Zeit bis zum Einschlag zwanzig Sekunden, berichtete sie tonlos.

Durch die Veränderung des Steigwinkels beschleunigte die *Daedalus* schneller. Die Geschwindigkeit erhöhte sich rasch auf Mach 4.6.

Zeit bis zum Einschlag fünfzehn Sekunden.

Neuneinhalb Minuten an JP-7 verblieben noch. Gerade genug, um zu landen, dachte er. Wenn wir jemals Gelegenheit dazu bekommen...

Mach 4.7.

»Eva, hol tief Luft. Wir werden gleich in die vierte Dimension eintreten.«

»Ich... kann... nicht... reden.«

Er erinnerte sich daran, daß Androw gesagt hatte, sie könnte ohnmächtig werden. Er fragte sich, ob er auch das Bewußtsein verlieren würde. Er spürte, wie sich ein Grauschleier vor seine Augen legte, der sich in einzelne Punkte auflöste. Der Schirm gab an, daß ihre Beschleunigung 8 g erreicht hatte und weiter anstieg. Gegen die Bewußtlosigkeit ankämpfend, griff er nach unten und erhöhte die Sauerstoffzufuhr, spannte dann jeden Muskel in der unteren Körperhälfte an und versuchte, das Blut nach oben zu pressen. Der g-Anzeiger zu seiner Linken war auf 9.2 gerückt.

Zeit bis zum Einschlag zehn Sekunden.

Mach 4.8.

Er griff nach unten und brachte die Kompressorflügelschrauben in die Neutralstellung. Sie setzten augenblicklich aus, ließen die *Daedalus* erzittern wie ein verwundetes Tier. Dann hörte er die Stimme Petras, und ein neues Signal blinkte auf seinem Helmbildschirm auf.

Wir haben nominale Scramjet-Geometrie. Beginnen Sie mit der Zündungssequenz.

Sie hatte die Turbinen umgestellt, was bedeutete, daß die *Daedalus* grünes Licht für die Hyperschallgeschwindigkeit hatte. Er tastete blind hinter den Gashebel und legte die großen blauen Kippschalter um, die die Wasserstoffzufuhr in Gang setzten. Aber würde die Überschalldruckwelle im Inneren der Motoren den Wasserstoff entzünden?

Zeit bis zum Einschlag sechs Sekunden.

»Dann los!« Er griff nach dem Gashebel, drückte den Seitenknopf und schob den schweren Griff nach vorne, wodurch ein Wasserstoffschwall in die Brennkammern der Scramjets gedrückt wurde...

Die *Daedalus* ruckte, schien dann auseinandergerissen zu werden und sich buchstäblich in ihre Bestandteile aufzulösen.

Freitag, 9.57 Uhr

»Detonation ist erfolgt«, berichtete Oberst Arkadij in sein Helmmikro. Seine zweimotorige Foxhound befand sich bereits in einer steilen Querlage.

»Wir hören Sie«, erwiderte General Sokolow. »Können Sie den Abschuß bestätigen?«

»Das Ziel ist außerhalb der Reichweite meiner Radar- und IR-Detektoren«, antwortete Arkadij und wünschte, über einige der neuen amerikanischen Über-den-Horizont-Electronics verfügen zu können, von denen er gehört hatte. »Aber beide Flugkörper haben den Einschlag gemeldet. Ich habe der Staffel Befehl erteilt, zu wenden und zur Basis zurückzukehren. Wir fliegen bereits mit den Reservetanks.«

»Roger«, kam die Stimme von der Flugkontrolle in Hokkaido.

»Wir haben sie vom Himmel geholt, Genosse General. Was auch immer sie war, es gibt keine Möglichkeit, daß sie diese AA-Raketen überlebt hat. Das Zielobjekt ist vernichtet.«

21.

Freitag, 10.16 Uhr

Tanzan Mino schloß die Augen und seufzte. Die finanziellen Vereinbarungen des Protokolls würden in jedem Fall Bestand haben. Der Vertrag konnte irgendwie gerettet werden, es würde lediglich einiger Finesse bedürfen.

Die geschockten Gesichter der sowjetischen Militärs hinter ihm verrieten nacktes Entsetzen. *Daedalus*, das großartigste Flugzeug, das jemals erschaffen wurde, war im wahrsten Sinne des Wortes zum Greifen nahe gewesen, und nun – beide Prototypen zerstört.

Aber letzten Endes war es wenigstens nicht in die Hände der Amerikaner gefallen. Keine weitere Erniedrigung wie im Jahr 1976, als der verräterische Leutnant Viktor Belenko mit einer MiG 25 Foxbat übergelaufen war und ihre gesamte geheime Elektronik dem Westen offenbart hatte.

Freitag, 10.16 Uhr

Die Beschleunigung traf ihn wie ein Hammerschlag, und er spürte, wie sich ein schwarzer Kreis seinem Gesichtsfeld näherte. Es war die Dunkelheit der immerwährenden Nacht, die Musik der Sphären. Das letzte, was er sah, war der Geschwindigkeitsmesser, der über Mach 6.1 hinausging. Fast sechseinhalbtausend Stundenkilometer. Das Raumschiff *Daedalus* war gerade auf Hyperschall gegangen.

Er sah es nicht, aber das Abwärtsblickradar hatte die beiden AA-9s gezeigt, die dreihundert Meter weiter unten explodierten. Als die Scramjets einsetzten, hatte das infrarotgelenkte AAM den Kontakt zu ihnen verloren, die andere Rakete zur Detonation gebracht und eine Überschalldruckwelle durch die *Daedalus* gejagt. AAMs waren jetzt allerdings das geringste ihrer Probleme.

Die Temperatur der Hülle näherte sich zwölfhundert Grad, und das Cockpit wurde zu einem Brennofen. In einer Höhe von vierzehneinhalbtausend Metern verwandelten sie sich schnell in einen Meteoriten.

Vance sah nichts mehr, aber kurz bevor er das Bewußtsein verlor, schob er die Wasserstoffgashebel ganz nach vorne, riß den Steuerknüppel zurück und jagte sie steil in die eiskalte Schwärze über ihnen.

Freitag, 10.19 Uhr

Höhe zweiundzwanzigtausend Meter. Geschwindigkeit neuntausend Knoten.

»Petra, heb den Helm.« Er gewann langsam sein Sehvermögen zurück, als die g-Belastung nachließ. Das Cockpit war ein Ofen und überwältigte seine Umweltkontrollaggregate, eindeutiger Beweis dafür, daß die Temperatur der Außenhülle des Flugzeugs höher war als geplant.

Bestätigt. Helm hebt sich.

Obwohl sein Blickfeld noch immer aus Schwarzweißtönen bestand, begann er, die Gashebel zurückzuziehen und sich im Cockpit umzusehen. Eva bewegte sich, richtete sich auf und kämpfte mit ihrem Sicherheitsgurt. Androw hing in sich zusammengesunken in seinem Sitz.

»Alles in Ordnung mit dir?« Vance stand auf und ging zu Eva hinüber. »Ich glaube, ich war für eine Sekunde oder so ohne Bewußtsein.«

»Ich werde es schon schaffen.« Sie wandte die Augen nach links. »Aber ich bin mir nicht so sicher bei...«

»Keine Bange.« Der Russe wurde wach und fing sofort an, seinen Gurt abzulegen. »Ich habe schon einige schwere g-Belastungen überstanden.« Plötzlich starrte er auf die Schirme, deutete mit der Hand darauf und brüllte: »Hyperschall! *Zoloto!* Sie haben mir nichts gesagt. Ich kann kaum glauben...«

»Beinahe hätten wir die Maschine verloren. Die Temperatur der Hülle...«

»Japanische Keramikverbindungen, Genosse. Kein anderes Material hätte das geschafft. Und jetzt wird die Atmosphäre dünner. Wenn wir vierundzwanzigtausend Meter oder vielleicht fünfundzwanzig erreichen, sollte sich die Temperatur bei fünfhundertundvierzig Grad stabilisieren. Das ist ›Zimmertemperatur‹ für dieses Flugzeug.« Er unterbrach sich und grinste. »Flüssiger Wasserstoff. Ein phantastischer Treibstoff und ein großartiges Kühlmittel. Wenn das natürlich Schule macht und wir aufhören, bei unseren MiGs Alkohol als Kühlmittel zu verwenden, dann weiß ich nicht, was die sowjetische Luftwaffe vor dem Zahltag trinken soll.«

Vance blickte auf ihren Vektor. Sie waren jetzt über dem Beringmeer und flogen Gott weiß wohin.

Mach 11.3 und steigend. Die *Daedalus* strebte mühelos der Dunkelheit über ihnen entgegen. Es wurde Zeit, darüber nachzudenken, was als nächstes kam.

»Wieviel von diesem wundervollen flüssigen Wasserstoff haben wir?«

»Gerade genug, um das zu tun, was ich schon seit langer Zeit geplant habe.« Androw berührte Vances Schulter. »Ich stehe tief in Ihrer Schuld. Sie haben es möglich gemacht. Jetzt bleibt nur noch eins zu tun. Das Größte!«

Vance sah ihn an und begriff sofort, was er meinte. Warum nicht? »Haben wir genug Sauerstoff?«

»Wegen der beiden Mino-Industries-Piloten sind zusätzliche Kanister eingeladen worden. Ich glaube, wir haben genug für etwa zehn Stunden.«

»Dann stimme ich dafür, daß wir es versuchen«, sagt Vance und wandte sich an Eva. »Was meinst du?«

»Über was redet ihr?«

Er klappte sein Helmvisier hoch. »Wenn wir Mach 25 in einer Höhe von etwa dreißigtausend Metern erreichen, können wir buchstäblich in den Orbit eintreten. Das würde einen diplomatischen Wirbel in der Größenordnung des dritten Weltkriegs hervorrufen.«

Eva ließ sich auf ihren g-Sitz zurücksinken. »Ist das wirklich möglich?«

»Natürlich«, sagte Androw. Dann lachte er. »Nun, ich *hoffe* es jedenfalls. Ich denke seit ein paar Monaten darüber nach. Tatsächlich habe ich Petra programmiert, den erforderlichen Schub zu berechnen, das orbitale Apogäum und Perigäum, alles. Der erste Sputnik hatte ein Apogäum von hundertsechzig Kilometern und ein Perigäum von zweihundert Kilometern. Ich habe kalkuliert, daß ich dieses Flugzeug bei Mach 25 in etwa in diesen Orbit befördern kann. Um wieder herauszukommen, schalten wir die Ramjet-Kompressoren auf Gegenschub und machen einen Kaltstart.«

»So können wir Tanzan Minos *Cojones* für eine Weile als Geisel nehmen und ein bißchen Spaß haben«, lächelte Vance. »Was sagen wir Petra?«

»Ich gebe ihr die Koordinaten, aber Sie müssen das Steuer übernehmen. Wir müssen Mach 25 oberhalb von dreißigtausend Meter Höhe erreichen, dann mit sekundengenauem Timing die Motoren abschalten. Sie wird Ihnen sagen, wann. Wenn ich richtig gerechnet habe, sollten wir gerade zum richtigen Zeitpunkt einschwenken können.«

»Verstanden.« Vance blickte auf die Schirme an der Stirnwand des Cockpits. Ihre Höhe betrug jetzt sechsundzwanzigtausendfünfhundert Meter, und ihre Geschwindigkeit hatte Mach 18 erreicht, mehr als sechzehntausend Stundenkilometer. Jede Millisekunde brachen sie Weltrekorde. Das Cockpit fing an, sich wieder abzukühlen, da die dünnere Atmosphäre die Reibung an den Profilkanten herabsetzte. Sie hatten die thermische Barriere überlebt. Vor ihnen lag nur noch die Unendlichkeit des Weltraums.

Er sah zu, wie Androw die Datei aus Petras Siliziumgedächtnis abrief, in der er die orbitalen Daten gespeichert hatte, und sie dann anwies, die Daten mit ihrer gegenwärtigen Beschleunigung, Höhe und Neigung zu koordinieren.

Bestätigt, sagte sie. *Verringere Alpha um zwei Grad.* Sie hatte bereits angefangen, ihr Flugprofil zu modifizieren. *Sie sind annähernd vier Minuten und siebenunddreißig Sekunden von dem berechneten Orbit entfernt. Wird die Treibstoffzufuhr manuell oder automatisch erfolgen?*

Vance warf Androw einen Blick zu. Wollten sie hier an der Grenze zum Weltraum ihr Schicksal wirklich einem sprechenden Computer überantworten? Das Spiel konnte böse enden, wenn Petra durchdrehte.

»Machen wir es manuell.«

»Ich stimme zu«, nickte er. »Zuviel könnte schiefgehen.«

»Wenn uns irgend etwas nicht gefällt, können wir die Aktion jederzeit abbrechen.«

»Petra«, kommandierte Androw, »Treibstoffzufuhr erfolgt manuell.«

Bestätigt. Falls sie sich gekränkt fühlte, ließ sie es sich nicht anmerken. *Vier Minuten.*

»Wir sollten uns besser anschnallen«, sagte Vance. »Bis wir sehen, wie die Sache läuft.«

Die Schirme über ihnen ließen weitere Flugdaten aufblinken. Die Temperatur in den Scramjets, wo eine Überschalldruckwelle die Kompression lieferte, um Wasserstoff und einströmende Luft zu verbrennen, hatte sich bei siebzehnhundert Grad Celsius stabilisiert. Androw stand da und blickte auf die Schirme, während seine Augen feucht wurden.

»Wenn mein Vater das hätte erleben können«, sagte er schließlich auf russisch. »Alles, was von ihm entworfen wurde, hat perfekt funktioniert. Er hat von diesem Flugzeug geträumt, hat seit vielen Jahren davon gesprochen, um dann am Tag seines Triumphs... ermordet zu werden.«

Eva sah ihn an. »Vielleicht war sein wahrer Traum, daß Sie dieses Flugzeug fliegen. Vielleicht hat er etwas für Sie schaffen wollen.«

Jurij zögerte, als ob er unsicher wäre, was er antworten sollte. Der Ausdruck in seinen Augen besagte, daß er wußte, wie wahr diese Worte waren. Schmerz und Zorn schienen ihn zu durchströmen.

»Bevor wir fertig sind, wird die Welt von seiner Erfindung erfahren. Ich werde dafür sorgen.«

Drei Minuten, gab Petra bekannt. *Verringere Alpha um drei Grad.*

Der Schirm über ihnen informierte sie, daß sie Mach 22.4 erreicht hatten. Ihre Höhe betrug jetzt achtundzwanzigtausend Meter.

Sie begradigt die Flugkurve, dachte Vance. Werden wir es schaffen oder einfach in der Weite vergehen?

Die Scramjets arbeiteten sich jetzt durch die Isolation des nahen Weltraums, saugten die letzten Spuren der Atmosphäre an. Er bezweifelte, daß es über dreißigtausend Meter Höhe noch genug Sauerstoff gab, um die Motoren funktionstüchtig zu halten, aber wenn sie die vorgesehene Geschwindigkeit des Flugzeugs, siebenundzwanzigtausend Stundenkilometer, schafften, konnten sie immer noch in die Perigäumkurve einer großen Orbitalellipse einschwenken.

Er blickte wieder auf die Schirme. Sie waren jetzt bei

Mach 23.7 und hatten noch zweieinhalb Minuten zur Verfügung. Die komplexe Berechnung, die auf Petras Hauptschirm projiziert wurde, zeigte an, daß ihre Beschleunigungsrate jetzt, da die Atmosphäre immer dünner wurde, rapide zurückging. Vielleicht, dachte er, gibt es einen guten Grund, warum noch niemand ein luftatmendes Flugzeug in den Orbit geschickt hat. Vielleicht können alle Aerodynamik- und Antriebstricks der Welt nicht den Umstand kompensieren, daß Turbinen atmen müssen.

Petra schien zu spüren, daß sie in Schwierigkeiten waren. *Verenge Venturis um sieben Punkt drei*, sagte sie. *Verringere Alpha um vier Grad.*

Sie drosselte die Scramjets und begradigte ihre Flugkurve noch weiter. Ihr Schub-Gewicht-Verhältnis, das in neuntausend Meter Höhe größer als eins gewesen war, was bedeutete, daß sie tatsächlich steil nach oben steigen konnten, fiel jetzt wie ein Stein. Es betrug inzwischen nur noch 0.2. Die *Daedalus* erstickte langsam.

Aber jetzt hatte ihre Geschwindigkeit Mach 24.6 erreicht. Fast, fast...

Dreißig Sekunden, sagte Petra, als wollte sie Zuversicht verbreiten. Sie war eifrig damit beschäftigt, das Verbrennungsverhältnis in den Scramjets zu messen und minimale Anpassungen bei der Wasserstoffzufuhr vorzunehmen.

Androw sprach in sein Helmmikro. »Ich glaube langsam, daß wir es nicht schaffen. Petra kalkuliert den Schub vermutlich auf der Basis falscher Annahmen im Hinblick auf die Sauerstoffaufnahme. Es gibt hier oben nichts mehr zum Verbrennen. Es wird nicht nötig sein, die Aktion abzubrechen. Die Grenze der Atmosphäre wird das für uns erledigen.« Er blickte auf den großen Schirm und sagte: »Petra, projiziere das Bild der Nasenkamera, rotiert auf minus neunzig.«

Bestätigt, erwiderte sie und übermittelte ein mit Sternen gesprenkeltes Bild. Dann schwenkte die Kamera herum, und der große Schirm am Ende der Kabine brachte den Rand eines breiten Globus ins Blickfeld, der aus schimmerndem Blau gemacht zu sein schien. Es war der Nordpazifik.

»Ich wollte das einfach sehen«, sagte Androw sehnsüchtig. »Ich bin einmal mit einer MiG 25 bis auf zweiundzwanzigtausend Meter gekommen, aber das war nicht vergleichbar. Wir sind im Weltraum.«

»Ich habe seit Jahren Satelliten abgehört«, kommentierte Eva. »Aber dies gibt dem Ganzen eine ganz neue Perspektive.«

Zehn Sekunden. Bereiten Sie Beendigung der Wasserstoffzufuhr vor.

Der Geschwindigkeitsanzeiger stand jetzt bei Mach 24.8 Ganz nahe...

Vance griff nach den schweren Gashebeln und beobachtete, wie die Sekunden dahintickten.

...vier, drei, zwei, eins...

Beenden Sie die Wasserstoffzufuhr.

Er riß die Hebel zurück und spürte, wie ein ersterbendes Zittern durch das Flugzeug ging. Der Geschwindigkeitsanzeiger war gerade auf 27 526 Stundenkilometer gesprungen.

Die anschließende unirdische Stille wurde unterbrochen, als Petras synthetische Stimme durch die Kabine tönte. *Vorläufige Orbitalkoordinaten sind berechnet mit Perigäum 162,9 Kilometer, Apogäum 189,4 Kilometer. Dauer beträgt eine Stunde und siebenundzwanzig Minuten. Radarhöhenmesser wird Daten für die Wiederholung der Berechnungen in sechsunddreißig Minuten zur Verfügung stellen.*

Die Motoren waren jetzt völlig abgeschaltet, als sie durch die Dunkelheit schwebten. Nichts war zu hören außer den hydraulischen Pumpen, den Klimaanlagen und einem leichten Ächzen des mächtigen Rumpfs, das durch die null-Schwerkraft-bedingte Belastung verursacht wurde.

»*Zadroka!*« brüllte Androw. »Wir haben es geschafft! Vielleicht *gibt* es einen Gott.«

Jetzt, da die *Daedalus* seitwärts dahinzutreiben begann wie ein steuerloses Passagierschiff auf dem Meer, zeigte die Nasenkamera, daß sie die eisbedeckte Wildnis des nördlichen Alberta passierten.

Vance spürte einen plötzlichen Flüssigkeitsandrang aus seinen Gliedmaßen, wo es aufgrund der g-Kräfte zu einem Stau gekommen war, in Gesicht und Körper. Es fühlte sich an, als würde er fallen und an seinem Sitz nur festhängen.

Ungelenk löste er seinen Sitzgurt und erhob sich, um...

Er segelte. Quer durch das Cockpit. Im letzten Augenblick drehte er sich und versuchte, sich aufzurichten, aber bevor er das tun konnte, krachte er gegen die Bildschirmbatterie an der gegenüberliegenden Wand.

»Lieber Himmel!«

»Schatz, du siehst aus wie ein fliegender Fisch.« Eva sank auf ihren Sitz zurück und strahlte ihn total verliebt an.

»Ich fühle mich wie ein neugeborenes Reh, das versucht, sich auf die Füße zu stellen.« Vance machte eine Drehung und stieß sich vorsichtig von der Decke ab, wobei er den Instinkt unterdrücken mußte, wie ein Taucher die Füße zu bewegen. »Aber erinnere dich an das alte chinesische Sprichwort: ›Kritisiere keinen Menschen, bis du einen Tag lang in seinen Schuhen geschwebt bist.‹ «

»Liebling, es ist ein Traum, der wahr geworden ist. Ich bin endlich gewichtslos.« Eva lachte. »Wenigstens brauche ich keine Angst mehr zu haben, mich auf die Waage zu stellen.«

»Die Schmerzen in meinem Arm haben aufgehört«, meldete sich Androw mit Befriedigung in der Stimme. »Wir haben gerade unser erstes medizinisches Experiment im Weltraum durchgeführt. Er ist gut für Schußwunden.«

»Ich würde gerne ein anderes Experiment durchführen«, sagte Eva. Ganz langsam löste sie sich von ihrem g-Sitz. »Was für ein Stromsystem haben wir an Bord?«

»Wir haben eine starke Batteriestation, die durch die Turbinen aufgeladen wird«, erwiderte Androw. »Die ganze Elektronik benötigt sehr viel Energie.«

»Wir könnten also senden?«

»Natürlich. Wir sind dazu ausgerüstet.«

»Was hast du vor?« Vance blickte zu ihr hinüber, als er durch das Cockpit zurücktrieb.

»Eine kleine Überraschung für Tanzan Mino.« Sie drehte sich, während sie neben ihrem Gurt schwebte. »Laß mich anfangen, den Laptop vorzubereiten. Ich wußte, es gibt einen Grund dafür, daß ich ihn mitgebracht habe.« Sie griff unter ihren Sitz und zog ihn hervor. Er begann zu schweben.

»Ich möchte ihn an Petra anschließen.« Eva streckte die Hand aus und griff linkisch nach dem Computer. »Gibt es dazu eine Möglichkeit?«

»Es ist eine Vorrichtung für einen Laptop-Anschluß vorhanden. Sie haben in den amerikanischen Shuttles so gut gearbeitet, daß unsere Leute hier eine identische Anlage installiert haben.« Androw schwebte langsam zur Konsole hinüber und öffnete eine Klappe. »Hier können Sie ihn anschließen.«

Vance überprüfte ihre Koordinaten. Sie waren jetzt auf der Breite von 56 Grad und der Länge von 109 Grad über Zentralkanada. »Bei der Gelegenheit – das ist die nordamerikanische Luftverteidigung. Überhaupt keine Radarabtastung.«

»Das kommt durch unsere Tarneigenschaft«, sagte Androw. »Wir haben fast kein Radarkennzeichen. Wir sind nicht nur eine Bedrohung für die Welt, sondern auch noch unsichtbar.«

Vance schwebte nach unten und ließ sich auf dem Mittelsitz nieder. Je mehr er über die *Daedalus* erfuhr, desto beunruhigender fand er das alles. Was sollten sie mit diesem Monstrum anfangen? Vielleicht den Vereinten Nationen übergeben – als Symbol für eine amoklaufende Technologie, für High-Tech-Auswüchse. Schließlich, dachte er, hat der Mensch die Fähigkeit entwickelt, jeden Ort auf dem Planeten zu erreichen, und zwar mit Geschwindigkeiten, die so groß sind, wie es die Gesetze der

Physik erlauben. Und er kann es unsichtbar tun. Vielleicht sollte man das Flugzeug *Shadow* – Schatten – nennen.

»In Ordnung«, unterbrach Eva seine Gedankengänge. »Ich habe den 486 angeschlossen. Wir werden live von oben senden, meine Herren, von ganz oben. Ich werde das Protokoll an jede Nachrichtenagentur in der Welt schicken. Welche höhere Glaubwürdigkeit könnte es geben als eine direkte Live-Verbindung aus dem Weltraum?«

Vance blickte auf das Bild der Nasenkamera. Sie waren jetzt über dem Atlantik, was bedeutete, daß sie bald die Sowjetunion passieren würden – mit einem Sichtlinienhorizont, der sich von Europa bis Asien erstreckte.

»Warum in gedruckter Form?« Ihm kam plötzlich ein Gedanke. »Wie wäre es mit Fernsehen? Mit dieser ganzen Videoausrüstung sollten wir in der Lage sein, etwas zusammenzubauen, das sendet. Das Kosmodrom in Baikonur hat Empfangsanlagen. Wir sehen ständig sowjetische Kosmonauten im Weltraum. Und sie werden unmittelbar unter uns sein. Wir könnten auch noch in die Abendnachrichten in ganz Japan kommen, wenn wir unsere Sendung an die Überwachungsstation in Katsura richten.«

»Ich habe sogar eine noch bessere Idee.« Eva schien in der Schwerelosigkeit eine Pirouette zu drehen. »Japan verfügt bereits über Direktübertragungssatelliten, und überall im Land gibt es Heimantennen. Warum also schalten wir uns nicht mit einer Sondersendung ein?«

»Warum nicht?« Androw deutete auf die unglückselige Cockpitkamera, die Tanzan Minos Techniker über der Einstiegsluke installiert hatten. »Tatsächlich könnten wir vermutlich diese da benutzen, wenn es uns gelingt, sie mit der Elektronik der Konsole hier zu verbinden.«

Halb treibend, halb schwimmend bewegte er sich nach oben, inspizierte die Kamera und überzeugte sich davon, daß sie noch funktionstüchtig war. Und sie mußte irgendwo angeschlossen sein. Vielleicht brauchten sie nur die richtigen Knöpfe zu drükken. Nach seiner vorsichtigen Schätzung wies die Konsole etwa dreihundert verschiedene Schalter auf.

»Lassen Sie mich sehen, was ich tun kann.« Androw schwebte nach unten und machte sich unverzüglich an die Arbeit. Er legte Kippschalter um, testete und beobachtete die Bildschirme, auf denen sich die unterschiedlichsten Nachrichten zeigten.

»Petra«, sagte er schließlich, »gib mir eine positive Verbindung zwischen der UHF-Anzeige und Videoterminal 3-K.«

Schnittstelle bestätigt.

Plötzlich flackerte ein Schirm auf, zeigte zuerst einige Testbilder mit farbigen Streifen und brachte dann ein Bild des Cockpits, wie es von der Kamera über der Luke aus gesehen wurde. Vance studierte das Abbild von drei Gestalten, die in einem engen Raum umherschwebten, der mit elektronischen Geräten und einer riesigen flügelartigen Haube über dem Mittelsitz ausgestattet war. Im Fernsehen wirkte ihr Cockpit wie das Deck irgendeines fremdartigen Gefährts aus der Serie *Raumschiff Enterprise.*

»Wir sind drauf.« Eva winkte in die Kamera. Ihr Abbild auf dem Schirm winkte zurück.

»In Ordnung«, sagte Vance. »Nun zum schwierigen Teil. Das Senden.«

Androw lächelte, während er wieder herantrieb. »Das ist tatsächlich das einfachste von allem. Denken Sie daran, daß dieses Flugzeug ursprünglich – vorgeblich – dazu bestimmt war, als erdnahe Forschungsplattform zu dienen. Es gibt zahlreiche Verbindungen nach unten, sowohl um Daten zu übertragen als auch um allgemeine Propaganda machen zu können. Wir können jede Frequenz benutzen, die Sie haben wollen, selbst kommerzielle Sendekanäle.«

»Warum bringen wir also nicht eine weltweite Livesendung? Zeigen wir allen Menschen die erste radarsichere Raumplattform des Planeten.«

»Petra besitzt eine Liste aller kommerziellen Satellitenkanäle, nur um sicherzugehen, daß nicht einer von ihnen unbeabsichtigt durch eine Übertragung gestört wird. Holen wir sie auf den Schirm, und sehen wir sie uns an.« Er legte mehrere Schalter auf der breiten Konsole um und sagte Petra dann, was er wollte. Er war kaum mit dem Sprechen fertig, als der große Schirm, der ihre Stimme ergänzte, die Off-Limits-Frequenzen abrollen ließ.

»In Ordnung«, sagte Eva. »Fangen wir mit den Datenkanälen an, die den weltweiten Presseagenturen gehören – Reuters, Associated Press, all die anderen –, und senden wir auf ihnen eine Kopie des Protokolls. Dann nehmen wir die Frequenzen, die von TV-Nachrichtendiensten benutzt werden, und übertragen eine Bildpostkarte vom Inneren des Cockpits.«

»Hört sich gut an.« Androw blickte auf den Schirm. Schnell begann er, Nummern aus der schwarzen Liste auszuwählen und in einer neuen Datei zu sammeln, die benutzt werden würde, um die Parameter für die Übertragungen zu spezifizieren.

Vance sah ihm zu und ließ seinen Blick gelegentlich zum Bild der Nasenkamera abschweifen. Unter ihnen strahlten die Lichtbündel der größten Städte Mitteleuropas nach oben. Sie blinkten leicht im Dunst der Atmosphäre. Er streckte die Hand aus, schaltete die Kamera auf Infrarot um und betrachtete die Abstrahlung der nordafrikanischen Wüsten, die jetzt dunkelrote Punkte am südlichen Horizont waren. Dann ging er wieder zum sichtbaren Licht über und betrachtete zwei parallel laufende Lichtbänder, bei denen es sich um Ansiedlungen längs des Nils handelte. Die Welt, dachte er, ist wirklich ein globales Dorf. Eva hatte recht. Es gibt keinen Ort mehr, dem man die Wahrheit vorenthalten kann.

»Eva, wenn du den Nachrichtenagenturen das Protokoll überspielst, dann mach sie darauf aufmerksam, daß es eine Liveübertragung geben wird, und zwar um...« Er warf einen Blick auf die Digitalanzeigen der Schirme. »Wie wäre es mit acht Uhr mitteleuropäischer Zeit?«

»Das ist in zwanzig Minuten.«

»Sollte genug Zeit sein, meinst du nicht?«

»Hört sich in meinen Ohren gut an. Und um dir zu zeigen, wie tapfer ich bin, werde ich nicht einmal meine Haare zurechtmachen.«

»Du hast nie schöner ausgesehen, nicht einmal in jener Nacht draußen im Tempel. Bleib genau so.« Vance wandte sich an Androw. »Wie wär's, wenn Sie das Reden übernehmen? Erst in Russisch und dann in Englisch? Wir schreiben den englischen Teil für Sie auf.«

»Es wird mir ein Vergnügen sein, Genosse. Ein ganz höllisches Vergnügen.«

»*Daedalus*«, sagte Vance mehr zu sich selbst. »Er fand einen Weg, um aus dem Labyrinth des Minos zu entfliehen. Wir auch. Es ist ganz einfach. Man benutzt seine Flügel und fliegt.«

Freitag, 8.47 Uhr

Kenji Nogami legte den Telefonhörer zurück auf die Gabel und griff nach der Fernbedienung des Fernsehers. Über den Apparat flimmerte zur Zeit eine spezielle Nachricht, die über den Finanzdienstkanal von Reuters ausgestrahlt wurde. Der Inhalt war hochinteressant.

Er schob den Stapel der neuen Euro-Obligationen von Mino Industries zur Seite, um auf der Teakholzplatte seines Schreibtischs Platz für seine Füße zu schaffen. Die BBC hatte ihn gerade darüber informiert, daß sie einen begleitenden Bildbericht aufgezeichnet hatten und planten, diesen in dreizehn Minuten zu senden, exakt um neun Uhr. Das zumindest hatte Generaldirektor Sir Cecil Ashton ihm soeben angekündigt. Als Londoner Bankier von Mino Industries hatte er Sir Cecil mitgeteilt, daß er offiziell keinen Kommentar abgeben würde.

Es war kein Kommentar erforderlich.

Er griff in eine Schublade und holte eine Kiste mit Montecristo Habana No. 2 hervor, wobei er bedauernd feststellte, daß nur noch drei Stück übrig waren. Mit hochgezogenen Augenbrauen nahm er sein Taschendiktiergerät zur Hand und wies seine Sekretärin an, beim Tabakwarenladen in der Threadsneedle Street gleich hinter der Bank of England eine neue Kiste zu besorgen.

Ein hyperschallschnelles *Flugzeug*. Darum also war es die ganze Zeit gegangen. Und nun hatte es irgendein russischer Pilot gestohlen, in den Orbit gebracht und weiterhin geplant, es in drei Stunden in Heathrow zu landen und der Westminster Union Bank, Londoner Finanzrepräsentant der Mino Industries Group, zu übergeben.

Perfektes Timing. Ihm kam sofort der Gedanke, daß es die ideale Sicherheit wäre für die Milliarden in faulen Eurodollar-Obligationen, die er gezwungenermaßen für Tanzan Mino ausgeben mußte. Endlich, *endlich* hatte er den Mann am Kanthaken. Wem, fragte er sich, hatte er dieses Gottesgeschenk zu verdanken?

Ja, es schien ein ganz besonderer Morgen zu werden. Vielleicht ein bißchen früh für eine Zigarre, aber...

Er schaltete von dem Reuters-Text auf BBC-1 um.

»...dürfte ein weiterer Beweis für die wachsende technologische Vormachtstellung der japanischen Industrie sein. Wie dieser Kommentator in der Vergangenheit bereits feststellen konnte, verschwinden die Grenzen zwischen ziviler und militärischer Technologie immer schneller. Daß Japans sogenannter ziviler Forschungssektor die für ein derartiges Flugzeug erforderlichen Hochtemperatur-Keramikmaterialien hervorbringen konnte, während dies der europäischen und amerikanischen Militärforschung nicht gelang, spricht beredt für die zutage tretende Verschiebung der Welt...«

Nogami stellte den Ton ein bißchen leiser. Der Kommentator erwähnte gerade, daß sich alle Repräsentanten von Mino Industries – sowohl hier in London als auch in Tokio –, die in der

Verlautbarung aus dem Orbit namentlich genannt worden waren, geweigert hatten, die Geschichte entweder zu bestätigen oder zu bestreiten.

Er prüfte auf seiner Omega die Zeit, lehnte sich dann lächelnd zurück und schnipste das Endstück seiner Zigarre ab.

Freitag, 11.00 Uhr

»Mino-sama.« Der Mann verbeugte sich tief. »NHK hat gerade in Ihrem Büro in Tokio angerufen und um einen Kommentar gebeten.«

»Einen Kommentar über was?«

»Sie haben irgendeinen Text von einem Satelliten empfangen.«

»Was? Was haben sie empfangen?«

»Es war die sinngemäße englische Übersetzung eines Geheimprotokolls, einer Vereinbarung zwischen Mino Industries und den Sowjets. Natürlich haben wir mit allergrößter Entschiedenheit dementiert.«

»Es muß sich um irgendein lachhaftes Hirngespinst handeln. Ich kann mir nicht vorstellen, wie etwas derartig Absurdes...«

»Genau da liegt das Problem, Mino-sama. NHK sagt, daß sie den Text von einer bemannten Raumstation empfangen haben. Aber sie haben bei der NASDA nachgefragt, und es ist ihnen versichert worden, daß sich gegenwärtig keine Astronauten irgendeiner Nation im Orbit aufhalten.«

»Im Orbit?« Mein Gott, dachte er. Die *Daedalus* ist nicht nach unten, sondern nach *oben* gegangen. Mit dem Protokoll an Bord.

Wie hatten sie es geschafft, das Flugzeug auf Hyperschallgeschwindigkeit zu bringen? Androw war verwundet. Er hätte unmöglich mit den g-Kräften fertig werden können. Was bedeutete...

Vance.

»Sagen Sie NHK, daß sie sich auf juristische Maßnahmen vorbereiten sollten, wenn sie auch nur ein einziges Wort dieser verleumderischen, gegenstandslosen Zeitungsente senden.« Sein Gesicht war zu einer steinernen Maske geworden, und in der Flugkontrolle breitete sich Grabesstille aus.

»Ich werde es ihnen mitteilen.« Der Mann verbeugte sich wieder. Er hatte nicht den Mut gehabt, dem *Oyabun* den Rest von dem zu erzählen, was NHK jetzt empfing…, genau wie die Hälfte der japanischen Bürger mit Hilfe ihrer neuen Satellitenschüsseln.

Freitag, 9.00 Uhr

Kenji Nogami fand das Bild zuerst ein wenig unscharf. Auch die Farben lagen leicht daneben. Aber dann korrigierte irgend jemand in der technischen Abteilung der BBC den Kontrast und sorgte dafür, daß die Blau-, Grün- und Rottöne des Bands auch Blau, Grün und Rot erschienen.

Ja, jetzt konnte er alles gut erkennen. Ein Kosmonaut schwebte im Blickfeld der Kamera. Dies veranlaßte ihn, flüchtig über das Phänomen der Schwerelosigkeit nachzusinnen. Wirklich eigenartig, daß es nur darauf ankam, wo man sich befand.

Eine Wand des Cockpits war mit Bildschirmen bedeckt, und am Ende war ein großer Schirm zu sehen, der gegenwärtig das Logo der Daedalus Corporation zeigte, eine Doppelaxt. Hübsche Reklame, dachte er. Coca Cola wäre vermutlich neidisch. Insgesamt eine Riesenidee, gar keine Frage. Der *Oyabun* machte keine halben Sachen.

Nun, dies war ein Wunderwerk, nach dem die Regierung Ihrer Majestät freudig die Hand ausstrecken würde. Und was ihn anging, war es keine schlechte Sicherheit. Die Anlaufinvestition mußte in Milliardenhöhe liegen.

Dann bekam er einen besseren Blick auf die Gestalt und wurde sich bewußt, daß irgend etwas nicht stimmte. Eine Seite seines weißen Druckanzugs wies rote Flecken auf. Und der Mann schien einen bandagierten Arm zu haben. Er schwebte der Kamera entgegen.

»Stradstyve«, begann er. *»Ya Jurij Andrejewitsch Androw…«* Der Kosmonaut hielt dann eine weitschweifige Rede in russischer Sprache, der Nogami nicht folgen konnte und die die BBC nicht übersetzt hatte. Er schien immer zorniger zu werden, und an einer Stelle ging er ausführlich auf eine Person namens Andrej Petrowitsch Androw ein. Offensichtlich war er ein sowjetischer Testpilot. Wer sonst könnte eine solche Schöpfung fliegen? Nach dem Aussehen des Cockpits zu urteilen, handelte es sich um einen Quantensprung in der Hochtechnologie.

Nogami lehnte sich zurück, ein Streichholz in der Hand. Der gute Teil, der Teil in englischer Sprache, stand noch bevor. Das hatte Sir Cecil gesagt. Der russische Abschnitt war für die Ausstrahlung in der Sowjetunion bestimmt gewesen und hatte den lokalen Touch. Der englische Teil war für die Welt bestimmt. Und für Tanzan Mino.

Der sich jetzt in großen, großen Schwierigkeiten befand. Mord, Betrug, eine globale Verschwörung – es war alles da. Und die *Art und Weise*, in der die Geschichte ans Tageslicht gekommen war, machte alles noch verdammenswerter. Das Medium war die Botschaft.

Jetzt schwebte der Kosmonaut, der sich selbst als Major Jurij Andrejewitsch Androw von der sowjetischen Luftwaffe vorgestellt hatte, zur Seite und gestattete einen Blick in das Cockpit. Nogami bemerkte zwei weitere Personen. Eine davon schien eine Frau zu sein. Etwas muß man den Sowjets lassen, dachte er lächelnd, sie verstehen sich auf gute Public Relations. Die Frau trug ebenfalls einen Druckanzug. Den Kopf hatte sie im Moment abgewandt. Die dritte Person schien männlich zu sein und war auch mit Druckanzug und Pilotenhelm ausgestattet. Sir Cecil hatte sich nicht die Mühe gegeben, sie zu erwähnen, da allein Luftwaffenmajor Androw das Sprechen übernommen hatte.

Dann schwebte der männliche Kosmonaut im Zentrum näher und begann sein Visier zu öffnen, ein gekrümmtes Glas, von dem das gelbe Licht der Natriumlampen an der Decke reflektiert wurde. Er mühte sich einen Augenblick lang damit ab, riß es dann mit einem Ruck ärgerlich ab und schleuderte es in die Luft.

Nogami starrte das Gesicht an. Mutter Gottes!

Und dann lachte er so sehr, daß er fast seine Montecristo verfehlte, nachdem er endlich das Streichholz angezündet hatte...